복수의 칼날은 차갑게 2

BEST SERVED COLD

by Joe Abercrombie

Copyright © Joe Abercrombie 2009
All rights reserved.

Korean translation edition is published by arrangement with
The Orion Publishing Group Ltd through Duran Kim Agency.

Korean Translation Copyright © Minumin 2025

이 책의 한국어 판 저작권은 듀란킴 에이전시를 통해
The Orion Publishing Group Ltd와 독점 계약한 ㈜민음인에 있습니다.
저작권법에 의해 한국 내에서 보호를 받는 저작물이므로 무단 전재와 무단 복제를 금합니다.

복수의 칼날은 차갑게 2

조 애버크롬비 장편소설
배지혜 옮김

BEST
SERVED
COLD

황금가지

차례

IV 비세린(하) —7
V 푸란티 —57
VI 오스프리아 —183
VII 탈린 —335

감사의 말 —530

IV 비세린(하)

펜싱의 대가

몬자의 손이 다시 떨리기 시작했지만 놀랄 일은 아니었다. 위험과 두려움, 언제까지 살아 있을지 모른다는 불확실성은 늘 그녀를 따라다니고 있었다. 남동생이 살해당했고, 그녀 자신은 불구가 되었고, 그녀가 쌓아 온 모든 것이 무너졌다. 날이 가고 몇 주가 흘러도 고통은 여전했고, 허스크를 피우고 싶은 강렬한 욕구와 모두에 대한 불신은 커져 갔다. 그리고 웨스트포트와 시파니에서 그녀 때문에 죽은 사람들에 대한 죄책감 때문에 거대한 납덩이가 어깨 위에 올라앉은 것 같은 기분이었다.
　지난 몇 달 동안 그녀가 겪은 일을 생각하면 누구라도 손이 떨릴 것이었다. 하지만 다음 차례가 자신이라는 사실을 알면서 시버스의 눈을 인두로 지지는 모습을 코앞에서 지켜본 그날이 결정적이었던 것 같기도 했다.

그녀는 초조하게 그녀의 방과 그의 방 사이에 달린 문 쪽을 바라보았다. 곧 그가 깨어날 시간이었다. 다시 비명을 지른다면 그의 상태가 나쁘다는 뜻이었다. 하지만 침묵한다면 상태가 더 나쁘다는 의미였다. 그는 무릎을 꿇고 한쪽 눈으로 그녀를 바라볼 것이다. 비난으로 가득 찬 눈빛으로. 그녀는 자신이 감사해야 한다는 사실을 알고 있었다. 남동생을 대하듯 그를 대해야 했다는 사실도 알고 있었다. 하지만 그녀의 마음속에서는 그에게 멈추지 않고 발길질을 하고 싶은 생각이 점점 커지고 있었다. 어쩌면 베나가 죽고 난 뒤, 그녀의 따뜻하고 착하고 인간적인 모습도 베나의 시체와 함께 절벽 아래 남아 썩고 있는 게 아닐까 싶었다.

그녀는 장갑을 벗고 꽁꽁 숨겨 두었던 손을 바라보았다. 부러진 뼈를 다시 맞춰 꿰매어 놓은 부분에 남은 가느다란 분홍색 흉터들이 보였다. 고바의 철사가 파고들며 남긴 진한 붉은 선도 보였다. 여전히 엉뚱한 방향을 가리키는 표지판처럼 뻗은 새끼손가락을 뺀, 나머지 손가락을 구부려 주먹을 쥐었다. 아니, 주먹과 비슷한 모양으로 만들었다. 예전만큼은 아니지만 얼굴을 찌푸릴 만큼은 아팠다. 고통은 두려움을 뚫고 의심을 무너뜨렸다.

"복수." 그녀는 속삭였다. 간마크를 죽여야 한다. 지금 중요한 건 그뿐이었다. 그의 매끈하고 우수에 찬 얼굴, 흐릿하고 나약한 눈빛이 떠올랐다. 그는 눈 하나 깜짝하지 않고 베나의 배를 찌르고 그 시체를 테라스 밖으로 밀어 버렸다. 다 됐군. 그녀는 이를 악물며 주먹을 꽉 쥐었다.

"복수." 베나와 그녀를 위한 복수였다. 그녀는 무자비하고 두려움을 모르는 카프릴의 도살자였다. 살모사만큼 치명적이고 후회할 줄 모르는 탈린의 독사였다. 간마크를 죽여야 한다, 그다음에는…….

"누구라도 상관없지." 떨리던 손이 잠잠해졌다.

먼 복도 바깥에서 사람들이 달리는 발소리가 들려왔다. 멀리서 고함치는 소리도 어렴풋하게 들렸다. 뭐라고 하는지 알 수는 없지만 분명 공포가 묻어나고 있었다. 그녀는 창가로 가서 창문을 당겨 열었다. 그녀의 방, 혹은 감방은 궁전의 북쪽을 바라보고 있었다. 창밖으로 보이는 비세강 상류를 가로지르는 석조 다리 위로 작은 점들이 움직이고 있었다. 이렇게 먼 거리에서도 사람들이 죽어라 도망치고 있다는 사실은 알 수 있었다.

훌륭한 장군은 공황의 냄새를 맡을 수 있는 법이었고, 그녀의 코에 갑자기 공황의 냄새가 지독하게 풍겨 왔다. 오르소의 군대가 마침내 벽을 무너뜨린 모양이었다. 비세린 약탈이 시작됐다는 뜻이었다. 간마크는 샐리어의 유명한 수집품들을 손에 넣기 위해 곧, 어쩌면 이미 궁궐로 향하고 있을 것이었다.

문이 삐걱거리는 소리를 내며 열렸고 몬자는 뒤를 돌아보았다. 랭그리어 대위가 탈린 군복을 입고 불룩한 자루를 한 손에 든 채 문가에 서 있었다. 그녀의 한쪽 허리에는 검이, 다른 쪽에는 날이 제법 길쭉한 단검이 매달려 있었다. 몬자는 불현듯 자신에게는 그런 무기가 없다는 사실을 깨달았다. 그녀는 자리에 서서 양손을 늘어뜨린 채 몸의 모든 근육이 싸울 준비가 되어 있다는 사실을 드러내지 않으려고 애썼다. 그녀는 싸울 것이고, 곧 죽게 될 터였다.

랭그리어가 방 안으로 천천히 움직였다. "그러니까, 당신이 진짜 머카토라는 말이지?"

"맞아."

"스위트파인스와 뮈셀리아와 하이뱅크의 머카토? 그 전투에서 다 이긴 사람이 당신이라고?"

"맞아."

"카프릴에서 사람들을 다 죽이라고 명령한 게 당신이야?"

"원하는 게 뭐야?"

"샐리어 공작께서 당신이 원하는 대로 하시겠대." 랭그리어가 자루를 바닥에 탁 내려놓았고, 자루는 축 늘어지며 입구가 열렸다. 자루 안에는 금속이 반짝거리고 있었다. 프렌들리가 성벽에 난 구멍 근처에서 훔친 탈린 갑옷이었다. "입는 게 좋을 거야. 당신 친구 간마크가 언제 도착할지는 모르겠지만."

살았다. 당장은. 몬자는 자루에서 중위 계급이 입는 재킷을 꺼내 셔츠 위에 입고 단추를 채웠다. 랭그리어가 그녀를 잠시 지켜보다가 다시 말을 하기 시작했다.

"이렇게 기회가 왔으니까…… 하고 싶은 말을 할게. 나는 늘 당신을 동경했어."

몬자가 그녀를 빤히 보았다. "뭐?"

"여자이면서 군인이잖아. 당신이 지나온 길, 당신이 해 온 모든 행동을 동경했지. 늘 우리 반대편에 서 있었지만 당신은 언제나 일종의 영웅……"

"그게 나랑 무슨 상관인데?" 몬자는 갑자기 역겨워졌다. 자신 따위가 영웅으로 불려서인지, 아니면 그녀를 영웅이라 부르는 랭그리어 때문인지는 알 수 없었다.
"당신을 믿어 주지 않은 건 내 탓이 아니야. 당신 같은 평판을 가진 여자라면 그런 상황에서 좀 더 강단 있게 대처할 줄……"
"다음 차례는 나일 거라는 걸 알면서 옆 사람 눈이 지져지는 모습을 본 적 있어?"
랭그리어는 입을 우물거렸다. "그 관점에서는 생각해 본 적이 없네."
"한번 당해 봐. 얼마나 끔찍한 고통을 겪게 되는지." 몬자는 랭그리어가 훔쳐 온 군화를 신었다. 발에 나름 잘 맞았다.
"여기." 랭그리어가 베나의 반지를 그녀에게 내밀었다. 반지의 커다란 알이 핏빛으로 반짝였다. "어차피 나한테 어울리지도 않더라."
몬자가 그녀의 손에서 반지를 낚아채 자신의 손에 비틀어 끼웠다. "왜? 훔쳐 간 걸 돌려주면 우리가 화해라도 할 수 있을 것 같아?"
"저기, 당신 애인의 눈이랑 다른 모든 일들은 정말 미안하게 됐어. 하지만 당신에게 감정이 있어서 그런 건 아니야. 모르겠어? 이 도시에 위협이 될 수 있는 사람이 나타났고, 나는 자세히 알아볼 필요가 있었어. 나도 좋아하는 일이 아니지만 해야만 하는 일이었다고. 그보다 더 나쁜 짓을 안 해 본 척하지 마. 우리가 농담을 나누고 낄낄거리는 사이는 못 되더라도, 같이 할 일이 있는 지금만큼은 어제 일은 어제 일로 남겨 두자고."

몬자는 나머지 옷을 입는 내내 아무 말도 하지 않았다. 맞는 말이었다. 그녀는 더 나쁜 짓을 저질렀다. 적어도 나쁜 짓을 지켜봤다. 과연 방관하는 게 나쁜 짓을 저지르는 것보다 더 낫다고 말할 수 있을까. 그녀는 흉갑을 채웠다. 마르고 젊은 군인이 입던 갑옷인지 크기가 몬자에게 잘 맞았고, 몬자는 마지막 남은 끈을 당겼다. "간마크를 죽일 만한 뭔가가 필요해."

"정원에 도착하면 검을 가질 수 있어. 하지만……."

몬자는 누군가의 손이 랭그리어의 단검 자루를 잡는 모습을 보았다. 그녀가 놀라서 돌아섰다. "지금 뭐……" 단검 끝이 랭그리어의 목 앞으로 삐져나왔다. 옆에 시버스가 서 있었다. 창백하고 초췌한 얼굴 한쪽이 붕대로 칭칭 감겨 있었고, 눈이 있던 자리에는 희미한 피 얼룩이 져 있었다. 그는 뒤에서 왼팔로 랭그리어의 가슴팍을 감싸며 그녀를 끌어당겼다. 마치 연인을 안듯, 아주 가까이.

"네게 나쁜 감정이 있는 건 아니야, 알지?" 칼끝을 따라 흐른 피가 그녀의 목에 굵은 검은 줄을 그리기 시작했고, 그는 그녀의 귀에 거의 키스하듯 바짝 붙어 있었다. "내 눈을 가져갔으면 목숨을 내놔야지." 그녀는 입을 열었지만 곧 혀가 느슨하게 풀리며 늘어졌고, 혀끝에서 흐른 피가 턱으로 떨어지기 시작했다. "나도 이러긴 싫어." 그녀의 얼굴이 보라색으로 바뀌고 눈이 뒤집혔다. "하지만 해야만 하는 일이야." 시버스는 다리를 걷어차 그녀를 공중에 붕 띄웠고, 그녀의 군화 뒤꿈치가 바닥에 부딪쳐 달칵 소리를 냈다. "목을 찌른 건 미안하게 됐네." 칼날이 옆으로 움직이며 그녀의 목을 완전히 갈랐다. 검은 피는 침대 시트를 적시고 벽에 반원을 그리며 흩뿌려졌다.

 시버스가 손을 놓자 랭그리어는 뼈가 찰흙으로 변한 것처럼 푹 고꾸라져 바닥에 얼굴을 박고 엎어졌고, 옆으로 피가 튀었다. 그녀의 군화가 움직이며 앞코가 바닥에 긁혔고, 한쪽 손끝이 바닥을 긁었다. 시버스는 코로 길게 숨을 들이쉬고 내쉰 다음 몬자를 올려다보며 빙긋 웃었다. 마치 랭그리어는 이해하지 못하는 둘만의 농담을 나눈 듯한 친근하고 장난스러운 미소였다.

 "기분이 훨씬 낫네. 간마크가 도시에 들어왔다고 했나?"

 "음." 몬자는 아무 말도 할 수 없었다. 그녀의 상기된 얼굴이 화끈거렸다.

 "그럼 할 일이 있겠네." 시버스는 바닥에 빠르게 퍼져 나간 랭그리어의 피가 자신의 맨발가락과 발 가장자리를 적시고 있다는 사실도 모르고 있는 듯했다. 그는 자루를 들고 안을 살폈다. "이 안에 있는 갑옷 입으면 되지? 옷을 갈아입어야겠네, 그렇지 대장? 파티에 안 어울리는 옷을 입고 가긴 싫거든."

 샐리어의 화랑 중정은 곧 최후의 순간이 닥칠 것처럼 보이지 않았다. 물이 졸졸 흐르고 나뭇잎은 바스락거렸고, 꿀벌 한두 마리가 꽃송이 위를 이리저리 옮겨 다니고 있었다. 벚나무에서는 흰 꽃잎이 팔랑거리며 떨어져 잘 다듬어진 잔디에 사뿐히 내려앉았다.

 코스카는 다리를 꼬고 앉아서 숫돌로 검날을 갈고 있었다. 쓱쓱 금속이 갈리는 소리가 울렸다. 주머니에 든 모비어의 플라스크가 허벅지를 누르고 있었지만, 굳이 필요할 것 같지 않았다. 죽음이 코앞에 닥쳐왔고, 그래서 평화로웠다. 그는 폭풍이 오기 전 주어진 잠깐의 행복을 만끽했다. 눈을 감고 고개를 뒤로 기울였다. 따뜻한 햇살이 얼굴에 비쳤고 주변 모든 것들이 불타 버리기 전에는 왜 이런 행복을 즐기지 못했는지 의아할 따름이었다.

차분한 바람이 지붕을 받치는 주랑들을 지나쳐 그림들이 줄지어 걸려 있는 복도로 이어지는 문을 통과했다. 열린 창문 너머로 탈린 경비병 제복을 입은 프렌들리가 보였다. 오프릴에서의 두 번째 전투를 그린 나수린의 대작 속 병사들을 하나하나 세고 있었다. 코스카가 조용히 웃었다. 그는 늘 다른 사람의 기벽을 너그러이 이해했다. 자신 역시 그런 기벽이 있었으니까.

샐리어의 경비병 중 대여섯 명이 오르소 공작의 병사로 변장한 채 남아 있었다. 최후의 순간을 주인의 옆에서 맞이할 각오가 된 충성스러운 이들이었다. 그는 검날을 숫돌에 한 번 더 밀며 콧방귀를 뀌었다. 충성심이란 명예, 규율, 절제와 함께 그가 이해하지 못하는 덕목들 중 하나였다.

"뭐가 그리 행복한가요?" 그 옆 잔디밭에 앉은 데이는 무릎에 석궁을 올려놓은 채 입술을 잘근잘근 씹고 있었다. 그녀가 입고 있는 제복은 군악대의 북치기 소년이 입던 것이었는지 그녀에게 잘 맞았다. 그것도 아주 잘 맞았다. 코스카는 남자 옷을 입은 예쁜 여자에게 매력을 느끼는 자신이 잘못된 것인지 궁금해졌다. 그리고 함께 싸울 전우로서 전투가 시작되기 전에…… 그가 가진 다른 무기를 다듬는 것을 도와달라고 그녀를 설득할 수 있을지도 궁금해졌다. 그는 목소리를 가다듬었다. 가능할 리가 없었다. 하지만 꿈은 쥐 볼 수 있지 않은가.

"내 머리가 좀 이상해진 것 같군." 그는 검날에 묻은 얼룩을 엄지로 문질렀다. "침대 밖으로 나오는 것." 금속이 댕 하고 울리는 소리가 났다. "성실하게 일하는 하루." 숫돌이 갈리는 소리가 났다. "평화. 평범함. 냉철함." 그는 검을 빛에 비춰 반짝이는 날을 유심히 관찰했다. "나는 그런 것들이 무섭네. 하지만 위험은 내게 늘 안정감을 주지. 뭘 좀 먹게나. 기력이 달리면 안 될 테니."

"입맛이 없네요." 데이가 침울하게 말했다. "이렇게 확실하게 죽음을 마주해 본 적이 없거든요."

"이런, 이런. 이리 오게. 그런 말 말게나." 그는 일어서서 훔친 대위 군복의 휘장에 떨어진 꽃잎을 털어 냈다. "내가 수없이 최후의 순간을 마주하면서 배운 게 있다면 죽음은 언제나 확실하지 않다는 걸세. 그저…… 가능성이 높을 뿐이지."

"정말 위로가 되네요."

"나는 노력한다네. 최선을 다해." 코스카는 그의 검을 검집에 넣고 몬자의 칼베즈를 집어 들고 전사 조각상 쪽으로 느긋하게 걸어갔다. 샐리어 공작이 금색 장식 술이 달린 티 없이 깨끗한 흰색 제복을 입고 근육질 조각상의 그림자 밑에 서서 고귀한 죽음을 맞이할 준비를 하고 있었다.

"내가 어쩌다 이렇게 된 건가?" 샐리어 공작은 생각에 잠겼다. 코스카가 싸구려 술병에서 마지막 한 방울을 빨며 자신에게 몇 번이고 물었던 질문이었다. 모르는 집 현관 앞에서 어리둥절해하며 깨어났을 때, 푼돈을 받고 명분 없는 싸움에 뛰어들었을 때 하곤 했던 질문이었다. "내가 어쩌다…… 이렇게 된 건가?"

"전하께서는 오르소의 해로운 야심과 머카토의 무자비한 재능을 너무 얕잡아 보셨으니까요. 하지만 너무 안타까워하지는 마십시오. 우리 모두 그랬으니까요."

샐리어는 눈동자를 옆으로 굴려 그를 바라보았다. "나 자신에게 한 질문이었네만, 물론 자네 말이 맞네. 나는 너무 거만했고 그 대가로 가혹한 벌을 받게 될 모양이야. 모든 걸 잃게 되겠지. 하지만 젊은 여자가 우리 군대를 상대로 연달아 승리를 거둘 줄 누가 예상이나 했겠나? 그 여자가 자네 용병단의 이인자가 되었을 때 얼마나 웃었는지 아나? 오르소가 지휘를 맡길 때는 또 얼마나 웃었는지. 우리는 이미 승리했다고 생각하고 그의 영토를 어떻게 나눠 가질지 이야기했지. 비웃음이 흐느낌이 되었군. 그렇지 않나?"

"비웃는 건 습관이더군요."

"그동안 머카토는 위대한 군인이 되고 나는 형편없는 군인이 되었지. 하지만 나는 군인이 되고 싶었던 적이 없고, 그냥 대공이 된 것만으로도 평생 만족했을 걸세."

"이제 공작 전하는 대공도 무엇도 아니시고, 저도 마찬가지군요. 인생이 그렇지요."

"마지막 공연 하나만 남았군."

"우리 둘을 위한 공연이겠네요."

공작이 그를 마주 보며 미소 지었다. "죽어 가는 백조 한 쌍 같군. 그렇지 않나, 코스카?"

"늙은 칠면조 한 쌍이 더 잘 어울릴 것 같군요. 전하께서는 왜 도망치지 않으십니까?"

"솔직히 나도 내 결정이 의외라고 생각하네. 자존심 때문인 것 같 군. 비세린의 대공으로 평생을 살았고, 그렇게 마지막을 맞이할 생 각이야. 한때는 이름 좀 날렸던 평범한 뚱뚱보 샐리어 선생이 되는 건 거절하겠네."

"자존심이요? 저는 살면서 자존심을 부려 본 적이 없는 것 같 군요."

"그럼 코스카 자네는 왜 도망치지 않나?"

"제 생각에는……" 그는 왜 도망치지 않는 것인가? 한때는 이름 좀 날렸던 늙은 코스카 선생은 마지막 순간에 늘 자기 목숨을 최우 선으로 생각하지 않았던가? 바보같이 사랑에 빠져서? 말도 안 되 는 객기를 부리느라? 오래된 빚을 갚기 위해서? 아니면 더 이상 창 피를 당하지 않도록 자비로운 죽음을 맞이하기 위해서일까? "저 길 보십시오!" 그는 문 쪽을 가리켰다. "호랑이도 제 말 하면 온다 더니."

그녀는 탈린 군복을 입고 있었다. 머리카락을 투구 속에 숨긴 채 입을 굳게 닫고 있으니 오늘 아침 깨끗하게 면도를 하고 남자답게 전투를 치를 준비가 된 진중한 젊은 장교처럼 보였다. 모르고 봤다 면 그녀인 줄 상상도 하기 힘들었을 것 같았다. 걸음걸이에 살짝 드 러나는 습관으로 그녀를 알아볼 수 있었으려나? 엉덩이 모양과 긴 목으로 알아볼 수 있지 않았을까? 이번에도, 남장을 한 여자를 보 고 그렇게 괴로워야 할 일인지 그는 궁금해졌다.

"몬자!" 그가 외쳤다. "자네가 못 오는 줄 알고 걱정했잖나!"

"당신 혼자 영예롭게 죽도록 놔두라고?" 흉갑과 정강이받이를 차고 투구를 쓴 시버스가 그녀의 뒤에서 나타났다. 성벽에 뚫린 구멍 근처에 쓰러져 있던 덩치 큰 시체에서 훔쳐 온 장구들이었다. "내가 듣기로는 놈들이 궁궐 문 앞까지 왔다더군."

"그렇게나 가까이?" 샐리어의 혀가 통통한 입술을 핥았다. "랭그리어 대위는 어디에 있나?"

"도망쳤습니다. 영광스러운 죽음에는 관심이 없는 모양이더라고요."

"스티리아에서 더 이상 충성심을 기대하긴 힘든 건가?"

"전에도 마찬가지였던 것 같군요." 코스카가 검집에 꽂힌 칼베즈의 검을 툭 던졌고, 몬자는 솜씨 좋게 공중에서 낚아챘다. "자기 자신에게 충성하는 사람들을 뺀다면 말입니다. 간마크가 이곳으로 오길 기다리는 것 말고 다른 계획 있나?"

"데이!" 몬자가 한 층 위에 난 좁은 창문을 가리켰다. "저 위에 올라가서 기다려. 우리가 간마크를 공격하기 시작하면 쇠창살 문을 내려 줘. '그가 우리를 공격하기 시작하면'이라고 해야 되려나."

데이는 잠시나마 직접적인 위험에서 벗어날 수 있게 되자 안도하는 것 같았지만 코스카는 위험을 피할 수 있는 시간은 어차피 잠시뿐이리라는 생각에 걱정이 되었다. "일단 함정에 걸려들면 말이죠. 알겠어요." 그녀는 문 쪽으로 서둘러 걸음을 옮겼다.

"우리는 여기서 기다려. 간마크가 도착하면 놈에게 샐리어 대공을 잡아 놨다고 하는 거야. 공작 전하를 가까이 데려가서⋯⋯ 전하, 우리 모두 오늘 죽을 수도 있다는 사실을 알고 계시지요?"

공작은 연약하게 미소 지었고, 턱살이 떨렸다. "머카토 장군, 내가 전사는 아니네만, 겁쟁이도 아닐세. 내가 죽는다면, 무덤에서 침이라도 뱉겠네."

"좋은 말씀이십니다." 몬자가 말했다.

"오호, 나도 마찬가질세." 코스카가 끼어들었다. "무덤은 무덤이니 침을 뱉어 봐야 달라질 건 없을 테지만 말이야. 자네는 그가 여기로 올 거라고 확신하는군?"

"올 거야."

"그러고 나면?"

"죽여야지." 시버스가 툴툴거렸다. 어디서 났는지 한 손에는 커다란 방패를 들고 다른 손에는 손잡이 끝이 뾰족한 창처럼 생긴 곡괭이 도끼를 들고 있었다. 그는 자신의 무시무시한 무기를 휘두르는 연습을 하고 있었다.

몬자는 침을 삼키며 목을 움직였다. "기다리면서 지켜보자고."

"아, 기다리면서 지켜보기." 코스카의 얼굴이 환하게 빛났다. "내가 좋아하는 계획이군."

궁궐 어딘가에서 쾅 하는 소리가 들렸고, 희미하게 고함치는 소리와 함께 쇠가 쾅쾅 부딪치는 소리도 들리는 것 같았다. 몬자는 이미 검집에서 뽑아 왼쪽 다리 옆으로 들고 있던 칼베즈의 칼자루를 초조하게 만지작거렸다.

"들었나?" 그녀 옆에 선 샐리어의 매끈한 얼굴이 버터처럼 창백해졌다. 공작의 경비병들은 여기저기 흩어져 급히 마련한 무기를 만지작거릴 뿐 그다지 열의가 있어 보이지 않았다. 하지만 베나는 늘 이야기했다. 죽음이 코앞에 닥치면 그렇게 된다고. 죽음이 가까워질수록 더 부정적으로 보이는 거라고. 하지만 시버스는 조금도 두려워하지 않는 것 같았다. 뜨거운 인두에 두려움도 타 버린 것일까. 코스카도 마찬가지였다. 그는 점점 더 행복한 미소를 짓고 있었다. 프렌들리는 다리를 느슨하게 꼬고 앉아서 돌바닥에 주사위를 굴리고 있었다.

프렌들리가 공허한 표정으로 그녀를 올려다보았다. "다섯과 넷."
"좋은 건가?"
그는 어깨를 으쓱했다. "아홉이지." 몬자는 눈썹을 치켜올렸다. 그녀의 사람들은 하나같이 독특한 구석이 있었다. 하지만 반쯤 미친 것 같은 계획을 실행하려면 반쯤 미친 것 같은 사람들이 필요했다.

제정신인 사람들이라면 더 나은 계획을 찾으려고만 할 테니까.
또 한 번 쾅 하는 소리와 함께 가느다란 비명이 들렸다. 이번에는 더 가까운 곳에서 들려오고 있었다. 간마크의 병사들이 궁궐 중심에 있는 정원으로 밀고 들어오는 중인 듯했다. 프렌들리는 주사위를 한 번 더 던졌다가 손에 모아 쥔 다음 일어서서 검에 손을 얹었다. 몬자는 문에 시선을 고정한 채 가만히 있으려고 애썼다. 그 문 너머로 그림이 가득한 복도가 있고, 그 복도 너머로 궁궐의 나머지 부분으로 이어지는 아치형 통로가 있었다. 정원으로 들어오는 유일한 길이었다.

투구를 쓴 머리통이 아치형 통로로 이어지는 모퉁이에서 빼꼼히 모습을 드러냈다. 뒤이어 갑옷을 입은 몸이 나타났다. 탈린 하사였다. 그는 검과 방패를 치켜들고 있었다. 몬자는 그가 내리닫이 쇠창살 문 밑 대리석 타일을 살금살금 지나는 모습을 지켜보았다. 그는 얼굴을 찌푸리며 밝은 햇살 아래로 나왔다.

"하사." 코스카가 밝은 목소리로 말했다.

"대위님." 남자가 몸을 꼿꼿이 세우고 검을 아래로 내렸다. 그의 뒤에 군인들 몇 명이 더 따라 들어왔다. 무장한 탈린 병사들이었다. 턱수염을 기른 노병들이 경계하는 눈초리로 무기를 휘두를 준비를 마친 채 화랑으로 걸어 들어오고 있었다. 그들은 자기편 군인들이 이미 정원에 들어와 있는 모습을 보고 놀란 듯했지만 언짢아 보이지는 않았다. "저 사람입니까?" 하사가 샐리어를 가리키며 물었다.

"저 사람이라네." 코스카가 하사를 향해 미소 지었다.

"이런, 이런. 정말 돼지 새끼가 따로 없네요. 그렇지 않습니까?"

"그렇구먼."

입구로 병사들이 점점 더 많이 들어오고 있었다. 그리고 그들 뒤에는 장교 한 무리가 걸어오고 있었는데, 단정한 제복을 입고 좋은 검을 들었지만 갑옷은 차지 않고 있었다. 매끈한 얼굴에 우수에 찬 촉촉한 눈을 가진, 도전할 수 없는 권위가 느껴지는 남자가 그들의 맨 앞에서 걸어오고 있었다.

간마크였다.

몬자는 자신이 그의 행보를 이토록 쉽게 예측했다는 사실이 찝찝하면서도 만족스러웠지만, 눈앞에 나타난 그의 모습에 증오가 점점 부풀어 오르며 만족감을 밀어내 버렸다. 그는 왼쪽 허리에 긴 검을, 오른쪽에는 짧은 칼을 차고 있었다. 길고 짧은 칼을 모두 차는 것은 연방식 법도였다.

"화랑을 지켜라!" 간마크가 정원으로 들어서면서 딱딱 끊어지는 말투로 외쳤다. "무엇보다 그림들이 다치지 않게 조심하도록!"

"예, 알겠습니다!" 그의 명령을 따르기 위해 흩어지는 병사들의 군화 굽이 달가닥거렸다. 병사들이 아주 많았다. 몬자는 그들을 지켜보며 턱이 아플 정도로 이를 꽉 물었다. 숫자가 너무 많은 듯했지만 지금 와서 불평해 봐야 달라지는 건 없었다. 지금 중요한 것은 간마크를 죽이는 것뿐이었다.

"장군님!" 코스카가 손을 떨며 경례를 했다. "샐리어 공작을 잡았습니다!"

"그런 것 같군. 잘했네, 대위. 이렇게 신속하게 목표를 달성하다니 보상을 받아야겠군. 이렇게 빠를 줄이야." 간마크는 조롱하듯 절을 했다. "전하, 영광입니다. 오르소 대공께서 형제로서 안부를 전해 달라시더군요."

"안부는 빌어먹을." 샐리어가 호통을 쳤다.

"전하께서 완패하는 모습을 직접 보지 못해 유감이라고도 하셨고요."

"놈이 여기에 있었으면 욕이라도 한 바가지 해 줬을 텐데."

"그러시겠지요. 전하께서는 혼자 계시던가?"

코스카가 끄덕였다. "여기에서 기다리고 계셨습니다. 이걸 바라보면서요." 그는 정원 가운데 있는 거대한 조각상을 향해 고개를 까딱했다.

"보나틴의 전사로군." 간마크가 미소를 지으며 스톨리쿠스의 모습을 한 거대한 대리석을 향해 천천히 다가갔다. "직접 보니 보고서에서 본 것보다 훨씬 아름답군. 폰테자르모 정원에 아주 잘 어울리겠어." 그가 다섯 걸음도 떨어져 있지 않았다. 몬자는 숨을 천천히 쉬려고 노력했지만 망치질을 하듯 쾅쾅 뛰는 심장은 어쩌지 못했다. "어마어마한 수집품들에 감탄하지 않을 수 없더군요, 전하."

"감탄은 빌어먹을." 샐리어가 비웃었다.

"빌어먹기를 좋아하시는군요. 하지만 덩치를 유지하려면 많이 드셔야 하니까요. 저 뚱뚱한 작자를 가까이 데려오게."

지금이 기회였다. 몬자는 칼베즈의 검을 꽉 쥐고 앞으로 걸음을 옮겼다. 그녀가 장갑 낀 오른손으로 샐리어의 팔꿈치를 잡았고, 코스카도 그의 반대쪽에서 함께 걸었다. 여기저기 흩어져 있는 간마크의 장교들과 경비병들은 조각상과 정원, 샐리어를 구경하거나 창문을 통해 복도 안쪽을 훔쳐보고 있었다. 장군 곁에도 몇몇이 있었고, 그중 한 명은 검을 빼 들고 있었지만 아무런 걱정이 없는 표정이었다. 싸울 준비가 안 됐다는 뜻이었다. 모두가 동지라고 생각하는 듯했다.

프렌들리는 검을 든 채 조각상처럼 가만히 서 있었다. 시버스는 방패를 내리고 있었지만, 몬자는 도끼 자루를 쥔 그의 손마디가 하얗게 변해 있고, 멀쩡한 눈이 위협이 될 만한 적군들을 하나하나 살피고 있다는 사실을 눈치챘다. 그들이 샐리어를 데려가는 동안 간마크의 미소가 환하게 빛났다.

"이런, 이런, 전하. 저는 전하께서 여덟 기사단을 처음 만드셨을 때 하셨던 감명 깊은 연설을 아직도 기억합니다. 뭐라고 하셨지요? 오르소에게 무릎을 꿇느니 죽어 버리겠다고 하셨던가요? 이제 전하께서 무릎을 꿇는 모습을 보고 싶군요." 간마크는 가까이 다가오는 몬자에게 미소 지었다. 두 사람은 이제 불과 몇 걸음도 떨어져 있지 않았다. "중위, 괜찮다면……." 그의 옅은 색 눈이 순간 가늘어졌다. 간마크는 몬자를 알아보았다. 그녀는 그에게 달려들어 가장 가까운 경비병을 밀쳐 내고 그의 심장으로 돌진했다.

검과 검이 서로 긁히는 익숙한 감촉이 느껴졌다. 짧은 찰나에 간마크가 검을 반쯤 뽑는 데 성공해 아슬아슬하게 그녀의 검을 막아 낸 것이었다. 그는 머리를 한쪽으로 홱 젖혔고 미처 쳐내지 못한 칼베즈의 검 끝이 그의 뺨에 기다란 상처를 남겼다. 그의 검이 검집에서 완전히 뽑히며 맑게 울리는 소리가 들렸다.

그리고 정원은 아수라장이 되었다.

몬자의 검날이 간마크의 얼굴에 긴 상처를 남겼다. 가장 가까이 있던 장교가 어리둥절한 표정으로 프렌들리를 쳐다보았다. "저게……."

프렌들리의 검이 그의 머리통을 내리쳤다. 검은 그가 쓰러질 때까지 머리에 박혀 있었지만 프렌들리는 상관하지 않았다. 조잡한 무기로 가까이에서 공격하는 게 더 좋았다. 허리춤에서 도끼와 칼을 꺼내고 나자 손에 쥐어지는 익숙한 느낌에 마음이 편안해졌고, 이제 일이 훨씬 수월해졌다는 생각에 안도감마저 밀려왔다. 그들이 당황한 동안 될 수 있는 대로 많이 죽여야 했다. 공평하게 만들어야 한다. 열한 명이 스물여섯 명을 상대하기는 힘드니까.

프렌들리는 검을 뽑고 있는 붉은 머리 장교의 복부를 칼로 찌른 다음 옆에 있는 남자에게 밀었다. 그리고 남자의 팔이 활짝 벌어진 사이에 다가가 도끼로 어깨를 찍었다. 두꺼운 도끼날은 남자의 옷과 살을 파고들었다. 창을 든 병사가 프렌들리를 향해 돌진해 왔지만, 그가 창을 피하자 허우적거리며 옆을 지나쳤다. 프렌들리는 얼른 병사의 겨드랑이에 칼을 꽂았다가 흉갑 가장자리를 긁으며 뽑았다.

날카로운 마찰음과 함께 덜컹거리는 소리가 들리더니 내리닫이 쇠창살 문이 떨어졌다. 병사 두 명이 아치형 통로 입구에 서 있었다. 쇠창살 문이 내려오면서 그중 한 명은 다른 병사들과 함께 화랑에 갇히게 되었다. 통로에 서 있던 다른 병사도 자리를 벗어나려고 뒤로 몸을 기울였지만 추락하는 쇠창살에 배가 찔린 채 바닥으로 주저앉았고, 흉갑을 관통한 쇠창살에 옴짝달싹 못 하게 된 그는 한쪽 다리가 뒤로 접힌 상태로 바닥에 누워 다른 다리를 세차게 버둥거렸다. 그는 비명을 지르기 시작했지만, 부질없는 외침이었다. 이미 다른 사람들도 모두 비명을 지르고 있었다.

정원 안쪽에서 시작된 싸움은 점점 퍼져 나가 정원을 둘러싼 네 개의 통로에까지 번졌다. 코스카가 한 경비병의 허벅지 뒤쪽을 검으로 그어 쓰러뜨렸다. 싸움이 시작되자마자 남자 한 명의 몸통을 거의 두 동강 낸 시버스는 이제 조각상이 가득한 방을 등지고 세 명에게 둘러싸인 채 검을 마구 휘두르며 웃음도 포효도 아닌 기괴한 소리를 내고 있었다.

프렌들리에게 어깨를 찔린 빨간 머리 장교가 끙끙거리며 첫 번째 방으로 통하는 문으로 절뚝절뚝 걸어가고 있었다. 그가 한 걸음 내디딜 때마다 잘 닦인 바닥에 빨간 핏방울이 뚝뚝 떨어졌다. 프렌들리는 그를 뒤쫓았다. 몸을 아래로 굴려 그가 공포에 질린 채 휘두른 검을 피한 다음 일어서서 도끼로 목을 댕강 잘라 버렸다. 내리닫이 쇠창살 문에 찍힌 병사가 숨이 넘어갈 듯 횡설수설하면서 공연히 쇠창살을 잡아 뜯고 있었다. 이제야 무슨 일이 일어나고 있는지 알아챈 다른 병사가 미늘창을 프렌들리를 향해 겨눴다. 복도에 걸린 그림 일흔여덟 점을 감상하고 있던 한쪽 뺨에 점이 있는 장교 한 명도 어리둥절한 표정으로 검을 뽑아 들었다.
　두 명이었다. 하나 더하기 하나. 프렌들리는 거의 미소나 다름없는 표정을 지었다. 그가 이길 수 있는 싸움이었다.

*

　몬자는 간마크를 향해 한 번 더 칼을 휘둘렀지만 그의 병사 하나가 그녀 앞을 가로막더니 방패와 함께 달려들었다. 그녀는 미끄러지며 옆으로 굴렀다가 재빨리 일어섰고, 그러는 동안에도 사방에서 격렬한 전투가 벌어지고 있었다.
　그녀는 샐리어가 고함을 지르며 등 뒤에서 가느다란 펜싱용 검을 꺼내서 깜짝 놀란 장교 한 명의 얼굴을 베어 넘어뜨리는 모습을 보았다. 샐리어는 덩치에 비해 민첩한 놀림으로 간마크를 향해 달려들었지만 그를 치기에는 역부족이었다. 간마크는 옆으로 비켜서서 침착하게 비세린 대공의 배에 칼을 꽂았다. 샐리어의 흰 제복 등판 밖으로 피 묻은 검 끝이 튀어나왔다. 마치 베나의 흰 셔츠를 뚫고 나왔듯이.

"이런." 샐리어가 말했다. 간마크는 발을 들어 밀쳤고 그는 비틀거리며 자갈 바닥을 뒷걸음질 쳐서 전사 조각상 받침대 밑까지 밀려났다. 공작은 받침대에 등을 대고 미끄러지듯 주저앉았다. 통통한 손으로 찔린 부위를 움켜쥐자 부드러운 흰 천에 피가 배어 나왔다.

"다 죽여라!" 간마크가 고함을 질렀다. "그림은 반드시 보전하라!"

병사 두 명이 몬자에게 달려들고 있었다. 그녀는 옆으로 폴짝 뛰어 병사들끼리 부딪치게 만들었다. 둘 중 한 명이 급하게 그녀의 머리를 내리치자 그녀는 몸을 돌려 일격을 피한 다음 그의 흉갑 바로 아래 사타구니를 찔렀다. 그는 귀청이 터지도록 비명을 지르며 무릎을 꿇고 주저앉았지만, 그녀가 미처 중심을 다시 잡기 전에 다른 한 명이 그녀를 향해 칼을 휘둘렀다. 그녀는 가까스로 그 칼을 막아 냈지만, 그 충격에 칼베즈의 검을 손에서 거의 놓칠 뻔했다. 그가 방패로 가슴팍을 밀치는 바람에 몬자는 흉갑 가장자리가 배에 꽂히면서 숨이 턱 막혀 아무것도 할 수 없게 되었다. 그는 다시 검을 치켜들다 말고 꽥 하고 소리를 지르며 비틀비틀 게걸음을 쳤다. 그러다 한쪽 무릎이 푹 꺾이더니 얼굴을 바닥에 처박으며 앞으로 고꾸라졌다. 그의 목덜미에 꽂힌 석궁 화살 깃이 몬자의 눈에 들어왔다. 데이가 활을 손에 들고 위층 창문에 기대어 있었다.

간마크는 데이를 손가락으로 가리켰다. "금발 머리 년을 죽여라!" 그녀는 방 안으로 모습을 감췄고 정원에 남은 탈린 병사들은 장군의 명에 따라 허둥지둥 그 뒤를 쫓았다.

샐리어는 초점이 흐릿해진 눈으로 통통한 손을 타고 흘러내리는 피를 바라보고 있었다. "누가 생각이나 했겠나…… 내가 싸우다 죽다니?" 그리고 그는 뒤통수를 조각상 받침대에 기대며 쓰러졌다.

"세상은 끝없이 놀라움을 선사하는군." 간마크가 재킷의 윗단추를 풀고 손수건을 꺼내 피가 흐르는 얼굴을 살짝 두드린 다음, 검에 묻은 샐리어의 피를 신중하게 닦아 냈다. "살아 있다는 게 사실이었다니."

숨을 다 고른 몬자가 동생의 검을 들었다. "사실이지, 이 개자식아."

"난 자네의 미묘한 말솜씨에 늘 감탄했지." 몬자에게 사타구니를 찔린 병사가 끙끙거리며 정원 입구 쪽으로 몸을 끌고 있었다. 간마크는 신중하게 그를 넘어 그녀에게 다가오면서 피 묻은 손수건을 주머니에 넣고 남은 손으로 다시 윗단추를 채웠다. 무언가가 부딪히는 소리, 무기끼리 긁히는 소리, 치고받고 싸우는 소리가 지붕을 받치는 기둥들 너머의 방에서 새어 나왔지만, 입구 주변에 흩어진 시체를 제외한다면 정원에는 그들뿐이었다. "우리 둘만 남았군? 내가 작심하고 검을 뽑은 지는 좀 되었지만 자네를 실망시키지 않도록 노력하지."

"그건 걱정 마. 당신이 죽으면 어차피 행복해질 테니까."

그는 옅은 미소를 지었고, 그의 젖은 눈이 그녀의 검으로 향했다. "왼손으로 싸울 건가?"

"당신한테 기회를 좀 줘 보려고."

"내가 할 수 있는 건 나도 같은 예의를 표하는 것뿐이겠군." 그는 재빨리 검을 한쪽 손에서 다른 쪽 손으로 옮겨 쥔 다음 자세를 고쳐 잡고 그녀를 향해 검을 겨눴다. "자 이제……."

몬자는 상대방이 준비를 마칠 때까지 기다리는 법이 없었다. 그녀는 그를 향해 돌진했지만 이미 피할 준비가 되어 있던 그는 옆으로 비켜서서 그녀를 향해 한 번은 높이, 한 번은 낮게 두 번 검을 휘둘렀다. 맞부딪친 두 사람의 검날은 미끄러지듯 서로를 긁었고, 나무 사이로 떨어지는 햇볕을 반사하며 이쪽저쪽으로 거세게 휘둘렸다. 윤이 나는 기사용 군화를 신은 간마크가 무용수처럼 민첩하게 움직이며 자갈밭을 미끄러지듯 오갔다. 그는 번개처럼 빠른 손놀림으로 그녀를 찔렀다. 그녀는 그의 공격을 한 번, 두 번 피했지만 세 번째 공격은 아주 간신히 몸을 비틀거리며 피했다. 휘청거리며 뒤로 몇 걸음 물러섰다가 숨을 고르고 다시 정비를 해야 했다.

적에게서 도망치는 것은 개탄스러운 일이지만 계속 싸우는 것보다는 낫다. 파란스는 말했다.

그녀는 간마크가 반짝거리는 검 끝을 부드럽게 빙글빙글 돌리며 한발 다가오는 모습을 보았다. "지금 제대로 방어하고 있는 것 같지 않군. 열정은 가득하지만 통제되지 않는 열정은 어린아이의 생떼와 다를 게 없지."

"입 닥치고 계속 싸우기나 하지?"

"아, 나는 말하면서도 자넬 산산조각 낼 수 있다네." 그는 그녀를 향해 힘껏 돌진해 정원 반대편까지 몰아붙였다. 그녀는 필사적으로 막아 내며 기회가 오면 약하게나마 공격을 이어 갔지만, 기회는 쉽사리 오지 않았고, 그에게 별 타격도 주지 못했다.

그녀는 그가 세계에서 가장 검을 잘 다루는 검객 중 한 명이라는 이야기를 들은 적 있었고, 심지어 왼손으로 싸우고 있는데도 그 말이 믿길 정도였다. 그녀가 검을 가장 잘 다루던 시절과 비교해도 그의 실력이 훨씬 나았고, 그녀의 실력은 고바의 군홧발에 짓눌린 오른손과 함께 뭉개져 폰테자르모 산비탈 아래에 흩어져 버린 지 오래였다. 간마크는 더 빠르고, 더 강력하고, 더 날카로웠다. 그녀가 이길 방법은 더 영리하고 교묘하고 추잡하게, 그리고 분노를 연료 삼아 싸우는 것뿐이었다.

그녀는 날카롭게 비명을 지르며 그에게 달려들다가 왼쪽으로 공격하는 척하면서 오른쪽으로 검을 찔러 넣었고, 그가 뒤로 물러나자 투구를 벗어 그에게 던졌다. 간마크는 날아오는 투구를 제때 발견하고 몸을 피했지만 투구는 그의 정수리에 맞아 튕겨져 나갔고, 그는 낮게 신음을 뱉었다. 그녀는 곧바로 그를 향해 돌진했다. 하지만 그가 옆으로 살짝 몸을 비트는 바람에 제복 어깨에 달린 금술만 살짝 베고 말았다. 그녀의 찌르기를 막아 낸 그는 다시 자세를 바로 잡았다.

"속임수를 쓰는군."

"엿이나 처먹어."

"자넬 죽이고 나면 그럴 기분이 들지도 모르겠군." 간마크가 몬자를 향해 검을 휘둘렀고, 몬자는 물러서는 대신 그에게 가까이 다가가며 검을 막아 냈다. 두 사람의 검 자루가 서로 맞닿아 긁혔다.

몬자는 간마크를 넘어뜨리려 발을 걸었지만 그는 균형을 잃지 않고 몸을 돌려 그녀의 발을 피했다. 하지만 곧 몬자에게 무릎을 차여 아주 잠깐이나마 몸을 휘청거리게 되었다. 몬자는 그 틈을 타 사납게 검을 휘둘렀으나 그는 이미 뒤로 물러나 있었고, 몬자의 검은 관상용 수풀만 한 움큼 베고 말았다. 초록 이파리들이 나풀거리며 바닥에 떨어졌다.

"울타리를 다듬고 싶으면 더 쉽게 다듬을 수 있을 텐데." 그녀가 미처 알아채기도 전에 그는 여러 번 검을 휘둘러 그녀를 자갈 바닥 저편으로 몰아붙였다. 그녀는 피범벅이 된 채 쓰러져 있는 간마크의 경비병 시체를 뛰어넘어 조각상의 거대한 다리 뒤로 몸을 피했다. 그녀는 계속 조각상 뒤에 숨어 그에게 다가갈 방법을 생각해 내려고 애썼다. 그녀는 흉갑 버클 한쪽을 풀어 연 다음 흉갑을 잡아당겨 덜그럭 소리가 나도록 바닥에 내던졌다. 보호 장비도 없이 실력 있는 검객과 싸우게 되는 셈이지만 흉갑의 무게 때문에 도무지 제대로 싸울 수가 없었다.

"머카토, 또 속임수를 쓸 생각인가?"

"내가 알아서 해, 개자식아!"

"그럼 방법을 빨리 생각하게." 간마크의 검이 조각상 다리 사이로 쑥 들어왔고 그녀는 간발의 차로 검 끝을 피했다. "자네는 못 이겨, 알잖나. 왜냐하면 자네는 억울하다고 생각하기 때문이지. 자네 스스로 정당하다고 믿기 때문이라고. 분노가 크다고 이기는 게 아니라 검을 가장 잘 다룰 수 있어야 이기는 걸세."

그는 전사 조각상의 거대한 오른쪽 다리를 돌아오는 듯하다가 반대 방향으로 가서 조각상 받침대를 등지고 쓰러진 샐리어의 시체 위로 뛰어올랐다. 그녀는 그의 검이 날아오는 모습을 보고 자신의 검을 넓게 휘둘러 막아 냈다. 그리고 연달아 짧고 우아하지만 강력한 힘으로 그의 머리를 쳐냈다. 그는 아슬아슬하게 그녀의 검을 피해 갔다. 칼베즈의 검날이 스톨리쿠스의 근육질 종아리에 부딪치며 쨍그랑 소리를 냈고, 대리석 파편이 공중에 튀었다. 그녀는 작게 떨림이 느껴지는 칼자루를 욱신거리는 왼손에 쥔 채 비틀거리며 물러났다.

간마크가 검을 들지 않은 손으로 조각상의 다리에 난 흠집을 어루만지며 인상을 찌푸렸다. "정말 야만적이군." 그리고 그녀에게 달려들어 그녀의 검을 때렸다. 그녀는 뒤로 한 걸음, 두 걸음 물러서다 자갈길을 벗어나 잔디에 올라섰고, 공격할 기회를 엿보며 도발하고, 속임수를 쓰고, 강하게 밀어붙였다. 하지만 간마크는 공격이 닥쳐오기 전에 미리 수를 읽고 있었다. 그리고 단순하면서도 효과적인 능수능란한 솜씨로 공격을 막아 냈다. 숨이 가쁘지도 않은 듯 보였다. 오래 싸울수록 그는 그녀의 수를 더 잘 읽게 될 터였고, 그를 죽일 기회는 점점 줄어드는 셈이었다.

"백스윙을 할 때는 조심해야지." 그가 말했다. "너무 높네. 다음 동작이 제한될 뿐만 아니라 상대방에게 공격할 기회를 주게 되지." 그녀가 그를 향해 칼을 휘두르고, 또 휘둘렀지만 그는 무심하게 그녀의 공격을 피했다. "그리고 검을 앞으로 뻗을 때 오른쪽으로 기울이는 버릇이 있고." 그녀가 그를 향해 검을 찔러 넣자 그는 자기 검으로 그녀의 검을 막아 냈다. 금속이 서로 맞부딪히며 미끄러졌고, 그는 그녀의 검날을 자신의 검 위에 걸어 한 바퀴 휙 돌렸다. 그가 힘도 들이지 않고 손목을 한번 휘두르자 칼베즈의 검은 그녀의 손을 떠나 자갈 바닥에 경쾌한 소리를 내며 떨어졌다. "무슨 말인지 알겠나?"

그녀는 깜짝 놀라며 한 걸음 물러서면서 간마크가 휘두른 검이 반사하는 빛을 보았다. 검날은 그녀의 왼 손바닥을 깔끔하게 뚫고 들어갔고, 뼈 사이를 통과한 날 끝은 그녀의 팔을 등 뒤로 굽히며 어깨를 찔렀다. 그녀는 양파와 고기가 들어간 거키쉬 꼬치 요리 같은 모습이 되었다. 곧 고통이 밀려왔다. 간마크가 검을 비틀자 그녀는 끙끙거리면서 무릎을 꿇고 허리를 뒤로 젖힌 채 힘없이 주저앉았다.

"내가 너무 과하다 싶으면, 카프릴 사람들이 보낸 선물이라고 생각하시게." 그가 검을 반대로 비틀자, 칼날은 그녀의 손뼈를 긁으며 어깨에 파고들었고, 손에서 흐른 피가 팔뚝을 따라 재킷 소매로 흘러들어 갔다.

"두고 봐!" 그녀는 그에게 침을 뱉었다. 그렇게라도 하지 않으면 비명을 지를 것 같았다.

그의 입술이 움찔거리며 슬픈 미소가 지어졌다. "그러면 좋겠군. 사실 난 자네보다는 자네 남동생을 더 좋아했는데." 그가 그녀의 어깨에서 검을 휙 뽑자, 그녀는 숨을 헐떡이며 네발로 땅을 짚고 휘청거렸다. 그리고 그의 검이 자신의 날개뼈 사이를 관통해 심장에 꽂히길 기다렸다. 베나가 당했던 것처럼.

그녀는 검에 찔리는 고통이 어떨지, 얼마나 오랫동안 고통을 느낄지 궁금했다. 아마도 많이 아플 테지만 오래 고통받지는 않을 터 였다.

군화 굽이 자갈밭 저쪽으로 멀어지는 소리가 들리자, 그녀는 천천히 고개를 들었다. 간마크가 칼베즈의 검 밑에 발을 넣고 휙 차서 손으로 받았다. "내가 한 점 얻은 것 같군." 그가 던진 검이 화살처럼 날아와 그녀가 엎드려 있는 잔디밭에 툭 하고 꽂혀 앞뒤로 흔들렸다. "어떤가? 3판 2선승제로 겨뤄 보는 게?"

스티리아 출신 화가들의 명작들이 걸린 긴 방에는 이제 시체 다섯 구가 더해져 있었다. 어느 궁이든 시체야말로 완벽한 장식품이었다. 물론 통찰력 있는 폭군이라면 궁에 악취가 배지 않도록 시체를 주기적으로 교체해 줘야 한다는 사실을 알 것이다. 특히 날씨가 따뜻할 때는 더더욱. 탈린군으로 변장한 샐리어의 병사 두 명과 간마크의 장교 한 명이 피투성이가 된 채, 인간으로서의 존엄 따위는 찾아보기 힘든 모습으로 널브러져 있었다. 그나마 간마크의 경비병 중 하나가 덜 불편해 보이는 자세로 장식용 화병이 올려진 보조탁자 옆에 몸을 웅크리고 쓰러져 있었다.

다른 경비병 한 명이 몸을 질질 끌며 방 저편에 난 문 쪽으로 향하고 있었다. 그가 지나간 자리를 따라 반들반들한 바닥에 미끈거리는 붉은 핏자국이 남았다. 코스카에게 흉갑 바로 밑 복부를 찔린 그는 한 손으로 배를 부여잡고 바닥을 기는 것조차 힘겨워 보였다.

이제 그 방에는 정당한 증오가 가득 담긴 눈빛으로 번뜩이는 검을 뽑아 든 젊은 장교 두 명과 코스카만 남았다. 상황이 이렇지 않았다면 그들은 어쩌면 좋은 사람들이었을 수도 있을 것이다. 그들에게는 그들을 사랑하는 어머니가 있고, 그들 역시 어머니를 사랑할 것이다. 먹고살기 위해 한쪽 편을 선택했다는 이유만으로 이 화려한 탐욕의 사원에서 죽음을 맞이해야 한다면 그들에게는 너무 억울한 일인지도 모른다. 하지만 최선을 다해 그들을 죽이는 것 말고 코스카가 할 수 있는 일이 뭐가 있단 말인가? 민달팽이나 잡초 같은 가장 하찮은 것들조차도 늘 살아 있기 위해 발악을 한다. 스티리아에서 가장 악명 높은 용병인 그가 다른 기준에 따라 행동해야 할 이유가 있을까?

 장교 두 명은 서로 멀어졌다. 한 명은 높은 창문 쪽으로, 다른 한 명은 그림 쪽으로 움직이며 코스카를 구석으로 몰아넣었다. 그의 숨통을 끊어 놓을 심산인 듯했다. 탈린 군복 안에 땀이 차서 피부가 따끔거리고 숨을 쉴 때마다 폐가 불타는 것 같았다. 목숨을 건 전투는 역시 젊은 사람들에게나 어울리는 놀이였다.

 "자, 자, 친구들." 그가 무게를 재듯 검을 위아래로 흔들며 중얼거렸다. "한 번에 한 명씩 상대하는 게 어떻겠나? 자네들은 명예라는 것도 모르나?"

 "명예를 몰라?" 한 명이 비웃었다. "우리가?"

 "비겁하고 은밀하게 우리 장군님을 암살하기 위해 변장까지 한 사람이 누군데?" 다른 한 명이 얼굴이 벌게지도록 분노를 쏟아냈다.

 "사실이군, 사실이야." 코스카는 검 끝을 내렸다. "부끄러워서 가슴이 아프구먼. 항복하겠네."

처음에 왼쪽 장교는 상황을 이해하지 못한 듯했고, 오른쪽 장교는 어리둥절한 표정을 짓다가 잠시 검을 내렸다. 그 틈을 타 코스카는 오른쪽 장교에게 검을 휘둘렀다.

날카로운 소리와 함께 공기를 가른 그의 검은 장교의 옆구리에 가서 꽂혔고, 장교의 허리가 푹 꺾였다. 코스카는 때를 놓치지 않고 가슴팍을 향해 돌진했다. 장교가 몸을 앞으로 기울였는지 아니면 코스카의 검이 빗나갔는지 검날은 장교의 가슴 대신 목을 쳤고, 열심히 날을 갈아 둔 코스카의 노력에 보답이라도 하듯 머리를 깨끗하게 날려 버렸다. 잘린 목이 피를 흩뿌리며 빙글빙글 날아가서 쿵 소리와 함께 그림 중 하나에 부딪혀 액자를 흔들었다. 몸통은 앞으로 기울어졌고, 잘린 목 부분에서 피가 뿜어져 나와 바닥을 흥건히 적시며 퍼져 나갔다.

의도치 않게 상대를 쓰러뜨린 코스카는 자신도 깜짝 놀라며 짧게 비명을 질렀다. 그동안 다른 장교가 그에게 달려들더니 카펫 먼지를 터는 사람처럼 세차게 검을 휘둘렀다. 코스카는 거세게 휘몰아치는 공격을 피해 몸을 숙이고, 좌우로 허리를 꺾고, 검을 막아 내고, 휙 물러났지만, 머리 없는 시체에 걸려 넘어져 바닥에 고인 피 웅덩이에 자빠지고 말았다.

장교는 날카롭게 비명을 지르며 마지막 일격을 날렸다. 코스카는 한 손을 허우적거려 가장 가까이에 있는 무언가를 붙잡아 허공에 날렸다. 잘린 머리통이었다. 머리통은 장교의 얼굴로 날아가 그를 휘청거리게 만들었다. 코스카는 허둥지둥 검을 찾아 휙 낚아챈 다음 자신의 몸을 살폈다. 손, 검, 얼굴, 옷이 모두 붉게 물들어 있었다. 그가 살아온 인생과 이상하리만치 잘 어울리는 모습이었다.

어느새 장교는 그에게 다시 한번 분노에 찬 검을 휘두르고 있었다. 코스카는 넘어지지 않도록 재빨리 일어서서 칼을 늘어뜨린 채 완전히 지친 척했다. 사실 척이라고 할 수도 없었다. 그는 탁자에 부딪혀 거의 넘어질 뻔했고, 검을 잡지 않은 손을 등 뒤로 더듬어 장식용 화병의 가장자리를 잡았다. 장교가 검을 치켜들고 승리를 확신하듯 고함을 지르며 돌진해 오고 있었다. 고함은 자신을 향해 날아오는 화병을 발견한 장교가 깜짝 놀라며 숨을 들이쉬는 소리와 함께 멈춰 버렸다. 검 자루로 간신히 화병을 쳐내기는 했지만 옆쪽으로 도자기 파편이 마구 튀면서, 장교에게 빈틈이 생기고 말았다. 코스카는 필사적으로 마지막 한 방을 날렸다. 그의 검은 교과서처럼 완벽한 각으로 움직이며 약간의 저항과 함께 장교의 뺨을 뚫고 들어가 뒤통수로 빠져나왔다.

"엇." 코스카가 검을 홱 잡아 빼면서 빠르게 뒤로 물러서자 장교가 비틀거렸다. "그거······." 장교는 멍하면서도 당황한 표정이었다. 마치 강도를 당한 뒤 기둥에 나체로 묶여 있다가 잠에서 깬 주정뱅이 같았다. 코스카는 자신이 그런 일을 당했던 도시가 에트리사니였는지 웨스트포트였는지 기억이 나지 않았다. 주정뱅이 시절 기억은 모두 뒤죽박죽 하나로 합쳐져 있었다.

"므슨 이리지?" 장교가 아주 느리게 검을 휘둘렀고, 코스카가 한 발 물러서 검을 피하자 큰 원을 그리며 빙글 돌더니 옆으로 고꾸라졌다. 그는 낑낑거리며 몸을 굴려 땅을 딛고 일어섰다. 코 옆에 난 가느다란 구멍에서 피가 흘러나오고 있었다. 그의 눈이 파르르 떨리더니 상처가 난 쪽 얼굴이 오래된 가죽처럼 축 처졌다.

"이 캐자식." 그의 입에서 침이 흘러나왔다.

"뭐라고?" 코스카가 물었다.

"캐자이이익!" 그는 떨리는 검을 들어 올리며 비스듬히, 벽을 향해 돌진했고, 깜짝 놀란 표정을 짓고 있는 목욕하는 소녀 그림에 부딪혔다. 그는 검을 든 팔을 허우적거리다 그림에 커다란 구멍을 냈고, 거대한 캔버스가 기울어지며 그의 위로 엎어졌다. 금색 액자 밑으로 군화 한쪽이 삐져나와 있었다. 그는 더 이상 움직이지 않았다.

"운도 좋지." 코스카가 속삭였다. 발가벗은 여자 아래서 최후를 맞다니. 코스카가 늘 바랐던 죽음이었다.

몬자의 어깨에 난 상처가 불에 타는 듯 아팠다. 검날이 관통한 왼손의 통증은 훨씬 더 심각했다. 손바닥, 손가락 할 것 없이 피범벅이 되어 있었다. 검을 드는 것은 고사하고 주먹도 쥐기 힘들 정도였다. 방법이 없었다. 그녀는 이를 꽉 깨물며 장갑을 벗고 오른손으로 칼베즈의 검 자루를 쥐었다. 자루 위로 뒤틀린 손가락을 구부리자 손가락뼈들이 움직이는 느낌이 들었다. 새끼손가락은 여전히 꼴사납게 쭉 뻗어 있었다.

"아, 오른손으로 싸울 텐가?" 간마크가 검을 공중에 날려 서커스 마술사처럼 민첩하게 오른손으로 받아 들었다. "나는 늘 자네의 결단력에 감탄하곤 했지. 그 결단력을 발휘하게 하는 목표들에는 감탄할 수 없었지만 말일세. 지금은 그 목표가 복수려나?"

"복수야." 그녀가 으르렁거렸다.

"복수로군. 만약 성공할 수 있다 해도 자네한테 무슨 이득이 있나? 이렇게 노력을 하고, 고통을 감수하고, 피를 보면 대가가 있어야지? 여기에서 이득을 보는 사람이 있긴 한가?" 그는 우수에 찬 눈으로 그녀가 천천히 일어나는 모습을 지켜보았다. "자네가 대신 복수를 해 준 죽은 사람들은 아닐 테고. 그들은 어차피 진흙 속에서 썩어 가고 있을 테니까. 복수의 대상들은 물론 아니고. 그들도 어차피 시체가 됐으니 말이야. 복수를 하는 사람들은 어떻고? 살인을 저지르고 또 저지르면서 잠을 편히 잘 수 있을 거라 생각하나? 피의 씨앗을 수백 개는 더 심는 셈이지 않겠나?" 그녀는 그를 죽이려면 어떤 속임수를 써야 할지 머리를 쥐어짜며 그의 주위를 돌았다. "웨스트포트에서 그렇게 많은 사람을 희생시키는 게 자네의 정의로운 임무인가? 카도티의 별장에서의 대학살이 공정하고 의로운 항변이라 생각하나?"

"해야 할 일을 했을 뿐이야!"

"아, 해야 할 일이었군. 지각없는 악행에 대한 가장 쉬운 변명이지. 세대를 초월해서 자네의 비뚤어진 입에서까지 흘러나오는군." 그가 그녀에게 돌진했고, 그들의 검이 부딪치는 소리가 한 번, 두 번 들려왔다. 그는 검을 앞으로 찔러 넣었고, 그녀는 그의 검을 막아 낸 다음 똑같이 반격했다. 검과 검이 부딪힐 때마다 그녀의 팔에 엄청난 고통이 퍼졌다. 그녀는 이를 갈며, 아무렇지 않은 표정으로 그를 노려보려고 했지만, 그녀가 얼마나 아파하고 있는지, 오른손 검 실력이 얼마나 서툰지는 숨길 수 없었다. 왼손으로는 그나마 싸워 볼 만했지만 오른손으로는 전혀 가망이 없었고 간마크도 이미 그 사실을 알고 있었다.

"하늘이 왜 자넬 살리기로 했는지 난 절대 이해하지 못할 테지만, 자넨 하늘이 주신 기회에 감사하며 죽은 듯이 살았어야 했어. 자네와 자네 동생이 한 짓을 생각하면 별로 억울하지도 않지 않나."

"헛소리하지 마! 내가 뭘 했는데?" 그녀는 그렇게 말을 하면서도 그의 말이 맞을지도 모른다는 의심이 들었다. "내 동생이 뭘 어쨌는데!"

간마크는 콧방귀를 뀌었다. "잘생긴 남자가 저지른 잘못을 나만큼 잘 잊는 사람도 없네만 자네 남동생은 정말 사악한 겁쟁이였지. 매력적이고, 탐욕스럽고, 무자비하고, 줏대 없는 기생충 새끼. 상상할 수 있는 가장 천한 성품을 가졌네. 가치도 없고 존재의 의미도 없을 뻔했지만 자네 덕에 그런 취급은 당하지 않았지." 그는 엄청나게 빠른 속도로 그녀를 죽일 듯 달려들었고 그녀는 휘청거리며 피하다가 끙 하는 소리와 함께 벚나무에 부딪혔다. 그녀는 비처럼 흩날리는 벚꽃 꽃잎을 맞으며 비틀비틀 뒤로 물러났다. 그는 분명 그녀를 찌를 수 있었지만 검을 든 채 조각상처럼 가만히 서서 희미하게 미소를 지으며 그녀가 몸을 털고 일어나는 모습을 지켜보았다.

"머카토 장군, 현실을 직시해 보게나. 누구보다 뛰어난 재능을 가진 자네가 누구의 귀감이 되었던 적은 거의 없지. 왜냐고? 그 테라스에 밖으로 자네를 던져 버릴 정당한 이유를 가진 사람이 10만 명은 될 테니까!"

"오르소 그놈은 그럴 이유가 없었지!" 그녀는 몸을 낮춰 그의 엉덩이를 향해 어설프게 검을 찔렀다. 그는 그녀의 검을 옆으로 튕겨 내고, 뒤틀린 손바닥에서 손잡이가 움직이는 바람에 그녀는 얼굴을 찌푸렸다.

"농담이었다면 하나도 재미가 없군. 흠잡을 데 없이 정당한 판결을 내린 판사에게 트집을 잡는 건가?" 그는 마치 캔버스에 색을 칠하는 화가처럼 주의를 기울여 걸음을 옮기면서 그녀를 다시 자갈밭으로 몰아넣었다. "자네가 죽인 사람이 몇인가? 자네가 파괴한 마을들은? 자네는 강도일세! 번드르르하게 미화된 협잡꾼이라고! 스티리아의 썩어 가는 시체들을 먹고 몸집을 키운 구더기나 다름없지!" 끌을 때리는 조각가의 망치처럼 민첩한 간마크의 검이 세 번 더 날아와 그녀의 검을 이쪽저쪽으로 쳐냈고, 그때마다 그녀의 손이 욱신거렸다. "자네가 뭘 했냐고 물었나? 뭘 했냐고? 오른손이 아프다는 변명만 해도 이미 충분히 수치스러웠네. 더 이상 자신을 창피하게 하지 말게나."

그녀는 피로와 고통이 그대로 드러나도록 서툴게 칼을 찔렀다. 그는 경멸하듯 공격을 쳐낸 다음 그녀의 옆쪽으로 돌아 자리를 옮겼고, 그녀는 비틀거리며 그의 앞을 지나쳤다. 그녀는 곧 그의 검이 자신의 등에 꽂히리라고 생각했다. 그러나 검 대신 군화가 그녀의 엉덩이를 밀쳤고, 그녀는 자갈밭에 엎어지고 말았다. 베나의 검이 다시 한번 그녀의 마비된 손가락에서 튕겨 나갔다. 그녀는 숨을 헐떡이며 그 자리에 잠시 엎어져 있었다. 이윽고 천천히 몸을 돌려 무릎을 꿇고 일어섰다. 일어서 봐야 소용이 없을 것 같았다. 그가 공격을 시작하면 금방 다시 자갈밭에 고꾸라지게 될 게 뻔했다. 그녀의 오른손은 욱신거리며 떨리고 있었다. 훔친 제복의 어깨 부분은 검붉은 피 얼룩이 졌고 왼손 손가락 끝으로 피가 뚝뚝 떨어졌다.

간마크는 손목을 한번 홱 움직여 벚나무에서 꽃 한 송이를 쳐낸 다음 다른 손으로 꽃을 받았다. 그러고는 얼굴 가까이 꽃을 가져가 숨을 깊게 들이쉬었다. "아름다운 날이군. 죽기 좋은 장소고. 폰테 자르모에서 동생과 함께 자네도 끝냈어야 했어. 이제라도 기회가 와서 다행일세."

그녀는 마지막으로 남길 만한 날카로운 말이 떠오르지 않았다. 그래서 고개를 뒤로 젖히고 그에게 침을 뱉었다. 그녀의 침이 그의 목과 티 하나 없이 깨끗한 제복의 옷깃에 튀었다. 대단한 복수는 아닐지도 모르지만 어쨌든 그녀가 할 수 있는 최선이었다. 간마크는 그녀의 침이 남긴 얼룩을 빤히 보았다. "마지막까지 완벽한 여자군."

그의 시선이 홱 옆으로 향했다. 그는 자신의 옆을 지나쳐 뒤쪽 화단으로 사라지는 무언가를 보고 몸을 돌려 피했다. 누군가 던진 칼이었다. 으르렁거리는 소리가 들리더니 코스카가 그에게 달려들었다. 미친개처럼 울부짖으며 장군을 자갈밭 저쪽까지 밀쳤다.

"코스카!" 몬자가 더듬더듬 검을 집어 들었다. "또 늦었군."

"옆방에서 나도 바빴다고." 늙은 용병이 잠시 멈춰 숨을 고르며 투덜거렸다.

"니코모 코스카?" 간마크가 그를 향해 얼굴을 찌푸렸다. "죽었다고 들었는데."

"내가 죽었다는 헛소문이 돌았지. 모두의 희망 사항······"

"많고 많은 적들의 희망 사항이지." 몬자가 일어서서 힘없는 팔을 털었다. "날 죽일 생각이라면 말만 하지 말고 지금 당장 끝내."

간마크는 천천히 뒤로 물러서며 왼손으로 짧은 검을 뽑았다. 그리고 짧은 검은 몬자를 향해, 긴 검은 코스카를 향해 겨누고 두 사람을 번갈아 보았다. "아, 아직 시간은 많네."

시버스는 더 이상 제정신이 아니었다. 어쩌면 마침내 제정신으로 돌아왔는지도 몰랐다. 고통은 그를 미치게 만들었다. 어쩌면 남은 한쪽 눈이 어떻게 된 것 같기도 했다. 혹은 아직도 지난 며칠 동안 빨아들인 허스크 연기에 취해 있는지도 몰랐다. 이유가 무엇이든 그는 지옥에 떨어진 것 같았다.

그리고 그는 이 지옥이 마음에 들었다.

긴 방이 온통 반짝이며 리듬감 있게 물결치듯 흔들렸다. 창문을 통해 들어온 뜨거운 햇빛이 수백 개의 반짝이는 유리 조각을 뚫고 그를 찌르고 번쩍였다. 반짝이는 조각상들은 웃고, 땀을 흘리고, 그를 응원하고 있었다. 전보다 눈이 하나 없었지만 더욱 명확하게 볼 수 있었다. 고통이 모든 의심과 두려움, 의문, 선택지 들을 쓸어 버렸다. 그 모든 것은 그에게 무거운 짐이었다. 그 모든 것은 그에게 약점이 되었고, 거짓의 씨앗이 되었고, 헛된 노력을 하도록 만들었다. 그는 미치도록 간단한 것들을 복잡하게 생각하고 있었다. 그가 필요한 답은 그의 도끼에서 모두 찾을 수 있었다.

도끼날이 햇빛을 반사해 시야에 거대한 하얀 거품 같은 반점을 남기며 한 남자의 팔을 잘랐고, 검은 핏줄기가 공중에 뿜어져 나왔다. 옷이 나부끼고, 살이 찢어지고, 뼈가 산산이 조각났다. 무기들이 구부러지고 뒤틀렸다. 시버스의 방패에 긁힌 창이 날카로운 소리를 냈고 그는 다시 도끼를 휘두르며 만족스러운 포효를 내질렀다. 그의 도끼는 한 남자의 흉갑에 부딪혀 커다랗게 움푹 팬 자국을 남겼고, 흉갑의 주인은 팔다리를 휘저으며 날아가 오래된 항아리 위에 떨어졌다. 항아리가 완전히 부서지면서 깨진 파편이 바닥에 흩어졌다.

조금 전 그가 배를 가른 장교의 내장이 밖으로 튀어나온 것처럼 세상의 안팎이 뒤집힌 것 같았다. 싸움을 할 때면 그는 늘 지치곤 했다. 지금은 점점 더 강해지는 기분이었다. 속에서 끓어오른 분노가 밖으로 새어 나오기라도 한 듯 피부가 화끈거렸다. 화끈거림은 그가 공격을 할 때마다 나빠졌다가 좋아지기를 반복했고, 소리를 지르고, 웃음을 터뜨리고, 흐느끼고, 노래를 부르고, 때리고, 춤추고, 비명을 질러 열기를 해소하지 않으면 근육이 점점 뜨거워지는 느낌이었다.

시버스는 방패로 검을 쳐내고 상대의 손에서 빼앗았다. 그러고는 검을 들고 있던 병사에게 다가가서 그를 감싸 안고 얼굴에 입을 맞추고 혀로 핥았다. 그는 울부짖으며 도망치기 시작했다. 전력을 다해 달린 그는 조각상 중 하나를 들이받아 넘어뜨렸다. 넘어진 조각상이 다른 조각상에 부딪혔고, 그 조각상은 뒤에 있던 또 다른 조각상에 부딪혔다. 마지막 조각상이 점점 기울어져 바닥으로 쿵 하고 떨어지며 먼지구름 속에서 산산이 부서졌다.

경비병이 조각상의 잔해 속에 널브러진 채 몸을 뒤집으려고 애쓰며 신음했다. 시버스의 도끼가 공허한 쿵 소리를 내며 그의 투구 꼭대기에 깊이 박혔다. 투구의 가장자리가 그의 눈 바로 위로 떨어지면서 코를 납작하게 뭉갰고, 투구 아래로 피가 배어 나오기 시작했다.

"죽어 버려!" 시버스는 투구 옆면을 강타해서 경비병의 고개를 한쪽으로 푹 꺾었다. "죽으라고!" 그는 이번에는 투구의 반대쪽에 도끼를 날려 고개를 반대쪽으로 꺾었다. 자갈이 잔뜩 든 주머니 같은 소리가 나며 목이 부러졌다. "죽어! 죽어!" 쿵, 쿵, 식사 시간이 끝난 후 강가에서처럼 냄비와 프라이팬이 덜그럭거리는 소리가 울려 퍼졌다. 조각상 하나가 실망스러운 표정으로 그를 내려다보고 있었다.

"뭘 봐?" 시버스는 도끼로 조각상의 머리를 날려 버렸다. 그러고는 자신도 모르게 누군가에게 올라타 그의 얼굴이 형체 없는 붉은 덩어리가 될 때까지 방패 가장자리로 마구 찍어 내렸다. 누군가가 자신의 귀에 속삭이는 소리가 들렸다. 미친 사람처럼 낮게 껄껄거리는 목소리였다.

"나는 죽음으로써 태어났다네. 나는야 공평한 심판자. 나는야 하이플레이스에 부는 폭풍." 블러디나인의 목소리였다. 하지만 그 소리는 자신의 목에서 나오고 있었다. 방 안은 쓰러진 사람들과 부서진 조각상의 파편들로 가득했다. "너." 시버스는 피 묻은 도끼로 마지막 남은 사람을 가리켰다. 그는 먼지가 자욱한 방 저 끝에서 벌벌 떨고 있었다. "다 보여, 이 개새끼야. 여기서 아무도 못 나가." 그는 자신도 모르게 북부 말로 이야기하고 있었다. 남자가 알아들을 수 없는 말이었다. 딱히 상관은 없었다.

　대충 눈치는 챘을 테니까.

몬자는 욱신거리는 다리에서 마지막 힘을 짜내어 회랑으로 다가 갔다. 으르렁거리며 튀어 올라 잠시도 쉴 틈 없이 검을 찌르고, 서툴게 휘둘렀다. 간마크는 얼굴을 잔뜩 찌푸린 채 집중하면서 뒷걸음질을 치며 햇볕 아래로 나갔다가 그늘 밑을 지나 다시 햇볕 아래로 나갔다. 그의 눈동자가 이쪽저쪽으로 바쁘게 움직이면서 그녀와 코스카의 검을 막아 냈다. 코스카는 몬자의 오른쪽에 있는 기둥들 사이에서 그를 공격하고 있었다. 그들의 거친 숨소리와 바닥에 끌리는 발소리, 강철 날들이 서로를 긁는 소리가 둥근 천장에 반사되어 울려 퍼졌다.

그녀는 주먹에 느껴지는 타는 듯한 통증을 무시하며 그를 향해 칼날을 한번 휘두르고 다시 반대쪽으로 휘둘렀다. 그러고는 그의 손에서 짧은 검을 빼앗아 그늘 속으로 던져 버렸다. 간마크는 휘청거리며 물러섰고, 긴 검으로 간신히 코스카의 공격을 가까스로 쳐 냈지만 옆구리가 그녀 쪽으로 완전히 노출되고 말았다. 몬자가 미소를 지으며 검을 찌르기 위해 팔을 뒤로 당기던 찰나, 그녀의 왼쪽에 있던 창문에 무언가가 부딪치며 그녀의 얼굴에 유리 파편을 튀겼다. 그녀의 귀에 북부 말로 고함을 치는 시버스의 목소리가 들린 것 같았다. 간마크는 코스카의 검을 피하며 기둥 사이로 미끄러지 듯 빠져나와 정원 가운데로 물러서고 있었다.

"빨리 이 자식을 끝내야지 뭘 하나?" 코스카가 씩씩거렸다.

"최선을 다하고 있어. 당신은 왼쪽을 맡아."

"알겠네." 두 사람은 간마크를 조각상 쪽으로 몰며 서로 멀어졌다. 간마크는 이제 지쳐 보였다. 숨을 거칠게 내쉬고 있었고, 매끈했던 뺨도 얼룩덜룩 붉게 물든 채 땀으로 번들거리고 있었다. 몬자는 승리를 예감하며 미소를 띤 채 공격하는 시늉을 해 보였다. 그러나 간마크가 갑자기 그녀에게 달려들자 그 미소는 곧 사라졌다. 간마크의 첫 공격을 피한 몬자는 목을 겨눠 검을 휘둘렀으나 그의 방어에 저쪽으로 밀려나고 말았다. 간마크는 그녀가 생각했던 것보다 덜 지친 것 같았고, 그녀 자신은 생각했던 것보다 훨씬 지쳐 있었다. 발을 헛디딘 몬자가 옆으로 휘청이는 틈을 타 간마크는 몬자의 왼쪽 허벅지에 타는 듯한 상처를 남기며 그녀 앞으로 휙 지나갔다. 몬자는 돌아서려 했으나 다리가 힘없이 꺾이는 바람에 비명을 지르며 바닥에 푹 주저앉고 말았다. 힘이 풀린 손가락에서 칼베즈의 검이 떨어져 나와 바닥을 굴렀다.

코스카는 거칠게 울부짖으며 사정없이 검을 휘둘렀다. 간마크는 그의 공격을 피해 몸을 낮췄다가 일어서며 코스카의 배에 깔끔하게 검을 꽂아 넣었다. 전사 조각상의 정강이를 세차게 때린 코스카의 검이 조각상 파편을 튀기며 그의 손에서 튕겨 나갔다. 간마크가 자신의 검을 휙 뽑아내자 코스카는 무릎을 꿇고 길게 신음을 뱉으며 옆으로 쓰러졌다.

"이제야 다 됐군." 간마크는 몬자를 향해 돌아섰다. 보나틴의 걸작이 그의 뒤에 우뚝 서 있었다. 이미 몬자의 검에 맞아 금이 가 있던 조각상의 발목 부분에서 대리석 조각들이 떨어져 나오고 있었다. "덕분에 몸을 좀 움직였군. 그건 고맙게 생각하네. 자네는 참 결단력 있는 여자일세. 어쨌든 예전에는 그랬지." 코스카가 자갈밭에서 몸을 질질 끌며 움직이자, 그가 지나간 자리에 핏자국이 남았다.

"하지만 그렇게 앞만 보고 있느라 주변에서 일어나는 다른 일은 보지 못했지. 자네가 참여한 엄청난 전쟁의 본질을 파악하지 못했어. 자네 주위에 있는 사람들의 본성도 말일세." 간마크는 다시 한번 손수건을 꺼내 땀에 젖은 이마를 몇 번 두드린 다음 피 묻은 검날을 조심스럽게 닦았다. "오르소 공작과 탈린이 발린트앤드벌크 은행이 쥔 검이라고 한다면, 자네는 그 검의 무자비한 끄트머리 같은 존재에 불과했네." 그는 검지로 반짝거리는 자신의 검 끝을 가볍게 튕겼다. "늘 남을 찌르고, 죽이지만 그 이유는 절대 알지 못하는." 무언가가 갈라지는 소리가 들리더니 그의 어깨 뒤에 있는 전사 조각상의 검이 살짝 흔들렸다. "어쨌든, 이제는 중요하지 않게 됐지. 자네의 싸움은 끝났으니까." 간마크는 몬자에게서 불과 한 걸음 떨어진 곳까지 걸어오는 동안 여전히 슬픈 미소를 짓고 있었다. "마지막으로 할 말 있나?"

"뒤나 돌아보시지." 몬자가 이를 악물고 으르렁거렸고, 전사 조각상이 살짝 기울어지기 시작했다.

"나를 바보로……." 쿵 하는 굉음이 들렸다. 조각상의 다리가 두 동강 나면서 무게중심이 훅 하고 앞으로 쏠렸다.

간마크가 고개를 돌리는 순간, 스톨리쿠스 조각상의 거대한 검이 떨어져 그의 날개뼈 사이를 꿰뚫었다. 그는 무릎을 꿇고 주저앉으며 앞으로 고꾸라졌고, 그의 배를 관통한 검 끝은 달그락 소리를 내며 자갈밭에 부딪혔다. 그의 피가 사방으로 흩뿌려졌고, 자갈 파편이 얼얼한 몬자의 얼굴에 튀었다. 받침대에 붙은 우아한 발을 제외한 조각상의 다리 부분은 땅에 닿는 순간 조각조각 쪼개졌다. 근육질 다리의 파편들은 땅 위를 구르면서 흰 대리석 먼지구름을 만들어 냈다. 역사상 가장 위대한 군인의 허리 윗부분은 장엄한 모습 그대로 남아 오르소의 장군이 자신의 거대한 칼에 꽂혀 있는 모습을 엄하게 내려다보고 있었다.

간마크는 깨진 욕조에서 물이 빠지는 것 같은 꼴깍거리는 소리를 내며 자신의 제복 앞섶에 기침을 토해 냈다. 뒤이어 머리가 앞으로 푹 고꾸라지더니 검이 달그락 소리를 내며 손에서 떨어졌다.

잠시 동안 정적이 흘렀다.

"바로 이런 걸, 나는 행운이라고 부르지." 코스카가 완전히 쉰 목소리로 말했다.

넷이 죽고, 셋이 남았다. 몬자는 누군가 기둥 사이에서 정원으로 조용히 나오는 모습을 보았다. 그녀는 찡그린 얼굴로 발을 질질 끌며 바닥에 떨어진 검까지 걸어가서 이번에는 어느 손으로 검을 쥐어야 할지 고민하며 세 번째로 검을 주웠다. 통로에 나타난 사람은 화살이 장전된 석궁을 든 데이였다······. 프렌들리가 그녀 뒤에서 터벅터벅 걸어오고 있었다. 손에는 칼과 식칼이 들려 있었다.

"죽였나요?" 데이가 물었다.

몬자는 거대한 청동 검에 꽂힌 채 무릎을 꿇고 있는 간마크의 시체를 바라보았다. "스톨리쿠스가 죽였지."

코스카가 벚나무 아래까지 터덜터덜 걸음을 옮겨 나무줄기에 등을 기댄 채 주저앉았다. 배를 틀어막고 있는 피 묻은 손만 아니었다면 여름날 휴식을 취하는 사람 같은 모습이었다. 그녀는 절뚝거리며 그에게 다가가서 칼베즈의 검 끝을 잔디에 푹 꽂고는 무릎을 꿇고 앉았다.

"한번 볼게." 그녀가 더듬더듬 코스카의 재킷 단추를 풀었다. 하지만 두 번째 단추를 풀기도 전에 코스카의 손이 그녀의 피 묻은 왼손과 뒤틀린 오른손을 감싸 쥐었다.

"자네가 내 옷을 벗겨 주길 몇 년을 기다렸지만, 오늘만은 정중히 사양해야겠군. 난 끝났네."

"당신이? 그럴 리가 없어."

그는 그녀의 손을 꽉 쥐었다. "몬자, 내장을 완전히 관통했어. 끝났다고." 그의 시선이 정원 입구로 향했고, 그녀의 귀에 군인들이 쇠창살 문을 열기 위해 씨름하는 소리가 희미하게 들렸다. "곧 해결해야 할 문제도 있지. 벌써 일곱 중 넷을 죽였군." 그가 미소 지었다. "자네가 일곱 명 중 넷이나 죽일 수 있을 거라고 생각지 않았는데."

"일곱 중 넷." 프렌들리가 그녀의 뒤에서 중얼거렸다.

"오르소도 그중 하나였으면 좋았을걸."

"음." 코스카가 눈썹을 치켜올렸다. "고귀한 일이긴 하지만 모두를 죽일 수는 없을 거야."

시버스가 방으로 통하는 문 중 하나에서 천천히 걸어 나오고 있었다. 그는 청동검에 꿰뚫린 간마크의 시체 옆을 지나면서도 본체만체했다. "이제 아무도 안 남은 건가?"

"이 안에는." 프렌들리가 입구를 향해 고갯짓을 했다. "저 밖에는 있겠지만."

"그렇군." 북부 사나이는 그녀에게서 멀지 않은 곳에 멈춰 섰다.

그는 도끼와 홈집이 난 방패를 들고 있었다. 얼굴은 창백했고, 얼굴의 반을 가리도록 감긴 붕대에는 검붉은 핏자국이 가득했다.

"괜찮아?" 몬자가 물었다.

"어떤지 모르겠어."

"다쳤냐고 묻는 거야."

그는 얼굴에 감긴 붕대를 툭 건드렸다. "싸우기 전보다 나빠진 건 없어⋯⋯ 오늘 내가 달의 기운을 받는 날인 것 같아. 산골에 사는 사람들이 이야기하는 것처럼." 그의 시선이 피가 흥건하게 밴 그녀의 어깨와 손으로 향했다. "피가 나네."

"펜싱 수업을 하다 다쳤어."

"붕대 필요해?"

그녀는 입구를 향해 고갯짓을 했고, 반대편에서 들려오는 탈린 병사들의 소리가 점점 커지고 있었다. "과다 출혈로 죽을 때까지 살아 있으려나 모르겠어."

"이제 어쩌지?"

그녀는 입을 열었지만 아무 말도 나오지 않았다. 힘이 남아 있더라도 어차피 싸움은 하나 마나였다. 궁전에는 곧 오르소의 병사들이 밀려들어 올 터였다. 그녀가 포기를 잘하는 성격이더라도 항복 역시 하나 마나였다. 폰테자르모까지 가서 죽을 수 있다면 그나마 행운일 터였다. 베나는 늘 그녀에게 멀리까지 생각해 두라고 경고를 하곤 했다. 지금 보니 그의 말이 맞는 것⋯⋯.

"좋은 생각이 있어요." 데이의 얼굴에 뜻밖의 미소가 번졌다. 몬자는 그녀의 손가락을 따라 정원을 둘러싼 지붕 꼭대기로 시선을 옮기며 햇볕에 눈을 찡그렸다. 밝은 하늘 아래 검은 형상이 지붕 위에 웅크리고 있었다.

"즐거운 오후군요!" 몬자는 캐스터 모비어의 날카롭고 징징대는 목소리가 그렇게 반가울 수 있으리라고 상상조차 한 적 없었다. "비세린 공작의 수집품을 한번 보고 싶었는데 완전히 길을 잃었지 뭡니까! 혹시 친절한 여러분께서 제가 찾는 작품이 어디 있는지 알려 주실 수 있습니까? 보나틴의 최고 걸작이라고 하던데요!"

몬자가 피 묻은 엄지로 부서진 조각상을 가리켰다. "그렇게 대단하지도 않아."

독물학자의 옆에 모습을 드러낸 비타리가 차분하게 밧줄을 내렸다. "살았군." 프렌들리가 투덜거렸다. 마치 "죽었군."이라고 말하는 듯한 어투였다.

몬자는 기뻐할 힘도 없었다. 기쁜지도 알 수 없었다. "데이, 시버스, 올라가."

"당연하죠." 데이가 활을 떨어뜨리고 밧줄을 올랐다. 북부 사나이는 몬자를 향해 인상을 쓰고 데이를 따라갔다.

프렌들리가 코스카를 내려다보았다. "어떻게 할 생각이지?" 늙은 용병은 까무룩 잠이 든 듯하다가 눈을 깜빡였다.

"우리가 올려 줘야지. 좀 잡아 봐."

프렌들리는 한 팔로 코스카의 등을 받쳐 들어 올리기 시작했다. 코스카가 깜짝 놀라며 깨어나서 인상을 썼다. "으악! 아니, 아니, 아니 아닐세." 프렌들리는 그를 다시 조심스럽게 내려놓았고 코스카는 힘겹게 숨을 쉬며 딱지가 가득 앉은 머리를 절레절레 저었다.

"겨우 지붕 위에서 죽으려고 비명을 지르며 지붕으로 올라가고 싶지 않아. 지금, 여기가 딱 좋네. 나는 수년간 죽으려고 다짐해 왔고, 이번 한 번은 그 다짐을 실행에 옮길 수 있을 것 같군."

몬자는 그의 옆에 쪼그리고 앉았다. "차라리 한 번 더 거짓말쟁이가 되어서 계속 내 뒤를 봐주면 좋겠어."

"이제껏 그렇게 해 온 건…… 자네 엉덩이를 보는 게 좋아서였네." 그는 이를 훤히 드러내며 빙긋 웃다가 얼굴을 찡그리고 긴 신음을 뱉었다. 정원 입구 쪽에서 덜컹거리는 소리가 점점 더 커지고 있었다.

프렌들리는 코스카에게 검을 건넸다. "곧 올 거요. 갖고 있겠소?"

"굳이? 애초에 그놈의 물건에 손을 잘못 대는 바람에 내가 여기까지 오게 되었는데." 그는 움직이려 했지만 얼굴을 찡그리며 축 늘어지고 말았다. 안색은 이미 시체처럼 창백해지고 있었다.

비타리와 모비어가 홈통 위로 시버스를 들어 올렸다. 몬자는 밧줄을 향해 고개를 까딱하며 프렌들리에게 말했다. "당신 차례야."

그는 잠시 자리에 꼼짝도 않고 웅크리고 앉아 코스카를 바라보았다. "같이 있어 드릴까?"

늙은 용병은 프렌들리의 커다란 손을 꼭 잡으며 미소를 지었다. "그렇게 말해 주다니 정말 감동이네. 하지만 괜찮네, 친구여. 혼자 감당하는 게 낫겠어. 날 위해서 주사위를 굴려 주게."

"그러지." 프렌들리는 일어서서 뒤도 돌아보지 않고 천천히 밧줄을 향해 걸어갔다. 몬자는 그가 걸어가는 모습을 지켜보았다. 그녀의 손과 어깨, 다리가 불에 타는 듯 아파 왔다. 그녀는 정원에 흩어진 시체들을 둘러보았다. 달콤한 승리, 달콤한 복수였다. 그들은 모두 고깃덩어리가 되어 있었다.

"부탁일세." 코스카는 그녀가 무슨 생각을 하는지 눈치를 챈 듯 슬프게 미소를 지었다.

"나를 위해 돌아와 줬잖아. 한 번만 더 그래 주면 안 되나?"

"용서해 주게."

그녀는 반은 콧방귀 같고 반은 목이 멘 것 같은 소리를 냈다. "배신을 한 건 나 아니었나?"

"이제 와서 그게 다 무슨 소용인가? 흔해 빠진 게 배신인데. 용서야말로 드문 일이지. 나는 빚을 지고 가긴 싫어. 오스프리아에서 빚진 돈은 예외지만 말이야. 그리고 아두아와 다고스카에서도." 그는 피범벅이 된 한쪽 손을 힘없이 저었다. "그러니까 내 말은, 자네한테 빚을 지고 가고 싶진 않다는 뜻이야."

"그렇게. 우린 이제 빚 없이 깨끗해."

"좋군. 난 엉망진창으로 살았어. 적어도 제대로 죽을 수 있어 기쁘군. 어서 가게."

마음 한구석에서 몬자는 코스카와 함께 있고 싶었다. 오르소의 부하들이 문을 부수고 들어올 때 그와 함께 있어 주며 정말로 빚이 없다고 확인시켜 주고 싶었다. 하지만 그 마음이 그렇게 크지는 않았다. 그녀는 결코 감정적인 사람이 아니었다. 오르소는 죽어야 마땅했다. 만약 그녀가 여기서 죽는다면 오르소는 누가 처리할까? 그녀는 바닥에 놓인 칼베즈의 검을 끌어당겨 검집에 넣고 아무 말도 없이 돌아섰다. 이런 때에 말은 그리 좋은 도구가 아니었다. 그녀는 밧줄까지 절뚝절뚝 다가가서 할 수 있는 만큼 단단하게 엉덩이에 묶고 손목에 감았다.

"다 됐어!"

지붕에 오르자 몬자의 눈에 도시가 한눈에 들어왔다. 비세강의 넓은 곡선과 그 위를 가로지르는 우아한 다리가 보였다. 하늘을 찌를 듯 서 있던 수많은 탑은 아직까지 군데군데 타고 있는 불길에서 피어오르는 연기 기둥 때문에 왜소해 보였다. 데이는 이미 어디선가 얻은 배를 즐겁게 깨물고 있었다. 그녀의 노란 머리칼이 바람에 날렸고, 턱 밑으로 과즙이 반짝이며 흘러내렸다.

모비어가 정원 아래 널브러져 있는 시체들을 보며 한쪽 눈썹을 치켜올렸다. "내가 없는 동안에도 착실히 학살을 저지르신 것 같아 다행이군요."

"사람은 안 변하는 법이지." 그녀가 그에게 날카롭게 말했다.

"코스카는요?" 비타리가 물었다.

"안 오겠대."

모비어가 넌더리가 난다는 듯 미소를 지었다. "이번에는 목숨을 부지하지 못했나 보군요? 주정뱅이도 변할 수 있나 보네요."

구출을 하러 왔건 말건, 몬자는 손만 멀쩡했다면 그를 찔러 버리고 싶었다. 비타리가 독물학자를 노려보는 눈빛을 보니 그녀도 같은 생각인 듯했다. 그녀는 대신 강 쪽으로 고개를 홱 돌렸다. "눈물겨운 재회는 배에서 하자고. 도시에 오르소의 병사들이 넘쳐나. 이제 바다로 떠나야 할 때야."

몬자는 마지막으로 뒤를 돌아보았다. 정원은 쥐 죽은 듯 조용했다. 샐리어는 무너진 조각상 받침대에서 미끄러져 바닥에 등을 대고 오래된 친구를 반갑게 맞이하듯 팔을 쭉 뻗은 채 쓰러져 있었다. 간마크는 전사 조각상의 청동검에 찔린 채 피가 흥건한 바닥에 무릎을 꿇고 고개를 푹 숙이고 있었다. 코스카는 눈을 감은 채 손을 허벅지에 올리고 있었고, 살짝 뒤로 젖힌 얼굴에는 여전히 미소가 머금어져 있었다. 흩날린 벚꽃이 훔쳐 입은 그의 제복 위에 내려앉았다.

"코스카, 코스카." 그녀가 중얼거렸다. "당신 없이 이제 어찌해야 할까."

V 푸란티

"분열된 용병들은 권력에 목말라하며, 규율도, 충성심도 없다. 동료들 사이에서는 용감하지만 적 앞에서는 비겁하다. 그들은 신을 두려워하지 않으며 인간들과의 신의를 지키지 않는다. 그들이 패배하지 않는 방법은 전투를 피하는 것뿐이다. 용병이 아닌 이들은 평화로울 때에는 용병에게, 전시에는 적에게 약탈당한다." ─ 니콜로 마키아벨리

2년 동안 천검단은 절반으로 나뉘어 서로 싸우는 척했다. 코스카는 술에 취하지 않았을 때면 그렇게 하는 일 없이 그토록 많은 돈을 벌었던 이들은 역사상 없었다고 자랑하곤 했다. 니칸테와 아포이아의 돈궤를 싹쓸이한 그들은 갑작스럽게 평화가 발발하며 희망이 사라지자 북쪽으로 향했다. 그리고 돈을 벌기 위해 새로운 전쟁터나 전쟁을 시작할 야심 있는 고용주를 찾아다녔다.

가장 아끼는 말에 걸어차인 형의 뒤를 이어 권력을 잡은 탈린의 대공 오르소보다 야심이 많은 고용주는 없었다. 그는 이름난 용병 몬즈카로 머카토를 고용하고 싶어 했다. 특히 적국인 에트리아에서 군사령관으로 악명 높은 니코모 코스카를 고용한 이후 그의 열망은 더욱 강렬해졌다.

하지만 두 사람을 전장으로 끌어내기는 쉽지 않았다. 싸움을 앞

두고 서로를 빙빙 도는 겁쟁이들처럼 두 사람은 한 철 내내 비용이 많이 드는 훈련만 계속하면서 지역의 농부들만 못살게 굴 뿐, 서로에게는 거의 해를 입히지 않았다. 마침내 그들은 아피에리 마을 근처에 펼쳐진 여물어 가는 밀밭에서 마주하게 되었다. 그곳에서는 확실히 전투가 벌어질 것처럼 보였다. 혹은 전투 비슷한 무언가라도 볼 수 있을 듯했다.

하지만 그날 저녁 몬자의 막사에 뜻밖의 손님이 찾아왔다. 오르소 공작이었다.

"전하, 이렇게 오실 줄……."

"인사치레는 집어치우게. 난 내일 니코모 코스카가 무엇을 할지 알고 있네."

몬자는 인상을 썼다. "전투에 나오겠지요. 저처럼 말입니다."

"그는 그럴 생각이 전혀 없네. 자네도 마찬가지고. 자네들 둘은 지난 2년 동안 고용주들을 속여 왔지. 나는 바보가 될 생각이 없네. 가짜 전투는 훨씬 적은 돈으로 극장에서도 볼 수 있거든. 그래서 자네 보수를 두 배로 올려 주려 하네."

몬자가 전혀 예상하지 못한 제안이었다. "전……."

"그자에게 아직 충성심이 남아 있는 걸 알고 있네. 그럴 만하지. 누구나 살면서 의지할 무언가가 있어야 하니까. 하지만 코스카는 과거야. 나는 자네를 우리의 미래로 만들기로 했네. 자네 동생은 나와 생각이 같더군."

역시 몬자가 예상하지 못한 이야기였다. 그녀는 베나를 바라보았고, 그는 그녀에게 싱긋 웃어 보였다. "이게 더 낫잖아. 누나는 지휘관이 될 자격이 있어."

"전 안 됩니다…… 다른 사령관들이 가만히 있지……."

"이미 다 이야기해 뒀어." 베나가 말했다. "페이스풀만 빼고. 그 늙은이는 일단 다른 사람들이 다 넘어왔다는 걸 알면 대세에 따를 거야. 다들 코스카에게 질렸어. 그의 주정에도, 어리석은 판단에도. 장기적으로 계약할 수 있는 고용주와 자랑스러워할 수 있는 지휘관을 원하기도 하고. 다들 누나를 원한다니까."

탈린의 공작이 그들을 지켜보고 있었다. 그녀는 망설이는 것처럼 보일 수 없었다. "물론 명을 받들어야지요. 두 배를 주신다는 말에 이미 마음이 움직였습니다." 그녀는 거짓말을 했다.

오르소가 미소 지었다. "자네와 내가 잘 맞을 것 같은 느낌이 드네, 머카토 장군. 내일 전투에서 승리했다는 소식을 기다리겠네." 그리고 그는 자리를 떴다.

막사 입구가 펄럭이며 닫히자 몬자는 베나의 얼굴을 세게 내리쳐 그를 바닥으로 쓰러뜨렸다. "너, 무슨 짓을 한 거야? 무슨 짓을 한 거냐고?"

베나는 한 손으로 피 묻은 입술을 어루만지며 뚱한 표정으로 그녀를 바라보았다. "누나가 좋아할 줄 알았는데."

"아니, 전혀 아니야. 너 좋자고 그런 거겠지. 너라도 기쁘길 바라."

하지만 그를 용서하고 자신이 할 수 있는 최선을 다하는 것 말고 그녀가 할 수 있는 건 없었다. 그는 그녀의 남동생이었다. 그녀를 아는 유일한 사람. 게다가 세사리아와 빅투스, 안디체를 비롯

한 다른 사령관들도 동의했다고 했다. 그들은 니코모 코스카에게 진절머리가 났다고 했다. 돌아갈 길은 없었다. 다음 날, 동쪽 하늘이 어슴푸레 밝아 오자 그녀의 부대는 전투에 나갈 준비를 했다. 몬자는 병사들에게 전력을 다해 돌진하라고 명령했다. 달리 무엇을 할 수 있었을까?

저녁이 되자 그녀는 코스카의 자리에 앉아 있었다. 베나는 미소를 지으며 옆에 서 있었고, 아침보다 더 부유해진 사령관들은 그녀의 첫 승리를 축하하며 축배를 들었다. 그녀를 제외한 모두가 웃고 있었다. 그녀는 코스카를 생각하고 있었다. 그가 자신에게 준 모든 것들, 그에게 진 빚, 그리고 자신이 그 빚을 어떻게 갚았는지를 생각하면 도저히 축배를 들 수 없었다.

게다가 그녀는 천검단의 총사령관이었다. 그녀에게 웃을 여유 따위는 없었다.

두 개의 여섯

주사위 한 쌍 모두 여섯이 나왔다.

두 개의 여섯을 연방에서는 그들의 국기에 그려진 태양을 떠올리게 하는 '쌍둥이 태양'이라고 불렀다. 바올에서는 하우스가 칩을 두 배로 내놓게 된다는 뜻으로 '일타쌍피'라고 불렀다. 구르컬에서는 플레이어가 어느 쪽에 충성하느냐에 따라 '황제' 또는 '예언'이라고 불렀다. 손드에서는 '열두 황금', 천섬에서는 '열두 바람'이라고 불렀다. 세이프티에서는 '교도소장'이라고 불렀다. 늘 이기는 쪽이 교도소장이기 때문이었다. 온 세상 사람들이 환호하는 점수지만 프렌들리에게는 다른 숫자들과 다를 게 없는 수였다. 여섯이 두 번 나와도 아무런 보상이 없었으니까. 그는 푸란티의 거대한 다리와 그 위를 건너는 사람들에게 다시 눈길을 돌렸다.

다리의 높은 기둥에 조각된 얼굴들은 닳고 닳아 구멍처럼 보일 정도였고, 다리 위 도로도 여기저기가 갈라져 세월의 흔적을 드러내고 있었으며 난간도 군데군데 떨어져 나간 부분이 보였다. 하지만 아래에 펼쳐진 아찔한 낭떠러지를 비웃는 듯한 여섯 개의 아치는 여전히 높고 우아하게 솟아 있었다. 여섯 걸음을 여섯 번 걸어도 다 못 걸을 높이로 우뚝 솟은 아치의 거대한 기둥은 거센 물살에 맞서 싸우고 있었다. 600년은 더 됐을 다리지만, 한 해 중 이맘때 푸라의 깊은 협곡을 건너는 유일한 방법은 이 제국의 다리뿐이었다. 오스프리아로 가는 유일한 육로이기도 했다.

로곤트 공작의 군대가 여섯 명씩 오와 열을 맞춰 다리를 건너고 있었다. 군화 굽을 규칙적으로 탁, 탁 구르며 걷는 그들의 발소리가 웅장하게 울리는 심장 박동 소리 같았다. 발소리와 함께 무기와 마구가 짤랑거리고 덜거덕거리는 소리, 이따금씩 들려오는 장교들의 구령 소리, 구경하는 이들이 웅성거리는 소리, 저 아래 다리 아래를 흐르는 강이 거칠게 흐르는 소리가 어우러지고 있었다. 군인들은 아침나절 내내, 중대, 대대, 연대 단위로 행진하고 있었다. 뾰족한 창과 번뜩이는 금속, 징이 박힌 가죽 들로 이뤄진 숲이 움직이고 있었다. 먼지를 뒤집어쓴 꾀죄죄한 얼굴들이 엄숙한 표정으로 지나갔고, 영광의 깃발들은 고요한 허공에 축 늘어져 있었다. 600번째 열이 조금 전에 다리를 건넜다. 4000명이 조금 안 되는 병사들이 지나갔고, 적어도 그만큼의 병사가 더 지나갈 것이었다. 여섯 명, 여섯 명, 여섯 명씩.

"후퇴하는 병사들치곤 질서 정연하네." 비세린에서 거칠게 쉬어 버린 시버스의 목소리였다.

비타리가 콧방귀를 뀌었다. "로곤트가 어떻게 후퇴해야 하는지는 기가 막히게 알죠. 연습을 많이 했으니까."

"생각해 볼 만한 모순입니다." 행진하는 병사들을 경멸이 섞인 시선으로 관찰하고 있던 모비어가 말했다. "오늘의 자랑스러운 군대가 멸망한 어제의 제국이 남긴 마지막 흔적 위를 지나고 있군요. 군인의 영광이란 늘 그렇지요. 자만심으로 똘똘 뭉쳤다고나 할까요."

"퍽이나 심오한 고찰이군." 머카토가 입술을 뒤틀었다. "위대한 모비어 님과 함께하는 여행이란 즐겁고 교훈적이기까지 하다니까."

"저는 독물학자이면서 철학자이기도 합니다. 하지만 부디 걱정은 마십시오. 받기로 한 돈보다 더 청구하지는 않을 테니까요. 제 깊은 통찰력에 대한 보수를 주시면 독은 덤으로 얹어 드리지요."

"운이 참 좋기도 하지." 머카토가 이를 갈며 말했다.

"운이 좋은 적이 있기는 했나요?" 비타리가 중얼거렸다.

이제 여섯이 된 그들 일행은 전보다 훨씬 날이 서 있었다. 후드를 뒤집어쓴 머카토는 밖으로 삐져나온 검은 머리칼 때문에 뾰족한 코와 턱, 굳게 다문 입만 간신히 드러나 있었다. 시버스는 아직 얼굴 반쪽에 붕대를 감고 있었는데, 반대쪽 얼굴도 허옇게 질려 있는 데다 푹 꺼진 눈 밑에는 짙게 그늘이 져 있었다. 난간 밖으로 다리를 뻗고 앉은 비타리는 부서진 기둥에 등을 대고 주근깨 가득한 얼굴이 밝은 태양과 마주 보도록 고개를 뒤로 젖히고 있었다. 모비어는 세차게 흐르는 강을 내려다보며 인상을 찌푸렸고, 그의 조수는 옆 난간에 기대어 있었다. 그리고 프렌들리 자신이었다. 여섯이었다. 코스카가 죽었다. 프렌들리라는 이름이 무색하게도, 그는 친구들과 오랫동안 우정을 나눠 본 적이 없었다.

"보수에 관해 말이 나왔으니," 모비어가 지겨운 목소리로 계속 웅얼거렸다. "가까운 은행에 들러서 어음을 작성해야 하지 않을까 싶습니다. 의뢰인과 해결되지 않은 빚을 남기긴 싫거든요. 우리의 달콤한 관계에 씁쓸한 뒷맛을 남긴달까요."

"달콤하기도 하네." 데이가 입을 우물거리며 말했다. 그녀가 달콤하다는 것이 입안에 든 케이크인지 아니면 머카토와의 관계인지는 알 수 없었다.

"간마크 장군이 죽었고, 제 몫을 아직 주지 않으셨습니다. 보조 역할이었지만 꼭 필요한 일을 해냈지요. 제가 없었다면 의뢰인께서 목숨을 잃을 뻔했으니까요. 게다가 비세린에서 엉뚱하게 잃어버린 장비들도 새로 장만해야 합니다. 굳이 이야기할 필요는 없겠지만, 제가 제안한 대로 골칫거리 농부들을 치워 버렸더라면 이런 일이 일어나지도……."

"그만." 머카토가 목소리를 내리깔고 말했다. "내 실수를 계속 떠벌리라고 당신을 고용한 게 아니야."

"그것도 무료 제공 서비스인가 보네." 비타리가 난간에서 내려오며 말했다. 데이는 마지막 남은 케이크 한 입을 삼키고 손가락을 빨았다. 프렌들리만 빼고 나머지 일행은 모두 다시 움직일 준비가 되었다. 그는 강물을 내려다보며 꼼짝도 하지 않았다.

"움직여야 해." 머카토가 말했다.

"그렇지. 난 탈린으로 돌아가겠소."

"뭐라고?"

"사잠이 여기로 연락을 넣기로 되어 있었는데 아무 연락이 없소."

"탈린에서 여기까지 거리가 얼만데. 전쟁도 있고……."

"여긴 스티리아요. 전쟁은 늘 있소."

머카토가 후드에 가려 거의 보이지도 않는 눈으로 프렌들리를 바라보는 동안 잠시 침묵이 흘렀다. 다른 일행은 떠나겠다는 그를 별 감정이 없이 지켜보았다. 그가 떠날 때 사람들은 거의 그런 표정이었고 그 역시 마찬가지였다. "진심이야?" 그녀가 물었다.

"그렇소." 웨스트포트, 시파니, 비세린과 그 사이사이까지 스티리아의 반을 구경했건만, 그의 마음에 드는 곳은 한 군데도 없었다. 사잠의 집에 앉아 있을 때 그는 무기력하고 불안했으며 세이프티로 돌아가는 꿈을 꿨다. 이제 와서 보니 허스크 연기 속에서 끝없이 카드놀이를 하고 허풍을 떨며 보내던 긴 하루와, 때마다 빈민가를 돌며 수금을 하고 법도에 따라 예측 가능한 폭력을 저지르던 일상이 행복한 꿈처럼 느껴졌다. 탈린 밖에서 매일 다른 하늘 아래 밤을 지내는 동안 그는 어떤 즐거움도 느낄 수 없었다. 머카토는 혼돈 그 자체였고, 더 이상 그녀와 함께하고 싶지 않았다.

"그럼 이거 받아." 그녀는 코트 안쪽에서 주머니를 꺼냈다.

"돈 때문에 온 게 아니오."

"어쨌든 받아. 당신이 해 준 일에 비해 훨씬 못 미치는 액수지만 돌아가는 길이 덜 고될 테니까." 그는 몬자가 자신의 손에 돈주머니를 억지로 쥐여 주도록 내버려두었다.
"가는 길이 무탈하길 빌겠소." 시버스가 말했다.
프렌들리가 끄덕였다. "오늘 세상은 여섯으로 돌아가고 있소."
"그럼 돌아가는 길도 여섯이길."
"내가 원하든 원하지 않든 그렇게 될 거요." 프렌들리는 손날로 주사위를 모아 천으로 감싼 다음 재킷 안주머니에 잘 넣었다. 뒤도 한 번 돌아보지 않고 다리 가장자리에 줄지어 선 사람들 사이를 걷기 시작한 그는 끝없이 밀려오는 군인들을 마주 보며 끝없이 흐르는 강물을 건넜다. 그러고는 군인도, 강도 뒤로한 채 강의 서쪽에 있는 낮고 초라한 동네로 들어섰다. 그는 탈린에 도착하는 데까지 걸리는 걸음 수를 세며 시간을 보낼 생각이었다. 일행과 작별 인사를 한 이후 벌써 삼백예순여섯 걸음을 걷고 있었다.
"프렌들리 선생!" 그는 인상을 쓰며 뒤를 돌아보았고, 칼과 도끼를 뽑을 준비가 된 손이 근질근질했다. 길가의 한 현관 앞에 등을 기댄 채 팔짱을 끼고 다리를 느슨하게 꼰 느긋한 자세로 누군가가 서 있었다. "여기서 다 만나다니요!" 수상하게 낯익은 목소리였다. "확률은 프렌들리 님께서 더 잘 아실 테지만, 참으로 즐거운 우연이 아닙니까."
"그렇군." 프렌들리가 답했다. 우연히 만난 상대가 누군지 알아본 그의 입가에 미소가 번지고 있었다.
"세상에, 주사위 게임에서 여섯이 두 개 나온 기분이지 뭡니까……."

의안사

시버스는 종이 딸랑거리는 소리와 함께 문을 열고 가게로 들어섰고, 몬자가 그 뒤를 따랐다. 가게 안은 침침했다. 창문으로 들어온 빛은 먼지가 자욱한 방을 가로질러 대리석 계산대와 한쪽 벽을 따라 놓인 그늘진 선반을 비추고 있었다. 방 뒤편에는 천장에 매달린 등 아래, 머리를 기댈 수 있는 가죽 받침이 달린 커다란 의자가 놓여 있었다. 편안해 보인다고 생각할 뻔했지만 앉은 사람을 고정시키는 끈이 눈에 들어왔다. 그 옆 탁자에는 도구들이 가지런히 정돈되어 있었다. 칼, 바늘, 집게, 펜치 같은 수술 의사가 쓰는 도구들이었다.

예전 같으면 방 풍경을 보며 자신의 이름에 걸맞은 전율을 느꼈을 시버스지만 이제는 아니었다. 산 채로 눈이 불태워지고 난 후 그는 깨달았다. 세상에 그보다 더한 공포는 없다는 사실을. 과거의 자신이 얼마나 겁이 많았는지를 생각하면 웃음이 나올 지경이었다. 그는 아무것도 아닌 세상 모든 것에 겁을 먹곤 했다. 미소를 지으면 붕대 밑에 감춰진 거대한 상처가 땅기면서 타는 듯한 통증이 느껴졌기에, 그는 웃음을 멈췄다.

종소리를 들은 남자가 초조하게 손을 비비며 옆문으로 모습을 드러냈다. 체구가 작고 피부색이 어두운 그는 어딘가 모르게 억울해 보였다. 오르소의 군대가 멀지 않은 곳에 있다고 했으니 누군가 약탈을 하러 온 게 아닐까 생각한 듯했다. 푸란티 사람들은 모두 자신들이 가진 것을 잃을까 봐 걱정이 가득하고 초조해 보였다. 시버스만 예외였다. 그는 잃을 것이 별로 없었다.

"선생님, 부인, 뭘 도와드릴까요?"

"당신이 의안사인가요?" 몬자가 물었다. "인공 안구를 만드는?"

"의안사입니다." 그가 긴장한 채 허리를 굽혀 인사했다. "과학자, 수술 의사, 물리학자이자 시력에 관한 모든 것을 전문으로 다루지요."

시버스는 뒤통수에 묶어 둔 붕대 매듭을 풀었다. "그럼 됐군." 그러고는 붕대를 풀어 헤치기 시작했다. "내가 한쪽 눈을 잃었소."

의안사는 그의 말에 활기를 찾은 듯했다. "오 이런, 잃었다는 말씀은 마십시오!" 그가 창문으로 들어오는 빛줄기 속으로 나왔다. "제가 상처를 보기 전까지는 말입니다. 우리가 무엇을 할 수 있는지 알면 깜짝 놀라실 겁니다! 과학은 나날이 발전하고 있으니까요!"

"과학이란 놈이 참 대단해."

의안사는 싱겁게 킥킥거렸다. "아…… 어마어마하지요. 저는 평생 앞을 보지 못할 거라 생각했던 사람들의 시력을 되돌려 주곤 했답니다. 그분들은 저를 마법사라 부르지요! 한번 상상해 보십시오! 그분들이…… 저를…….'

시버스는 붕대의 마지막 겹을 풀었고, 따끔따끔한 피부에 찬 공기가 닿는 것을 느끼며 한 걸음 다가서서 왼쪽 얼굴을 앞으로 내밀었다. "자, 선생이 보기에 어떻소? 과학으로 이것도 해결할 수 있소?"

의안사는 깍듯하게 고개를 한번 끄덕였다. "유감이군요. 하지만 의안을 이식하는 훌륭한 기술이 있으니 두려워 마십시오!"

시버스는 반걸음 더 앞으로 가서 그를 내려다보았다. "내가 겁먹은 것처럼 보이쇼?"

"물론 아닙니다만, 저는 그러니까…… 그게……" 의안사는 목소리를 가다듬고 선반을 향해 게걸음을 쳤다. "안구 보형물 제작 과정을 말씀드리자면……."

"뭐요?"

"가짜 눈 말하는 거야." 몬자가 말했다.

"오, 이건 단순한 의안이 아닙니다." 의안사가 나무 선반 하나를 꺼냈다. 은빛으로 반짝이는 금속 구체 여섯 개가 가지런히 놓여 있었다. "미덜랜드 강철로 만든 완벽한 구이지요. 안와에 삽입하면 별일이 없는 한 평생 사용할 수 있습니다." 그는 둥근 판을 내려서 현란한 손길로 뒤집어 그들에게 내밀었다. 판에는 눈들이 가득했다. 파란 눈, 초록 눈, 갈색 눈까지 진짜 눈동자 같은 색으로 칠해져 있었고, 진짜 눈알처럼 반짝였으며, 흰자에 빨간 혈관이 그려진 것들도 있었다. 하지만 여전히 삶은 달걀에 눈동자를 그려 놓은 것처럼 보일 뿐이었다.

의안사는 의기양양하게 자신의 상품들을 가리켰다. "이렇게 둥근 에나멜에 다른 쪽 눈과 완벽하게 맞는 색을 신중하게 칠한 후, 안와에 넣은 금속 구체와 눈꺼풀 사이에 삽입합니다. 잘 닳기 때문에 정기적으로 교체해야 하지만, 저를 믿어 주십시오. 완성된 눈은 놀라울 정도로 진짜 같을 테니까요."

깜빡임 없는 가짜 눈들이 시버스를 빤히 보고 있었다. "시체 눈

같군."

 불편한 정적이 흘렀다. "나무판자에 붙여 놓으면 그렇지요. 하지만 살아 있는 피부 밑에 넣어 놓으면······."

 "좋은 것 같군. 죽은 사람은 거짓말을 못 하지. 안 그렇소? 거짓말은 안 할 수 있겠군." 시버스는 가게 뒤편으로 성큼성큼 걸어가서 의자에 깊숙이 기대앉아 쭉 편 다리를 느슨하게 꼬았다. "합시다, 그럼."

 "당장요?"

 "안 됩니까?"

 "강철을 다듬는 데만 한두 시간이 걸립니다. 에나멜을 준비하는 데만 보통 2주가 걸리······" 몬자가 은화 한 무더기를 계산대에 올렸고, 주머니에서 쏟아진 은화가 돌 상판에서 짤랑거리는 소리를 냈다. 의안사는 겸손하게 머리를 조아렸다. "당장 최대한 정확하게 측정을 하지요. 내일 저녁까지 나머지 준비를 마칠 수 있습니다." 그는 등을 밝혔고, 불빛이 너무 밝아서 시버스는 멀쩡한 눈을 한 손으로 가려야 했다. "몇 군데를 좀 절개해야 할 겁니다."

 "뭘 해?"

 "자른다고." 몬자가 말했다.

 "그럴 테지. 가치 있는 일에는 늘 칼이 필요한 법이니까. 아닌가?"

 의안사는 작은 탁자에 놓인 도구들을 정리했다. "그리고 몇 바늘을 꿰매고, 필요 없는 살을 제거해야······."

 "썩은 부분을 도려내는 건가? 대찬성이오. 새 출발을 해 보자고."

"허스크 파이프 필요하십니까?"

"젠장, 당연하지." 그는 몬자가 속삭이는 소리를 들었다.

"좋은 제안이오." 시버스가 말했다. "지난 몇 주 동안 지겹게 고통에 시달렸으니까."

의안사는 머리를 숙인 뒤 몸을 돌려 파이프를 채웠다. "당신이 머리를 자르던 때가 생각나네." 몬자가 말했다. "처음 털을 깎는 어린 양처럼 겁을 먹었지."

"하, 그랬지."

"지금 당신을 봐, 새 눈을 맞추고 싶어 하다니."

"어떤 현자가 현실적으로 살라고 하더라고. 필요한 상황이 오면 사람은 이렇게나 빨리 변할 수 있다니까? 놀랍지 않아?"

그녀는 그를 향해 인상을 썼다. "너무 많이 변하지는 마. 난 가 봐야 해."

"새로 눈을 만드는 일에 흥미를 잃었나?"

"아는 사람을 만나러 가."

"오랜 친구인가?"

"오랜 적이지."

시버스는 빙긋 웃었다. "더 반갑겠군. 죽지 않게 조심하고, 알지?" 그는 의자에 몸을 묻고 이마 위에 고정 끈을 채웠다. "아직 할 일이 남았다고." 그가 멀쩡한 쪽 눈을 감자, 눈꺼풀 너머 밝은 빛이 분홍색으로 빛났다.

신중한 왕자

로곤트 대공은 황실 대욕장 건물에 작전 본부를 차렸다. 대욕장은 푸란티에서 가장 큰 건물로, 그림자로 오래된 다리 동쪽 끝의 광장 절반을 가릴 수 있을 정도였다. 하지만 도시의 다른 건물들과 마찬가지로 이제는 매우 낡아 있었다. 입구의 삼각형 지붕 절반과 지붕을 받치는 거대한 기둥 여섯 개 중 두 개는 이미 무너진 지 오래였고, 무너진 잔해들은 여기저기로 빼돌려져 보잘것없는 새 건물의 어울리지 않는 벽을 짓는 데 사용되었다. 죽은 덩굴 식물에 휘감긴 얼룩덜룩한 돌벽 틈새에는 잡초가 자라 있었고, 군데군데 작은 나무들이 비집고 나온 곳도 보였다. 스티리아의 국가들이 서로의 등에 칼을 꽂기 전, 이 건물이 지어질 당시에는 사람들이 목욕을 할 수 있는 공간을 제공하는 것이 건물의 첫 번째 목적이었을 터였다. 물을 어떻게 뜨겁게 유지할 것인가가 모두의 가장 큰 걱정거리였던 행복한 시절이었다. 무너져 가는 건물은 잃어버린 영광의 시대를 속삭이는 동시에 오랫동안 쇠퇴하고 있는 스티리아의 서글픈 현재를 이야기하는 것 같기도 했다.

몬자는 눈썹 하나 까딱하지 않았지만.

하지만 그녀의 마음속은 다른 생각들로 가득했다. 그녀는 후퇴하고 있는 로곤트 공작의 병사들 행렬 사이에 틈이 생길 때까지 기다렸다가 어깨를 쭉 펴고 광장을 가로질렀다. 여기저기 금이 간 대욕장 계단을 오르는 동안 앞뒤로 삐걱거리는 뒤틀린 고관절 때문에 엉덩이 전체에 찌릿한 통증이 느껴졌지만, 애써 통증을 견디며 예전의 당당한 걸음걸이를 흉내 내려 노력했다. 후드를 뒤로 젖힌 그녀가 가장 앞에 서 있는 경비병에게 시선을 고정했다. 희끗희끗한 머리에 문짝만큼 큰 덩치를 가진 사내는 창백한 뺨에 긴 흉터가 있어 전투 경험이 많아 보였다.

"로곤트 공작과 이야기를 나누러 왔소." 그녀가 말했다.

"그러시겠지요."

"내 이름은 몬…… 뭐라고요?" 그녀는 당연히 자신이 누구인지 밝힐 생각이었다. 그리고 비웃음을 당할 준비도 되어 있었다. 어쩌면 기둥 중 하나에 묶일 수도 있다고 생각했다. 안으로 들어갈 수 있으리라고는 기대하지 않았다.

"머카토 장군 아니십니까." 남자는 창백한 입술을 비틀며 미소 비슷한 표정을 지어 보였다. "공작께서 기다리고 계시오. 하지만 검은 놓고 들어가야 할 거요." 그녀는 검을 건네며 얼굴을 찌푸렸다. 그들이 길 아래로 그녀를 차 버렸다면 오히려 기분이 좋았을 것 같았다.

커다란 대리석 방 안에는 거대한 욕탕이 하나 놓여 있었다. 높은 기둥으로 둘러싸인 욕탕에는 썩은 내가 심하게 나는 희끄무레한 액체가 채워져 있었다. 그녀의 옛 적인 로곤트 대공은 차분한 회색 군복을 입고 입술을 잔뜩 오므린 채 접이식 테이블에 놓인 지도를 꼼꼼히 살피고 있었다. 주변에는 장교 여남은 명이 모여 있었는데, 한데 모으면 범선 하나를 장식할 수 있을 정도로 과한 장식용 금술이 달린 군복을 입고 있었다. 그녀가 악취 나는 욕탕을 돌아 그들에게 다가가자 그중 두세 명이 고개를 들었다.

"그녀가 왔다." 장교 중 한 명이 씩 웃으며 말했다.

"머…… 카…… 토." 다른 사람이 말을 받았다. 마치 그녀의 이름을 말하면 저주에라도 걸릴 것처럼. 그들에게는 그녀의 존재가 저주일 수도 있었다. 그녀는 지난 몇 년 동안 그들을 바보로 만들었고, 바보 같은 사람일수록 바보 같아 보이고 싶어 하지 않는 법이었다. 어쨌든 거느린 병사의 수가 가장 적은 장군은 늘 공격적이어야 한다. 스톨리쿠스는 말했다. 그래서 그녀는 마치 이 대욕장이 자신의 것이고 검을 쥔 사람도 자신인 것처럼 붕대를 감은 왼손을 허리띠에 꽂은 채 서두르는 기색 없이 걸었다.

"신중함의 왕자, 로곤트 공작이 아니십니까. 만나 뵙게 되어 영광입니다, 왕자 마마. 7년 동안 후퇴를 해 온 것치고는 함께하는 동지들이 하나같이 자신감이 넘쳐 보이는군요. 하긴, 오늘은 후퇴하고 계시지 않으니까요." 그녀는 잠시 멈췄다가 말을 이었다. "오, 이런. 생각해 보니 후퇴 중이시네요."

그 말에 몇몇 거만한 이들의 턱 끝이 올라가며 벌렁거리는 콧구멍이 모습을 드러냈다. 하지만 로곤트 공작은 서두르는 기색 없이 어두운 눈동자를 지도에서 뗐다. 약간 지쳐 보이기는 했지만 여전히 거슬릴 정도로 훤칠하고 편안해 보였다. "머카토 장군, 이렇게 기쁠 때가! 대전투 이후에 만났더라면, 그대를 포로로 잡을 수 있었다면 얼마나 좋았겠습니까마는, 근래에는 어쩐지 승리를 맛보기가 쉽지 않군요."

"여름에 서리가 내리길 바라는 게 낫겠던데요."

"반면 그대는 늘 영광에 둘러싸여 있었지. 그대가 내뿜는 승리의 광채에 벌거벗겨진 기분이 드는군요." 그는 대리석 방 뒤쪽을 바라보았다. "그런데 그대의 무적 천검단은 어찌 된 겁니까?"

몬자는 혀를 한번 찼다. "페이스풀 카르피가 빌려 갔습니다."

"묻지도 않고? 정말…… 무례하군. 누구보다 뛰어난 군인인 그대가 정치는 잘 모르나 보군요. 나는 그 반대인 것 같고요. 유벤스의 말처럼 검보다 말이 힘이 센 법입니다. 하지만 나는 뾰족한 무기로만 해결할 수 있는 일이 있다는 사실을 뼈저리게 깨달았답니다."

"피의 시대니까요."

"정말 그렇더군요. 우리는 모두 상황의 포로이고, 그 상황 때문에 나는 또 한 번 어쩔 수 없이 후퇴를 하고 말았답니다. 이 멋진 대욕장의 주인은 푸란티의 공작인 리로지오 공이었는데, 오르소 공작의 권력이 뮈셀리아의 성벽에 한참 못 미쳤을 때 가장 충실하고 호전적인 동맹이었지요. 그가 이를 가는 소리를 그대도 들어 봤어야 했는데. 그의 칼은 늘 앞을 향해 뻗어 나가 뜨거운 피를 맛볼 준비가 되어 있었지요."

"남자들은 늘 싸움 이야기를 좋아하더군요." 몬자의 시선이 못마땅한 표정을 짓고 있는 로곤트의 고문들에게 향했다. "전투복을 입는 걸 좋아하는 사람도 있고요. 전투복에 피를 묻히는 건 다른 이야기입니다만."

몇몇이 심기가 불편한 듯 공작새처럼 고개를 홱 돌렸지만 로곤트는 그저 웃기만 할 뿐이었다. "안타깝게도 내가 깨달은 바와 같군요. 그대 덕분에 뮈셀리아의 거대한 성벽이 뚫렸고, 볼레타도 무너졌지요. 비세린은 재가 되었고요. 그대의 이전 동료들인 천검단의 훌륭한 도움을 받고 있는 탈린의 군대는 리로지오의 문턱 앞까지 온 나라를 휩쓸고 있습니다. 용감한 리로지오는 북과 나팔에 대한 열정이 많이 사그라들었고요. 강한 이들은 흐르는 물만큼이나 변덕스러운 법입니다. 내가 좀 더 약한 동맹을 골랐어야 했어요."

"후회하기엔 너무 늦은 것 같군요."

공작은 볼을 부풀렸다. "너무 늦었지요. 늦었어요. 내 묘비명으로 새겨야 할 말이에요. 스위트파인스에서는 내가 이틀 늦게 도착하는 바람에 성급한 샐리어가 나 없이 싸우다 패배했어요. 그대의 악명 높은 분노 앞에 카프릴이 그토록 무력했던 이유이지요." 패배자들의 변명일 뿐이었지만 몬자는 일단 잠자코 있었다. "뮈셀리아에는 전력을 다해 도착해서 그대가 오기 전 성벽을 방어할 준비를 마치고 에트리스 협곡도 막았습니다. 그런데 알고 보니 그대는 그 전날 도착해서 이미 도시를 털고 내가 올 것을 대비해 방어막까지 구축해 놓았더군요." 그는 아까보다 더 진실을 왜곡하고 있었지만 몬자는 조용히 있었다. "하이뱅크에서는 고인이 된 간마크 장군에게 꼼짝없이 발이 묶이고 말았답니다. 역시 고인이 된 샐리어 공작의 군대는 바람에 흩날리는 민들레 홀씨마냥 뿔뿔이 흩어지더이다. 두 번 다시 그대에게 속지 않겠다더니, 또 속고 만 것이지요. 그래서 볼레타가……" 그는 입술 사이로 혀를 내밀고 엄지를 바닥 쪽으로 꺾으며 방귀 뀌는 소리를 냈다. "그리고 용감한 캔틴 장군은……" 그는 한 손가락으로 목을 긋는 시늉을 하며 다시 한번 방귀 소리를 냈다. "너무 늦었어요. 너무 늦었지요. 머카토 장군, 말해주세요. 어떻게 늘 전장에 가장 먼저 도착할 수 있는 겁니까?"

"일찍 일어나서 해가 뜨기 전에 똥을 누고, 옳은 방향으로 가고 있는지 살핀 후, 아무도 제 앞을 막지 못하게 하면 됩니다. 그리고 목적지에 도착하기 위해 노력하고요."

"그 말을 하는 저의가 무엇이지?" 로곤트의 옆에 있던 젊은 남자가 물었다. 그의 얼굴은 다른 사람들보다 더 언짢아 보였다.

"저의가 무엇이냐고요?" 그녀는 일부러 바보같이 눈을 부릅뜨며 그의 말을 반복한 다음 공작에게 말했다. "스위트파인스에 제때 도착할 수 있었는데도 머뭇거린 게 공작 전하 아니셨습니까? 비둔한 샐리어 공작이 바지를 내리기도 전에 오줌을 지릴 걸 잘 아시면서 말입니다. 그가 이기든 지든 힘을 다 써 버릴 거라는 사실도 물론 아셨을 테고요. 그는 패배했고, 바보가 되었지요. 전하는 바라셨던 대로 현명한 동료가 되셨고요." 이번에는 로곤트가 침묵을 지킬 차례였다. "2년 후, 전하께서는 협곡에 제시간에 도착해 성을 지킬 수 있으셨지만 아마 늦고 싶으셨을 겁니다. 뮈셀리아 사람들에게 가르치고 싶었던 교훈을 제가 가르칠 때까지 기다리실 생각이었으니까요. 현명하신 전하 앞에 겸손하라는 교훈 말입니다."

그녀가 거슬리는 일장 연설을 늘어놓는 동안 방 안은 쥐 죽은 듯 고요했다. "시간이 없다는 걸 언제 아셨는지요? 동맹이 힘을 다 소진하고 오르소가 너무 강해지도록 내버려두었다는 걸 언제 깨달으셨습니까? 그나마 하이뱅크에는 제때 도착하고 싶으셨을 테지만, 간마크가 전하의 길을 막아섰지요. 좋은 동맹인 척 연기를 이어 가기에는 이미……" 그녀는 몸을 앞으로 숙이며 속삭였다. "너무 늦었지요. 여덟 기사단이 이겼을 때 전하께서 그중 가장 강력한 동맹이 되어 첫 번째로 왕좌를 차지할 수 있게 만드는 데만 집중하셨으니까요. 대단한 작전이었고 신중하게 수행되었지요. 하지만 당연하게도 오르소가 이겼고, 여덟 기사단은……" 그녀는 혀를 입술 사이로 내밀고 옹기종기 모인 남자들을 향해 방귀 뀌는 소리를 냈다. "샌님 여러분, 너무 늦은 게 한둘이 아니랍니다."

그들 중 가장 목소리가 큰 남자가 주먹을 꽉 쥔 채 그녀를 향해 소리쳤다. "그딴 개소리를 한마디만 더 지껄여 봐…… 악마 같은 년! 우리 아버지가 스위트파인스에서 돌아가셨어!"

각자 갚아야 할 원한이 있는 것 같았지만, 다른 이들의 고통에 상처받기에는 몬자 자신의 상처가 너무 깊었다. "감사하군요." 그녀가 말했다.

"뭐?"

"당신 아버지가 아마도 내 적 중 한 명이었을 테고, 전투의 목적은 적을 죽이는 것이잖습니까. 그가 죽었다는 걸 칭찬으로 받아들여야지요. 같은 군인에게 이런 걸 설명해야 하다니."

그의 얼굴이 붉으락푸르락하게 변했다. "네년이 남자였으면 여기서 죽었을 거야."

"만약 네놈이 진짜 남자였다면 그럴 수도 있었겠지. 그래도 내가 네놈 아버지의 목숨을 앗아 갔으니 나도 뭔가 줘야 공정하겠군." 그녀는 혀를 말고 그의 얼굴에 침을 뱉었다.

그는 두 손으로 어설프게 그녀를 공격했다. 그녀가 예상한 대로였다. 화를 터뜨릴 때까지 그렇게까지 자극을 받아야 하는 놈이라면 머리끝까지 화가 나더라도 그리 무섭지 않은 법이었다. 이미 준비가 되어 있던 그녀는 공격을 피한 다음 금색 흉갑의 위아래 가장자리를 잡아 그의 체중이 실리게 하여 옆으로 휘둘렀다. 그리고 바로 이어 발을 걸었다. 그가 허리를 푹 숙인 채 속수무책으로 휘청거리며 반은 뛰고 반은 넘어지는 듯 앞을 지나갈 때, 그녀는 그의 검 자루를 잡아 홱 낚아챘다. 그는 비명을 지르며 욕탕에 풍덩 빠져 버렸다. 물방울이 반짝이며 사방에 튀었고, 그녀는 검을 들고 돌아섰다.

로곤트는 눈을 굴렸다. "이런, 제발……" 장교들은 그녀에게 달려들기 위해 욕을 하며 허둥지둥 검을 빼 들다가 탁자를 거의 넘어뜨릴 뻔했다. "제군들, 무기는 넣어 두시오. 제발, 무기는 거둬요!" 물에 빠진 장교가 물 밖에 얼굴을 내밀었다. 그는 물을 사방에 튀기고 버둥거리며 장식용 갑옷의 무게 때문에 자꾸만 가라앉는 자신과 싸우는 중이었다. 로곤트의 부하 중 두 명이 욕탕에서 그를 꺼내 주기 위해 달려갔고, 나머지 사람들은 몬자를 먼저 찌르려고 서로 밀치며 다가왔다.

"네놈들은 늘 후퇴하는 쪽 아니었나?" 그녀가 기둥 뒤로 물러서며 나지막하게 말했다.

가장 가까이 있던 누군가가 그녀를 향해 칼을 찔렀다. "죽어라, 이 더러운……"

"그만!" 로곤트가 고함쳤다. "그만! 그만들 하십시다!" 그의 부하들은 야단맞는 말썽꾸러기 아이처럼 그녀를 노려보았다. "도대체 대욕장에서 칼싸움이 웬 말입니까! 수치도 모르시오?" 그는 긴 한숨을 내쉬고는 한 손을 휘저으며 말했다. "나가시오, 다들!"

그에게 가장 가까이 있던 수행원의 콧수염이 긴장으로 바짝 곤두섰다. "하지만 전하. 이 야만적인 작자와 단둘이…… 괜찮으시겠는지요?"

"걱정 말게. 죽지는 않을 테니." 그가 장교들을 향해 한쪽 눈썹을 치켜올렸다. "나는 수영을 잘하거든. 이제 누가 다치기 전에 다들 나가시게. 어서! 훠이!"

그들은 마지못해 검을 집어넣고 투덜거리며 밖으로 나가기 시작했고, 욕탕에 빠졌던 남자도 물과 함께 분노를 뚝뚝 흘리며 방을 나섰다. 몬자는 미소를 지으며 그의 황금색 검을 욕탕에 툭 던졌고, 검은 첨벙하는 소리와 함께 사라졌다. 작은 승리에 불과했지만 지금 같은 때에는 기회가 왔을 때 승리를 만끽해야 했다.

로곤트는 아무 말 없이 방 안에 두 사람만 남을 때까지 기다렸다가 무거운 한숨을 뱉었다. "이자가 올 거라고 그대가 말했지요. 이 쉬리."

"제 말이 맞았다는 이야기를 듣는 게 질리지 않아서 다행입니다." 몬자는 깜짝 놀랐다. 어두운색 피부를 가진 여자가 로곤트의 머리 위에서 두 걸음쯤 올라간 높이에 뚫린 창턱에 등을 대고 누워 있었다. 다리를 벽에 걸쳐 꼬고 한쪽 팔과 머리는 좁은 창틀 밖으로 늘어뜨리고 있어 얼굴이 뒤집혀 보였다. "그런 일이 자주 일어나니까요." 그녀는 뒤로 미끄러졌다가 마지막 순간에 공중에서 반 바퀴를 돌아 도마뱀처럼 팔다리로 땅을 짚으며 착지했다.

몬자는 처음 방에 들어왔을 때 어떻게 그녀를 보지 못했는지 의아했고 그 사실이 마음에 들지 않았다. "넌 뭐야? 곡예사인가?"

"아, 곡예사처럼 낭만적인 일을 하진 않아. 나는 동풍이야. 신의 오른쪽 손가락 중 하나라고 생각해."

"이상한 소릴 하는 걸 보니 성직자인가 보군."

"아, 성직자는 너무 따분하고 건조하잖아." 그녀가 눈을 굴려 천장을 바라보았다. "나는 나름대로 열정적인 신앙인이지만 사제 가운을 입을 수 있는 건 남자들뿐이야. 신께 감사할 일이지."

몬자가 인상을 찌푸렸다. "구르컬 제국의 첩자군."

"첩자라는 단어는 너무 뭐랄까…… 음흉한데. 황제, 예언가, 교회, 국가, 전부 다 마찬가지야. 그냥 남부 세력의 대리인 정도라 해두자고."

"스티리아가 그들과 무슨 상관이지?"

"전장이니 상관이 있지." 그리고 그녀는 활짝 웃었다. "구르컬과 연방은 평화를 이루고 있지만……."

"싸움이 계속되고 있다는 건가."

"항상. 오르소의 동맹은 우리의 적이고, 그의 적은 우리의 동맹이지. 우린 같은 동기를 가진 것 같은데."

"탈린의 대공 오르소의 몰락." 로곤트가 웅얼거렸다. "신이시여, 도와주소서."

몬자가 그를 향해 한쪽 입꼬리를 올리며 말했다. "하, 전하, 이제 신께 기도도 드리십니까?"

"누구든 듣는 사람이 있다면 열렬히 기도해야지."

구르컬 여자는 발끝으로 서서 기지개를 켜듯 손가락 끝을 머리 위로 쭉 늘였다. "머카토, 너인가? 이 가련한 인간이 올린 절박한 기도의 답이 너인가?"

"어쩌면."

"그리고 그가 네 기도의 답이고?"

"권력가들에게 실망한 적이 많지만, 기대를 걸어 볼 수는 있겠지."

"내게 실망한 친구가 그대가 처음은 아닐 겁니다." 로곤트가 지도를 가리키며 고개를 끄덕였다. "내 별명이 노파심 백작, 꾸물거림 공작, 신중한 왕자라더군요. 그런데도 나와 동맹을 맺으시렵니까?"

"절 보십시오, 전하. 저도 전하만큼이나 절박하답니다. 파란스가 말했지요, '큰 폭풍우는 괴짜 같은 동료들을 불러들인다.'라고요."

"참으로 현명한 말이군요. 그럼 내가 나의 괴짜 같은 동료를 어떻게 도우면 될까요? 무엇보다, 그 동료가 날 어떻게 도울 수 있습니까?"

"저는 페이스풀 카르피를 죽이려 합니다."

"배신자 카르피가 죽든 말든 우리가 무슨 상관이지?" 이쉬리가 느긋하게 앞으로 걸어 나와 고개를 나른하게 한쪽으로 꺾었다. 따라 하는 것은 고사하고 보기조차 불편할 정도로 고개가 꺾였다. "천검단에 다른 사령관들도 있지 않나? 세사리아라든가, 빅투스, 안디체 같은?" 그녀의 눈은 칠흑처럼 검었고, 의안사의 안구 모형만큼이나 텅 비어 보였다. "그 욕심 많은 독수리들 중 한 명이 네 옛 자리를 꿰차고 스티리아의 썩은 시체들을 차지하고 싶어 하지 않겠어?"

로곤트가 얼굴을 찌푸렸다. "그럼 나는 상대만 바뀐 채 지긋지긋한 춤을 계속 출 수밖에 없겠군요. 내가 얻을 수 있는 건 아주 잠깐의 쉬는 시간뿐이겠고요."

"그 셋은 자기 주머니를 채울 수 없으면 오르소에게 절대 충성하지 않을 위인들입니다. 마음에 드는 액수를 제시하니 코스카를 배신하고 저를 총사령관으로 앉히라는 설득에 쉽게 넘어갔지요. 저를 배신하고 페이스풀을 총사령관에 앉힐 때도 마찬가지였고요. 적절한 보상만 주면 페이스풀을 버리고 다시 제 편이 될 겁니다. 오르소를 버리고 공작님의 편에 설 테고요."

느린 침묵이 흘렀다. 이쉬리는 가지런한 눈썹 한쪽을 치켜올리고 있었다. 로곤트는 생각에 잠긴 듯 고개를 살짝 뒤로 기울였다. 두 사람은 한동안 서로 눈빛을 주고받았다. "그렇게 된다면 전세를 뒤집을 수 있겠군요."

"그들을 불러들일 수 있는 거 확실해?" 거키쉬 여자가 물었다.

"그럼." 몬자는 아무렇지 않게 거짓말을 했다. "나는 도박은 안 해." 더 큰 거짓말이었다. 그래서 그녀는 일부러 더 자신감 있게 말했다. 천검단과 관련해서는 무엇도 확신할 수 없었고, 신의라고는 없는 그들의 사령관들과 관해서는 더욱 그랬다. 하지만 페이스풀만 죽일 수 있다면 기회가 올 수도 있었다. 일단 로곤트의 도움을 받고, 지켜볼 일이었다.

"비용이 얼마나 들까요?"

"이기고 있는 쪽에서 마음을 돌리라고 설득하는 데 드는 비용 말이십니까? 제힘으로 지불할 수 있을 만한 금액이 아니란 건 확실하지요." 그녀가 허먼의 금을 몽땅 가지고 있었더라도 마찬가지였고,

심지어 그 금은 지금 아버지의 농장 집에서 서른 걸음 떨어진 곳에 묻혀 있었다. "하지만 오스프리아의 공작이신 전하께서……."
로곤트는 멋쩍게 쿡쿡거렸다. "이런, 오스프리아의 지갑에는 구멍이 뚫린 지 오래랍니다. 빚이 목구멍 위까지 차올라서 푼돈에 몸뚱이라도 팔아야 할 지경입니다. 불가능해요. 더 이상 내놓을 금이 없어요."
"남쪽 세력은?" 몬자가 물었다. "구르컬에는 금으로 만들어진 산이 있다던데."
이쉬리는 기둥 중 하나에 등을 기대어 몸을 비틀었다. "다른 모든 곳처럼 흙으로 만들어진 산뿐이야. 하지만 어디를 팔지만 안다면 산 밑에서 엄청난 금을 캘 수도 있긴 해. 페이스풀은 어떻게 죽일 생각이지?"
"리로지오는 오르소의 군대가 도착하자마자 항복할 거야."
"당연히 그럴 거요." 로곤트가 말했다. "그는 내가 후퇴하는 것만큼이나 항복을 밥 먹듯 하니까."
"천검단은 지나오는 길을 쑥대밭으로 만들면서 오스프리아를 향해 남쪽으로 밀고 내려올 테고, 탈린 군대가 그 뒤를 따를 거야."
"군인으로서 재능이 없는 사람도 다 아는 얘기 같은데."
"난 두 나라 사이에 적당한 장소를 물색해서 페이스풀을 유인할 거야. 마흔 명 정도면 놈을 죽일 수 있겠지. 두 사람에게는 위험이 거의 없을 테고."
로곤트가 목소리를 가다듬었다. "그 충직한 늙은 개를 개장에서 빼낼 수만 있다면야 죽이는 데 필요한 인력은 당연히 대 줘야지요."

이쉬리는 몬자가 개미를 쳐다볼 때의 눈빛으로 몬자를 쳐다보았다. "그가 세상을 하직하고 난 다음, 네가 천검단을 우리 편으로 만들어 주면 그때 내가 돈을 대지."

만약, 만약, 만약이라니. 하지만 이쉬리의 제안은 몬자가 여기서 바랄 수 있는 것 그 이상이었다. 사실 그녀가 이 자리에서 시체로 나간다고 해도 전혀 이상할 게 없었다. "그럼 됐네. 우린 이제 괴짜 같은 동료가 된 건가?"

"그렇네. 네가 신께 예쁨을 받는 모양이야." 이쉬리는 요란하게 하품을 했다. "친구 한 명을 만나러 왔다가 친구가 둘이 됐잖아."

"내가 운이 좋긴 해." 말은 그렇게 했지만 몬자는 두 사람 중 누구도 얻지 못한 채 떠나는 것 같다는 생각을 하고 있었다. 그녀는 입구 쪽으로 돌아서서 문을 나설 때까지 낡은 대리석 바닥에 군화 뒷굽을 끌며 걸었다. 문을 나설 때까지 떠는 모습을 보이지 않길 바랐다.

"머카토, 하나만 더 이야기해 두지!" 그녀는 뒤를 돌아 이제 지도와 함께 혼자 남은 로곤트를 바라보았다. 이쉬리는 나타났을 때와 마찬가지로 홀연히 모습을 감춘 후였다. "입지가 약한 그대가 강한 척을 할 수밖에 없었던 건 이해합니다. 그대는 무모할 정도로 대담한 사람이니까요. 그러지 않았으면 이상했을 테지요. 하지만 나도 나만 가지고 있는 모습이 있어요. 앞으로는 좀 더 존중을 보이세요. 우리가 맺은 절망적인 동맹 관계를 훨씬 매끄럽게 유지할 수 있을 겁니다."

몬자는 과장되게 절을 해 보였다. "우리의 영광이신 전하, 입지가 약한 저는 한탄스러움에 몸 둘 바를 모르겠나이다."

로곤트가 느릿느릿 고개를 저었다. "내 부하들이 검으로 찌르도록 내버려뒀어야 하는데요."

"과연 그렇게 하셨을까요?"

"오, 이런, 아니요." 그는 다시 지도로 시선을 돌렸다. "그대에게 침을 더 뱉어 달라고 부탁했을 수는 있겠군요."

부자도 거지도 아닌

솅크트는 낡은 복도를 걸으며 콧노래를 흥얼거렸다. 여전히 발소리는 들리지 않았다. 머릿속에 늘 맴도는 멜로디가 있었다. 어릴 적 누나가 불러 주던 노래의 한 소절이었다. 누나의 머리칼 사이로 비치던 햇빛과 누나의 등 뒤에 있던 창문, 누나의 그늘진 얼굴이 아직도 눈에 어른거리는 듯했다. 모두 오래전 일이었다. 햇빛에 바랜 싸구려 페인트처럼 희미해진 나날들이었다. 그는 노래를 잘 부르지 못했다. 하지만 흥얼거릴 수는 있었고, 누나가 그와 함께 노래를 불러 준다고 생각하면 마음이 편안해졌다.

솅크트는 칼을 집어넣고 거의 다 완성한 새 조각품도 치웠다. 새 부리 쪽을 다듬기가 힘들었지만 서두르다가 망치고 싶지는 않았다. 인내심은 암살자뿐만 아니라 목공예가에게도 중요한 덕목이었다. 그는 문 앞에 멈춰 섰다. 부드러운 옅은 색 소나무로 만든 문은 옹이투성이에 이음새도 엉망이어서 틈새로 빛이 새어 나오고 있었다. 좀 쾌적한 장소로 일을 하러 갈 수는 없을까, 이따금씩 드는 생각이었다. 그는 부츠 신은 다리 한쪽을 들고 문을 힘껏 차서 단번에 자물쇠를 부숴 버렸다.

경첩에서 문이 떨어져 나오자 손 여덟 쌍이 일제히 무기를 집어 들었다. 남자 일곱에 여자 하나, 험악한 얼굴 여덟 개가 그를 향해 움직였다. 솅크트는 그들을 알아보았다. 오르소의 알현실에서 반원으로 서 있었던 이들이었다. 아리오 왕자 살해범을 쫓기 위해 보내진 청부살인업자들. 말하자면 같은 목표물을 쫓는 동지라고 할 수 있었다. 사냥에 성공한 사자와 동물 사체 위를 맴도는 파리들이 동지라고 할 수 있다면 그들은 동지인 셈이었다. 이들이 자신의 목표를 먼저 찾으리라고는 생각하지 못했지만, 그는 삶이 던지는 변화구에 초연하게 된 지 오래였다. 죽어 가는 뱀처럼 굴곡 많은 인생을 살아온 덕분이었다.

"내가 방해했나 보군?" 그가 물었다.

"그놈이다."

"무릎은 안 꿇는다던 놈."

"솅크트라던가." 마지막 사람은 오르소의 알현실에서 그와 부딪혔던 남자였다. 솅크트는 그 남자에게 기도를 하라고 조언했다. 그 남자가 자신의 조언을 받아들였길 솅크트는 바랐지만, 분명 그랬을 것 같지 않았다. 그들 중 두세 사람은 그의 얼굴을 보고 자기네 편이라고 생각했는지 긴장을 푼 것 같았고, 반쯤 뽑았던 칼을 다시 칼집에 집어넣었다.

"좋군, 좋아." 얼굴에 곰보 자국이 있고 검은 머리칼을 길게 기른 남자가 그들의 우두머리인 듯했다. 그는 한 손가락으로 여자가 들고 있는 활을 부드럽게 바닥 쪽으로 밀었다. "내 이름은 몰트요. 우리가 놈들을 유인하는 걸 돕기에 딱 적당한 시간에 왔군."

"놈들?"

"뭘 묻소? 오르소 공작 전하께서 찾으라고 한 놈들이지. 저쪽, 허스크 소굴에 있더군."

"모두 다 같이?"

"아무튼 놈들 대장은 거기 있소."

"그놈이 맞는지 어떻게 알지?"

"넌이오. 우리 친구 펠로가 잘 알지. 그렇지 펠로?"

축 늘어진 콧수염을 가진 펠로라는 남자가 땀을 뻘뻘 흘리며 절망의 눈빛으로 그를 바라보았다. "머카토예요. 예전에 스위트파인스에서 오르소의 군대를 이끌었던 그 여자요. 한 달 전에 비세린에 있었어요. 우리가 그녀를 잡아서 직접 신문했어요. 그러다 북부 사람은 눈을 잃었고요." 사잠도 북부에서 온 시버스라는 남자 이야기를 했다. "샐리어의 궁전에서요. 며칠 후 그 여자가 오르소의 장군인 간마크를 죽였어요."

"탈린의 독사가 맞는 것 같군." 몰트가 으스대며 말했다. "그리고 아직 살아 있지. 어떻게 생각하쇼?"

"놀랍군." 솅크트가 천천히 창가로 걸어가 길 건너를 바라보았다. 유명한 장군이 가기에는 누추해 보였지만, 살다 보면 저런 곳에도 갈 수 있는 법이었다. "일행과 함께 있나?"

"북부 놈만 같이 있소. 우리가 놈들을 못 잡을 일은 없을 거요. 럭키 님과 그의 부하 두 명이 뒤쪽 골목에서 기다리고 있거든. 다음번 시계 종이 울리면 우리는 앞문으로 갈 거요. 놈들이 빠져나갈 방법은 없소."

셍크트는 천천히 의심이 가득한 얼굴들을 둘러보며 한 번씩 기회를 주었다. "다들 진짜 이렇게 하기로 한 건가? 당신들 모두?"

"젠장, 당연한 걸 뭘 묻소. 친구, 우리 중에 겁쟁이는 없소." 몰트는 눈을 가늘게 뜨고 그를 바라보았다 "우리랑 함께 할 생각이 있소?"

"함께?" 셍크트는 숨을 길게 들이쉬고 내쉬었다. "큰 폭풍이 괴짜 동반자들을 데려왔군."

"좋다는 뜻으로 알아듣지."

"저 새끼까지 필요 없잖아." 셍크트에게 기도하라는 조언을 들었던 그 남자가 날이 휜 칼을 보란 듯 휘두르고 있었다. 그는 분명 인내심이 별로 없는 인물이었다. "그냥 저 새끼 목을 그어 버리자고. 그럼 몫을 나눌 사람이 하나 줄잖아."

몰트는 부드럽게 그의 칼을 내려놓았다. "거, 욕심부리지 말자고. 난 이런 일을 많이 해 봤어. 다들 일이 아니라 돈에만 집중하더군. 자기 뒤에 누가 따라오는지만 계속 보면서. 그럼 신상에도 좋지 않고 일도 제대로 할 수 없어. 이 일을 교양 있게 끝낼 거야. 그렇지 않으면 안 하느니만 못하니까. 알겠어?"

"교양 있게 해야지." 셍크트가 말했다. "정직한 사람처럼 죽여 봐야겠군."

"바로 그거요. 오르소가 제시한 돈은 모두에게 충분하니까. 다 똑같이 나눠도 충분히 부자가 될 수 있지."

"부자라?" 솅크트가 고개를 저으며 애석한 미소를 지었다. "죽은 사람은 부자도 거지도 될 수 없어." 그는 검지를 휘둘러 놀란 기색이 막 떠오르기 시작한 몰트의 얼굴을 반으로 쪼갰다.

*

시버스는 때 묻은 침대에 앉아 있었다. 더러운 벽에 등을 기댄 그의 위에 몬자가 뻗어 있었다. 그녀는 그의 허벅지에 머리를 대고 누워 얕은 숨을 헐떡이고 있었다. 붕대가 감긴 그녀의 왼손에 아직 파이프가 들려 있었고, 타다 만 허스크에서 갈색 연기가 구불구불 피어오르고 있었다. 그는 빛줄기를 향해 퍼지는 연기를 따라 시선을 옮기다 눈이 부셔 실눈을 떴다. 물결치듯 퍼져 나간 연기는 달콤한 향기와 함께 방 안을 뿌옇게 채웠다.

허스크는 고통을 줄이기에 좋았다. 과하게 좋다고 시버스는 생각했다. 너무 좋아서 늘 더 원하게 되었다. 허스크를 피우고 조금 지나면 발을 찢는 통증 정도는 별게 아닌 것처럼 느껴질 정도였다. 허스크 한 모금이면 곤두섰던 신경이 누그러지고 나긋함만 남았다. 몬자는 본인이 의도한 것보다 더 예민해지는 듯했지만, 그게 그녀의 본모습은 아니라고 시버스는 생각했다. 연기가 그의 코를 간지럽히자 속이 울렁거리면서도 한 모금 더 피우고 싶은 마음이 간절해졌다. 붕대 밑에 숨은 눈이 간지러웠다. 머릿속에 든 생각대로 해 버리면 쉬울 것 같았다. 해가 될 게 있을까……?

갑자기 혼란스러워진 그는 마치 땅 밑에 묻혀 있던 사람처럼 꼼지락거리며 몬자의 밑에서 빠져나왔다. 몬자는 짜증스럽게 중얼거리다가 다시 쓰러져 눈을 깜빡였다. 그녀의 머리칼이 축축한 얼굴에 달라붙어 있었다. 시버스는 걸쇠를 홱 젖히고 기우뚱거리는 덧창을 당겨 열었다. 건물 뒤편 썩어 가는 골목이 한눈에 들어왔고, 차가운 공기에 섞인 오줌 지린내가 콧속으로 훅 밀려들어 왔다. 허스크 연기에 취해 있어도 그 냄새만큼은 정직하게 느낄 수 있었다.

뒷문 근처에 남자 두 명과 여자 한 명이 서 있었는데, 여자가 한 팔을 치켜들고 있었다. 옆 거리의 높은 시계탑에서 종소리가 울렸다. 여자가 고개를 끄덕이자 남자들은 번쩍이는 검과 무거운 철퇴를 꺼냈다. 여자가 뒷문을 열었고, 세 사람은 서둘러 건물 안으로 들어섰다.

"젠장." 시버스가 도무지 믿을 수 없다는 듯 속삭였다. 세 사람이었고, 시계 종이 울리길 기다렸다 건물로 들어온 것을 보니 분명 앞문으로도 그들 일행이 들어오고 있을 것 같았다. 도망치기에는 너무 늦어 버렸다. 하지만 어차피 시버스도 도망치는 데는 이골이 난 터였다. 자존심 빼면 시체인 그가 아니었던가? 그가 애꾸가 되는 사달이 난 것도 북쪽에서 이 빌어먹을 스티리아로 도망쳐 온 탓이었다.

시버스는 몬자에게 다가가려다가 곧 멈춰 섰다. 상태를 보아하니 도움이 될 것 같지 않았다. 그래서 그녀를 내버려두고 두 사람이 처음 만났을 때 그녀가 준 무거운 칼을 꺼낸 다음 손에 착 감겨드는 칼자루를 꼭 쥐었다. 아마 저들은 더 나은 무기를 가지고 있겠지만 어차피 작은 방에서 큰 무기는 쓸모가 없었다. 더 놀라게 될 쪽은 상대편일 테니 그것보다 좋은 무기는 없을 터였다. 그는 문 뒤 그늘에 몸을 바짝 붙였다. 심장이 쿵쾅거리고 숨을 쉴 때마다 목구멍이 타들어 가는 듯했다. 그저 맹렬히 싸울 준비가 되어 있을 뿐, 두렵지도, 걱정이 되지도 않았다.

그는 그들이 조용히 계단을 오르는 소리를 듣고 터져 나오는 웃음을 간신히 멈췄다. 하지만 어쩔 수 없이 킥킥거리는 소리가 새어 나왔는데, 스스로도 왜 웃는지 이유를 알 수 없었다. 웃을 일이 전혀 없었기 때문이었다. 삐걱거리는 소리가 들리더니 작게 욕을 하는 소리가 뒤따랐다. 세계 최고의 암살자들은 아닌 모양이었다. 그는 입술을 깨물고 떨리는 웃음을 참으며 갈비뼈를 진정시키려고 애썼다. 몬자가 꾀죄죄한 담요에 누워 미소를 지으며 기지개를 켰다.

"베나……" 그녀가 웅얼거렸다. 문이 벌컥 열리더니 검을 든 남자가 뛰어들어 왔다. 몬자의 눈이 게슴츠레 떠졌다. "너흰 뭐……."

두 번째 남자가 어설프게 방 안으로 들이닥쳤고, 그 바람에 앞에 들어온 남자는 균형을 잃고 말았다. 두 번째 남자가 철퇴를 머리 위로 치켜들다 낮은 천장을 치는 바람에 그들은 떨어지는 석회 가루를 뒤집어쓰고 말았다. 마치 자신의 검을 뺏어 가 달라고 고사를 지내는 모양새였다. 무례하게 거절하고 싶지 않던 시버스는 그의 손에서 검을 낚아채 첫 번째 남자의 등에 내리꽂았다.

검날이 빠르고 조용하게, 자루만 보일 때까지 그의 살을 파고들었다가 빠져나왔다. 시버스는 이 사이로 으르렁거리는 동시에 반쯤 킥킥대며 아직 남아 있는 웃음 조각들을 뱉어 내면서 펌프질하듯 팔을 움직였다. 남자는 무슨 일이 벌어지고 있는지 깨닫지 못한 것처럼 검에 찔릴 때마다 놀란 듯한 비명을 작게 질렀고, 몸을 비틀어 시버스의 손에서 칼을 빼앗았다.

다른 한 명이 눈이 휘둥그레진 채 돌아섰다. 철퇴를 휘두르기에는 거리가 너무 가까웠다. "이게······."

시버스는 철퇴 손잡이로 그의 코를 쾅 하고 내리쳤고, 코가 뚝 부러지는 느낌이 들었다. 그는 휘청거리며 꺼진 벽난로 쪽으로 밀려났다. 검에 찔린 남자는 무릎이 풀려 몬자 위로 쓰러졌고, 그의 검 끝이 그녀 뒤쪽 벽에 박혔다. 그는 걱정할 필요 없을 것 같았다. 시버스는 짧은 걸음을 옮겨 철퇴가 천장에 닿지 않도록 무릎을 꿇은 다음 고함을 지르며 무거운 강철 덩어리를 휘둘렀다. 자기 주인의 이마에 가서 부딪친 철퇴는 쩍 하고 갈라지는 소리를 내며 머리뼈를 부수고 천장에 핏방울을 튀겼다.

시버스는 뒤에서 고함 소리를 듣고 돌아섰다. 여자 한 명이 양손에 짧은 칼을 들고 문안으로 뛰어들어 왔다. 그녀는 죽어 가는 검객 밑에서 벗어나려고 발버둥을 치던 몬자의 발에 걸려 넘어지고 말았다. 운이 좋았다. 분노에 찬 고함을 지르던 여자는 놀란 비명을 지르며 시버스의 가슴팍 위로 넘어지다 칼 하나를 떨어뜨렸다. 시버스는 그녀의 다른 손목을 잡은 채 그녀와 함께 철퇴를 맞은 병사의 시체 위로 넘어졌다. 그러면서 벽난로 옆면에 머리를 부딪치는 바람에 한동안 앞이 보이지 않았다.

그녀는 여전히 시버스에게 손목을 붙잡혀 있었지만, 그의 얼굴에 감긴 붕대를 찢으려고 하고 있었다. 그들은 서로 무의미하게 으르렁거렸다. 흘러내린 그녀의 머리카락이 그를 간지럽히는 사이, 그녀는 어금니 사이에 혀를 물고 그의 목에 칼을 밀어 넣으려고 온 힘을 짜내고 있었다. 그녀의 숨에서 레몬 향이 느껴졌다. 그는 몸을 비틀어 주먹으로 그녀의 턱을 쳤다. 그녀의 고개가 뒤로 꺾였고, 어금니가 혀 속으로 파고들었다.

같은 순간, 어설프게 여자의 팔을 그은 칼끝이 거의 시버스의 어깨를 찌를 듯 닥쳐 와 그는 몸을 뒤로 젖혔다. 그녀 뒤로 몬자의 창백한 얼굴과 초점이 거의 없는 눈이 보였다. 여자는 울부짖으며 그에게서 벗어나려 발악했다. 몬자가 서툴게 휘두른 검의 평평한 면에 정수리를 맞은 그녀는 고개를 옆으로 돌린 채 푹 고꾸라졌다. 몬자는 비틀거리며 벽 쪽으로 걸음을 옮기다가 침대에 발이 걸려 칼을 떨어뜨리는 바람에 하마터면 자신을 찌를 뻔했다. 시버스는 여자의 축 늘어진 손에서 칼날을 비틀어 뺀 다음 그녀의 턱 아래에 자루만 남을 때까지 깊이 칼을 꽂아 넣었다. 그녀의 피가 몬자의 셔츠와 벽에 마구 흩뿌려졌다.

시버스는 그녀와 뒤엉켜 있는 팔다리를 풀고 철퇴를 집어 든 다음 검객의 등에서 칼을 뽑아 허리띠에 꽂은 뒤 비틀거리며 문가로 다가갔다. 바깥 복도는 텅 비어 있었다. 이윽고 몬자의 손목을 잡고 일으켜 세웠다. 몬자가 여자의 피로 물든 자신을 내려다보았다.

"뭐……뭐야……."

시버스는 몬자의 늘어진 팔을 자신의 어깨 위에 올린 채 문밖까지 그녀를 부축해 데리고 나온 다음 계단 아래로 끌고 내려갔다. 그녀의 군화가 계단 층계에 부딪히며 덜컹거리는 소리를 냈다. 두 사람은 뒷문을 통해 밝은 햇살 속으로 나왔다. 비틀거리며 한 걸음을 옮긴 그녀는 골목 벽에 거의 투명한 액체를 게워 냈다. 신음을 뱉던 그녀가 다시 한번 몸을 들썩였다. 그는 필요하면 언제든 꺼낼 수 있도록 철퇴 손잡이를 소매에 넣고 피 묻은 머리를 손으로 잡았다. 그러면서 자신이 또 킥킥거리고 있다는 사실을 깨달았다. 도대체 이유를 알 수 없었다. 여전히 웃을 일은 없었다. 오히려 상황은 그 반대에 가까웠다. 하지만 그는 계속 웃고 있었다.

몬자는 술에 취한 듯 비틀비틀 한 걸음, 두 걸음을 옮기다가 허리를 푹 숙였다. "허스크를 그만 피워야겠군." 그녀는 웅얼거리며 초록색 액체를 뱉어 냈다.

"그래야지. 내 눈이 다시 자라면 한번 끊어 보자고." 그는 그녀의 팔꿈치를 잡고 골목 끝으로 향했다. 사람들이 환한 거리를 걷고 있었다. 그는 모퉁이에서 잠시 멈춰 서서 양쪽을 살핀 다음 그녀의 팔을 다시 자신의 어깨에 두르고 발걸음을 옮겼다.

시체 세 구를 제외하면 방은 텅 비어 있었다. 솅크트는 바닥에 흥건한 피를 조심스럽게 빙 둘러 창가로 느릿느릿 걸어가서 밖을 살폈다. 머카토와 애꾸눈 북부인의 흔적은 보이지 않았다. 하지만 다른 누군가가 그들을 먼저 찾는 것보다는 차라리 도망치는 편이 나았다. 그렇게 된다면 참을 수 없을 것 같았다. 맡은 일은 반드시 끝을 봐야 직성이 풀리는 그였다.

그는 팔뚝을 무릎에 올리고 손을 늘어뜨린 채 쪼그려 앉았다. 머카토와 그녀의 북부 친구는 이 세 명을 처리하면서 솅크트가 몰트와 그의 동료 일곱 명을 처리했을 때보다 주변을 더 난장판으로 만들었다. 벽, 바닥, 천장, 침대, 모든 곳이 붉은 피로 물들고 얼룩져 있었다. 남자 한 명이 머리뼈가 완전히 으스러진 채 벽난로 옆에 누워 있었다. 다른 한 명은 바닥에 엎어져 있었는데, 검에 등을 여러 차례 찔린 듯 셔츠 등짝이 피로 흠뻑 젖은 채 너덜너덜해져 있었다. 여자 한 명은 턱 밑에 크게 벌어진 깊은 상처가 나 있었다.

그녀가 럭키 님일 거라고 그는 생각했다. 오늘로 그녀의 운이 다한 듯 보였다.

"이제 그냥 님이 되었군."

무언가가 구석에서 반짝였다. 그는 몸을 숙여 반짝이는 물건을 집어 들고 빛에 비춰 보았다. 커다랗고 새빨간 루비가 박힌 금반지였다. 쓰러져 있는 시정잡배들이 끼기에는 너무 좋은 물건이었다. 머카토의 반지까지 얻게 되다니? 아직 온기가 남은 것 같은데? 그는 반지를 자신의 손가락에 끼운 다음 님의 발목을 끌어 시체를 침대 위로 올리고 콧노래를 부르며 옷을 벗겼다.

그녀의 오른쪽 허벅지에 비늘 모양으로 발진이 돋아 있어서 그는 도살용 낫을 능숙하게 세 번 그어 왼쪽 다리를 엉덩이까지 잘라 냈다. 뒤이어 손목을 날카롭게 비틀어 그녀의 고관절 뼈를 뽑아내고, 휘어진 칼날을 두 번 빠르게 휘둘러 발도 떼어 냈다. 그러고는 깔끔하게 다듬어진 다리를 접어 그녀의 벨트로 고정한 다음 가방에 밀어 넣었다.

오늘 저녁은 두툼하게 썰어 팬에 구운 우둔살 스테이크가 될 터였다. 그는 술주크산(産) 향신료 네 가지를 취향에 맞게 갈아 섞은 양념과 환상적인 고소한 맛이 특징인 푸란티산 기름을 늘 가지고 다녔다. 거기에 소금과 으깬 후추를 더하면 완벽할 것이다. 좋은 고기 요리는 양념을 어떻게 하느냐에 달린 법이었다. 그리고 중심부는 분홍색으로 남기되 피는 흐르지 않게 구워야 했다. 셍크트는 피가 흐르도록 구운 고기를 좋아하는 사람들을 이해할 수 없었고 생각만 해도 헛구역질이 올라올 정도였다. 지글지글 구운 양파를 곁들이면 좋을 것이다. 그다음에는 정강이살을 잘게 썰어 뿌리채소와 버섯, 뼈로 우린 육수와 함께 스튜를 끓이고 뮈리스산 식초를 살짝 곁들이면······.

"짜릿하겠군."

그는 고개를 끄덕이며 낫을 신중하게 잘 닦은 다음 어깨에 가방을 둘러메고 문을 향해 돌아서다가······ 자리에 멈춰 섰다.

오늘 빵집을 지나치면서 창문에 진열된 갓 구워져 아직 겉면이 바삭바삭한 빵들이 정말 먹음직스러워 보인다고 생각했다. 갓 구운 빵 냄새. 그 정직하고 단순한 음식의 환상적인 향기. 그가 지금 같은 사람이 되지 않았더라면 제빵사가 되었을지도 모른다. 옛 스승에게 보내지지 않았더라면, 스승이 정해 준 운명을 따르지 않았더라면, 애초에 그 운명에 반항할 일이 없었더라면 혹시 모를 일이었다. 그는 이제 빵을 어떻게 맛있게 먹을 수 있을지 생각하고 있었다. 빵을 썰어서 거친 파테(고기나 생선을 곱게 다지고 양념한 다음 차게 굳혀서 상에 내는 음식 — 옮긴이)를 발라 먹으면 어떨까. 모과 잼이나 다른 비슷한 잼을 발라 좋은 와인과 곁들일 수도 있을 것이다. 그는 칼을 다시 꺼내 들고 럭키 님의 간을 꺼내기 위해 등을 갈랐다.

어차피 그녀에게는 쓸모도 없는 부위였다.

영웅적인 노력, 새로운 시작

비가 그치고 들판 위로 해가 모습을 드러냈다. 회색빛 천국에서부터 희미한 무지개다리가 내려왔다. 아버지는 무지개가 닿는 곳에 요정들의 숲이 있다고 했고, 몬자는 아버지의 말이 사실인지, 아니면 그곳도 여느 곳과 똑같이 거짓말쟁이들이 넘쳐나는지 궁금해졌다. 그녀는 안장에서 몸을 기울여 밀밭에 침을 뱉었다.

거짓말쟁이 요정들이 있을지도 모를 일이었다.

그녀는 축축한 후드를 벗고 눈을 찌푸리며 서쪽으로 고개를 돌려 푸란티 쪽으로 넘어가는 소나기구름을 지켜보았다. 정의가 있다면 비구름이 페이스풀 카르피와 천검단 위로 폭우를 퍼부어야 마땅했다. 그들의 정찰병들이 길어야 하루 차이로 몬자의 일행을 뒤따르고 있을 터였다. 하지만 정의 같은 건 없다는 사실을 몬자는 잘 알았다. 비구름은 자기가 원하는 곳에 오줌을 눌 뿐이었다.

젖어 있는 겨울 밀밭에는 얼룩덜룩하게 붉은 꽃들이 피어 있었다. 황갈색 대지에 피 얼룩이 진 것처럼 보였다. 밀은 곧 수확할 만큼 익겠지만, 수확을 할 사람이 아무도 남아 있지 않을 것이다. 로곤트는 자신이 가장 잘하는 일을 하고 있었다. 그는 후퇴 중이었고,

농부들은 챙길 수 있는 모든 것을 챙겨 그와 함께 오스프리아로 향하고 있었다. 그들은 천검단이 오고 있다는 사실을 알았고, 그들이 도착할 때까지 기다릴 만큼 멍청하지 않았다. 몬자가 이끌던 이들보다 더 악명 높은 약탈꾼은 세상에 없었으니까.

약탈이란 막대한 규모로 이루어지는 강도 행위로 단순한 범죄와는 차원이 다르며 정치에까지 영향을 끼친다. 파란스는 말했다.

베나의 반지가 없어졌다. 그녀는 엄지손가락으로 중지를 만지작거리며 반지가 없다는 사실에 끝없이 실망했다. 작고 예쁜 돌 조각이 베나가 죽었다는 사실을 바꿔 주지는 않았다. 그러나 마지막 남은 그의 흔적들 중 하나를 잃은 것 같다는 생각을 떨칠 수가 없었다. 계속 간직해도 좋을 그녀 자신의 작은 흔적이기도 했다.

사실 푸란티에서 반지만 잃어버린 것이 천만다행이었다. 부주의했던 탓에 그녀는 거의 죽을 뻔했다. 허스크를 끊어야 했다. 새롭게 시작해야 했다. 그래야만 했지만 그 어느 때보다 허스크를 많이 피우고 있었다. 달콤한 환상에서 깨어날 때마다 이번이 마지막이라고 다짐해 봐도 몇 시간만 지나면 온몸의 땀구멍에서 다시 절박함이 새어 나왔다. 갈증의 파도는 밀물 때처럼 점점 더 거세게 몰려왔다. 파도에 저항하려면 영웅적인 노력이 필요했지만, 몬자는 그런 영웅이 못 되었다. 한때 탈린의 사람들은 그녀에게 환호를 보내기도 했지만, 파이프를 버린 적도 있었다. 하지만 곧 지독한 공황에 빠져 새 파이프를 사곤 했다. 떨어져 가는 허스크 뭉치를 가방 바닥 깊숙이 숨긴 게 벌써 몇 번인지 이제 셀 수조차 없었다. 하지만 스스로 물건을 숨기는 데는 문제가 하나 있었다.

자신이 숨긴 물건이 어디에 있는지 안다는 사실이었다.

"이 동네는 별로 마음에 들지 않는군요." 모비어는 흔들리는 의자에서 일어나 평지를 바라보았다. "매복 공격을 하기 좋은 지역이에요."

"그래서 여기에 와 있는 거야." 몬자가 그에게 쏘아붙였다. 들판에는 흩어져 있는 산울타리와 불규칙적으로 모여 선 나무, 홀로 또는 옹기종기 모여 있는 갈색 집과 헛간 들 덕분에 숨을 곳이 아주 많았다. 어떤 움직임도 보이지 않았다. 까마귀가 우는 소리와 수레를 덮은 천이 펄럭이는 소리, 덜컹거리는 바퀴가 가끔씩 웅덩이에 빠져 물을 튀기는 소리 말고는 아무 소리도 들리지 않았다.

"로곤트를 믿는 게 현명하다고 생각하십니까?"

"현명한 사람이 전쟁에서 이기는 게 아니야."

"그렇지요. 살인을 현명하게 계획하는 사람이 이기는 법이지요. 로곤트는 대공으로서도 믿을 수 없기로 악명이 높습니다. 게다가 의뢰인의 적이었기도 하고요."

"그가 얻고 싶어 하는 이득이 무엇인지는 믿을 수 있지." 푸란티를 떠날 때부터 그녀의 머릿속에서 맴돌고 있던 의문을 모비어가 질문하자 더 짜증이 치밀었다. "페이스풀 카르피를 죽이는 데 그가 감수해야 할 위험은 거의 없지만 내가 천검단을 그의 편으로 돌렸을 때 얻게 될 이익은 엄청나겠지."

"하지만 의뢰인께서는 예측을 잘못한 적이 있으시지요. 군대가 지나가는 길목인 이곳에 우리가 내버려진 것이라면요? 저는 한 번에 한 사람을 죽이기 위해 고용되었지, 전쟁에서 싸우라고……."

"웨스트포트에서 한 사람을 죽이라고 고용했더니 한꺼번에 쉰 명을 죽이지 않았나? 조심하는 법에 대해서 나한테 조언할 처지가 아닐 텐데."

"마흔 명 조금 넘었지요. 그리고 그건 우리의 목표를 제거하기 위해 신중을 기했기 때문입니다. 부주의해서가 아니라요! 의뢰인께서 카도티에서 죽인 사람들의 수가 그것보다 적던가요? 샐리어의 궁전에서는요? 카프릴에서는 어떻습니까? 의뢰인께서 폭력을 통제하지 못할까 봐 걱정하는 저를 이해해 주셔야 할 것 같은데요!"

"그만!" 몬자가 모비어를 향해 쏘아붙였다. "꼭 쉬지 않고 울어 대는 염소 새끼 같군! 내가 시킨 일이나 제대로 하고, 아무 말도 하지 마!"

모비어가 고삐를 당겨 황급히 수레를 멈추자 사과를 거의 놓칠 뻔한 데이가 꺅 하고 비명을 질렀다. "비세린에서 때맞춰 목숨을 구해 드린 제게 이렇게 보답하실 겁니까? 제 사려 깊은 충고를 명백히 무시하신 것도 잊고 구해 드렸는데 말입니다!" 수레 뒤에 실린 물품들 사이에 널브러져 있던 비타리가 한 손을 들었다. "그 구출 작전은 내 덕분이기도 하죠. 아무한테도 고맙다는 말은 못 들었지만."

모비어는 그녀의 말을 무시했다. "좀 더 감사할 줄 아는 의뢰인을 찾아야 할지도 모르겠군요!"

"나야말로 좀 더 말 잘 듣는 독물학자를 구해야겠군!"

"어쩌면……! 아니, 잠깐." 모비어가 손가락 하나를 펼쳐 들고 눈을 꼭 감았다. "잠깐만요." 그는 입술을 한껏 오므리고 깊게 숨을 들이마셨다가 잠시 멈춘 후 천천히 내쉬었다. 그리고 한 번 더 숨을 골랐다. 시버스는 말 위에 올라타 몬자를 향해 한쪽 눈썹을 치켜올렸다. 숨을 한 번 더 고른 모비어는 눈을 뜨고 소름 돋는 가짜 웃음을 지어 보였다. "어쩌면…… 진심으로 사과를 드려야겠네요."

"뭐?"

"제가…… 함께 다니기 좋은 동료는 아니라는 사실을 깨달았습니다." 비타리가 날카로운 웃음을 터뜨렸고, 모비어는 움찔하면서도 다시 말을 이었다. "늘 반대하는 것처럼 보여도 그건 제가 머카토 양과 머카토 양의 과업을 위해 늘 최선을 생각하기 때문입니다. 최고를 좇다가 너무 고집스러워지는 게 늘 제 단점이지요. 어쨌거나 의뢰인의 겸손한 종이 되어야 하는 사람에게 융통성보다 중요한 자질은 없겠지요. 저와 함께…… 영웅적인 노력을 해 보시렵니까? 이 불쾌한 사건을 과거로 묻기 위해서 말입니다." 그는 고삐를 풀어 수레를 다시 움직이면서 어깨 너머로 옅은 미소를 지어 보였다. "느껴집니다! 새로운 시작이에요!"

몬자는 부드럽게 흔들리는 수레에 앉아 그녀를 지나치는 데이와 눈을 마주쳤다. 금발의 여인은 눈썹을 치켜올리더니 사과 씨 가까이에 붙은 마지막 한 입을 베어 물고는 들판으로 심지를 던져 버렸다. 수레 뒤에 타고 있던 비타리는 코트를 벗고 햇빛 아래 몸을 쭉 펴고 누웠다. "해가 나네요. 새로운 시작답게." 그녀는 한 손을 가슴에 얹고 들판 너머를 손가락으로 가리켰다. "와아아아아, 무지개예요! 무지개가 닿는 곳에는 요정들의 숲이 있다는 얘기 들어 본 적 있나요?"

몬자는 앞서가는 그들을 노려보았다. 모비어가 새로운 시작을 하는 것보다 그들이 우연히 요정의 숲을 찾는 쪽이 더 가능성 있어 보였다. 이렇게 갑작스럽게 납작 엎드리니 끝없이 잔소리를 할 때보다 더 믿음이 가지 않았다.

"사랑받고 싶나 보지." 시버스가 속삭이듯 말하며 다가왔고 두 사람은 다시 앞으로 나아가기 시작했다.

"사람이 저렇게 빨리 바뀔 수는 없어." 그녀가 그의 얼굴 앞에서 손가락을 탁 튕기며 말했다.

"바뀌려면 저렇게 바뀌는 수밖에 없지. 안 그래?" 시버스는 한쪽 눈으로 그녀를 바라보았다. "주변 환경이 충분히 바뀌기만 한다면 말이야. 인간은 부러지기 쉬운 존재인 것 같아. 다른 형태에 맞춰 구부러지지 않아. 부러지거나, 으스러져서 변하는 거야."

혹은 타 버리거나. "얼굴은 좀 어때?" 그녀가 웅얼거리듯 물었다.

"간지러워."

"의안사가 밑 작업을 할 때 아팠어?"

"발을 찧는 고통과 눈이 불타는 고통 사이에서 점수를 매기자면, 전자에 가깝지."

"아마 대부분의 고통이 그럴 거야."

"벼랑에서 떨어지는 고통은 아닐 텐데?"

"죽은 듯이 누워 있으면 그렇게 나쁘지 않아. 몸을 일으키는 순간부터 욱신거리기 시작하지." 그 말에 시버스는 웃음을 지었지만, 예전보다 훨씬 옅은 미소였다. 그가 지금까지 겪은 일을 생각하면 놀랄 일도 아니었다. 그녀로 인해 겪어야 했던 일. "그게…… 목숨을 구해 줘서 고맙다고 해야 할 것 같아. 다시 한번 말이지. 이러다 습관이 되겠어."

"그러라고 날 고용한 게 아니던가, 대장? 일을 잘 마치면 그 자체가 보상이라고 아버지께서 늘 말씀하셨었지. 마침 나는 싸움에는 소질이 있고. 전투에 관한 한 당신이 날 존중해야 마땅하다고 생각해. 싸움이 아닌 모든 측면에서 보자면 전쟁터에서 10여 년을 허송세월한 대가로 피비린내 나는 악몽에 시달리고 보통 사람들보다 눈 하나가 모자라게 된 한심한 놈일 뿐이지만 말이야. 그래도 나는 떳떳해. 사람은 자신이 타고난 그대로 살아야 하는 것 같아. 그렇지 않으면 어떻게 되겠어? 연극을 하는 거나 마찬가지잖아, 안 그래? 주어진 시간을 자신이 아닌 존재인 척하며 다 써 버리고 싶은 사람이 어디 있겠어?"

정곡을 찌르는 질문이었다. 다행히 오르막길에 접어든 덕분에 몬자는 대답을 생각할 필요가 없어졌다. 황제의 도로가 갈색 화살처럼 들판을 가로지르며 곧게 뻗어 있었다. 만든 지 여덟 세기가 지났지만 여전히 스티리아에서 가장 좋은 도로였다. 이후 지도 세력이 형편없었음을 보여 주는 반증이기도 했다. 멀지 않은 곳에 농장이 하나 있었다. 돌로 지은 이층집 창문에는 덧창이 달려 있었고, 이끼가 끼어 갈색으로 변한 붉은 기와지붕에서 세월의 흔적이 묻어났다. 집 옆에는 작은 헛간이 딸려 있었다. 이끼 가득한 허리 높이의 돌담이 진흙투성이 마당을 둘러싸고 있었는데, 새 몇 마리가 마당 흙을 쪼고 있었다. 반대편 나무 헛간은 지붕 가운데가 푹 꺼져 있었다. 날개 달린 뱀 모양 풍향계가 쓰러져 가는 망루 위에서 고개를 푹 숙인 채 펄럭였다.

"저 집이야!" 몬자가 외쳤고 비타리가 알겠다는 뜻으로 한 팔을 들었다.

시냇물이 집과 헛간을 끼고 돌아 2킬로미터쯤 떨어진 방앗간을 향해 구불구불 흐르고 있었다. 바람이 불어와 산울타리 잎사귀를 흔들고, 밀밭에 부드러운 물결을 일으켰다. 하늘에 옅게 흩뿌려진 구름이 밀려나면서 구름 그림자가 땅 위를 훑었다.

몬자가 태어난 농장 집을 떠올리게 하는 곳이었다. 익어 가는 들판을 뛰어다니던 베나의 모습이 생각났다. 들판 위로 머리 꼭대기만 간신히 보이던 베나의 높은 웃음소리가 들리는 듯했다. 오래전, 그의 아버지가 돌아가시기도 전이었다. 몬자는 고개를 저으며 인상을 썼다. 감상적이고 자기 연민에 빠진, 향수 어린 생각들일 뿐이었다. 그녀는 아버지의 농장을 싫어했다. 손톱 밑에 낀 흙이 빠질 새도 없이 땅을 파고 갈았건만, 결국 무엇을 얻었던가? 농사만큼 뼈 빠지게 일을 하고 손에 떨어지는 게 없는 일도 드물었다.

그녀가 생각할 수 있는 유일한 다른 일은 복수뿐이었다.

기억이 닿는 어린 시절부터 모비어는 부적절한 말을 뱉는 기이한 재주가 있었다. 돕고 싶어서 한 말은 불평으로 비치곤 했다. 걱정 섞인 그의 위로가 모욕적으로 들린다는 사실도 알게 되었다. 진심이 담긴 격려는 상대를 깎아내리는 말로 해석되었다. 그는 자신의 가치를 인정받고, 존중받고, 사람들과 어울리고 싶었지만, 좋은 동료가 되기 위해 노력할 때마다 관계가 더 나빠지곤 했다.

30년 동안 사람들과 관계를 맺는 데 실패한 끝에, 그는 자신이 사람들과 잘 어울릴 수 없는 사람이라고 생각하게 되었다. 어머니가 그를 떠났고, 아내도 그를 떠났으며 견습생들은 그를 떠나지 않으면 그에게서 무언가를 뜯어내거나 그를 죽이려 들었다. 그들은 대부분 독살을 시도했지만 한번은 도끼로 공격을 당한 적도 있었다. 지금은 적어도 비겁한 주정뱅이 니코모 코스카가 죽었다는 사실에 기뻐해야 마땅했다. 실제로 처음에는 살짝 마음이 놓이기도 했다. 그러나 어두운 먹구름은 곧 다시 그의 마음에 그늘을 드리웠고, 그는 언제나 그렇듯 우울한 그림자 아래 놓이게 되었다. 자신도 모르게 그는 다시 임무의 자잘한 부분들을 놓고 고집불통 의뢰인과 언쟁을 벌이고 있었다.

다 그만두고 산으로 들어가서 은둔 생활을 한다면 누구의 감정도 상하게 하지 않을 수 있을 것이다. 하지만 체질이 민감한 그가 고산지대에서 숨을 헐떡이며 살 수는 없었다. 그래서 한 번 더 동지애를 위해 영웅적인 노력을 해 보기로 결심했다. 좀 더 순종적으로 고상하게 다른 사람의 결점을 품어 주기로 한 것이다. 그 첫걸음을 내딛기로 한 그는 천검단이 나타날 조짐이 보이는지 들판을 살피러 나가는 일행들에게 머리가 아프다는 핑계를 대고 집에 남았다. 그리고 어머니가 끓여 주던 버섯 수프를 끓여 다른 사람들을 놀라게 할 준비를 했다. 버섯 수프는 어머니가 하나밖에 없는 아들을 위해 남긴, 만질 수 있는 유일한 유산이었다.

재료를 썰다 손가락을 베고, 뜨거운 화로에 팔까지 덴 그는 생산적이지 못한 분노의 폭풍에 휩싸여 새로운 시작을 포기할 뻔했다.

하지만 땅거미가 지고 마당에 드리웠던 그림자가 길게 늘어질 무렵, 그는 말이 농장으로 들어오는 소리를 들으며 상을 차리고 있었다. 사람들을 맞을 준비가 된 촛불 두 개가 환하게 타올랐고, 먹기 좋게 썬 빵 두 덩어리와 맛있는 냄새를 풍기는 수프 한 냄비가 상에 올라가 있었다.

"훌륭해." 이 정도면 다시 신뢰를 얻을 수 있을 것이었다.

하지만 그를 들뜨게 했던 낙관주의적인 생각들은 일행이 도착한 이후 모두 사라져 버렸다. 군화도 벗지 않고 집 안으로 들어온 그들은 그가 잘 닦아 놓은 바닥에 진흙 발자국을 남기며 돌아다녔다. 그리고 그가 깨끗이 청소한 주방과 신경 써서 꾸민 식탁과 힘들게 끓인 수프를 쓱 보더니 사형대를 본 범죄자보다도 차갑게 굳은 표정이 되었다.

"이게 뭐야?" 머카토는 입술을 쭉 내밀고 미간을 찌푸리며 평소보다 더 짙은 의심을 드러냈다.

모비어는 최대한 상황을 잘 넘기려고 최선을 다했다. "사과의 표시입니다. 숫자에 미친 요리사가 탈린으로 돌아갔으니 제가 그 공백을 메워 상을 차리면 좋겠다고 생각했지요. 제 어머니의 요리법으로 준비했답니다. 앉으세요, 앉아요." 그는 허둥지둥 식탁 밑에서 의자들을 뺐고 일행은 불편한 곁눈질을 주고받으면서도 의자에 앉았다.

"수프 하시겠습니까?" 모비어가 냄비와 국자를 손에 쥐고 시버스에게 다가갔다.

"난 됐소. 당신이 나를, 그 뭐라고 하더라……."

"마비." 머카토가 말했다.

"그래. 그때 날 마비시켰소."

"나를 못 믿으시는군요?" 그가 딱딱하게 받아쳤다.

"두말하면 잔소리죠." 비타리가 붉은 눈썹 아래에서 그를 노려보았다. "당신은 독물학자예요."

"그 많은 일을 함께하고도 말입니까? 고작 잠깐 마비된 것 때문에 나를 못 믿는다고요?" 그는 침몰하는 배를 고치듯 망가진 고용 관계를 회복하려 영웅적인 노력을 쏟고 있었지만, 그의 노력을 눈곱만큼이라도 감사하게 생각하는 이는 없었다. "만약 내가 여러분을 독살하려 했다면 흑라벤더 가루를 베개에 뿌려 영원히 깨어나지 못하게 할 수도 있었습니다. 아니면 애머린드 가시를 군화에 넣거나 도끼에 라링크를 바르거나 겨자 뿌리를 물통에 넣었어도 됐겠군요." 그는 국자를 꽉 쥐고 시버스를 향해 몸을 굽혔다. "나는 당신이 꿈에도 생각지 못할 수천 수백 가지 방법으로 당신을 죽일 수 있어요. 굳이 저녁 식사를 직접 요리하느라 애를 쓰지 않더라도!"

시버스는 꽤 오랫동안 한쪽 눈으로 그를 똑바로 쳐다보았다. 북부 사나이가 손을 내밀었고, 모비어는 아주 오랜만에 주먹으로 얼굴을 맞게 될지도 모른다고 생각했다. 하지만 시버스는 자신의 커다란 손을 과장되게 움직여 모비어의 손을 감싸 쥐고는 수프가 자기 접시에 쏟아지도록 냄비를 기울였다. 그리고 숟가락을 들어 수프를 떠서 조심스럽게 후후 분 다음 입에 넣어 후루룩 삼켰다. "맛있군. 버섯인가?"

"음...... 맞습니다."

"맛있어." 시버스는 모비어의 눈을 잠시 동안 더 뚫어져라 보고는 그의 손을 놓아주었다.

"고맙군요." 모비어가 국자를 들어 올렸다. "수프를 안 드실 분 계십니까?"

"나!" 어디선가 불쑥 튀어나온 목소리에 모비어는 귀에 끓는 물이 들어간 것처럼 깜짝 놀랐다. 그가 몸을 들썩이자 냄비가 기울어지면서 식탁에 뜨거운 수프가 쏟아졌고, 수프는 곧장 비타리의 허벅지 위로 흘러내렸다. 비타리는 비명을 지르며 벌떡 일어났고, 젖은 식기들이 여기저기에 흩어졌다. 머카토는 검을 찾으려고 자리에서 일어서다 쿵 소리를 내며 의자를 넘어뜨리고 말았다. 데이는 반쯤 먹다 만 빵 조각을 떨어뜨리고는 문 쪽으로 한 걸음 물러서 있었다. 모비어는 아직 수프 국물이 뚝뚝 떨어지는 국자를 꼭 쥔 채 획 돌아섰다.

거키쉬 여자가 팔짱을 낀 채 그의 옆에 서서 미소를 짓고 있었다. 어린아이처럼 매끄러운 피부는 어두운색 유리처럼 흠 하나 없었고, 눈동자 또한 한밤중처럼 새카만 색이었다.

"잠깐!" 머카토가 한 손을 들며 소리쳤다. "잠깐만. 우리 동료야."

"제 동료는 아닙니다만!" 모비어는 여전히 그녀가 어떻게 갑자기 나타날 수 있었는지 이해하려고 필사적으로 애를 쓰고 있었다. 그녀 근처에는 문도 없었고 덧창은 꽉 닫혀 걸쇠가 걸려 있었으며 천장이나 바닥에는 어떤 틈도 없었다.

"당신이 동료가 어디 있겠어." 그녀가 상냥하게 말했다. 그녀의 긴 갈색 코트 앞섶이 열려 있었다. 코트 아래 몸은 흰 붕대로 단단히 감싸여 있는 것처럼 보였다.

"누구시죠?" 데이가 물었다. "그리고 도대체 어디로 들어온 건가요?"

"사람들은 나를 동풍이라 불렀지." 여자는 손가락을 우아하게 빙글빙글 돌리며 새하얀 이 두 줄을 드러내며 웃었다. "하지만 이제는 이쉬리라고 부르더군. 나는 태양이 내리쬐는 남쪽에서 왔어."

"그곳은……." 모비어가 입을 열었다.

"마법이군." 일행 중에서 유일하게 의자에 앉아 있던 시버스가 웅얼거렸다. 그는 차분하게 숟가락을 들고 수프를 한 입 더 떠먹었다. "빵 좀 줄래?"

"지금 빵이 문제요?" 모비어가 으르렁거렸다. "마법 같은 소리 하네! 여기 어떻게 들어왔지?"

"그들 중 한 명이야." 비타리는 살기 가득한 눈을 가늘게 뜬 채 식사용 칼을 손에 쥐고 있었다. 식탁에 쏟아진 수프가 아직도 바닥으로 뚝뚝 떨어지고 있었다. "먹는 자."

구르퀄 여자가 손가락 끝으로 쏟아진 수프를 찍어 혀에 갖다 댔다. "우리 모두 뭔갈 먹긴 먹어야 하잖아."

"내가 저녁 식사거리가 되고 싶진 않거든."

"걱정 마. 나는 입맛이 까다로우니까."

"전에 다고스카에서 당신 같은 사람과 엮인 적이 있었지요." 모비어는 상황이 어떻게 돌아가고 있는지 이해할 수 없었고, 그런 느낌이 드는 건 딱 질색이었다. 하지만 비타리의 얼굴에 걱정이 가득해 보였고, 그 역시 걱정이 되었다. 그녀는 과한 상상을 하는 사람이 아니었다. "머카토 양, 이 여자와 무슨 얘길 한 건가요?"

"필요한 얘길 했지. 이쉬리는 로곤트 밑에서 일해."

이쉬리는 고개를 거의 수평이 될 정도로 기울였다. "어쩌면 그가 내 밑에서 일하는 걸지도."

"누가 말이고 누가 주인인지는 내 알 바 아니야." 머카토가 받아쳤다. "둘 중 한 명이 필요한 인력을 댈 수만 있다면."

"보내겠대. 가장 뛰어난 병사 마흔 명을."

"늦지 않게 온다던가?"

"천검단이 일찍 오지 않는다면야. 하지만 그럴 일은 없을 거야. 천검단 본대는 아직 10킬로미터쯤 떨어진 곳에서 야영 중이야. 한 마을을 싹쓸이하다가 시간을 지체했지. 마을을 불태우기까지 하면서. 메뚜기 떼가 따로 없다니까." 그녀의 시선이 모비어에게로 향했다. 그녀의 검은 눈동자는 이유 없이 그를 불안하게 만들었다. 그녀가 붕대에 감겨 있다는 사실도 마음에 들지 않았다. 도대체 왜…….

"시원해서." 이쉬리가 모비어의 머릿속 물음에 대답했다. 그는 머릿속에 든 생각을 자기도 모르게 입 밖으로 꺼냈는지 생각하며 눈을 깜빡였다. "아니, 그러지 않았어." 머리털이 뿌리부터 쭈뼛 서는 것 같았다. 보육원에서 보모들이 그의 비밀 재료들을 발견하고는 어디에 쓰는 물건인지 추측했을 때 들었던 느낌이었다. 그는 거키쉬 마녀가 자신의 머릿속을 읽고 있다는 불편한 결론을 내릴 수밖에 없었다. 아무도 알 수 없으리라 생각하며 저지른 짓까지 모두…….

"저는 헛간을 쓰지요!" 모비어가 날카롭게 외쳤다. 원래 내려고 했던 목소리보다 훨씬 날이 선 목소리였다. 그는 애써 목소리를 낮췄다. "내일 방문객을 맞으려면 준비를 해야 하니까요. 데이, 가세!"

"이것만 끝내고 갈게요." 낯선 손님에게 금세 적응한 듯한 데이는 빵 세 조각에 버터를 바르느라 정신이 없었다.

"음...... 그래...... 그렇군." 그는 잠시 초조하게 자리에 서 있었지만, 서 있을수록 얼굴만 더 뜨거워질 뿐이었다. 그래서 문 쪽으로 걸어갔다.

"코트 필요하세요?" 데이가 물었다.

"코트 없이도 충분히 따뜻하네!"

하지만 농장 집 현관을 지나 어둠 속으로 들어가자 밀밭 위로 불어오는 차디찬 바람이 셔츠를 뚫고 들어왔고, 아무리 생각해 봐도 코트 없이는 도저히 따뜻할 방법이 없어 보였다. 그래도 다시 집 안으로 돌아가면 우스운 꼴이 될 것 같아, 단호하게 코트 생각을 떨쳐 버렸다.

"난 못 속여." 팔로 몸을 감싼 채 어둠이 내린 농장을 가로지르며 자신이 아는 가장 심한 욕을 퍼부어 보았지만, 그는 이미 몸서리를 치고 있었다. 거키쉬 사기꾼이 꾸민 별것 아닌 속임수 따위에 초조해지다니. "붕대 감은 나쁜 년." 어차피 다들 보게 될 것이다. "그럼, 그렇고말고." 모진 채찍질에 시달리고도 결국 보육원 보모들을 이긴 그였다. "이제 누가 누구한테 채찍을 휘두르는지 보자고." 그는 어깨 너머로 뒤를 돌아보았다. "마술이라니!" 그가 비웃었다. "나도 내 재주를......"

"이크!" 군화가 찌걱 소리를 내며 미끄러지는 바람에 그는 진흙탕에 등을 대고 넘어지고 말았다. "하! 싹 다 개나 줘 버리라지!" 영웅적인 노력도 새로운 시작도 그렇게 끝이 나 버렸다.

배신자

시버스는 한두 시간 후면 동이 트리라고 생각했다. 비는 완전히 그쳤지만 새로 돋은 이파리에서 떨어진 물방울들이 후드득 소리를 내며 아직도 땅을 적시고 있었다. 차가운 공기는 무겁고 축축했다. 거의 길가까지 불어난 냇물이 흐르는 소리에 젖은 흙길을 걷는 그의 말발굽 소리가 묻혔다. 거의 목적지에 다다랐다는 사실을 알 수 있었다. 매끄러운 나무들이 옹기종기 모여 있는 숲의 가장자리에 희미한 붉은 빛을 내며 타는 모닥불이 보였다.
어두운 짓은 어둠이 내렸을 때 해야 한다고 블랙다우는 늘 말했고, 역시 그 말은 진리였다.
시버스는 말을 몰아 축축한 밤공기를 헤치며 술에 취한 보초병이 겁을 집어먹고 자신의 배에 화살을 쏘지 않길 바랐다. 화살을 맞는 게 인두로 눈을 지지는 것보다는 덜 아프겠지만 반길 일은 아니었다. 그는 창을 어깨에 걸친 채 나무에 기대앉은 첫 번째 보초병을 발견했다. 다행히 아직 시버스를 발견하지 못한 듯했다. 머리에 방수 망토를 푹 눌러쓰고 있어 깨어 있더라도 어차피 아무것도 보이지 않을 것 같았다.

"어이!" 보초병이 화들짝 놀라며 주변을 살폈고, 창이 흙바닥에 미끄러졌다. 시버스는 말안장에 앉아 느슨하게 팔을 꼰 채 어둠 속에서 허둥대는 그를 지켜보며 미소를 지었다. "싸울까, 아니면 날 그냥 지나치게 해 줄래?"

"거기 누구요?" 그가 고함을 치며 창을 뽑아 들었고, 젖은 잔디 한 움큼이 창과 함께 딸려 올라왔다.

"내 이름은 콜 시버스다. 페이스풀 카르피랑 할 말이 있어 왔지."

천검단의 야영지는 다른 부대의 야영지와 별다를 게 없어 보였다. 병사들과 천막, 무기와 진흙 바닥까지. 야영지 바닥은 늘 진흙탕이었다. 텐트들이 여기저기에 흩어져 있었다. 나무에 묶인 말들의 입김이 어둠 속에서 하얗게 피어올랐다. 창들이 서로 기대어 세워져 있었다. 아직 타고 있는 모닥불과 불씨만 남은 모닥불이 보였고 불가에서 피어오른 연기 때문에 공기에서 매운 냄새가 났다. 아직까지 깨어 있는 사람들은 대부분 담요를 어깨에 두르고 보초를 서거나 술을 마시는 중이었다. 그들은 시버스가 지나가는 모습을 보며 인상을 찌푸렸다.

북부 이곳저곳의 야영지에서 보냈던 춥고 축축한 밤이 떠올랐다. 그들은 불가에 모두 모여 앉아 비가 더 내리지 않게 해 달라고 죽은 자들에게 빌곤 했다. 죽은 자들의 창에 고기를 꽂아 구워 먹기도 했다. 가지고 있는 담요를 모두 두른 채 눈 속에서 덜덜 떨기도 했고 다음 날 사용할 무기들을 갈기도 했다. 죽어서 진흙 속에 묻힌, 함께 술잔을 기울이며 웃고 떠들고 싶은 얼굴들이 눈앞에 어른거렸다. 형, 아버지, 선더헤드라 불렸던 툴 두루, 어프리스의 바위

러드 스리트리스, 밤보다 고요한 하딩그림을 떠올리자 그가 하려는 일이 갑자기 창피하게 느껴졌다. 눈을 잃은 이후로 가장 깊은 감정이었다. 그런 깊은 감정을 다시 느낄 수 있으리라 생각지 못했다.

시버스는 코를 훌쩍였고 붕대에 감긴 얼굴이 따끔거렸다. 하지만 감상에 젖었던 순간이 지나자 그는 다시 냉혈한이 되었다. 두 사람은 집채만 한 천막 앞에 멈춰 섰다. 등불 빛이 천막 덮개 틈새를 비집고 밤의 어둠 속으로 새어 나오고 있었다.

"행동거지 조심하도록 해, 북부 촌뜨기 친구." 보초병이 도끼로 쿡 찔렀다. "안 그랬다간……."

"닥쳐, 멍청이." 시버스는 한 팔로 그를 밀치며 나아갔다. 천막에서는 오래된 와인 냄새, 곰팡이 핀 옷감 냄새, 씻지 않은 남자들의 냄새가 났다. 깜빡이는 등불로 어슴푸레하게 밝혀진 천막 안에는 여기저기 찢겨 너덜너덜해진 깃발들이 세워져 있었다. 지난 전투에서의 전리품들이었다.

천막 한쪽에 커다란 나무 상자 두 개가 나란히 놓여 있었고 그 위에 상아로 장식한 어두운 나무 의자가 올려져 있었다. 조심스럽게 다뤄졌을 리 없는 의자는 얼룩이 지고 흠집이 나고 반들반들하게 닳아 있었다. 코스카가 앉았던, 그 뒤를 이어 몬자가 앉았던, 그리고 지금은 페이스풀 카르피가 앉는 의자였다. 부잣집의 낡은 식탁 의자보다 특별히 좋아 보이지도 않았다. 사람들을 죽이기까지 하면서 차지해야 할 물건으로 보이지는 않았지만, 그보다 하찮은 이유로도 시작되는 게 싸움이었다.

천막 중앙에 놓인 긴 탁자 양쪽에 남자들이 앉아 있었다. 천검단의 사령관들이었다. 성난 상처투성이 얼굴에, 그가 방금 본 의자만큼이나 남루하고 꾀죄죄한 차림의 남자들 사이에 무기 전시회를 열어도 될 만큼 다양한 무기들이 놓여 있었다. 하지만 시버스는 더 거친 남자들 사이에서도 미소를 잃지 않았고, 지금도 미소를 짓고 있었다. 이상하게도 지난 몇 달을 통틀어 이 사람들과 있을 때 가장 마음이 편했다. 그는 몬자보다 이곳의 규칙을 더 잘 알았다. 탁자에 지도가 펼쳐져 있는 것으로 보아 계획을 짜려고 했던 모양이지만 밤이 깊어지면서 전략 따위는 운에 맡기기로 한 듯 보였다. 이제 지도는 흩어진 동전들과 반쯤 채워진 술병, 낡은 컵과 이가 나간 유리잔 밑에 깔려 있었다. 거대한 도표에는 와인이 쏟아져 도표를 붉게 물들이고 있었다.

  탁자 상석에 덩치 큰 남자가 서 있었다. 여기저기 흉터가 가득한 얼굴에 하얗게 센 짧은 머리는 점점 벗어지는 중인 듯했다. 숱이 많은 콧수염을 기르고 턱 언저리는 까끌까끌한 흰 턱수염으로 덮여 있었다. 몬자의 설명이 맞는다면 그가 페이스풀 카르피였다. 그는 두툼한 주먹 안에서 주사위를 흔들고 있었다. "제발, 요 발칙한 주사위들아, 아홉 나와라 제발!" 나온 숫자는 하나와 셋이었고, 몇몇은 한숨을 쉬고 몇몇은 웃음을 터뜨렸다. "젠장!" 그는 동전을 탁자 저편에 앉아 있는 남자에게 던졌다. 키가 크고 얼굴에 곰보 자국이 있는 매부리코 남자였는데, 검고 긴 머리 사이에 커다란 땜통 자국이 나 있었다. "조만간 안디체 자네가 쓰는 속임수를 파헤치고 말겠어."

  "속임수라니. 내가 행운의 별과 함께 태어난 덕이지." 안디체가 닭을 지켜보는 여우 같은 눈길로 시버스를 노려보았다. "저 붕대 감은 새끼는 누구야?"

보초병이 천막으로 들어와 시버스 옆을 지나면서 그를 노려보았다. "카르피 장군님, 이 북부 놈이 장군님께 드릴 말씀이 있답니다."

"그런가?" 페이스풀은 시버스를 한번 쓱 훑어보더니 다시 동전을 쌓기 시작했다. "내가 왜 저런 놈과 이야기를 나눠야 하지? 빅투스, 주사위나 던져 줘. 한 번 더 던져야겠어."

"장군들은 꼭 저런다니까." 빅투스는 깐 달걀 같은 대머리에 기근에 시달린 농부처럼 깡마른 남자였다. 손가락에 주렁주렁 반지를 끼고 목에도 목걸이를 여러 겹 둘렀지만 전혀 멋져 보이지 않았다. "그만둬야 할 때를 모르지." 그는 주사위를 테이블 끝으로 굴렸고, 주변 남자들 몇몇이 낄낄거렸다.

보초병이 침을 삼켰다. "이자가 누가 아리오 왕자를 죽였는지 안답니다!"

"오, 그러시군, 정말인가? 그게 누군데?"

"몬즈카로 머카토." 막사 안에 있는 험상궂게 생긴 얼굴들이 일제히 시버스를 돌아보았다.

조심스럽게 주사위를 내려놓은 페이스풀은 실눈을 뜨고 그에게 물었다. "어디서 그 이름을 주워들었나 보군."

"저놈을 광대로 부릴까, 아니면 거짓말한 죄로 목을 매달아 버릴까?" 빅투스가 거칠게 말했다.

"머카토는 죽었어." 다른 누군가가 말했다.

"그런가? 그럼 지난 몇 달 동안 나랑 뒹군 여자는 누굴까?"

"진짜로 머카토와 뒹굴었다면 다시 돌아가는 게 좋을 거야." 안디체가 주변을 둘러보며 이죽거렸다. "개 남동생한테 듣기로는 머카토만큼 잘 빠는 여자가 없다더라고."

몇 사람이 웃겨 죽겠다는 듯 낄낄거렸다. 시버스는 몬자의 남동생이 했다는 말이 무슨 뜻인지 이해할 수 없었지만 어차피 상관없었다. 이미 붕대 매듭을 풀고 있던 그는 한 번에 붕대를 벗겨 낸 다음 등불을 향해 고개를 돌렸다. 웃음소리가 거의 사그라들었다. 그의 얼굴이 웃음을 뚝 그치게 할 만큼 끔찍하다는 뜻이었다. "이게 그년이랑 놀아난 대가야. 은화 몇 푼? 이제 필요 없어. 나는 그년이 생각하는 만큼 바보가 아니라고. 내 자존심이 아직 건재하거든. 이제 그년이랑은 끝이야."

페이스풀 카르피가 시버스를 바라보며 얼굴을 찌푸렸다. "생김새를 설명해 봐."

"키가 크고, 마르고, 검은 머리에 눈이 파랗고 인상을 자주 쓰지. 입이 거칠고."

빅투스가 보석이 주렁주렁 달린 손을 그를 향해 휘휘 저었다. "온 세상이 다 아는 얘기군!"

"오른손이 부러졌고, 몸 여기저기에 흉터가 있어. 본인 말로는 산꼭대기에서 떨어졌다던데." 시버스는 페이스풀의 눈을 똑바로 쳐다보며 손가락으로 배를 찔렀다. "여기에 흉터가 있는데 등에도 똑같은 흉터가 있더군. 친구였던 놈이 만들어 준 흉터라고 했어. 그녀가 가지고 다니던 단검에 찔렸다던데."

카르피의 얼굴이 장의사만큼 침울해졌다. "지금 어디에 있는지 아나?"

"잠깐 기다려 봐." 빅투스는 자기 대장보다 더 신이 난 것 같았다. "머카토가 살아 있다고?"

"나도 소문은 들었어." 페이스풀이 말했다.

강철 같은 회색 머리를 밧줄처럼 여러 갈래로 땋은 덩치 큰 흑인 남자가 탁자에서 벌떡 일어섰다. "그런 소문이야 나도 숱하게 들었지." 바닷속처럼 깊고 느긋한 목소리였다. "소문과 사실은 다른 거야. 우리한테 언제 말할 생각이었지?"

"자네가 알아야 할 때가 오면 어련히 말해 줬겠지, 세사리아. 그래서 지금 어디 있다고?"

"농장에." 시버스가 말했다. "전속력으로 말을 달리면 한 시간 거리야."

"일행은 몇이나 있나?"

"넷뿐이야. 징징대는 독물학자, 그냥 어린애에 불과한 그의 조수, 비타리라는 빨간 머리 여자랑 까무잡잡한 미친년 하나."

"위치가 정확히 어디지?"

시버스가 미소 지었다. "내가 여기 온 이유가 그거 아니겠어? 당신들한테 정확한 위치를 직접 알려 주려고."

"수상한 냄새가 나." 빅투스가 으르렁거렸다. "만약 나한테 물어본다면······"

"안 물어봤어." 페이스풀이 고개도 돌리지 않고 사납게 받아쳤다. "대가로 얼마를 원하나?"

"오르소 공작이 아리오 왕자를 죽인 살해범에게 건 현상금의

10분의 1."

"고작 10분의 1?"

"10분의 1만 해도 내가 그년한테 받을 돈보다 많아. 하지만 여기서 당신네들한테 목숨을 뺏길 만큼 과한 액수는 아니지. 난 살아서 챙길 수 있는 것 이상은 욕심 없어."

"현명한 친구군." 페이스풀이 말했다. "우리가 제일 싫어하는 게 욕심이야. 일행 중에 남자는 없나?" 몇 명이 낄낄거렸지만 대부분은 자기들의 옛 대장이 저승에서 돌아왔다는 소식이 마음에 들지 않는 눈치였다. "좋아. 10분의 1이면 적절하군. 그렇게 하지." 그리고 페이스풀은 앞으로 다가와서 시버스를 똑바로 쳐다보며 그의 손을 맞잡았다. "머카토를 잡는다면 말이야."

"죽일 건가, 산 채로 잡을 건가?"

"안타깝지만 죽이는 걸 선호하는 편이라."

"좋아. 나도 마찬가지야. 그 미친년이랑 계속 옥신각신하고 싶지 않거든. 그년은 잊는 법을 모르더군."

페이스풀이 고개를 끄덕였다. "그런 것 같네. 자네와 내가 같이 일을 할 수도 있겠어. 스윌레?"

"네, 장군님." 풍성한 턱수염을 가진 남자가 앞으로 나왔다.

"신속하게 기병 예순 명을 준비시켜. 가장 빠른 말을 가진……"

"인원을 줄이는 게 좋아." 시버스가 말했다.

"그런가? 어떻게 수가 적은 게 나을 수 있지?"

"그년 말대로라면 아직 여기 친구들이 있다더군." 시버스는 막사 안의 험상궂은 얼굴들을 둘러보았다. "자기가 다시 저 의자에 앉는 걸 반대하지 않을 사람이 이 막사에 여럿 있다고 했어. 그녀가 대장일 때는 영광스러운 승리를 거뒀는데, 당신이 대장이 되고 나니 숨어 다니며 정찰이나 돌게 됐고 모든 영광은 오르소의 군대 차지라더군." 주변을 훑던 페이스풀의 시선이 다시 그에게 돌아왔다. 시버스가 그의 아픈 곳을 찌른 게 분명했다. 자신에게 걱정할 거리가 하나도 없다고 확신하는 지도자는 세상에 없는 법이었다. 적어도 이런 이들을 이끄는 대장이라면 더욱 그랬다. "인원을 줄이고 믿을 수 있는 사람들만 데려가. 나는 머카토를 배신해도 상관없고 아마 그녀도 이렇게 되리라는 걸 알고 있을 거야. 하지만 이 사람들한테 당하는 건 다른 문제지."

"총 다섯이고 그중에 넷은 여자라고요?" 스월레가 빙긋 웃었다. "열두 명이면 족하겠군요."

페이스풀은 시버스를 빤히 바라보았다. "아니야. 내가 말한 대로 예순 명으로 해. 파티에 예상하지 못한 참석자가 있을 수도 있으니까. 인원이 모자라서 일을 망치면 창피만 당할 테니."

"알겠습니다." 스월레가 천막 덮개를 밀치며 밖으로 나갔다.

시버스가 어깨를 으쓱했다. "원하시는 대로."

"그럴 생각이야. 날 믿으라고." 페이스풀은 얼굴을 찌푸린 사령관들을 향해 돌아섰다. "사냥하러 가고 싶은 사람 있나?"

세사리아가 길게 땋은 머리가 흔들리도록 큰 머리통을 저었다. "페이스풀, 이건 자네가 만든 문제야. 자네가 치우는 게 맞지."

"나도 오늘치 약탈은 다 했다고 봐." 안디체는 이미 천막 덮개를 밀치고 밖으로 나서고 있었고, 다른 몇몇도 웅성거리며 그 뒤를 따랐다. 그들은 얼굴에 의심이 가득하거나, 전혀 상관하지 않는 것 같거나, 취한 듯 보였다.

"나도 역시 빠져야겠군, 카르피 장군." 그는 더럽고 거칠고 온몸에 흉터가 가득한 남자들 사이에서 눈에 띄는 인물이었다. 특별한 점이 없어 오히려 눈에 띄었다. 곱슬머리에, 시버스가 볼 수 있는 한 무기를 가지고 있지 않았고 흉터도 없었으며 이죽거리며 웃지도 않았다. 심지어 전사들이 풍기는 위협적인 분위기도 느껴지지 않았다. 하지만 페이스풀은 그가 존중을 받아야 마땅한 사람인 것처럼 그에게 미소를 짓고 있었다.

"설퍼 경!" 페이스풀은 커다란 두 손으로 곱슬머리 남자의 손을 꼭 잡았다. "이렇게 들러 주셔서 감사합니다. 경께서는 언제든 환영입니다."

"오, 나는 어디를 가든 환대를 받는답니다. 돈줄을 쥔 사람과는 좋은 관계를 유지하기가 쉬운 법이니까요."

"오르소 공작과 은행 사람들에게 여기는 걱정하지 않아도 된다고 전해 주십시오. 이야기된 대로 해결될 겁니다. 이 작은 문제를 해결하고 나서 말이지요."

"삶은 문제를 던지길 좋아하지요. 그렇지 않나요?" 설퍼가 시버스를 향해 보일 듯 말 듯 한 미소를 지었다. 그의 양쪽 눈 색이 달랐다. 한쪽은 파란색, 다른 쪽은 초록색이었다. "그럼, 사냥 즐겁게 하시길." 그는 그 말을 남기고 새벽을 향해 밖으로 나갔다.

페이스풀은 곧장 시버스를 쳐다보았다. "한 시간 거리라고 했나?"

"나이에 비해 빨리 움직일 수만 있다면."

"하. 그년이 네가 몰래 나간 걸 그때까지 모를 수 있을까?"

"자고 있어. 허스크를 피우고 곯아떨어졌지. 매일 점점 많이 피우더군. 요즘 깨어 있는 시간의 반은 허스크에 취해서 침을 흘리고 나머지 반은 허스크를 찾느라 침을 흘려. 금방 깨지는 않을 거야."

"그래도 시간을 낭비하면 안 되겠군. 불쾌한 깜짝 쇼를 선보일 수 있는 년이니까."

"그렇긴 하지. 그리고 지원 병력을 기다리고 있어. 로곤트가 내일 오후까지 마흔 명을 보내 주기로 했다더군. 당신들을 몰래 따라가다가 남쪽으로 방향을 틀 때 습격할 계획이지."

"깜짝 쇼를 준비한 사람을 놀래는 것보다 재미있는 게 없지. 안 그런가?" 페이스폴이 빙긋 웃었다. "그리고 자네가 가장 앞에서 달리도록 해."

"현상금 10분의 1이 걸렸는데 안장에 옆으로 앉아서 달릴 수도 있어."

"그냥 제일 앞에 있기만 하면 돼. 내 바로 옆에서 방향을 알려 줘. 정직한 사람들이 함께 뭉쳐야 해."

"그래야지." 시버스가 말했다. "당연히."

"좋아." 페이스폴이 커다란 손으로 손뼉을 탁 친 다음 두 손을 비볐다. "물 한번 빼고 와서 갑옷을 입어야겠군."

독물의 왕

"스승님?" 데이의 목소리였다. "일어나셨어요?"

모비어가 괴로운 숨을 내쉬었다. "자비로운 잠이 부드러운 품에서 나를 놓아주었고…… 비정한 세상의 얼음장같이 차가운 품으로 다시 돌아왔네."

"네?"

그는 비통하게 손을 휘저었다. "됐네. 내 말들은 단단한 땅에…… 뿌려진 씨앗 같군."

"동이 트면 깨워 달라셨잖아요."

"동이 터? 오, 이런 비정한 세상!" 모비어는 얇은 담요 한 장을 내팽개치고 따끔거리는 짚 더미에서 힘겹게 몸을 일으켰다. 그의 눈부신 재능에 비하면 너무나 겸손한 휴식처였다. 욱신거리는 허리를 한번 쭉 편 다음 뻣뻣한 몸으로 사다리를 타고 헛간 바닥으로 내려갔다. 자신이 너무 늙었으며, 건초 더미에서 자기에는 취향도 너무 고급이라는 사실을 인정할 수밖에 없었다.

밤새 기구들을 조립한 데이는 좁은 창문을 비집고 창백한 첫 새벽빛이 들어오자마자 버너에 불을 붙였다. 시약들이 신나게 끓고, 증기가 태평하게 응축되고, 증류된 액체는 플라스크로 경쾌하게 떨어졌다. 모비어는 임시로 만든 탁자 주변을 행진하듯 돌다가 탁자 옆을 지날 때 손가락 관절로 나무 상판을 두드려 유리 기구들이 딸랑거리는 소리를 내게 만들었다. 모든 게 완벽하게 정돈되어 있었다. 데이가 세계에서 가장 뛰어난 독물학의 대가에게서 일을 배웠다는 사실을 누가 반박할 수 있을까? 하지만 일이 잘 진행되는 모습을 보아도 눈물이 날 것 같은 기분은 달래지지 않았다.

그는 양 볼을 부풀리고 힘없이 한숨을 내쉬었다. "아무도 나를 이해하지 못해. 나는 오해를 받을 운명일세."

"스승님은 복잡한 분이시니까요." 데이가 말했다.

"정확해! 정확히 그걸세! 자네는 아는군!" 그의 엄격하고 권위적인 겉모습 아래 산속 호수만큼 깊은 감정이 담겨 있다는 사실을 이해하는 사람은 그녀뿐인 듯했다.

"차를 끓였어요." 그녀는 김이 모락모락 나는 찌그러진 쇠 컵을 그에게 건넸다. 그의 배가 불쾌하게 꾸르륵거렸다.

"됐네. 신경을 써 준 건 고맙지만 난 됐어. 오늘 아침부터 속이 불편하군, 매우 불편해."

"구르컬에서 온 손님 때문에 긴장하셨나요?"

"절대, 단언컨대 아닐세." 한밤중처럼 새카만 그녀의 눈을 떠올리는 것만으로도 몸이 떨려 왔지만, 그는 애써 기억을 떨쳐 내며 거짓말을 했다. "소화불량이 생긴 건 의뢰인과의 의견 마찰 때문이지. 악명이 자자한 카프릴의 도살자이자 남의 말을 절대 듣지 않는 머카토 말일세! 그 여자를 어떻게 대해야 할지 도무지 모르겠네. 친절하게, 순수한 의도를 가지고 대해도 나쁘게만 받아들이더군!"

"좀 까탈스럽기는 하죠."

"까탈스러운 것 이상이지. 뭐랄까…… 날이 서 있달까."

"뭐, 배신을 당해 산 위에서 던져지고 남동생까지 살해당했다면……"

"난 변명이 아니라 설명이 필요한 걸세! 실패의 고통을 맛보지 않은 사람이 어디 있겠나! 그 대단한 운명은 본인더러 알아서 감당하라고 하고 난 새로운 의뢰인을 찾아 떠날까 고민 중일세." 그는 불현듯 머릿속에 떠오른 생각에 콧방귀를 뀌며 웃었다. "오르소 공작 밑에서 일을 할 수도 있겠지!"

데이가 날카로운 눈빛으로 그를 바라보았다. "농담이 과하세요."

캐스터 모비어는 계약을 수락한 이상 고용주를 버리는 사람이 아니었으므로 그의 말은 당연히 농담이었다. 다른 분야라면 몰라도 그와 같은 직업을 가진 사람은 늘 확실한 기준을 가지고 행동해야 하는 법이었다. 하지만 그는 재미 삼아 그 생각을 구체적으로 따져 보기 시작했고, 펼친 손가락을 하나씩 접어 가며 말했다. "내 도움에 대한 보수를 지불할 능력이 되는지 의심할 필요가 없으면서, 내 도움이 필요하고, 도덕적인 문제를 신경 쓰지 않는다는 것을 증명하기까지 했지."

"자기가 고용한 사람을 낭떠러지 밑으로 밀어 버린 전적도 있고요."

모비어는 그녀의 말을 묵살했다. "독물학자까지 고용하는 사람을 믿는 건 바보짓일세. 그렇게 따지면 그가 여느 의뢰인들보다 못할 게 없지. 왜 진작 이런 생각을 떠올리지 못했을까 의문이 드는군!"

"하지만…… 우리가 그의 아들을 죽였는걸요."

"하! 그런 건 서로 필요한 게 있는 사람들끼리 쉽게 해결할 수 있는 문제일세." 그는 한 손을 가볍게 휘저었다. "그럴듯한 변명을 지어내기만 하면 돼. 비난을 짊어질 가엾은 희생양이야 언제든 찾을 수 있는 법이니까."

그녀는 입을 꾹 다문 채 천천히 머리를 끄덕였다. "희생양이요. 그렇죠."

"가엾은 사람이지." 불구가 된 북부 남자 한 명이 세상에서 사라진다고 해도 후손들에게는 전혀 손해가 아닐 터였다. 미친 전과자나 신경을 긁는 고문 전문가도 마찬가지였다. 그는 자기 생각에 빠져들고 있었다. "하지만 지금 당장 우리는 머카토와 그녀의 쓸데없는 복수심에 발이 묶인 것 같군. 복수라. 복수보다 무의미하고 파괴적이고 불충분한 동기가 세상에 또 있던가?"

"우리 일에서 동기는 중요하지 않은 것 같아요." 데이가 말했다. "일을 하고 돈을 받으면 그뿐이죠."

"맞네, 데이 양. 아주 맞는 말이야. 우리의 도움이 필요한 모든 동기는 순수하지. 자네는 늘 문제가 완전히 투명한 것처럼 그 핵심을 정확히 파악하는군. 자네가 없으면 뭘 할 수 있을까?" 그는 미소를 지으며 기구 가까이 다가왔다. "준비는 어떻게 돼 가나?"

"오, 잘돼 가고 있어요."

"좋아. 아주 좋네. 당연히 그럴 테지. 자네는 대가한테서 일을 배웠으니까."

데이는 절을 하듯 고개를 숙였다. "그리고 가르쳐 주신 것들을 제가 마음속에 잘 새겼고요."

"아주 훌륭히 새겼지." 그는 허리를 숙이고 응축기를 흔들어 라링크 진액이 증류기로 천천히 떨어지는 모습을 지켜보았다. "만일의 사태에 철저히 대비해야 하네. 조심 또 조심…… 아야!" 그는 인상을 쓰며 팔뚝을 내려다보았다. 작은 붉은 반점이 부풀어 오르더니 피가 맺혔다. "이게……." 데이가 기이할 정도로 뚫어지게 그를 쳐다보며 천천히 물러섰다. 그녀는 손잡이가 달린 바늘을 손에 쥐고 있었다.

"누군가 비난을 짊어진다고?" 그녀가 그를 향해 으르렁거렸다. "내가 희생양인가? 꺼져, 이 개자식아!"

"자, 얼른, 얼른." 페이스풀이 또 오줌을 누고 있었다. 그는 시버스를 등지고 자기 말 옆에 서서 무릎을 떨며 말했다. "얼른, 얼른 나와라. 세월을 이길 수가 없더군. 그래서 이 지경이 됐지."

"혹은 나쁜 짓을 너무 많이 하신 걸 수도요." 스월레가 말했다.

"이런 수모를 겪어야 마땅한 나쁜 짓은 한 적이 없네. 당장이라도 지릴 것 같아서 바지를 벗고 서면 바람을 맞으면서 한참을 기다려야…… 아…… 아…… 이제야 나오는구먼!" 그는 반짝거리는 머리통을 뽐내듯 허리를 뒤로 기울였다. 물줄기가 튀는 소리가 짧게 한 번, 또 한 번 들렸다. 그리고 한 번 더 들리더니 그는 어깨를 흔들며 오줌 방울을 털었고, 다시 허리띠를 조이기 시작했다.

"다 싸신 건가요?" 스월레가 물었다.

"그게 왜 궁금한가?" 장군이 받아쳤다. "병에 담아 보관이라도 할 생각인가? 세월 앞에 장사 없고, 나도 마찬가질세." 그는 허리를 구부리고 비탈을 오르며 붉은 망토에 진흙이 묻지 않도록 한 손으로 받쳐 들고 시버스 옆에 쭈그려 앉았다. "좋군, 좋아. 저긴가?"

"저기야." 농장은 탁 트인 방목장의 끝에 자리하고 있었다. 회색 하늘 아래 회색 바다가 된 밀밭 한가운데, 물기 어린 새벽빛이 번져 구름을 희뿌옇게 물들이고 있었다. 헛간의 좁은 창문들 사이로 희미한 불빛이 깜빡였지만 움직임은 보이지 않았다. 시버스는 주먹을 쥐고 손가락들을 천천히 손바닥에 비볐다. 그는 배신을 해 본 적이 없었다. 적어도 이렇게 제대로 뒤통수를 친 적은 없었고, 그래서 긴장이 되었다.

"평화로워 보이는군." 페이스풀은 까칠하게 자란 흰 수염을 손으로 천천히 쓸었다. "스월레, 열두 명쯤 데리고 눈에 띄지 않게 빙 둘러 가서 저기 저 나무들 속에 몸을 숨기고 측면을 지켜. 놈들이 우리를 보고 도망가더라도 자네 쪽에서 잡을 수 있게."

"예, 장군님. 쉽고 간단한 작전이네요?"

"계획이 너무 많으면 좋지 않아. 기억해야 할 게 많을수록 실수할 일도 많아지니까. 실수하지 말라고 주의를 주지 않아도 되겠지?"

"저 말씀이십니까? 당연하죠. 나무들 사이에 숨어 있다가 도망가는 사람이 보이면 돌격하라. 하이뱅크에서처럼요."

"머카토가 반대편이라는 점만 빼면 말일세."

"그렇네요. 그 빌어먹을 년."

"이런, 이런." 페이스풀이 말했다. "예를 갖춰야지. 머카토 밑에서 승리를 거뒀을 때는 열렬히 박수를 쳐 놓고 이제 와서 태도가 그게 뭔가. 상황이 이렇게 된 건 안타까운 일일세. 이것 말고는 달리 방법이 없을 뿐이야. 그렇다고 예를 갖출 수 없는 건 아닐세."

"그렇네요. 죄송합니다." 스월레가 잠시 말을 멈췄다. "조용히 걸어가는 게 더 낫지 않을까요? 농가까지 말을 타고 갈 수는 없지 않겠습니까?"

페이스풀이 그를 한참 쳐다봤다. "내가 자리를 비운 동안 자네가 대장이 되기라도 했나?"

"아, 아니요. 당연히 아닙니다만……."

"조용히 침입하는 건 나랑 안 맞아. 게다가 자네가 얼마나 깨끗하게 씻었든 머카토는 200미터 밖에서도 기가 막히게 자네 냄새를 맡고 싸울 준비를 할 걸세. 내 무릎을 생각해서라도 우린 말을 타고 들어갈 걸세. 농가에 가까이 도착해서 확인을 마치고 나면 그때 말에서 내리면 돼. 머카토가 우리를 위해 준비한 깜짝 쇼가 있다면 더더욱 말안장에 앉아 있는 게 낫겠지." 그는 시버스를 바라보며 인상을 썼다. "정직한 친구, 다른 의견 있나?"

"없지." 시버스가 보기에 페이스풀은 보좌 역할이 더 잘 어울리는 사람이지 좋은 대장은 아니었다. 그는 경험은 많지만 상상력이 부족했다. 임무에 맞든 맞지 않든 자신이 몇 년 동안 해 온 방식을 고집해야 마음이 편한 사람이었다. 하지만 그는 절대 인정할 리 없었다. 강한 지도자는 누군가가 더 좋은 의견을 제시했을 때 받아들일 줄 알지만 약한 지도자는 절대 새로운 의견을 받아들이지 않는다. "내 도끼나 돌려받을 수 있을까?"

페이스풀이 미소 지었다. "당연하지. 머카토의 시체를 보고 나면 바로 돌려줄 생각이네. 가자고." 그러고는 말 쪽으로 돌아서다 망토를 밟고 넘어질 뻔하게 되자, 신경질적으로 망토를 잡아당겨 어깨 너머로 홱 넘겨 버렸다. "빌어먹을 망토. 짧은 걸 샀어야 했어."

시버스는 그를 따라가기 전 마지막으로 농가를 바라보며 고개를 저었다. 계획이 너무 많으면 좋지 않다는 말은 사실이었다. 하지만 계획이 너무 없어도 마찬가지였다.

모비어는 눈을 깜빡였다. "하지만······." 그는 데이를 향해 천천히 걸음을 옮겼다. 그러는 중에 발목이 휘청거려 그만 탁자 쪽으로 쓰러지고 말았고, 그 바람에 플라스크가 넘어지며 부글부글 끓던 내용물이 나무 상판에 쏟아졌다. 피부가 점점 붉게 변하며 뜨거워지자 모비어는 목을 움켜잡았다. 데이가 자신에게 무슨 짓을 했는지는 진즉에 알고 있었다. 혈관이 차갑게 얼어붙는 듯했다. 자신이 어떻게 될지도 이미 알고 있었다. "독물의······ 왕······ 이군?" 그가 거친 소리로 내뱉었다.

"그럼 뭐겠어? 조심 또 조심하셨어야지."

그는 바늘에 찔린 통증과 배신의 깊고 쓰라린 상처에 얼굴을 찡그렸다. 기침을 하며 무릎을 꿇고 앞으로 고꾸라진 그는 덜덜 떨리는 한 손을 뻗어 올리며 말했다. "하지만······."

데이는 그의 손을 한쪽 신발 앞코로 차 버렸다. "오해를 받을 운명이라고?" 그녀의 얼굴은 경멸로 일그러져 있었다. 증오마저 느껴졌다. 복종과 존경과 순수함을 담았던 그녀의 가면이 드디어 벗겨진 것 같았다. "당신한테서 이해해야 할 게 도대체 뭐가 있지? 거만한 기생충 주제에. 당신은 종잇장만큼 얄팍한 사람이야!" 그 배은망덕한 말이 그의 가슴을 후벼 팠다. 이제껏 그녀에게 얼마나 많은 은혜를 베풀었던가! 그가 가진 지식, 돈, 심지어······ 아버지처럼 사랑을 베풀었는데! "살인자의 몸뚱이에 애새끼 같은 정신머리를 가졌지. 심보는 깡패 새끼인데 겁은 많아 가지고. 세상에서 가장 위대한 독물학자 캐스터 모비어라고? 세상에서 가장 지루한 인물이라면 모를까. 당신은······."

갑자기 그가 놀랄 정도로 민첩하게 앞으로 튀어 나가서 칼로 그녀의 발목을 그으며 지나쳤다. 그러고는 탁자 밑을 굴러 반대편에서 몸을 일으켰다. 그는 깜빡이는 버너와 구불구불한 유리관, 반짝거리는 유리와 금속으로 이루어진 복잡한 기구 너머로 그녀를 바라보며 미소 지었다.

"하, 하!" 모비어가 외쳤다. 그는 전혀 죽어 가는 것 같지 않았고, 오히려 정신이 또렷해 보였다. "네가 감히 나를 독살하려고 해? 이 위대한 캐스터 모비어가 자기 조수 따위에 살해당한다고? 절대 그럴 리가 없지!" 그녀는 피가 흐르는 발목을 내려다보고는 눈이 휘둥그레진 채 그를 향해 고개를 들었다. "어리석은 친구야, 독물의 왕 따위가 어디 있나!" 그가 낄낄거렸다. "내가 보여 준 그 제조 과정의 결과물이 냄새도 맛도 물과 같지 않던가? 진짜 물이야! 아무런 해도 끼치지 않는! 하지만 방금 네 발목에 묻힌 독은 말 열두 마리를 죽이고도 남을 테지!"

그는 셔츠 안에 손을 넣어 능숙한 손길로 정확하게 필요한 약병을 잡아 밖으로 꺼냈다. 병 속에서 투명한 액체가 반짝이고 있었다. "해독제일세." 그녀는 얼굴을 찌푸리며 약병을 바라보다가 탁자 옆으로 한 걸음 옮기고 또 한 걸음을 옮겼지만, 그는 똑바로 걷지도 못하는 그녀를 아주 쉽게 피해 버렸다. "도저히 품위라곤 찾아볼 수 없군. 스티리아 한복판에서, 그것도 헛간 안에서 우리가 쓰던 기구들을 사이에 놓고 쫓고 쫓기며 탁자 주변을 빙빙 도는 꼴이라니! 끔찍할 정도로 품위가 없어."

"제발." 그녀가 그를 향해 씩씩거렸다. "제발요. 제가…… 제가……."

"더는 창피해지지 말자고! 이제야 본성을 드러내다니…… 배은망덕한 년! 네 정체가 다 드러났어, 이 정신 나간 배신자 년아!"

"나는 희생양이 되고 싶지 않았을 뿐이야! 머카토가 말하길 조만간 당신이 오르소에게 넘어갈 거랬어! 당신이 나를 희생양으로 삼을 거라고! 머카토가……."

"머카토? 내 말이 아니라 머카토 말을 믿었다고? 허스크에 취해 정신이 오락가락하는 데다 피비린내 나는 전장의 도살자로 악명 높은 그 저급한 년의 말을? 하, 정말 훌륭한 길잡이로군! 두 년을 믿은 내가 바보였어! 적어도 내가 애새끼 같다는 말은 맞았어. 순수하고 천진난만했던 거지! 받을 자격이 없는 은혜를 베풀었던 거야." 그는 데이를 향해 유리병을 던졌다. "절대로 다시는……" 데이가 짚.더미 속에서 더듬더듬 유리병을 찾았고, 모비어는 그 모습을 지켜보았다. "내가……" 데이가 유리병을 낚아채 코르크 마개를 열었다. "전 세계에서 가장……" 데이가 유리병에 든 액체를 마셨다. "관대하고 자비로운 독물학자가 아니라는 말은 입에 담지 말거라."

데이는 입가를 닦으며 떨리는 숨을 내쉬었다. "이야기를 좀…… 해야겠어요."

"당연하지. 하지만 오래는 못 할 거야." 그녀는 눈을 깜빡이다가 얼굴에 경련이 일어나는 것을 느꼈다. 모비어는 그럴 줄 알았다는 얼굴로, 코를 찡그리며 칼을 테이블에 내팽개쳤다. "이 칼에는 독이 묻어 있지 않았어. 하지만 네가 방금 마신 건 희석되지 않은 표범꽃 추출액이었지."

그녀는 풀썩 쓰러졌다. 눈이 까뒤집히고 안색이 붉게 변했다. 그녀는 짚 더미 위에서 발작을 일으키며 입에서 거품을 뱉어 냈다.

모비어는 앞으로 걸어 나가서 그녀를 향해 허리를 숙이고 이를 드러내며 갈퀴 같은 손가락으로 자신의 가슴팍을 찔렀다. "나를 죽이겠다고? 나를 독살하려 했어? 이 캐스터 모비어를?" 그녀의 군화 뒤꿈치가 단단한 땅을 마구 두드리며 짚 먼지를 일으켰다. "내가 바로 독물의 왕이다, 이…… 이 순진한 척하는 맹추야!" 몸부림은 굳은 떨림으로 바뀌었고 허리가 기이한 각도로 휘었다. "이토록 무례하고 오만하다니! 내게 그런 모욕을 안기다니! 내게, 내게……." 그는 더듬거리며 적절한 단어를 찾다가 그녀가 죽었다는 사실을 깨달았다. 시체가 천천히 축 늘어지는 동안 긴 침묵이 흘렀다.

"젠장!" 그가 소리쳤다. "젠장, 빌어먹을!" 그녀를 이겼다는 옅은 만족감은 참담한 실망과 배신의 상처에 밀려 따뜻한 날 난데없이 내린 눈처럼 이미 사라지고 없었다. 게다가 이제 그는 조수도 없고 의뢰인도 없는 불편한 상황에 놓이고 말았다. 데이가 마지막으로 한 말에 따르면 분명 머카토가 꾸민 일이었다. 데이는 머카토의 말을 믿고 끝없이 희생해 온 자신을 죽일 음모를 꾸민 것이다. 왜 이렇게 되리라고 예상하지 못했을까? 끊임없이 역경을 겪으며 살아

온 그가 어떻게 이런 일을 예상하지 못했을까? 이 가혹한 땅, 이 무자비한 시대에서 살아남기에 그가 너무 부드러운 성품을 가진 탓이었다. 사람을 너무 믿고, 동료애가 너무 강한 게 문제였다. 그는 세상이 자신의 인자함을 닮은 장밋빛이라고 생각하면서 사람들에게 최고의 모습을 기대하는 저주를 받은 것이다.

"내가 종잇장처럼 얄팍하다고? 빌어먹을! 네가…… 젠장!" 그는 심통을 부리듯 데이의 시체를 발로 찼고, 신발로 퍽퍽 걷어찰 때마다 그녀의 몸통이 떨렸다. "거만해?" 그는 거의 비명을 지르고 있었다. "내가? 나는 겸손…… 그…… 자체야!" 그는 갑자기 자신처럼 감수성 풍부한 사람이 이미 죽은 사람을, 특히 거의 딸처럼 돌봐 온 사람을 발로 차는 건 적합하지 않다는 생각이 들었다. 그리고 갑자기 신파극의 주인공처럼 후회가 밀려왔다.

"미안하네! 미안해." 그는 그녀 옆에 무릎을 꿇고 앉아서 머리를 살며시 뒤로 밀고 떨리는 손가락으로 그녀의 얼굴을 어루만졌다. 그리고 더 이상 미소를 지을 수도, 말을 할 수도 없는 그녀의 순수한 얼굴을 바라보았다. "내가 미안하네. 하지만…… 하지만 대체 왜? 늘 자네를 기억할 거야. 오…… 억!" 갑자기 오줌 냄새가 코를 찔렀다. 시체가 배설을 하는 것은 표범꽃 추출물 치사량에 노출됐을 때 나타나는 큰 부작용이었고, 그처럼 경험 많은 전문가라면 예측했어야 하는 부분이었다. 오줌은 짚 더미 밖으로 퍼져 나와 그의 바지 무릎을 적셨다. 그는 역겨움에 얼굴을 잔뜩 찡그리며 비틀비틀 일어섰다.

"젠장! 젠장!" 그는 플라스크를 집어 들고 포악하게 벽에 던졌고 유리 조각들이 사방에 흩어졌다. "깡패? 겁쟁이?" 그는 데이의 시체를 다시 한번 툭 차다 바닥에 발가락을 찧었고, 절뚝거리는 걸음으로 헛간 주변을 돌아다니기 시작했다.

"머카토!" 그 마녀 같은 년이 그의 조수를 배신하도록 꼬드겼다. 데이는 그가 오스텐호른에서 알로베오 크레이를 선제적으로 독살해야 했을 때부터 가르쳤던, 실력이 뛰어났을 뿐만 아니라 그가 가장 사랑했던 조수였다. 그는 머카토를 과수원에서 죽였어야 한다고 생각했다. 하지만 전혀 불가능해 보이는 엄청난 규모의 임무가 그의 허영심을 건드렸다. "이놈의 허영심이 문제야! 내 성품의 유일한 단점이지!"

하지만 복수를 할 수는 없었다. "아니." 그런 저속하고 미개한 짓은 모비어의 방식이 아니었다. 그는 탈린의 독사와 그 일행들처럼 야만적인 짐승이 아니라 최고의 도덕성을 지닌 세련되고 교양 있는 신사였다. 열심히 충성스럽게 일을 했건만 현재 그는 돈에 쪼들리고 있었고, 새로운 일을 찾아야 했다. 적당한 고용주 밑에서 평화롭고 동기가 순수한 살인을 저지르며 '적절하고 정직한 이익'을 얻을 것이다.

카프릴의 도살자와 그녀의 야만적인 친구들을 죽인다고 돈을 줄 사람이 누굴까? 그 답을 찾기는 그리 어렵지 않았다.

그는 창밖을 바라보고 자신이 생각하기에 가장 아첨꾼 같은 인사를 연습했다. 허리를 숙이고 팔을 안으로 구부리며 마지막에 손가락을 빙 돌리는 인사였다. "오르소 대공 전하, 비할 데…… 없는 영광입니다." 그는 몸을 일으키며 인상을 썼다. 긴 오르막 꼭대기에 회색빛 새벽하늘을 등지고 말을 타고 있는 병사 수십 명이 보였다.

"명예와 영광을 위해, 그리고 무엇보다 보수가 좋잖나!" 여기저기서 웃음이 터져 나왔고, 페이스풀은 검을 뽑아 높이 쳐들었다. "가세!" 길게 늘어선 기병들이 움직이기 시작했다. 밀밭을 헤치고 농장으로 들어간 그들은 속도를 내기 시작했다.

시버스는 그들과 함께 움직였다. 페이스풀이 옆에 딱 붙어 있어 어쩔 수 없었다. 뒤로 물러나 말을 몰면 겁을 먹은 것처럼 보여 신뢰를 잃을 것 같았다. 손에 도끼를 들고 있었으면 좋았겠지만 희망사항과는 종종 정반대의 결과가 생기기도 하는 법이다. 게다가 속도를 올려 구보로 달리고 있는 이상 두 손으로 고삐를 잡고 있어야 할 것 같기도 했다.

이제 백 걸음 정도밖에 남지 않았고 모든 것은 평화로워 보였다. 시버스는 농장 집과 낮은 담장, 헛간을 바라보며 인상을 썼고, 정신을 바짝 차리며 마음의 준비를 했다. 이 모든 계획이 이제 부정적으로 보였다. 계획을 세울 때도 별로 마음에 들지 않았지만, 실제로 실행하려고 보니 훨씬 더 말이 안 되는 것 같았다. 말굽 아래 땅이 빠르게 지나갔고, 욱신욱신한 엉덩이가 안장에 부딪힐 때마다 고통이 전해졌다. 바람에 가늘게 뜬 눈이 시리고 반대쪽 얼굴의 흉터가 간지러웠다. 붕대를 두르지 않은 맨살에 시리도록 찬 공기가 고스란히 느껴졌다. 페이스풀은 그의 오른쪽 말안장 위에 꼿꼿이 앉아 망토를 휘날리며 달리고 있었다. 여전히 칼을 높이 쳐들고 있던 그가 소리쳤다. "그대로 진격! 진격!" 그의 왼쪽 행렬이 휘어지며 찌그러졌고, 열정적인 얼굴을 한 기병들의 창이 위아래로 흔들렸다. 시버스는 등자에서 발을 뺐다.

그때 농장 집의 덧창이 한꺼번에 활짝 열리며 쿵 하는 소리가 들렸다. 시버스는 창가에 서 있는 오스프리아 병사들을 보았다. 석궁을 겨누며 담장 뒤에서 나란히 올라오는 병사들의 철모에 햇빛이 반사되었다. 결과가 어떻게 되든 뭔가를 해야만 하는 때가 오곤 한다. 그는 목구멍으로 공기가 넘어가는 것을 느끼며 숨을 크게 들이켜고는 안장 옆으로 몸을 던졌다. 말굽이 땅을 차는 소리, 금속끼리 부딪치는 소리, 바람이 급히 움직이는 소리 너머로 몬자의 날카로운 고함이 들렸다.

그는 이를 탁 부딪치며 흙바닥에 고꾸라졌다. 신음하며 바닥을 데굴데굴 구르느라 입속에 흙 한 움큼이 들어갔다. 세상이 빙글빙글 돌았고, 어두운 하늘과 공중에 날리는 흙과 펄쩍펄쩍 뛰는 말들과 말에서 떨어지는 남자들이 보였다. 주위에서 쿵쿵거리는 말발굽들 때문에 눈에 흙이 들어갔다. 비명 소리가 들렸고, 그는 무릎으로 일어서 보려고 애를 썼다. 하지만 죽어 가는 병사 하나가 버둥거리며 그의 위로 떨어지는 바람에 다시 철퍼덕 바닥에 눕게 되었다.

모비어는 헛간의 여닫이문까지 간신히 가서 한쪽 문과 씨름해 머리만 내밀 정도로 열었다. 마침 농장 담 뒤에서 일어선 오스프리아 병사가 능숙한 동작으로 석궁을 발사하고 있었다.

풀이 우거진 농장에서는 말을 탄 병사들이 안장 위에서 몸부림을 치거나 떨어지고 있었고, 말들도 고꾸라지며 자기 주인을 내동 댕이쳤다. 젖은 흙 속에 처박힌 병사들은 팔다리를 허우적거렸다. 짐승도 사람도 충격과 분노, 고통과 두려움 속에서 울부짖고 있었다. 바닥에 나동그라진 열 명 남짓을 제외한 나머지 병사들은 조금도 망설이는 기색 없이 번뜩이는 무기를 치켜든 채 전속력으로 달리면서 뒤에 남은 병사들이 울부짖는 소리와 맞먹는 포효를 터뜨렸다.

모비어는 낑낑거리며 문을 밀어 닫은 다음 문짝에 등을 기댄 채서 있었다. 피 튀기는 전투였다. 밖은 분노와 무질서로 가득했다. 날카로운 무기들이 마구 휘둘리고 있었다. 피가 쏟아지고, 머리통이 날아가고, 부드러운 살점이 찢어져 내장이 끔찍하게 밖으로 쏟아졌다. 가장 교양 없는 방식으로 벌어지는 이런 싸움은 그의 전문 분야가 아니었다. 다행히 아직 뱃속에 잘 있는 그의 내장은 처음에는 원초적인 공포와 혐오감으로 뒤틀리는 듯했다가 이제는 이성적인 걱정으로 쪼그라들어 있었다. 머카토가 이긴다면, 이미 명백하게 드러난 것처럼 그녀는 자신을 죽이고 싶어 할 터였다. 조금도 망설이지 않고 자신의 죄 없는 조수를 죽게 만든 그녀였다. 천검단이 이긴다면, 모비어는 아리오 왕자를 살해한 공범이 될 것이었다. 어느 경우에도 목숨을 잃을 게 뻔했다.

"젠장!"

문 너머의 농장은 도살장이 되어 가고 있었지만 창이 너무 좁게나 있어서 바깥 상황이 제대로 보이지 않았다. 짚 더미에 몸을 숨겨야 할까? 아니, 아니다. 그는 다섯 살짜리 어린아이가 아니었다. 가

없은 데이 옆에 누워 죽은 척을 해야 할까? 오줌에 몸을 적셔 가며? 절대 그럴 수는 없었다. 결국 헛간 뒤편으로 잽싸게 달려간 그는 몰래 나갈 방법을 찾기 위해 절망적으로 벽을 더듬기 시작했다. 마침 헐거운 판자가 있어 있는 힘껏 발로 걷어찼다. "부서져! 나무판자 주제에! 부서져! 부서져! 부서지라고!" 들판에서 벌어지는 치열한 전투 소음이 등 뒤에서 점점 격렬해지고 있었다. 무언가 헛간 벽에 부딪치는 소리가 들리더니 천장 들보에서 뿌연 먼지가 떨어졌다. 그 소리에 소스라치게 놀랐지만 이내 두려움과 좌절이 섞인 낑낑거리는 신음을 뱉어 내며 다시 나무판자와 씨름하기 시작했고, 얼굴에는 송골송골 땀이 맺혔다. 마지막 발길질에 마침내 나무판자가 뜯어져 나갔다. 판자 두 개가 부서져 생긴 좁은 틈으로 희미한 빛이 새어 들어왔다. 무릎을 꿇고 몸을 옆으로 틀며 틈 사이로 머리를 집어넣는 데 성공했지만 부서진 판자의 거친 단면이 두피를 파고들었다. 벽 너머로 탁 트인 들판과 갈색 밀밭, 그리고 이백 걸음쯤 떨어진 곳에 옹기종기 서 있는 나무들이 보였다. 그곳이라면 안전할 것 같다고 생각한 그는 한 팔로 바짝 마른 헛간 바깥 벽을 짚고 간신히 한쪽 어깨와 몸통 반쪽을 바깥으로 빼냈지만, 그대로 틈 사이에 갇혀 버리고 말았다.

좋게 말하면 틈 사이를 쉽게 지나갈 수 있으리라고 너무 낙관적으로 생각했던 탓이었다. 버드나무 가지처럼 날씬했던 10년 전이었다면, 그 반만 한 틈도 무용수처럼 우아하게 통과할 수 있었을 터였다. 그사이에 기름진 페이스트리를 너무 많이 먹어 댄 탓에 이제 그런 임무는 수행할 수 없었고, 그 대가로 곧 목숨을 잃을 수도 있다는 생각이 점점 짙어지고 있었다. 그는 꼼지락거리고 몸부림치다 뾰족한 나무에 배를 찔리고 말았다. 이런 모습으로 사람들에게 발견될까? 세월이 지나도 회자될 웃기는 이야깃거리가 될까? 이런 모습으로 기억될까? 독물학자들 중에서도 가장 위험해서 얼굴 없는 저승사자로 불리던 위대한 캐스터 모비어가 도망치다 헛간 벽 틈에 끼여서 최후를 맞이했다고?

"빌어먹을 페이스트리 빵들!" 고함을 지르며 젖 먹던 힘을 다해 틈 사이로 몸을 밀었다. 삐져나온 못이 셔츠를 반쯤 찢으며 갈비뼈에 길고 쓰라린 상처를 남겼다. "젠장! 빌어먹을!" 저린 다리를 틈 밖으로 간신히 끌어낸 그는 마침내 온몸에 가시가 박힌 채 부러진 나무판자의 포옹에서 풀려나 안전해 보이는 숲 쪽으로 달리기 시작했다. 허리 높이의 밀 줄기들이 그를 넘어뜨리고, 후려치고, 다리를 붙잡았다.

비틀거리며 다섯 걸음도 채 가지 못하고 비명과 함께 머리부터 고꾸라진 그는 축축한 밀밭에 나동그라진 채 욕을 뱉으며 몸부림쳤다. 도망치는 그가 못마땅했던 것인지, 밀밭은 넘어지는 그의 신발 한쪽을 벗겨 감춰 버렸다. "빌어먹을 밀밭!" 잃어버린 신발을 찾으려고 하는데 우렁찬 북소리가 들렸다. 도망치려고 봐 두었던 숲에서 기병 열두 명이 튀어나오더니 창을 내리고 전속력으로 모비어를 향해 돌진했고, 그는 믿을 수 없는 공포에 휩싸였다.

숨이 차도록 비명을 지르며 돌아선 그는 맨발이 미끄러져 절뚝거리며 조금 전 그에게 상처를 입힌 헛간 벽 틈으로 돌아갔다. 한쪽 다리를 틈 안에 넣자, 나무판자에 가랑이가 눌렸고, 찌르는 듯한 고통에 신음을 터뜨렸다. 말발굽이 쿵쿵거리는 소리가 점점 커지자, 등골이 서늘해졌다. 기병들은 이제 쉰 걸음도 채 되지 않는 거리에 있었다. 사람들과 짐승들의 잔뜩 커진 눈과 드러난 이빨이 보였다. 밝아 오는 아침 햇살이 무기에 반사되었고, 요동치는 말발굽에 타작하듯 겨가 날렸다. 피투성이가 된 몸을 제때 좁은 틈새로 밀어 넣기는 글렀다. 이제 두들겨 맞게 될까? 불쌍하고 겸손한 캐스터 모비어, 그는 그저······.

헛간 모퉁이가 밝은 불길과 함께 폭발했다. 나무가 부서지고 팅기는 소리 외에는 아무 소리도 들을 수 없었다. 공중에는 빙글빙글 도는 파편들이 가득 날리고 있었다. 들보가 불타고 있었고, 찢어진 판자와 구부러진 못, 흩날리는 나무 조각과 불꽃이 뒤섞인 구름이 휘몰아쳤다. 바스락거리는 소리와 함께 밀이 납작하게 눌리면서, 먼지, 줄기, 곡식, 불씨가 물결처럼 일어났다. 갑자기 평평해진 농작물 한가운데 꽤 큰 술통 두 개가 나타나 돌진하는 기병들의 앞을 막았다. 통에서 불꽃이 솟아올랐고, 검은 그을음이 순식간에 통 주변으로 퍼져 나갔다.

오른쪽 통이 눈부신 섬광과 함께 폭발했고, 거의 동시에 왼쪽 통도 폭발했다. 커다란 흙기둥 두 개가 하늘로 솟구쳐 올랐다. 가장 앞에서 달려오던 말이 두 흙기둥 사이에 갇힌 채 그 자리에 얼어붙은 듯 멈춰 있다가 돌아서는 듯하더니 기수와 함께 산산조각이 났다. 퍼져 나가는 먼지구름에 휩싸인 나머지 기병 대부분도 산산조각이 되어 날아갔을 것 같았다.

파도처럼 밀려온 바람이 모비어를 헛간 벽에 납작하게 붙였고,

그의 찢어진 셔츠와 머리카락, 눈을 할퀴었다. 잠시 후, 이가 덜그럭거릴 정도로 커다란 천둥 같은 폭발음이 두 번 귓가에 들려왔다. 대열 양 끝에 있던 말 두어 마리는 그래도 온전히 남아 있는 듯 보였지만, 화난 어린아이가 던진 장난감처럼 공중에서 힘없이 나부끼고 있었다. 그중 한 마리는 거꾸로 뒤집혀 추락하며 그들이 처음 모습을 드러냈던 숲 근처 밀밭을 피로 물들였다.

흙덩어리들이 덜그럭거리는 소리가 나도록 헛간 벽을 때렸다. 먼지가 가라앉기 시작했다. 폭발 지점 가장자리에서 축축한 밀이 느릿느릿 타들어 가며 매캐한 연기를 자욱하게 피워 올렸다. 그을린 나무 조각과 까맣게 탄 밀 껍질, 불에 타고 있는 사람과 짐승의 살점이 아직도 하늘에서 떨어지고 있었다. 미풍을 타고 재가 너풀거리며 흩날렸다.

모비어는 심장이 얼어붙는 듯한 충격에 휩싸인 채 아직 헛간 벽 틈에 끼여 있었다. 거키쉬 불이거나 더 강력한 무언가…… 어쩌면 마법인 것 같기도 했다. 그가 간신히 틈에서 빠져나와 밀밭에 몸을 던지고 밀 줄기 사이로 주변을 살피고 있을 때, 불타고 있는 헛간 모퉁이에서 형체 하나가 나타났다.

이쉬리라는 거키쉬 여자였다. 그녀의 한쪽 팔과 갈색 코트 가장자리에 불이 붙어 있었다. 그녀는 불길이 얼굴을 핥자 그제야 몸에 불이 붙었다는 사실을 알아차린 듯했고, 느긋하게 불붙은 옷을 떨쳐 버린 다음 옆으로 휙 내팽개쳤다. 그녀는 목에서 발끝까지 그을린 자국 하나 없이 깨끗한 붕대에 감겨 있었다. 마치 무덤에 묻힐 준비가 된 고대 사막 여왕의 미라 같았다. 그녀는 숲 쪽을 오랫동안 바라보다가 미소를 지으며 천천히 고개를 저었다.
그녀는 기분이 좋은 듯 캔틱 말로 무슨 말인가를 뱉었다. 모비어는 캔틱 말을 잘할 줄 몰랐지만, '이쉬리, 아직도 힘이 있네.' 비슷한 말인 것 같았다. 그녀의 검은 눈동자가 모비어가 숨어 있는 밀밭을 한번 훑었고, 그는 민첩하게 몸을 숙였다. 그녀는 돌아서서 처음에 모습을 드러냈던 부서진 헛간 모퉁이 뒤로 사라졌다. 그녀가 혼자서 킥킥 웃는 소리가 모비어의 귓가에 들렸다.
'아직도 힘이 있네.'
혼자 남은 모비어는 그 길로 뒤도 돌아보지 않고 도망치고 싶은 생각이 간절했고, 그런 욕망이 드는 게 당연하다고 생각했다. 그는 여기저기 떨어진 피 묻은 살점들을 피해 바닥을 기기 시작했다. 숨을 쉴 때마다 가슴 속이 타는 듯한 통증을 느끼며, 꽁무니를 쫓는 공포에 떠밀리듯, 그는 숲을 향해 고통스럽게 한 뼘씩 나아갔다.

더 악한 인간

몬자가 칼베즈의 검을 홱 뽑자 남자는 씩씩거리는 신음을 뱉었다. 그는 충격으로 얼굴을 잔뜩 구기며 가슴팍에 난 작은 상처를 움켜쥐었다. 그리고 휘청거리며 앞으로 한 걸음 다가오면서 돌덩이를 들어 올리듯 짧은 칼을 들었다. 그녀는 왼쪽으로 걸음을 옮겨 그의 갈비뼈 바로 밑 옆구리에 칼을 꽂아 넣었고, 무뎌진 칼날은 징이 박힌 가죽조끼를 통과했다. 그가 고개를 그녀 쪽으로 돌렸다. 얼굴은 분홍빛으로 상기되어 떨렸고, 목덜미 핏줄은 터질 듯 부풀어 올라 있었다. 그녀가 칼을 거두자, 그는 마치 칼에 의지해 서 있던 것처럼 푹 쓰러졌다. 그가 그녀 쪽으로 눈동자를 굴렸다.

"전해 줘……." 그가 속삭였다.

"뭐?"

"그녀한테…… 전해 줘……." 그는 한쪽 얼굴에 먼지가 잔뜩 묻은 채 바닥에서 몸을 일으키다가 검은 피를 토해 내고는 움직임을 멈췄다.

몬자는 그가 누군지 갑자기 기억났다. '바로', 혹은 '파로'처럼 '오' 발음으로 끝나는 이름을 가진 사람이었다. 그녀의 옛 동료였던 스월레와 사촌뻘이라던 그는 뮈셀리아를 포위하고 마을을 약탈할 때 그곳에 있었다. 베나의 농담에 웃음을 터뜨리던 남자. 그가 기억에 남은 이유는 그때가 허먼을 죽이고 그의 금을 훔친 이후여서 농담할 상황이 아니었기 때문이었다. 그녀 자신은 별로 웃고 싶지 않았던 것이 기억났다.

"바로?" 그때 베나가 했던 농담을 기억하려 애쓰며 몬자가 웅얼거렸다. 그녀는 바닥이 삐걱거리는 소리를 듣고 방 안에서 움직이는 무언가를 피해 아슬아슬하게 몸을 낮췄지만, 순간 머리가 흔들리면서 바닥에 얼굴을 찧었다. 몸을 일으켜 보았지만 여전히 방이 빙글빙글 도는 것 같은 느낌이 들어 벽에 부딪치고 말았다. 팔꿈치 하나가 창문 밖으로 나가는 바람에 하마터면 그대로 떨어질 뻔했다. 밖에서 무기가 부딪치는 덜그럭거리는 소리와 우레와 같은 고함 소리가 들려왔다.

앞이 캄캄한 가운데 자신을 향해 돌진하는 무언가가 언뜻 보이자 그녀는 옆으로 몸을 굴렸다. 무언가가 벽에 부딪히는 소리와 함께 석회 파편이 얼굴에 튀었다. 그녀는 균형을 잃고 비틀거리며 비명을 질렀고, 눈앞에 보이는 검은 형체를 칼베즈의 검으로 베려고 했지만 손에는 아무것도 들려 있지 않았다. 이미 떨어뜨린 것이었다. 창가에서 얼굴이 하나 나타났다.

"베나?" 그녀의 입에서 피가 흘러나왔다.

농담할 시간이 없었다. 무언가가 뒤에서 달그락거리는 소리가 나더니 곧 숨이 턱 하고 막혔다. 희미하게 빛나는 철퇴가 눈에 들어왔다. 험상궂은 표정으로 자신을 노려보고 있는 한 남자가 보였다. 하지만 돌연 남자는 목에 사슬이 감겨 어디론가 끌려가기 시작했다. 방 안이 가라앉는 듯한 느낌이 들면서 머릿속에서 맥박이 요동쳤다. 그녀는 몸을 일으키려 했지만 다시 바닥에 등을 대고 고꾸라졌다.

비타리가 남자를 뒤로 잡아당겼고, 두 사람은 어두운 방에서 함께 비틀거렸다. 그가 한 손으로 사슬을 더듬으며 반대쪽 팔꿈치로 그녀를 쳤다. 하지만 그녀는 사슬을 팽팽하게 당기고 있었고, 분노에 찬 그의 눈이 가늘게 좁혀졌다. 몬자는 힘겹게 일어서서 휘청거리며 두 사람을 향해 다가갔다. 그는 칼을 뽑으려고 허리띠를 더듬거렸지만, 먼저 도착한 몬자가 왼손으로 그의 팔을 붙잡고 오른손으로 그의 허리춤에서 칼을 뽑아 그를 찌르기 시작했다.

"억, 억, 어억." 찌걱, 쓱, 쿵쿵 소리를 내며 두 사람은 서로의 얼굴에 거친 숨을 내쉬고 침을 튀겼다. 더듬거리듯 끊기는 몬자의 신음과 남자의 끽끽거리는 앓는 소리와 비타리가 낮게 그르렁거리는 소리가 마구 뒤섞여 울려 퍼진 집 안은 짐승들의 사냥터와 다를 게 없었다. 소리만 들으면 서로 죽이려는 게 아니라 격정적으로 사랑을 나누는 소리 같기도 했다. 서로의 몸이 쏠리고 부딪치고 철벅거리는 소리와 간간이 들리는 "어, 아, 아." 하는 신음 소리까지.

"됐어!" 비타리가 낮게 소리쳤다. "죽었어."

"으윽." 몬자는 칼을 바닥에 떨어뜨렸다. 그녀의 팔이 외투 안쪽 팔꿈치까지 끈끈하게 젖어 있었고, 화끈거리는 장갑 낀 손은 갈고리마냥 휘어진 채 굳어져 있었다. 문 쪽으로 돌아서서 밝은 빛을 마주하게 된 그녀는 따끔거리는 눈을 가늘게 뜬 채 절뚝절뚝 오스프리아 병사의 시체를 넘어 부서진 문밖으로 나갔다.

뺨에 피를 흘리며 넘어지던 남자가 손을 뻗어 그녀를 잡는 바람에 그녀의 외투에 피가 잔뜩 묻었다. 등에 창을 맞고 들판에 쓰러진 용병 하나가 비틀비틀 일어나려다 허우적거리며 앞으로 고꾸라졌다. 그에게 창을 던진 오스프리아 병사는 말발굽에 머리를 차여 철모가 벗겨진 채 도끼질을 당한 나무처럼 옆으로 넘어지고 말았다. 사람과 말이 사방에 뒤엉켜 있었다. 쿵쿵거리는 군화 발자국과 말발굽, 덜거덕거리는 금속과 허공을 가르는 무기들, 공중에 흩뿌려진 흙이 죽음의 폭풍이 되어 휘몰아쳤다.

그녀와 열 걸음도 떨어져 있지 않은 곳에, 몸부림치는 시체들 너머로 자신의 거대한 전투마에 앉아 미친 사람처럼 포효하는 페이스풀 카르피가 보였다. 그는 예전 그대로였다. 흉터가 있지만 정직해 보이는 넙데데한 얼굴, 반짝이는 대머리와 숱이 많은 흰 콧수염과 까칠하게 자란 흰 턱수염까지. 그는 반짝거리는 흉갑을 차고, 용병보다는 공작에게 더 어울릴 법한 붉은색 망토를 입고 있었다. 어깨에 석궁 화살을 맞아 오른팔은 축 늘어져 있었지만, 왼팔로 무거운 검을 들고 농장 집을 가리켰다.

처음 그의 모습을 발견했을 때, 그녀는 이상하게도 포근함을 느꼈다. 사람들 속에서 친구의 얼굴을 발견한 것 같은 행복한 짜릿함이었다. 그녀를 위해 다섯 번의 돌격을 이끌었던 페이스풀 카르피. 언제든 그녀를 위해 싸웠고 한 번도 실망시킨 적 없는, 그녀가 목숨을 맡길 만큼 신뢰했던 페이스풀 카르피. 코스카의 자리를 차지하기 위해 그런 그녀를 헐값에 팔아 버린, 그녀뿐만 아니라 그녀 남동생의 목숨까지 팔아 버린 페이스풀 카르피.

포근함은 오래가지 않았다. 포근함과 함께 어지럼증도 사라지자 가슴속 깊은 곳에서 끓어오르는 분노와 옆머리뼈 아래쪽 동전이 있는 부위에서 느껴지는 따가운 통증만 남았다.

용병들은 다른 선택지가 없을 때는 맹렬하게 싸우기도 했지만, 싸움보다는 약탈을 선호하는 이들이었다. 첫 번째 석궁 공격 이후 기세가 꺾인 그들은 예상치 못한 곳에서 적군이 나타나자 충격에 휩싸인 듯했다. 눈앞의 창병들과, 집과 헛간 안에 매복한 병사들, 창가와 평평한 헛간 지붕 위에서 침착하게 활을 쏘고 있는 궁수들을 상대해야 했던 것이다. 기병 한 명이 안장에서 끌어 내려지며 비명을 질렀다. 그의 손에서 떨어진 창이 몬자의 발치까지 굴러왔다.

그의 동료 두어 명이 말을 돌려 도망쳤다. 한 명은 간신히 농장으로 돌아갔지만, 다른 한 명은 검에 찔린 채 비명을 지르며 안장에서 떨어지다가 등자에 한쪽 발이 걸리는 바람에 발버둥 치는 말에 매달려 위아래로 마구 흔들리고 있었다. 페이스풀 카르피는 겁쟁이는 아니었지만, 30년을 용병으로 살면서 도망칠 때가 언제인지는 잘 알았다. 그는 말을 휙 돌리며 오스프리아 병사를 뺐고, 처참하게 떨어져 나간 병사의 머리통이 진흙 바닥에 떨어졌다. 그는 곧 농가 옆쪽으로 모습을 감췄다.

몬자는 장갑 낀 손으로 떨어진 창을 집어 들고 다른 손으로 주인 없는 말의 굴레를 낚아챈 다음 안장에 올라탔다. 카르피를 죽여야겠다는 쓰디쓴 충동은 무거운 다리가 다시 예전의 생기를 찾게 만들었다. 그녀는 말고삐를 당겨 농장 집 담장을 향해 달렸고, 발꿈치로 말 엉덩이를 차서 담장을 뛰어넘었다. 오스프리아 병사 한 명이 비명을 지르며 석궁을 내팽개치고 그녀를 피했다. 담장 반대편에 착지한 그녀는 안장에서 거칠게 흔들리며 창에 얼굴을 찔릴 뻔했다. 밀밭으로 돌진해 긴 언덕을 달리는 동안 밀 줄기가 훔친 말의 다리를 세차게 때렸다. 그녀는 창을 왼쪽 손으로 서툴게 옮겨 쥐고, 오른손으로 고삐를 잡은 다음 몸을 숙인 채 발꿈치로 말을 차서 속도를 냈다. 밝은 동쪽 하늘을 등지고 언덕 꼭대기에 서 있는 카르피의 검은 윤곽이 말을 돌려 멀리 사라지고 있었다.

그녀는 밀밭에서 빠져나와 여기저기 가시덤불이 자라고 있는 들판을 가로질러 내리막을 달렸다. 전속력으로 달리는 말발굽 밑 부드러운 땅에서 진흙 덩어리가 튀었다. 그녀 앞쪽 그리 멀지 않은 곳에서 카르피가 산울타리를 넘고 있었다. 말굽에 차인 산울타리의 푸른 잎이 마구 흔들렸다. 착지가 불안정했던 탓에 그는 안장 위에서 중심을 잡느라 팔다리를 허우적거렸다. 몬자는 도약하기 더 좋은 자리를 골라 가뿐히 울타리를 넘으면서 매 순간 그와 가까워지고 있었다. 속도도, 위험도, 손에 느껴지는 통증도 생각나지 않았다. 머릿속에는 오직 페이스풀 카르피와 그의 말, 그리고 그 둘 중 하나에 손에 든 창을 꽂아 넣고 싶은 강렬한 충동뿐이었다.

두 사람은 허허벌판을 격렬하게 달려 냇물이 흐르는 듯한 움푹 들어간 땅에 가까워졌다. 말발굽이 두터운 진흙땅을 파고들었다. 그 옆에 빛바랜 건물 하나가 점점 밝아 오는 아침 태양 아래 반짝이고 있었다. 방앗간 같았다. 세상이 흔들리고 비틀거리며 그녀 옆을 빠르게 지나갔다. 그녀는 말의 목 위로 몸을 기울이고 겨드랑이에 고정된 창을 꽉 쥐었다. 가늘게 뜬 눈 위로 바람이 휘몰아쳤다. 페이스풀 카르피에 더 가까이 가야 한다. 복수에 더 가까워져야 한다. 페이스풀의 말은 조금 전 착지를 잘못했을 때 다친 것 같았고, 그녀는 이제 아주 빠른 속도로 그를 따라잡고 있었다.

그들은 단 세 걸음 정도 거리를 두고 달리고 있었다. 그리고 두 걸음, 카르피의 전투마의 뒷발질에 튄 진흙이 그녀의 얼굴에 튀었다. 그녀는 안장에서 허리를 펴고 창을 들어 올렸다. 아주 찰나의 순간, 창끝이 햇볕을 반사해 반짝였다. 페이스풀이 어깨 너머로 뒤를 돌아보기 위해 고개를 돌리자 낯익은 그 얼굴이 잠시 몬자의 눈에 들어왔다. 이마에 난 베인 상처에서 흐른 피가 회색 눈썹 한쪽에 말라붙어 있었고, 까칠한 수염이 자란 뺨을 따라 핏자국이 남아 있었다. 그가 으르렁대는 소리가 들렸고, 그의 말은 더욱더 세차게 발길질을 하며 달렸다. 하지만 그의 말은 도망보다는 돌격에 어울리는 덩치가 큰 놈이었다. 몬자가 탄 말의 까딱거리는 목이 출렁이는 카르피의 말 꼬리에 점점 가까워지고 있었고, 둘 사이의 갈색 땅이 흐릿하게 보였다.

그녀는 고함을 지르며 말의 엉덩이에 창끝을 꽂아 넣었다. 말은 몸을 홱 젖히고 뒤틀며 머리를 마구 흔들었고, 한쪽 눈을 까뒤집으며 이빨 사이로 거품을 토해 냈다. 페이스풀은 말안장 위에서 마구 휘둘렸고, 한쪽 등자에서 발이 빠지고 말았다. 잠시 요동을 치며 달리던 전투마는 다친 다리가 뒤틀리며 한순간에 앞으로 푹 고꾸라지고 말았다. 돌진하던 힘에 못 이긴 머리가 꺾이고, 허우적거리는 발굽에 진흙이 튀었다. 그녀는 카르피가 비명을 지르는 소리를 들으며 그를 지나쳤고, 뒤에서 그의 말이 진흙땅을 데굴데굴 구르는 쿵쿵 소리가 들려왔다.

그녀는 오른손으로 고삐를 당겨 말을 멈췄다. 전력을 다해 달려온 말은 콧김을 내뿜고 머리를 흔들면서 다리를 떨었다. 그녀는 카르피가 긴 붉은 망토와 뒤엉킨 채, 흙으로 얼룩진 몸을 비틀거리며 일어서는 모습을 보았다. 아직도 그가 살아 있어서 깜짝 놀랐지만 불쾌하지는 않았다. 고바, 모티스, 아리오, 간마크, 그들은 오르소가 자신과 남동생에게 한 짓에 가담했고, 그 죗값을 치렀다. 하지만 그들 중 누구도 몬자의 친구는 아니었다. 페이스풀은 그녀와 나란히 말을 달리곤 했던 친구였다. 같이 식사를 하고, 그녀의 물통을 나눠 마셨다. 함께 웃고, 또 웃던 그는 기회가 오자 배신을 하고 그녀의 자리를 차지했다.

그녀는 최대한 오래 이 순간을 끌고 싶었다.

그는 비틀비틀 걸음을 내디뎠다. 입은 힘없이 벌어져 있고, 피투성이 얼굴에 눈을 동그랗게 뜨고 있었다. 그가 그녀를 보았고, 그녀는 미소를 지으며 창을 높이 들고 환호성을 질렀다. 들판에서 여우를 발견한 사냥꾼처럼. 그는 어깨에 부러진 석궁 화살이 박힌 채, 다친 팔을 가슴에 끌어안고 들판 끝을 향해 절뚝거리며 필사적으로 내달렸다.

천천히 그에게 다가가면서 그녀의 입꼬리가 점점 올라갔다. 그녀는 기어코 냇가 쪽으로 도망치는 그의 쌕쌕거리는 숨소리가 들릴 만큼 그와 가까워졌다. 죽기 살기로 땅을 기다시피 도망치는 배신자의 뒷모습을 보며 그녀는 오랫동안 느끼지 못했던 행복을 맛봤다. 그는 왼손으로 검집에서 검을 뽑아 목발처럼 땅을 짚으며 비틀비틀 필사적으로 앞으로 나아갔다.

"시간이 좀 걸려." 그녀가 그를 향해 외쳤다. "안 쓰던 손에 적응하기까지 말이야! 나는 알지! 당신은 시간이 많이 없어, 카르피!" 그가 물가에 가까워지고 있기는 했지만 어차피 물가에 도착하기 전에 몬자에게 잡힐 것이었고, 그도 그 사실을 알고 있었다.

그는 돌아서서 서툰 손놀림으로 검을 들었다. 그녀는 고삐를 당겨 말을 옆으로 몰았고, 그는 허공에 칼을 휘두르고 말았다. 그녀는 등자 위에 서서 그의 어깨를 창으로 내려 찔러 갑옷을 벗겨 내고 망토를 찢으며 그를 무릎 꿇게 만들었다. 그의 검은 진흙땅에 꽂힌 채 남겨졌다. 그는 앙다문 이 사이로 신음을 뱉었고, 흉갑 위로 피를 흘리며 다시 일어서려고 애썼다. 그녀는 한쪽 발로 등자를 당겨 그의 옆으로 가까이 가서 얼굴을 발로 찼다. 고개가 뒤로 꺾이면서 넘어진 그는 둑 위를 굴러 냇가로 떨어졌다.

그녀는 창끝을 바닥으로 향하도록 던진 다음 다리를 안장 위로 넘기며 말에서 내려왔다. 그리고 잠시 멈춰 물속에서 허우적거리는 카르피를 지켜보며 뻣뻣한 다리에 힘을 되찾았다. 창을 낚아채듯 바닥에서 뽑은 그녀는 천천히 숨을 들이마시고는 둑 아래로 내려가기 시작했다.

냇가 아래쪽 멀지 않은 곳에 방앗간이 서 있었고, 물레방아가 천천히 돌며 달그락거리는 소리를 냈다. 저 멀리 반대쪽 둑에는 이끼로 덮인 거친 돌들이 쌓여 있었다. 카르피는 욕을 뱉으면서 반대편을 향해 허우적거리며 나아갔다. 하지만 갑옷 때문에 몸이 자꾸 가라앉았고, 망토도 물에 젖어 한층 무거워져 있었다. 게다가 어깨에 박힌 석궁 화살과 다른 쪽 어깨에 남은 창에 찔린 상처 때문에 도저히 반대편까지 닿을 수 없을 것 같았다. 그래서 그는 허리까지 몸을 담그고 물살을 따라 걷기 시작했다. 몬자는 강둑에 올라 창을 수평으로 든 채 미소를 지으며 그를 따라 걸었다.

"계속 갈 생각이군, 카르피. 아무도 당신을 겁쟁이라 부를 수 없을 거야. 어리석다고는 하겠지. 멍청한 카르피." 그녀는 일부러 웃음을 터뜨렸다. "당신이 이런 속임수에 넘어가다니 믿을 수가 없네. 내 밑에서 몇 년이나 명령을 따랐는데 나를 더 잘 알았어야지. 내가 나의 불행에 눈물을 짜면서 얌전히 당신을 기다릴 줄 알았던 거야?"

그는 그녀가 든 창끝에 시선을 고정한 채 숨을 헐떡이며 물속에서 조심스럽게 뒤로 물러났다. "그 빌어먹을 북부 놈이 거짓말을 했어."

"요즘은 누구도 믿기가 힘들잖아. 안 그래? 내 배가 아니라 심장을 찔렀어야지, 페이스풀."

"심장?" 그가 비아냥거렸다. "자네가 심장이 어디 있나?" 그러고는 주먹에 단도를 쥐고 물을 첨벙거리며 그녀 쪽으로 다가갔다. 그녀는 그를 향해 창을 찔렀고, 창끝이 그의 옆 엉덩이에 꽂히자 아픈 오른손에 충격이 전해졌다. 그는 비틀거리며 뒤로 벌렁 넘어졌다가 다시 일어나려고 애쓰며 이를 악문 채 고함을 질렀다. "적어도 난 자네보단 나아, 쓰레기 살인자!"

"그렇게 나보다 잘났으면 왜 지금 네놈이 물에 빠져 있고 나는 창을 들고 있지?" 그녀는 물에 젖은 창끝을 천천히 빙빙 돌렸다. "계속 날 공격할 생각이군, 카르피. 아무도 당신을 겁쟁이라 부를 수 없을 거야. 빌어먹을 거짓말쟁이라고는 하겠지. 배신자 카르피."

"내가 배신자라고?" 그는 몸을 질질 끌어 방앗간 벽을 따라 천천히 달그락거리는 소리를 내며 돌고 있는 물레방아를 향해 다가갔다. "내가? 자네와 그렇게 오랫동안 함께했는데? 나는 코스카에게 충성하고 싶었어! 난 그에게 충성했다고! 이름값을 하려고 했어!" 그는 피가 흥건한 손으로 젖은 흉갑을 퍽퍽 내리쳤다. "그게 나라고. 그게 나였어. 그런데 자네가 그걸 훔쳐 간 걸세! 자네와 그 빌어먹을 동생 놈이!"

"나는 코스카를 벼랑으로 떨어뜨리지는 않았어, 이 개자식아!"

"내가 하고 싶어서 그랬을 것 같나? 이 모든 게 내가 원해서 벌어진 일 같은가?" 그녀에게서 벗어나려 애쓰는 늙은 용병의 눈가에 눈물이 고였다. "나는 그런 일을 주도할 사람이 못 돼! 아리오가 와서 그러더군. 오르소가 당신을 믿지 못하겠다고 했다고! 그래서 자네를 없애야 한다고! 자네는 과거로 남고 내가 미래가 될 거고, 이미 다른 사령관들도 다 동의한 일이라더군. 그래서 쉬운 길을 택한 것뿐이야. 달리 뭘 할 수 있었겠나?"

몬자는 더 이상 즐겁지 않았다. 미소를 지으며 자신의 막사에 들어오던 오르소가 떠올랐다. 코스카는 과거야. 나는 자네를 우리의 미래로 만들기로 했네. 베나가 그의 곁에서 미소를 짓고 있었다. 이게 더 낫잖아. 누나는 지휘관이 될 자격이 있어. 쉬운 길을 택했던 그녀 자신이 떠올랐다. 달리 무얼 할 수 있었을까? "나한테 경고를 할 수도 있었잖아. 내가 피할······."

"자네가 코스카에게 경고했듯이 말인가? 나한테 경고했듯이? 헛소리 집어치워, 머카토! 나는 자네가 간 길을 따랐을 뿐이야! 피의 씨앗을 뿌렸으니 피를 거둔 거라고! 자네는 스티리아 전체에 피의 씨앗을 뿌렸지! 이건 자네가 자초한 일이야! 자네가······ 악!" 그는 갑자기 몸을 뒤로 비틀며 힘없이 목을 더듬기 시작했다. 물 위에 떠 있던 그의 고급 망토가 물레방아의 톱니바퀴에 끼인 것이었다. 붉은 천은 점점 더 팽팽하게 당겨지며 느릿느릿 돌아가는 나무 바퀴 쪽으로 그를 단단히 끌어당겼다.

"빌어먹을······." 그는 성치 않은 손으로 이끼가 낀 널과 녹슨 못을 더듬거려 봤지만 어떻게 해도 거대한 물레방아를 멈출 수가 없었다. 몬자는 입을 반쯤 벌리고 아무 말도 하지 못한 채 그를 지켜보았다. 그가 물레방아 아래로 점점 끌려가는 동안 창은 그녀의 손에 느슨하게 들려 있었다. 그는 아래로, 아래로, 검은 물속으로 빨려 들어갔다. 물은 그의 가슴팍과 어깨, 목을 감싸며 거품을 일으켰다.

그의 툭 불거진 눈이 그녀를 바라보았다. "머카토, 난 자네보다 악하지 않아! 내가 해야 할 일을 했을 뿐이야!" 그는 거품이 이는 물 밖으로 입을 내밀기 위해 안간힘을 썼다. "난…… 자네보다…… 악하지……."

그의 얼굴이 사라졌다.

그녀를 위해 다섯 번의 전투를 지휘했던 페이스풀 카르피. 언제든 그녀를 위해 싸웠고 한 번도 실망시킨 적 없는, 그녀가 목숨을 맡길 만큼 신뢰할 수 있었던 페이스풀 카르피.

몬자는 첨벙거리며 물을 건넜고, 차가운 물이 그녀의 다리를 감쌌다. 그녀는 카르피의 손을 잡았고, 그녀의 손을 꽉 쥐는 그의 손가락을 느꼈다. 그녀는 이를 악물고 그르렁거리며 그를 힘껏 끌어당겼다. 그리고 창을 들어 젖 먹던 힘을 다해 톱니바퀴에 꽂았고, 창대가 톱니에 걸리는 느낌이 들었다. 그녀는 턱 밑까지 물에 잠긴 채 그의 겨드랑이 아래 장갑 낀 손을 넣고 불에 타는 듯한 근육을 쥐어짜며 그를 끌어내기 위해 안간힘을 썼다. 그가 딸려 올라오는 느낌이 들었다. 거품이 이는 수면 위로 그의 팔이 보이기 시작하더니 팔꿈치와 어깨가 서서히 물 밖으로 올라왔다. 그녀는 장갑 낀 손으로 그의 망토 잠금장치를 더듬었지만 손가락을 움직일 수 없었다. 그녀의 손은 너무 차가웠고, 무감각했고, 망가져 있었다. 창대가 쩍 하고 갈라지는 소리가 들렸다. 물레방아가 천천히, 천천히,

천천히 돌기 시작하면서 금속이 삐걱거리는 소리, 톱니가 갈리는 소리와 함께 페이스풀 카르피는 다시 물속으로 끌려 들어갔다.

냇물은 멈추지 않고 흘렀다. 그의 손이 축 늘어졌고, 그걸로 끝이었다.

다섯이 죽고, 둘이 남았다.

몬자는 숨을 헐떡이며 카르피의 손을 놓았다. 그의 창백한 손가락이 물속으로 미끄러져 들어갔다. 그녀는 물살을 헤치며 밖으로 나가 흠뻑 젖은 몸을 이끌고 절뚝절뚝 둑을 올랐다. 몸에 힘이 하나도 남아 있지 않았고, 다리는 뼛속까지 저렸다. 오른손에서 시작된 욱신거리는 통증이 팔꿈치와 어깨까지 전해졌고 머리통 옆에 생긴 상처가 따끔거렸다. 눈 뒤쪽 혈관이 망치로 내리치는 것처럼 세차게 뛰고 있었다. 그녀는 겨우겨우 한 발을 들어 말등자에 올리고 안장에 올라앉았다.

뒤를 돌아보던 그녀는 내장이 쪼그라드는 느낌에 허리를 숙이고 진흙 바닥에 뜨거운 토를 뱉고, 또 뱉었다. 페이스풀을 물속으로 잡아당긴 물레방아는 이제 그를 반대편 물 밖으로 끌어 올리고 있었다. 그의 팔다리가 축 늘어지고 머리는 기울어져 있었다. 눈은 부릅떠져 있었고 혀는 입 밖으로 나와 덜렁거렸으며 목에는 수초가 감겨 있었다. 천천히, 천천히, 물레방아는 그를 공중으로 들어 올렸다. 마치 처형된 반역자의 최후를 사람들에게 전시하려는 듯했다.

그녀는 손등으로 입을 쓱 닦고 혀로 이를 훑은 후 욱신거리는 머리가 핑 도는 동안 입에 남은 쓴맛을 뱉어 내려 애썼다. 어쩌면 그를 검으로 베어 마지막 존엄을 지켜 주어야 했는지도 모른다. 그는 그녀의 친구가 아니었던가? 영웅은 아니겠지만, 영웅이라 할 만한 사람이 있던가? 배신이 판을 치는 세계에서, 배신이 판을 치는 일을 하며 충심을 지키고 싶었던 남자. 충심을 지키고 싶었지만 그게 한물간 유행이라는 것을 깨달은 남자. 어쩌면 그를 둑으로 끌어 와 바로 눕히기라도 해야 했는지 모른다. 하지만 그녀는 그렇게 하는 대신 말을 돌려 농장 쪽으로 달렸다.

존엄이란, 살아 있는 사람에게도 도움이 되지 않지만 죽은 사람에게는 더더욱 의미가 없었다. 그녀는 페이스풀을 죽이기 위해 이곳에 왔고, 그는 죽었다.

이제 와서 눈물은 아무 쓸모가 없었다.

수확의 시간

시버스는 농장 집 계단에 앉아 상처투성이 팔뚝에서 벗겨진 피부를 떼어 내며, 한 남자가 시체 앞에 앉아 울고 있는 모습을 지켜보았다. 시체는 그의 친구 혹은 형제일 터였다. 그는 눈물을 감추려고 하지도 않았다. 그의 눈에서 눈물이 줄줄 흘러 턱 밑까지 흘러내렸다. 마음이 말랑한 사람에게는 애잔한 광경일 터였다.

예전의 시버스는 그런 사람이었다. 형은 어릴 때 그가 마음이 너무 여리다며 그를 말랑 돼지라고 불렀다. 그는 형과 아버지의 무덤 앞에서 소리 내어 울곤 했다. 그의 친구 도반이 창에 찔려 다시 전장에 나갈 때까지 꼬박 이틀을 앓았을 때도, 던브렉 전투 다음 날

밤, 스리트리스를 포함해 동료 절반을 묻어야 했을 때도, 심지어는 하이플레이스 전투가 끝이 난 후에도 마땅한 자리를 찾아 주저앉아서 눈물을 한 바가지 쏟았다. 목숨을 잃은 사람들에 대한 애도보다는 싸움이 끝났다는 안도감에 흘리는 눈물이기는 했지만.

시버스는 예전에 자신이 늘 눈물을 흘렸다는 사실도, 눈물을 흘린 이유도 알았지만 아무리 애를 써도 그 느낌이 어땠는지는 기억이 나지 않았다. 이제는 자신의 눈에서 눈물이 나게 할 사람이 남아 있는지조차 의문이었고, 그 답이 영 마음에 들지 않았다.

그는 플라스크에서 시큼한 맛이 나는 물을 한 모금 들이켜면서 시체를 뒤지는 오스프리아 병사 두 명을 지켜보았다. 그중 하나가 죽은 시체를 굴리자 갈라진 옆구리에서 피 묻은 내장이 쏟아져 나왔다. 병사는 아랑곳하지 않고 시체의 군화를 벗겨 냈고, 밑창에 구멍이 난 걸 보고는 휙 던져 버렸다. 그러고는 셔츠 소매를 걷어 올린 다른 오스프리아 병사 한 쌍을 바라보았다. 한 명이 어깨에 삽을 걸치고 있는 것을 보니 땅의 어느 부분이 가장 파기 쉬울지를 놓고 논쟁을 벌이는 것 같았다. 시버스는 시체들의 벌린 입과 뜬 눈, 벌어진 상처 주위로 모여들며 눅눅한 공기 속을 떠다니는 파리들을 바라보았다. 그리고 너덜너덜한 상처와 부러진 뼈, 잘린 팔다리와 쏟아진 내장, 끈적하게 흐르는 피, 말라 가는 핏방울, 돌들이 깔린 마당에 고인 검붉은 피 웅덩이를 바라보았다. 일을 잘 마무리했다는 기쁨도, 혐오감도, 죄책감이나 슬픔도 느껴지지 않았다. 그저 까진 상처가 쓰라렸고, 덥고 끈적한 날씨는 불쾌했고, 멍든 팔다리는 힘이 없었으며, 아침 식사 때를 놓친 탓에 배가 고플 뿐이었다.

부상자들을 치료하고 있던 농가에서 한 남자가 비명을 질렀다. 쉰 목소리로 울먹이며 비명을 지르고, 또 질렀다. 하지만 헛간 지붕 위에서는 새들이 행복하게 지저귀고 있었고, 시버스는 별로 어렵지 않게 한쪽에 집중하며 다른 쪽을 머릿속에서 지워 버릴 수 있었다. 그는 문틀에 등을 기대고 다리를 뻗은 채 미소를 지으며 새가 지저귀는 소리에 따라 고개를 끄덕였다. 사람은 적당한 시간이 지나면 무엇에든 익숙해질 수 있는 듯했다.

그는 말발굽 소리를 듣고 주위를 둘러보았다. 밝은 파란 하늘을 배경으로 검은 형체가 언덕을 내려오고 있었다. 몬자였다. 그는 땀에 젖은 말을 끌고 농장으로 들어오며 시체들을 향해 인상을 찌푸리는 몬자를 바라보았다. 냇가에 뛰어들기라도 했는지 옷이 푹 젖어 있었다. 한쪽 머리칼이 피에 젖어 머리통에 딱 붙어 있었고 핏자국은 창백한 뺨 아래까지 이어져 있었다.

"이런, 이런, 대장. 다시 만나 좋군." 사실일 수도 있는 말이었지만, 어쩐지 거짓말처럼 느껴졌다. 별다른 감정이 느껴지지 않았다. "페이스풀은 죽었지?"

"죽었어." 그녀는 뻣뻣하게 주저앉았다. "여기까지 데려오는 건 힘들지 않았어?"

"딱히. 우리 예상보다 친구들을 더 데려오고 싶어 했는데, 막을 수가 없겠더라고. 파티가 있다는 소식을 들으면 어떻게 되는지 잘 알잖아. 너무 열정적이더군. 불쌍한 새끼들. 죽이는 데는 힘들지 않았고?"

그녀는 고개를 저었다. "물에 빠져 죽었어."

"아, 그래? 찔러 죽일 줄 알았는데." 그는 그녀의 검을 들어 그녀에게 건넸다.

"찌르기는 했지." 그녀는 검을 잠시 내려다보다가 그의 손에서 넘겨받아 검집에 잘 꽂았다. "그리고 물에 빠뜨렸어."

시버스가 어깨를 으쓱했다. "당신 맘이지. 어쨌든 죽었으니 됐지, 뭘."

"어쨌든 죽었지."

"일곱 명 중 다섯을 죽였군."

"일곱 명 중 다섯." 그녀는 기뻐하는 것 같지 않았다. 전사한 동료 앞에 앉아 울던 병사와 다를 게 없어 보였다. 누구에게도, 이긴 쪽에도 즐거운 상황은 아닌 셈이었다. 복수란 그런 것이다.

"비명을 지르는 사람은 누구야?"

"그냥 누군가겠지. 우리가 모르는." 시버스는 어깨를 으쓱했다. "새 소리에 집중해 봐."

"뭐?"

"머카토!" 비타리가 팔짱을 낀 채 헛간 문가에 서 있었다. "여길 좀 봐야 할 것 같아요."

헛간 안은 시원하고 어두침침했다. 헛간 구석에 거칠게 뚫린 구멍과 창문으로 새어 들어온 밝은 빛줄기가 눅눅한 짚 더미를 비췄다. 그들은 데이의 시체를 내려다보고 섰다. 그녀는 금발 머리를 얼굴에 늘어뜨리고 몸이 불편하게 꺾인 채 누워 있었다. 피나 폭행 흔적은 없었다.

"독이야." 몬자가 웅얼거렸다.

비타리가 고개를 끄덕였다. "모순적이네요."

시신 옆 탁자는 구리 막대, 유리관, 그리고 이상하게 생긴 병들로 아수라장이 되어 있었다. 노란색과 푸른색 불꽃이 깜빡이는 램프 두 개가 아래에서 타오르고 있었고, 플라스크에서는 무언가가 끓어오르고, 졸졸 흐르고, 뚝뚝 떨어지고 있었다. 시버스는 독물학자의 시신보다 그들의 장비가 더 꼴 보기 싫었다. 시체라면 질리도록 봐 온 그였지만 과학에는 문외한이나 다름없었기 때문이었다.

"빌어먹을 과학." 그가 웅얼거렸다. "마법보다 더 싫어."

"모비어는 어디 있지?" 몬자가 물었다.

"흔적도 없어요." 세 사람은 잠시 어두운 표정으로 서로를 마주 보았다.

"시체들 사이에 있지 않을까?"

시버스가 천천히 고개를 저었다. "아쉽지만, 못 봤어."

몬자가 걱정스럽게 한 걸음 물러섰다. "아무것도 안 만지는 게 좋겠어."

"그런가요?" 비타리가 낮게 속삭였다. "무슨 일이 일어났던 거죠?"

"언뜻 보기에 스승과 제자 사이에 의견 충돌이 있었던 것 같은데."

"의견 차이가 엄청 컸나 보군." 시버스가 웅얼거렸다.

비타리는 까끌까끌한 머리를 천천히 저었다. "됐어요. 난 여기까지 할래요."

"뭐라고?" 몬자가 물었다.

"난 빠지겠다고요. 이런 일을 할 때는 언제 빠져야 할지도 알아야 하는 법이죠. 이제 전쟁이 됐고, 난 거기 끼고 싶지 않아요. 결과를 예측하기가 너무 힘들어졌거든." 그녀는 마당을 향해 고갯짓을 했다. 햇살 아래 시체들이 쌓아 올려지고 있었다. "비세린에서도 너무 많이 왔다 싶었는데, 이젠 그보다 더 멀리 와 버렸네요. 그리고 모비어의 반대편에 있고 싶지도 않고요. 매분 매초 경계하면서 살긴 싫네요."

"어차피 오르소를 계속 경계하면서 살아야 할 거야." 몬자가 말했다.

"그건 일을 시작할 때부터 알고 있었어요. 하지만 돈이 필요했죠." 비타리가 손바닥을 내밀었다. "말이 나왔으니……."

몬자는 얼굴을 찌푸리며 그녀의 손을 보다 얼굴로 시선을 옮겼다. "일을 반만 끝낸 거잖아. 반만 끝냈으니 이야기했던 돈의 반만 가져가."

"공평하네요. 죽으면 아무것도 못 받는 거나 마찬가지니까. 반만 받고 목숨 부지하는 게 낫죠."

"계속 같이 일하면 더 좋을 것 같은데. 당신은 쓸모가 많거든. 그리고 오르소가 살아 있는 한 안전할 수가……."

"그러니까 당신이 그 자식을 죽여 줘야죠. 안 그래요? 나 없이 말이죠."

"당신 마음이니까." 몬자가 코트 안주머니에 손을 넣어 젖은 자국이 남아 있는 납작한 가죽 지갑을 꺼냈다. 그녀는 지갑을 두 번 펼치더니 멋진 글씨체로 글자가 빼곡히 적혀 있는 종이를 꺼냈다.

종이 역시 한쪽 귀퉁이가 젖어 있었다. "우리가 얘기한 액수의 반보다 많아. 5212냥이야." 시버스는 눈살을 찌푸렸다. 어떻게 그만한 양의 은을 종이 쪼가리와 바꿀 수 있는지 이해가 되지 않았다.

"은행 시스템이란." 시버스가 웅얼거렸다. "과학보다 더 싫군."

비타리가 몬자의 장갑 낀 손에서 어음을 받아 들고 한번 쓱 훑어보았다. "발린트앤드벌크?" 그녀의 눈이 평소보다도 더 가늘어졌다. 놀라운 변화였다. "이게 제값을 하는 게 좋을 거예요. 그러지 않으면 내가 이 세상 끝까지 당신을……"

"걱정 마. 난 더 이상 적은 두고 싶지 않거든."

"그럼 친구로 남죠, 뭐." 비타리가 종이를 접어 셔츠 안에 집어넣었다. "어쩌면 나중에 다시 같이 일을 할 수도 있고."

몬자는 특유의 표정을 지으며 그녀의 얼굴을 빤히 보았다. "기다리지."

비타리는 뒷걸음질로 몇 걸음 물러나다 돌아서서 환한 정사각형 문까지 다가갔다.

"내가 강에 빠진 적이 있거든!" 시버스가 그녀의 뒤통수에 대고 소리쳤다.

"뭐라고요?"

"어릴 때. 첫 습격 작전이었어. 나는 취해 있었고 오줌을 누러 갔다가 강에 빠졌지. 물살에 바지가 벗겨지고 나도 몇백 미터쯤 떠내려갔어. 나는 새파랗게 질린 채 덜덜 떨며 진지로 돌아갔고, 거의 손가락이 떨어지는 줄 알았어."

"그래서?"

"그래서 내 이름이 시버스가 된 거야. 당신이 물었지. 시파니에서." 그리고 그는 빙긋 웃었다. 지금 다시 생각하면 웃기는 일이었다. 비타리의 날쎈하고 검은 그림자가 자리에 잠시 서 있다가 문밖으로 나갔다. "그래, 대장. 이제 남은 사람은 대장과 나……."

"그리고 나!" 누군가의 등장에 시버스는 도끼에 손을 가져다 대며 홱 돌아섰다. 옆에는 몬자가 허리를 숙인 채 검을 반쯤 뽑아 들고 있었다. 두 사람은 어둠 속을 빤히 쳐다보았다. 건초 다락 한쪽 가장자리 위에 미소 짓는 이쉬리의 얼굴이 나타났다. "우리 두 영웅들, 즐거운 오후야." 그녀는 붕대로 감은 몸속에 뼈가 없는 것처럼 유연하게 움직이며 머리를 아래로 해서 사다리를 내려왔다. 그녀가 두 발로 일어서자, 코트에 감춰져 있던 믿을 수 없이 야윈 몸이 드러났다. 그녀는 짚 더미를 가로질러 데이의 시신 쪽으로 천천히 다가갔다. "너희 살인자들 중 한 명이 다른 한 명도 죽였네. 살인자들이 그렇지." 그녀는 칠흑같이 검은 눈동자로 시버스를 바라보았고, 그는 도끼를 꽉 쥐었다.

"빌어먹을 마법," 그는 중얼거렸다. "은행보다 더 싫어."

그녀는 하얀 이를 드러내고 굶주린 웃음을 지으며 슬며시 시버스에게 다가가서 한 손가락으로 도끼 머리 뒤쪽의 갈고리를 부드럽게 밀어 바닥을 향하게 했다. "네 옛 친구 페이스풀 카르피를 만족스럽게 죽였다고 생각해도 될까?"

몬자는 검집에 검을 밀어 넣었다. "페이스풀은 죽었어. 네 연극의 목적이 그걸 알아내는 거라면."

"축하를 이상하게 하네." 그녀는 긴 팔을 천장을 향해 들어 올렸다. "복수가 네 것이 되었어. 하느님을 찬양해!"

"오르소는 아직 살아 있어."

"아, 그렇지." 이쉬리가 눈을 아주 크게 뜨자, 시버스는 눈알이 떨어지지 않을까 의문이 들기까지 했다. "오르소가 죽으면 네가 웃을 수 있겠네."

"내가 웃든 말든 네가 웬 참견이지?"

"내가, 참견을? 전혀 아니야. 너희 스티리아 사람들은 자랑하는 습관이 있잖아. 자랑만 하면서 일은 제대로 못 한단 말이지. 나는 일을 제대로 처리하는 사람을 만나서 기쁠 뿐이야. 네가 일만 잘 해내면 시종일관 찡그리고 있어도 난 상관하지 않아." 그녀는 탁자 상판을 손가락으로 쓸다가 아무렇지도 않게 손바닥으로 버너 불꽃을 꺼 버렸다. "말이 나왔으니 말인데, 내가 기억하기로는 네가 우리 친구 로곤트한테 천검단을 그의 편으로 만들 수 있다고 장담했잖아?"

"황제의 금만 조달할 수 있다면야……."

"셔츠 주머니를 봐."

몬자가 인상을 쓰며 주머니에서 무언가를 꺼내 빛에 비춰 보았다. 커다랗고 불그스름한 금화 하나가 빛을 반사해 반짝거리면서, 누구나 한 번쯤 만져 보고 싶은 충동이 들게 하는 따뜻한 기운을 발산하고 있었다. "멋있네. 하지만 하나 가지고는 부족해."

"오, 물론 더 있어. 누구 말대로 구르퀄의 산은 금으로 만들어졌으니까." 그녀는 불에 그을린 헛간 모서리에 난 구멍을 뚫어져라 보다가 기분이 좋은 듯 혀를 한번 찼다. "나한테 아직 힘이 있어."

그러고는 몸을 뒤틀며 여우처럼 틈을 빠져나가 사라져 버렸다.

시버스는 잠시 서 있다가 몬자를 향해 몸을 기울였다. "모르긴 몰라도 저 여자 뭔가 이상해."

"당신이 사람 하나는 참 잘 보잖아. 그렇지 않아?" 그녀는 웃지 않고 돌아서서 비타리가 지난 문을 통과해 헛간 밖으로 나갔다.

시버스는 조금 더 그 자리에 서서 데이의 시체를 내려다보며 얼굴을 찡그렸다. 왼쪽 얼굴에 난 흉터가 당기고 욱신거리고 간지러운 느낌이 들었다. 코스카가 죽고, 데이도 죽었다. 비타리와 프렌들리가 떠났다. 모비어는 도망쳤고, 보아하니 그들을 배신한 듯했다. 이제 즐거운 동행은 끝이 난 모양이었다. 그는 오랜 친구들을, 그리고 형제처럼 지냈던 동료들을 떠올리며 향수에 젖었다. 그들은 하나의 목적을 위해 모였다. 그 목적이 비록 살아남는 것뿐이었더라도. 도그먼과 하딩그림, 툴 두루, 심지어 블랙다우도 하나의 규칙 아래 싸웠다. 그들은 모두 과거 속에만 희미하게 남았고, 그는 혼자 남았다. 이곳 스티리아에서는 의미 있는 규칙을 가진 사람이 없었다.

이런 생각에도 눈물이 날 것 같지는 않았다.

그는 뺨에 난 흉터를 아주 살살 손끝으로 긁어 보았다. 그러다 얼굴을 찡그리며 좀 더 힘주어 긁었다. 더, 더 세게 긁었다. 마침내 손을 멈추고 이 사이로 씩씩거리며 숨을 뱉었다. 눈은 그 어느 때보다 미칠 듯이 가려웠고 심지어 아프기까지 했다. 그는 가려움을 악화시키지 않고 눈을 긁는 방법은 알지 못했다.

복수란 그런 것이었다.

새로운 옛 대장

몬자는 모든 종류의 상처를 셀 수 없이 많이 봐 왔다. 상처를 만드는 게 그녀의 직업이기도 했다. 그녀는 생각할 수 있는 모든 방법으로 해를 입은 시체들을 봐 왔다. 짓이겨지고, 베이고, 찔리고, 불에 타고, 목매달리고, 가죽이 벗겨지고, 내장이 쏟아지고, 토막이 난 시체까지. 하지만 콜 시버스의 흉터는 그녀가 본 살아 있는 사람의 얼굴에 남은 흉터 중에서 가장 흉했다.

입꼬리 근처에서 시작된 분홍색 점은 뺨 밑에서 우둘투둘한 손가락 굵기의 흉터로 발전했고, 위로 갈수록 점점 더 넓어져서 눈가에는 녹은 살점이 반점처럼 얼룩덜룩하게 퍼져 있었다. 흉터 주변에는 시뻘건 줄무늬와 반점 들이 볼을 따라 코 옆까지 퍼져 있었다. 이마를 가로질러 반만 남은 눈썹 위에도 희미한 자국이 남아 있었다. 그리고 한쪽 눈은 다른 쪽 눈보다 훨씬 컸다. 속눈썹이 사라져 있었고 눈꺼풀에는 주름이 가득했다. 아래쪽 눈꺼풀은 축 처져 있었다. 그가 오른쪽 눈을 깜빡일 때면 왼쪽 눈은 움찔할 뿐 감기지 않았다. 얼마 전에 그가 재채기를 했을 때 그의 눈은 음식을 삼키는 목구멍처럼 오므라들었고, 생기 없는 에나멜 동공은 분홍색 구멍 속에서 여전히 그녀를 응시하고 있었다. 그녀는 구역질을 꾸역꾸역 삼켜야 했지만, 그 오싹한 장면에 매료되어 그가 다시 재채기를 하지 않을까 하며 끊임없이 쳐다보았다. 그를 쳐다보는 자신을 그가 볼 수 없다는 사실을 알았지만, 마음이 편하지만은 않았다.

그녀가 죄책감을 느껴야 하는지도 모른다. 그가 그렇게 된 건 그녀 탓이었으니까. 아니던가? 그의 고통에 공감해야 하는지도 모른다. 그녀 역시 끔찍한 흉터를 가졌으니까. 하지만 그녀는 여전히 그의 흉터가 역겨웠다. 그의 반대편에서 말을 모는 게 나을 뻔했다고 생각했지만, 자리를 바꾸기에는 이미 너무 늦어 버린 뒤였다. 그가 붕대를 풀지 않았으면 좋겠다고도 생각했지만, 다시 붕대를 감으라고 할 수는 없는 노릇이었다. 그녀는 그의 흉터가 곧 나을 수도 있다고, 더 나아질 거라고 자신을 다독였고, 가능성이 아예 없는 이야기는 아니었다.

하지만 크게 달라질 수 없다는 사실을 그녀는 알았다.

그가 갑자기 몸을 돌렸고, 그녀는 그가 왜 자신의 안장을 뚫어지게 바라보고 있었는지 깨달았다. 그의 오른쪽 눈은 그녀를 보고 있었지만, 흉터 한가운데 박힌 왼쪽 눈은 여전히 정면 아래를 향하고 있었다. 에나멜 동공이 제자리에서 움직였는지 서로 다른 곳을 바라보는 두 눈 때문에 그는 어리둥절해 보였다.

"왜?"

"그, 음······" 그녀는 자신의 얼굴을 가리켰다. "눈이 좀 움직인 것 같아."

"또? 빌어먹을 눈깔." 그는 눈 안에 엄지를 넣어 눈알을 원래대로 돌려놓았다. "됐나?" 이제 가짜 눈은 정면을 향하고 있었고, 진짜 눈은 그녀를 노려보고 있었다. 아까보다 더 끔찍해 보였다.

"훨씬 나아." 그녀는 최대한 밝게 미소를 지으며 말했다.

시버스는 북부 말로 몇 마디를 뱉었다. "마법 같은 결과라고 했던가? 다시 푸란티를 지나게 되면 이 눈을 만든 놈을 찾아가야겠어…….”

용병들의 첫 번째 초소가 굽은 길모퉁이에 나타났다. 제각기 다른 옷을 입은 수상하게 생긴 남자들이 여기저기 흩어져 있었다. 그녀는 한눈에 누가 우두머리인지 알아보았다. 천검단에 소속된 고참병들의 얼굴을 익히고, 무엇을 잘하는지 알아 두려고 노력했던 그녀였다. 그 사람의 이름은 세코로, 하사로 6년 넘게 복무했던 노련한 늑대 같은 인물이었다.

두 사람이 말을 타고 초소에 다가가자 그는 그녀를 향해 창을 겨눴다. 동료들이 석궁, 검, 도끼를 치켜들고 그 뒤에 섰다. “누가……”

그녀는 후드를 걷었다. “내가 누군 것 같나, 세코?”

그는 입이 얼어붙은 채 창을 느슨하게 쥐고 자리에 서 있었다. 진지에서는 병사들이 아침 일과를 시작해 식사를 하고 행군할 준비를 하고 있었다. 몇몇이 천막 사이 가장 넓게 비어 있는 진흙 길을 따라 지나가는 그녀와 시버스를 올려다보았다. 그중 몇몇은 그들을 빤히 쳐다보기 시작했다. 쳐다보는 사람이 많아지더니 곧 그들과 거리를 두고 따라오기 시작했고 갈수록 사람들이 모여들었다.

“그 여자다.”

“머카토야.”

“살아 있었어?”

그녀는 예전처럼 말을 타고 그들 사이를 지나면서 어깨를 활짝 열고 턱을 치켜든 채 입가에 냉소를 머금고 아무와도 눈을 마주치지 않았다. 그들이 그녀에게 아무것도 아니라는 듯이. 그녀가 그들보다 더 고귀한 짐승이라는 듯이. 그녀는 속으로 간절히 빌고 있었다. 그들이 아직까지는 눈치채지 못했지만, 언젠가 들켜 버릴 것 같은 두려움에 늘 그녀의 마음속 깊은 곳을 옥죄던 그 비밀이 들통나지 않기를.

그녀가 뭘 하려는지 그녀 자신도 모른다는 사실, 그리고 다른 사람들과 마찬가지로 칼 한 자루에 그녀의 목숨이 끝날 수도 있다는 사실이었다.

하지만 누구도 그녀를 막아서기는커녕 말조차 걸지 않았다. 용병들은 겁쟁이들이고 평범한 사람들 대부분보다도 겁이 많다. 그들이 살인을 저지르는 이유는 먹고살기 가장 쉬운 방법이기 때문이다. 용병들은 원래 대체로 충성심이 없다. 그들의 지도자들에게도 충성심이 없지만 고용주에게는 더더욱 없다.

그녀는 그 사실에 기대를 걸고 있었다.

총사령관의 천막은 큰 공터의 언덕에 세워졌다. 가장 긴 막대에 붉은 깃발이 늘어져 있었고, 그 아래로 어설프게 쳐진 천막들이 늘어서 있었다. 몬자는 목구멍까지 차오른 긴장이 보이지 않도록 애쓰면서 말을 툭 차서 속도를 냈다. 몇몇 남자들이 종종걸음으로 급히 길을 비켰다. 이미 충분히 위험한 도박이었다. 조금이라도 두려운 기색을 보이면 그녀는 끝장이 날 수도 있었다.

그녀는 말에서 내려 고삐를 어린 나무 줄기에 대충 감았다. 그러고는 게걸음을 쳐서 누군가 나무에 매어 놓은 염소를 피한 다음 천막 입구로 성큼성큼 걸어갔다. 사자인이 총사령관이던 시절부터 낮 동안 천막을 지키는 거키쉬 추방자 노카우는 커다란 언월도를 뽑아 들지도 않은 채 그녀를 빤히 보며 서 있었다.

"입이나 닫지, 노카우." 그녀는 앞으로 몸을 기울이고 장갑 낀 손으로 이가 탁 소리를 내며 부딪히도록 그의 턱을 밀어 닫았다. "새가 둥지라도 틀면 어쩌려고 그래?" 그런 다음 덮개를 밀치고 천막으로 들어갔다.

위에 놓인 작전도는 달라졌지만 탁자는 그녀가 쓰던 것이었다. 똑같은 깃발들이 벽 쪽에 세워져 있었고, 스위트파인스나 하이뱅크, 뮈셀리아와 카프릴에서 그녀가 추가한 깃발들도 보였다. 천검단을 처음 만들던 날 사자인이 시세일 공작의 식당에서 훔쳐 온 게 틀림없는 의자도 물론 여전히 한구석을 차지하고 있었다. 상자 두 개 위에 올려진 빈 의자는 새로운 총사령관의 엉덩이를 기다리는 듯 보였다. 운명이 그녀의 편이라면 그녀의 엉덩이를 기다리고 있을지도 모를 일이었다.

물론 운명은 대개 그녀의 편이 아니었지만.

위대한 용병단에서 가장 나이 많은 사령관 셋이 임시로 만든 연단 근처에 모여 서서 중얼거리고 있었다. 세사리아, 빅투스, 안디체. 그녀를 총사령관으로 만들기 위해 베나가 설득했던 이들이었다. 그녀의 자리를 차지하라고 페이스풀 카르피를 설득했을 사람들이자, 그녀가 자기 자리를 되찾기 위해 설득해야 할 사람들이었다. 그들은 고개를 돌려 그녀를 보았고, 자세를 고쳐 섰다.

"이런, 이런." 세사리아가 낮고 굵은 목소리로 말했다.

"이런, 이런, 이런." 안디체가 웅얼거렸다. "탈린의 독사가 아니신가."

"카프릴의 도살자가 납셨군." 빅투스가 징징댔다. "페이스풀은 어디 있지?"

그녀는 그의 눈을 똑바로 보며 말했다. "안 올 거야. 당신들한테 새 총사령관이 필요하다는 뜻이야."

세 사람은 서로 눈길을 주고받았고 안디체는 누런 이를 쪽쪽 빠는 소리를 시끄럽게 냈다. 몬자를 거슬리게 했던 버릇이었다. 초라한 생쥐 같은 놈이 가진 수많은 역겨운 특징 중 하나이기도 했다.

"사실, 우리도 같은 결론에 도달했네."

"페이스풀은 좋은 친구였어." 세사리아가 말했다.

"총사령관이 되기에는 지나치게 좋은 사람이었지." 빅투스가 말했다.

"좋은 총사령관이 되려면 좀 사악한 구석이 있어야 해."

몬자는 이를 드러내며 웃었다. "당신들 셋은 적어도 나보다 사악하잖아. 스티리아에서 가장 사악한 새끼들이지." 농담이 아니었다. 그녀는 페이스풀 대신 이들 셋을 죽였어야 했다고 생각하고 있었다. "서로의 밑에서 일하기에는 너무 큰 새끼들이지."

"맞는 말일세." 빅투스가 씁쓸하게 말했다.

세사리아는 고개를 뒤로 기울인 채 눈을 깔고 몬자를 바라보았다. "새로운 인물이 필요하네."

"원래 알던 누군가가 필요할 수도 있고." 몬자가 말했다.

안디체가 나머지 두 사람을 보며 소리 없이 웃었다. "사실, 우리도 자네와 같은 결론에 도달했어." 그가 웃는 얼굴로 말했다.

"잘됐네." 그녀가 기대했던 것보다 일이 순조롭게 풀리고 있었다. 8년 동안 천검단을 이끈 그녀는 그 셋을 어떻게 다뤄야 하는지도 잘 알았다. 아주 단순하게도, 그들의 탐욕을 이용하는 것이었다. "나는 마음에 남은 앙금 때문에 큰 돈벌이를 놓치는 사람이 아니고, 당신들도 마찬가지라는 걸 누구보다 잘 알아." 그녀는 이쉬리의 동전을 빛에 비추어 들었다. 구르컬 동전의 한쪽에는 황제가, 다른 한쪽에는 예언자가 새겨져 있었다. 그녀는 안디체를 향해 동전을 들었다. "로곤트 쪽으로 갈아타면 훨씬 많이 받을 수 있어."

세사리아가 숱 많은 회색 눈썹 아래서 그녀를 빤히 보았다. "로곤트 쪽에서 오르소와 싸우자고?"

"다른 편에 서서 스티리아 전체를 다시 차지해야 하는 건가?" 빅투스가 고개를 갸우뚱거리자, 목에 감긴 사슬 목걸이들이 달그락거렸다. "지난 8년 동안 오르소의 편에서 이미 차지한 땅을?"

안디체가 동전에서 눈을 떼고 그녀를 바라보며 곰보 자국이 있는 볼을 부풀렸다. "싸움을 너무 많이 해야 할 것 같은데."

"내가 지휘를 맡았을 땐 이보다 가능성이 희박한 전투에서도 이겼잖아."

"아, 그건 사실이지." 세사리아가 해진 깃발들을 가리켰다. "자네가 총사령관 자리에 있을 때 우린 모든 영광을 누렸지. 자랑거리도 많았고."

"하지만 저걸 들고 창녀한테 간다고 생각해 봐." 절대 미소 짓는 법이 없는 족제비 같은 빅투스가 미소를 짓고 있었다. 그들의 미소는 어딘가 이상한 구석이 있었고, 마치 비웃는 것처럼 느껴지기도 했다.

"들어 봐." 안디체가 한 손을 총사령관 의자의 팔걸이에 올렸다.

"싸워야 하는 상황에서 자네가 최고의 사령관이라는 건 누구도 의심할 수가 없을 거야."

"그럼 뭐가 문젠데?"

빅투스는 얼굴을 일그러뜨리며 호통을 쳤다. "우리는 싸우고 싶지 않아! 돈을…… 벌고…… 싶은 거지!"

"나보다 돈을 더 많이 벌게 해 준 총사령관이 있었던가?"

"엣헴." 그녀의 귀에 누군가의 목소리가 들렸다. 검에 손을 가져다 대며 홱 돌아선 몬자는 그대로 얼어붙었다. 그녀의 바로 뒤에 약간 어색하게 미소를 지으며 니코모 코스카가 서 있었다.

그는 콧수염과 머리를 민 모습이었다. 우둘투둘한 머리통과 뾰족한 턱에는 검은색과 회색 털이 짧게 자라 있었다. 목덜미 옆쪽에 있던 붉은 발진도 옅은 분홍색 자국만 남긴 채 거의 사라져 있었다. 눈도 훨씬 덜 퀭해 보였고, 얼굴 경련도 멈췄으며 식은땀을 흘리고 있지도 않았다. 하지만 미소만큼은 여전했다. 그는 장난기 어린 검은 눈동자를 빛내며 입꼬리를 살짝 올리고 있었다. 그녀를 처음 만난 날과 같은 표정이었다.

"두 사람을 다시 보다니 좋군."

"엇." 시버스가 낮은 소리로 대꾸했다. 몬자는 목이 졸린 사람처럼 기침을 한번 뱉었을 뿐 아무 말도 하지 못했다.

"나는 건강을 회복했다네. 나의 안녕을 걱정해 주다니 감동이군." 코스카가 그들을 지나쳐 걸어가며 어리둥절한 표정을 짓고 있는 시버스의 등을 툭 쳤다. 천검단의 사령관들이 그 뒤를 따라 천막 덮개를 밀며 들어와서 천막 가장자리에 넓게 퍼져 섰다. 그들의 이름과 얼굴과 성격, 결점까지 그녀는 잘 알고 있었다. 키가 작고 목이 거의 없다시피 한, 구부정한 어깨에 낡은 코트를 걸친 남자가 가장 뒤에 들어왔다. 그는 그녀의 옆을 지나치며 무거운 눈썹을 들어 그녀를 힐끔 쳐다보았다.

"프렌들리?" 그녀가 쉭쉭거렸다. "탈린으로 돌아간다고 했잖아!"

그는 별일 아니라는 듯 어깨를 으쓱했다. "끝까지 못 갔소."

"그런 것 같네!"

상자 위에 올라서서 사람들을 둘러보는 코스카의 만족스러운 얼굴이 환하게 빛나는 듯했다. 그는 검은 바탕에 금색 소용돌이무늬가 그려진 위엄 있어 보이는 흉갑을 차고 있었고, 자루가 금으로 장식된 검을 들고 반짝이는 버클이 달린 검은색 고급 군화를 신고 있었다. 그는 왕좌에 앉는 황제처럼 당당하게 총사령관의 의자에 앉았다. 프렌들리가 경계하는 눈빛으로 의자를 받치고 있는 상자 옆에 팔짱을 끼고 섰다. 코스카의 엉덩이가 나무 의자에 닿자 막사 안에서 정중한 박수갈채가 터졌다. 사령관들은 모두 극장에 간 숙녀들처럼 얌전하게 손가락을 모아 다른 손 손바닥을 쳤다. 그녀가 총사령관의 의자를 훔쳤을 때 그랬던 것처럼. 갑자기 구역질이 밀려오지 않았다면 그녀는 웃음을 터뜨릴 뻔했다.

코스카는 박수 치는 사람들을 향해 손을 저었지만 내심 더 큰 박수를 유도하고 있는 듯했다. "이런, 이런, 내가 박수를 받을 자격이 있는지 모르겠군. 하지만 다시 돌아오니 좋네."

"도대체……."

"어떻게 살았냐고? 우리가 생각했던 것보다 상처가 그리 치명적이지 않았더군. 탈린 군대가 자기편인 줄 알고 날 데려가서 출혈을 멎게 할 수 있는 훌륭한 수술 의사에게 보였지. 2주 동안 침대에 누워 있다가 창문으로 뛰어내렸다네. 푸란티에 있는 내 친구 안디체가 총사령관을 갈아치우고 싶어 하지 않을까 생각하며 그에게 연락을 넣었는데, 그는 물론이고 그의 품위 넘치는 동료들이 모두 같은 생각이었다더군." 그는 막사 안에 흩어져 있는 사령관들을 향해 손짓하다가 자신을 가리켰다. "그래서 내가 이 자리로 돌아왔네."

몬자는 입을 닫았다. 계획에 없던 일이었다. 니코모 코스카는 예측할 수 없는 상황을 만들기로 유명한 인물이었다. 하지만 융통성 없이 잘 부러지는 계획은 아예 없는 계획만 못한 법이었다. "그럼, 코스카 장군님, 축하드립니다." 억지로 쥐어짜 낸 말이었다. "하지만 제 제안은 여전히 유효합니다. 로곤트 장군의 편에 서서 구르컬 금화를……"

"아," 코스카가 인상을 쓰며 앙다문 이 사이로 숨을 들이쉬었다. "그게, 안타깝게도 문제가 좀 있네. 내가 오르소 공작과 이미 새로운 계약을 맺었단 말이지. 정확히 말하자면 그의 후계자인 포스카 왕자와 맺은 계약일세. 전도유망한 청년이지. 우리는 페이스풀 카르피가 갑작스럽게 운명을 달리하기 전 세운 계획대로 오스프리아와 맞서 싸울 걸세." 그는 검지로 허공을 찔렀다. "여덟 기사단을 무너뜨리고! 꾸물거림 공작에 맞서 싸우는 걸세! 오스프리아에는 약탈할 게 많으니까. 좋은 계획이야." 그의 말에 동의하는 사령관들이 웅성거리기 시작했다. "굳이 왜 다른 길을 택하겠나?"

"하지만 당신은 오르소를 싫어했잖아!"

"아, 물론 내가 그를 뼛속까지 증오하는 건 세상이 알지. 하지만 그의 돈을 거절할 이유는 없네. 다른 모든 이의 돈과 다를 게 없지 않나. 알려 주자면, 충분한 액수를 약속 받았네."

"개자식." 그녀가 말했다.

"나한테 그런 식으로 말하면 안 될 텐데." 코스카가 입술을 쭉 내밀었다. "내 나이가 마흔여덟일세. 게다가 자네를 위해 목숨을 바치기까지 했지!"

"안 죽었잖아!" 그녀가 악에 받쳐 소리쳤다.

"뭐. 내가 죽었다는 과장된 소문이 자주 돌기는 하지. 많고 많은 내 적들의 희망 사항일 뿐이지만."

"당신 적들이 어떤 기분이었는지 이제야 알겠어."

"오, 이런, 이런, 무슨 생각을 했던 건가? 고귀한 죽음? 내가? 나한테는 어울리지 않아. 나는 군화를 벗고 손에는 술병을 든 채로 여자 밑에 깔려 죽고 싶다네." 그가 눈썹을 치켜올렸다. "그렇게 해 주려고 나한테 온 건 아닐 테지?"

몬자는 이를 갈았다. "돈이 문제라면……."

"발린트앤드벌크의 전폭적인 지원을 받고 있는 오르소의 곳간보다 더 큰 곳간을 찾기는 힘들 걸세. 그가 제안한 액수는 꽤 괜찮은 것 이상이지. 하지만 단순히 돈 때문에 이러는 건 아니야. 나는 계약서에 서명했네. 굳은 맹세를 한 셈이지."

그녀는 그를 빤히 바라보았다. "언제부터 본인이 한 맹세를 지켰다고 그래?"

"나는 변했어." 코스카가 뒷주머니에서 플라스크를 꺼내 뚜껑을 열더니 웃음기 어린 눈을 그녀에게 고정한 채 길게 한 모금을 들이 켰다. "그리고 그건 자네 덕분이라는 사실을 인정하지. 나는 과거는 뒤에 남겨 두고 나의 원칙을 되찾았어." 그는 사령관들을 향해 미소를 지었고, 그들 역시 그에게 미소로 화답했다. "아직 조금 무디긴 하네만 갈고 닦으면 더 나아질 거야. 자네는 오르소와 좋은 관계를 구축해 뒀더군. 충성심, 정직함, 착실함으로 말이야. 자네가 힘들게 쌓아 놓은 것들을 똥통에 처박고 싶지는 않네. 게다가 군인이 지켜야 할 첫 번째 규칙이 있기도 하고. 친구들, 그렇지 않나?"

그녀가 총사령관 자리를 차지하기 전에 그랬던 것처럼, 빅투스와 안디체가 한목소리로 외쳤다. "절대 지는 쪽에서는 싸우지 마라."

코스카의 미소가 더 환해졌다. "오르소가 모든 카드를 쥐고 있어. 자네는 도와줄 사람을 찾도록 해. 내 귀는 늘 열려 있지만 지금은 오르소 편에서 싸울 걸세."

"장군님 말씀에 따르겠습니다." 안디체가 말했다.

"따르겠습니다." 빅투스가 따라 했다. "돌아오셔서 기쁩니다."

세사리아가 허리를 숙이고 코스카의 귀에 무언가 속삭였다. 새로운 총사령관은 마치 벌에 쏘인 듯 몸을 홱 젖혔다. "오르소에게 넘기라고? 안 될 말일세! 오늘은 행복한 날이야! 우리 모두 즐겨야 마땅하지! 오늘 살인은 없을 걸세." 그는 부엌에서 고양이를 쫓듯 그녀에게 손을 휘저었다. "자네는 이제 가도 돼. 내일 다시 돌아오지는 말고. 내일은 즐거운 날이 아닐 테니까."

몬자는 그에게 한 발 다가섰고 입에서 거의 욕이 튀어나올 뻔했다. 사령관들이 무기를 꺼내며 달그락거리는 소리가 들렸다. 프렌들리가 그녀 앞을 막아서며 팔짱을 풀고 손을 옆으로 떨어뜨린 채 표정 없는 얼굴로 그녀를 바라보았다. 그녀는 가만히 멈춰 섰다.
"오르소를 죽여야 해!"
"그렇게만 하면 죽은 남동생이 살아 돌아오기라도 하는 건가?" 코스카가 한쪽으로 고개를 기울였다. "손이 다시 멀쩡해지는 건가? 그래?"
그녀는 온몸이 차게 식으며 온몸의 털이 쭈뼛 서는 것을 느꼈다.
"오르소는 벌을 받아 마땅해!"
"아, 우리 대부분이 그렇지. 거의 모두가 함께 벌을 받게 될 걸세. 자네는 그 학살의 소용돌이에 얼마나 더 많은 사람들을 끌고 갈 참인가?"
"베나를 위해서……"
"아니야. 자네를 위해서지. 내가 자네를 잘 안다는 사실을 잊지 말게. 나도 자네처럼 두들겨 맞고, 배신당하고, 불명예를 안은 채 쫓겨났어. 죽일 사람이 존재하는 한 자네는 두려움의 대상 몬즈카로 머카토겠지! 죽일 사람이 없으면 자네는 뭔가?" 코스카의 입술이 뒤틀렸다. "피비린내 나는 과거를 가진 외로운 불구자."
그의 마지막 말이 그녀의 목을 조르는 듯했다. "제발, 코스카, 당신은……"
"난 그 무엇도 할 필요 없어. 우린 서로 빚을 갚지 않았나? 심지어 나는 빚을 갚는 것 이상을 해 줬다고 생각하는데. 독사 같은 계집은 당장 물러나시게. 항아리에 담아서 오르소 공작에게 갖다 바치기 전에. 북부 친구, 일자리 필요한가?"

시버스는 멀쩡한 눈으로 몬자를 힐끔 보았고 그녀는 그가 그렇다고 대답하리라고 확신하는 듯했다. 그는 고개를 저었다. "나는 내 대장 밑에 있겠소."

"충성심인가?" 코스카가 코웃음을 쳤다. "그 터무니없는 망상을 조심하지 않으면 목숨을 잃을 수도 있어!" 여기저기서 웃음이 터져 나왔다. "천검단은 충성심 따위를 자랑할 만한 곳이 아니지. 그렇지 않나? 우린 그런 유치한 놈은 필요하지 않으니까." 웃음소리가 더 커졌고, 족히 스무 명은 넘는 이들이 그녀를 향해 비웃음을 짓고 있었다.

그녀는 어지러웠다. 천막이 너무 밝기도, 너무 어둡기도 했다. 그녀의 콧속을 비집고 냄새가 스며들었다. 땀에 전 체취이거나 독한 술 냄새 같기도 했고, 구린내가 나는 요리를 하는 중이거나 본부와 너무 가까운 곳에 화장실 구덩이가 있는 것 같기도 했다. 그리고 그녀의 속이 뒤집히며, 입안에 침이 고이기 시작했다. 제발, 허스크한 대만. 그녀는 불안정하게 돌아서서 자신을 향해 킥킥거리는 남자들을 밀치며 천막 덮개를 열고 밝은 아침 햇살 아래로 나갔다.

밖은 더 심각했다. 햇볕이 그녀의 몸을 마구 찔러 대는 것 같았다. 열댓 명의 얼굴들이 뿌옇게 흐려지며 눈들만 남았고, 눈들은 모두 그녀를 지켜보고 있었다. 쓸모없는 배심원들. 그녀는 똑바로 앞을 보려고 했지만 자꾸만 눈꺼풀이 떨렸다. 예전처럼 고개를 치켜들고 당당하게 걷고 싶었지만 다리가 너무 후들거려서 무릎끼리 부딪치는 소리가 사람들에게 들릴 것 같았다. 두려움과 나약함, 고통을 이제껏 미뤄 온 느낌이었다. 미루고, 쌓아 둔 것들이 한꺼번에 커다란 파도가 되어 밀려와 그녀를 덮쳐 무기력하게 만드는 것 같았다. 피부가 차갑게 식고 식은땀이 흘렀다. 손에서 시작된 저릿함이 목까지 밀려왔다. 그들에게 그녀의 진짜 모습을 보이고 말았다. 당황한 그녀의 모습을. 코스카의 말처럼 피비린내 나는 과거를 가진 외로운 불구자인 그녀의 모습을. 속이 뒤집히는 느낌에 그녀는 헛구역질을 했고 목구멍 뒤쪽까지 신물이 올라왔다. 세상이 흔들리고 있었다.

증오심만으로 버틸 수 있는 건 거기까지였다.

"안 돼." 그녀가 속삭였다. "안 되겠어." 자리에 멈춰 설 수만 있다면 무슨 일이 일어나든 상관없을 것 같았다. 다리가 휘청거렸고, 그녀는 무너지기 시작했다. 시버스가 그녀의 팔을 잡아 일으켜 세웠다.

"걸어." 그가 그녀의 귀에 속삭였다.

"못 하겠……"

그가 그녀의 겨드랑이를 꽉 쥐자 그 통증에 빙빙 돌던 세상이 멈췄다. "좋은 말 할 때 걸어, 아니면 우린 여기서 세상 하직해야 해."

그녀는 시버스의 도움으로 겨우 힘을 내서 말까지 걸어가 등자에 군화를 올릴 수 있었다. 끙끙거리는 소리와 함께 안장으로 올라간 그녀는 나가는 길 쪽으로 말을 돌렸다. 진지를 빠져나오는 동안 그녀는 거의 앞이 보이지 않았다. 위대한 총사령관이 되어 오르소의 적수가 되려 했던 그녀는 고깃덩어리처럼 안장에 축 늘어졌다.

너무 대쪽 같으면 오히려 잘 부러지는 법이다. 그리고 금이 간 대나무가 완전히 쪼개지는 건 시간문제일 뿐이다.

VI 오스프리아

"나는 고통에 찬 표정을 보는 걸 좋아한다.
그 표정이 진실하다는 것을 알기 때문에."

— 에밀리 디킨슨

얼마 안 되는 금으로 피를 훨씬 덜 흘릴 수 있을 것 같았다.
뮈셀리아는 오랫동안 포위 작전을 펼치지 않고는 함락할 수 없었고, 그 사실은 모두가 알고 있었다. 한때 신제국의 주요 요새였을 뿐만 아니라 성안 사람들은 고대부터 내려온 자신들의 성벽에 엄청난 자부심을 가지고 있었다. 벽 따위에 지나친 자부심을 가진 탓이었는지 벽을 지키는 방어군의 주머니는 가볍기 그지없었다. 베나가 성문 중 하나를 열기 위해 필요했던 뇌물의 액수는 실망스럽기까지 했다.

페이스풀과 그의 부하들이 방어벽을 점령하기도 전, 천검단의 나머지 용병들이 성안으로 들어가서 약탈을 시작하기 한참 전에 베나는 몬자를 이끌고 어두운 거리로 나섰다. 그가 몬자보다 앞서 걷는 것만으로도 충분히 드문 일이었다.

"웬일로 네가 앞장을 서는 거야?"

"알게 될 거야."

"어디 가는 거야?"

"돈을 돌려받으러. 이자까지 쳐서."

몬자는 베나를 따라 종종걸음을 걸으며 인상을 썼다. 남동생의 깜짝 선물에는 늘 찌릿한 충격이 따르곤 했다. 그들은 좁은 아치형 문을 지나 좁은 길을 따라 걸었다. 횃불 두 개가 밝혀진 자갈이 깔린 정원이 나왔다. 단순한 여행용 복장을 한 캔틱 남자가 천이 덮인 수레 앞에 서 있었다. 수레는 당장 길을 떠날 수 있도록 말이 묶여 있었다. 몬자는 그를 몰랐지만 그는 베나를 알아보고 손을 뻗으며 앞으로 다가왔다. 어둠 속에서 그의 미소가 빛났다.

"베나. 베나. 반갑군!" 그들은 오랜 전우처럼 서로를 껴안았다.

"그렇군요, 동지. 여긴 제 누나 몬즈카로입니다."

남자는 그녀에게 절을 했다. "무시무시한 유명 인사시군요. 영광입니다."

"소메누 허먼." 베나가 환하게 웃으며 말했다. "뮈셀리아에서 가장 위대한 상인이야."

"다른 장사꾼들과 별반 다를 것 없는 일개 무역상일 뿐입니다. 옮길 물건이 이제…… 얼마 남지…… 않았습니다. 아내와 아이들은 이미 떠났고요."

"좋아요. 일이 훨씬 쉬워졌네요."

몬자는 베나를 향해 얼굴을 찌푸렸다. "이게 무슨……."

베나는 몬자의 허리띠에서 단검을 뽑아 들고 손을 들어 올려 허먼의 얼굴을 찔렀다. 너무 빠르게 일어난 일이라 쓰러지는 순간까지 허먼의 얼굴에는 미소가 지어져 있었다.

몬자는 본능적으로 어둠 속에 가려진 정원 가장자리와 바깥 거리를 살피며 검을 뽑았지만 어디에서도 인기척은 느껴지지 않았다.

"무슨 짓이야?" 그녀는 베나를 향해 무섭게 성을 냈다. 수레로 가서 천을 걷어 내는 그의 표정은 탐욕스러운 광인 같았다. 그는 더듬더듬 천 밑에 있는 상자 뚜껑을 열고 손을 집어넣어 동전을 퍼 올려서 달그락 소리가 나도록 떨어뜨렸다.

금이었다.

그녀는 그의 옆으로 다가갔다. 한자리에서 이렇게 많은 금화를 본 적이 없었다. 혐오스러운 표정으로 눈을 크게 뜨고 보니 상자가 더 있었다. 떨리는 손으로 덮개를 뒤로 걷었다. 덮개 아래 더 많은 상자들이 있었다.

"우리는 부자야!" 베나가 소리쳤다. "우리는 부자라고!"

"우린 이미 부자야." 그녀는 허먼의 눈에 박혀 있는 자신의 칼을 내려다보았다. 등불에 아래 흥건하게 흐른 검은 피가 보였다. "꼭 죽였어야 했어?"

그는 미친 사람 보듯 그녀를 빤히 보았다. "강도 짓을 해 놓고 살려 두자고? 우리가 돈을 털어 갔다고 사람들한테 다 말하고 다닐 텐데. 이렇게 해야 안전해."

"안전? 이 정도의 금을 훔치고 안전할 방법은 없어, 베나!"

베나는 몬자의 말에 상처받은 듯 얼굴을 찌푸렸다. "누나가 좋아할 줄 알았어. 다른 사람도 아니고 밤낮으로 밭을 갈아도 아무것도 얻지 못한 누나니까."그는 그녀에게 실망한 듯했다. "이게 우리 거라고. 우리 거. 무슨 뜻인지 알아?"그녀의 태도가 역겹다는 듯한 말투였다. "자비와 비겁함은 같은 말이야, 누나! 아는 줄 알았는데."

그녀가 뭘 할 수 있을까? 허먼의 얼굴이 칼에 찔리기 전으로 되돌릴 수 있을까?

얼마 안 되는 금이라도 얻으려면 많은 피를 흘려야 하는 모양이었다.

공격계획

스티리아의 중추라고 할 수 있는 어벌산맥의 남쪽 끝자락에서는 그늘진 골짜기와 황금빛 저녁노을에 물든 깎아지른 듯한 봉우리들이 대담하게 남쪽으로 뻗어 가고 있었다. 오스프리아는 산맥의 끝에 놓인 거대한 바위산을 깎아 세운 도시였다. 도시와 천검단의 본진이 차려진 언덕 사이에는 수백 가지 색깔의 야생화로 뒤덮인 깊고 푸르른 계곡이 자리 잡고 있었다. 계곡 바닥을 굽이쳐 흐르며 먼 바다를 향해 흐르는 설바강(江)은 석양빛을 반사해 불에 달궈진 강철 같은 주황색 빛을 내고 있었다.

새들이 오래된 과수원의 올리브나무에 앉아 지저귀고 있었고 메뚜기들도 이리저리 물결치는 긴 수풀에서 찌르륵거리는 소리를 냈다. 바람이 코스카의 얼굴을 간지럽혔고, 손에 들린 모자 깃털은 장렬하게 요동치고 퍼덕거렸다. 도시의 북쪽 비탈에는 포도밭이 있었다. 칙칙한 언덕에 줄지어 자라고 있는 초록색 포도나무들이 시선을 사로잡았다. 고통스러울 정도의 갈망에 사로잡힌 코스카의 입에 군침이 돌았다. 전 세계 최고로 치는 포도주가 바로 그 땅에서…….

"와인 한 모금은 달콤한 축복이지요." 그가 입맛을 다시며 말했다.

"아름답군요." 포스카 왕자가 탄성을 질렀다.

"저하께서는 오스프리아를 제대로 보신 적이 없지요?"

"이야기는 들어 봤지만……."

"정말 아름답지 않습니까?" 도시는 가파른 크림빛 암석 언덕을 깎아 만든 네 개의 거대한 단층 위에 세워져 있었다. 매끄러운 벽으로 둘러싸인 각각의 단층에는 높은 건물이 가득했으며, 지붕, 돔, 탑 들이 얽히고설켜 있었다. 고대 제국의 송수로가 산 아래까지 우아하게 휘어져 내려와 가장 바깥쪽 성벽과 만났다. 쉰 개가 넘는 아치가 송수로를 지탱하고 있었고, 그중 가장 큰 아치는 사람 키의 스무 배를 뛰어넘을 것 같은 높이였다. 성체는 가장 높고 험준한 바위에 기적처럼 매달려 있었다. 어둑어둑해지는 푸른 하늘을 바탕으로 거대한 탑 네 개가 우뚝 서 있었다. 해가 지는 동안 창문에 하나둘씩 등이 켜지자, 어두운 도시의 윤곽에 반짝이는 작은 불빛들이 흩뿌려졌다. "이런 도시는 세상에 또 없을 겁니다."

잠시 정적이 흘렀다. "이곳을 불과 칼로 망치는 게 부끄럽게 느껴지는군요." 포스카가 말했다.

"그렇다고 할 수 있지요, 저하. 하지만 우린 전쟁 중이고, 우리가 이용할 수 있는 도구가 불과 칼일 뿐입니다."

시파니의 유명한 매음 소굴에서 일어난 작은 사고로 요절한 형 대신 왕자가 된 포스카 백작이 천진난만하고 미숙하며 정신력이 약한 젊은이라고만 들었던 코스카는 실제 그를 만난 뒤 기분 좋은 감명을 받았다. 물론 얼굴은 앳되었지만, 모든 사람은 젊은 시절을 지나는 법이었다. 그는 연약하기보다는 사려 깊어 보였고, 무기력하기보다는 진중해 보였으며, 활기가 없다기보다는 예의 바른 모습이었다. 젊은 시절의 코스카 자신과 매우 닮은 청년이었다. 물론 하나하나 따지고 보면 모든 면에서 완전히 정반대였지만.

"굉장히 강력한 요새인 듯 보이는데……." 왕자가 망원경으로 높은 성벽을 살피며 웅얼거렸다.

"오, 그럼요. 오스프리아는 신제국의 최전방 전초기지였습니다. 끊임없이 쳐들어오는 바올 병사들을 막기 위해 지어진 보루였지요. 성벽의 일부는 야만인들에 맞서 500년이 넘는 시간을 굳건히 버텨 왔답니다."

"그렇다면 로곤트 공작은 성벽 뒤로 숨어 버리지 않을까요? 그는 싸움을 피할 수 있으면 피하고 싶어 하는……."

"저하, 그는 싸울 것입니다." 안디체가 말했다.

"그래야만 할 테지요." 세사리아의 낮고 굵은 목소리였다. "그러지 않으면 우리가 저 아름다운 계곡에 진을 치고 앉아서 그를 굶겨 죽일 수도 있을 테니까요."

"우리가 저들보다 수적으로 세 배는 우세합니다." 빅투스가 징징거리는 목소리로 말했다.

코스카는 그들의 말에 동의할 수밖에 없었다. "성벽 안에서 버티는 건 조력자가 오고 있을 때만 도움이 되지요. 하지만 이제 여덟 기사단을 도울 세력은 없습니다. 그는 싸워야만 할 겁니다. 싸울 것이고요. 그에게는 절망적인 상황이지요." 코스카가 이해하는 감정이 하나 있다면 바로 절망이었다.

"사실 내가…… 걱정이 좀 있는데." 포스카가 긴장한 듯 목소리를 가다듬었다. "나는 그대가 우리 아버지를 무척 싫어한다는 사실을 알고 있어요."

"싫어하다니요. 하." 코스카는 말도 안 된다는 듯 손을 저었다. "젊었을 때야 감정에 이끌려 행동했지만, 냉정한 이성을 우선시해야 한다는 교훈을 혹독하게 배웠답니다. 아버님과 제 의견이 맞지 않을 때가 있었지만, 저는 무엇보다도 용병입니다. 개인적인 감정 때문에 주머니를 가볍게 만드는 행위는 극도로 비전문적이지요."

"그럼요, 그럼요." 빅투스는 평소보다도 보기 역겨운 음흉한 표정을 짓고 있었다.

"여기 나의 총애하는 세 사령관님들은," 코스카는 연극 배우처럼 그들을 향해 모자를 휘둘렀다. "저를 철저히 배신하고 머카토를 자리에 앉혔지요. 시파니 사람들은 저들이 제 불알을 떼어 갔다고 말하더군요. 불알을 말입니다, 저하. 제가 복수할 마음이 있었으면 저 쓰레기 같은 세 친구들에게 먼저 했을 겁니다." 코스카가 쿡쿡 웃자 나머지도 쿡쿡거리며 웃었고, 애매하게 불편했던 분위기가 눈 녹듯 풀렸다. "하지만 우린 서로에게 유용하게 쓰일 수 있고, 저는 저들을 용서했습니다. 아버님도 마찬가지고요. 복수는 누구에게도 밝은 미래를 열어 주지 못합니다. 인생의 저울에서 어느 쪽에도…… 무게를 더하지 않지요. 그 점은 걱정 마십시오, 포스카 왕자님. 저는 일에만 충실합니다. 돈을 주고 저를 고용하셨으니 저는 왕자님의 사람이지요."

"당신은 참 관대한 분이군요. 코스카 장군."

"저는 탐욕 그 자체일 뿐이지요. 관대함과 탐욕은 다르지만 때에 따라 비슷한 결과를 내기도 한답니다. 이제 저녁 식사 시간이군요. 신사분들 중에 술을 원하는 분이 계신가요? 어제 강 상류의 저택에서 아주 좋은 와인을 한 상자 발견했는데……"

"경박하게 굴지 말고 작전이나 논의하는 게 좋겠군." 리그랏 대령의 쉰 목소리에 코스카는 당장 어금니를 꽉 물었다. 간마크 장군의 부관이었다가 지금은 포스카의 부관이 된 그는 날카로운 얼굴에 날카로운 목소리, 날카롭게 잘 갈린 자만심을 가진 30대 후반 정도의 남자였고, 잘 다린 제복을 입고 있었다. 아마도 그가 그저 그런 탈린의 군사 작전 뒤에 숨은 전략가일 터였다. "우리 모두 이성이 남아 있을 때 말이오."

"날 믿게, 젊은 친구." 말은 그렇게 했지만 코스카의 관점에서 그는 젊지도 않았고, 친구도 아니었다. "나는 이성을 쉽게 놓는 사람이 아니라네. 생각해 둔 계획 있나?"

"있지!" 리그랏은 야단스럽게 자신의 지휘봉을 꺼냈다. 가장 가까운 올리브나무 아래 앉아 있던 프렌들리가 무기로 손을 뻗으며 모습을 드러냈다. 코스카는 희미하게 웃으며 고개를 저어 그를 다시 그늘로 돌려보냈다. 그러는 동안 누구도 두 사람의 신호를 눈치채지 못했다.

평생 군인 혹은 그 비슷한 무엇으로 살아온 코스카는 아직도 지휘봉을 왜 쓰는지 이해하지 못했다. 지휘봉으로는 사람을 죽일 수도, 죽일 것처럼 위협을 할 수도 없었다. 천막을 칠 때 말뚝으로 사용하거나 고기를 익힐 때 사용할 수도 없고 심지어 전당포에서도 맡아 주지 않을 물건이었다. 손에 닿지 않는 등 가운데 부분을 긁으라고 만든 걸까? 뒷구멍으로 재미를 보는 데 쓰라고? 아니면 사람을 모자라 보이게 하려고? 만약 그렇다면 리그랏이 지휘봉으로 거만하게 강을 가리켰을 때 그 목적을 훌륭하게 달성한 셈이었다.

"설바강에는 강바닥이 얕은 여울이 두 군데 있습니다. 상류와…… 하류에 말입니다! 하류의 여울은 폭이 넓고 건너기가 용이하지요." 대령은 진흙투성이인 황제의 도로와 강이 만나는 지점을 가리켰다. 강물이 계곡 아래쪽의 완만한 경사로를 따라 흐르며 반짝이고 있었다. "하지만 이맘때면 2킬로미터쯤 떨어진 상류의 여울 역시 활용할 수 있습니다."

"여울이 두 군데라고 했나?" 강에 건널 만한 여울이 두 군데 있다는 사실은 모르는 사람이 없었다. 코스카는 세펠린 대공비와 그녀 백성들의 환대를 받으며 위풍당당하게 오스프리아로 들어올 때 그중 한 여울을 건넌 적이 있었고, 그 마녀 같은 여인이 그를 독살하려 했을 때는 다른 여울을 건너 도망쳤다. 코스카는 재킷 주머니에서 찌그러진 플라스크를 꺼냈다. 시파니에서 모비어가 던졌던 플라스크였다. 그는 플라스크 뚜껑을 열었다.

리그랏은 날카로운 눈빛으로 그를 흘끔 보았다. "전략을 다 논의

한 다음에 술을 마시는 데 동의한 줄 알았는데."

"자네는 동의했고, 난 그냥 여기에 서 있었지." 코스카가 눈을 감고 숨을 깊이 들이쉰 다음 플라스크를 기울여 길게 한 모금을 들이켜고, 또 한 모금을 들이켰다. 차가운 액체가 입안을 채우고 마른 목을 씻어 냈다. 한 잔, 딱 한 잔, 딱 한 잔만. 그는 행복하게 숨을 내쉬었다. "저녁에 마시는 술맛만 한 게 없지."

"계속해도 되겠소?" 인내심이 바닥난 리그랏이 날카롭게 쏘아붙였다.

"물론일세, 어린 친구, 천천히 하시게."

"모레 새벽에 장군이 천검단을 이끌고 하류 쪽 여울을 건너면……."

"이끌고? 내가 앞장서란 말인가?"

"그럼 어디에 서서 지휘를 하지?"

코스카는 안디체와 서로 어리둥절한 눈빛을 주고받았다. "다른 곳 어디든. 전투에서 앞장서 본 적이 있는가? 목숨을 잃을 확률이 아주, 아주 높다네."

"말도 못 하죠." 빅투스가 말했다.

리그랏이 이를 갈았다. "어디서 이끌든 마음대로 하시고. 어쨌든 천검단은 에트리사니와 시세일에서 온 우리 동맹군의 지원을 받으며 하류 여울을 건널 겁니다. 로곤트 공작은 천검단이 강가를 건너는 동안 끝장을 보려고 온 전력을 쏟을 수밖에 없을 겁니다. 그가 하류에 묶여 있을 때 우리 정규군은 매복해 있다가 상류 여울을 건널 겁니다. 적을 측면에서 공격하고……." 그는 지휘봉으로 손바닥을 탁 쳤다.

"막대기로 친다는 소린가?"

리그랏은 즐거워 보이지 않았다. 코스카는 그가 즐거움을 느낄 수는 있는지 의문이 들었다. "무기로 말이오, 장군! 무기로! 우리는 적을 완전히 무력화시킨 후 내쫓아서 골칫거리 여덟 기사단을 해치울 계획이오!"

오랫동안 침묵이 흘렀다. 코스카는 안디체를 향해 얼굴을 찌푸렸고, 안디체도 그를 향해 얼굴을 찌푸렸다. 세사리아와 빅투스도 고개를 저었다. 리그랏은 초조하게 지휘봉으로 자기 다리를 탁탁 쳤다. 포스카 왕자가 목소리를 한 번 더 가다듬고 긴장한 듯 턱을 앞으로 내밀었다. "코스카 장군, 의견 있나요?"

"흠." 코스카는 음울한 표정으로 머리를 저으며 한껏 인상을 쓴 채 반짝이는 강물을 바라보았다. "흠. 흠. 흐음."

"흠." 빅투스가 오므린 입을 손가락으로 톡톡 두드렸다.

"허음." 안디체는 볼을 부풀렸다.

"허어어어엄." 세사리아가 못마땅하다는 듯 목구멍 깊숙한 곳에서부터 울리는 신음을 뱉었다.

코스카는 모자를 벗고 머리를 벅벅 긁은 다음 깃털 장식을 팔랑거리며 다시 머리에 얹었다. "흐ㅇㅇㅇㅇㅇㅇㅇㅇㅇ음······."

"그의 의견에 우려를 표하는 걸로 알면 되겠습니까?" 포스카가 물었다.

"제가 걱정하는 것처럼 보이던가요? 양심상 도저히 억누를 수 없었나 보군요. 제 생각에 천검단은 대령이 부여한 임무에 적합하지 않은 것 같습니다."

"그런 것 같네요." 안디체가 말했다.

"적합하지 않아요." 빅투스가 말했다.

세사리아는 껄끄러운 표정으로 산처럼 침묵을 지키고 있었다.

"괜찮은 보수를 받은 걸로 압니다만?" 리그랏이 물었다.

코스카가 쿡쿡 웃었다. "물론이네. 그리고 천검단은 싸울 걸세. 그건 보장하지!"

"우리 모두 싸워야지요!" 안디체가 외쳤다.

"치열하게 말입니다!" 빅투스가 덧붙였다.

"하지만 총사령관으로서 어떻게 하면 우리 병사들이 최선을 다해 싸우도록 만들 수 있을까를 걱정해야 하지 않겠나. 그들은 짧은 시간에 두 명의 지도자를 잃었네." 코스카는 마치 그 사실이 크나큰 유감이며 자신이 거기에서 별다른 이득을 얻은 적이 없는 것처럼 고개를 떨궜다.

"머카토와 페이스풀." 세사리아는 마치 자신이 지휘관을 교체하는 데 가담하지 않은 것처럼 한숨을 쉬었다.

"우리 병사들은 지원 부대로 강등되었지요."

"정찰이나 하게 되다니." 안디체가 탄식을 뱉었다.

"전장의 측면이나 맡게 되다니." 빅투스가 으르렁거렸다.

"병사들의 사기가 형편없이 떨어져 있네. 보수야 받았지만, 목숨 걸게 하는 최고의 동기는 결코 돈이 아니지." 특히 용병에게는 두말할 필요도 없었다. "그런 병사들이 치열한 전투에 투입되어 완강하고 절박한 적과 정면으로 맞닥뜨린다면…… 무너질 수도 있다고 말하는 건 아니지만…… 글쎄……" 코스카는 목을 천천히 긁으며 얼굴을 찡그렸다. "무너질 수도 있겠군."

"싸움을 망설이기로 유명하다더니, 방금 그 말이 그런 뜻은 아니길 바라오."

"싸움을…… 망설여? 아무나 붙잡고 물어보게, 난 호랑이일세!" 빅투스가 코웃음을 치면서 콧물이 턱까지 흘렀지만, 코스카는 무시하고 말을 이어 나갔다. "이건 적절한 도구를 선택하는 문제일세. 단단한 나무를 자르는 데 과도를 사용하지는 않는 것처럼 말이지. 도끼를 사용해야 한단 말일세. 바보가 아닌 이상 말이야." 젊은 대령이 반박하려 입을 열었지만 코스카는 그의 말을 막고 부드럽게 말했다. "개요상으로는 훌륭한 계획일세. 군인 대 군인으로서 진심으로 박수를 보내고 싶다네." 리그랏은 잠시 멈칫하며, 그가 자신을 바보 취급 하는 것인지 확신하지 못한 채 혼란에 빠졌다. 물론 그는 분명히 바보 취급을 당하고 있었다.

"하지만 탈린 정규군이 하류 여울을 건너 오스프리아 병사들과 교전하고, 에트리사니와 시세일의 동맹군의 지원을 받는 것이 더 현명할 것 같군. 탈린군은 대의를 위해 목숨 바칠 줄 알며 승리에 익숙하고 사기 또한 견고하다는 사실을 최근 비세린과 푸란티에서 증명해 보였으니 말이야." 그는 훨씬 유용한 도구인 자신의 플라스크를 강을 향해 흔들었다. 지휘봉은 누구도 취하게 만들 수 없으므로 그가 생각하기에는 플라스크가 대령의 지휘봉보다 훨씬 유용한 도구였다. "천검단을 높은 지대에 배치해 매복해 있도록 하는 편이 훨씬 더 좋을 걸세. 적절한 순간을 기다리다가! 기세와 용맹함으로 상류 여울을 건너 적의 후방을 치는 것이지!"

"적을 치기 가장 좋은 곳이지요." 안디체가 웅얼거렸고, 빅투스는 킬킬거렸다.

코스카는 플라스크를 과장되게 휘두르며 말을 마무리했다. "그렇게 하면, 탈린군의 강인한 정신력과 우리 병사들의 불타는 열정이 가장 적합한 곳에서 사용될 수 있지. 승전가를 부르며 영광을 쟁취하고, 역사가 만들어질 테고, 오르소 전하께서 왕좌에 오르실 테지……." 그는 포스카에게 부드럽게 절을 했다. "그리고 결국엔, 저하께서 그 자리를 물려받으시겠지요."

포스카는 여울을 향해 얼굴을 찌푸렸다. "그래요. 그래. 알겠습니다. 그런데……."

"그럼 합의가 되었군요!" 코스카가 한 팔로 왕자의 어깨를 감싸고 그를 막사로 이끌었다. "위대한 사람들은 종종 같은 방향으로 행진한다고 말한 사람이 스톨리쿠스였던가요? 그런 것 같군요! 이제 저녁 식사를 향해 행진합시다, 동지들!" 그러고는 어둑어둑해지고 있는 산맥과 지는 태양 빛에 반짝이고 있는 오스프리아를 가리켰다. "맹세컨대 저 도시를 한 입에 삼킬 수 있을 정도로 배가 고픕니다!" 따뜻한 웃음소리와 함께 그는 막사로 들어갔다.

정치

시버스는 인상을 쓴 채 앉아서 술을 마시고 있었다.

로곤트 공작의 거대한 식당은 그가 지금까지 가 본 장소 중에서도 가장 웅장한 곳이었다. 스티리아는 경이로움으로 가득한 곳이라고 보술라가 말했을 때, 시버스가 상상한 그림은 탈린의 썩은 내 나는 부두가 아니라 바로 이런 장소였다. 식당은 칼레온의 베소드 대연회장보다 네 배는 넓을 듯했고, 천장은 세 배, 혹은 그 이상 높은 것 같았다. 벽은 군데군데 검푸른 줄무늬와 반짝이가 박힌 창백한 대리석으로 되어 있었고, 벽 전체에 잎과 덩굴이 조각되어 있었다. 벽을 타고 진짜 담쟁이덩굴이 무성하게 자라고 있어 진짜 식물과 조각된 식물이 춤추는 그림자 속에서 한데 얽혀 있었다. 성문처럼 넓은 창문이 열려 있었고 그 사이로 따스한 저녁 바람이 들어왔다. 천장에 매달린 수천 개의 등불에서 타고 있는 주황색 불꽃이 바람에 깜박이고 일렁이면서 방 안의 모든 것들에 귀중한 빛을 드리웠다.

신들이 거인들을 위해 지은 웅대하고 마법 같은 장소였다.

안타깝게도, 거기에 모인 사람들은 웅대함이나 마법과는 거리가 멀었다. 여자들은 어려 보이도록, 날씬해 보이도록, 혹은 부유해 보이도록 화려한 의상을 입고, 머리를 하고, 보석을 휘두르고, 화장을 하고 있었다. 남자들은 화려한 재킷을 입고 레이스로 만든 옷깃을 달았으며 허리에는 금으로 장식된 작은 단검을 차고 있었다. 그들은 분칠한 얼굴로 약간의 경멸을 담아 시버스를 쳐다보았다. 마치 그가 썩어 가는 고기로 만들어지기라도 한 것 같은 눈초리였다. 그러나 그가 왼쪽 얼굴을 보이는 순간 그들의 눈빛은 병적인 공포로 바뀌었다. 시버스는 그들의 반응에 씁쓸한 만족감을 느꼈지만, 동시에 내면에 감추고 있던 자신의 모습에 대한 병적인 공포를 새삼 깨닫게 되었다.

모든 잔치에는 이유 없이 분노에 차서 말술을 퍼마시면서 모두를 걱정시키는 멍청하고 추한 악당이 있는 법이다. 오늘 밤에는 시버스가 그런 인물인 듯했고, 그는 기꺼이 그 역할을 맡았다. 그는 가래를 목구멍 위로 끌어 올려 반짝반짝 광이 나는 바닥에 시끄럽게 뱉었다.

노란색 긴 꼬리가 달린 외투를 입은 옆 테이블의 남자가 교만한 입술로 작은 비웃음을 지으며 주변을 돌아보았다. 시버스는 그에게 몸을 기울이고 칼끝을 반들거리는 탁자 상판에 꽉 눌러 박으며 말했다. "할 말 있나, 오줌 색 외투 입은 양반?" 그 남자는 얼굴이 하얗게 질린 채 말없이 자기 친구들에게 시선을 돌렸다. "겁쟁이 같은 새끼들." 시버스는 빠르게 비워지는 잔에 대고 낮게 중얼거렸다. "빌어먹을 새끼들 중에 제대로 된 놈이 하나도 없어."

시버스는 도그먼이 있었다면 이 우스꽝스러운 옷을 입은 인간들에게 어떻게 했을지 생각했다. 도그먼이 아니라도 러드 스리트리스나 블랙다우가 있었다면 어떻게 했을까. 그는 그 생각에 코웃음을 쳤지만 곧 웃음이 멈췄다. 우스운 사람은 시버스였다. 이 못난 놈들에 둘러싸인 채 친구 하나 없이 그들의 동정에 기대고 있는, 적어도 그렇게 보이는 바로 그 자신.

시버스는 방 끝 단상에 올려진 높은 탁자를 노려보았다. 로곤트 공작이 마치 밤하늘에 빛나는 별이라도 되는 양 미소를 지으며 가장 친애하는 귀빈들과 함께 탁자 가운데 앉아 있었다. 몬자가 그 옆에 앉아 있었다. 시버스의 자리와 멀리 떨어져 있기도 하거니와, 분노와 와인에 취해 있어 제대로 보이지는 않지만, 그녀가 웃고 있는 것 같다고 시버스는 생각했다. 기분을 잡치는 애꾸눈 시종이 없으니 아주 즐거운 게 분명했다.

신중함의 왕자라는 놈은 인물이 좋았다. 어쨌든 눈이 두 개였다. 시버스는 그의 매끈하고 의기양양한 얼굴을 짓이기고 싶었다. 몬자가 고바의 머리를 박살 냈던 것처럼 망치로, 혹은 자기 주먹을 그의 얼굴에 꽂아 넣어 붉은 피가 튀도록 할 수도 있을 터였다. 그는 손이 바들바들 떨릴 정도로 칼을 꽉 움켜쥐며 머릿속에서 미친 상상의 나래를 펼치고 있었다. 상상 속 장면의 아주 세세한 부분까지 채워 가며, 그는 자기 자신을 아주 힘이 센 남자로 만들었다. 로곤트는 그런 그에게 자비를 베풀어 달라고 싹싹 빌며 오줌을 지렸다. 말도 안 되는 이런저런 상상의 끝에 몬자는 그 어느 때보다 자신을 원하고 있었다. 그는 가늘게 뜬 한쪽 눈을 움찔거리며 두 사람을 계속 지켜보았다.

그는 그들이 비웃고 있다고 생각하며 자신을 괴롭혔지만, 그게 어리석은 짓이라는 사실을 알고 있었다. 그는 비웃음의 대상이 될 만큼 중요하지 않았고, 그래서 더더욱 속이 끓었다. 물에 빠진 사람이 물에 뜨는 데 도움이 되지 않는 지푸라기에 매달리는 것처럼, 그는 아직도 자존심에 집착하고 있었다. 그녀에게 그는 함께 다니기 창피한 불구자일 뿐이었다. 이제까지 몇 번이나 그녀의 목숨을 구하고, 자기 목숨을 내놓았던가. 이 망할 산꼭대기에 오르느라 애는 또 얼마나 먹었던가. 경멸보다 나은 대접을 바라는 게 무리한 요구는 아닌 것 같은데.

그는 갈라진 탁자에서 칼을 홱 뽑아 들었다. 두 사람이 처음 만난 날 몬자가 준 칼이었다. 그가 아직 눈이 두 개고 손에 피를 덜 묻혔을 때였다. 사람을 죽이지 않기로, 좋은 사람이 되기로 다짐했을 때였다. 이제는 그때의 삶이 어땠는지 기억조차 가물가물했다.

몬자는 인상을 쓰고 앉아서 술을 들이켰다.

요즘 들어 입맛이 사라진 데다 연회에 참석할 기분도 아니고 아첨할 기운도 없기에, 로곤트가 파멸을 코앞에 둔 사람들을 위해 연 연회는 몬자에게 악몽이나 다름없었다. 베나는 잔치를 좋아했고, 외모를 가꿀 줄 알았으며 아첨도 잘했다. 그는 주목을 받고, 웃고, 못난이들과 어울려야 하는 이 연회를 즐겼을 터였다. 자신을 업신여기는 사람들에게 아첨하지 않아도 되는 순간이 오면 그녀의 팔을 다독이며 웃고 즐기라고 귀에 속삭여 줬을 것이었다. 이를 드러내며 일그러진 미소를 짓는 게 그녀가 할 수 있는 최선이었겠지만.

그녀는 머리가 깨질 듯 아팠다. 동전으로 막은 머리뼈 부위가 계속 욱신거렸고, 식기가 부딪히는 소리가 마치 얼굴에 못을 박는 것처럼 크게 울렸다. 페이스풀이 물레방아 바퀴에 끼여 죽은 이후 내장이 계속 뒤틀리는 것 같았다. 금색 수가 놓인 로곤트의 흰 코트에 토하지 않도록 그에게 등을 돌리고 있는 게 그녀가 할 수 있는 최선이었다.

로곤트는 그녀 쪽으로 몸을 기울이고 정중하게 물었다. "왜 그리 기분이 안 좋으십니까, 머카토 장군?"

"기분이 왜 안 좋냐고요?" 목구멍을 타고 올라오는 신물을 꾹꾹 삼키며 그녀가 말했다. "오르소의 군대가 오고 있으니까요."

로곤트는 그의 와인 잔 목을 잡고 천천히 빙글빙글 돌렸다. "나도 들었습니다. 노장 니코모 코스카의 지원을 받고 있다더군요. 천검단의 정찰병들이 강여울이 내려다보이는 멘지스 언덕에 도착했다고 합니다."

"그럼 꾸물거리면 안 되겠네요."

"그렇지요. 영광을 위한 내 계획이 곧 먼지 속으로 흩어질 테지요. 그런 계획들은 종종 그런 최후를 맞이한답니다."

"성이 함락되기 전에 연회를 여는 게 마땅하다고 생각하십니까?"

"함락된 다음 날은 너무 늦을 테니까요."

"하." 틀린 말은 아니었다. "기적이 일어날 수도 있고요."

"나는 신의 가호를 믿어 본 적이 없습니다."

"그렇습니까? 그럼 저들은 왜 여기 있는 거죠?" 몬자가 탁자 바로 아래 흰 가운을 입고 테두리 없는 사제 모자를 쓰고 앉아 있는 거키쉬 무리를 향해 고개를 까딱했다.

공작은 그들을 빤히 내려다보았다. "아, 저들이 주는 도움은 영적인 것 그 이상입니다. 저들은 예언자 칼룰의 특사들입니다. 오르소는 연방에 동맹이 있고 그들의 은행에서 지원을 받지요. 저도 나름의 동맹을 찾아야 하지 않습니까. 구르컬의 황제도 예언자 앞에서는 무릎을 꿇는답니다."

"누구나 무릎을 꿇어야 할 때가 있군요? 공작 전하의 머리가 꼬챙이에 꽂혔다는 소식을 사제들에게 전해 들으면 황제와 예언자가 서로 위로를 해 주겠네요."

"그들은 곧 잊어버릴 겁니다. 스티리아에서 벌어지는 일들은 그들에게 막간 공연이나 마찬가지니까요. 이미 다음 전투를 준비하고 있다고 장담할 수 있습니다."

"전쟁은 절대 끝나지 않는다더군요." 그녀는 잔을 비우고 나무 상판에 툭 던지듯 놓았다. 아마도 오스프리아에서 만든 세계 최고의 와인이겠지만 그녀에게는 구토 맛처럼 느껴졌다. 모든 것이 그랬다. 그녀의 삶은 토사물로 이루어져 있었다. 토사물과 귀찮고 고통스럽고 묽은 설사로 이루어져 있었다. 그녀는 잇몸을 상하게 하고 혀를 까칠하게 만들고 이를 날카롭게 갈고 똥구멍을 아프게 하는 그것들과 다름없는 존재였다. 흰 가발을 쓴 얼굴이 긴 하인이 그녀의 어깨 너머에서 빈 잔으로 와인 줄기를 흘려 보냈다. 병을 높게 들면 와인이 더 맛있어지기라도 할 것처럼 현란하게 들어 올렸다. 그러고는 아주 자연스럽게 뒤로 물러났다. 후퇴는 오스프리아 사람들의 특기인 듯했다. 그녀는 다시 잔을 집어 들었다. 피운 지 얼마 안 된 허스크 덕분에 손을 떨지는 않았지만 그 이상의 도움은 되지 못했다.

그래서 그녀는 무의미하고, 수치스럽고, 정신을 멍하게 만드는 취기로 고통을 잊을 수 있기를 기도했다.

몬자는 오스프리아에서 가장 부유하고 쓸모없는 시민들을 훑어 보았다. 자세히 보면, 연회는 과하게 흥분되어 있었다. 사람들은 너무 많이 마시고, 너무 빨리 말하고, 너무 크게 웃고 있었다. 종말이

임박한 현실만큼 자제력을 낮추는 데 더 좋은 것은 없었다. 로곤트가 패배했을 때 유일하게 위안이 될 만한 점은 이 멍청이들 중 다수가 로곤트와 마찬가지로 모든 것을 잃게 되리라는 점이었다.

"제가 꼭 이 위에 앉아야만 했나요?" 그녀가 툴툴거렸다.

"누군가는 앉아야 하니까요." 로곤트가 아포이아의 코타르다 백작 부인을 심드렁하게 곁눈질하며 말했다. "고귀한 여덟 기사단은 이제 두 기사단이 된 것 같군요." 그는 그녀에게 더 가까이 몸을 기댔다. "그리고 솔직히 말하면 이제 발을 빼기에는 너무 늦지 않았나 하는 생각이 듭니다. 애석하게도 초대할 만한 유명 인사도 거의 없고요."

"그러니까 저는 공작 전하의 시들어 가는 명성을 세우기 위한 전시품인 셈이군요."

"바로 그렇습니다. 그리고 아주 매력적인 전시품이지요. 그리고 내가 시들어 간다는 소문은 모두 헛소문에 불과하다는 사실을 밝혀 두고 싶군요." 즐거워하기는커녕 짜증을 낼 힘도 없던 몬자는 맥없이 콧방귀를 뀌는 것으로 답을 대신했다. "뭘 좀 드십시오." 그는 자신의 포크로 손을 거의 대지 않은 그녀의 접시를 가리켰다. "너무 마르셨네요."

"몸이 좋지 않아서요." 그녀는 오른손이 너무 아파서 칼을 잡을 수도 없었다. "늘 그렇지만."

"그렇습니까? 음식 때문인가요?" 로곤트는 앞으로 일주일 동안 계속 살아 있을 것처럼 포크로 고기를 찍어 입에 넣고 맛있게 씹었다. "아니면 어떤 일 때문인가요?"

"아마도 사람들 때문인 것 같습니다."

"별로 놀랍지는 않습니다. 제 고모 되시는 세펠린 대공비께서는 늘 저를 미워하셨지요. 어지럼증에 약한 분이셨어요. 그대를 보니 그분이 떠오르네요. 정신이 또렷하고 재주가 많고 의지는 강철 같지만 위장이 약한 분이셨지요."

"실망을 시켜 드려 죄송하군요." 그녀조차 자신에게 실망했다는 사실은 죽은 사람도 알 수 있을 터였다.

"제가요? 오, 사실 그 반대랍니다. 우리가 모두 강철처럼 결함 없이 태어나는 건 아니니까요."

그랬으면 좋으련만. 몬자는 와인을 더 들이켜고 잔을 노려보았다. 1년 전, 그녀는 로곤트를 경멸했다. 베나와 페이스풀과 함께 그가 얼마나 비겁한지, 얼마나 배반적인 동맹인지 이야기하며 웃었던 기억이 떠올랐다. 이제 베나는 죽었고, 자신은 페이스풀을 죽인 다음 숨을 곳을 찾아 로곤트를 찾아왔다. 부자 삼촌에 의지하는 말썽꾸러기 어린아이처럼. 그녀의 부자 삼촌은 자기 자신조차 지키지 못하는 인물이기는 했다. 하지만 그녀의 다른 친구보다는 훨씬 나은 동행이었다. 그녀는 마지못해 시버스가 혼자 앉아 있는 긴 오른쪽 테이블의 가장 끝자리로 시선을 옮겼다.

안타깝지만 그를 보면 속이 메스꺼웠다. 그를 만지는 것은 고사하고 옆에 서 있기조차 힘들었다. 불구가 된 얼굴이 추하기 때문만은 아니었다. 못생긴 상처들을 많이 봐 왔고, 수없이 만들기도 해 왔기에 흉터를 보고 놀라지 않은 척을 하는 데는 아무런 문제가 없었다. 그녀의 마음을 괴롭히는 것은 전에는 끊이지 않고 나불대던 그의 침묵이었다. 그 고요함은 그녀가 갚을 수 없는 빚으로 가득 차 있었다. 끔찍하게 뒤틀린 눈의 흉터를 볼 때마다 너였어야 했어라고 속삭이던 그의 목소리가 떠올랐다. 그리고 그녀 역시 그렇게 생각했다. 말을 할 때도 그는 더 이상 옳은 일을 하겠다거나 더 나은 사람이 되겠다는 이야기를 하지 않았다. 그 논쟁에서 이겼다는 사실에 기뻐해야 할 수도 있었다. 그를 설득하려고 패나 애를 썼으니까. 하지만 어쩐지 반쯤 착한 남자를 데려와서 반쯤 악한 남자로 만들어 놓은 것 같은 기분이 들었다. 그녀는 자신만 썩은 것이 아니라 손대는 것은 모조리 썩게 만드는지도 몰랐다.

시버스는 그녀를 역겹게 했고, 감사해야 마땅한 그에게 역겨움을 느끼고 있다는 사실은 그녀를 한층 더 역겹게 했다.

"시간을 버리고 있군." 누구를 향해서가 아니라 자신의 잔에 대고 그녀가 나직이 속삭였다.

로곤트가 한숨을 쉬었다. "우리 모두 그렇지요. 수치스러운 죽음을 맞이하기 전까지 가장 덜 불쾌한 방식으로 추한 순간들을 보내고 있는 셈이니까요."

"가야겠어요." 그녀는 장갑 낀 손으로 주먹을 쥐려고 했지만 그 통증 때문에 더 기력이 약해지는 것 같았다. "방법을 찾아야겠어요…… 오르소를 죽일 방법을." 너무 지쳐서 그 말을 하는 데도 온 힘을 쥐어짜 내야 했다.

"복수를 하시려고요? 진심입니까?"

"할 겁니다."

"그대가 자리를 뜨면 매우 속상하겠군요."

그녀는 어떻게 대꾸를 해야 할지 생각할 여력도 없었다. "저를 왜 원하시는 거죠?"

"내가, 원해요? 그대를?" 로곤트의 얼굴에 아주 잠시 미소가 스쳤다. "몬즈카로, 난 더 이상 꾸물거릴 여유가 없어요. 아마 내일이면 큰 전투가 시작될 겁니다. 스티리아의 운명을 결정할 전투가 되겠지요. 스티리아에서 가장 위대한 군인의 조언보다 내게 가치 있는 게 뭐가 있겠습니까?"

"드릴 조언이 있는지 생각해 보겠습니다." 그녀가 웅얼거렸다.

"게다가 그대는 친구가 많지 않습니까."

"제가요?" 살아 있는 사람 중 그녀의 친구라고 할 만한 사람은 없는 것 같았다.

"탈린 사람들은 여전히 그대를 좋아합니다." 그는 방 안의 사람들을 향해 눈썹을 치켜올렸다. 그중 몇몇은 도저히 호의적이라고 할 수 없는 눈빛으로 그녀를 노려보고 있었다. "물론 이곳에서는 인기가 없지만, 그것 또한 내 말이 맞는다는 반증입니다. 누군가의 영웅은 누군가의 적이니까요."

"탈린 사람들은 제가 죽었다고 생각하고, 신경 쓰는 사람도 없는데요." 그들을 신경 쓰지 않기는 그녀도 마찬가지였다.

"반박하자면, 내가 심어 놓은 심복들이 그대가 기적적으로 살아남았다는 사실을 시민들에게 알리는 데 열중하고 있답니다. 교차로마다 벽보를 붙이고 있는데, 오르소의 주장을 부정하는 한편 그대를 살해하려 한 죄를 물으면서 그대가 즉시 탈린으로 돌아와야 한다고 주장하는 내용이 담겼지요. 탈린의 시민들은 평범한 사람들이 한 번도 만나 본 적 없고 만날 수도 없는 위대한 인물에게 이따금씩 품는 한없는 열정으로 그대를 생각하고 있습니다. 날 믿으세요. 적어도 그들은 결국 오르소에게 등을 돌리고 그의 앞마당을 어지럽히는 장애물이 될 겁니다."

"정치인가요?" 몬자는 잔을 비웠다. "전쟁이 코앞에 닥쳤는데, 반격이라기엔 너무 사소하네요."

"할 수 있는 모든 걸 하는 겁니다. 어쨌든 전쟁에서든 정치에서든 그대는 소중히 해야 할 자산이지요." 그의 얼굴에 그 어느 때보다 환한 미소가 돌아왔다. "게다가, 매력적이고 아름다운 여인을 옆에 두는 데 이유가 필요한 남자가 있던가요?"

그녀는 그를 째려보았다. "그런 말은 속으로 삼키시죠."

"그래야 한다면 그렇게 하지요." 그가 다시 그녀를 정면으로 보았다. "다른 걸 삼킬 수 있으면 더 좋겠지만."

"저만큼이나 쓸쓸한 표정이시네요."

"예?" 시버스는 행복해 보이는 두 사람을 노려보던 시선을 거뒀다. "아." 한 여자가 그에게 말을 걸고 있었다. "오." 그녀는 후광이 비칠 정도로 아주 예뻤다. 그런데 이제 보니 그가 보는 모든 것에 후광이 비치고 있었다. 그는 완전히 취해 있었다.

그녀는 다른 사람과 달라 보였다. 긴 목에 빨간 보석이 달린 목걸이를 하고 웨스트포트에서 본 흑인 여자들처럼 느슨한 흰 드레스를 입고 있었는데 피부가 창백할 정도로 하얬다. 서 있는 모습도 딱딱하게 굳어 있기보다 편안해 보였고, 그녀의 미소에는 마음을 열게 하는 무언가가 있는 듯했다. 그는 아주 잠깐 그녀를 향해 미소 지을 뻔했다. 정말 오랜만에 짓는 미소였다.

"여기 앉아도 되나요?" 연방 억양이 섞인 스티리아어로 그녀가 말했다. 그와 마찬가지로 그녀도 외부인이었다.

"여기에…… 앉고 싶다고?"

"안 되나요? 전염병이라도 걸리셨어요?"

"워낙 운이 없어서 그렇다고 해도 별로 놀랍지 않지." 그는 그녀를 향해 왼쪽 얼굴을 들이밀었다. "하지만 이것 때문에 사람들이 날 멀리하는 것 같더군."

그녀의 시선이 그의 흉터로 향했다가 다시 돌아왔고, 그동안 그녀의 미소는 조금도 흔들리지 않았다. "상처 없는 사람은 없죠. 눈으로 보이는 상처가 있는 사람도 있고, 보이지 않는……."

"보이지 않는 상처는 외모에 큰 영향을 미치지 않지, 아닌가?"

"전 외모가 과대평가되고 있다고 생각해요."

시버스는 그녀를 찬찬히 위아래로 훑어보며 감상했다. "당신은 가진 게 많아서 그렇게 말하기 쉽겠군."

"예의도 바르셔라." 그녀는 볼을 부풀리며 방 안을 둘러보았다. "여기 있는 사람 중에서 예의 있는 사람을 찾을 수 있을 거라는 희망을 버렸어요. 맹세컨대, 당신이 여기에서 가장 정직한 분일 거예요."

"너무 믿지 말라고." 하지만 그는 헤벌쭉 웃고 있었다. 아름다운 여인에게 칭찬을 듣기에 나쁜 때가 있던가? 그는 자존심이 있는 남자였다. 그녀는 한 손을 내밀었고, 그는 그 손을 내려다보며 눈을 깜빡였다. "입을 맞춰야 하나?"

"원하시면요. 녹아 없어지진 않을 거예요."

부드럽고 매끈했다. 몬자의 손 같지 않았다. 그녀의 손은 여느 이름난 군인의 손처럼 흉터가 많고, 그을리고, 굳은살이 박여 있었다. 쐐기풀 뿌리처럼 뒤틀린 장갑 속 다른 손과는 더더욱 달랐다. 시버스는 아름다운 여인의 손가락과 손등 사이 볼록하게 나온 뼈 위에 입술을 포개고 아찔한 향기를 느꼈다. 목구멍을 간질이는 이름 모를 향기와 꽃향기가 섞인 향이었다.

"난, 어…… 콜 시버스요."

"알아요."

"안다고?"

"만난 적이 있어요. 잠깐이었지만. 내 이름은 칼롯 댄 아이더예요."

"아이더?" 잠깐 기억을 되살릴 시간이 필요했다. 안개에 가렸던 얼굴이 흐릿하게 떠올랐다. 시파니에서 만났던 빨간 코트 여자였다. 아리오 왕자의 정부라던. "당신은 몬자가……"

"때리고, 협박하고, 망가뜨리고 죽게 내버려둔 여자요? 맞아요, 그게 나예요." 그녀는 단상 위의 탁자를 올려다보며 인상을 찌푸렸다. "그녀를 몬자라고 부르나요? 이름도 아니고 애칭으로 부르다니, 아주 가까운 사이인가 보군요."

"가깝다고 할 수 있소." 그가 눈을 잃기 전 비세린에서 가까웠던 것만큼은 아니지만.

"그런데도 그녀는 로곤트 대공과 저 위에 앉아 있고, 당신은 한량

놈팡이들과 앉아 있군요."

그녀가 마치 자신의 생각을 읽고 있는 듯했다. 분노에 다시 불이 붙을 것 같아 그는 화제를 돌리기로 했다. "여긴 어떻게 왔소?"

"시파니에서 학살이 일어난 이후 다른 선택지가 없었어요. 오르소가 내 목에도 현상금을 걸었을 테니까. 지난 석 달 동안 누군가에게 찔리거나 독살당하거나 목을 졸리거나, 그보다 더 나쁜 짓을 당하리라고 생각하며 살았죠."

"하. 나도 그 기분 알지."

"그럼 제가 동정해 드려야겠네요."

"내가 동정받을 만하다는 건 하늘이 알고 땅이 알지."

"도움이 될지 모르지만, 제가 온 마음을 다해 동정해 드리죠. 당신도 나처럼 이 추악한 게임의 말일 뿐이잖아요. 아닌가요? 게다가 저보다 잃은 것도 많으시네요. 한쪽 눈과 얼굴까지."

그녀는 움직이고 있지 않았지만 어쩐지 그에게 점점 가까이 다가오는 기분이었다. 시버스는 어깨를 구부렸다. "그런 것 같군."

"로곤트 공작은 제 오랜 지인이에요. 믿음직스럽지 못한 구석이 있지만 외모는 멀끔하죠."

"그런 것 같군." 그는 간신히 짜증을 참으며 말했다.

"나는 공작 전하의 자비에 내 목숨을 맡길 수밖에 없었어요. 쉽지는 않았지만 그래도 한동안 꽤 도움이 되었죠. 이제 그분은 새로운 놀이 상대를 찾은 것 같네요."

"몬자 말인가?" 이미 저녁 내내 머릿속으로 그렸던 일이었지만, 여전히 짜증이 났다. "몬자는 그런 사람이 아니야."

칼롯 댄 아이더는 믿을 수 없다는 듯 코웃음을 쳤다. "정말요? 그녀는 자기 뜻을 이루기 위해 누구든, 무엇이든 이용하는 기만적이고 위험한 거짓말쟁이가 아니던가요? 니코모 코스카를 배신하고 그의 자리를 뺏지 않았나요? 오르소가 그녀를 왜 죽이려고 했을까요? 그녀가 다음번에 훔칠 자리가 자기 왕좌였으니까요!" 술 때문에 정신이 반쯤 몽롱해진 그는 대꾸할 말이 생각나지 않았다. "자신의 목적을 이루기 위해 로곤트를 이용하지 않을 이유가 뭐죠? 사랑하는 사람이 따로 있는 게 아니고서야 말이죠."

"아니." 그가 낮게 중얼거렸다. "그러니까…… 내가 어떻게 알아…… 절대 아냐! 당신은 생각이 참 꼬였군!"

그녀는 한 손으로 창백한 가슴을 짚었다. "꼬인 게 저인가요? 사람들이 저 여자를 탈린의 독사라고 부르는 이유가 있다고요! 뱀은 자신밖에 사랑할 줄 모르죠!"

"무슨 말인들 못 하겠어. 당신은 시파니에서 몬자에게 이용당했으니 당연히 그녀를 싫어하겠지!"

"맞아요. 그녀가 눈앞에서 죽어도 눈물 한 방울 흘리지 않겠죠. 저 여자의 배에 칼을 꽂아 준다면 뭐든 해 주고 싶은 심정이에요. 하지만 그렇다고 거짓말을 지어내진 않아요." 그녀는 그의 귀에 거의 속삭이다시피 했다. "카프릴의 도살자 몬즈카로 머카토요? 거기서 아이들까지 죽였답니다." 그녀의 숨결이 느껴지는 듯했고, 그녀가 가까워 오자 그의 피부가 찌릿찌릿했다. 분노와 욕정이 뒤엉켜 뜨겁게 타오르고 있었다. "살해했다더군요! 길거리에서! 남동생에게도 정조를 지키지 않았다던데요, 내가 듣기로는……."

"에?" 방이 빙글빙글 돌기 시작했고, 시버스는 자신이 좀 덜 취했으면 좋았겠다고 생각했다.

"몰랐어요?"

"뭘 말이오?" 기묘한 호기심과 두려움, 역겨움이 한데 섞여 머릿속에서 소용돌이쳤다.

아이더가 한 손을 그의 팔에 얹자 코에 다시 한번 달콤하고 몽환적이면서 역한 향기가 혹 끼쳤다. "그녀와 그녀의 남동생은 애인 사이였답니다." 그녀는 '애인'이라는 단어를 길게 끌며 가르랑거렸다.

"뭐요?" 그의 흥 진 뺨이 한 대 얻어맞기라도 한 것처럼 뜨겁게 달아올랐다.

"애인이요. 같은 침대에서 잤대요, 남편과 아내처럼. 서로 몸을 탐하기도 하고. 비밀도 아니에요. 아무나 붙잡고 물어봐요. 본인한테 물어봐도 되고요."

시버스는 거의 숨을 쉴 수 없을 지경이었다. 왜 몰랐을까. 당시에는 이해가 되지 않았던 몇 가지가 조금씩 이해가 되기 시작했다. 어쩌면 이미 알고 있었는지도 모른다. 하지만 여전히 속은 기분이었다. 배신당하고 조롱당한 느낌이었다. 마치 강물 밖으로 빠져나와 질식하는 물고기가 된 기분이었다. 그녀를 위해 한 모든 일들과 그가 잃어버린 모든 것들이 떠올랐다. 속에서 분노가 너무 뜨겁게 끓어올라 이성의 끈을 붙잡고 있기가 힘들었다.

"입 닥쳐!" 그는 아이더의 손을 뿌리쳤다. "나를 도발하려는 짓거리인 거 모를 줄 알아?" 그는 어찌저찌 의자에서 일어나서 그녀를 내려다보고 섰다. 방이 기우뚱거렸고, 불빛이 흐릿하고 얼굴들이 흔들렸다. "내가 바보인 줄 알아? 내가 핫바지로 보여?"

그녀는 뒤로 물러서기는커녕 거의 그에게 몸을 밀착시키며 앞으로 나왔다. 그녀의 눈이 마치 접시만큼 커 보였다. "제가요? 당신을 희생시킨 게 저인가요? 당신을 밀어낸 사람이 저예요? 당신을 아무것도 아닌 사람 취급을 한 게 저냐고요?"

시버스의 얼굴은 불타고 있었다. 혈관이 머리뼈를 부술 듯 요동쳐 눈이 튀어나올 것 같았다. 하지만 어차피 이미 눈은 타 버리고 없었다. 분노에 목이 꽉 막힌 그는 질식할 듯 비명을 질렀다. 뒤로 비틀거렸다. 그렇지 않으면 그녀의 목을 조를 것만 같았다. 그러다 하인과 부딪치는 바람에 그 손에서 은쟁반이 떨어지며 잔과 병이 와르르 쏟아졌고, 사방에 와인이 튀었다.

"선생님, 정말 송구……."

시버스는 하인의 갈비뼈에 주먹을 꽂아 넣어 옆으로 휘청거리게 만든 다음 넘어지기 전 얼굴을 한 대 더 때렸다. 하인은 벽에 내다 꽂혀 깨진 병 파편과 함께 바닥에 나뒹굴게 되었다. 시버스의 주먹에 피가 묻어 있었다. 피와 함께 손가락 사이에 흰 조각이 박혀 있었다. 하인의 치아였다. 이렇게 된 김에 그의 옆에 무릎을 꿇고 앉아 손으로 머리채를 잡고 아름답게 조각된 벽에 문대서 뇌가 튀어나올 때까지 짓이겨 버리고 싶은 충동이 일었다.

하지만 시버스는 돌아섰다. 그리고 비틀비틀 걸어갔다.

시간이 기어가고 있었다.

몬자는 시버스를 등지고 침대 가장자리에 옆으로 누워 있었다. 바닥에 떨어지지 않는 선에서 그와 최대한 멀리 떨어져 있었다. 커튼 사이로 첫 새벽빛이 들어와 지저분한 방을 회색으로 비췄다. 취기가 사라지자 속이 더 메스꺼웠고, 더 피곤하고 절망적인 상태가 되었다. 더러운 해변을 깨끗하게 씻어 주리라 기대하지만 그저 죽은 물고기나 남기며 물러서는 파도 같았다.

그녀는 베나라면 뭐라고 했을지 생각했다. 그가 자신의 기분을 나아지게 만들기 위해 어떻게 했을지 생각했다. 하지만 그의 목소리가 어땠는지 더 이상 기억이 나지 않았다. 그의 기억은 머릿속에서 새어 나가고 있었고 기억과 함께 그녀의 좋은 면들도 함께 사라져 버렸다. 그를 생각하면 작고 병약하고 무력했던 어린 소년이 떠올랐다. 자신을 보살펴 줄 누나가 필요했던 소년. 그리고 웃으면서 말을 타고 폰테자르모로 올라가던 청년이 떠올랐다. 그는 여전히 그녀의 보살핌이 필요했다. 그녀는 그의 눈이 어떤 색인지 기억하고 있었다. 눈가 모서리에 자주 웃어서 생긴 주름이 있다는 것도 기억했다. 하지만 그의 미소는 떠올릴 수가 없었다.

대신 그녀가 죽인 다섯 남자의 얼굴은 미치도록 세세한 부분까지 떠올랐다. 프렌들리에게 목을 졸리며 터질 듯 부풀고 망가진 손으로 목을 더듬던 고바. 꼭두각시처럼 등을 뒤로 휜 채 퍼덕거리며 분홍색 거품을 뿜어내던 모티스. 검은 피가 뿜어져 나오는 목을 움켜쥐던 아리오. 미소 짓는 얼굴로 스톨리쿠스의 커다란 검에 등을 찔린 간마크. 물에 빠져 물레방아에 끌려가면서 자신이 그녀보다 약하지 않다고 고함을 지르던 페이스풀까지.

그녀가 죽인 다섯 남자의 얼굴과 함께 아직 죽지 않은 두 남자의 얼굴도 떠올랐다. 남자라고 할 수도 없는 열정적인 꼬마 포스카. 그리고 물론 오르소가 있었다. 그녀를 딸처럼 사랑했던 오르소 대공.

몬자, 몬자, 자네 없이 내가 무엇을 할 수 있을까……

그녀는 이불을 홱 걷고 땀에 젖은 다리를 침대 아래로 내린 다음 바지를 입으며 더위에 몸서리를 쳤다. 취기가 아직 남아 머리가 쿵쿵 울렸다.

"뭐 해?" 시버스의 갈라진 목소리였다.

"한 대 피워야겠어." 그녀는 손가락이 너무 떨려서 등불조차 제대로 밝힐 수 없었다.

"허스크를 좀 줄여야 하지 않겠어?"

"그래 볼까 했는데," 그녀는 망가진 손가락으로 더듬더듬 허스크 뭉치를 집으며 인상을 썼다. "그러지 않기로 했지."

"한밤중이야."

"그럼 자."

"정말 고약한 습관이야." 그는 몸을 일으켜 넓은 등을 그녀에게 보이며 침대 가장자리에 앉아 그녀 쪽으로 고개를 돌렸다. 다치지 않은 눈 모서리가 찌푸려져 있었다.

"맞아. 나도 하인들 이를 부러뜨리는 습관을 들여야 할까 봐." 그녀는 칼을 집어 들어 먼지를 피우며 파이프 볼에 허스크를 쑤셔 넣기 시작했다. "로곤트가 그다지 좋아하지 않았다는 것만 알아 둬."

"당신이야말로 얼마 전까지 그를 좋아하지 않았던 것 같은데. 마음이 갈대처럼 움직이나 봐?"

머리가 깨질 듯이 아팠다. 그와 이야기하고 싶지도 않았고, 말다툼을 하고 싶은 마음은 더더욱 없었다. 하지만 사람들은 이런 순간에 가장 서로를 맹렬하게 물어뜯곤 한다. "뭐가 신경이 쓰이는 거야?" 이미 그 답을 잘 알고 있고, 듣고 싶지도 않았으면서 그녀가 쏘아붙였다.

"뭐라고 생각하는데?"

"당신 아니라도 머리가 복잡해."

"당신이 날 떠나려 하는 게 문제라고!"

기회만 있었다면 그렇게 했을 터였다. "떠나?"

"오늘 밤만 해도! 당신이 그 위에서 꾸물거림의 공작이랑 으스대는 동안 난 구석에서 멍청이 새끼들이랑 앉아 있었지!"

"자리 배치를 내가 했어?" 그녀는 어처구니없다는 듯 말했다. "놈은 자기가 더 돋보이려고 나를 거기에 앉힌 거야."

잠시 침묵이 흘렀다. 그는 그녀에게서 고개를 돌리고 어깨를 움츠렸다. "그래, 이 꼴로는 그를 돋보이게 할 수 없을 테니까."

그녀는 움찔했다. 마음이 불편하고 짜증이 났다. "로곤트는 나를 도와줄 수 있는 사람이야. 그게 다야. 포스카가 오르소의 군대를 끌고 코앞까지 왔어, 포스카가 코앞에······." 그리고 무슨 대가를 치르더라도 그를 죽여야 했다.

"복수일 뿐이라는 거지?"

"놈들이 내 동생을 죽였다고. 설명할 필요 없잖아. 당신도 내 기분을 알잖아."

"아니 몰라."

그녀는 얼굴을 찌푸렸다. "당신 형은? 블러디나인한테 살해당했다면서? 당신도……"

"나는 빌어먹을 우리 형을 싫어했어. 사람들은 형이 스칼링의 환생이라고 했지만 그 새끼는 개자식이었어. 나무 타는 법을 가르쳐 주고, 낚시하는 법도 가르쳐 주고, 내 턱 밑을 쿡 찌르고 장난스럽게 웃곤 했지. 아버지가 있을 때는. 그런데 아버지가 없으면 날 숨을 못 쉴 때까지 걷어찼어. 그리고 나 때문에 어머니가 돌아가셨다고 했어. 나는 그냥 태어났을 뿐인데." 그의 목소리는 텅 비어 있었고, 더 이상 분노도 느껴지지 않았다. "형이 죽었다는 소식을 들었을 때, 웃고 싶었지만 사람들 모두 울길래 나도 울었어. 나는 형을 죽인 자와 그 밖의 모든 사람들에게 복수하겠다고 맹세했어. 뭐, 관례라는 게 있잖아? 부족하다는 소리를 듣고 싶진 않았어. 하지만 블러디나인이 빌어먹을 우리 형의 머리를 깃대에 꽂아 놨다는 소식을 들었을 때, 형을 죽였다는 이유로 증오해야 할지, 아니면 내 기회를 뺏어 간 걸 안타까워해야 할지, 아니면 그에게 고마워서 입이라도 맞추고 싶어 해야 할지 몰랐어. 그러니까…… 형제에게 입을 맞추는 것처럼 말이지……."

잠깐 동안 그녀는 일어나서 그의 어깨에 손을 올리고 싶었다. 하지만 그의 한쪽 눈이 가늘어지며 그녀를 차갑게 쳐다보았다. "뭐, 당신은 알겠네. 형제에게 키스하는 기분 말이야."

그녀의 눈 뒤 혈관이 그 어느 때보다 강하게 요동쳐 눈이 튀어나올 것 같았다. "내 동생이 나한테 어떤 존재였는지는 나만 알아!" 그녀는 자신이 그를 향해 칼을 휘두르고 있다는 사실을 깨닫고 탁자 위에 칼을 던져 버렸다. "내 상황에 대해 설명하고 싶지 않아. 내가 돈 주고 고용한 놈한테는 더더욱!"

"내가 당신한테 그런 존재였어?"

"그럼 뭐라도 되는 줄 알았어?"

"내가 당신한테 어떻게 했는데? 당신을 위해서 내가 잃은 게 얼만데!"

그녀는 어느 때보다 심하게 손을 떨며 움찔했다. "돈 많이 받았잖아. 아니야?"

"돈?" 그는 그녀를 향해 몸을 기울이며 자기 얼굴을 가리켰다. "내 눈값이 얼마일 것 같은데, 이 악마 같은 년아?"

몬자는 목이 꽉 막힌 소리로 으르렁거리며 의자에서 벌떡 일어나 등불을 집어 들고는 돌아서서 발코니로 향했다. "어디 가?" 너무 지나쳤다는 것을 깨달은 듯, 갑자기 비위를 맞추는 듯한 어조로 시버스가 불렀다.

"자기 연민에서 좀 빠져나와, 이 개자식아." 그녀는 문을 벌컥 열어젖히고 차가운 공기 속으로 나아갔다.

"몬자……." 그는 침대에 털썩 앉았다. 아직 감정을 표현할 수 있는 얼굴 반쪽에는 짙은 슬픔이 드리워져 있었다. 쇠약해질 대로 쇠약해진 그는 무기력하고 절망적이었다. 가짜 눈이 옆을 향하고 있었다. 곧 눈물을 터뜨릴 것처럼 보였고, 금방이라도 쓰러질 것 같았다. 혹은 용서해 달라고 애원할 것처럼 보이기도 했다.

그녀는 변명이 필요했고, 그와 마주하며 끝없이 죄책감을 느끼느니 그에게 등을 돌리고 잠깐 죄책감을 느끼는 편이 더 나은 것 같왔다. 훨씬 더 나았다.

발코니에서 바라보는 전망은 전 세계 어느 곳보다 숨 막히게 아름다웠다. 오스프리아가 한눈에 내려다보였다. 얼룩진 구리 지붕이 미치광이가 만든 미로처럼 저 아래까지 이어지고 있었고, 도시를 이루는 네 층은 각각 흙벽과 탑으로 둘러싸여 있었다. 흙벽과 탑들 뒤에는 낡고 높은 희끄무레한 석조 건물들이 빽빽이 들어차 있었다. 검은 대리석으로 줄무늬가 그어진 건물 벽에는 좁은 창문이 나 있었다. 건물들 사이에 난 가파른 오르막길과 끝없는 계단으로 이어지는 구불구불한 골목은 계곡처럼 깊고 어두웠다. 이른 불빛이 켜진 창문 몇 개가 여기저기 흩어져 있었고, 보초병들이 든 횃불의 깜박이는 점들이 벽을 따라 움직였다. 도시 너머로 설바 계곡이 산그늘에 잠겨 있었고, 계곡 바닥을 흐르는 강의 희미한 반짝임이 보였다. 반대쪽 가장 높은 언덕 정상에 천검단이 피운 모닥불인 듯한 불빛이 어두운 벨벳에 뚫린 작은 구멍처럼 흩어져 있었다.

높은 곳을 무서워하는 사람이라면 서 있기 힘든 곳이었다.

하지만 몬자는 다른 생각에 사로잡혀 있었다. 지금 가장 중요한 것은 가능한 한 빨리 아무것도 중요하지 않게 만드는 것이었다. 그녀는 가장 어두운 구석으로 걸음을 쳐서 추위에 떠는 사람이 마지막 불길 위로 간절하게 몸을 숙이듯, 등불과 파이프 위에 몸을 숙였다. 그녀는 이로 파이프 주둥이를 물고, 떨리는 손으로 덜그럭거리며 등불의 뚜껑을 걷은 다음, 몸을 앞으로 기울여…….

갑자기 구석으로 돌풍이 소용돌이치며 그녀의 기름진 머리카락이 눈을 찔렀다. 불꽃이 펄럭이며 꺼졌다. 그녀는 얼어붙은 채 자리에 서서 불이 꺼진 램프를 믿을 수 없다는 듯 고통스럽게 바라보았다. 쿵쾅거리는 머릿속으로 그 상황이 무엇을 암시하는지 떠올리자 그녀의 얼굴은 공포로 느슨해졌다.

불꽃도, 허스크도, 돌아갈 길도 없었다.

그녀는 허리를 세우고 난간 쪽으로 한 발짝 다가가서, 등잔을 도시 가운데로 힘껏 던졌다. 그러고는 머리를 뒤로 젖혀 크게 숨을 들이마신 다음 난간을 붙잡고 몸을 세차게 앞뒤로 흔들었다. 그리고 목청이 터져라 고함을 질렀다. 떨어지는 등잔을 향해 그녀의 증오를 쏟아 내고, 등을 꺼 버린 바람과 그녀 아래로 펼쳐진 도시, 도시 너머의 계곡, 세상과 세상 사람 모두에게 저주를 퍼부었다.

저 멀리, 산 위를 스멀스멀 오르기 시작한 성난 태양이 어두운 산비탈 주변 하늘을 핏빛으로 물들이고 있었다.

꾸물거림은 없다

코스카는 거울 앞에 서서 고급 레이스가 달린 옷깃을 마지막으로 정돈한 다음 반지의 다섯 개 보석이 정확히 바깥쪽을 향하도록 돌리고 수염의 한 가닥 한 가닥을 마음에 들 때까지 다듬었다. 프렌들리의 계산에 따르면, 그가 준비를 마치는 데는 한 시간 반이 걸렸다. 면도날이 가죽 연마끈 위로 열두 번 스쳐 지나갔다. 수염을 깎는 데는 서른한 번의 움직임이 필요했다. 턱 아래에 작은 상처가 하나 남았다. 코털을 뽑는 데는 족집게가 열세 번 사용되었다. 단추

마흔다섯 개와 네 쌍의 훅 단추가 채워졌고, 끈과 버클 열여덟 개가 조이고 묶였다.

"자, 다 됐네. 프렌들리 선생, 용병단의 원사를 맡아 주길 바라네."

"전쟁에 대해서는 아무것도 모르는데." 전쟁이 광기로 가득 차 있으며 그를 완전히 혼란스럽게 만든다는 것 외에는 아는 것이 없었다.

"아무것도 몰라도 되네. 자네 역할은 조용하지만 사악한 기운을 내뿜으면서 내 가까이에 있는 것뿐이니까. 필요할 때 나를 돕고 내 지휘에 따르면서 무엇보다도 나와 자네의 뒤를 지키면 되네. 세상은 배신으로 가득 차 있네, 친구! 그래서 피로 얼룩진 일들을 해야 할 때도 있지. 가끔은 주고받은 돈을 계산하기도 하고, 우리가 사용할 수 있는 인원, 무기, 잡동사니의 수량도 파악해야 하고……."

세이프티 안팎에서 프렌들리가 사잠을 위해 했던 일과 똑같았다. "그건 할 수 있소."

"세상 그 누구보다 잘할 거라 믿어 의심치 않네! 이 버클을 잠그는 것부터 시작해 줄 수 있겠나? 빌어먹을 갑옷 제작자들. 나를 괴롭히려고 일부러 이렇게 만든 게 틀림없지." 그는 금박이 입혀진 흉갑의 옆 끈을 엄지로 가리켰고, 프렌들리가 그 끈을 당겨 잠그는 동안 허리를 곧게 세우고 숨을 참으며 배를 집어넣었다.

"고맙네, 친구, 자네는 정말 든든한 존재야! 마치 배의 닻과도 같군! 내가 미친 듯이 돌 때 평온하게 중심을 잡아 주는 축 같기도 하고. 자네가 없이 내가 무엇을 할 수 있을까?"

프렌들리는 그의 질문을 이해하지 못했다. "지금과 똑같은 일을 할 수 있소."

"아니, 아닐세. 절대 똑같지 않네. 우리가 오래 알고 지낸 사이는 아니지만 뭐랄까…… 우리 둘은 서로를 이해하는 것 같단 말일세. 유대감 같은 게 느껴져. 자네와 나는 닮은 구석이 많아."

프렌들리는 자신이 해야 하는 모든 말과 새로운 사람과 새로운 장소를 두렵게 느낄 때가 있었다. 세상 모든 것들을 몽땅 세어야지만 아침부터 밤까지 간신히 버틸 수 있었다. 반면 코스카는 바람에 날리는 꽃잎처럼 삶을 유영했다. 그가 말하고, 웃고, 다른 사람들을 웃기는 방식은 아무것도 없던 공간에서 갑자기 튀어나온 구르컬 여인 이쉬러를 보았을 때만큼이나 프렌들리에게 마법처럼 느껴졌다. "우리는 전혀 닮지 않았소."

"내 말이 바로 그 말일세! 우리는 흙과 바람처럼 완전히 반대이지만, 둘 다…… 다른 사람들은 당연하게 가진 뭔가를…… 가지지 못했단 말일세. 사회와 잘 어울리도록 만드는 부품 같은 것 말이야. 하지만 우린 서로 다른 톱니바퀴가 빠져 있지. 그래서 우리 두 사람이 같이 있으면 하나의 그럴듯한 인간이 될 수 있을 것 같단 말일세."

"두 개의 반쪽으로 하나를 만든다."

"심지어 그 하나가 훌륭할 수도 있고! 나는 결코 의지할 만한 사람이 아니었지…… 아니, 아닐세. 부정하려 하지 말게." 프렌들리는 부정하려 한 적이 없었다. "하지만 친구, 자네는 한결같고, 명확하고, 한 가지에 집중하는 사람이야. 자네는…… 나를 더 정직하게 만들 만큼…… 정직하지."

"나는 인생의 대부분을 감옥에서 보냈소."

"단언컨대, 스티리아에서 가장 위험한 죄수들에게 정직함을 전파하는 데, 모든 판사를 합친 것보다 자네가 더 많은 일을 했을 걸세!" 코스카는 프렌들리의 어깨를 두드렸다. "정직한 사람은 매우 드물어서 때로 범죄자나 반역자, 미치광이로 오해받지. 사람들과 다르다는 것 말고 자네가 무슨 범죄를 저질렀나?"

"처음에는 강도죄로 7년을 복역했소. 다시 잡혔을 때는 열네 건의 살인을 포함한 여든네 개의 죄목 때문이었지."

코스카는 눈썹을 치켜올렸다. "하지만 정말 유죄였나?"

"그렇소."

그는 잠시 얼굴을 찌푸리다가 손을 저었다. "완벽한 사람이 어디 있나. 과거는 과거로 남겨 두자고." 그러고는 모자 깃털을 마지막으로 한 번 튕긴 다음 머리에 익숙한 각도로 모자를 눌러썼다. "어떤가?"

코스카는 황소 머리 모양의 거대한 황금 박차가 달린 무릎까지 올라오는 검은 군화를 신고, 금장식이 달린 검은 강철 흉갑을 차고 있었다. 노란색 비단 수가 놓인 검은색 벨벳 소매 밑으로 시파니산 레이스를 단 셔츠 소맷동이 보였다. 황금으로 화려하게 장식한 장검과 이에 어울리는 단검은 우스꽝스러우리만큼 낮게 걸쳐 있었다. 거대한 모자의 노란 깃털은 천장에 닿을 듯했다. "군복에 미친 포주 같소."

코스카는 환하게 미소 지었다. "내가 원했던 차림이 바로 그걸세! 이제 일을 하러 가세나, 프렌들리 원사!" 그러고는 성큼성큼 걸음을 옮겨 천막 덮개를 활짝 열고 밝은 햇빛 아래로 나아갔다.

프렌들리는 코스카를 바짝 뒤따랐다. 이제 그게 그의 임무였으니까.

코스카가 큰 술통 위로 올라서는 순간 박수갈채가 터졌다. 그는 천검단의 모든 장교들에게 자신의 연설에 참석하도록 명령했고, 그들은 정말로 한데 모여 최대한 크게 박수를 치고, 함성을 지르며 환호하고, 휘파람을 불었다. 앞쪽에는 사령관들이, 그 뒤로는 중위들이 몰려 서 있었고, 맨 뒤에는 소위들이 삼삼오오 모여 있었다. 여느 전투 부대였다면 그들은 가장 고귀한 출신의 명석하고 젊고 용맹한, 이상적인 사람들이었을 것이다. 하지만 용병단인 이곳에서는 정반대였다. 그들은 가장 오래 군에 복무했거나 가장 부패에 물든 교활한 배신자들, 가장 숙련된 도굴꾼들이거나 가장 빠른 도망자들, 가장 현실적이면서 배신은 가장 많이 저질러 본 자들이었다. 다시 말해, 코스카를 가장 지지할 수 있는 인물들이었다.

세사리아, 빅투스, 안디체가 통 옆에 나란히 서서 가볍게 박수를 치고 있었다. 그들은 여기 모인 사람들 중에서도 가장 힘이 세고 사악한 악당들이었다. 코스카 자신을 포함한다면 물론 말이 다르겠지만. 프렌들리는 팔짱을 낀 채 코스카와 너무 멀지 않게 물러서서 눈을 번뜩이며 군중을 살폈다. 코스카는 그가 사람 수를 세고 있을지 궁금했고, 거의 확실하다고 결론지었다.

"아니, 아닐세! 아니, 아니야! 제군들이 내게 너무 과분한 영광을 주는군! 여러분의 열화와 같은 관심에 부끄러워질 지경일세!" 그는 손을 저어 환호를 잠재웠고, 장중에 기대에 찬 침묵이 흘렀다. 상처투성이에 곰보 자국이 가득하고 햇볕에 그을린 병든 얼굴들이 그를 올려다보았다. 다들 도둑 떼처럼 굶주린 표정이었다. 그들은 하나였다.

"천검단의 용감한 영웅들이여!" 그의 목소리가 온화한 아침 공기를 가르며 쩌렁쩌렁 울려 퍼졌다. "뭐, 천검단의 용감한 사람들이라고 하자고. 적어도 천검단의 사람이라고는 할 수 있지 않겠나!" 여기저기서 웃음이 터졌고, 그에게 동조하는 함성이 들려왔다. "제군들, 내 성격을 다들 잘 알겠지! 나와 나란히 싸워 본 사람도 있을 테고…… 아니면 앞에서 싸웠으려나." 더 큰 웃음이 터졌다. "나머지 여러분도 나에 대한…… 흠 하나 없는 평판을 익히 들었을 걸세." 또 한 번 웃음이 터졌다. "제군들 모두 무엇보다 내가 여러분과 다르지 않다는 사실을 알고 있을 걸세. 군인, 그렇네! 전사, 물론일세! 하지만 나는 무기를 잘 간수하는 것을 훨씬 더 선호한다네." 그는 사타구니 부분을 살짝 움직이며 가볍게 기침을 했다. "무기를 휘두르는 것보다 말이지!" 그가 칼자루를 찰싹 치자 큰 웃음이 터져 나왔다.

"우리가 영예로운 무기 기술자이자 장인이 아니라고 결코 말하지 말게나! 우리는 어느 귀족의 발치에 엎드린 애완견이 아니라, 쇠심줄 같은 심지를 가진 사람들!" 코스카는 세사리아의 큰 팔을 찰싹 때렸다. "날카로운 이성을 가진 사람들!" 안디체의 기름진 머리를 가리켰다. "영광에 굶주린 사람들일세!" 엄지로 빅투스를 가리켰다. "우리가 보상을 위해 위험을 감수하지 않으리라고 결코 말하지 말게나! 하지만 위험은 가능한 한 적게, 보상은 최대한 풍성하게 하세!" 또 한 번 그의 말에 동조하는 함성이 터져 나왔다.

"우리의 고용주인 젊은 포스카 왕자는 여러분이 강 하류 여울을 맡아 적과 정면으로 맞서 싸우기를 원했네만……" 긴장된 침묵이 흘렀다. "내가 단칼에 거절했지! 우리가 싸우게 만들려면 돈을 달라고는 했네. 우린 싸움보다 돈에 훨씬 더 열광하는 사람들이 아닌가!" 열렬한 환호가 터져 나왔다. "그래서 우리는 상류 여울에 발을 적시게 될 것이며, 훨씬 가벼운 전투와 직면하게 되었네! 오늘 무슨 일이 일어나든, 상황이 어떻게 돌아가든, 나는 언제나 여러분들이…… 최고의 이익을 누릴 수 있도록 노력하고 있다는 사실을 믿어 주길 바라네!" 그리고 그는 엄지손가락을 나머지 손가락에 비벼 보이며 더욱 큰 환호를 이끌어 냈다.

"나는 용기나, 굳건함, 충성심이나 명예를 요구함으로써 여러분을 모욕하지 않을 생각이야! 이미 여러분이 그러한 자질을 최고 수준으로 갖추고 있다는 것을 나는 알고 있으니까 말이야!" 여기저기서 웃음이 터졌다. "자, 천검단의 장교들이여, 여러분의 부대로 돌아가 명령을 기다리게나! 승리의 여신이 항상 여러분과 내 편에 있기를! 결국 그녀는 가장 자격을 덜 갖춘 이들에게 끌리는 법일세! 어둠이 우리를 승리로 이끌기를! 부상 없이! 그리고 무엇보다…… 풍요롭게 만들어 주기를!"

열광적인 환호가 터져 나왔다. 방패와 무기, 철 갑옷을 입은 팔, 장갑을 낀 주먹 들이 공중에서 흔들렸다.

"코스카!"

"니코모 코스카!"

"우리의 총사령관!"

그는 미소를 지으며 통에서 내려왔고 장교들이 흩어지기 시작했다. 세사리아와 빅투스도 자신들의 연대, 혹은 기회주의자, 범죄자, 깡패 무리에 전투 준비 명령을 내리기 위해 그들과 함께 움직였다. 코스카는 언덕 꼭대기를 향해 천천히 걸어갔다. 아름다운 계곡이 눈앞에 펼쳐졌고, 옅은 구름 조각들이 계곡 옆쪽 움푹 들어간 땅 위에 걸려 있었다. 햇빛을 받아 그 어느 때보다 창백하게 빛나는 오스프리아가 위풍당당하게 산 아래를 내려다보고 있었다. 남색 줄무늬로 둘러싸인 크림색 석조 건물들과, 오랜 세월 동안 연한 녹색으로 바랜, 혹은 새로 수리된 건물들의 주황색 구리 지붕이 아침 햇살에 눈부시게 빛나고 있었다.

"멋진 연설이군." 안디체가 말했다. "연설이 자네 취향이라면 말일세."

"고맙네. 내가 연설을 좋아하긴 하지."

"여전히 연설하는 재주가 있군."

"아, 친구여, 자네는 총사령관이 여러 번 바뀌는 걸 보지 않았나. 잘 알다시피, 지휘관이 새로 부임하고 얼마 동안은 좋은 시절이 찾아온다네. 그동안 부하들은 그가 무슨 행동을 하건 무엇을 말하건 다 받아들이지. 마치 갓 결혼한 신부가 남편을 보듯이 말이야. 안타깝게도 그 시간은 오래가지 않아. 사자인, 나, 머카토, 불운한 페이스풀 카르피까지. 우리 모두의 좋은 시절은 각각의 속도로 명을 다했고, 우린 결국 모두 배신당하거나 죽음에 이르렀지. 나도 다시 그렇게 될 걸세. 앞으로는 박수를 받으려면 더 열심히 노력해야 할 테고."

안디체가 이를 드러내며 웃었다. "언제나 대의를 내세울 수 있지 않나?"

"하!" 코스카는 총사령관 의자에 몸을 깊숙이 묻으며 말했다. 의자는 반짝이는 여울이 잘 보이는 넓게 펼쳐진 올리브나무의 얼룩덜룩한 그늘 아래 놓여 있었다. "빌어먹을 대의 따위! 그저 큰 핑계일 뿐이야. 정의로운 대의로 움직이는 사람들은 그렇게 무지하고, 폭력적이며, 이기적으로 악한 행동을 하지 않네." 그는 실눈을 뜨고 밝고 푸른 하늘 위로 눈부시게 떠오르는 태양을 쳐다보았다. "앞으로 몇 시간 동안 우리가 똑똑히 목격하게 될 광경처럼 말이지……."

로곤트는 희미한 쨍 소리와 함께 검을 뽑았다.

"오스프리아의 자유인들이여! 여덟 기사단의 자유인들이여! 위대한 가슴이여!"

몬자는 고개를 돌려 침을 뱉었다. 연설이라니. 쓸데없는 말을 지껄이며 시간을 낭비하느니 당장 전력을 다해 적을 치는 편이 현명할 터였다. 만약 전투 전에 연설할 시간이 생긴다면 때를 놓쳤다고 생각하고 후퇴한 뒤 다시 적당한 때를 노렸을 그녀였다. 자신의 말 몇 마디로 상황을 바꿀 수 있다고 생각하는 사람은 자기 자신에 도취된 사람뿐이었다.

그러므로 로곤트가 기막힌 연설을 준비해 왔다는 사실은 놀라운 일이 아니었다.

"여러분은 오랫동안 나를 따르며 여러분의 진가를 발휘할 날을 기다렸소! 여러분의 인내에 감사하오! 여러분의 용기에 감사하오! 여러분의 신뢰에 감사하오!" 그는 등자를 딛고 서서 자신의 검을 머리 위로 높이 쳐들었다. "우리 오늘은 싸워 봅시다!"

그가 멋진 장면을 연출했고, 그 사실은 부인할 수 없었다. 키가 크고, 듬직하고 잘생긴 외모에 산들바람에 흩날리는 검은 곱슬머리까지. 그는 반짝이는 보석들이 박힌 갑옷을 입고 너무 잘 닦여서 쳐다보기조차 힘든 검을 들고 있었다. 하지만 그의 부하들도 못지 않은 노력을 기울인 듯했다. 중앙에 선 병기부대는 중무장을 한 채 창을 치켜들고 있거나 장갑 낀 손에 폭이 넓은 칼을 쥐고 있었다. 방패와 파란색 겉옷에는 모두 오스프리아를 상징하는 흰 탑이 수놓여 있었다. 양쪽 옆에는 경보병대가 징이 박힌 가죽 갑옷을 입고 꼿꼿이 서서 긴 창을 정확하게 수직으로 들고 있었다. 궁수들도 있었다. 석궁 궁수들은 강철 모자를, 긴 활 궁수들은 두건을 쓰고 있었다. 맨 오른쪽의 아포이아 부대는 무기가 제각각인 데다 대열도 약간 어긋나서 완벽한 그림을 살짝 망치고 있었지만, 그래도 몬자가 이끌었던 어느 부대보다 훨씬 더 깔끔하게 정렬되어 있었다.

그리고 뒤를 돌아보자 오스프리아의 가장 바깥쪽 성벽 그늘에 줄지어 선 기병대의 반짝이는 대열이 눈에 들어왔다. 모든 병사는 태생과 정신이 고귀한 귀족 자제들이었으며, 말들마저 번쩍이는 갑옷을 입고 있었다. 그들은 가문의 문장이 새겨진 투구를 쓰고, 영예를 안을 준비가 된 잘 닦인 줄무늬 창을 들고 있었다. 마치 과장된 이야기책에서 튀어나온 것 같았다.

그녀는 콧물을 들이켠 다음 다시 침을 뱉었다. 그녀의 수많은 전투 경험으로 미루어 봤을 때, 가장 전투에 열의를 보이는 것도, 가장 빨리 전투에서 벗어나고 싶어 하는 것도 전투 경험이 가장 적은 남자들이었다.

로곤트는 그의 미사여구를 새로운 차원으로 끌어올리느라 바빴다. "우리는 지금 전쟁터에 서 있습니다! 앞으로 수년 후, 사람들은 이곳에서 영웅들이 싸웠다고 말할 것입니다! 이곳에서 스티리아의 운명이 결정되었다고 말할 것입니다! 전우들이여, 여기, 바로 우리의 땅에서! 우리 집이 보이는 곳에서! 자랑스러운 오스프리아의 고대 성벽 앞에서 말입니다!" 그에게 가장 가까이 모여 있는 부대에서 열광적인 환호가 들려왔다. 그녀는 나머지 부대들이 그의 말을 들을 수나 있을지 의심스러웠다. 부대 대부분이 그를 볼 수는 있는지조차 의심스러웠다. 그를 볼 수 있다고 하더라도, 멀리서 반짝이는 점 하나가 병사들의 사기를 높이는 데 도움이 될 것 같지는 않았다.

"여러분의 운명은 여러분의 손에 달려 있습니다!" 그들의 운명은 로곤트의 손에 달려 있었고, 그들의 운명을 저버린 사람도 로곤트였다. 이제 그들의 운명은 코스카와 포스카 왕자의 손에 달려 있었고, 아마도 곧 피로 얼룩지게 될 터였다.

"자유를 위해!" 혹은 기껏해야 더 그럴듯한 형태의 독재를 위해.
"영광을 위해!" 강바닥 진흙 속의 영광스러운 자리를 위해.

로곤트는 한 손으로 고삐를 잡아당겨 적갈색 군마의 앞발을 허공으로 들어 올렸다. 그 순간 말의 뒷구멍에서 무거운 똥 덩어리들이 떨어져 나오며 로곤트가 기대했던 웅대한 그림이 약간 망쳐졌다. 말은 밀집된 보병 대열을 빠르게 지나갔다. 각 중대는 로곤트가 지나갈 때마다 환호하며 일제히 창을 들어 올리고 함성을 질렀다. 감동적일 수 있는 광경이었다. 하지만 몬자는 이미 수도 없이 본 장면이었고, 그 결과가 참담했던 적도 여러 번이었다. 좋은 연설로 수적으로 세 배나 밀리는 상황을 극복할 수는 없었다.

꾸물거림의 공작은 그녀와 참모진들을 향해 달려왔다. 푸란티의 대욕장에서 그녀에게 모욕을 당했던, 화려하게 무장했지만 경험은 부족한 그의 참모진은 오늘만큼은 연병장이 아닌 전장에 나가기 위해 정렬되어 있었다. 그들은 물론 그녀를 좋아하지 않을 터였다. 물론 그녀는 콧방귀도 뀌지 않았다.

"좋은 연설이군요." 그녀가 말했다. "연설이 전하의 취향이시라면 말이죠."

"감사하군요." 로곤트는 말을 돌려 그녀 옆에 멈추게 했다. "연설, 좋아하지요."

"전혀 몰랐네요. 갑옷도 멋지세요."

"코타르다 백작 부인에게 받은 선물입니다." 언덕 꼭대기 위, 도시 성벽이 드리운 그늘 아래 여자들이 모여 있었다. 그들은 대학살의 현장이 아니라 결혼식에 참석한 하객들처럼 화려한 드레스와 반짝이는 보석을 휘두른 채 다소곳이 말안장에 옆으로 앉아 있었다. 코타르다 백작 부인은 살랑거리는 노란색 비단옷을 입고 우웃

빛처럼 창백한 얼굴로 수줍게 손을 흔들었고, 로곤트는 건성으로 답례를 했다. "그녀의 삼촌은 우리가 결혼하기를 바라는 것 같더군요. 물론 오늘 살아남는다면 말이죠."

"젊은 연인이라니. 제가 다 설레네요."

"감상은 내려놓으시죠, 그녀는 전혀 내가 좋아하는 유형이 아닙니다. 나는 좀 더…… 강한 여자가 좋습니다. 그래도 멋진 갑옷이긴 하지요. 모르는 사람이 보면 나를 영웅으로 착각할지도 모르겠군요."

"하, '절박함은 가장 썩은 밀가루로도 영웅을 만들어 낸다.'고 파란스가 말했지요."

로곤트는 깊은 한숨을 내쉬었다. "이번에는 빵을 부풀릴 시간이 부족하군요."

"전하께서 무언가를 부풀리는 데 어려움을 겪는다는 이야기는 전부 천박한 소문인 줄……" 코타르다 백작 부인의 일행 중 다른 이들보다 비교적 수수한 옷을 입은 여자가 눈에 띄었는데, 우아한 얼굴에 목이 긴 그녀가 어딘가 낯이 익었다. 그녀를 바라보던 몬자는 말을 돌려 잡초가 무성한 언덕을 따라 여자들 쪽으로 다가가기 시작했다. 몬자는 그녀를 알아보고 차가운 전율을 느꼈다. "저 여자가 왜 여기 있는 거죠?"

"칼롯 댄 아이더요? 아는 사이입니까?"

"알다마다요." 시파니에서 몬자에게 주먹으로 얼굴을 얻어맞은 여자가 아니던가.

"오랜…… 친구랄까요." 말로 뱉은 단어보다 더 많은 의미가 숨겨져 있는 듯한 어조였다. "목숨이 위험하다며 보호해 달라고 간청하더군요. 어떻게 거절할 수 있겠습니까?"

"그녀가 못생겼어도 청을 들어주셨을까요?"

로곤트는 희미한 덜그럭 소리를 내며 어깨를 으쓱했다. "솔직히 인정하지요, 나는 다른 사람들과 마찬가지로 얄팍한 사람입니다."

"훨씬 얄팍하시지요, 전하." 아이더가 자신의 말을 그들 가까이로 몰고 와 우아하게 고개를 숙였다. "이게 누구실까! 카프릴의 도살자가 아니신가! 나는 당신이 그저 도둑이자 공갈범이자 죄 없는 자들을 죽이는 살인자이자 근친상간을 즐기는 자인 줄로만 알았지! 이제 보니 군인이기도 한가 보네."

"칼롯 댄 아이더, 이렇게 또 만나게 되다니! 여기가 전장이라고 생각했는데, 어쩐지 창녀 소굴 냄새가 나더군. 어떤 게 맞는 걸까?"

아이더는 나란히 선 연대들을 보며 한쪽 눈썹을 치켜올렸다. "검들이 많이 보이는 걸 보니…… 전자가 아닐까? 하지만 당신이 더 잘 알겠지. 카도티의 별장과 여기에서 모두 당신을 본 사람으로서 말하자면, 군복도 창녀 옷도 당신한테 아주 잘 어울려."

"참 희한하지 않아? 창녀 짓을 하는 건 넌데 정작 창녀 옷은 내가 입었으니 말이야."

"차라리 어린애들을 죽이는 일을 해 볼까 봐?"

"제발 그만들 해요!" 로곤트가 날카롭게 말했다. "나는 자존심 싸움하는 여자들에 둘러싸여 있어야 하는 운명인 겁니까? 내가 곧 전투에서 지게 생겼다는 사실을 모르는 척하는 건가요? 이제 유령 같은 이쉬리가 내 말 엉덩이에서 홀연히 튀어나와 나를 놀라 자빠지게 한 다음 여러분과 삼인조를 결성하면 완벽하겠군요! 내 고모 세펠린 대공비도 똑같았습니다. 방 안에서 당신이 가장 힘이 세다는 걸 끊임없이 증명하려고 하셨지요! 허세를 부리고 싶으면 두 사람 다 성벽 뒤로 썩 꺼지세요. 나는 여기서 혼자 오스트리아의 몰락을 곱씹고 있을 테니."

아이더가 고개를 숙였다. "전하, 방해가 되려던 건 아니었습니다. 단지 행운을 빌어 드리려 왔을 뿐입니다."

몬자는 그녀에게 날카롭게 쏘아붙였다. "싸우고 싶은 생각은 없나 보지?"

"하, 머카토, 진흙탕에서 피를 흘리는 싸움 말고도 싸울 방법은 많아." 그녀는 안장에서 몸을 기울이며 낮게 속삭였다. "두고 봐."

"전하!" 날카로운 고함 소리가 들렸고, 곧 다른 사람들의 목소리가 합쳐지며 기병들 사이에 흥분의 물결이 퍼져 나갔다. 로곤트의 장교 중 한 명이 강 건너 계곡 저편의 능선을 가리키고 있었다. 옅은 하늘을 배경으로 무언가가 움직이고 있었다. 몬자는 말을 그쪽으로 몰며 빌린 망원경을 꺼내 능선을 살폈다.

먼저 흩어져서 달리는 기병들이 나타났다. 선발대와 장교들, 깃발을 높이 든 기수가 보였다. 흰 깃발에는 탈린을 상징하는 검은 십자가가 그려져 있었고, 깃발 가장자리에는 빨간색과 은색 실로 전투 이름들이 수놓여 있었다. 그중에는 그녀가 참전해 승리를 거둔 전쟁이 여럿 포함되어 있었지만, 기분이 나아지지는 않았다. 그들 뒤로 넓게 줄지어 선 병사들이 시야에 들어왔다. 그들은 창을 어깨에 걸치고 갈색 띠처럼 보이는 황제의 도로를 따라 하류 여울 쪽으로 꾸준히 행진하고 있었다.

가장 앞에 있던 연대가 물에서 약 1킬로미터 떨어진 지점에서 걸음을 멈추고 넓게 퍼지기 시작했다. 뒤에 있던 부대들도 도로 밖으로 쏟아져 나와 계곡을 가로지르며 전열을 형성하기 시작했다. 그녀가 보기에 특별한 전략은 없는 듯했다.

하지만 그들은 수적으로 훨씬 우세했고, 특별한 전략은 필요하지 않았다.

"탈린군이 도착했군." 로곤트가 의미 없이 중얼거렸다.

오르소의 군대였다. 작년 이맘때 스위트파인스에서 그녀와 함께 싸우며 승리를 거둔 병사들이었다. 스톨리쿠스에게 찔리기 전까지 간마크가 이끌던, 지금은 포스카가 이끄는 병사들이었다. 솜털 같은 콧수염을 기른 채 폰테자르모의 정원에서 베나와 함께 웃던 의욕적인 소년. 그녀가 죽이겠다고 맹세했던 그 소년이 그들을 이끌고 있었다. 그녀는 먼지구름 속 전방 대열과 그 뒤로 언덕을 넘어 몰려오는 병사들을 향해 망원경을 움직이며 입술을 잘근잘근 씹었다.

"오른쪽은 에트리사니와 시세일의 연대, 왼쪽에 바올 병사들도 보이네요." 모피와 무거운 쇠사슬로 만든 갑옷을 입고 불규칙하게 행진하는 그들은 스티리아의 먼 동쪽 언덕과 산악지대에서 온 야만적인 전사들이었다.

"대부분 오르소 대공의 정규군이군. 그런데 그대의 천검단 동료들은 어디에 있을까요?"

몬자는 멘지스 언덕을 향해 고갯짓을 했다. 상류 여울 위쪽으로 올리브 숲이 점점이 박힌 녹색 언덕이 보였다. "저기, 언덕 뒤에 숨어 있다는 데 제 목숨을 걸지요. 포스카가 대군을 이끌고 하류 여울을 건너면 전하께서 그와 정면으로 맞설 수밖에 없을 테고, 전하께서 전투에 발이 묶인 동안 천검단은 손쉽게 상류 여울을 건너 성의 측면을 공격할 것입니다."

"그럴듯하군요. 그래서 어떻게 하면 좋겠습니까?"

"스위트파인스나, 뮈셀리아, 하이뱅크에 제때 나타나셨어야 했어요."

"안타깝게도 그 전투들에 늦었고, 지금은 더욱 늦은 것 같군요."

"진작에 공격을 시작했어야 합니다. 저들이 푸란티에서 황제의 도로를 따라 내려오는 동안 도박을 걸었어야 했어요." 몬자는 계곡을 향해 얼굴을 찌푸렸다. 강 양쪽에 수없이 많은 병사들이 늘어서 있었다. "전하께서 수적으로 불리하십니다."

"하지만 더 좋은 위치를 확보하고 있지요."

"그 위치를 위해 선공을 포기하셨지요. 기습할 기회를 잃었어요, 스스로를 덫에 빠뜨리신 겁니다. 병력이 적을 때는 늘 공격적으로 나서야 합니다."

"스톨리쿠스의 가르침 아닌가요? 그대가 책을 읽으며 배운 사람일 줄은 몰랐군요."

"저는 제 할 일을 잘 압니다, 로곤트 공작 전하. 물론 책에서도 배우고요."

"내 실패들을 되짚어 준 그대와 그대의 친구 스톨리쿠스에 진심으로 감사하군요. 이제 성공을 거두려면 어떻게 해야 할지 말해 줄 수 있을까요?"

 몬자는 언덕의 각도와 멘지스 언덕에서 상류 여울까지의 거리, 상류 여울에서 하류 여울까지의 거리와 줄무늬가 그어진 성벽에서 강까지의 거리를 가늠하며 풍경을 살폈다. 저들은 보이는 것보다 좋은 위치에 있었다. 로곤트가 방어해야 할 영역이 너무 넓었고, 방어 병력도 충분하지 않았다.

 "지금 할 수 있는 일은 명확합니다. 강을 건너는 탈린군을 최대한 활로 막으세요. 그리고 전방 대열이 강을 벗어나자마자 모든 보병을 투입해 공격하셔야 합니다. 천검단이 나타났을 때 막을 병력은 있어야 하니 기병은 이곳에 남겨 두시고요. 포스카의 군대가 강을 건너기 전에 무너뜨려야 합니다. 용병들은 그다음 일이고요. 전투가 불리하다고 느끼면 그들은 끝까지 싸우지 않을 겁니다. 하지만 포스카를 무너뜨리는 건……" 그녀는 넓은 여울만큼 넓게 대열을 만들고 있는 엄청난 규모의 병력을 바라보았다. 황제의 도로에서 병사들이 더 쏟아져 나와 그들과 합류하고 있었다. "전하께 승산이 있을 것 같았으면 오르소는 더 경험이 많고 덜 중요한 지휘관을 보냈을 겁니다. 포스카는 용병단 없이도 전하의 두 배 이상 되는 병력을 가졌고, 그가 맡은 일은 전하의 발을 묶어 두는 것뿐이지요. 그녀는 언덕 위를 올려다보았다. 구르컬 사제들이 스티리아 숙녀들로부터 멀지 않은 곳에 앉아 전투를 지켜보고 있었다. 하얀 가운은 햇빛에 밝게 빛났고, 어두운 얼굴은 무겁게 가라앉아 있었다. "예언자가 전하께 기적을 보냈다면 지금이 바로 그때여야 할 텐데요."

 "유감스럽게도, 그는 돈과 친절한 안부 인사만 보냈답니다."

몬자는 콧방귀를 뀌었다. "오늘 전하께서 승리하시려면 친절한 안부 인사만으로는 부족할 텐데요."

"우리가 승리하려면 그렇겠지요." 그가 그녀의 말을 바로잡았다. "그대는 내 옆에서 싸우고 있으니까요. 말이 나왔으니 말인데, 나와 함께 싸우는 이유가 뭔가요?"

왜냐하면 혼자 싸우기에 그녀는 너무 지치고 병들었기 때문이었다. "저는 곤경에 처한 잘생긴 남자들을 저버릴 수가 없답니다. 전하께서 모든 카드를 쥐고 계셨을 때는 오르소를 위해 싸웠지요. 그리고 지금 제가 어디 있는지 보세요."

"중요한 건 우리가 어디에 있느냐지요." 그가 깊이 숨을 들이쉬고는 행복하게 한숨을 내쉬었다.

"뭐가 그렇게 기분이 좋으십니까?"

"그럼 절망하는 게 나을까요?" 로곤트가 그녀를 보며 웃었다. 잘생겼지만 운명에 체념한 듯한 모습이었다. 어쩌면 외모와 운명은 함께 묶여 있는 것일지도 몰랐다. "사실대로 말하자면, 우리가 어떤 상황에 처하든 기다림이 끝나서 안도하는 중입니다. 책임이 큰 사람일수록 인내를 배워야 한다지만 난 기다림을 좋아한 적이 없지요."

"전하의 평판과는 조금 다른데요."

"사람들은 자신의 평판보다 복잡한 존재일 수밖에 없답니다. 머카토 장군. 그대라면 알 텐데요. 오늘 여기서 모든 문제를 끝내야겠습니다. 더 이상은 꾸물거리지 맙시다." 그는 부하 중 한 명과 상의하려고 말을 돌렸고, 몬자는 활 위에 팔을 늘어뜨리고 안장에 축 늘어진 채 얼굴을 찌푸리며 멘지스 언덕을 올려다보았다.

니코모 코스카가 언덕 위에 올라서서 실눈을 뜨고 망원경 너머로 그들을 바라보고 있을지 궁금해졌다.

코스카는 실눈을 뜨고 망원경 너머로 강 건너편의 병사 무리를 바라보았다. 개인적으로는 아무런 원한이 없지만, 그들은 적이었다. 어쨌든 전장은 원한을 품을 만한 곳이 아니었다. 오스프리아의 하얀 탑이 그려진 푸른 깃발이 그들 위에서 펄럭이고 있었다. 그중에는 다른 깃발들보다 더 크고 가장자리가 금색으로 장식된 깃발이 하나 있었다. 꾸물거림의 공작 자신의 깃발이었다. 기수들이 그 주위에 흩어져 있었고, 전투를 구경하러 나온 것처럼 보이는 좋은 옷을 차려입은 숙녀들 무리도 있었다. 구르컬 사제들도 보이는 것 같았지만, 그들이 어떤 일로 전장에 나왔는지 코스카는 이해할 수 없었다. 그는 몬즈카로 머카토도 숙녀들 사이에 있을지 궁금해졌다. 즉위식에나 어울릴 치렁치렁한 비단옷을 입고 말안장에 옆으로 다소곳이 앉아 있는 그녀를 상상하니 잠시 웃음이 났다. 전장은 분명히 즐거움을 주는 장소였다. 그는 망원경을 내리고, 플라스크를 한 모금 들이켠 뒤 오래된 올리브 나뭇가지 사이로 반짝이는 햇살을 느끼며 행복하게 눈을 감았다.

"그래서?" 안디체의 거친 목소리가 들려왔다.

"뭐가? 아, 알다시피 아직 정렬 중이네."

"리그랏에게서 탈린군이 곧 공격을 시작한다는 소식이 들어왔네."

"아! 그렇군." 코스카가 앞으로 몸을 기울이며 오른쪽 능선이 보이도록 망원경을 움직였다. 포스카의 보병대 선두가 이제 강 근처에 다다랐고, 꽃이 듬성듬성 피어 있는 풀밭에 질서 정연한 대열을 유지하며 넓게 퍼지고 있었다. 황제의 도로의 단단한 흙은 넘쳐나는 병사들에 가려 보이지 않았다. 그들의 발소리, 장교들의 어렴풋한 구령, 규칙적으로 쿵, 쿵 울리는 북소리가 따뜻한 공기에 실려 희미하게 들려왔다. 코스카는 손을 천천히 앞뒤로 흔들며 장단을 맞췄다. "군사적 장관이로군!"

그는 세상이 담긴 둥근 창을 도로 아래로, 유유히 흐르는 반짝이는 강물로, 강 건너편 둑으로, 그리고 언덕 위로 움직였다. 오스프리아 군대가 강 위로 백 걸음 정도의 높이에서 그들을 맞이할 준비를 하고 있었다. 그들 뒤로 궁수들이 높은 지대에 길게 줄을 서서 무릎을 꿇고 사격 준비를 하고 있었다. "안디체…… 곧 피비린내 나는 광경을 목격하게 될 것 같은 예감이 드는군. 병사들에게 앞으로 이동하라고 명령하게. 여기 우리 뒤까지, 언덕 정상에서 쉰 걸음 정도 떨어지도록."

"하지만…… 그렇게 되면 눈에 띌 텐데. 기습의 효과를 잃게 될……."

"기습은 집어치워. 그들이 전투를 보고, 전투가 그들을 보게 할 걸세. 전투의 맛을 보여 주자고."

"하지만 장군……."

"이봐, 명령을 내리게. 쓸데없는 걱정 말고."

안디체는 얼굴을 찌푸리며 돌아서서 자신의 부사관 중 한 명에게 손짓을 했다. 코스카는 만족스러운 한숨을 내쉬며 뒤로 몸을 기 댔고, 다리를 뻗은 채 반짝반짝 닦은 한쪽 군화를 다른 쪽 위에 얹 었다. 좋은 군화였다. 마지막으로 좋은 군화를 신은 지 얼마나 되었던가? 포스카의 부대 선두가 강으로 들어섰다. 병사들은 결연한 의지로 무릎까지 잠기는 차가운 강물을 헤쳐 나가면서, 그들 앞 고지대에 잘 정렬된 적지 않은 병력을 달갑지 않게 바라보았다. 곧 쏟아질 화살과 돌격해 올 병사들을 기다리는 듯했다. 코스카는 여울을 건너는 그들이 결코 부럽지 않았다. 솔직히 말 몇 마디로 그 임무를 피했다는 사실이 매우 기뻤다. 코스카는 모비어의 플라스크를 들어 입술을 살짝 적셨다.

시버스는 명령을 내리는 희미한 고함 소리와 몇백 개의 화살이 한꺼번에 발사되는 덜거덕거리는 소리를 들었다. 로곤트의 궁수들이 일제히 쏜 첫 번째 화살은 검은 파편처럼 흩어지며 하늘 높이 올라갔다가, 얕은 여울을 건너고 있는 탈린군 위로 비처럼 쏟아졌다. 시버스는 안장에서 몸을 뒤척이고 가려운 흉터를 살살 문지르며 꼬이고 휘어지고 구멍이 생기기 시작한 병사들의 대열을 지켜보았다. 깃발들이 축 늘어졌다. 뒤로 물러나기 위해 속도를 늦추는 병사가 있는가 하면 더 앞으로 나가고 싶어 박차를 가하는 병사도 있었다. 동전의 양면처럼, 두려움과 분노가 한 공간 안에 공존하고 있었다. 적들의 화살이 날아드는 동안 밀집된 대열로 열악한 지형을 행군하면서 즐거워할 사람은 없는 법이다. 병사들은 시체들을 밟고 지나갔다. 어쩌면 친구의 시체일 수도 있었다. 작은 돌풍 하나로 화살이 군화 옆 땅에 박힐지 얼굴에 꽂힐지가 달라진다는 사실을 안다면, 그 끔찍한 가능성을 결코 배제할 수 없었다.

전투라면 평생 질리도록 봐 온 시버스였다. 그는 전투가 벌어지는 모습을 지켜보거나 멀리서 들려오는 소리를 듣거나 자신이 나설 순간을 기다리면서 자신의 운명이 어떻게 될지 걱정하는 한편, 자신을 따르는 사람들과 자신이 따르는 사람들이 그의 두려움을 눈치채지 못하도록 애를 쓰곤 했다. 블랙웰에서 쿵쿵 뛰는 심장을 안고, 언뜻 비치는 그림자에도 깜짝 놀라며 안개 속을 달리던 기억이 떠올랐다. 컴누르 전투에서는 5000명의 전우들과 함께 긴 언덕을 내려가며 전투의 함성을 질렀다. 던브렉에서는 러드 스리트리스를 따라 피어드를 향해 돌격했고, 전선을 지키느라 거의 목숨을 바칠 뻔했다. 하이플레이스 전투에서는 샨카가 계곡에서 물밀듯 밀려 나오고, 동쪽 사람들이 미친 듯이 성벽을 오르는 가운데, 블러디나인과 등을 맞대고 죽기 살기로 싸웠다. 냄새, 소리, 피부에 닿는 공기의 느낌, 절박한 희망과 광기 어린 분노까지, 그는 자신을 벨 수도 있을 만큼 날카로운 기억들을 떠올렸다.

그는 또 한 번 일제 사격이 쏘아 올려지는 모습과 강을 건너오는 대규모 탈린 병력을 지켜보며, 호기심 말고는 별다른 감정을 느끼지 못했다. 어느 쪽에도 연대감을 느낄 수 없었다. 죽은 자들에 대한 슬픔도, 자신에 대한 두려움도 없었다. 그는 비처럼 쏟아지는 화살 속에서 쓰러지는 사람들을 지켜보며 트림을 했다. 만약 강이 갑자기 범람해서 저 아래에 있는 놈들을 모두 바다로 쓸어 버린다고 해도 자신의 목구멍을 타고 올라오는 쓰린 느낌보다 신경이 쓰일 것 같지 않았다. 빌어먹을 세상이 물속에 가라앉는다 해도 마찬가지였다. 그는 전투의 결과가 어떻든 조금도 상관하지 않았다. 그의 전쟁이 아니었으니까.

그래서 그는 자신이 왜 지는 쪽에서 전투 준비를 하고 있는지 이유를 알 수 없었다.

시버스의 시선이 막 시작된 전투에서 몬자에게로 옮겨 갔다. 그녀가 로곤트의 어깨를 두드리자, 그의 뺨이 한 대 맞은 것처럼 화끈거렸다. 두 사람이 이야기를 나눌 때마다 그의 가슴에 비수가 꽂혔다. 그녀의 검은 머리카락이 잠시 뒤로 날리며 단단히 다문 턱과 얼굴 한쪽이 드러났다. 그는 자신이 그녀를 사랑하고 원하는지, 아니면 단지 그녀가 자신을 원하지 않는 것이 패씸한 것인지 알 수 없었다. 그에게 그녀는 계속해서 뜯어내지 않고는 못 배기는 딱지였고, 물어뜯지 않고는 못 배기는 터진 입술이었으며, 셔츠가 다 떨어질 때까지 잡아당기지 않고는 못 배기는 헐거운 실밥 같았다.

계곡 아래쪽에 있는 탈린군 선두는 더 큰 위험에 처해 있었다. 허우적허우적 물을 헤치며 둑으로 올라오던 그들은 쏟아지는 화살에 여울에서 쩔쩔매다가 대형이 흐트러졌다. 몬자가 로곤트에게 무언가를 외쳤고, 로곤트는 부하 중 한 명을 불렀다. 시버스는 언덕 아래에서 올라오는 함성을 들었다. 돌격 명령이었다. 오스프리아 보병들이 창을 일제히 아래로 휘둘렀고, 반짝이는 창날 때문에 마치 물결이 치는 것처럼 보였다. 곧 그들은 움직이기 시작했고, 처음에는 천천히 움직이다 속도를 내기 시작하더니 이내 구보로 달리기 시작했다. 빠른 손놀림으로 화살을 장전하고 쏘는 궁수들로부터 떨어져 나온 보병들은 긴 언덕을 따라 반짝이는 강과 강둑에서 열을 맞추려고 허둥거리고 있는 탈린군을 향해 달려갔다.

시버스는 양측이 서로 맞붙어 합쳐지는 모습을 지켜보았다. 곧 접전 소리가 바람에 실려 와 희미하게 들렸다. 금속이 덜거덕거리고, 쨍그랑거리며, 철컹거리는 소음이 마치 납 지붕에 우박이 떨어지는 소리처럼 들렸다. 그 소리와 함께 포효, 통곡, 비명도 울려 퍼졌다. 여전히 물을 헤치고 나아가고 있는 병사들 위로 또 한 번 화살 비가 쏟아졌다. 시버스는 그 모든 장면을 지켜보며 다시 트림을 했다.

로곤트의 본부는 죽은 듯이 조용했다. 모두가 여울을 내려다보며 입과 눈을 크게 뜨고, 걱정이 가득한 창백한 얼굴로 고삐를 꽉 쥐고 있었다. 탈린군도 이제는 자신들의 석궁 궁수들을 준비시켜 물가에서 활을 쏘아 올렸고, 화살은 궁수들 사이에서 쉭쉭 소리를 내며 평평하게 날아갔다. 여러 명이 쓰러졌다. 누군가가 비명을 지르기 시작했다. 빗나간 화살 한 발이 로곤트의 장교 중 한 명 근처 잔디에 퍽 하는 소리를 내며 꽂혔고, 깜짝 놀란 말이 몸부림을 치는 바람에 그는 안장에서 거의 떨어질 뻔했다. 몬자는 자신의 말을 한두 걸음 앞으로 걷게 했고 시야를 더 확보하려고 등자를 딛고 일어섰다. 빌려 입은 갑옷이 아침 햇살에 흐릿하게 빛났다. 시버스는 얼굴을 찡그렸다.

어쨌든 시버스는 그녀를 위해 이곳에 와 있었다. 그녀를 위해 싸우고, 그녀를 보호하고, 둘 사이의 일을 바로잡기 위해 이곳에 와 있었다. 어쩌면 그녀가 그에게 상처를 줬듯 그녀에게 상처를 주기 위해서인지도 몰랐다. 그는 손톱이 손바닥을 파고들도록 주먹을 꽉 쥐었다. 하인의 이를 부러뜨린 손가락 관절이 아파 왔다. 두 사람의 관계는 아직 끝나지 않았고, 그것만은 확실했다.

진짜 계획

위쪽 여울에는 강물이 느긋하게 흐르고 있었다. 얕은 물에 아침 햇살이 부서져 반짝이고 있었다. 강 건너편 둑 위에 흩어져 있는 건물들 사이에서 희미한 도로가 뻗어 나와 과수원을 가로질러 긴 언덕을 따라 올라갔다. 도로는 검은 암석 줄무늬가 둘린 오스프리아의 가장 바깥 성벽의 문으로 이어졌다. 모든 것이 버려진 듯 보였다. 로곤트의 보병들은 대부분 아래쪽 여울에서 벌어지는 치열한 전투에 투입되었다. 아주 적은 규모의 부대만이 궁수들을 보호하기 위해 남아 있었다. 궁수들은 강 한복판을 건너고 있는 병사들 무리를 향해 가능한 한 빠르게 화살을 장전하고 발사하고 있었다.

최후의 예비 병력인 오스프리아 기병들이 성벽 그늘에서 대기하고 있었지만, 수가 너무 적었고 너무 멀리 떨어져 있었다. 천검단이 승리로 가는 길은 훤히 뚫려 있는 것 같았다. 코스카는 자신의 목을 부드럽게 문질렀다. 그의 판단으로는 지금이야말로 공격하기에 완벽한 순간이었다.

안디체도 분명하게 동의하는 듯했다. "저 아래가 점점 달아오르고 있군. 병사들더러 말에 오르라고 할까?"

"괜히 번거롭게 하지 말지. 아직 일러."

"확실한가?"

코스카는 그를 차분하게 돌아보며 말했다. "내가 확신이 없어 보이나?" 안디체는 울퉁불퉁한 볼을 부풀리더니, 부하 장교들과 상의하러 성큼성큼 걸어갔다. 코스카는 머리 뒤로 깍지를 끼고 기지개를 켜며, 천천히 진행돼 가는 전투를 지켜보았다. "내가 무슨 말을 하고 있었더라?"

"이 모든 것을 뒤로하고 떠날 기회." 프렌들리가 말했다.

"아! 그렇지! 이 모든 것을 뒤로하고 떠날 기회가 있었지. 하지만 돌아오기로 했네. 변화라는 게 그렇게 간단하지가 않아. 그렇지 않나, 원사? 나는 이 모든 일들이 얼마나 부질없고 공연한 짓인지 완전히 이해하지만 어쨌든 발을 담그고 있네. 그렇다면, 정의로운 대의를 내세우고 자신이 고귀하다고 여기면서 같은 짓을 하는 사람보다 내가 더 나쁜가, 더 나은가? 옳고 그름은 생각하지 않고 자신의 이익만을 위해 같은 짓을 하는 사람보다는? 아니면 우리 모두가 똑같은 놈들인가?"

프렌들리는 그저 어깨를 으쓱할 뿐이었다.

"사람들은 죽고, 불구가 되고, 삶은 파괴되지." 코스카는 아무 감정도 없이 마치 채소 목록을 읊듯 이야기했다. "나는 파괴와 관련된 일을 하며 인생의 절반을 보냈네. 나머지 절반은 끈질기게 나 자신을 파괴하며 보냈지. 나는 아무것도 창조하지 않았어. 과부, 고아, 폐허와 고통, 어쩌면 사생아 한두 명과 많은 양의 토사물을 제외하면 말일세. 영광? 명예? 그것들보다는 내 오줌이 더 가치 있을 걸세. 적어도 쐐기풀이라도 자라게 할 수 있을 테니까." 그의 목적이 자신의 양심을 깨우는 것이라면, 아쉽게도 그의 양심은 여전히 잠들어 있었다. "나는 많은 전투에 참전했네, 프렌들리 원사."

"몇 번이나 참전했소?"

"열댓 번? 스무 번? 어쩌면 그보다 더? 전투와 소규모 접전을 가르는 기준이 모호하단 말이지. 어떤 포위 작전은 교전이 여러 차례 발생하며 오래 지속되기도 했지. 그것들은 한 번으로 쳐야 하나, 아니면 여러 번으로 쳐야 하나?"

"군인은 당신이오."

"나도 답을 모르네. 전쟁에서 명확한 선은 없으니까. 내가 무슨 이야기를 하고 있었더라?"

"수없이 참전했다고."

"아, 그렇지! 수없이 참전했지. 나는 늘 싸움에 깊이 연루되지 않으려고 애썼지만, 실패할 때가 많았네. 나는 혼란의 도가니가 어떤지 아주 잘 알고 있어. 칼날이 번쩍이고, 방패가 쪼개지고 창이 부서지지. 몸싸움과 열기, 땀, 죽음의 악취로 가득하다네. 작은 영웅적 행동과 사소한 악행 들이 이어지고, 발밑에서는 영광의 깃발과 명예로운 사람들이 짓밟히지. 잘려 나간 팔다리, 분수처럼 솟구치는 피, 쪼개진 머리뼈, 쏟아지는 내장과 그 밖의 모든 것들을 떠올려 보게나." 그는 눈썹을 치켜올렸다. "이런 상황이라면 익사한 시체들도 있으리라고 예상하는 게 합리적이겠군."

"몇이나 될 것 같소?"

"구체적으로 말하기는 어렵지." 코스카는 다고스카의 해협에서 익사해 바다로 쓸려 갔다가 조수 때마다 떠밀려 온 용감한 구르컬 병사들의 시신을 떠올리며 길게 한숨을 내쉬었다. "어쨌거나 나는 별다른 감정 없이 지켜볼 수 있게 되었네. 내가 무정하기 때문인가? 지휘관으로서 마땅히 보여야 할 무관심인가? 아니면 태어나던 순간의 별자리 배열 때문인가? 나는 죽음과 위험 앞에서 늘 자신감이 넘친다네. 다른 어느 때보다도 더 그렇지. 공포를 느껴야 할 때 행복하고, 침착해야 할 때 두려워하지. 나는 나 자신에게조차 수수께끼 같은 존재야. 나는 거꾸로 된 사람인 것 같군, 프렌들리 원사!" 그의 웃음이 킥킥거리는 소리로 바뀌었다가 곧 한숨과 함께 잠잠해졌다. "거꾸로 뒤집히고 속도 뒤집힌 사람이지."

"장군." 안디체가 머리칼을 흘러내리며 다시 한번 허리를 숙여 코스카에게 말을 걸었다.

"대체 또 뭔가? 철학적 사색을 좀 하려 했더니"

"오스프리아 병력이 완전히 교전 중일세. 포스카의 군대를 잡느라 보병대 전원이 발이 묶였지. 기병대 몇 명 말고는 예비 병력도 없는 상황이야."

코스카는 실눈을 뜨고 계곡을 내려다보았다. "그건 나도 보고 있어. 안디체 사령관. 우리 모두가 아주 분명하게 보고 있지. 뻔한 말을 굳이 입 밖으로 낼 필요는 없네."

"그게⋯⋯ 저런 놈들을 쓸어 버리는 건 문제도 아닐세. 명령만 내리면 내가 처리하지. 이보다 더 쉬운 기회를 찾기 힘들 걸세."

"고맙네만, 지금 저기는 끔찍하게 더워 보이는군. 나는 지금 여기가 아주 편안하네. 나중에 하도록 하지."

"하지만 굳이……."
"그렇게 오래 전장에서 생활했으면서 여전히 지휘 체계를 헷갈려하다니 놀랍군! 내가 어떤 명령을 내릴지 예상하려고 애쓰는 것보다 그냥 내 명령을 기다리는 쪽이 훨씬 덜 초조할 걸세. 이거야말로 정말로 가장 단순한 군사 원칙이지."
안디체는 기름진 머리를 긁었다. "체계야 이해하네만."
"그럼 그에 맞게 행동하게. 그늘진 곳을 찾아서 다리를 좀 쉬게 해. 쓸데없이 돌아다니지 말고. 저 염소를 좀 본받게나. 저 녀석이 호들갑을 떨고 있나?"
올리브나무 사이 풀을 뜯던 염소가 고개를 잠시 들고, 매 하고 울었다.
안디체는 손을 허리에 얹은 채 얼굴을 찌푸리며 계곡을 내려다보다가 다시 코스카를 쳐다보았다. 그러고는 염소를 향해 인상을 한번 쓴 다음 돌아서서 고개를 저으며 그들에게서 멀어졌다.
"다들 서두르기만 하고 있군, 프렌들리 원사, 도저히 평화를 얻을 수는 없는 건가? 햇볕을 피해 조용하게 있고 싶은 마음이 정말 너무 큰 욕심인가? 내가 무슨 이야기를 하고 있었더라?"

"왜 공격을 시작하지 않는 거지?"
천검단이 언덕 꼭대기로 스멀스멀 올라오는 모습을 보았을 때, 푸른 아침 하늘을 배경으로 작은 인간들과 말들, 창들이 검은 점으로 나타났을 때, 몬자는 그들이 곧 돌격하리라고 생각했다. 그녀가 로곤트에게 말했던 대로 그들은 곧 상류의 여울을 신나게 건너와 로곤트의 부대를 측면에서 공격하리라 생각한 것이다. 그녀라면 그렇게 했을 터였다. 전투와 여덟 기사단을, 그리고 그녀의 희망을 그렇게 끝냈을 것이다. 니코모 코스카는 따기 쉬운 열매를 그냥 두고 보는 사람이 아니었고, 그녀가 이끌던 부하들보다 그 열매를 빨리 먹어 치우는 사람들도 없었다.

하지만 천검단은 훤히 드러난 멘지스 언덕 꼭대기에 자리를 잡고 마냥 기다렸다. 아무것도 하지 않고 기다렸다. 한편 포스카의 탈린군은 아래 여울의 둑에서 로곤트의 오스프리아군과 맞부딪쳐 고군분투하고 있었다. 강, 지형, 경사가 모두 그들에게 불리했고, 최전선 뒤에 있는 병사들에게는 화살이 가차 없이 쏟아지고 있었다. 시체들이 물살에 휩쓸려 강둑으로 떠밀려 올라오거나 여울의 얕은 물속에서 떠다니고 있었다.

여전히 천검단은 움직이지 않았다.

"내려올 생각도 없으면서 굳이 왜 모습을 드러낸 거야?" 몬자는 의심하며 입술을 깨물었다. "코스카가 바보도 아니고. 왜 기습을 포기한 거지?"

로곤트 공작은 어깨를 으쓱했다. "불평할 이유가 있나요? 그가 오래 기다릴수록 우리에게는 더 좋지 않습니까? 우리는 포스카만 상대하기도 충분히 벅찬데요."

"무슨 꿍꿍이지?" 몬자는 올리브 숲 옆 언덕 꼭대기에 정렬한 기병들을 올려다보며 말했다. "저 늙은 여우가 무슨 일을 꾸미고 있는 거야?"

리그랏 대령이 땀으로 흠뻑 젖은 말을 몰아 천막들 사이를 질주하자 한가롭게 있던 용병들은 사방으로 흩어졌다. 그는 곧 야수처럼 고삐를 사납게 당겼다. 안장에서 미끄러지듯 내려오다 거의 넘어질 뻔한 그는 등자에서 신경질적으로 발을 홱 뽑은 후 성큼성큼 다가오며 장갑을 벗어 던졌다. 땀에 젖은 얼굴이 붉게 상기되어 있었다. "코스카! 니코모 코스카, 빌어먹을!"

"리그랏 대령! 젊은 친구, 좋은 아침이오. 일은 잘되어 가고 있겠지?"

"잘돼 가냐고? 대체 왜 공격하지 않는 거요?" 그는 지휘봉을 어디에 두었는지 잊어버린 듯 손가락으로 강 쪽을 가리키며 소리쳤다. "우린 계곡에서 교전 중입니다! 그것도 아주 치열하게요!"

"아, 그렇군." 코스카는 앞으로 몸을 기울이며 부드럽게 총사령관 의자에서 일어섰다. "병사들과 좀 떨어진 곳에서 이 문제를 논의하는 것이 좋겠네. 말다툼하는 모습을 보여 좋을 게 뭐 있나. 게다가 내 염소가 겁을 먹는단 말일세."

"뭐요?"

코스카는 염소의 등을 톡톡 두드렸다. "나를 완전히 이해하는 건 이 녀석뿐이지. 내 막사로 가십시다. 과일을 대접해 드리지요! 안디체! 자네도 함께 가지!"

그가 성큼성큼 걸어가자 리그랏은 어리둥절하며 그 뒤를 따랐다. 안디체 역시 영문을 모른 채 그들 뒤를 따랐다. 그들은 거대한 언월도를 들고 입구를 지키고 있는 노카우를 지나 승리의 깃발들로 장식된 서늘하고 어두운 천막으로 들어갔다. 코스카는 손등으로 가장자리가 불에 그을린 낡은 천 조각을 흐뭇하게 쓸어내렸다. "뮈리스 성벽에 걸려 있던 깃발일세, 포위전 동안…… 그게 벌써 12년 전이었나?" 그가 돌아서자 다른 이들을 따라 천막으로 들어와 입구 근처에 눈에 띄지 않게 서 있는 프렌들리가 보였다. "성벽 가장 높은 곳까지 가서 내가 가져온 깃발이지."

"먼저 올라가 있던 죽은 영웅의 손에서 빼앗아서 말이지." 안디체가 말했다.

"훔친 깃발을 자기보다 더 능력 있는 2인자에게 넘기는 것 말고 죽은 영웅이 뭘 할 수 있겠나?" 코스카는 탁자에 있던 과일 그릇을 들어 올려 리그랏의 코앞에 내밀었다. "안색이 좋지 않아 보이는군, 대령. 포도를 하나 먹게."

대령의 얼굴이 부르르 떨리더니 순식간에 포도색으로 물들기 시작했다. "포도? 포도라고?" 그는 장갑 낀 손을 막사 입구를 향해 휘둘렀다. "즉시 공격하시오! 그렇게 하는 게 좋을 겁니다!"

"공격이라." 코스카가 얼굴을 찡그렸다. "상류 여울을 건너란 말인가?"

"그렇소!"

"어젯밤 자네가 내게 설명한 그 훌륭한 계획대로?"

"그렇다니까! 그렇다고!"

"솔직히, 나로서도 그것보다 즐거운 일은 없을 것 같네. 나는 공격을 좋아하지. 지나가는 사람한테 물어봐도 좋아. 하지만 문제가 있는데…… 그게……" 그가 두 손을 크게 벌리며 말하는 동안 긴장으로 가득 찬 침묵이 이어졌다. "내가 로곤트 공작의 구르컬 친구에게서 그렇게 하지 않는 대가로 막대한 돈을 받았단 말이지."

어디선가 이쉬리가 불쑥 나타났다. 천막 가장자리에 드리웠던 그림자에서 형체가 만들어지더니 낡은 깃발 주름 사이로 미끄러지듯 모습을 드러냈다. "반가워요." 그녀가 말했다. 리그랏과 안디체 모두 아연실색하며 그녀를 바라보았다.

코스카는 부드럽게 펄럭이는 천장을 올려다보며 한 손가락으로 오므린 입술을 톡톡 두드렸다. "딜레마일세. 도덕적 딜레마야. 나는 정말로 공격하고 싶은데, 로곤트를 공격할 수는 없고. 그렇다고 포스카를 공격하자니 그의 아버지도 나에게 후하게 돈을 지불했거든. 젊을 때는 바람 부는 대로 이리저리 휘둘렸네만, 이제는 진심으로 변하려고 노력하는 중이란 말일세. 며칠 전 저녁에 이야기한 것처럼 말이지. 그래서 양심상 내가 할 수 있는 일은, 여기 앉아서," 그는 포도를 한 알을 입에 넣고 깨물었다. "아무것도 하지 않는 것뿐이라네."

리그랏은 씩씩거리며 뒤늦게 자신의 검을 잡으려 했지만, 프렌들리의 커다란 주먹이 이미 그 검 자루를 쥐고 있었고, 다른 손에는 칼이 번뜩이고 있었다. "아니, 아니, 안 되지." 프렌들리가 대령의 검을 조심스럽게 칼집에서 빼내어 천막 건너편으로 던지는 동안 리그랏은 얼어붙어 있었다.

코스카는 공중에서 검을 낚아채 몇 번 휘둘러 보았다. "훌륭한 검일세, 대령. 검을 보는 눈은 칭찬해. 자네 전략은 칭찬할 수 없겠지만."

"양쪽에서 돈을 받아? 아무랑도 싸우지 않기로 했다고?" 안디체는 한 팔을 코스카의 어깨에 두르며 귀에 걸릴 듯한 미소를 지었다. "내 오랜 친구여! 왜 진작 말하지 않았나? 이런, 자네가 돌아와서 정말 기쁘군!"

"그런가?" 코스카는 매끄러운 동작으로 리그랏의 검을 잘 닦인 자루만 보일 때까지 그의 가슴팍에 꽂았다. 안디체는 눈이 휘둥그레진 채 입을 벌리고 쌕쌕거리며 숨을 길게 들이쉬었다. 곰보 자국이 가득한 얼굴이 일그러졌다. 비명을 지르려 했지만, 입 밖으로 나오는 것은 나직한 기침 소리뿐이었다.

코스카는 그에게 몸을 가까이 기울이며 말했다. "감히 나를 배신할 수 있다고 생각했나? 은화 몇 푼에 내 자리를 다른 사람에게 넘겨 놓고, 다시 웃으며 친구가 되자고? 나를 잘못 봤군, 안디체. 아주 잘못 봤어. 내가 사람들을 웃게 만들 수는 있지만, 광대는 아니지."

어두운 피가 스며든 안디체의 외투가 반짝였고, 얼굴은 부르르 떨리며 붉게 변했으며, 목 핏줄이 불거졌다. 힘없이 코스카의 흉갑을 긁는 그의 입술 밖으로 핏빛 거품이 일었다. 코스카는 검 자루를 놓고 손을 안디체의 소매에 닦고는 그를 밀쳐 넘어뜨렸다. 안디체는 피를 토하며 옆으로 쓰러져 약하게 신음하다가 곧 움직임을 멈췄다.

"재미있네요." 이쉬리가 코스카의 옆에 쪼그리고 앉았다. "난 잘 놀라지 않는데 말이죠. 당신 자리를 빼앗은 건 사실 머카토인데, 왜 그 여자는 그냥 놔뒀죠?"

"곰곰이 생각해 보니, 내가 배신을 당하게 된 전말이 알려진 이야기와는 맞지 않는 것 같더군. 하지만 어쨌든, 아름다운 여인이 저지른 잘못은 뭐든 용서할 수 있지만, 못생긴 남자가 저지른 잘못은 조금도 참을 수 없는 법이지. 그리고 내가 절대 참을 수 없는 한 가지가 있다면, 바로 배신이야. 살면서 뭔가 하나는 끝까지 지켜야지."

"배신?" 마침내 목소리를 찾은 리그랏이 고래고래 소리를 질렀다. "당신은 대가를 치르게 될 거야, 코스카, 이 배신자……."

프렌들리의 칼이 리그랏의 목에 꽂혔다가 빠졌고, 천막 바닥에 쏟아진 피가 천검단을 조직하던 날 사자인이 걸어 놓은 뮈셀리아 깃발에 튀었다.

리그랏은 무릎을 꿇으며 한 손으로 목을 움켜쥐었고, 피가 그의 재킷 소매를 따라 흘러내렸다. 앞으로 고꾸라진 그는 얼굴을 땅에 박고 잠시 몸을 떨다 곧 움직임을 멈췄다. 바닥 깔개까지 번진 어두운 피가 이미 안디체의 시신에서 스며 나온 핏자국과 합쳐졌다.

"아," 코스카가 탄식했다. 리그랏을 붙잡아두고 있다가 몸값을 받고 가족에게 돌려보낼 계획이었는데 계획이 무산되고 만 것이었다. "그건 좀…… 무례했군, 프렌들리."

"오." 프렌들리가 피 묻은 칼을 보며 찡그렸다. "나는…… 당신 지시를 따르려고 한 건데. 원사로서."

"물론 그랬을 테지. 내 책임일세. 좀 더 구체적으로 지시를 내렸어야 했어. 나는 늘…… 불명확함이랄까? 그런 단어가 있던가?"

프렌들리가 어깨를 으쓱였다. 이쉬리도 마찬가지였다.

"글쎄." 코스카는 리그랏의 시신을 내려다보며 목을 살살 긁었다. "내가 본 바로는 성가시고, 거만하며, 점잔 빼는 인간이었지. 하지만 만약 그게 죽을죄라면 아마 세상의 절반은 교수형을 당할 테고, 그중에서도 내가 제일 먼저 사형대에 오를 걸세. 아마도 그에게 내가 알지 못하는 훌륭한 자질이 많이 있었을지도 모르지. 적어도 그의 어머니는 그렇게 말할 걸세. 하지만 우린 전투 중이야. 어쩔 수 없이 시체가 생기게 마련이지." 그는 천막 덮개로 걸어가서, 잠시 숨을 고른 후 필사적으로 덮개를 젖혔다. "도움이 필요하네! 어서, 좀 도와주게!"

코스카는 안디체의 시신으로 서둘러 돌아가 그 옆에 쪼그리고 앉았다가, 무릎을 이쪽저쪽으로 꿇어 가며 그가 생각하기에 가장 비통해 보이는 자세를 취했고 때마침 세사리아가 막사로 뛰어들어 왔다.

"세상에!" 세사리아는 시신 두 구를 보며 말했다. 곧 눈이 휘둥그레진 빅투스가 합류했다.

"안디체!" 코스카는 자신이 떨어뜨린 자리에 그대로 놓여 있는 리그랏의 검을 가리켰다. "찔렸네!" 그는 당황한 사람들이 당연한 이야기를 하곤 한다는 사실을 알고 있었다.

"수술 의사를 불러와라!" 빅투스가 외쳤다.

"차라리 사제를 부르는 게 낫겠네요." 이쉬리가 거들먹거리며 막사를 가로질러 그들에게 걸어왔다. "죽었어요."

"어떻게 된 일인가?"

"리그랏 대령이 검으로 찔렀지요."

"자넨 누군가?"

"이쉬리요."

"용감한 친구였는데!" 코스카는 안디체의 부릅뜬 눈과 벌어진 입, 피범벅이 된 얼굴을 어루만졌다. "정말 좋은 친구였지. 그가 나 대신 공격을 받아 냈네."

"안디체가?" 세사리아는 믿는 것 같은 눈치가 아니었다.

"날 구하려고…… 자기 목숨을 바쳤네." 코스카의 목소리는 점점 줄어들어 마지막 단어를 말할 때는 거의 사라질 듯 작아져 있었다. 그는 눈가에 맺힌 눈물을 급히 닦아 냈다. "프렌들리 원사가 재빨리 움직여 주지 않았더라면 나도 당했을 걸세." 그가 안디체의 가슴팍을 주먹으로 때리자, 아직 온기가 가시지 않은 피에 젖은 외투가 철벅거리는 소리를 냈다. "내 탓이야! 내 탓일세! 나 자신이 원망스럽군!"

"대체 왜?" 빅투스가 이를 갈며 리그랏의 시신을 노려보았다. "그러니까 이 자식이 왜 자넬 공격했나?"

"내 탓일세!" 코스카가 울부짖었다. "내가 전투에서 빠지는 대가로 로곤트에게서 돈을 받았기 때문이지!"

세사리아와 빅투스가 눈빛을 주고받았다. "전투에서 빠지는 대가로…… 돈을 받았어?"

"액수가 엄청났단 말일세! 당연히 계급에 따라 모두에게 나눠 줄 생각이었지." 코스카는 이제 그 돈은 별로 중요하지 않다는 듯 공중에서 손을 저었다. "모든 병사들에게 위험수당으로 거키쉬 금을 지급할 걸세."

"금이라고 했나?" 세사리아는 눈썹을 치켜올리며 코스카가 마법의 단어라도 말한 듯 중얼거렸다.

"하지만 내 오랜 친구와 단 1분이라도 더 함께 보낼 수 있다면 그 모든 돈을 바다에 던져 버릴 수 있어! 다시 그의 목소리를 듣고, 미소를 보고 싶군. 하지만 이제는 더 이상 볼 수 없게 되었어. 그는 영원히……" 코스카는 모자를 벗어 안디체의 얼굴에 부드럽게 덮고 고개를 떨궜다. "잠들었으니."

빅투스가 목청을 가다듬었다. "그 액수가 정확히 얼마인가?"

"어마어마…… 하다네" 코스카가 떨리는 숨을 들이쉬었다. "오르소가 그의 편에서 싸우는 대가로 지급한 돈만큼."

"안디체가 죽다니, 그 돈의 대가가 컸군." 하지만 세사리아는 긍정적인 면을 떠올리는 듯한 표정이었다.

"너무 큰 대가를 치렀어. 너무나도 큰." 코스카는 천천히 일어섰다. "친구들…… 장례를 치를 준비를 해 줄 수 있겠나? 나는 전투를 지켜봐야 해서. 우리는 그를 위해서라도 계속 삶을 살아내야 하네. 그래도 한 가지는 다행이군."

"돈 말인가?" 빅투스가 물었다.

코스카는 각 대장의 어깨에 양손을 올리며 말했다. "내 거래 덕분에 우리가 싸울 필요가 없다는 것이지. 오늘 천검단에서 유일한 희생자는 안디체가 될 거야. 그는 우리 모두를 위해 목숨을 바친 셈이지. 프렌들리 원사!" 코스카는 돌아서서 밝은 햇빛 속으로 나아갔다. 이쉬리가 그의 옆에서 조용히 미끄러지듯 걸음을 옮겼다.

"대단한 구경거리였어요." 그녀가 웅얼거렸다. "장군이 아니라 배우가 됐으면 좋았을걸."

"장군과 배우는 자네가 생각하는 것만큼 다르지 않아." 코스카는 총사령관 의자로 걸어가 등받이에 기대앉으며 갑자기 피곤이 밀려오고 짜증이 치밀었다. 아피에리에서의 일을 복수하는 꿈을 오랫동안 꿔 온 그에게는 실망스러운 결말이었다. 간절하게 술을 마시고 싶어져 손으로 더듬어 모비어의 플라스크를 찾았지만 이미 비어 있었다. 그는 계곡 아래쪽을 바라보며 얼굴을 찌푸렸다. 탈린군은 아래 여울의 둑에서 약 1킬로미터 너비로 흩어져 필사적인 전투를 벌이며 천검단의 지원을 기다리고 있었다. 결코 오지 않을 지원이었다. 탈린군은 수적으로 우세했지만, 오스프리아군은 여전히 여울을 지키며 전투 범위가 넓어지지 않도록 하면서 얕은 물속에 그들의 발을 묶어 두고 있었다. 거대한 아수라장이 넘실거리며 반짝였고, 병사들로 가득한 여울에는 시체들이 떠다녔다.

코스카는 길게 한숨을 내쉬었다. "구르컬 사람들은 모든 일에 의미가 있다고 생각한다지? 신의 계획이라든가, 뭐 그런?"

"그런 말을 들은 적이 있죠." 계곡을 바라보던 이쉬리의 검은 눈동자가 코스카에게로 향했다. "코스카 장군께서는 신의 계획이 무엇이라고 생각하시나요?"

"오랫동안 나는 신의 계획이 나를 짜증 나게 하는 게 아닐까 생각했네."

그녀는 미소 지었다. 미소는 아닐지도 모르지만 어쨌든 그녀의 입꼬리가 올라가 날카롭고 하얀 이가 드러났다. "단 한 문장으로 분노, 피해망상, 그리고 어마어마한 자아를 드러내시는군요."

"위대한 군사 지도자라면 갖춰야 할 훌륭한 자질들이지……" 코스카는 이마에 손을 올려 눈 위에 그늘을 만들고 눈을 찡그린 채 탈린군의 뒤쪽에 펼쳐진 서쪽 능선을 바라보았다. "저기 그들이 오는

군. 완벽하게 일정대로." 행렬의 맨 앞에 오고 있는 깃발들이 보이기 시작했다. 반짝이는 창들도 보였다. 한눈에 봐도 병력이 상당해 보이는 엄청난 대군의 선두에 선 병사들이었다.

스티리아의 운명

"저 위를 좀 봐요." 몬자의 장갑 낀 손 검지가 능선을 가리켰다. 물론 새끼손가락도 같은 곳을 가리켰다.

탈린군이 처음 나타났던 곳에서 남쪽으로 2~3킬로미터쯤 떨어진 능선 너머로 더 많은 병사들이 오고 있었다. 압도적인 숫자였다. 오르소가 깜짝 쇼를 몇 개 더 준비한 듯했다. 아마도 그의 연합군 동맹에서 보낸 지원군일 터였다. 몬자는 신맛이 나는 입안에서 쓰린 혀를 굴리며 침을 뱉었다. 희미했던 희망마저 사라진 기분이었다. 크게 달라질 건 없었지만 어쨌든 누구도 반기지 않을 변화였다. 선두에 선 깃발들이 한 차례 부는 바람에 잠시 펼쳐졌다. 그녀는 망원경으로 깃발을 확인하고는 인상을 쓰며 눈을 비빈 후 다시 한번 망원경을 들여다보았다. 시파니를 상징하는 조가비 문양을 그녀가 착각할 리 없었다.

"시파니라니." 그녀가 중얼거렸다. 얼마 전까지만 해도 세상에서 가장 중립적이었던 그들이었다. "왜 오르소를 위해 싸우는 거지?"

"그들이 오르소를 위해 싸운다고 누가 그러던가요?" 그녀가 로곤트를 돌아보았을 때, 그는 가장 값나가는 장물을 손에 넣은 도둑처럼 웃고 있었다. 그는 두 팔을 넓게 벌렸다. "기뻐하세요, 머카토! 그대가 원했던 기적이군요!"

그녀는 눈을 깜빡였다. "시파니가 우리 편에서 싸운다는 말씀이신가요?"

"거의 확실합니다. 게다가 포스카의 후방을 공격하겠군요! 재미있게도, 이게 다 머카토 장군의 업적입니다."

"제 업적이요?"

"당연히 그렇지요. 연방의 왕이라는 우울한 잘난척쟁이가 시파니에서 주최했던 회의를 기억하십니까?"

혼잡한 거리를 지나가던 기나긴 행렬이 떠올랐다. 로곤트와 샐리어가 지나갈 때 들렸던 환호와 아리오와 포스카가 그 뒤를 따를 때 들렸던 야유가 귓가에 맴도는 것 같았다. "그런데요?"

"나는 아리오나 포스카와 화해할 생각이 전혀 없었고 그들도 마찬가지였지요. 나는 노련한 소토리우스 수상을 내 편으로 만드는 데만 집중했답니다. 여덟 기사단이 패배하더라도 오르소 공작의 욕심이 시파니의 국경 앞에서 멈추지는 않을 것이라고 그를 설득하려 했지요. 그들이 얼마나 중립적이든지 말입니다. 내 목이 잘리고 나면 다음 차례는 그가 될 거라고 했어요."

부인하기 힘든 사실이었다. 전염병을 방어하기 힘들듯 중립국이라는 지위만으로 오르소를 막아 낼 수는 없었다. 그의 야망은 어떤 경우에도 결코 사그라들지 않았다. 그녀를 죽이려 하기 전까지 몬자에게 그가 좋은 고용주였던 것도 바로 그 때문이었다.

"하지만 그 꼬장꼬장한 수장께서는 가라앉는 배의 선장이 키를 붙잡듯 자신의 소중한 중립성을 고수했고, 나는 그를 설득하는 것을 포기해 버렸지요. 말하기 부끄럽지만 나는 완전히 절망에 빠진 채 스티리아를 떠나 날씨가 좋은 어딘가로 도망쳐야 할지 진지하게 고민하고 있었어요." 로곤트는 눈을 감고 태양을 향해 고개를 들었다. "그런데…… 아, 너무 기쁜 날이었습니다. 오, 정말 뜻밖에도……" 그는 눈을 뜨고 그녀를 똑바로 쳐다보았다. "그대가 아리오 왕자를 죽여 줬지요."

창백한 목에서 검은 피가 뿜어져 나왔고 아리오는 곧 열린 창문 너머로 떨어졌다. 건물이 타오르면서 불과 연기가 피어올랐다. 로곤트는 마치 자신이 최근에 발명한 마술의 원리를 설명하는 마술사처럼 만족스러운 미소를 지었다.

"소토리우스가 회의 주최자였지 않습니까. 아리오는 그의 보호 아래 있었고요. 수상님께서는 오르소가 아들의 죽음을 결코 용서하지 않으리라는 사실을 알고 있었지요. 시파니가 곧 멸망하게 생겼다는 걸 깨달은 거예요. 오르소를 막지 않는다면 말입니다. 카도티의 별장이 아직 불타고 있던 바로 그날 밤, 우리는 합의를 했습니다. 소토리우스 수상은 비밀리에 시파니를 아홉 기사단에 가입시켰어요."

"아홉이라." 몬자는 시파니 군대가 완만한 언덕을 따라 여울을 향해 꾸준히 행진하는 모습을 지켜보며 웅얼거렸다. 포스카의 후방은 방어 병력이 거의 없었다.

"그대는 현명하지 못했다고 지적했지만, 푸란티에서 내가 후퇴를 질질 끈 이유는 소토리우스에게 준비할 시간을 주기 위해서였습니다. 나는 더 큰 함정에 미끼를 놓기 위해 기꺼이 이 작은 함정에 빠진 겁니다."

"보기보다 똑똑하시군요."

"그렇게 생각하기 쉽지요. 우리 고모님께서는 늘 나더러 멍청해 보인다고 하셨거든요."

그녀는 계곡 건너편 멘지스 언덕 위에서 미동도 하지 않는 용병단을 보며 인상을 썼다. "코스카는 어쩔 셈이신가요?"

"절대 변하지 않는 사람도 있는 법입니다. 그는 내 거키쉬 후원자들로부터 전투에 나서지 않겠다는 조건으로 엄청난 돈을 받았어요."

갑자기 그녀는 자신이 생각만큼 세상을 이해하지 못하고 있다는 생각이 들었다. "저도 그에게 돈을 제안했지만, 받지 않던데요."

"아이러니하군요. 협상은 당신의 강점인데 말입니다. 당신에게서는 돈을 받고 싶지 않았나 보네요. 이쉬리가 더 부드럽게 제안을 했으려나요. '전쟁은 정치의 뾰족한 날일 뿐이다. 칼은 사람을 죽일 수 있지만, 사람을 움직이는 것은 오직 말뿐이며, 좋은 이웃은 폭풍 속에서 가장 확실한 피난처다.' 유벤스의 『인문학개론』에 나오는 문장입니다. 대부분 허튼소리와 미신에 불과하지만, 권력 행사에 관한 부분은 꽤 흥미롭답니다. 머카토 장군, 독서를 좀 더 폭넓게 해야겠어요. 학문의 범위가 좁은 것 같군요."

"나이가 들어서야 독서를 시작해서요." 그녀가 툴툴거리듯 말했다.

"내가 탈린군을 학살하고 스티리아를 정복하고 나면, 내 서재를 마음껏 이용하게 해 드리지요." 그는 포스카의 군대가 포위될 위험에 처해 있는 계곡 아래를 행복하게 내려다보며 미소 지었다. "물론, 오늘 오르소가 어린 포스카 왕자 대신 경험 많은 지도자를 보냈더라면 상황은 아주 달라졌을지도 모르겠군요. 간마크 장군 정도의 능력을 가진 사람이었다면, 혹은 페이스풀 카르피 정도로 오랜 경험을 가진 사람이었다면 내 함정에 이렇게 완전히 빠지지는 않았을 테지요." 그는 안장에서 몸을 기울여 자기만족에 찬 웃음을 몬자에게 조금 더 가까이 들이밀었다. "하지만 오르소의 지휘관들이 최근 불운한 사건에 휘말린 것 같더군요."

그녀는 콧방귀를 뀌고 고개를 돌린 다음 침을 뱉었다. "도움이 되었다니 기쁘군요."

"오, 그대가 없었다면 절대 못 해냈을 겁니다. 우리가 해야 할 일은 용감한 동맹 시파니의 군대가 강에 도착할 때까지 하류 여울을 지키고 있다가 포스카를 짓눌러 죽이는 겁니다. 오르소 공작의 야심은 여울의 얕은 물속에 가라앉겠지요."

"그게 다라고요?" 몬자가 강을 바라보며 인상을 썼다. 방치되어 있던 전장의 맨 오른쪽에서 어수선하게 무리 지어 있던 적갈색 아포이아군이 강둑에서 밀려나고 있었다. 고작 스무 걸음 남짓한 폭의 뒤엉킨 진흙땅이 열렸을 뿐이었지만, 탈린군에게 발판을 주기에 충분했다. 바올군 몇몇이 상류의 깊은 물을 헤치며 전장의 측면을 돌아간 것 같았다.

"그렇답니다. 그리고 우리는 이미 아주 훌륭하게…… 아." 로곤트도 같은 장면을 본 듯했다. "오." 치열한 전투에서 빠져나온 병사들이 도시를 향해 언덕을 오르고 있었다.

"용감한 동맹 아포이아가 전하의 환대에 싫증이 났나 보군요."

시파니 군대가 나타났을 때 로곤트의 본진을 휩쓸었던 승리의 환희는 빠르게 사그라들고 있었다. 불룩해진 아포이아의 전선 후방에서 점점 더 많은 병사들이 떨어져 나가 사방으로 흩어지기 시작했다. 그들 위쪽에 배치되어 있던 궁수들이 초조하게 도시 쪽을 올려다보면서 궁수 부대 역시 점점 흐트러지기 시작했다. 지난 한 시간 동안 자신들의 과녁이었던 병사들과 가까이에서 마주치고 싶지 않은 모양이었다.

"바올 놈들이 성안으로 들어온다면 전하의 병사들을 측면에서 공격할 테고, 전선을 완전히 무너뜨릴 겁니다. 그럼 전멸이네요."

로곤트는 입술을 깨물었다. "시파니 군대가 올 때까지 반 시간도 안 남았는데."

"훌륭하네요. 딱 맞춰 와서 우리 병사들 시체를 세고, 그다음엔 자기네 시체를 세면 되겠어요."

그는 불안한 듯 도시를 돌아보았다. "어쩌면 성벽으로 퇴각하는 게……."

"저 혼란 속에서 철수할 시간도 없겠는데요. 전하처럼 능숙한 후퇴자라도요."

공작의 얼굴에서 핏기가 사라졌다. "이제 어떻게 할까요?"

몬자는 갑자기 세상을 완벽하게 이해하게 된 것 같은 기분이었다. 희미한 챙 소리와 함께 검을 뽑아 들었다. 로곤트의 무기고에서 빌린 기병용 검은 단순하고 묵직하며 아주 무시무시하게 잘 갈려 있었다. 그의 시선이 검으로 내려갔다. "아. 그 방법."

"네. 이 방법이요."

"신중함을 한쪽으로 제쳐 둬야 할 때가 오는 법이군." 로곤트가 관자놀이 근육이 움찔거리도록 이를 악물었다. "기병대. 나와 함께⋯⋯." 그의 목소리는 점점 힘이 빠져 쉰 듯한 소리가 되었다.

장군의 큰 목소리는 하나의 연대만큼 가치가 있다. 파란스는 말했다.

몬자는 등자를 딛고 서서 목청껏 소리쳤다. "기병대를 정렬하라!"

공작의 참모들은 고함을 지르고 손가락으로 능선을 가리키며, 칼을 휘둘렀다. 기마병들이 사방에서 모여들어 긴 대형을 만들었다. 마구가 덜컹거리고 갑옷이 철커덕거리며, 창과 창이 부딪혔고, 말들은 콧김을 내뿜으며 발굽으로 땅을 긁었다. 병사들은 제자리를 찾고, 펄쩍펄쩍 뛰는 말을 달래고, 욕설을 퍼부으며 투구를 쓰고 얼굴 가리개를 내렸다.

바올 군대는 끈질기게 돌파구를 뚫었고, 무너진 로곤트의 우측 병력에 생긴 틈을 점점 넓히며 모래성으로 밀려드는 파도처럼 언덕을 향해 달렸다. 몬자는 그들이 고함을 지르며 언덕을 올라오는 소리를 들으며 너덜너덜한 깃발이 휘날리는 모습과 함께 번뜩이며 휘둘리는 무기들을 바라보았다. 위쪽에 배치되어 있던 궁수들의 대열은 한순간에 무너졌다. 활을 내팽개친 병사들은 이 모든 상황에 회의를 느끼고 이미 도망치고 있던 아포이아 병사들과 몇몇 오스프리아 병사들 무리에 뒤섞여 도시를 향해 내달렸다. 몬자는 일단 공포가 퍼지기 시작했을 때 군대가 와해되는 속도에 늘 놀라곤 했다. 마치 쐐기돌이 빠진 다리처럼, 견고하고 질서 정연했던 군인 조직은 한순간에 무너져 형체도 알아볼 수 없이 사라졌다. 지금 로곤트의 군대는 붕괴의 순간을 눈앞에 두고 있었고, 그 사실을 몬자는 피부로 느낄 수 있었다.

옆쪽에서 말을 탄 누군가의 기척을 느낀 몬자는 한 손에 도끼를 들고 다른 손으로 고삐와 무거운 방패를 든 시버스와 눈이 마주쳤다. 그는 거추장스러운 갑옷은 생략하기로 했는지 소매에 금색 수가 놓인 셔츠 한 장만 달랑 입고 있었다. 베나가 입었을 만한 풍으로 그녀가 골라 준 셔츠였다. 지금의 그에게는 어딘가 어울리지 않았다. 그는 마치 목에 수정 목걸이가 채워진 맹견처럼 보였다.

"북쪽으로 돌아간 줄 알았지."

"당신한테 받을 돈도 안 받고?" 그의 한쪽 눈이 계곡 아래를 향했다. "게다가 나는 싸움을 등진 적은 없어."

"좋아. 당신이 있으니 좋네." 그 순간만큼은 진심이었다. 어찌 됐건 그에게는 그녀의 생명을 구해 주는 훌륭한 습관이 있었다. 그의 시선을 느꼈을 때 그녀는 이미 다른 곳을 보고 있었다. 그리고 드디어 출정할 시간이 다가왔다.

로곤트는 검을 들어 올렸고, 정오의 태양이 거울처럼 빛나는 검날에 반사되어 눈부신 광채를 내뿜었다. 마치 이야기 속 한 장면 같았다.

"진격하라!"

기병들이 말을 움직이기 위해 혀를 차는 소리, 발굽이 땅을 차는 소리, 고삐를 당기는 소리가 들렸다. 마치 하나의 생명체처럼 거대한 기마병 대열이 움직이기 시작했다. 걷기 시작한 말들은 흥분하며 콧김을 내뿜고 고개를 흔들었다. 곧 열이 뒤틀리고 휘어지며 열광하는 병사들과 말들이 앞으로 치고 나갔다. 장교들이 고함을 지르며 대열을 재정비했다. 속도가 점점 빨라지고, 더 빨라졌다. 갑옷과 마구가 덜거덕거리고, 몬자의 심장도 그들과 함께 더 빠르게 뛰었다. 고민이 끝나고 행동만 남았을 때 느껴지는 두려움과 즐거움이 뒤섞인 전율이 그녀의 몸을 타고 흘렀다. 바올 군대가 그들을 보고 어떻게든 대열을 갖추려고 애쓰고 있었다. 몬자는 세상이 멈춘 듯한 순간 속에서 헝클어진 머리에 꾀죄죄한 사슬 갑옷과 너덜너덜한 모피를 걸친 그들의 사나운 표정을 볼 수 있었다.

그녀 주변의 기병들이 창을 내리기 시작했고, 창끝이 번쩍였다. 그들은 이제 속보로 달리기 시작했다. 몬자의 콧구멍 속에 차가운 공기가 빨려 들어오면서 마른 목구멍이 찢어질 듯 아파 왔고, 가슴 속은 불타는 듯했다. 그녀는 고통도, 그 고통을 잠재우는 데 필요한 허스크도 생각하지 않았다. 자신이 저지른 일이나 실패한 일에 대해서도, 죽은 남동생이나 그를 죽인 놈들에 대해서도 생각하지 않았다. 그저 있는 힘껏 고삐를 붙잡고, 검을 쥐었다. 그리고 이미 혼비백산하며 흩어지기 시작한 바올 군대에만 집중했다. 언덕을 달려오는 그들은 계곡에서 격전을 펼치느라 이미 지쳐서 너덜너덜해진 상태였다. 그렇지 않았더라도 말들이 떼거리로 달려드는 광경에 바짝 긴장하지 않을 사람은 없을 터였다.

미처 형태가 다 잡히지 않은 바올군 대열이 무너지기 시작했다.

"돌격!" 로곤트가 포효했다. 몬자도 그와 함께 소리쳤고, 옆에서 시버스가 고함치는 소리가 들렸다. 말을 탄 모든 병사들이 고함을 치고 울부짖었다. 그녀는 발꿈치를 강하게 찼고, 말은 잠시 비틀거리다 균형을 잡더니 뼈가 부서질 듯한 속도로 언덕을 내달리기 시작했다. 말발굽이 땅을 울리고, 진흙과 풀이 마구 튀었다. 몬자의 이가 덜그럭거리며 부딪치는 소리가 머릿속에 울려 퍼졌다. 그녀를 둘러싼 계곡이 통통 튀며 흔들렸고, 반짝이는 강물은 점점 가까이 다가왔다. 바람이 눈을 때려 그녀는 눈을 깜박였다. 흐릿하고 반짝이는 얼룩으로 가득했던 세상은 다시 잔인하게 선명해졌다. 그녀는 바올 군대가 마구 흩어지고 달아나면서 무기를 내던지는 모습을 보았다. 기병대는 곧 그들 사이로 파고들었다.

무리의 선두에 있던 말이 창에 꿰뚫렸다. 창자루가 휘어지다 산산이 조각났다. 말은 창병과 기수 모두와 뒤엉켜 경사면 아래로 굴러떨어졌다. 가죽끈과 마구가 공중에 나부꼈다.

달아나는 남자의 등에 긴 창이 꽂혀 엉덩이에서 어깨까지 살이 찢어졌고, 그는 비틀거리며 넘어졌다. 도망치는 바올 병사들은 창에 찔리고, 도끼에 찍히고, 말발굽에 짓밟히며 산산이 부서졌다.

달려오던 말의 가슴팍에 치인 병사 하나는 등에 검을 맞고 비명을 지르다 몬자의 다리에 부딪혀 넘어지는 바람에 로곤트의 군마 발굽에 밟혀 으스러졌다.

또 다른 병사가 창을 떨어뜨리고 두려움으로 창백해진 얼굴로 돌아섰다. 그녀는 검을 휘둘러 그를 내리쳤고, 무거운 검날은 퉁 소리를 내며 그의 투구를 완전히 찌그러뜨렸다. 그녀의 팔 전체에 찌릿한 충격이 퍼졌다.

그녀의 귀에 바람 소리와 말발굽 소리가 쿵쿵 울렸다. 그녀는 여전히 비명을 지르고, 웃고, 또 비명을 질렀다. 도망치려던 또 다른 남자를 베어 어깨에서 팔을 거의 잘라 냈고, 검은 핏줄기가 솟아올랐다. 연이어 또 다른 한 명을 향해 온 힘을 다해 검을 휘둘렀지만 빗맞으면서, 검이 회전하는 힘에 중심을 잃고 안장에서 떨어질 뻔했다. 그녀는 아픈 손으로 고삐를 붙잡으며 가까스로 중심을 잡았다.

그들은 찢기고 피투성이가 된 시체들을 뒤에 남기며 바올 군단을 완전히 통과했다. 부서진 창과 뽑혀 있는 칼이 여기저기 내팽개쳐져 있었다. 계속 말을 달려 경사가 완만한 곳에 도착했고, 아포이아 병사들의 시체들로 가득한 강에 가까워졌다. 앞쪽에서 전투가 치열하게 벌어지고 있었고, 점점 더 많은 탈린 병사들이 여울을 건너며 압박해 왔다. 긴 창들이 휘날리며 번쩍였고, 칼날들이 번뜩였다. 병사들은 안간힘을 다해 싸우고 있었다. 바람 소리와 자신의 숨소리 너머 금속이 부딪치는 소리와 병사들의 기합 소리가 들렸다. 마치 먼 곳에 불어닥친 폭풍 소리 같았다. 장교들은 병사들 뒤에서 말을 타고 소리치며, 혼란 속에서 질서를 잡으려 애쓰고 있었다.

바올 군대가 전선의 오른편에 뚫어 놓은 틈으로 아직 싸우지 않은 탈린 군사들이 밀려들어 오기 시작했다. 중무장한 병기부대였다. 그들은 방향을 틀어 오스프리아군의 대열 끝을 압박했고, 푸른 옷을 입은 병사들이 필사적으로 막았지만 수적으로 크게 밀리고 있었다. 시간이 갈수록 더 많은 병사들이 강둑으로 올라와 틈을 더욱 넓히고 있었다.

로곤트는 빛나는 갑옷에 피를 잔뜩 묻힌 채 안장에서 몸을 돌려 검으로 그들을 가리키면서 알아들을 수 없는 무언가를 외쳤다. 무슨 내용이든 중요하지 않았다. 어차피 멈출 수는 없었다.

탈린군은 흰색 전투 깃발을 가운데 두고 쐐기 모양으로 대형을 갖추고 있었다. 깃발에 그려진 검은 십자가가 바람에 휘날렸고, 맨 앞에 있는 장교는 그들에게 돌격을 지시하는지 허공을 찌르고 있었다. 몬자는 잠시, 전에 그 장교를 만난 적이 있었는지 궁금해졌다. 병사들이 대열을 만들기 위해 무릎을 꿇었고, 쐐기의 뾰족한 부분에 창이 빽빽하게 모여들며 병사들의 갑옷이 번뜩였다. 그들 뒤쪽으로는 아직 오스프리아 병사들에게 붙잡혀 대열에 끼지 못한 병사들의 장창이 휘둘리고 덜컹거리는 소리를 내며 숲을 이루고 있었다.

몬자는 여울 속에서 석궁 화살이 구름처럼 솟아오르는 모습을 보았다. 그 화살들이 자신을 향해 날아오자 그녀는 인상을 찌푸리면서 괜히 숨을 참았다. 숨을 참는다고 해서 화살을 막을 수 있는 것은 아니었다. 휘파람 소리를 내며 쏟아져 내린 화살들은 땅에 꽂히고, 무거운 갑옷에 부딪혀 튕겨 나가고 말의 몸통에 박히며 둔탁한 소리를 냈다

말 한 마리가 목에 화살을 맞고 비틀거리며 옆으로 넘어졌다. 질주하던 또 다른 말이 쓰러진 말에 걸려 넘어졌고, 안장 위에 있던 기병은 허우적거리며 아래로 떨어졌다. 그의 창이 언덕 아래로 구르며 검은 흙덩이를 파헤쳤다. 몬자는 난장판을 피해 말을 돌렸다. 무언가 그녀의 흉갑에 부딪혀 얼굴 쪽으로 튕겨 올라왔다. 놀라서

숨을 헐떡이며 안장에서 몸을 젖히고 보니 뺨에 통증이 느껴졌다. 화살이었다. 화살 깃이 그녀의 뺨을 긁은 것이었다. 그녀는 눈을 떴고, 갑옷을 입은 남자가 화살이 꽂힌 어깨를 움켜쥔 채 격렬하게 경련을 일으키는 모습이 보였다. 옆으로 쓰러진 그는 등자에 발이 걸린 채 미친 듯이 질주하는 말에 끌려갔다. 나머지 병사들은 계속해서 돌진했고, 말들은 쓰러진 사람들을 간신히 피해 가거나 밟아 뭉개며 지나갔다.

어디선가 자신도 모르게 혀를 깨문 모양이었다. 피를 뱉어 낸 몬자는 다시 박차를 가해 말을 앞으로 몰았다. 바짝 오므린 입술 사이로 차가운 바람이 밀려들어 왔다.

"그냥 농사나 지을걸 그랬어." 그녀가 속삭였다. 탈린 군대가 그녀에게 다가오고 있었다.

*

시버스는 전투를 치를 때마다 어디서 그렇게 열광적인 바보들이 자꾸 생겨나는지 이해할 수가 없었다. 하지만, 바보들은 매번 차고 넘치게 나타나곤 했다. 이번에도 그들은 말을 몰아 흰 깃발을 향해 달렸고, 긴 창들이 빽빽이 모인 쐐기 대형의 뾰족한 부분으로 돌진했다. 앞서가던 말은 뾰족한 창에 찔리기 전에 걸음을 멈추고 미끄러지며 앞다리를 들었고, 말을 탄 기병은 간신히 매달려 있었다. 뒤따르던 말이 그 말과 충돌하며 말과 기병 모두를 반짝이는 창끝으로 날려 보냈고, 피와 살점이 튀었다. 뒤따르던 또 다른 말이 갑자기 날뛰며 병사를 앞으로 내던져지자, 그는 말머리를 넘어 진흙탕으로 굴러떨어졌다. 손도 안 대고 코를 풀게 된 탈린 병사들은 그에게 창을 찔러 넣었다.

좀 더 침착한 기병들은 바위를 돌아 흐르는 시내처럼 옆으로 갈라져 창병이 배치되지 않은 쐐기의 측면을 에워쌌다. 말들이 밀려오자 병사들은 비명을 지르며 앞줄에서 벗어나기 위해 몸싸움을 하면서 서로의 위로 기어올랐고, 창은 사방으로 흔들렸다.

몬자는 왼쪽으로 방향을 잡았고, 시버스는 그녀에게 시선을 고정한 채 뒤따랐다. 앞쪽에서 말 몇 마리가 병사들이 모여 있는 대열의 앞줄을 뛰어넘어 한가운데로 들어갔고, 기병들은 말 위에서 검과 철퇴를 휘둘렀다. 다른 말들은 허둥대는 병사들에게 돌진하여 그들을 짓밟고, 으스러뜨리고 바닥에서 구르며 비명을 지르고 애원하도록 만들면서 강을 향해 돌진했다. 몬자는 비틀거리는 멍청이 하나를 베며 말을 달려서 병사들 한가운데로 뛰어들어 검을 휘둘렀다. 그러다 한 창병에게 등갑을 찔려, 거의 안장에서 떨어질 뻔하기도 했다.

블랙다우가 했던 말이 떠올랐다. '전투를 치를 때만큼 사람을 죽이기 더 좋은 때는 없으며, 죽이려는 자가 자신과 같은 편일 때는 더더욱 그렇다.' 시버스는 말에 박차를 가해 몬자 옆으로 다가가면서 등자를 딛고 높이 서서 그녀의 머리 위로 도끼를 높이 치켜들었다. 그의 입술이 한껏 뒤로 말렸다. 시버스는 포효하며 도끼를 내리쳐 창병의 얼굴을 정통으로 때렸고, 얼굴이 으깨진 창병의 시체가 바닥으로 내동댕이쳐졌다. 그가 반대쪽으로 힘껏 휘두른 도끼는 누군가의 방패를 때려 큰 흠집을 남겼고, 방패의 주인은 옆에서 요동치고 있던 말의 발굽 밑으로 넘어졌다. 넘어진 병사가 로곤트의 부하일 수도 있었지만, 지금은 누가 누구인지 가릴 시간이 없었다.

말을 타고 있지 않은 병사들은 다 죽이자. 그의 길을 막는다면 말을 탄 병사라도 다 죽이자.

다 죽여 버리자.

그는 아두아 성벽 밖에서 구르쿨군을 벌벌 떨게 만들었던 전투의 함성을 외쳤다. 그때보다 갈라지고 쉰 목소리였지만, 여전히 얼음장 같은 북부의 날씨와 닮은 살벌한 고함이었다. 그는 어디를 베고 있는지 제대로 보지도 않고 도끼를 휘둘렀다. 도끼날은 덜컹거리고 쿵쿵거리며 둔탁한 소리를 냈고, 비명을 지르고 흐느끼는 날카로운 소리가 울려 퍼졌다.

갈라진 목소리가 북부 사투리를 쏟아 냈다. "죽어! 죽어! 진흙탕으로 꺼져, 개새끼들아!" 정신없이 울부짖는 소리와 덜거덕거리는 소리로 귀청이 터질 것 같았다. 휘둘리는 무기와, 날카로운 소리를 내며 긁히는 방패, 반짝이는 칼날 들의 바닷속에 산산조각 난 뼈와 핏방울이 헤엄치고 있었다. 분노에 차고 두려움에 질린 얼굴들이 주위를 둘러싸고 꿈틀거리며 몸부림쳤다. 그는 미친 푸줏간 주인이 고기를 썰듯 그들을 난도질하고 쪼개고 갈랐다.

뜨겁게 달궈진 근육이 욱신거렸고, 피부도 손끝까지 불에 타는 듯했으며, 이글거리는 태양 아래 온몸이 땀으로 축축해졌다. 피로 얼룩진 신체 부위들과 죽은 사람들과 죽은 말들을 뒤로한 채, 병사들 사이에 섞여 앞으로, 계속 앞으로, 강을 향해 나아갔다. 앞에 펼쳐진 전장에 틈이 보이자 그 사이로 파고들었고, 앞에 있던 병사들이 흩어졌다. 그리고 병사 두 명 사이로 말을 몰아 강둑을 따라 얕은 강을 향해 거칠게 돌진했다. 도망치는 병사 한 명의 날갯죽지를 내리쳐 베고, 백스윙으로 다른 병사의 목을 깊숙이 찍어 물속으로 빠뜨렸다.

이제 기병들은 일제히 물을 튀기며 여울 속으로 돌진하고 있었다. 말발굽이 밝은 물보라를 일으켰다. 그는 여전히 앞서 달리고 있는 몬자가 깊은 물을 헤치며 앞으로 나아가는 모습을 힐끗 보았다. 그녀의 검날이 번쩍이며 올라갔다가 거칠게 허공을 가르며 내려왔다. 돌격은 끝나 가고 있었다. 땀에 젖은 말들이 얕은 물에서 허우적거렸다. 기병들은 말 위에서 몸을 숙인 채 적군을 베며 울부짖었다. 적군은 창과 칼로 말이나 기병의 다리를 노렸다. 기병 하나가 물속에서 필사적으로 허우적거렸다. 적군이 기병을 철퇴로 사정없이 두들기자 그의 헬멧 장식이 비뚤어지고 무거운 갑옷에 큰 흠집이 생겼다.

시버스는 허리를 휘감는 무언가 때문에 신음을 내뱉으며 몸을 뒤로 젖혔고, 그 바람에 셔츠가 찢어졌다. 팔꿈치를 휘저었지만 제대로 된 공격을 할 수 없었다. 누군가 그의 머리카락을 움켜잡고 흉터가 있는 얼굴 쪽을 더듬더니 손톱으로 의안을 할퀴었다. 그는 포효하며 발길질을 하고 몸부림을 치면서 왼팔을 휘두르려 했지만 그마저 누군가에게 붙잡히고 말았다. 방패를 떨어뜨리며 말에서 끌려 내려와 얕은 물에 떨어진 다음에는 몸을 옆으로 굴려 무릎을 꿇은 채 일어섰다.

징이 박힌 가죽 재킷을 입은 젊은 소년이 바로 옆에 서 있었다. 그의 젖은 머리카락이 얼굴에 흘러내려 있었다. 소년은 자신의 손에 쥐어진 납작하고 반짝이는 무언가를 내려다보았다. 방금 전까지 시버스의 얼굴에 끼워져 있던 에나멜 눈알이었다. 소년이 고개를 들었고, 둘은 서로를 바라보았다. 그때, 시버스는 옆쪽에서 기척을 느끼고 몸을 숙였다. 그의 방패가 머리를 스치듯 지나가면서 젖은 머리칼 사이로 바람이 불어 들어왔다. 그는 몸을 돌리며 도끼를 크게 휘둘러 누군가의 갈비뼈에 깊숙이 박았고, 피가 뿜어져 나오기 시작했다. 옆으로 휘어진 채 공중으로 들어 올려진 상대는 비명과 함께 한두 걸음 떨어진 곳에 물보라를 일으키며 떨어졌다.

돌아서 보니, 아까 그 소년이 칼을 들고 달려들고 있었다. 시버스는 옆으로 몸을 틀며 소년의 팔뚝을 붙잡았다. 두 사람은 비틀거리다 뒤엉켜 넘어졌고, 차가운 물이 두 사람을 휘감았다. 칼이 시버스의 어깨를 살짝 그었지만, 시버스는 소년보다 훨씬 덩치가 크고 힘도 셌다. 그는 몸을 굴려 소년 위에 올라탔다.

두 사람은 서로의 얼굴에 숨을 내뿜으며 몸싸움을 벌이고 서로를 할퀴었다. 시버스는 도끼 자루를 손안에서 미끄러뜨려 도끼날 바로 아래를 쥐었고, 소년은 머리가 물속에 잠긴 채 붙잡히지 않은 손으로 시버스의 손목을 잡았다. 하지만 막을 힘이 부족했다. 시버스는 이를 악물고 도끼를 비틀어 무거운 날을 소년의 목에 바짝 가져다 댔다.

"안 돼." 소년이 속삭였다.

싸움이 시작되기 전에 들었더라면 콧방귀라도 뀌었을 텐데. 시버스는 온 힘을 다해 그를 누르며 으르렁거리고 신음했다. 소년의 눈이 붉어졌고, 도끼날은 천천히 목 안으로 파고들어 점점 더 깊숙이 박혔다. 붉은 상처가 점점 더 크게 벌어졌다. 끈적한 핏줄기가 뿜어져 나와 시버스의 팔을 타고 셔츠를 적시고는 강물에 씻겨 내려갔다. 소년은 잠시 몸을 떨다가 붉은 입을 크게 벌린 채 텅 빈 눈으로 하늘을 응시하며 힘없이 축 늘어졌다.

시버스는 비틀거리며 일어섰다. 피와 물에 젖어 누더기가 된 셔츠가 그를 옭아매고 있었다. 그는 방패를 너무 꽉 쥐고 있느라 둔해진 손으로 셔츠를 벗어 내며 가슴털까지 함께 잡아 뜯었다. 그러고는 무자비한 태양을 향해 눈을 깜박이며 주위를 둘러보았다. 사람들과 말들이 반짝이는 강물 속에서 흐릿하게 비틀거리고 있었다. 시버스는 몸을 굽혀 소년의 반쯤 잘린 목에서 도끼를 잡아 뺐다. 마치 자물쇠에 맞는 열쇠를 찾은 것처럼, 손잡이를 감싼 가죽이 그의 손바닥 굴곡에 착 감겼다.

그는 물을 첨벙거리며 앞으로 나아가면서 죽일 사람을 더 찾고 있었다. 그리고 머카토를 찾고 있었다.

돌격하는 동안 아찔하게 솟구쳤던 힘은 빠르게 사그라들고 있었다. 몬자의 목소리는 연신 소리를 지르느라 다 쉬어 버렸고, 말에 매달려 있느라 내내 힘을 주고 있던 다리도 저려 왔다. 고삐를 쥔 오른손은 고통 그 자체였고, 검을 쥔 팔은 손끝에서 어깨까지 불타는 듯 아팠으며, 눈 뒤에서는 피가 고동을 치며 뛰고 있었다. 그녀는 몸을 이쪽저쪽으로 돌렸지만 어느 쪽이 동쪽이고 어느 쪽이 서

쪽인지도 알 수 없었다. 이제 와서 별로 중요하지 않은 사실이었다.

전쟁에서는 반듯한 선이 없다. 버추리오는 말했다.

여울에서는 반듯한 선뿐만 아니라 아예 선이 없는 듯 보였다. 그저 기병과 보병 들이 뒤엉킨 채 살기 어린 작은 싸움을 정신없이 이어 가고 있었다. 아군과 적군을 구별하기 힘들었고, 제대로 확인하는 사람도 없어서 누가 누굴 베든 서로에게 큰 차이는 없었다. 죽음은 어느 쪽에서든 다가올 수 있었다.

그녀는 자신을 향해 휘둘리는 창을 발견했지만 때는 이미 너무 늦어 있었다. 창끝이 그녀의 다리 바로 옆 말의 옆구리에 박히자 말이 몸부림쳤다. 말은 고개를 비틀고, 눈을 까뒤집으며, 이빨 사이로 거품을 뿜어냈다. 몬자는 말이 옆으로 비틀거리자 안장 앞부분에 매달렸고, 창은 더 깊숙이 박혀 들어갔다. 말의 뜨거운 피가 그녀의 다리를 적셨다. 등자에 발이 걸린 채 말에서 떨어진 그녀는 무력하게 비명을 지르며 손에 쥐었던 칼을 떨어뜨렸다. 물이 그녀의 옆구리를 때렸고, 안장이 배 위로 떨어지자 숨이 턱 막혔다.

그녀는 눈앞이 하얘진 채 물속에 잠겼고, 얼굴 주위로 물거품이 일었다. 차가운 물과 함께 공포가 그녀를 덮쳤다. 그녀는 몸부림치며 어둠 속에서 벗어났고, 세상이 갑자기 눈부시고 밝게 보이면서 병사들이 싸우는 소리가 귀에 들려왔다. 헉하고 숨을 들이마시는 동안 약간의 물이 기도로 흘러들어 가는 바람에 그녀는 기침과 함께 물을 토해 낸 다음 다시 숨을 들이마셨다. 왼손으로 안장을 치우고 일어나려 했지만, 몸부림치는 말의 몸통 아래에 다리가 깔려 있었다.

그녀는 무언가에 이마를 맞아 잠시 물속으로 가라앉았다. 어지럽고 힘이 빠졌다. 폐가 타들어 가는 것 같았고, 팔은 진흙으로 만들어진 듯 축 처졌다. 그녀는 다시 몸부림을 치며 물 밖으로 나왔지만, 이번에는 힘이 모자라 겨우 숨을 한 번 들이쉴 정도로만 올라올 수 있었다. 흰 조각구름들이 흩어져 있는 푸른 하늘이 빙빙 돌았다. 폰테자르모에서 굴러떨어지던 순간의 하늘처럼.

태양이 그녀의 헐떡이는 숨결과 함께 밝게 타올랐다 꺼지기를 반복했다. 강물이 다시 그녀의 얼굴을 덮치자 태양은 먹먹한 물소리와 함께 뿌옇게 반짝이는 빛이 되었다. 물속에서 빠져나올 힘이 남아 있지 않았다. 물레방아에서 익사한 페이스풀의 마지막 순간이 이랬을까?

이게 정의인 걸까.

검은 형체가 태양을 가렸다. 그녀를 내려다보고 있는 시버스의 키가 3미터는 돼 보였다. 그의 다친 눈구멍 속에서 무언가가 밝게 빛나고 있었다. 그는 얼굴을 잔뜩 찌푸리며 한쪽 군화를 천천히 강물에서 들어 올렸다. 군화 밑창 가장자리에서 떨어진 물이 그녀의 얼굴로 흘러내렸다. 잠시 동안 그녀는 그가 군화를 자신의 목 위에 얹고 물속에서 짓이길 것이라고 확신했다. 그러나 그의 발은 그녀의 옆으로 떨어졌다. 그녀는 그가 쓰러진 말을 힘겹게 들어 올리며 끙끙거리는 소리를 들었다. 그녀의 다리를 짓누르던 무게가 조금씩 가벼워졌다. 그녀는 몸을 비틀고 신음하며 물을 들이켰다가 기침과 함께 뱉어 낸 다음 마침내 말 몸통 아래에서 다리를 빼내며 일어났다.

그녀는 강물에 팔꿈치까지 잠긴 채 손과 무릎을 덜덜 떨었다. 눈앞에 반짝이며 흐르는 물이 보였고, 젖은 머리카락에서 물방울이 떨어지고 있었다. "젠장," 그녀가 속삭였다. 숨을 쉴 때마다 갈비뼈가 욱신거리며 떨렸다. "젠장." 허스크 한 모금이 간절했다.

"놈들이 오고 있어," 시버스의 목소리였다. 그녀는 겨드랑이를 파고들어 자신을 끌어 올리는 그의 손길을 느꼈다. "검을 잡아."

그녀는 젖은 옷과 갑옷의 무게에 비틀거리며 바위에 걸린 시체를 향해 걸어갔다. 금속 자루가 달린 무거운 철퇴의 고리가 그의 손목에 걸려 있었다. 그녀는 손을 더듬어 철퇴를 풀어낸 다음 그의 허리띠에서 긴 칼을 뽑아 들었다.

때마침, 갑옷을 입은 남자가 그녀에게 다가오고 있었다. 그는 조심스럽게 발을 디디며, 방패 너머 작고 단단한 눈으로 그녀를 뚫어지게 쳐다보았다. 옆으로 비스듬히 들고 있는 젖은 칼에서 반짝이는 물방울이 뚝뚝 떨어졌다. 그녀는 지친 척하며 두세 걸음 뒤로 물러났다. 지친 척을 오래 할 필요는 없었다. 그가 한 걸음 더 다가오자, 그녀는 그에게 달려들었다. 돌진한다는 표현은 적절하지 않았다. 지친 몸을 반쯤 내던진다고 해야 맞는 표현일 것 같았다. 몸의 나머지 부분보다 뒤처지지 않을 정도로 물속에서 발을 빠르게 움직이기가 힘들었다.

정신없이 휘두른 철퇴가 방패를 때려 그녀의 어깨까지 찌릿한 통증이 전해졌다. 그녀는 그르렁거리며 그와 씨름하면서 칼을 찔러 보았지만 그의 흉갑 옆구리에 부딪힌 날은 힘없이 미끄러지고 말았다. 방패에 맞아 넘어진 그녀는 자신을 향해 날아오는 검을 보고 간신히 머리를 숙였다. 허우적거리며 철퇴를 휘둘러 보았지만 허공만 가르다 균형을 잃었다. 남은 힘이 거의 없어 숨을 헐떡거리며 몰아쉬었다. 그의 검이 다시 높이 치켜져 올라갔다.

그녀는 그의 뒤에서 광기 어린 미소를 짓고 있는 시버스를 보았다. 시버스의 붉은 도끼날이 태양 빛을 반사하며 번뜩였다. 도끼는 무거운 쿵 소리를 내며 남자의 갑옷 입은 어깨 위로 떨어져 가슴까지 파고들면서 몬자의 얼굴에 피를 끼얹었다. 뒤로 휘청이는 그녀의 귀에 그의 숨넘어가는 비명이 울렸고, 그의 피가 콧속으로 밀려들어 왔다. 그녀는 손등으로 눈을 닦아 내려고 애를 썼다.

다시 눈을 떴을 때, 처음 눈에 들어온 것은 또 다른 병사였다. 열린 투구 속에 수염 난 얼굴이 보였고, 그는 그녀를 향해 창을 찌르고 있었다. 그녀는 비켜서려 했지만, 창이 그녀의 가슴을 강하게 내리쳤고, 창끝은 그녀의 흉갑을 따라 미끄러져 내려가며 그녀를 쓰러뜨렸다. 그녀는 고개가 앞으로 푹 꺾이며 여울에 등을 대고 쓰러졌다. 창을 찌른 병사가 비틀거리며 걸음을 옮기다 그녀 옆 움푹 팬 강바닥을 밟고 허우적거리는 바람에 그녀의 눈에 물이 튀었다. 그녀는 무릎을 꿇고 몸을 일으키려 애썼다. 피에 젖은 머리카락이 얼굴에 엉켜 있었다. 창을 찌른 병사는 돌아서서 다시 공격하기 위해 창을 들어 올렸다. 그녀는 몸을 비틀어 칼을 그의 무릎 갑옷 앞뒤판 사이로 밀어 넣었다. 칼은 자루만 남을 때까지 깊숙이 박혔다.

그는 눈이 휘둥그레진 채 그녀 위로 허리를 숙이며 입을 크게 벌려 비명을 질렀다. 그녀는 으르렁거리며 철퇴를 획 들어 그의 아래턱을 올려쳤다. 그의 머리가 뒤로 꺾이며 피와 치아, 치아 파편 들이 높이 날아올랐다. 그는 잠시 그 자세로 멈춘 듯했고, 곧 그의 손이 축 늘어졌다. 그녀는 철퇴로 그의 목을 쳐 쓰러뜨린 다음 자신도 그 위로 쓰러졌다. 그러고는 강물 속에서 몸을 굴려 침을 뱉으며 일어났다.

주변에는 아직도 병사들이 보였지만 누구도 싸우고 있지 않았다. 그들은 서 있거나 안장에 앉아 주위를 둘러보고 있었다. 시버스가 도끼를 한 손에 늘어뜨린 채 그녀를 지켜보고 있었다. 무슨 이유에서인지 웃통을 벗고 있는 그의 하얀 피부에 붉은 피 얼룩이 져 있었다. 그의 다친 눈에는 에나멜 눈동자가 빠진 채 물에 젖어 한낮의 태양 빛을 반사하며 반짝이는 금속 구슬만 덩그러니 남아 있었다.

"승리했도다!" 누군가 소리치는 소리가 들렸다. 눈물이 가득 고여 흐릿하고 떨리는 눈으로 그녀는 강 한가운데 갈색 말에 앉아 있는 한 남자를 보았다. 그는 등자에 서서 반짝이는 칼을 높이 쳐들고 있었다. "승리했도다!"

그녀는 비틀거리며 시버스를 향해 한 걸음 내디뎠고, 그는 긁힌 자국이 가득한 도끼를 떨어뜨리며 쓰러지는 그녀를 안았다. 그녀는 오른팔로 그의 어깨를 감싸고, 손가락을 펼 힘조차 없어 여전히 철퇴를 들고 있는 왼팔을 축 늘어뜨렸다.

"이겼네." 그녀는 자신도 모르게 미소를 지으며 그에게 속삭였다.

"이겼군." 그가 그녀를 꽉 붙잡아 반쯤 들어 올리며 말했다.

"우리가 이겼어."

코스카는 망원경을 내리고, 눈을 깜빡이며 비볐다. 한쪽 눈은 거의 한 시간 내내 감겨 있었고, 그동안 망원경에 눌려 있던 다른 쪽 눈은 반쯤 장님이 되어 있었다. "그래, 이 정도면 됐어." 그는 총사령관 의자에서 불편하게 몸을 비틀며 말했다. 땀에 젖은 바지가 엉덩이 골에 끼여 있어, 바지를 바로 하기 위해 몸을 꼼지락거렸다. "구르컬 사람들은 신이 결과를 축복한다고 말하지 않나?"

침묵이 흘렀다. 이쉬리는 나타날 때처럼 재빠르게 사라지고 없었다. 코스카는 몸을 돌려 프렌들리를 향해 말했다. "꽤나 멋진 쇼였지 않나, 원사?"

프렌들리는 주사위에서 눈을 들어 계곡을 내려다보고는 아무 말도 하지 않았다. 로곤트 공작의 적절한 돌격이 그의 전열에 난 커다란 구멍을 막았고, 바올군을 무너뜨린 뒤 탈린군 대열 가운데 깊숙이 침투하여 그들을 격파했다. 꾸물거림의 공작으로 알려진 그에게 전혀 걸맞지 않은 행동이었다. 사실, 코스카는 오스프리아군의 모든 움직임에서 몬즈카로 머카토의 대담한 손길, 혹은 힘이 느껴지는 것 같아 묘하게 만족스러웠다.

오스프리아 보병대는 우측 전열이 위협에서 벗어나자, 하류 여울의 동쪽 강둑을 완전히 차단했다. 본격적으로 전투에 참여하기 시작한 시파니 동맹군은 지원군이 있으리라고는 꿈에도 생각하지 않았던 포스카의 후방을 기습하여 짧은 교전을 승리로 이끌고 서쪽 강둑을 봉쇄하는 데 거의 성공했다. 시체가 되어 산비탈과 하류 강둑에 흩어져 있거나 물속에 머리를 처박고 바다로 떠내려가지 않은 오르소의 병사 중 절반은 두 강둑 사이의 얕은 물에 갇힌 채 절망적으로 무기를 떨굴 수밖에 없었다. 나머지 절반은 도망치고 있었다. 계곡 서쪽의 푸른 비탈 곳곳에 흩어진 어두운 점들이 보였다. 그들이 불과 몇 시간 전에 승리를 확신하며 의기양양하게 행진했던 바로 그 비탈이었다. 시파니 기병대는 강렬한 정오의 태양 아래 갑옷을 반짝이며 무리를 지어 비탈 가장자리를 따라 이동하면서 살아남은 적군들을 포위하고 있었다.

"어쨌든 이제 다 끝난 건가, 빅투스?"

"그런 것 같군."

"전투의 백미, 패주지." 물론, 도망치는 무리에 속해 있을 때를 제외하고 하는 얘기다. 코스카는 여울에서 빠져나와 짓밟힌 풀밭을 가로질러 흩어지는 작은 사람들을 지켜보며, 아피에리의 기억을 떨쳐 내려 땀에 젖은 몸서리를 쳤다. 그는 억지로 무심한 미소를 지어 보였다. "멋진 패주를 구경하는 것만큼 좋은 게 없지, 세사리아?"

"누가 상상이나 했겠나?" 덩치 큰 세사리아가 천천히 고개를 저었다. "로곤트가 이기다니."

"로곤트 대공은 정말 예측할 수 없고 기략이 있는 신사인 것 같군." 코스카는 기지개를 켜며 하품을 한번 한 뒤 입맛을 다시며 말했다. "나와 잘 맞는 인물이야. 그가 내 고용주가 됐으면 좋겠군. 이제 뒷정리를 도와야 하지 않겠나." 죽은 자들 몸을 뒤지는 일이었다. "포로들을 잡아 몸값을 받아 내야지." 혹은 사회적 지위에 따라 살해하고 약탈하거나. "주인 없는 짐은 우리가 맡아 둬야지, 밖에 됐다 망가지기 전에 말일세." 그들이 챙기기 전에 약탈당하거나 불타 버릴 수 있으니.

빅투스는 이를 드러내며 미소 지었다. "추운 바깥에 너무 오래 있지 않도록 조치를 해 두지."

"그래, 용감한 빅투스 사령관. 그렇게 하게. 해가 이제 슬슬 지기 시작할 테니 병사들도 좀 움직여야지. 나중에 시인들이 천검단이 오스프리아 전투에 있었지만…… 아무것도 하지 않았다고 노래하면 면이 서질 않을 테니까." 코스카는 이번에는 진심 어린 미소를 환하게 지었다. "점심이나 먹고 시작할까?"

승자의 특권

블랙다우는 전투보다 더 좋은 것은 전투 후에 나누는 섹스뿐이라고 말하곤 했고, 시버스도 그 말에 동의하지 않을 수 없었다. 그녀 역시 동의하는 것 같았다. 그가 어두운 방 안으로 들어섰을 때, 그녀는 아기처럼 벌거벗은 채 침대에 누워 머리 뒤로 깍지를 끼고 매끄러운 한쪽 다리를 그를 향해 뻗은 자세로 기다리고 있었다.

"왜 이렇게 오래 걸렸어요?" 그녀가 엉덩이를 한쪽으로 틀며 물었다.

늘 자신의 두뇌 회전이 빠르다고 자부해 온 그였지만, 지금 빠르게 움직이는 것은 그의 아랫도리뿐이었다. "그게……" 그는 그녀의 다리 사이 검은 숲 외에는 아무 생각도 할 수 없었다. 그를 채웠던 분노는 마치 깨진 단지에서 맥주가 새어 나가듯 모두 사라져 버렸다. "나는…… 그러니까……" 그는 문을 발로 차서 닫고 천천히 그녀에게 다가갔다. "중요하지 않잖아?"

"그러게요." 그녀는 침대에서 미끄러지듯 내려와, 빌려 입은 그의 셔츠 단추를 풀기 시작했다. 마치 이미 약속된 일인 것처럼 여유로운 손길이었다.

"이렇게 되리라고…… 예상하진 못했어." 그는 꿈을 꾸고 있을지도 모른다는 두려움에 그녀를 만져 보려 손을 뻗었다. 손가락 끝으로 그녀의 맨팔뚝을 따라 내려가자 소름이 돋은 거친 피부가 느껴졌다. "마지막으로 대화가 그렇게 끝났으니까."

그녀는 손가락을 그의 머리카락 사이로 밀어 넣고 머리를 자기 쪽으로 끌어당겨 얼굴 위로 숨을 내쉬었다. 그러고는 그의 목, 그리고 턱, 그다음에는 입술에 키스했다. "하지 말까요?" 그녀는 다시 부드럽게 그의 입술을 빨았다.

"절대 안 되지." 그의 목소리는 거의 쉬어 있었다.

그녀는 이제 그의 벨트를 풀고, 바지 안으로 손을 넣어 그의 성기를 꺼내어 한 손으로 주무르기 시작했다. 그의 바지가 천천히 내려가 무릎에 걸렸고, 벨트 버클은 바닥에 끌렸다.

그녀의 차가운 입술이 그의 가슴과 배를 따라 내려갔고, 혀가 그의 배를 간질였다. 그녀의 손이 고환 아래로 미끄러지듯 들어가자, 그는 차갑고 간지러운 느낌에 몸을 비틀며 숙녀들이 낼 법한 탄성을 질렀다. 그녀가 그의 성기를 입술로 빨아들이는 소리가 나직이 들렸다. 그는 입을 벌린 채 약간 구부정한 자세로 그 자리에 서서 힘이 풀린 무릎을 떨었다. 그녀의 머리가 천천히 앞뒤로 움직이기 시작하자 그는 아무 생각 없이 그에 맞춰 엉덩이를 움직이며 여물을 먹는 돼지처럼 끙끙거리는 신음 소리를 냈다.

*

몬자는 팔등으로 입을 닦고, 몸을 비틀며 침대로 올라갔다. 그는 그녀를 따라오면서, 그녀의 목에, 그리고 쇄골에 키스하고, 젖꼭지를 살짝 깨물면서 뼈다귀를 물고 으르렁거리는 개처럼 낮게 으르렁거렸다.

그녀는 그의 몸통을 다리로 감싼 다음 그를 넘어뜨려 바닥에 눕혔다. 찌푸린 얼굴의 왼쪽은 완전한 어둠 속에, 오른쪽은 흔들리는 등불이 만든 그림자 속에 놓였다. 그는 그녀의 갈비뼈에 난 흉터를 따라 손끝을 부드럽게 움직였다. 그녀는 그의 손을 탁 쳐냈다. "말했잖아요. 산에서 굴러떨어졌다고. 바지나 벗으시죠."

그는 다급하게 바지를 벗으려 했지만, 발목에 바지가 걸려 버렸다. "젠장, 빌어먹을…… 악!" 그는 마침내 바지를 벗어 던졌고, 그녀는 그를 밀쳐 다시 눕히고 그 위에 올라탔다. 그의 한 손이 그녀의 허벅지를 따라 올라가서 젖은 손가락으로 그녀의 다리 사이를 간질였다. 그녀는 잠시 그의 손길을 즐기다가, 허리를 숙이고 그의 얼굴에 그르렁거리는 신음을 뱉으며 빨라지는 그의 숨결을 느꼈다. 그리고 그의 손에 엉덩이를 비비며 허벅지 안쪽을 스치는 그의 단단한 아랫도리를 느꼈다…….

"아, 잠깐!" 그는 몸을 비틀어 벌떡 일어나며, 성기 끝의 피부를 만지작거리며 찡그렸다. "됐어요. 그만!"

"내가 끝내고 싶을 때 끝낼 거예요." 그녀는 무릎을 꿇고 앞으로 나아가서 자신의 그곳 안에 그의 성기를 부드럽게 넣고 안도 아니고 밖도 아닌, 그 중간 지점에 멈췄다.

"오." 그는 팔꿈치로 매트리스를 짚고 몸을 일으켜 그녀를 마주 보려 애썼다.

"아." 그녀가 그의 위로 몸을 숙이자 머리카락이 그의 얼굴을 간지럽혔다. 그는 이를 보이며 미소 지었다.

"어, 으억." 그녀는 그의 입에 엄지손가락을 밀어 넣고 그의 머리를 옆으로 당겼다. 그는 그녀의 손가락을 빨고 깨물며, 손목을 잡고 손을 핥고, 그다음은 턱, 그리고 혀를 핥았다.

"하." 그녀는 미소 띤 얼굴로 그의 몸을 눌러 내리며 목구멍에서 신음을 뱉었고 그도 마찬가지로 그녀를 향해 끙끙거렸다.

"오."

그녀는 한 손으로 그의 성기의 뿌리를 잡고, 자신의 몸을 그 끝에 문지르며, 완전히 안으로 넣지도, 밖으로 빼지도 않은 중간 지점에 머물렀다. 시버스의 머리 뒤를 감싼 다른 손이 그의 얼굴을 가슴에 밀착시켰고, 그는 그녀의 가슴을 움켜쥐고 물어뜯었다.

그녀의 손가락은 그의 턱 아래를 쓰다듬었다. 흉터 가득한 뺨에 엄지 끝이 아주 부드럽게 닿아 흉터를 간질이고, 문지르고, 긁어 댔다. 그는 갑작스럽게 분노가 치밀어 올라 그녀의 손목을 세게 움켜쥐고 비틀었고, 그녀를 자신에게서 떼어 내 무릎을 꿇게 만들었다.

그러고는 그녀의 팔을 뒤로 비튼 채 얼굴을 시트에 눌러 그녀가 숨을 헐떡이게 만들었다.

그는 자신도 모르게 북부 방언으로 무언가를 중얼거리고 있었다. 그녀에게 상처를 주고 싶은, 그리고 자신에게 상처를 주고 싶은 불타는 욕구를 느낀 그는 그녀를 붙잡고 있지 않은 손으로 그녀의 머리카락을 움켜쥐고 머리를 벽에 세게 밀쳤다. 그는 그녀 뒤에서 으르렁거리며 신음을 뱉었다. 그녀 역시 신음을 뱉어 냈고, 크게 벌어진 입으로 숨을 내쉴 때마다 얼굴을 덮고 있던 머리카락이 휘날렸다. 그는 여전히 그녀의 팔을 뒤로 비틀어 쥐고 있었고, 그녀의 손이 그의 손목을 꽉 움켜잡더니 그녀 뒤로 그를 끌어당겼다.

"아, 아." 그들은 정신없이 신음을 뱉었다. 침대도 그들과 함께 삐걱, 삐걱거리며 신음했다. 철벅, 철벅, 그의 허벅지가 그녀의 엉덩이에 세게 부딪혔다.

몬자는 그의 움직임에 맞춰 몇 번 더 엉덩이를 움직였고, 그때마다 그는 머리를 뒤로 젖혀 팽팽해진 목에 핏대를 세우며 작게 신음했다. 그녀도 이를 악물고 으르렁거렸고, 곧 모든 근육이 긴장으로 단단히 조였다가 천천히 풀어졌다. 그녀는 잠시 가만히 멈춰 있었다. 마치 젖은 잎처럼 힘없이 몸을 숙이고 축 늘어진 채, 목구멍을 긁으며 숨을 거칠게 내쉬었다. 그녀가 얼굴을 찌푸리며 마지막으로 그에게 몸을 밀어붙였고, 그는 몸을 떨었다. 그 후 그녀는 옆으로 돌아누워 시트 한 움큼을 모아 땀을 닦았다.

그는 등을 대고 누웠다. 땀에 젖은 가슴이 빠르게 오르내리고 있었다. 팔을 넓게 벌린 채, 금박 장식된 천장을 응시했다. "이게 승리의 기분이군. 알았더라면 좀 더 일찍 위험을 감수했을 텐데."

"그럴 리가 없잖아요. 전하께선 꾸물거림의 공작이 아니시던가요?"

그는 축축하게 젖은 아랫도리를 내려다보며 이쪽저쪽으로 휘둘렀다. "뜸을 들이는 게 좋을 때도 있는 것 같은데……."

시버스는 하루 종일 도끼를 쥐고 있느라 쓸리고 긁혀 딱지가 생긴 손가락을 천천히 폈다. 그녀의 손목에 그가 남긴 하얀 자국이 천천히 분홍빛으로 돌아왔다. 그는 앉은 자세에서 몸을 뒤로 젖히며 축 늘어졌고, 근육이 욱신거리는 것을 느끼며 숨을 크게 내쉬었다. 그의 욕망도, 분노도 모두 소진되었다. 적어도 지금은.

그녀가 몸을 돌리자 붉은 보석이 박힌 목걸이가 달그락거렸다. 등을 대고 눕자 그녀의 가슴이 갈비뼈에 딱 달라붙어 납작해졌고, 골반뼈와 쇄골이 뚜렷이 드러났다. 그녀는 얼굴을 찡그리며 손목을 돌리고 주물렀다.

"다치게 하려던 건 아니었어." 그는 툴툴거리며 아무런 가책도 느끼지 않고 거짓말을 했다.

"오, 난 그렇게 연약하지 않아요. 그리고 칼롯이라고 불러요." 그녀는 손을 뻗어 그의 입술을 손가락 끝으로 부드럽게 스쳤다. "우리가 그 정도 사이는 되지 않을까요……."

몬자는 침대에서 내려와 후들거리고 욱신거리는 다리로 차가운 대리석 바닥을 터벅터벅 걸어 책상 쪽으로 갔다. 등잔 옆에 허스크가 있었다. 번쩍이는 칼도, 손잡이에서 윤이 나는 파이프도 놓여 있었다. 그녀는 책상 앞에 앉았다. 어제만 해도 떨리는 손을 그것들에서 떼어 낼 수 없었다. 오늘은 심지어 전투를 치르며 근육이 욱신거리고, 새로운 상처가 수없이 생겼는데도 허스크를 피우고 싶은 생각이 간절하지 않았다. 그녀는 왼손을 들어 올려 딱지가 앉기 시작한 손가락 관절을 내려다보며 얼굴을 찌푸렸다. 손은 떨리지도 않고 단단했다.

"내가 해낼 수 있을지 몰랐어요." 그녀가 중얼거렸다.

"예?"

"오르소를 이기다니. 세 명쯤은 해치울 수 있을 거라고 생각했죠. 운 좋으면 네 명, 그들이 나를 죽이기 전에 말이에요. 이렇게 오래 살 수 있을 줄 몰랐네요. 진짜 해낼 수 있을 거라고는 생각하지도 않았죠."

"그리고 이제 그대에게 유리한 상황이 되었지. 희망은 참 빨리도 되살아난다니까." 로곤트는 거울 앞에서 몸을 바로 세웠다. 비세린 유리로 만든 색색의 꽃으로 장식한 커다란 거울이었다. 그녀는 그가 포즈를 취하는 모습을 보며, 자신도 그와 똑같이 허영심에 빠져 있었던 시절이 있었다는 사실을 믿을 수 없었다. 거울 앞에서 몸단장하며 낭비했던 시간들과 그녀와 베나가 옷에 쏟아부은 어마어마한 돈들이 떠올랐다. 산에서 굴러떨어지고, 몸이 흉터로 뒤덮이고, 손이 망가지고, 여섯 달 동안 사냥꾼에게 잡힌 개처럼 살면서 최소한 그 허영심은 고쳐진 것 같았다. 어쩌면 로곤트에게도 같은 치료

법을 권해야 하는지도 모른다.

공작은 고개를 위엄 있게 들어 올리며 가슴을 부풀렸다. 그는 찡그리며 몸에 힘을 빼면서 쇄골 바로 아래 길게 긁힌 자국을 눌렀다. "젠장."

"손톱 다듬는 칼에 긁혔나 보죠?"

"보통 사람이었다면 이렇게 흉한 상처를 입고 죽을 수도 있었을 거예요! 하지만 나는 불평 없이 용감하게 호랑이처럼 맞서 싸웠지. 피가 갑옷 속에서 멈추지 않고 흐르더군! 심지어 흉이 질 수도 있겠다는 생각이 드는데."

"엄청 자랑스러운 흉터가 되겠네요. 사람들에게 보여 줄 수 있게 가지고 계신 모든 셔츠에 구멍이라도 내시죠."

"내가 착각하는 게 아니라면 조롱당하고 있는 것 같군. 그대도 알다시피 지금까지는 내 계획대로 일이 흘러가고 있고, 만약 앞으로도 그렇다면, 그대는 곧 스티리아의 왕이 될 사람에게 조롱을 퍼붓고 있는 셈입니다. 사실, 나는 이미 코론티즈의 세계적으로 이름난 보석 장인, 조벤 카숨에게 왕관을 의뢰했답니다."

"분명 거키쉬 금으로 만들라고 하셨겠죠."

로곤트는 잠시 얼굴을 찡그렸다. "세상은 그대가 생각하는 것처럼 단순하게 돌아가지 않아요, 머카토 장군. 거대한 전쟁이 벌어지고 있으니까요."

그녀는 코웃음을 쳤다. "내가 그걸 모를까요? 지금은 피의 시대죠."

그도 코웃음을 쳤다. "피의 시대는 단지 최근에 일어난 소규모 전투일 뿐이지요. 내가 말하는 전쟁은 그대나 내가 태어나기 훨씬 전부터 시작되었어요. 구르컬과 연합 사이의 싸움이지요. 적어도 그들을 통제하는 거키쉬 교회와 연합의 은행들 사이의 싸움이겠군요. 그들의 전쟁터는 어디에나 있고, 모든 사람은 자신의 편을 선택해야 하지요. 중간 지대에는 시체만 있을 뿐이에요. 오르소는 은행들의 지원을 받으며 연합과 함께 서 있어요. 그래서 나도 나만의…… 후원자를 만들었답니다. 모든 사람은 누군가에게 무릎을 꿇어야 하니까."

"혹시나 해서 말씀드리면, 전 그저 여자 용병일 뿐이에요."

로곤트는 다시 미소를 지었다. "아, 알다마다요. 당신에게 끌린 두 번째 이유였는걸요."

"첫 번째 이유는 뭔가요?"

"내가 스티리아를 통일하는 데 당신이 도움이 될 수 있다는 사실."

"내가 왜 도와야 하죠?"

"통일된 스티리아는…… 연합만큼, 구르컬 제국만큼 위대해질 수 있으니까. 아니, 그보다 더 위대해질 수도 있으니까! 어쩌면 그들의 싸움에서 벗어나 홀로 설 수도 있을 겁니다. 자유롭게요. 그 어느 때보다 그날이 가까이 왔어요! 니칸테와 푸란티는 내 은총을 다시 얻기 위해 안달하고 있고, 아포이아는 날 떠난 적이 없지요. 소토리우스도 내 사람으로 만들었고요. 시파니에 섬 몇 개와 볼레타 같은 사소한 몇 가지를 양보한 덕분에……."

"볼레타 시민들은 어떻게 생각하려나요?"

"내가 하라는 대로 하겠지요. 군중은 갈대랍니다. 그토록 칭송하던 캔틴 공작의 머리를 그대에게 바치네 마네 하면서 자기들끼리 다투던 모습을 봐서 알겠지만 말입니다. 뮈리스는 오래전에 시파니에게 굴복했고, 시파니도 이제 공식적으로는 나에게 굴복한 거나 마찬가지지요. 비세린의 권력은 무너졌고. 뮈셀리아, 에트리아, 그리고 카프릴도 마찬가지고. 당신과 오르소가 그들의 독립적인 성향을 꺾어 버린 것 같더군요."

"웨스트포트는요?"

"별로 중요하지 않은 문제지요. 누구에게 물어보느냐에 따라 웨스트포트는 연합의 일부일 수도 있고 칸타의 일부일 수도 있을 겁니다. 아니, 그보다 중요한 건 탈린입니다. 탈린은 자물쇠의 열쇠, 바퀴의 축, 내 웅장한 퍼즐의 빠진 조각이거든요."

"전하께선 자기 목소리를 참 좋아하시나 봅니다?"

"나의 명석한 생각들을 전달하는 목소리니까요. 오르소의 군대는 흩어졌고, 그의 권력도 바람에 날아가는 연기처럼 사라졌어요. 그는 늘 칼에 먼저 의지했지요, 사실 그런 버릇이 있는 사람들이 여럿이긴 한데……" 그는 그녀에게 의미심장하게 눈썹을 치켜올렸고, 그녀는 그에게 계속하라는 듯 손을 흔들었다. "이제 칼이 부러졌으니 그는 자신을 지탱해 줄 동지가 없다는 사실을 알게 될 테지요. 하지만 오르소를 무너뜨리는 것만으로는 충분하지 않아요. 나는 그를 대신할 누군가가 필요합니다, 탈린의 골치 아픈 시민들을 내 품으로 인도할 사람 말이지요."

"적당한 목자를 찾게 되면 알려 주시죠."

"오, 이미 찾았답니다. 능력 있고, 노련하며, 비할 데 없는 회복력과 무서운 명성을 가진 인물. 탈린에서 오르소보다 훨씬 더 사랑받는 인물. 그래서 오르소가 죽이려 했던 인물…… 그의 왕좌를 훔치려 한 죄로 말이지요…….”

그녀는 눈을 가늘게 뜨고 그를 바라봤다. "놈의 왕좌를 원한 적 없어요. 지금도 원하지 않고.”

“하지만 빈자리로 남아 있다면…… 복수를 한 후에는 어쩔 생각인가요? 그대는 기억될 자격이 있어요. 이 시대를 만들어 갈 자격이 있습니다." 베나가 살아 있다면 했을 법한 말이고, 그의 아첨 같은 말이 어느 정도 달콤하게 들리는 것도 사실이었다. 그녀는 다시 권력에 가까워지는 느낌을 즐기고 있었다. 그녀는 아첨과 권력 둘 다에 익숙했고, 그것들을 맛본 지 오래된 터였다. "게다가, 오르소의 가장 큰 두려움을 현실로 만드는 것보다 더 좋은 복수가 어디 있을까요?" 그 말이 그녀의 마음을 깊이 울렸고, 로곤트는 그녀가 무슨 생각을 하는지 알고 있다는 듯한 미소를 지었다. "솔직히 말할게요. 난 그대가 필요합니다.”

"솔직히 말할게요. 난 당신이 필요해요." 그 말이 시버스의 자존심을 건드렸고, 그녀는 다 안다는 듯한 미소를 지었다. "세상이 이렇게 넓은데 난 친구가 거의 없거든요."

"새 친구를 만드는 데 재주가 있어 보이는데."

"생각보다 어려워요. 늘 이방인으로 사는 건." 지난 몇 달 동안 겪었던 일들로 인해 그는 더 이상 설명이 필요하지 않았다. 그녀는 거짓말을 하는 것 같지는 않았지만, 자기 입맛대로 진실을 왜곡하고 있었다. "그리고 때론 친구와 적을 구별하기가 어려울 때도 있고요."

"맞는 말이야." 역시 더 설명할 필요가 없는 말이었다.

"당신이 온 곳에서는 충성심이 고귀한 자질일 테죠. 하지만 여기 스티리아에서 사람은 바람에 따라 휘어야 해요." 그녀처럼 달콤하게 웃는 사람이라면 어두운 꿍꿍이를 품을 수 없을 것 같았다. 하지만 지금 그에게는 모든 것이 어둠 속에 있었다. 모든 것에 칼이 숨겨져 있는 것 같은 느낌이었다. "우리 친구들, 머카토 장군과 로곤트 대공 같은 사람들 말이죠." 칼롯의 두 눈이 그의 외눈으로 향했다. "지금 그 둘이 무슨 일을 꾸미고 있는지 궁금하네요."

"침대에서 뒹굴고 있겠지!" 갑자기 뜨겁게 끓어오르는 분노에 그가 버럭 소리를 질렀다. 그녀는 그가 자신의 머리를 벽에 박을까 봐 움찔하며 몸을 피했다. 어쩌면 그는 정말 그럴 뻔했다. 아니면 자기 머리를 박아 버릴 수도 있을 것 같았다. 하지만 그녀의 얼굴은 곧 다시 부드럽게 풀어지며 더 환한 미소 지었다. 마치 그녀의 이상형이 살기 어린 분노에 찬 남자인 것처럼.

"탈린의 독사와 오스프리아의 굼벵이가 끈적하게 얽혀 있는 그림이라니. 참 잘 어울리는 배신자 커플이에요. 스티리아 최고의 거짓말쟁이와 최고의 살인자." 그녀는 한 손가락으로 그의 가슴에 남은 흉터를 부드럽게 쓰다듬었다. "그녀가 복수를 마치면 그 후에는 어떻게 될까요? 로곤트가 그녀를 높이 들어 올려 탈린 사람들 앞에서 애들 장난감처럼 흔들어 보인 뒤에는요? 피의 시대가 끝나고,

"전쟁도 끝나면 당신은 어디에 있을까요?"

"전쟁 없는 곳에는 내 자리가 없어. 이미 증명된 사실이지."

"그렇다면 당신이 걱정이네요."

시버스는 콧방귀를 뀌었다. "당신이라도 그렇게 생각해 주니 운이 좋군."

"더 많은 걸 할 수 있으면 좋겠네요. 하지만 당신도 카프릴의 도살자가 어떤 식으로 문제를 해결하는지 알잖아요. 로곤트 공작은 정직한 사람들에게는 관심이 없고……."

"난 정직한 사람들을 매우 높이 평가하지만, 웃통을 벗고 싸우다니 정말……" 로곤트는 마치 상한 우유가 혀에 닿은 것처럼 얼굴을 찌푸렸다. "식상하군요. 내게 그런 모습을 기대하지는 마세요."

"하, 싸우는 모습 말인가요?"

"여인이여, 감히 그런 말을! 나는 스톨리쿠스의 환생입니다! 무슨 말인지 아시잖아요. 그대의 북부 동료 말이에요, 그……" 로곤트는 왼쪽 얼굴 위에서 힘없이 손을 흔들었다. "눈이 좀 그런, 아니, 눈이 없다고 해야 할까요."

"벌써 질투하시나요?" 그에 관해 언급하는 것만으로도 구역질이 올라올 것 같은 기분을 느끼며 몬자가 중얼거렸다.

"약간요. 하지만 나를 걱정시키는 건 그의 질투입니다. 폭력에 쉽게 휘말리는 사람 같거든."

"그를 여기 데려온 이유가 그거였어요."

"그를 보내야 할 때가 된 것 같아요. 미친개는 주인의 적이 아니라 주인을 더 물어뜯는 법이니까."

"가장 먼저 주인의 연인이 물어뜯기지요."

로곤트는 긴장한 듯 목소리를 가다듬었다. "그런 일이 일어나서는 안 돼요. 그는 그대에게 단단히 붙어 있는 것 같아. 배의 선체에 단단히 붙은 따개비는 갑작스럽고 예상치 못하게, 그리고…… 단호하게 떼어 내야 할 필요가 있어요."

"아뇨!" 그녀의 목소리가 생각했던 것보다 훨씬 날카롭게 튀어나왔다. "안 돼요. 그는 내 목숨을 구해 줬어요. 그것도 여러 번, 자기 목숨을 걸었다고요. 어제까지도 날 구해 줬는데, 오늘 그를 죽이라뇨? 안 돼요. 난 그에게 빚을 졌어요." 그녀는 랭그리어가 그의 얼굴에 낙인을 찍던 순간의 냄새가 떠올라 움찔했다. 너였어야 했어. "절대 안 돼요! 그에게 손대지 말아요."

"생각해 봐요." 로곤트는 천천히 그녀에게 다가왔다. "그대가 망설이는 건 이해하지만, 그 방법이 안전하다는 건 알아야 해요."

"신중한 왕자로서 하는 충고인가요?" 그녀는 비웃으며 말했다. "경고하는데, 그 사람은 그냥 놔둬요."

"몬즈카로, 이해해 줬으면 좋겠어요, 난 그대의 안전을…… 으억!" 그녀는 의자에서 벌떡 일어나 그의 발을 걸어차 쓰러뜨렸다. 그가 휘청이며 무릎을 꿇자 그녀는 그의 손목을 붙잡아 어깨 뒤로 비튼 다음 등 뒤에서 무릎을 굽혀 눌렀고, 그의 얼굴은 차가운 대리석에 짓눌렸다.

"안 된다고 말한 거 못 들었어? 갑작스럽고, 예상치 못하게, 단호하게 처리하고 싶었으면……" 그녀는 그의 손목을 조금 더 비틀었고, 그는 비명을 지르며 무력하게 몸부림쳤다. "내가 직접 할 수도 있어."

"그래! 아야! 그래! 확실히 알겠어!"

"좋아요. 그 얘긴 다신 꺼내지 않는 걸로 하죠." 그녀는 그의 손목을 놓아주었고, 그는 잠시 그 자리에 누워 가쁘게 숨을 쉬었다. 그러고는 몸을 굴려 등을 대고 누워 손을 부드럽게 문지르며, 상처받은 듯한 찡그린 얼굴로 그녀를 올려다보았다. 그녀는 그의 배 위에 올라타고 있었다.

"그렇게까지 할 필요는 없지 않았나."

"어쩌면 즐겼는지도 모르죠." 그녀는 어깨 너머를 돌아보았다. 그의 성기가 반쯤 딱딱해진 채 그녀의 뒤쪽 허벅지 건드리고 있었다. "당신이 즐기지 않았다고는 말 못 할 것 같은데."

"말이 나왔으니…… 드센 여자가 나를 깔고 앉은 기분이 꽤 마음에 든다고 고백해야겠군." 그는 손끝으로 그녀의 무릎을 스치며 천천히 흉터가 있는 허벅지 안쪽을 따라 손을 위로 쓸어 올렸다가 다시 부드럽게 내렸다. "혹시…… 내 위에서 오줌을…… 뭐 달라고 부탁해도 될까?"

몬자는 찡그렸다. "나는 지금 오줌이 마렵지 않은데요."

"그렇다면…… 물이라도 한 잔 마신 다음……."

"그냥 변기를 사용할게요."

"정말 낭비로군. 변기는 전혀 고맙게 여기지 않을 텐데."

"변기가 꽉 차면 그건 당신 마음대로 하게 해 줄게요. 어때요?"

"으, 그거랑 그거랑 같나."

몬자는 천천히 고개를 저으며 그에게서 내려왔다. "가짜 대공비더러 곧 왕이 될 몸에 소변을 보라고 하다니. 상상으로도 못 만들어낼 이야기네."

"그만해." 시버스의 몸은 멍과 찰과상, 베인 상처로 뒤덮여 있었다. 특히 긁기 가장 어려운 등덜미에 깊게 베인 상처가 여러 개 있었다. 아랫도리가 말랑해지고 나자 끈적한 더위 속에서 모든 상처들은 그의 인내심을 시험하듯 다시 그를 괴롭히기 시작했다. 그는 마치 썩어 가는 시체처럼 명백하게 그들 사이에 놓인 이야기를 빙빙 돌려 말하는 데 진절머리가 났다. "그냥 당신이 머카토를 죽이고 싶다고 말해."

그녀는 입을 반쯤 벌린 채 멈칫했다. "너무 직설적이라 놀랐네요."

"아니, 나는 외눈박이 살인자답게 직설적일 뿐이야. 왜?"

"왜라니, 뭐가요?"

"왜 그렇게 그녀를 죽이고 싶은데? 내가 똑똑하진 않아도 그 정도로 멍청하진 않아. 당신 같은 여자가 이 잘난 얼굴에 끌릴 리도 없고, 내 유머 감각에 끌릴 리도 없겠지. 우리가 시파니에서 당신에게 한 짓 때문에 복수를 원할 수도 있을 거야. 누구나 복수하고 싶어 하니까. 하지만 그게 전부는 아닌 것 같군."

"그게 작은 부분은 아니지만……" 그녀는 한 손가락 끝을 그의 다리 위로 천천히 올리며 말했다. "당신의 어떤 점에 끌렸는지 말하자면, 난 항상 잘생긴 얼굴보다는 정직한 사람에게 더 끌렸어요.

하지만…… 당신을 믿어도 될까요?"

"아니. 당신이 날 믿을 수 있었다면, 내가 이 일에 적합하지 않았겠지?" 그는 그녀의 손가락을 잡고 자신 쪽으로 비틀며, 고통으로 찡그린 그녀의 얼굴을 가까이 끌어당겼다. "당신이 얻는 게 뭐지?"

"아! 연방에 사람이 하나 있어요! 내게 일을 시키는 사람, 날 처음에 스티리아로 보낸 사람, 오르소를 감시하라고 보낸 사람이요!"

"크리플이라는 자?" 비타리는 그 이름을 말한 적이 있었다. 연방의 왕 뒤에 있다는 인물이었다.

"맞아요! 아! 아야!" 그가 그녀의 손가락을 더 비틀자 그녀는 비명을 질렀고, 잠시 후 그는 손을 놓아주었다. 그녀는 손가락을 가슴에 딱 붙이고 아랫입술을 쭉 내밀며 그를 노려보았다. "이렇게까지 할 필요는 없었잖아요."

"어쩌면 즐겼는지도 모르지. 계속 얘기해 봐."

"머카토는 내가 오르소를 배신하도록 만들었고…… 크리플도 배신하게 만든 셈이죠. 오르소를 적으로 두고는 목숨을 부지할 수 있지만……."

"하지만 크리플은 안 된다?"

그녀는 침을 삼켰다. "그래요. 그 사람은 안 돼요."

"오르소 대공보다 더 나쁜 놈이라는 건가?"

"훨씬 더. 머카토는 그의 목표예요. 그녀는 탈린을 연방에 편입시키려는 그의 치밀한 계획을 전부 망칠 수 있는 위협적인 존재니까. 그래서 그는 그녀가 죽기를 바라죠." 그녀의 매끄러운 가면이 벗겨지자 진짜 표정이 드러났다. 그녀는 어깨를 축 늘어뜨리고, 눈을 크게 뜬 채 침대 시트를 내려다보았다. 굶주리고, 불편한, 엄청난 공포에 질린 표정이었다. 시버스는 그 모습이 마음에 들었다. 스티리아에 도착한 이후 처음 본 솔직한 표정인 것 같기도 했다. "내가 그녀를 죽일 방법을 찾으면, 내 목숨은 살릴 수 있어요." 그녀가 속삭였다.

"그리고 내가 그 방법이라는 거지."

그녀는 단호한 눈빛으로 다시 그를 바라보았다. "할 수 있겠어요?"

"오늘도 할 수 있었어." 그는 도끼로 그녀의 머리를 쪼개는 상상을 했다. 그녀의 얼굴에 군홧발을 올리고 물속에 밀어 넣을까도 생각했다. 그러면 그녀는 그를 존중할 수밖에 없었을 것이다. 그러나 그는 그녀를 구했다. 희망을 품고 있었기 때문이다. 어쩌면 아직도 희망을 품고 있는지도 몰랐다……. 하지만 그 희망은 그를 바보로 만들었다. 그리고 시버스는 바보 취급을 당하는 데에 진절머리가 났다.

지금까지 그가 죽인 사람들이 몇 명이나 될까? 북쪽에서 벌어진 모든 전투와 작은 교전, 치열한 싸움 들에서 그가 죽인 사람들이 몇이나 될까? 스티리아에 온 지난 반년 동안은? 카도티 별장의 연기와 혼란 속에서는 몇이나 죽었을까? 샐리어 공작의 조각상들 사이에서는? 몇 시간 전에 끝난 전투에서는? 스무 명쯤? 어쩌면 그 이상일 수도 있었다. 그중에는 여자들도 있었다. 그는 블러디나인만큼이나 피에 절여져 있었다. 한 명을 더 죽인다고 해서 그의 정의로운 명성에 흠이 날 것 같지는 않았다. 그의 입술이 일그러졌다.

"할 수 있어." 몬자가 그를 조금도 신경 쓰지 않는다는 사실은 얼굴의 흉터만큼이나 명백했다. 그런 그녀를 왜 그가 생각해 줘야 한단 말인가? "식은 죽 먹기지."

"그럼 해 봐요." 그녀는 입을 반쯤 벌리고 손과 무릎으로 엉금엉금 기어 다가왔다. 무겁게 늘어진 창백한 가슴이 그의 한쪽 눈을 똑바로 쳐다보았다. "나를 위해서." 그녀가 그 위로 기어올라 오자, 그녀의 젖꼭지가 그의 가슴에 스치며 이리저리 움직였다. "당신을 위해서." 피처럼 붉은 보석 목걸이가 그의 턱에 살짝 닿아 짤랑거렸다. "우리를 위해서."

"적당한 순간을 잘 포착해야겠지." 그는 손을 그녀의 등 아래로 미끄러뜨려 엉덩이 위로 올렸다. "조심 또 조심해야 하지 않겠어?"

"물론이죠. 무슨 일이든…… 서두르면 그르치는 법이니까."

그의 머릿속이 그녀의 향기로 가득 찼다. 꽃의 달콤한 향기와 섹스의 강렬한 냄새가 섞여 있었다. "몬자에게 받을 돈이 있어." 그는 그녀를 죽이지 말아야 할 마지막 이유를 그르렁거리며 내뱉었다.

"아, 돈. 알겠지만 나도 장사를 했어요. 무언가를 사고파는." 그녀의 숨결이 그의 목, 입술, 얼굴에 뜨겁게 닿았다. "오랜 경험에 비춰 봤을 때, 가격을 논하기 시작하면, 이미 거래는 성사됐다는 뜻이던데요." 그녀는 그의 얼굴에 난 흉터를 따라 입술을 스치며 그에게 가까이 다가갔다. "이 일을 해 주면, 당신이 평생 쓰고 남을 돈을 주겠다고 약속할게요." 그녀의 차가운 혀끝이 그의 금속 눈알을 둘러싼 거친 피부를 어르듯 부드럽게 핥았다. "난 발린트앤드벌크 은행과도…… 거래한 게 있거든요……."

헛된 노력

은화가 햇빛을 반사해 오직 동전만이 뿜어낼 수 있는 특별하고 탐나는 광채로 빛나고 있었다. 모두가 볼 수 있는 곳에 쌓여 있는 은화로 가득 찬 금고들은 탁자에 유혹적으로 누워 있는 나체의 귀족 부인보다도 더 노골적으로 진지 안 모든 남자의 시선을 끌었다. 갓 주조된 반짝이는 동전들이 그의 앞에 그득그득 쌓여 있었다. 스티리아에서 가장 깨끗한 동전들이 가장 더러운 이들의 손아귀에 떨어졌다. 매우 기분 좋은 모순이었다. 동전의 한쪽 면에는 당연히 저울이 새겨져 있었다. 저울은 신제국 시대부터 이어져 온 스티리아 무역의 전통적인 상징이었다. 다른 한쪽 면에는 탈린의 대공작 오르소의 근엄한 옆모습이 새겨져 있었다. 천검단이 최근 배신한 바로 그 남자의 얼굴, 그 얼굴이 새겨진 돈으로 천검단의 급여를 주고 있다는 사실이 코스카에게는 더욱 기분 좋은 모순으로 다가왔다.

첫 연대의 첫 번째 중대에 소속된 병사들과 장교들의 곰보 자국이 가득하거나 때가 묻어 얼룩덜룩하거나 사팔뜨기 눈을 한 얼굴들이 단정하지 못한 모습으로 머리를 긁적이고, 기침하며 부당한 이득을 나눠 갖기 위해 임시로 마련된 탁자를 지났다. 그들은 용병단의 수석 공증인과 가장 신뢰할 만한 용병 열두 명의 엄격한 감시를 받았다. 아침나절 내내 코스카가 목격한 기운 빠지는 갖가지 속임수를 생각하면 당연히 필요한 조치였다.

남자들은 여러 번 다른 옷으로 바꿔 입고 탁자로 돌아와서 가짜 이름이나 죽은 동료들의 이름을 댔다. 그들은 자신의 계급이나 복무 기간을 부풀리거나 미화하거나, 노골적으로 거짓말을 했다. 병든 어머니, 자녀 또는 지인 들을 들먹이며 눈물을 흘리기도 했다. 음식, 식수, 장비, 설사병, 상관, 다른 남자들의 체취, 날씨, 도난당한 물건에 대해 불평했고, 자신이 의도치 않게 부상을 입히거나 당했다며, 혹은 존재하지도 않는 명예가 모욕을 당했다며 끊임없이 억울함을 호소하기도 했다. 만약 그들이 지휘관에게서 부당하게 푼돈을 뜯어내기 위해 보여 준 뻔뻔함과 끈기를 전투에서 발휘했다면 그들은 역사상 가장 위대한 전투 부대가 되었을 터였다.

하지만 원사 프렌들리가 지켜보고 있었다. 세이프티의 주방에서 수년간 일하며 매일 살아남기 위해 빵 한 조각을 놓고 치열하게 경쟁해야 하는 세계에서 가장 악명 높은 사기꾼 수십 명을 상대해 온 그는 이 세상에 존재하는 온갖 비열한 속임수, 사기, 책략을 모두 알고 있었다. 그의 독사 같은 시선 앞에서는 어떤 속임수도 통하지 않았다. 프렌들리는 오르소 공작의 빛나는 초상화가 새겨진 은화가 단 한 개라도 허투루 내어지는 것을 허락하지 않았다.

코스카는 마지막 병사가 느릿느릿 떠나는 모습을 보고 깊이 낙담하며 고개를 저었다. 절름발이가 되었다며 보상을 요구했던 남자는 탁자를 떠나는 순간 기적적으로 치유되었다. "운명의 신들이여, 우리 병사들이 보너스를 받고 기뻐할 줄 알았는데! 싸워서 얻은 것도, 직접 훔친 것도 아닌 돈을! 더 많이 줄수록, 더 많이 요구하고, 덜 행복해지는 것 같군. 아무도 공짜에 감사하지 않아. 자선 따위는 개나 줘 버리라지!" 그는 공증인의 어깨를 탁 쳤고, 그가 정성스럽게 작성해 놓은 종이에는 삐죽 튀어나온 줄이 그어지고 말았다.

"용병들도 예전 같지 않군." 공증인은 얼굴을 찡그리며 불평하면서 얼룩을 닦아 냈다.

"그런가? 내 눈에는 여전히 폭력적이고 비열해 보이는군. '예전 같지 않다'는 말은 속 좁은 사람들이 외치는 말이야. 사람들이 예전이 더 좋았다고 말하는 건 그때가 자신들에게 더 좋았다는 뜻이지, 왜냐하면 그때는 젊었고 모든 희망이 깨지기 전이니까. 죽음에 가까워질수록 세상이 더 어둡게 보이는 법이지."

"그러면 모든 건 그대로라는 말이오?" 공증인이 슬프게 올려다보며 물었다.

"나아지는 사람이 있는가 하면 더 나빠지는 사람이 있지." 코스카는 무거운 한숨을 내쉬었다. "하지만 큰 틀에서 보자면 나는 별로 달라진 게 없다고 생각하네. 지금까지 급여를 받아 간 용사가 총 몇 명이지?"

"안디체 연대 중에서 스콰이어가 맡은 중대 전원. 안디체가 이끌었던 연대라고 해야겠지."

코스카는 손으로 눈을 가렸다. "제발, 그 용감한 친구에 대해 말하지 말아 주게. 그를 잃었다는 사실에 가슴이 찢어질 것 같으니까. 몇 명에게 급여를 지급했다고?"

공증인은 손가락을 핥고 장부의 바스락거리는 페이지를 몇 장 넘기며 숫자를 세기 시작했다. "하나, 둘, 셋······."

"404명." 프렌들리가 말했다.

"천검단의 총 인원은?"

공증인이 얼굴을 찡그렸다. "모든 보조 인력과 하인, 상인까지 포함해서?"

"물론일세."

"창녀들도 포함?"

"당연히 포함해야지, 이 빌어먹을 용병단에서 가장 열심히 일하는 사람들이니까!"

공증인은 하늘을 올려다보며 인상을 썼다. "음······."

"1만 2819명." 프렌들리가 말했다.

코스카는 그를 바라보았다. "친구여! 좋은 원사가 장군 세 명의 가치가 있다는 말은 들었네만, 자네는 장군 서른 명의 몫을 해내는 것 같군! 하지만 1만 3000명이라고? 내일 밤까지 이 자리에 있어야겠군!"

"그럴 가능성이 높지." 공증인이 페이지를 넘기며 투덜거렸다. "다음은 안디체 연대의 크랩스테인이 이끄는 중대요. 안디체가 이끌었던 연대라고······ 해야겠지······."

"흥." 코스카는 시파니에서 모비어가 그에게 던졌던 플라스크의 뚜껑을 연 다음 입술에 대고 흔들었지만 플라스크는 비어 있었다. 그는 낡고 찌그러진 금속 병을 찡그린 얼굴로 바라보며, 사람은 결코 변하지 않는다는 모비어의 비웃음 섞인 말을 불편하게 떠올렸다. 너무 불편했던 나머지 갑자기 미친 듯이 술이 당겼다. "잠깐 쉬지, 내가 술을 채워 올 동안 말이야. 크랩스테인의 중대더러 줄을 서라고 하게." 그는 일어섰다. 욱신거리는 무릎이 딱딱 소리를 내자 얼굴을 찡그렸다가 곧 미소를 지었다. 거구의 남자 한 명이 진흙과 연기, 천막과 혼란으로 가득한 진지를 가로질러 꾸준히 그를 향해 걸어오고 있었다.

"이게 누구신가, 춥고 피비린내 나는 북쪽에서 온 시버스 선생 아니신가!" 북부 사나이는 멋진 옷차림을 포기하기로 한 듯했다. 그는 가죽 재킷과 거친 천으로 만든 셔츠를 입고 소매는 팔꿈치까지 걷어 올리고 있었다. 코스카와 처음 만났을 때 뮈셀리아 멋쟁이처럼 깔끔하게 다듬어져 있었던 머리카락은 이제 지저분하게 자라 헝클어져 있었고, 턱에는 기른 것도 아니고 면도를 한 것도 아닌 어중간하게 자란 까칠한 수염이 자라 있었다. 그럼에도 그의 얼굴 한쪽을 덮은 커다란 흉터는 전혀 감춰지지 않았다. 머리카락만으로는 흉터를 숨길 수 없었다. "나의 옛 모험 동지!" 살인 동지라는 말이 더 정확할 터였다. "눈에서 광채가 나는군." 말 그대로 그의 빈 눈구멍에 끼워진 밝은 금속이 정오의 태양 빛을 반사해 눈이 아플 정도로 밝게 빛나고 있었다. "잘 지내는 것 같군, 친구. 정말 잘 지내고 있어!" 사실대로 이야기하면 그의 몰골은 처참하게 망가진 야만인이나 다름없었다.

"웃으면 복이 온다더군." 북쪽 사람은 한쪽 입꼬리를 올렸고, 불에 탄 살갗이 아주 약간 움찔했다.

"그렇지. 아침에 웃으면 점심때쯤엔 기쁨이 똥으로 나온다네. 전투에 참가했나?"

"참가했지."

"그럴 줄 알았네. 자네는 소매를 걷어붙이는 것을 두려워하는 사람이 아니니까. 치열한 전투였나?"

"그랬지."

"피를 보면 더 생기가 도는 사람들이 있지, 안 그런가? 자네라면 그런 이들을 여럿 알 텐데."

"그렇지."

"자네의 고용주, 내 악명 높은 제자이자 후임자이자 전임자인 머카토 장군은 어디 있나?"

"당신 뒤에." 날카로운 목소리가 들렸다.

코스카는 돌아섰다. "맙소사, 여인이여, 남자에게 몰래 다가가는 재주를 잊지 않았군!" 그는 그녀가 나타날 때면 늘 북받쳐 오르는 감정들을 억누르려 놀라는 척했다. 한쪽 뺨에 길게 긁힌 자국이 나 있고 얼굴 여기저기에 멍이 들기는 했지만, 그녀는 괜찮아 보였다. 아니, 매우 좋아 보였다. "자네가 살아 있는 모습을 보니 이루 말할 수 없이 기쁘군." 그는 모자를 벗었고, 모자 깃털은 미안하다는 듯이 처져 있었다. 그는 그녀 앞에 무릎을 꿇었다. "내 연극을 용서해주게. 자네도 이제 내가 줄곧 자네를 위하고 있었다는 사실을 알았을 테니. 자네에 대한 내 애정은 조금도 줄지 않았어."

그녀는 그의 말에 콧방귀를 뀌었다. "애정이라?" 그녀가 알아차릴 수 있는 것보다도, 그리고 그녀에게 말로 할 수 있는 것보다도 더 큰 애정이었다. "이 연극이 나를 위한 거였다고? 고마워서 까무러치겠군."

"늘 기절할 준비가 되어 있다는 점이 자네의 사랑스러운 매력 중 하나지." 코스카는 몸을 일으켰다. "자네의 섬세하고 여성스러운 마음 때문이겠지. 나와 함께 가세. 보여 줄 게 있네." 그는 그녀를 데리고 나무 사이를 지나 농가로 향했다. 농가의 흰 석회 벽이 한낮의 태양 아래 반짝이고 있었다. 프렌들리와 시버스는 나쁜 기억 속에서처럼 그들을 뒤따랐다. "자네에게 호의를 베풀고 오르소의 엉덩이를 발로 찰 수 있다는 것 외에, 개인적으로도 이득을 취하고 싶은 생각도 약간은 있었다고 고백해야겠군."

"절대 변하지 않는 것들이 있지."

"변하는 건 아무것도 없네. 왜 변하겠나? 거키쉬 금화로 거액을 제안받았네. 물론 처음 제안한 사람은 자네였어. 아, 그리고 지금으로서는 스티리아의 왕으로 즉위하게 될 가능성이 매우 높아진 로곤트가 친절하게도 나에게 비세린의 대공작 자리를 약속했네."

그녀가 놀란 숨을 들이쉬는 소리가 들리자 그는 매우 만족스러웠다. "당신이? 빌어먹을 비세린의 대공작이 된다고?"

"임명장에 빌어먹을이라는 단어는 쓰여 있지 않겠지만, 그렇다네. 니코모 대공. 꽤 괜찮지 않나? 어차피 샐리어는 죽었으니 말이야."

"나도 그건 알고 있어."

"그에게는 상속자가 없었지, 먼 친척조차도. 도시는 약탈당하고 불에 타서 황폐해졌고, 내각은 붕괴했네. 시민들은 도망가거나 죽거나, 아니면 다른 방식으로 이용당했지. 비세린은 예전의 영광을 되찾기 위해 강하고 이타적인 지도자가 필요해."

"그런 사람 대신 당신을 얻게 되겠군."

그는 웃음을 터뜨렸다. "하지만 더 적합한 인물이 누가 있겠나?

비세린 출신이기도 한 내가 아니면?"

"비세린 출신은 쌔고 쌨지. 그들이 모두 대공 자리를 차지하려고 하진 않잖아."

"글쎄, 그 자리는 하나뿐이고, 이제 내 것일세."

"대체 그 자리를 왜 원하지? 의무감? 책임감? 난 당신이 그런 것들을 싫어하는 줄 알았는데."

"나도 늘 그렇게 생각했지. 하지만 방황을 하다 보면 늘 시궁창에 빠지게 되더군. 난 생산적인 삶을 살지 못했어, 몬즈카로."

"말 안 해도 잘 알지."

"난 내 재능을 아무것도 아닌 것에 허비해 왔어. 자기 연민과 혐오 때문에 나 자신을 방치하고 다치게 하고 파괴하기 직전까지 몰아갔지. 내가 가장 중요하게 여긴 게 무엇일 것 같나?"

"당신 자신?"

"정확하네. 몬자, 허영심과 자기 집착은 유아기의 특징이지. 나 자신과 동료들을 위해 이제는 어른이 될 필요가 있어. 내 재능을 다른 곳에 써야 해. 자네가 늘 내게 말하려고 했던 것처럼, 사람은 한 곳에 정착해야 할 때가 오는 법이지. 내가 태어난 도시를 위해 온 마음을 다해 헌신하는 것보다 더 나은 방법이 어디 있겠나?"

"당신이 진심을 다해 헌신한다니. 불쌍한 비세린."

"예술품 도둑질이나 하던 미식가보다는 낫지 않겠나."

"이제는 모든 걸 훔치는 주정뱅이를 가지겠군."

"자네는 나를 오해하고 있군, 몬즈카로. 사람은 변할 수 있네."

"아까는 변하는 게 아무것도 없다고 하지 않았나?"

"생각이 바뀌었어. 안 되나? 하룻밤 새 어마어마한 재산을 챙겼고, 스티리아에서 가장 풍족한 영토의 공작 지위도 얻은 나인데 말일세."

몬자는 혐오와 놀라움이 뒤섞인 표정으로 고개를 저었다. "당신이 한 일이라고는 여기 앉아 있는 것뿐이었잖아."

"그게 바로 요령이라는 것이지. 누구나 보상을 얻을 수 있다니까." 코스카는 고개를 뒤로 젖히고 검은 가지들과 그 너머의 푸른 하늘을 바라보며 미소 지었다. "아는지 모르겠지만, 아무것도 하지 않고 이렇게 많은 것을 얻은 사람은 역사상 거의 존재하지 않을 걸세. 하지만 어제의 위업으로 이득을 본 사람은 나만이 아닐세. 로곤트 대공도 결과에 만족하고 있을 거야. 그리고 자네도 위대한 복수에 한 걸음 더 가까워졌지 않나?" 그는 그녀에게 가까이 다가갔다. "얘기가 나왔으니 말인데, 자네에게 줄 선물이 있네."

그녀는 여전히 의심스러운 눈초리로 인상을 쓰며 그를 바라보았다. "무슨 선물?"

"깜짝 선물이라 말해 줄 수 없어. 프렌들리 원사, 자네의 전 고용주와 북부 친구를 집 안으로 안내해서 어제 우리가 발견한 물건을 보여 줄 수 있겠나? 그리고 몬자가 원하는 대로 처리할 수 있게 해 주게." 그는 이죽거리며 돌아섰다. "이제 우리 모두 친구잖나!"

"이쪽으로." 프렌들리가 낮은 문을 삐걱거리며 열었다. 몬자는 시버스를 한번 쳐다보았다. 그는 어깨를 으쓱했다. 그녀는 문틀 아래로 허리를 숙여 어두운 방으로 들어갔다. 환한 바깥과는 달리 방

안 공기는 서늘했고, 벽돌을 쌓아 만든 아치형 천장으로 군데군데 빛이 들어와 먼지 쌓인 돌바닥을 비추고 있었다. 눈이 어둠에 익숙해지자 방 한쪽 구석에 딱 붙어 선 형체가 보였다. 그가 앞으로 다가오며 발목에 채워진 사슬이 희미하게 덜컹거렸고, 더러운 창문 유리의 얼룩덜룩한 그림자가 그의 한쪽 얼굴에 드리워졌다.

오르소 공작의 막내아들, 포스카 왕자였다. 몬자는 온몸이 굳어지는 것을 느꼈다.

폰테자르모에서 아버지의 방을 뛰쳐나가며 살인에 연루되고 싶지 않다고 울부짖던 소년은 이제 마침내 성인이 된 것 같았다. 그의 입술 위에 자랐던 솜털은 사라졌고, 한쪽 눈 주위에 멍이 들어 있었다. 후회하는 듯하던 눈빛은 곧 두려움에 가득 찬 눈빛으로 변했다. 그는 시버스를 뚫어지게 쳐다보다가 곧 그녀 뒤를 따라 방으로 들어오는 프렌들리를 바라보았다. 누가 봐도 포로에게 희망을 줄 만한 인상들은 아니었다. 마침내 마지못해 몬자의 눈을 마주쳤을 때, 그는 곧 자신에게 닥칠 일을 알고 있다는 듯 겁에 질린 표정을 하고 있었다.

"사실이었군." 그가 속삭였다. "당신이 살아 있다는 게."

"네놈 형과는 다르게 말이야. 내가 목을 갈라서 창문 밖으로 던졌거든." 포스카가 침을 삼키자 이제 막 목 위로 도드라지기 시작한 뾰족한 돌기가 위아래로 움직였다. "모티스는 독살했고, 간마크는 청동 꼬챙이로 찔렀어. 페이스풀은 찌르고 베고 물에 빠뜨려서 물레방아에 매달았지. 아마 아직도 거기서 돌고 있을 거야. 고바는 운이 좋았어. 그의 손과 무릎, 머리뼈를 망치로 때려서 가루로 만들었을 뿐이니까." 그 이름들은 음울한 만족감을 주기보다 구역질을 일으켰지만, 그녀는 한 명도 빠뜨리지 않고 꾸역꾸역 내뱉었다. "놈들이 베나를 죽였을 때 그 방에 있던 일곱 명 중에서 이제 네 아비만 남았어." 그녀는 칼베즈의 검을 칼집에서 빼냈다. 칼날이 부드럽게 긁히는 소리가 아이의 비명만큼이나 끔찍하게 들렸다. "네 아비와…… 너만."

　방 안 공기는 텁텁하고 퀴퀴한 냄새가 났다. 프렌들리의 얼굴은 시체처럼 텅 비어 있었다. 시버스는 팔짱을 낀 채 그녀 옆 벽에 기대서서 웃고 있었다.

　"이해해." 포스카가 다가왔다. 머뭇거리는 듯한 작은 걸음이었지만 여전히 그녀 쪽을 향하고 있었다. 그는 그녀와 한 발짝도 채 떨어지지 않은 거리에서 걸음을 멈추고 무릎을 꿇었다. 손이 뒤로 묶여 있어 모든 움직임이 어색했다. 그동안 그의 눈은 그녀에게서 한 번도 떨어지지 않았다. "미안해."

　"미안하다고?" 그녀는 이를 악물고 말했다.

　"나는 무슨 일이 벌어질지 몰랐어! 나는 베나를 좋아했어!" 그의 입술이 떨리고, 눈물이 얼굴 옆으로 흘러내렸다. 두려움 때문인지, 죄책감 때문인지, 아니면 둘 다 때문인지 모를 눈물이었다. "당신 동생은 나에게…… 형제나 마찬가지였어. 나는 결코 당신 둘 중 누구에게도…… 그런 짓을 하고 싶지 않았어. 그 일은 정말…… 미안하게 됐어." 그가 그 일과 아무런 관련이 없었다는 사실은 그녀도 알고 있었다. "난 그냥…… 살고 싶어!"

　"베나도 그랬어."

"부탁이야." 더 굵어진 눈물방울이 그의 뺨을 타고 흘러내리며 반짝이는 자국을 남겼다. "살려만 줘."

그녀의 속이 뒤틀리면서 목구멍을 태우며 올라온 신물이 입안을 적셨다. 죽여야 한다. 그러기 위해 이 먼 길을 왔고, 이 모든 고통을 겪었으며, 다른 사람들까지 고통받게 했다. 그녀의 동생이 살아 있다면 망설이지 않았을 것이다. 귓가에 그의 목소리가 들리는 듯했다.

할 일을 해. 양심은 변명일 뿐이야. 자비와 비겁함은 같은 거야. 실행에 옮겨야 할 때였다. 그는 죽어야 마땅했다.

지금 당장.

그러나 그녀의 팔은 무게가 천 톤은 되는 듯 뻣뻣하게 굳어 있었다. 그녀는 포스카의 창백한 얼굴과 커다랗고 무력한 눈을 응시했다. 그 모습을 보고 있으려니 어린 시절의 베나가 떠올랐다. 카프릴이나 스위트파인스에서 전투를 치르기 전, 코스카를 배신하기 전, 천검단에 합류하기 전의 베나가 떠올랐다. 그저 밭을 더 잘 일구는 게 소원이었던 아주 오래전, 밀밭에서 해맑게 웃던 그 소년.

흔들리던 칼베즈의 검 끝이 툭 떨어져 바닥에 닿았다.

포스카는 길고 떨리는 숨을 들이쉬고, 눈을 감았다. 그러고는 눈가에 반짝이는 눈물을 머금고 다시 눈을 떴다. "고마워. 나는 당신이 따뜻한 마음을 가지고 있다는 걸 알고 있었어…… 사람들이 뭐라고 하든. 고마…….."

시버스의 커다란 주먹이 그의 얼굴에 쾅 하고 박히며 포스카를 뒤로 넘어뜨렸다. 그의 부러진 코에서 피가 거품처럼 솟아올랐다. 포스카는 놀라서 뭐라고 웅얼거렸고, 시버스는 그 위에 올라타 목을 꽉 조르며 그가 더 이상 소리를 내지 못하도록 만들었다.

"살고 싶어?" 시버스가 이를 드러내고 으르렁거리듯 웃으며 속삭였다. 그는 팔뚝의 힘줄이 꿈틀거리도록 포스카의 목을 점점 더 세게 조였다. 포스카는 무력하게 발버둥 치고 어깨를 비틀며 소리 없이 몸부림쳤다. 그의 얼굴이 분홍색에서 빨간색, 그리고 자주색으로 변해 갔다. 시버스는 두 손으로 포스카의 머리를 끌어 올려, 거의 키스할 수 있을 만큼 가까이 끌어당긴 다음, 쩍 하고 갈라지는 소리가 나도록 돌바닥에 세게 내리쳤다. 포스카의 군화가 경련을 일으키자 발목에 채워진 사슬이 덜컹거렸다. 시버스는 고개를 이쪽저쪽으로 움직이며 힘을 더 잘 쓸 수 있도록 손의 위치를 바꿔 포스카의 목을 쥐었다. 딱지가 가득한 손등에 힘줄이 울룩불룩하게 드러났다. 시버스는 서두르지 않고 다시 그를 끌어 올려, 둔탁한 소리와 함께 그의 머리를 다시 바닥에 내리쳤다. 포스카의 혀가 축 늘어졌고, 한쪽 눈꺼풀은 경련을 일으키며 깜박거렸다. 그의 머리카락 사이에서 검은 피가 흘러나왔다.

시버스는 그녀가 이해할 수 없는 북부 사투리로 으르렁거리며 포스카의 머리를 들어 올리더니 세밀한 작업을 하는 석공처럼 신중하게 다시 내리쳤다. 한 번 더, 그리고 또 한 번 더. 몬자는 입을 반쯤 벌리고 여전히 축 늘어진 손에 칼을 쥔 채 아무것도 하지 않고 지켜보고 있었다. 그녀는 자신이 무엇을 할 수 있고 무엇을 해야 할지, 말려야 할지 아니면 도와야 할지 알 수 없었다. 석회칠 된 벽과 돌바닥에 피가 점점이 튀었다. 뼈가 부서지는 소리 속에서 그녀의 귀에 어떤 목소리가 들려왔다. 잠시 동안 그녀는 그것이 베나의 목소리라고, 포스카를 죽이라고 그녀에게 속삭이는 목소리라고 생각했다. 곧 그녀는 그 목소리가 프렌들리의 목소리라는 사실을 깨달았다. 그는 차분하게 포스카의 두개골이 돌바닥에 몇 번이나 부딪혔는지 세고 있었다. 열한 번째까지 센 참이었다.

시버스는 왕자의 으스러진 머리를 한 번 더 들어 올렸다. 피와 뒤엉킨 검은 머리카락이 반짝이고 있었다. 이윽고 눈을 깜박이더니 머리를 놓아 버렸다.

"이 정도면 된 것 같군." 그는 천천히 일어서며, 포스카의 시신 양쪽에 발을 디디고 섰다. "헤." 그는 자신의 손을 내려다보았고, 닦을 만한 것을 찾아 둘러보다가 결국 두 손을 비볐다. 검은 피가 팔꿈치까지 번져 갈색으로 말라 갔다. "한 명 더 끝났군." 그는 한쪽 눈으로 그녀를 곁눈질하며 입가에 기이한 미소를 지었다. "일곱 명 중 여섯, 그렇지, 몬자?"

"여섯과 하나." 프렌들리가 혼자 중얼거렸다.

"모두 당신이 바란 대로 되어 가고 있네."

그녀는 포스카를 내려다보았다. 납작해진 머리가 옆으로 비틀린 채, 불거진 눈은 벽 쪽을 멍하니 바라보고 있었다. 으스러진 머리뼈에서 흘러나온 검은 피가 돌바닥에 퍼졌다. 그녀 자신의 목소리가 아주 멀리서 들려오는 것처럼 가늘고 희미하게 들렸다. "왜 그랬……"

"안 될 건 뭐야?" 시버스가 가까이 다가오며 속삭였다. 그녀는 그의 생기 없는 금속 구슬 눈에 반사된 자신의 창백하고 핼쑥한 상처 투성이 얼굴을 보았다. "우리가 여기 온 이유가 이거 아닌가? 우리가 온종일 진흙탕 속에서 싸운 이유가 뭐였는데? 나는 당신이 절대 뒤돌아보지 않는 사람이라고 생각했는데? 자비와 비겁함은 같은 거라고 일장 연설을 늘어놓았잖아, 대장." 그가 미소 짓자 얼굴에 가득한 흉터가 꿈틀거리며 쪼그라들었고, 멀쩡한 쪽 뺨에는 붉은 반점들이 올라왔다. "당신은 보이는 것 반만큼도 못돼 먹지 못한 것 같군."

종잡을 수 없는

　모비어는 불필요한 주의를 끌지 않도록 신경을 쓰면서 오르소 공작의 거대한 알현실 뒤쪽으로 몸을 숨겼다. 넓고 인상적인 방이었지만, 사람은 몇 명 없었다. 아마도 공작이 궁지에 몰렸기 때문일 터였다. 그가 스티리아 역사상 가장 중요한 전투에서 참패했다는 소식은 당연히 방문객들을 주저하게 만들었을 것이다. 그럼에도, 모비어는 늘 곤경에 처한 고용주에게 끌렸다. 그들은 대체로 후하게 보수를 치르곤 했으니까.
　탈린의 대공에게서는 여전히 위엄이 느껴졌다. 그는 높은 단에 올려진 금칠한 의자에 앉아 금실로 장식된 검은 벨벳 옷을 입고 얼굴을 잔뜩 찌푸리며 반짝이는 투구를 쓴 경비병 여섯을 근엄하게 내려다보고 있었다. 경비병들 역시 공작 못지않게 화가 나 있는 듯 보였다. 오르소의 양옆에는 서로 닮은 점이라고는 하나도 없는 두 남자가 서 있었다. 왼쪽에는 얼굴이 붉고 통통한 노인이 매우 공손

하면서 매우 불편하게 허리를 굽힌 자세로 서 있었다. 그의 두툼한 목에 금단추가 채워져 있었는데, 보고 있는 것만으로도 숨이 막힐 정도로 옷깃을 꽉 조였다. 누가 봐도 명백한 대머리를 감추려고 몇 가닥 남지 않는 철사 같은 회색 머리카락을 일부러 길러 이리저리 빗어 넘긴 듯했다. 쓸데없는 수고였다. 오른쪽에는 곱슬머리의 젊은 남자가 긴 여정의 흔적이 남은 얼룩진 옷을 입고 상황에 어울리지 않는 여유로운 모습으로 긴 막대 같은 물건에 몸을 기대고 있었다. 모비어는 그를 어디선가 본 듯해 찜찜했지만, 어디서 봤는지는 기억나지 않았다. 그리고 그가 공작과 어떤 관계인지 모른다는 사실이 약간 걱정스러웠다.

이들을 제외하고 방 안에 남은 유일한 사람이 잘 차려입은 뒷모습을 모비어에게 보이고 있었다. 그는 한 손에 모자를 쥔 채 붉은 카펫에 한쪽 무릎을 꿇고 엎드려 있었다. 방의 맨 끝에서도 그의 벗어진 머리에 맺힌 번쩍이는 땀방울이 아주 잘 보였다.

"내 사위, 연방의 높으신 왕께서는 어떤 도움을 주시더냐?" 오르소가 우렁찬 목소리로 물었다.

사신(使臣)인 듯 보이는 그의 목소리는 벌 받을 준비를 하며 애처롭게 낑낑거리는 잘 훈련된 개의 울음소리 같았다. "사위분께서는 진심 어린 유감을 표하셨……"

"정말인가? 하지만 병사는 없다 이거지! 내가 어떻게 했으면 좋겠다던가? 적들에게 그의 유감을 던지기라도 하라던가?"

"왕실 군대는 모두 유감스러운 북부 전쟁에 투입되어 있으며, 로스토드에서 일어난 봉기 때문에 무척 어려운 상황에 놓였다고 하셨습니다. 귀족들은 망설이고 있고, 농민들은 다시 불안해하고 있다고도 하셨습니다. 상인들은……"

"상인들은 제때 돈을 지급하지 않고 있겠지. 알겠네. 변명으로 병사를 대체할 수 있었으면 참으로 강력한 군대를 보냈을 텐데."

"국왕 폐하께서는 여러 문제에 시달리고 계십니다……."

"그가 문제에 시달린다고? 그런가? 아들들이 살해당하기라도 했다던가? 아니면 병사들이 난도질당했나? 희망이 모두 무너졌다던가?"

사신은 두 손을 비비며 애원했다. "전하, 국왕 폐하께서는 이미 너무 많은 곳에 군대를 분산시켰습니다! 무한한 유감을……"

"하지만 도와줄 생각은 없지! 연방의 왕이란! 햇빛이 비칠 때는 좋은 말솜씨와 훌륭한 미소를 자랑하지만 구름이 몰려오니 아두아에서 피난처를 기대하지 말라고? 내가 그를 위해 시기적절하게 군대를 보내 준 일도 잊었다던가? 구르쿨군이 그의 성문을 두드렸을 때 말이네! 정작 내가 도움이 필요한 때가 오니…… 용서해 주십시오, 아버님, 내 군대가 너무 분산되어 있습니다. 꺼져, 이 멍청한 작자야. 유감스러운 네 주인 때문에 혀를 잃기 전에! 썩 꺼져, 그리고 크리플에게 이번 일에 그놈 입김이 들어갔다는 걸 알고 있다고 전해! 그 뒤틀린 몸뚱이에서 대가를 받아 내겠다고!" 분노에 찬 대공의 외침이 사신의 급한 발소리를 덮을 정도로 쩌렁쩌렁 울렸다. 사신은 최대한 빠르게 뒷걸음질 치면서 땀을 뻘뻘 흘리며 연신 허리를 깊숙이 굽혔다. "반드시 복수한다고 전해!"

사신은 모비어를 지나며 무릎을 꿇고 절을 했고, 그가 나가는 소리와 함께 쌍여닫이문이 쾅 하고 닫혔다.

"거기 방 뒤에서 웅크리고 있는 자는 누구인가?" 오르소의 목소리가 급격히 차분해졌지만 결코 침착하게 들리지는 않았다. 오히려 그 반대였다.

모비어는 피처럼 붉은 카펫을 따라 앞으로 나아가며 침을 삼켰다. 오르소의 눈빛은 매우 고압적이었다. 보육원 원장에게 불려 갔던 불쾌한 기억이 떠올랐다. 그때 그는 새들을 죽인 범인으로 몰렸다. 그 기억이 떠오르자, 수치심과 공포로 귀가 달아올랐다. 회초리로 맞아 화끈거리던 종아리보다도 더 뜨거워진 것 같았다. 그는 최대한 비굴하고 아첨하는 듯한 자세로 허리를 깊이 숙여 인사했지만, 긴장한 나머지 바닥에 주먹을 부딪쳐 그가 원했던 효과를 망쳐 버렸다.

"이자는 캐스터 모비어입니다, 전하." 시종이 둥글넓적한 코 너머로 내려다보며 말했다.

오르소는 몸을 앞으로 기울였다. "캐스터 모비어란 자는 무슨 일을 하는가?"

"독물학자입니다."

"독물학의 대가입니다." 모비어가 정정했다. 필요할 때면 다른 사람 못지않게 아첨할 수 있는 그였지만, 그래도 자신의 직함만큼은 제대로 불리고 싶었다. 그 직함을 위해 피땀 흘려 가며 오랫동안 공부하고, 위험을 견디고, 물리적, 정신적인 상처를 감수했을 뿐만 아니라 무자비한 역경을 수없이 겪지 않았던가?

"대가라고?" 오르소가 비웃었다. "그 호칭을 얻기 위해 어떤 위대한 인물들을 독살했단 말인가?"

모비어는 희미한 미소를 지었다. "우선 오스프리아의 세펠린 대공비가 있습지요. 에트리아의 비나르디 백작과, 배가 침몰해 버리는 바람에 시신은 찾지 못했습니다만 그의 두 아들도 제 작품입니다. 카디르의 총독 가산 마즈, 그리고 그 후 다시 문제가 발생했을 때 그의 후계자 수본인사울도 제가 처리했습니다. 미덜랜드의 올드 이셔 경도 제 작품이고요. 뮈리스의 왕위 계승자가 되었을 앰리트 왕자도 마찬가지로 제가 맡았지요."

"그가 자연사한 것으로 알고 있네만."

"권력을 가진 인물에게 가장 자연스러운 죽음이란, 매달린 실을 통해 귓속으로 흘러들어 간 표범꽃 추출액 한 방울일 테지요. 그리고 뮈리스 함대의 브랜트 제독과 그의 부인, 안타깝지만 그의 선실 사환도요. 유감스럽게도 우연히 그곳에 있던 젊은이가 짧은 생을 마감하게 되었답니다. 전하의 소중한 시간을 뺏고 싶지는 않지만, 제가 처리한 인물들은 수도 없이 많습니다. 모두 저명한 인물이었으나…… 죽음을 맞이했지요. 허락해 주신다면, 가장 최근에 처리한 인물의 이름만 말씀드리겠습니다."

오르소는 거의 보일 듯 말 듯 하게 고개를 끄덕였다. 그의 표정에서 비웃는 것 같은 웃음이 사라지자 모비어는 뿌듯했다. "발린트앤드벌크 은행의 웨스트포트 지점 책임자인 모티스입니다."

공작의 표정이 마치 돌덩이처럼 무거워졌다. "자네의 마지막 의뢰인은 누군가?"

"저는 의뢰인들의 이름을 입 밖으로 꺼내지 않는 것을 직업윤리로 삼고 있습니다만…… 지금은 *예외적인* 상황이라고 생각합니다. 저를 고용한 사람은 바로 카프릴의 도살자, 몬즈카로 머카토입니다." 모비어는 피가 끓어올라 마지막으로 오르소를 도발할 수밖에 없었다. "아마 잘 아시는 작자일 텐데요."

"쩨…… 아네만." 오르소가 속삭였다. 공작의 경비병들이 마치 주인의 기분에 직접 조종당하는 것처럼 불길하게 움직였다. 모비어는 자신이 조금 지나치게 그를 도발했다는 사실을 깨달았고, 방광이 느슨해지는 것 같아 무릎을 딱 붙이고 섰다. "웨스트포트의 발린트앤드벌크 지점에 몰래 들어갔다고?"

"그렇습니다." 모비어가 쉰 목소리로 대답했다.

오르소는 곱슬머리 남자를 곁눈질했다. "상당한 업적이군. 하지만 그 일로 나와 내 동료들이 상당히 불편했단 말이지. 자, 이제 내가 그 죄를 물어 자네를 죽이지 말아야 할 이유를 설명해 보게."

모비어는 쾌활하게 웃으며 넘기려 했지만, 그 웃음은 넓디넓은 알현실의 차가운 공기 속에서 서서히 사그라들었다. "저는…… 음…… 전혀 몰랐습니다, 전하께 어떤 불편을 끼칠지 전혀 몰랐다는 말씀이지요. 전혀요. 모든 것이 유감스러운 실수이고, 빌어먹을 제 조수가 저를 고의적으로 무시하며 의도적으로 속이고 심지어 거짓말까지 하는 바람에 발생한 일입니다. 그 탐욕스러운 계집을 절대 믿지 말았어야 했는데……" 문득 그는 지금 죽은 사람을 탓해 봐야 자신에게 도움이 될 것이 없다는 사실을 깨달았다. 위대한 자들은 살아 있는 사람에게 책임을 묻고 고문하거나 교수형에 처하거나 참수한다. 시체로는 아무런 보상을 받을 수 없다. 그는 재빨리 태도를 바꾸었다. "저는 단지 도구였을 뿐입니다, 전하. 단지 무기에 불과했지요. 이제 그 무기를 전하의 손에 맡기겠습니다, 원하시는 대로 처분하십시오." 그는 다시 한번, 이번에는 더 깊이 고개를 숙였다. 험난한 폰테자르모산을 올라오느라 엉덩이 근육에 벌써 알이 배겨, 엎어지지 않으려고 몸을 벌벌 떨었다.

"새로운 고용주를 찾는다는 건가?"

"머카토는 위대하신 공작 전하를 배신했던 것처럼 저 또한 배신했습니다. 그 계집은 정말 뱀과 같습니다. 배배 꼬이고, 독이 있고…… 비늘까지……" 그는 궁색하게 말끝을 흐렸다. "그 독기 가득한 손아귀에서 제가 목숨을 건진 것은 정말 행운이었고, 이제는 그녀를 제거하려 합니다. 온 힘을 다해 그녀를 제거할 준비가 되어 있으며, 절대 실패하는 일은 없을 겁니다!"

"저자가 성공하면 우리 모두에게 이득이겠군요." 곱슬머리 남자가 중얼거렸다. "머카토가 살아남았다는 소식이 탈린에 들불처럼 퍼지고 있습니다. 그녀의 얼굴이 담긴 전단지가 벽마다 붙어 있지요." 모비어가 도시를 지날 때 실제로 본 광경이었다. "전하께 심장을 찔리고도 살아남았다고 하더군요."

공작은 코웃음을 쳤다. "내가 그년을 찌를 것 같았으면, 있지도 않은 심장을 왜 찌르겠나."

"사람들은 전하께서 그녀를 불태우고, 물에 빠뜨렸다고도 했습니다. 네 조각으로 잘라 발코니에서 던졌는데 저절로 몸이 붙어 살아났다고도 하고요. 그들 말로는 그녀가 설바강의 여울에서 장정 200명을 죽였답니다. 홀로 전하의 군대에 돌진해 병사들을 바람에 날리는 겨처럼 공중에 흩뿌렸다더군요."

"로곤트가 꾸밀 법한 과장된 연극 같군." 공작이 이를 악물고 낮은 소리로 말했다. "그 자식은 사람들을 다스리는 군주가 아니라 싸구려 환상이나 심어 주는 작가로 태어났어야 했어. 다음에는 머카토가 날개를 달고 제2의 외즈를 낳았다는 얘기가 돌겠군!"

"전혀 놀랍지 않을 겁니다. 모든 길목에 그녀가 전하의 폭정으로부터 스티리아를 구원하러 온 신의 도구라고 선포하는 전단이 붙어 있습니다."

"이제는 나더러 폭군이라고?" 공작은 험악한 웃음을 터뜨렸다. "요즘은 정말로 바람 부는 방향을 종잡을 수가 없군!"

"사람들은 그녀가 죽일 수 없는 존재라 말하고 있습니다."

"그게…… 정말인가……?" 오르소의 충혈된 눈이 모비어를 향했다. "독물학자여, 자네 생각은 어떠한가?"

"전하," 그는 다시 한번 허리를 최대한 낮추며 절을 했다. "저는 죽일 수 없는 생명은 없다는 원칙에 따라 성공적인 경력을 쌓아 왔습니다. 그동안 '목숨을 빼앗기가 불가능하다'고 생각하기보다는 '목숨을 빼앗기가 얼마나 쉬운가'에 놀라곤 했지요."

"증명해 보겠나?"

"전하, 소인은 겸허히 그 기회를 청하는 바입니다." 모비어는 다시 한번 허리를 굽혔다. 오르소 같은 인물에게는 몇 번을 절해도 과하지 않다고 생각하는 그였지만, 거대한 자아를 가진 사람들이 주변 사람들의 인내심을 크게 소모시킨다는 생각 또한 그의 머릿속을 떠나지 않았다.

"그렇다면 기회를 주지. 몬즈카로 머카토를 죽이게. 니코모 코스카도, 아포이아의 코타르다 백작 부인도 죽이게. 푸란티의 리로지오 공작과 니칸테의 일등 시민 파틴도 죽이게. 시파니의 소토리우스 수상도. 로곤트 대공도 물론 죽여야겠지. 그가 대관식을 치르기 전에 끝내게. 비록 내가 스티리아를 가지지는 못하겠지만, 복수는 할 수 있겠지. 내 의지는 믿어도 좋네."

오르소가 살생부를 나열하기 시작했을 때 모비어는 따뜻하게 미소를 짓고 있었다. 하지만 말을 마칠 때쯤에는 떨리는 얼굴에 억지 미소만 간신히 유지하고 있었다. 그의 대담한 한 수가 판을 뒤집는 데 성공한 듯했다. 그는 자신도 모르게 고향의 보육원에서 자신을 고통스럽게 하는 녀석들을 벌주기 위해 랭캄 소금을 물에 탔던 일을 떠올렸다. 그 일로 보육원 직원들과 대부분의 아이들이 불운한 죽음을 맞이했다.

"전하." 그가 쉰 목소리로 말했다. "죽일 사람이 너무 많습니다."

"자네가 죽인 사람들의 명단에 끼기에 손색없는 이름들이지, 그렇지 않나? 그만큼 보상도 상당할 것이야, 그것은 확실히 믿어도 좋네, 그렇지 않나, 설퍼 경?"

"그렇습니다." 설퍼의 시선이 그의 손톱에서 모비어의 얼굴로 옮겨 갔다. 모비어는 그의 양쪽 눈 색깔이 서로 다르다는 사실을 알아차렸다. 하나는 초록색, 하나는 파란색이었다. "나는 발린트앤드벌크 은행의 대표입니다."

"아." 갑작스럽게 몹시 불편한 감정이 밀려오며 모비어는 그 남자가 누군지 깨달았다. 웨스트포트 지점이 시체들로 가득 차기 불과 며칠 전에 은행 로비에서 모티스와 이야기하는 그를 본 적이 있었다. "아, 저는 전혀 모르고 벌인 짓입니다. 너른 양해를……." 데이를 죽이지 않았더라면 좋았겠다는 생각이 들었다. 그랬다면 그녀를 범인으로 몰아세우고 공작의 지하 감옥에 가둘 만한 증거도 제공할 수 있었을 터였다. 다행히도 설퍼 경은 그 일의 대가를 치를 사람을 찾고 있는 것 같지는 않았다. 아직은.

"오, 당신은 아까 말한 대로 단지 무기였을 뿐인데요. 우리 일만 제대로 처리해 준다면 걱정하지 않아도 됩니다. 게다가 모티스는 지독하게 지루한 사람이었죠. 성공 보수로 은화 100만 냥 정도면 되겠습니까?"

"100만……." 모비어가 중얼거렸다.

"죽일 수 없는 생명은 없지." 오르소는 모비어의 얼굴에 시선을 고정한 채 몸을 앞으로 기울였다. "당장 시작하라!"

그들은 밤이 되어서야 더러운 창문에 램프가 밝혀진 집 앞에 도착했다. 부드러운 밤하늘에는 보석상의 보자기에 쏟아진 다이아몬드처럼 별들이 박혀 있었다. 솅크트는 아포이아를 좋아한 적이 없었다. 젊은 시절 그는 아포이아에서 공부했다. 그가 스승에게 무릎을 꿇기 전, 그리고 다시는 무릎을 꿇지 않겠다고 맹세하기 전이었다. 그때 그는 너무 부유하고, 너무 나이가 많고, 그에게는 너무나도 과분한 아름다운 여자와 사랑에 빠졌고, 결국 애처로운 바보가 되고 말았다. 오래된 기둥과 메마른 야자수 들이 줄지어 선 거리는 젊은 시절의 수치심, 질투, 눈물 젖은 억울함과 같은 쓸쓸한 기억들로 가득 차 있었다. 나이가 들어 피부가 질겨져도 젊은 시절의 상처는 결코 아물지 않는다는 사실이 이상하게 느껴졌다.

아포이아를 좋아하지 않는 셍크트였지만, 몬자의 흔적은 그를 이곳으로 이끌었다. 안 좋은 기억 때문에 일을 하다 말 수는 없었다.

"저 집인가?" 그 집은 도시에서 가장 오래된 구역의 구불구불한 뒷골목에 숨어 있었다. 공직을 노리는 사람들의 이름과 그들의 훌륭한 자질, 그리고 그들에 대한 욕설과 모욕적인 그림 들이 가득한 벽보들이 붙은 대로에서 멀리 떨어진 곳이었다. 창고와 쓰러져 가는 헛간 사이에 끼인 작은 건물은 문틀이 주저앉고 지붕 또한 기울어진 모습이었다.

"저 집이오." 부랑자가 썩은 과일처럼 부드러운 목소리로 역겨운 냄새를 풍기며 말했다.

"좋소." 셍크트는 은화 다섯 냥을 거지의 딱지투성이 손바닥에 쥐어 주었다. "자네 몫이네." 그는 동전이 올려진 거지의 손을 자신의 손으로 감쌌다. "다시는 여기 오지 말게." 그는 거지 쪽으로 몸을 기울이며, 감싸 쥔 손에 더 힘을 주었다. "절대로."

그는 돌길을 건너 집 앞의 담을 넘었다. 심장이 평소보다 빠르게 뛰고 있었고, 땀 때문에 머릿속이 간지러웠다. 오래된 부츠로 소리가 나지 않을 만한 곳만 골라 밟으면서 잡초가 무성하게 자란 앞마당을 살금살금 가로질렀고, 빛이 새어 나오는 창가에 다다랐다. 거의 두려움에 떨듯 머뭇거리며 창문을 통해 집 안을 엿보았다. 작은 불가 옆에 깔린 낡은 빨간 카펫에 세 아이가 앉아 있었다. 여자아이

둘과 남자아이 하나였고, 머리카락은 모두 주황색이었다. 그들은 밝은색으로 칠해진 바퀴 달린 목마를 가지고 놀고 있었다. 목마에 기어오르고, 서로를 목마 위에 올렸다가 끌어 내리면서 즐겁게 비명을 지르는 아이들의 소리가 희미하게 들렸다. 그는 그 광경에 매료되어 쪼그리고 앉아 그들을 지켜보았다.

순수하고 미숙한, 가능성으로 가득 찬 존재들. 아직 스스로 어떤 결정도 내리지 않았으며 누군가에 의해 삶의 방향이 결정되지도 않은 존재들. 가능성들이 하나둘씩 사라져 남아 있는 유일한 길로 내몰리지도, 누군가에게 무릎을 꿇지도 않은 존재들. 지금, 이 짧은 순간 동안, 그들은 무엇이든 될 수 있는 존재였다.

"이런, 이런. 이게 누구야?"

그녀는 헛간의 낮은 지붕 위에서 그를 내려다보며 쪼그려 앉아 있었다. 맞은편 창문에서 나온 빛줄기가 한쪽으로 기울어진 그녀의 얼굴을 날카롭게 비추고 있었다. 짧게 잘라 뾰족하게 솟은 붉은 머리카락, 붉은 눈썹, 가늘게 뜬 눈, 주근깨 가득한 얼굴, 한쪽으로 씩 올라간 입꼬리가 보였다. 한 손에는 반짝이는 사슬이 매달려 있었는데, 그 끝에 날카롭게 다듬어진 금속 십자가가 부드럽게 흔들렸다.

셍크트는 한숨을 쉬었다. "내가 불리하군."

그녀는 벽에서 미끄러지듯 내려와 흙바닥에 부드럽게 쪼그려 앉으며 떨어졌고, 사슬이 덜그럭거리는 소리를 냈다. 키가 크고 날씬한 그녀가 그에게 한 걸음 다가서며 손을 들어 올렸다.

그는 천천히, 천천히 숨을 들이쉬었다.

그녀의 얼굴이 아주 자세히 눈에 들어왔다. 주름, 주근깨, 입술 위에 난 솜털, 그녀가 눈을 깜빡일 때 내려오는 모래색 속눈썹까지.

그는 숫양이 문을 들이받듯 육중한 소리를 내며 뛰고 있는 그녀의 심장 소리를 들을 수 있었다.

쿵…… 쿵…… 쿵…….

그녀는 한 손으로 그의 머리를 감싸고 입을 맞췄다. 그는 그녀의 가느다란 몸을 꼭 끌어안았다. 그녀가 그의 머리카락 사이로 손가락을 밀어 넣자 손에 들고 있던 사슬이 그의 어깨를 스쳤고, 덜렁거리는 십자가는 그의 다리 뒤쪽을 가볍게 두드렸다. 길고 부드럽고 아련한 키스에 그의 몸은 입술에서 발끝까지 전율하고 있었다.

그녀가 몸을 뗐다. "오랜만이야, 카스."

"알아."

"너무 오랜만이지."

"알아."

그녀는 창문 쪽으로 고갯짓을 했다. "아이들이 당신을 그리워해."

"내가 아이들을……."

"당연하지. 알면서."

그녀는 그를 문안으로 이끌어 좁은 복도로 들어갔다. 그녀가 손목에서 사슬을 풀어 고리에 걸자 십자가 모양의 칼이 흔들렸다. 가장 나이가 많은 여자아이가 방에서 뛰쳐나오더니 그를 보고 멈춰 섰다.

"아빠가 왔단다." 그는 목이 멘 채 천천히 아이에게 다가갔다. "아빠가 왔어." 다른 두 아이도 방에서 뛰어나와 자신들의 누이 뒤에서 그를 빤히 보았다. 두려운 사람이 없는 셍크트였지만, 이 아이들 앞에서는 겁쟁이가 되었다. "너희를 위해 뭔가를 가져왔어." 그는 떨리는 손가락으로 외투 안쪽을 더듬었다.

"카스." 그는 개 조각을 내밀었고, 그의 이름을 물려받은 작은 소년은 미소를 지으며 개 조각을 그의 손에서 낚아챘다. "칸데." 그는 작은 새 조각을 막내의 손에 쥐여 주었고, 아이는 조각을 멍하니 바라보았다. "이건 네 거야, 티." 그는 고양이 조각을 가장 나이 많은 소녀에게 내밀었다.

소녀는 조각을 받으며 말했다. "이제 아무도 날 그렇게 안 부르는데."

"너무 오래 걸려서 미안하구나." 셍크트가 소녀의 머리카락을 만지자 소녀가 움찔하며 물러섰다. 그는 어색하게 손을 뒤로 물렸다. 그러고는 코트 속 도살자 칼의 무게를 느끼며 갑자기 몸을 일으켜 한 발짝 뒤로 물러섰다. 세 아이는 동물 조각들을 손에 꼭 쥔 채 그를 올려다보고 있었다.

"자러 가자." 샤일로가 말했다. "아빠는 내일도 여기 계실 거야." 그녀는 주근깨 가득한 콧잔등에 깊게 주름이 패도록 그를 빤히 보았다. "그렇지, 카스?"

"그럼."

그녀는 아이들의 볼멘소리를 무시하고 계단을 가리켰다. "방으로 가." 아이들은 천천히 한 걸음 한 걸음 계단을 올라갔다. 소년은 하품을 하고, 어린 소녀는 고개를 푹 숙였다. 가장 나이 많은 소녀는 피곤하지 않다고 투덜댔다. "이따가 노래를 불러 줄게. 그때까지 조용히 있으면, 아빠가 낮은 부분을 불러 줄지도 몰라." 어린 소녀가 계단 꼭대기 난간 사이로 그를 바라보며 미소 지었다. 샤일로는 그를 거실로 밀어 넣고 문을 닫았다.

"아이들이 정말 많이 컸네." 그가 중얼거렸다.

"밥 먹고 크는 게 쟤들이 할 일이잖아. 여긴 웬일이야?"

"나 그냥 여기서……."

"그렇게 할 수 있다는 걸 알면서도 여태 실행에 옮긴 적이 없었잖아. 여긴 왜……" 그녀는 그의 집게손가락에 끼워진 루비를 보고 얼굴을 찡그렸다. "머카토의 반지잖아."

"푸란티에서 잃어버렸더군. 그곳에서 거의 잡을 뻔했는데."

"잡다니? 왜?"

그는 잠시 멈췄다. "그녀는 내가 하려는 복수와…… 관련이 있어."

"당신과 당신의 복수. 전부 잊는 게 더 행복할 거라고 생각해 본 적은 있어?"

"돌이 새가 되어 땅에서 날아올라 자유로워진다면 행복할 수 있겠지. 하지만 돌은 새가 아니야. 당신, 머카토 밑에서 일했지?"

"그래, 그래서?"

"지금 어디에 있지?"

"그걸 알아내려고 여기 온 거야?"

"그것도 있고." 그는 천장을 바라보았다. "아이들도 볼 겸." 그는 그녀의 눈을 바라보았다. "그리고 당신도 보고 싶었어."

그녀는 눈가에 작은 주름이 지도록 미소를 지었다. 그는 그 주름이 얼마나 사랑스러운지 새삼 깨닫고 흠칫 놀랐다. "카스, 카스. 똑똑한 당신이 어쩜 이리 멍청할까. 당신은 늘 잘못된 장소에서 잘못된 것들을 찾아. 머카토는 로곤트와 함께 오스프리아에 있어. 오스프리아 전투에서 싸웠대. 귀 있는 사람은 다 아는 사실이야."

"난 못 들었어."

"당신은 남의 말을 잘 안 듣잖아. 머카토는 이제 꾸물거림의 공작과 친하다더군. 내 추측으로는 로곤트가 그녀를 오르소의 자리에 앉히려고 할 거야. 왕좌에 오를 때 탈린의 사람들을 자기편으로 만들기 위해서지."

"그렇다면 그녀는 그를 따라 탈린으로 돌아가겠군."

"맞아."

"그렇다면 나도 그들을 따라 탈린으로 돌아가야겠네." 솅크트는 인상을 썼다. "지난 몇 주 동안 죽치고 앉아서 기다리기만 했어도 됐을 뻔했군."

"항상 무언가를 쫓는 사람에게 일어나는 일이지. 먹잇감이 제 발로 찾아오도록 기다리는 편이 더 쉬울 거야."

"당신이 다른 남자를 찾았을 줄 알았어."

"몇 명 찾긴 했지. 오래가지는 못했지만." 그녀는 그에게 손을 내밀었다. "노래할 준비 됐어?"

"항상 준비돼 있지." 그는 그녀의 손을 잡았다. 그녀는 문을 지나 거실을 나가서 계단 위로 그를 이끌었다.

VII 탈린

"복수는 차게 식었을 때 가장 맛있는 요리다."
— 피에르 쇼데를로 드 라클로

 오스프리아의 공작 로곤트가 스위트파인스의 전장에 늦게 도착하기는 했지만, 비세린의 공작 샐리어의 병력은 여전히 수적으로 우세했고, 퇴각하기에는 사기가 너무 높았다. 특히 적군의 지휘관이 여자일 때는 더욱 그랬다. 그래서 그는 싸웠고, 패배했으며, 결국 어쩔 수 없이 퇴각했다. 그리고 카프릴을 무방비 상태로 남겨 두었다. 당장 약탈을 당하게 된 시민들은 탈린의 독사에게 자비를 구하려 성문을 열었다.
 몬자는 말을 타고 성안으로 들어갔지만, 대부분의 병력을 성 밖에 남겨 두었다. 오르소는 바올과 동맹을 맺고 그들을 설득해 너덜너덜한 천검단의 깃발 아래서 함께 싸우게 했다. 그들은 맹렬하게 싸우는 전사들이었고, 피비린내 나는 평판을 가지고 있었다. 몬자 역시 피비린내 나기로 둘째가라면 서러운 평판을 가졌지만, 그 때문에 오히려 그들을 믿을 수가 없었다.

"사랑해."
"당연히 그렇겠지."
"사랑해, 베나. 바올군은 도시 밖에 있게 하는 거 잊지 마."
"날 믿어."
"널 믿어. 어쨌거나 바올군은 도시 바깥에 있어야 해."

해가 질 무렵 그녀는 세 시간 동안 말을 달려 시체가 썩어 가는 스위트파인스 전장으로 돌아갔다. 공작 오르소와 저녁을 함께하며 그가 이번 전쟁철을 어떻게 마무리할 계획인지 듣기 위해서였다.

"카프릴 시민들에게는 자비를 베풀도록 하지, 만약 그들이 나에게 완전히 항복하고 배상금을 지불하고 나를 카프릴의 정당한 통치자로 인정한다면."

"자비를 베푸시겠다고요, 전하?"

"그게 무슨 뜻인지 알고 있겠지?" 그녀는 자비가 무엇인지 알고 있었다. 하지만 오르소도 알고 있으리라고는 생각하지 못했다. "나는 그들의 목숨이 아닌 땅을 원하는데, 죽은 자는 복종할 수 없지. 자네는 여기서 엄청난 승리를 거두었으니, 그 승리를 기념하며 탈린 거리를 행진해야겠군."

적어도 베나는 기뻐할 소식이었다. "전하께서는 아량이 너무 넓으십니다."

"하. 그렇게 생각하는 사람은 거의 없네만."

서늘한 새벽녘, 말을 타고 진지로 돌아오며 그녀는 미소를 지었고 페이스풀도 곁에서 웃고 있었다. 그들은 바람에 넘실거리는 너른 밀밭을 바라보며 카프라 강둑의 토양이 얼마나 비옥한지 이야기했다.
 그러던 중 그녀는 도시 위로 피어오르는 연기를 발견했고, 모든 것을 깨달았다.
 거리는 시체로 가득했다. 남자, 여자, 아이, 젊은이와 노인 할 것 없이 모두 시체가 되어 있었다. 까마귀들이 그 위로 모여들었다. 파리가 떼를 지어 날아다녔다. 어리둥절한 개 한 마리가 절뚝거리며 그들의 말 옆을 지나갔다. 다른 생명체는 보이지 않았다. 텅 빈 창문들은 틈이 벌어져 있었고, 텅 빈 문들도 하품하듯 열려 있었다. 불길이 여전히 타오르고 있었으며, 휘청거리는 굴뚝만 남은 채 잿더미가 된 집들이 줄지어 있었다.
 어젯밤까지만 해도 풍요롭던 도시였다. 오늘 아침, 카프릴은 지옥 그 자체가 되어 있었다.
 베나가 그녀의 말을 듣지 않은 모양이었다. 바올군이 시작했겠지만, 술에 취해 잔뜩 열이 오른 천검단의 병사들 역시 쉽게 주머니에 넣을 수 있는 전리품을 빼앗길까 두려워 기꺼이 약탈에 가담했을 터였다. 어둠 속에서 음흉한 무리와 함께 있으면 반쯤 멀쩡했던 사람들조차 짐승처럼 행동하게 마련이었고, 그나마 몬자가 이끄는 오합지졸 중에는 반쯤 멀쩡한 사람도 거의 없다시피 했다. 문명의 경계에는 문명인들이 생각하는 것처럼 난공불락의 성벽이 세워져 있지 않았다. 그 경계는 언제고 바람 속의 연기처럼 쉽게 사라질 수 있었다.
 몬자는 말에서 풀썩 내려와 오르소 공작이 대접한 훌륭한 아침 식사를 쓰레기로 뒤덮인 돌길 위에 토해 냈다.

"자네 잘못이 아니야." 페이스풀이 그녀의 한쪽 어깨에 두툼한 손을 얹으며 말했다.

그녀는 그의 손을 떨쳐 냈다. "나도 알아." 하지만 그녀의 뒤집힌 속은 생각이 다른 듯했다.

"피의 시대일세, 몬자. 이게 우리 본모습이고."

몬자는 구역질로 혀가 까슬해진 채 그들이 차지한 집의 계단을 올랐다. 베나는 침대에 누워 깊이 잠들어 있었고, 한 손 가까이에 허스크 파이프가 놓여 있었다. 그녀는 그의 멱살을 잡고 끌어 올려 비명을 지르는 그의 뺨을 마구 때렸다.

"바올 놈들을 마을 밖에 두라고 했지!" 그녀는 그를 창문으로 끌고 가 강제로 피로 얼룩진 거리를 보게 했다.

"난 몰랐어! 빅투스에게 말했는데…… 아마……." 동생이 바닥에 주저앉아 울기 시작하자 분노가 눈 녹듯 사라지며 허무함만 남았다. 그를 책임자로 남겨 둔 그녀의 잘못이었다. 그에게 책임을 떠안게 해서는 안 됐다. 베나는 마음이 여리고 감수성이 풍부해서 책임을 잘 견디지 못했을 뿐이다. 그녀는 그의 옆에 무릎을 꿇고 앉아 그를 안아 주었다. 그리고 창밖의 파리들이 윙윙거리는 소리를 무시하며 그의 기분을 달래줄 만한 말들을 속삭일 수밖에 없었다.

"오르소가 우리더러 승리를 기념하는……."

곧 소문이 퍼졌다. 탈린의 독사가 카프릴 시민들을 학살하라는 명령을 내렸다는 소문이었다. 바올군을 부추겨 더 많은 피를 보게 했다고 했다. 사람들은 그녀를 카프릴의 도살자라고 불렀고, 그녀는 부인하지 않았다. 사람들은 안타까운 우연이 겹쳤다는 변명보다는 끔찍한 거짓말을 훨씬 더 믿고 싶어 하니까. 세상이 불운이나 이기심, 어리석음으로 가득 차 있다고 믿기보다는 악으로 가득 차 있다고 믿고 싶어 하니까. 게다가 그 소문들은 그녀에게 도움이 되기도 했다. 그녀는 전보다 더 두려움의 대상이 되었고, 두려움은 그녀에게 유용했다.

오스프리아에서는 그녀를 맹렬히 비난했다. 비세린에서는 그녀의 동상을 불태웠다. 아포이아와 니칸테에서는 그녀의 목에 큰 상금을 걸었다. 아주르해(海)를 둘러싼 모든 도시에서 그녀의 치욕적인 만행을 알리는 종을 울렸다. 그러나 에트리사니에서는 그녀를 기념했다. 탈린 사람들은 거리에 늘어서서 그녀의 이름을 외치며 꽃잎을 뿌렸다. 시세일에서는 그녀를 기리는 동상을 세웠다. 그 동상을 덮었던 화려한 금박은 얼마 못 가 전부 벗겨졌지만, 동상이 된 몬자와 베나는 미간을 찌푸린 채 찬란한 미래를 뻔뻔스럽게 응시하며 거대한 말안장에 앉아 있었다. 그들이 한 번도 보인 적 없는 모습이었다.

영웅과 악당, 군인과 살인자, 승자와 범죄자의 차이란 그런 것이었다. 어느 강가를 고향이라 부르는지에 따라 얼마든지 달라질 수 있는 것.

시작점으로

몬자는 모든 게 영 불편했다.

다리는 욱신거렸고, 말을 오래 타느라 엉덩이는 새까맣게 벗겨져 있었다. 어깨도 다시 뻣뻣해져 마치 정신 나간 올빼미처럼 고개를 한쪽으로 계속 돌리고 있었다. 땀에 젖은 어느 한 부위에서 고통이 잠시 누그러지면 다른 부분이 그 빈자리를 채웠다. 새끼손가락은 차가운 통증을 전달하는 끈에 매달려 있는 것 같았고, 손을 사용하려고 하면 무자비한 통증이 팔꿈치까지 조이는 느낌이었다. 맑고 푸른 하늘에 뜬 무자비하게 내리쬐는 태양 때문에 그녀는 얼굴을 찡그릴 수밖에 없었고, 그러느라 머리뼈를 지탱하는 금속 동전에서 시작된 두통이 더 심해지는 것 같았다. 머릿속을 간지럽히던 땀방울이 목을 타고 흘러내려 고바의 철사가 남긴 흉터에 모였고, 흉터가 미친 듯이 가려웠다. 피부는 따끔거리고, 축축하고, 끈적거렸다. 그녀는 마치 통조림에 든 부스러기 고기처럼 갑옷 속에서 익어 가고 있었다.

로곤트가 그녀에게 입힌 옷은 어느 덜떨어진 이가 상상한 전쟁의 여신의 의상과 닮아 있었다. 빛나는 강철과 자수가 놓인 비단이 조합된 그녀의 차림은 전신 갑옷만큼 편안하고 잠옷만큼 몸을 보호하도록 만들어진 듯했다. 로곤트의 갑옷 제작자가 맞춤 제작한 옷이었지만, 금으로 장식된 흉갑 안에 필요 이상으로 공간이 많이 남아 있었다. 꾸물거림의 공작에 따르면 그게 바로 사람들이 보고 싶어 하는 모습이라고 했다.

그리고 그런 그녀의 모습을 보기 위해 많은 사람들이 모여 있었다.

군중들이 탈린의 좁은 거리를 가득 메웠다. 사람들은 그녀를 보기 위해 창문과 지붕 위에 올라섰다. 광장과 정원에는 희망에 넘친 인파가 어지러울 정도로 많이 몰려들어 꽃을 던지고, 깃발을 흔들었다. 그들은 그녀의 머리뼈를 누가 먼저 터뜨릴지 경쟁이라도 하듯 소리를 지르고, 고함을 치고, 비명을 지르고, 박수를 치고, 발을 구르고, 폭소를 터뜨렸다. 거리 모퉁이마다 모인 음악가들이 그녀가 가까워지면 군악을 연주했다. 그녀 뒤에서 요란하게 쨍그랑거리는 쇳소리가 다음 밴드의 음정이 맞지 않는 연주와 섞여 무의미하고 흉악하면서도 애국심이 담긴 소음을 만들어 냈다.

스위트파인스에서 승리한 후에 있었던 개선식과 같았지만, 지금 그녀는 더 나이가 들고 축하받기를 더 꺼려했으며, 남동생은 함께 영광을 누리기는커녕 진흙 속에서 썩어 가고 있었고, 뒤에는 오래된 친구 오르소 대신 오랜 적 로곤트가 서 있었다. 이제까지의 역사도 이렇게 쓰였을 것이다. 흉악한 악당의 빈 자리를 또 다른 악당으로 채우는 것이 최선이라고 믿는 사람들에 의해.

그들은 눈물의 다리, 동전의 다리, 갈매기의 다리를 건넜다. 위압적으로 서 있는 바닷새 조각들이 화난 모습으로 느릿느릿 지나가는 행렬을 내려다보았다. 다리 아래로 갈색빛 에트리스 강물이 느리게 소용돌이치며 흐르고 있었다. 모퉁이를 돌 때마다 또 다른 박수갈채의 물결이 그녀를 향해 쏟아졌고, 또 구역질이 치밀었다. 심장이 쿵쾅거리고 있었다. 매 순간 그녀는 누군가 자기를 죽이러 오지 않을까 생각했다. 꽃과 환호성보다 칼과 화살이 떨어지는 게 더 말이 됐고, 훨씬 더 합당했다. 공작 오르소의 심복들, 그의 연합군 동맹, 또는 그녀에게 개인적인 원한을 가진 수많은 이들까지, 그녀에게 위협이 될 만한 사람들은 차고 넘쳤다. 만약 그녀가 군중 속에 있었고, 이런 모습으로 말을 타고 지나가는 여자를 봤다면, 특별한 이유 없이도 그 여자를 죽였을 것이다. 그러나 로곤트가 소문을 잘 퍼뜨린 모양이었다. 탈린 사람들은 그녀를 사랑했다. 어쩌면 그들은 자신들의 머릿속에 그려 놓은 그녀의 이미지를 사랑하는지도 몰랐다. 어쩌면 그런 척을 하고 있는지도 모를 일이었다.

그들은 그녀의 이름과 그녀 남동생의 이름, 그리고 그녀가 승리를 거둔 전투 이름을 외쳤다. 아피에리, 카프릴, 뮈셀리아, 스위트 파인스, 하이뱅크, 그리고 설바강의 여울까지. 그녀는 그들이 무엇을 위해 환호하는지는 알고 있는지 궁금했다. 그곳들은 그녀가 시체들을 남기고 떠난 장소들이었다. 캔틴의 머리는 볼레타의 성문에 매달려 썩어 가고 있었다. 그녀의 칼은 허먼의 눈에 박혀 있었다. 온몸이 조각 난 고바는 하수도 밑에서 쥐들에게 뜯어 먹혔을 터였다. 모티스와 그의 은행원들은 장부에 묻어 있던 독이 손가락과 혀로 옮겨 가는 바람에 죽었다. 아리오를 비롯해 카도티의 별장에서 열린 연회에 참가한 사람들은 참혹한 죽음을 맞이했고, 간마크와 그의 경비병들도 학살당했다. 페이스풀은 물레방아에 목이 매달렸고, 포스카는 먼지 가득한 바닥에 머리통이 깨졌다. 그 시체들을 수레에 실으면 수레 몇 개를 꽉 채울 수 있을 터였다. 후회하지 않는 살인도 있었고, 후회가 되는 살인도 있었다. 하지만 어떤 죽음도 환호할 일처럼 보이지는 않았다. 그녀는 창문에서 웃고 있는 행복해 보이는 얼굴들을 향해 얼굴을 찌푸렸다. 그녀와 군중이 얼마나 다른지가 표정에서 드러나는 듯했다.

아마도 사람들은 자신들의 시체가 아닌 한, 시체를 좋아하는지도 모른다.

그녀는 그녀의 동지라고 불리는 이들을 힐끔 돌아보았지만, 전혀 위안이 되지 않았다. 잔뜩 긴장한 경비병들 속에서 군중에게 미소를 짓고 있는, 곧 왕위에 오를 로곤트 대공. 그녀에 대한 그의 사랑은 그녀가 쓸모없어지는 순간 끝날 터였다. 강철 눈을 반짝이고 있는 시버스. 그는 그녀의 다정한 손길 아래 호감 가는 낙천주의자에서 불구의 살인자로 변해 버렸다. 코스카가 그녀를 향해 눈을 찡긋했다. 세상에서 가장 신뢰할 수 없는 동지이자 가장 예측할 수 없는 적이기도 한 그는 언제라도 어느 편에든 설 수 있었다. 도무지 읽을 수 없는 그의 눈빛 속에 무슨 꿍꿍이가 감춰져 있는지 누가 알겠는가?

더 뒤쪽에는 여덟 기사단, 아니 아홉 기사단의 지도자들 중에서 생존한 이들이 말을 타고 있었다. 멋진 콧수염을 바짝 세운 푸란티의 리로지오. 오르소와 아주 짧게 동맹을 맺은 후 빠르게 태세를 전환해 로곤트의 진영으로 편입한 인물이었다. 코타르다 백작 부인. 경계심 많은 그녀의 삼촌이 언제나처럼 뒤를 따르고 있었다. 니칸테의 일등 시민 파틴. 황제 같은 태도에 어울리지 않게 농민들이나 입는 누더기 옷을 걸친 그는 설바강에서 벌어진 전투에 참여하지는 않았지만 승리는 기꺼이 함께 나누고 싶은 듯했다. 그녀가 오르소의 이름으로 약탈한 도시의 대표들조차도 행렬에 끼어 있었다. 뮈셀리아와 에트리아의 시민들과 캔틴 공작의 젊은 조카딸도 와 있었다. 매서운 눈매의 그녀는 갑작스럽게 볼레타의 공비가 되어 매우 기뻐하는 듯했다.

동맹으로 선뜻 받아들이기 힘들 정도로 그녀와 너무 오랫동안 적이었던 사람들이었다. 그들과 눈이 마주쳤을 때 표정을 보아하니 그들도 마찬가지인 듯했다. 그녀는 그들의 곳간에서 파리를 없애기 위해 어쩔 수 없이 살려 둬야 하는 거미 같은 존재였다. 하지만 파리를 박멸한다고 해도, 거미가 들어간 음식을 원하는 사람이 있을까?

그녀는 다시 시선을 앞으로 고정하려 애썼고, 땀에 젖은 어깨가 따끔거렸다. 그들은 끝없이 이어진 해안가를 따라 행진하고 있었다. 하늘을 쏠며 날아온 갈매기들이 머리 위를 빙빙 맴돌며 끼룩끼룩 울어 댔다. 콧속이 탈린의 썩은 소금 냄새로 가득했다. 조선소를 지났다. 아직 완성되지 않은 두 척의 거대한 전함이 해변에 좌초된 채 썩어 가는 고래의 시체처럼 굴림목 위에 널브러져 있었다. 그들은 밧줄 제조업장과 돛 직조장, 목재 하치장과 목공장, 황동 세공업장과 사슬 제조업장을 지났다. 코를 찌르는 듯한 악취를 풍기는 거대한 생선 시장도 지났다. 시장의 낡은 가판대는 비어 있었고, 통로역시 쥐 죽은 듯 조용했다. 아마도 스위트파인스 전투에서의 승리를 기념하는 행진 이후 처음 있는 일일 터였다. 그때도 도시의 건물들이 텅 비었고 마냥 행복해하는 군중들이 거리에 가득 찼다.

다양한 인종과 국적을 가진 사람들 뒤에 펼쳐진 건물들에는 인쇄기가 발명된 이후 줄곧 그랬던 것처럼 벽보가 덕지덕지 붙어 있었다. 오래전에 거둔 승리, 경고, 선동, 애국적인 호소가 담긴 문구들이 적힌 새로운 벽보가 끊임없이 덧붙여지고 있었다. 최근에 붙은 벽보에는 한 여인의 얼굴이 담겨 있었다. 근엄하고, 당당한 표정을 한 차갑게 아름다운 얼굴이었다. 몬자는 그 얼굴이 자신이라는 사실을 알아차리고, 속이 뒤틀리는 것 같았다. 전단지 아래에는 굵은 글씨로 '힘, 용기, 영광'이라는 글자가 적혀 있었다. 오르소는 자주 입 밖으로 내뱉으면 거짓말도 진실로 바꿀 수 있다고 그녀에게 말한 적이 있었다. 그리고 여기, 소금에 얼룩진 벽에 그녀의 의로운 얼굴이 찢기고 너덜너덜해진 채 몇 겹으로 붙어 있었다. 다음으로 보이는 무너져 가는 건물의 전면에는 다른 벽보들이 붙어 있었다. 어색하게 검을 높이 들고 있는 그녀가 형편없는 그림체로 그려져 있었고, 그림 아래에는 다 번진 글씨로 "절대 항복하지 말라, 절대 자비를 베풀지 말라, 절대 용서하지 말라."라는 표어가 적혀 있었다. 벽보 위 벽돌 벽에는 얼룩진 붉은 물감으로 사람 키만큼 큰 단어 하나가 적혀 있었다.

복수.

아까보다 심기가 더 불편해진 몬자가 침을 삼켰다. 태양 아래 끝없이 이어진 부두에는 어선, 유람선, 상선 등 모든 나라에서 모여든 갖가지 형태와 크기의 배들이 거대한 만의 파도 위에서 넘실대고 있었다. 거미줄처럼 얽힌 돛줄 위에는 탈린의 독사가 귀환하는 모습을 구경하려는 선원들이 매달려 있었다.

오르소가 두려워했던 대로였다.

코스카는 모든 게 완전히 편안했다.

날씨는 더웠지만, 반짝이는 바다에서 불어오는 부드러운 바람이 그를 달래 주었고, 계속 개수가 늘어나는 그의 모자 컬렉션 중 하나가 눈을 잘 가려 주었다. 군중 속에는 열정이 넘치는 암살자가 한둘 이상 섞여 있을 가능성이 높아 위험한 상황이었지만, 이번에는 자신보다 더 미움을 받는 표적들이 가까이에 있었다. '한 잔, 딱 한 잔, 딱 한 잔만!'이라고 외치는 그의 머릿속 술주정뱅이는 결코 완전히 사라지지 않을 모양이었다. 그러나 이제 그 목소리는 절박한 절규보다는 투덜거리는 불평에 가까웠고, 사람들의 환호가 그 목소리를 잠재우는 데 크게 도움이 되었다.

희미한 해조류 냄새를 제외하면, 그가 제도 전투에서 유명한 승리를 거둔 이후 오스프리아에서와 똑같은 풍경이었다. 그는 열병식의 맨 앞에서 등자에 우뚝 선 채 박수갈채를 즐겼다. 손을 들며

"제발, 멈춰 주시오!"라고 외치면서 마음속으로는 '더 크게, 더 세게 박수를!'이라고 외치고 있었다. 그때 그의 승리로 덩달아 영광을 누린 인물은 로곤트의 이모인 세펠린 대공비였다. 며칠 후 그녀는 그를 독살하려는 시도를 했다. 그리고 몇 달 후 전세가 불리하게 돌아가기 시작하더니 그녀 자신이 독살당하고 말았다. 스티리아의 정치란 그런 것이었다. 당시 그는 자신이 왜 정치 놀음에 휘말리려 하는지 아주 잠시 의문을 가지기도 했다.

"정세가 변했고, 사람들도 나이를 먹었고, 얼굴들은 바뀌었지만, 박수 소리는 똑같군. 활기차고, 전염성이 강하고, 오래가지 못하지."

"음." 시버스가 성의 없이 대꾸했다. 북부 사나이는 최근 거의 모든 말에 그런 반응을 보였지만, 코스카에게는 그다지 문제 되지 않았다. 가끔 달라져 보려고 노력하기는 해도, 그는 항상 듣기보다 말하기를 훨씬 더 좋아했다.

"물론, 나는 늘 오르소를 싫어했지만, 그가 몰락했다는 사실이 그렇게 기쁘지도 않네." 무시무시한 탈린 공작의 형상을 한 거대한 동상이 그들의 행렬을 내려다보고 있었다. 오르소는 자신의 모습을 조각하는 조각가들에게는 늘 열성적으로 후원을 하곤 했다. 동상의 앞쪽에는 비계가 세워져 있었고, 조각가들이 얼굴 주변에 달라붙어 그의 엄숙한 얼굴을 망치로 신나게 두드리며 깨부수고 있었다. "과거의 영웅들은 이토록 빨리 사라지는군. 마치 내가 사라졌던 것처럼."

"당신은 다시 돌아온 것 같은데."

"내 말이 바로 그걸세! 우리 모두는 시대의 흐름에 휩쓸리는 존재라네. 저들을 봐, 불과 얼마 전만 해도 세상에서 가장 비열한 쓰레기라고 욕하던 로곤트와 그의 동맹을 위해 환호하는 소리를 들어 보게." 그는 가까운 벽에 붙은 펄럭이는 종이들을 가리켰다. 똥통에 얼굴이 처박힌 오르소 공작의 모습이 그려진 벽보였다. "새로 붙은 저 전단지를 벗겨 내면, 장담컨대 이 행렬에 있는 사람들 절반을 가장 저급한 방식으로 비난하는 다른 벽보가 붙어 있을 걸세. 로곤트가 접시에 똥을 싸고, 샐리어 공작이 포크로 그 똥을 찍어 먹는 장면이 그려져 있었던 걸 똑똑히 기억해. 또 다른 벽보에는 말에 올라타려는 리로지오 공작이 그려져 있었지. 여기서 '올라탄다'는 말은……."

"헛." 시버스가 대꾸했다.

"말조차도 행복해 보이지 않더군. 몇 겹 더 떼어 내면, 부끄럽지만 인정해야겠군. 나를 세상에서 가장 악랄한 악당이라고 비난하는 벽보도 찾을 수 있을 걸세. 하지만 지금은……." 코스카는 발코니에 앉은 여성들에게 과장된 키스를 날렸고, 그들은 미소를 짓고 그를 향해 손가락질하며 마치 구세주라도 본 듯 법석을 떨고 있었다.

북부 사나이는 어깨를 으쓱했다. "여기 사람들은 무게라곤 없어. 그저 바람이 부는 방향으로 휩쓸려 가는 거지."

"나는 여러 곳을 여행해 봤네." 전쟁으로 황폐해진 지역에서 벗어나 도망 다닌 것도 여행으로 친다면 말이다. "경험상 사람들은 어디에서나 다 똑같아." 그는 플라스크의 뚜껑을 열었다. "사람들은 대개 세상이 어떤 곳이어야 하는지에 관해 저마다 깊은 신념을 가지고 있네만, 그 신념을 자신의 삶에 적용하는 데 애를 먹곤 하지. 도덕 때문에 이득을 포기하는 사람은 드물어. 심지어 약간의 불편함도 감수하려 하지 않는다네. 대가를 치르면서까지 무언가를 믿을 수 있는 사람은 정말로 희귀하고 위험한 존재지."

"옳다는 이유만으로 어려운 길을 가는 사람은 유별난 바보야."

코스카는 플라스크에서 긴 한 모금을 들이켜고는, 얼굴을 찡그리며 앞니에 혀를 문질렀다. "옳은 길과 그른 길을 구별할 수 있는 사람도 유별난 바보일세. 나는 그런 능력을 가져 본 적이 없지." 그는 등자에서 일어서서 모자를 휙 벗고는 공중에서 마구 흔들며, 마치 열다섯 소년처럼 함성을 질렀다. 군중들은 환호하며 화답했다. 마치 그가 응원할 만한 가치가 있는 사람이라는 듯이. 그리고 그가 니코모 코스카가 아니라는 듯이.

솅크트는 아무도 들을 수 없을 만큼 조용하게, 거의 그의 머릿속에서만 들릴 정도로 나직이 흥얼거렸다.

"그녀가 왔다!"

기대에 찬 침묵이 흐르고 폭풍 같은 박수갈채가 터졌다. 사람들은 덩실덩실 춤을 추고, 팔을 들어 올리며, 발작적으로 환호했다. 웃고 우는 사람들은 마치 찬탈자 몬즈카로 머카토가 왕좌에 앉기만 하면 자신의 삶이 크게 변할 것처럼 기뻐했다.

솅크트는 정치에서 이런 광경을 자주 목격했다. 어떤 방식으로든 새로운 지도자가 권력을 잡고 나면, 그들이 어떤 잘못도 저지르지 않은 듯 보이는 짧은 기간이 찾아온다. 이 황금기 동안 더 나은 세상을 바랐던 사람들은 자신들의 희망에 눈이 멀어 아무것도 보지 못한다. 물론 영원히 지속되는 것은 없다. 시간이 흘러 국민들이 사소한 실망과 실패, 좌절을 경험하고 나면 지도자의 완벽했던 이미지는 더럽혀진다. 황금기가 끝나는 속도는 대개 놀라울 정도로 빠르다. 곧 그들은 무엇도 제대로 하는 일이 없는 것처럼 비친다. 사람들은 새 삶을 시작하고 싶어 하고, 새로운 지도자를 원하게 된다. 또다시.

 하지만 지금 그들은 머카토를 하늘 높이 치켜세우며 환호하고 있었다. 너무나도 큰 환호성에, 이런 광경을 이미 수도 없이 봐 온 솅크트조차도 잠시나마 희망을 품을 뻔했다. 어쩌면 오늘이 위대한 날이 될지도 모른다고, 위대한 시대의 시작이 될지도 모른다고, 그래서 나중에 자신이 이 자리에 있었다는 사실을 자랑스러워하게 될지도 모른다고 생각할 뻔했다. 비록 그는 어두운 목적을 품고 있었지만, 어두운 역할만 맡을 수 있는 사람도 있는 법이니까.

 "운명은 무슨." 옆에서 샤일로가 경멸 가득한 표정으로 한쪽 입꼬리를 올리며 말했다. "저 꼴을 봐. 빌어먹을 금촛대가 따로 없네. 번지르르한 금박을 입혀 썩은 속내를 잘도 감춰 놨네."

 "내 눈에는 좋아 보이는군." 솅크트는 머카토가 여전히 살아 있어 기뻤다. 그녀는 반짝이는 행렬의 선두에서 검은 말을 타고 있었다. 오르소는 아예 민심을 잃었고, 그의 백성들은 새로운 지도자를 환영하고 있었으며, 그의 궁전인 폰테자르모는 포위되어 공격받고 있었다. 그러나 달라질 건 없었다. 솅크트는 해야 할 일이 있었고,

그 일이 얼마나 힘들든 끝까지 해낼 작정이었다. 이제까지 늘 그래 왔듯이. 결국 쓰디쓴 결말을 맞이해야만 하는 이야기도 있는 법이다.

머카토는 시선을 앞에 고정한 채, 결의에 찬 단호한 표정으로 그와 점점 가까워지고 있었다. 솅크트는 군중을 밀어내고 가장 앞줄로 나서고 싶었다. 미소를 지으며, 그녀에게 손을 내밀고 싶었다. 그러나 구경꾼과 경비병 들이 너무 많이 몰려 있었다. 그녀를 마주 보고 인사를 나눌 수 있는 순간이 점점 다가오고 있었다.

그는 자리에 서서 그의 앞을 지나치는 그녀의 말을 바라보며 흥얼거렸다.

사람들이 너무 많아서 셀 수 없을 정도였다. 프렌들리는 숫자를 세 보려고 했지만, 기분이 이상했다. 갑자기 군중 속에서 비타리의 얼굴이 보였다. 그녀 옆에는 짧은 머리에 희미한 미소를 짓고 있는 창백하고 여윈 남자가 서 있었다. 프렌들리는 등자를 딛고 일어섰지만, 휘날리는 깃발 때문에 시야가 가려졌고, 다시 보니 그들은 사라지고 없었다. 구분할 수 없을 정도로 다닥다닥 붙어 있는 수천 개의 다른 얼굴들만 보일 뿐이었다. 그는 대신 행렬을 지켜보았다.

만약 여기가 세이프티였고, 머카토와 시버스가 죄수였다면, 프렌들리는 북부 친구의 표정만으로도 그가 그녀를 죽이고 싶어 한다고 의심 없이 생각할 수 있었을 것이다. 그러나 이곳은 세이프티가 아니었고, 안타깝게도 이곳에는 프렌들리가 이해하는 규칙이 없었다.

특히 여자가 얽히면 상황은 더 복잡해졌다. 여자는 그에게 낯선 존재였다. 어쩌면 시버스가 그녀를 사랑하고 있을 수도 있었고, 그 굶주린 듯한 분노의 표정은 사랑의 표현인지도 몰랐다. 비세린에서 그들이 사랑을 나누는 소리를 지겹도록 들은 터라 어떤 관계인지는 이미 알고 있었지만, 프렌들리는 그녀가 최근 들어 오스프리아의 대공과 관계를 맺기 시작한 것 같다고 생각한 참이었다. 하지만 만약 그렇다 한들 뭐가 달라지는지 그는 전혀 알 수 없었다. 바로 그게 문제였다.

프렌들리는 사랑은 고사하고 섹스조차도 이해하지 못했다. 탈린으로 돌아왔을 때, 사잠은 보상이라면서 가끔 그를 창녀에게 데려가곤 했다. 요만큼도 원하지 않았지만, 보상을 거절하는 것은 무례하다고 그는 생각했다. 처음에는 아랫도리를 딱딱하게 유지하는 것조차 힘들었다. 나중에도 그는 그 지저분한 행위가 모두 끝나기 전에 몇 번이나 삽입을 했는지 세는 것 외에는 즐거움을 느끼지 못했다.

그는 말 위에서 말발굽 소리를 세어 가며 초조한 마음을 진정시키려고 했다. 혼란에 끼어들어 난처해지기보다 걱정을 혼자만 간직한 채, 상황이 알아서 흘러가도록 내버려둬야 할 것 같았다. 혹시 시버스가 그녀를 죽인다고 해도 프렌들리에게는 딱히 상관이 없었다. 아마도 그녀를 죽이려는 사람은 많을 터였다. 너무 눈에 띄면 표적이 되기 마련이니까.

시버스는 괴물이 아니었다. 단지 모든 것에 질려 버렸을 뿐이다. 그는 바보 취급을 받는 게 지긋지긋했다. 선의로 한 일이 되려 자신에게 해가 되어 돌아오는 것도 지긋지긋했다. 양심을 신경 쓰는 것도 지긋지긋했다. 다른 사람들이 어떤 걱정을 하는지 걱정하는 것도 지긋지긋했다. 그리고 무엇보다, 간지러운 얼굴이 지긋지긋했다. 그는 손톱으로 흉터를 긁으며 인상을 썼다.

몬자가 맞았다. 자비와 비겁함은 같은 것이었다. 좋은 일에 대한 보상은 없었다. 북부에서도, 여기에서도, 어디에서도 마찬가지였다. 삶은 악으로 가득 차 있었고, 빼앗는 자만이 원하는 것을 가질 수 있었다. 정의는 가장 무자비하고, 가장 배반적이며, 가장 피비린내 나는 자의 편에 있었고, 지금 이 어리석은 사람들이 그녀를 위해 환호하는 모습이 바로 그 증거였다. 그는 그녀가 검은 말을 타고 천천히 앞으로 나아가는 모습을 지켜보았다. 검은 머리카락이 산들바람에 흩날리고 있었다. 모든 면에서 대체로 그녀의 말이 맞았다.

그리고 그는 그녀를 죽일 작정이었다. 단지 그녀가 다른 사람과 잤다는 이유만으로.

그는 그녀를 찌르고, 베고, 열 가지 다른 방법으로 조각내는 상상을 했다. 그녀의 갈비뼈에 있는 자국을 떠올리며, 그 사이에 칼날을 부드럽게 밀어 넣는 상상을 했다. 그녀의 목에 있는 흉터를 생각하며, 그 흉터에 꼭 맞게 손으로 감싸고 목을 조르는 상상을 했다. 마지막으로 그녀와 가깝게 지내 두면 도움이 될 것 같았다. 자신의 목숨까지 걸어 가며 그녀를 여러 번 구한 그가 이제는 그녀를 끝낼 가장 좋은 방법을 생각하고 있다는 사실이 이상하게 느껴졌다. 블러디나인이 그에게 했던 말이 맞았다. 사랑과 증오는 종이 한 장 차이였다.

시버스는 여자를 죽이는 백 가지 방법을 알고 있었고, 그녀를 죽일 수 있느냐는 문제가 아니었다. 문제는 언제, 어디서 죽일 것인가였다. 그녀는 늘 바짝 경계하고 있었고, 지금은 언제든 자신에게 칼이 꽂히리라고 예상하고 있었다. 그가 칼을 꽂으리라고는 예상하지 못하겠지만, 어딘가에서 칼이 날아오리라고 생각하고 있을 것이다. 그가 아니라도 그녀를 노리는 사람들은 차고 넘쳤다. 그 사실을 알고 있는 로곤트는 구두쇠가 자신의 돈을 챙기듯 그녀를 챙기고 있었다. 공작은 이 모든 사람들을 자신의 편으로 끌어들이기 위해 그녀가 필요했고, 그녀 곁에 늘 사람을 붙였다. 그래서 시버스는 적절한 때가 올 때까지 기다려야 했다. 하지만 그는 인내심을 발휘할 수 있었다. 칼롯이 말한 것처럼, 일을 잘 마치려면 결코 서둘러서는 안 된다.

"그녀에게 더 가까이 붙어 있게."

"뭐요?" 위대한 로곤트 공작이 그의 가려진 왼쪽 시야에서 나타났다. 시버스는 비웃음 가득한 그의 잘생긴 얼굴에 주먹을 꽂아 넣고 싶은 충동을 억누르느라 애를 먹었다.

"오르소에게는 아직도 친구들이 있어." 로곤트의 눈이 군중을 불안하게 훑었다. "심복들, 암살자들. 위험이 도처에 있지."

"위험이라고요? 모두가 아주 행복해 보입니다만."

"농담하는 건가?"

"그런 건 할 줄도 모릅니다." 시버스는 무표정한 얼굴을 유지했고, 로곤트는 자신이 조롱당하고 있는지 아닌지 알 수 없었다.

"그녀에게 더 가까이 붙어 있게! 자넨 그녀의 경호원이 아닌가!"

"내 할 일이 뭔지는 나도 잘 압니다." 시버스는 로곤트에게 그가 지을 수 있는 가장 환한 미소를 지어 보였다. "그 점에 대해선 걱정 마쇼." 그는 말 엉덩이를 쿡 찔러 걸음을 재촉했다. 그리고 로곤트가 말한 대로 몬자에게 가까이 다가갔다. 그녀의 꽉 조여진 옆 턱 근육이 보일 정도로 가까이. 도끼를 꺼내 그녀의 두개골을 쪼갤 수 있을 정도로 가까이.

"난 내가 어떤 놈인지 알아." 그는 속삭였다. 그는 괴물이 아니었다. 단지 모든 것에 질려 버렸을 뿐이다.

행렬은 도시의 중심부인 고대 원로원 건물 앞 광장에서 마침내 끝이 났다. 거대한 건물의 지붕은 수 세기 전에 무너졌고, 대리석 계단의 갈라진 틈에서는 잡초가 자라고 있었다. 거대한 삼각형 지붕에 새겨진 옛 신들의 조각은 얼룩진 덩어리로 뭉개져 있었고, 재잘거리는 갈매기 떼가 그 위에 올라앉아 쉬고 있었다. 믿을 수 없을 정도로 기울어진 채 삼각 지붕을 받치고 있는 열 개의 거대한 기둥은 갈매기 똥으로 얼룩진 가운데 펄럭이는 오래된 벽보들이 덕지덕지 붙어 있었다. 하지만 이 거대한 유물은 주변에 빽빽이 들어선 초라한 건물들을 여전히 압도하며, 잃어버린 신제국 시대의 위엄을 당당히 보여 주고 있었다.

거친 돌들로 만들어진 연단이 계단에서부터 이어져 광장을 가득 메운 군중의 바닷속으로 뻗어 있었다. 한쪽 구석에는 세월에 깎인 스칼피우스의 동상이 서 있었다. 사람 키의 네 배만 하게 만들어진 동상은 세상에 희망을 건네는 듯한 모습이었다. 앞으로 뻗은 팔의 손목 부분은 몇백 년 전에 이미 부러졌지만 누구도 부러진 손목을 고칠 생각은 없어 보였다. 아마도 스티리아의 본질을 가장 노골적으로 보여 주는 동상일 터였다. 동상 앞과 계단 위, 기둥 옆에 험악한 표정의 경비병들이 서 있었다. 탈린의 십자가가 새겨진 외투를 입고 있었지만, 몬자는 그들이 로곤트의 사람들이라는 사실을 잘 알고 있었다. 스티리아는 이제 하나의 가족이 되어야 마땅하건만, 오스프리아의 파란색 군복을 입은 군인들은 여전히 이곳에서 환영받을 수 없었다.

그녀는 안장에서 미끄러지듯 내려와, 군중 사이의 좁은 틈으로 걸어갔다. 사람들은 경비병들을 밀치며 그녀의 이름을 부르고 축복을 구걸했다. 마치 그녀를 만지면 그들에게 좋은 일이 생기리라고 믿는 듯했다, 이제까지 그녀를 만진 사람들에게는 그런 일이 생기지 않았는데 말이다. 그녀는 계속 앞을 보고 걸으면서 턱이 아플 정도로 이를 악물고 자신의 삶을 끝낼 칼날, 화살, 혹은 창을 기다렸다. 허스크 한 모금과 함께 이 상황을 벗어날 수만 있다면 살인이라도 저지를 수 있을 것 같았다. 하지만 그녀는 살인과 허스크 모두 줄이려고 애쓰는 중이었다.

스칼피우스 동상이 그녀 위로 우뚝 솟아 있었다. 그녀가 계단을 오르기 시작하자, 동상이 이끼에 덮인 눈으로 그녀를 내려다보았다. 마치 '이년이 최선인가?'라고 말하는 듯했다. 그의 뒤로는 거대한 삼각형 지붕이 위압적으로 서 있었다. 그녀는 기둥들 위에 균형을 잡고 있는 수백 톤의 바위가 마침내 무너져 내려 자신을 포함한 스티리아의 권력가 모두를 완전히 파괴해 버리지는 않을까 생각했다. 그녀의 마음 한구석은 실제로 그런 일이 일어나 이 끈적거리는 고난이 어서 끝나길 바라고 있었다.

저명인사들, 다시 말해 가장 영악하고 탐욕스러운 자들이 연단의 중앙에 초조하게 모여 있었다. 그들은 가장 비싼 옷을 입고 땀을 뻘뻘 흘리며, 마치 빵 부스러기를 향해 달려드는 거위 떼처럼 굶주린 눈빛으로 그녀를 바라보았다. 그녀와 로곤트가 가까워지자 그들은 머리를 숙여 인사했다. 미리 연습이라도 한 듯 머리를 까딱거리는 모습에 그녀는 짜증이 더 치밀었다.

"고개 드세요." 그녀는 으르렁거리듯 말했다.

로곤트가 손을 뻗으며 말했다. "화관은 어디 있지?" 그러고는 손가락을 튕겼다. "화관, 화관!"

가장 앞에 선 시민은 갈고리 같은 코에 하얀 수염을 기르고, 뒤집힌 요강 같은 챙 넓은 녹색 모자를 쓰고 있었다. 끽끽거리는 깊은 목소리까지 완벽하게 조화를 이뤄, 그는 마치 형편없는 솜씨로 그린 현자처럼 보였다. "장군님, 제 이름은 루빈입니다. 시민들의 의견을 전달할 대표로 선출되었습니다."

"저는 스캐비어입니다." 푸른색 조끼 위로 엄청난 가슴골을 드러내고 있는 통통한 여자가 말했다.

"그리고 저는 그룰로입니다." 키가 크고 마른 대머리 남자가 말했다. 그는 스캐비어보다 앞에 서지 않으려는 듯 보였지만, 앞에 선 것과 다름없을 정도로 상체를 내밀고 있었다.

"탈린에서 제일가는 두 거상들입니다." 루빈이 설명했다.

로곤트에게는 그다지 중요하지 않았다. "그런가?"

"그리고, 전하께서 허락해 주신다면, 몇 가지 세부 사항에 대해 논의하고자 했습니다만……."

"그런가? 어서 말하라!"

"직함에 관해서는, 귀족적인 경칭을 피하고자 했습니다. 대공비라는 직함은 오르소의 폭정을 연상시키기 때문입니다."

"저희는……." 천박해 보이는 반지를 낀 손을 휘두르며 그룰로가 말했다. "평민들의 권한을 드러내는 직함을 원했습니다."

로곤트는 '평민들'이라는 표현에서 오줌 맛이라도 느껴지는 것처럼 몬자를 보며 얼굴을 찡그렸다. "권한?"

"차기 집정관이 어떻습니까?" 스캐비어가 제안했다. "일등 시민?"

"어찌 됐건," 루빈이 덧붙였다. "전 대공작이 아직…… 살아 있기도 하니까요."

로곤트는 이를 갈았다. "그자는 쥐구멍 속 쥐처럼 40킬로미터 떨어진 폰테자르모에 갇혀 포위되어 있네! 그가 정의의 심판을 받는 것은 시간문제일 뿐이지."

"하지만 법적으로 번거로운 문제가 생길 수 있다는 것을 이해해 주십사……."

"법적 문제라고?" 로곤트는 분노에 찬 낮은 목소리로 말했다. "나는 곧 스티리아의 왕이 될 테고, 탈린의 대공비는 나를 왕으로 추대하는 이들 중에서 고르려 하네! 내가 왕이 된다는 말일세, 이해하나? 법적 문제는 다른 사람들이 걱정할 일이지!"

"하지만, 전하, 모양새가 좋아 보이지 않을 수도……."

인내심이 지나치게 많다는 평판을 가진 로곤트였지만, 지난 몇 주 동안 그의 인내심은 거의 바닥이 나 있었다. "내가 그대를, 예를 들어, 여기서, 지금, 교수형에 처한다고 하면 모양새가 어떨 것 같은가? 여기 마지못한 표정을 짓고 있는 모든 작자들과 함께 말일세. 목이 매달린 채로 법적 문제를 논의하고 싶은가?"

그의 위협적인 호통에 그들 사이에 불편한 침묵이 길게 이어졌다. 몬자는 자신들에게 고정되어 있는 수많은 시선들을 온몸으로 느끼며 로곤트 쪽으로 몸을 기울였다. "여기서는 우리가 단결할 수 있다는 걸 보여 줘야 하지 않겠습니까? 교수형은 사람들에게 잘못된 인상을 남길 수도 있어요. 행사나 빨리 해치우는 게 어떨까요? 다들 아늑한 방으로 가서 누울 수 있게."

그룰로는 조심스럽게 목소리를 가다듬었다. "옳으신 말씀입니다."

"빙빙 돌아 결국 제자리군!" 로곤트가 소리쳤다. "빌어먹을 화관이나 주게!"

스캐비어는 금으로 만든 얇은 관을 꺼냈다. 몬자는 군중을 향해 천천히 돌아섰다.

"스티리아의 시민들이여!" 로곤트가 그녀 뒤에서 외쳤다. "탈린의 대공비 몬즈카로일세!" 그는 그녀의 머리를 지그시 누르며 관을 얹었다.

그렇게 간단하게, 그녀는 까마득하게 높은 자리로 올라섰다.

가볍게 바스락거리는 소리와 함께 모든 사람이 무릎을 꿇었다. 광장이 조용해지자 삼각형 지붕 위에서 새들이 날갯짓하며 끼룩

거리는 소리가 들렸다. 오른쪽 가까이에 새똥이 떨어지는 소리도 들렸다. 고대로부터 내려온 돌판에 흰색, 검은색, 회색 얼룩이 남았다.

"뭘 기다리는 거죠?" 그녀는 입술을 최대한 움직이지 않으면서 로곤트에게 중얼거렸다.

"당신의 한마디."

"저 말입니까?"

"그럼 누구겠소?"

두려움과 함께 아찔한 현기증이 일었다. 군중을 둘러보니 족히 5000명은 모인 것 같았다. 그러나 국가의 수장이 되자마자 공포에 질려 연단에서 도망친다면 좋지 않은 인상을 남길 수도 있을 것 같았다. 그래서 그녀는 천천히 앞으로 나섰다. 먼 길을 걸어왔지만 그 중에서도 가장 힘든 걸음이었다. 그 짧은 순간 동안 그녀는 혼란스러운 머릿속을 정리하고 할 말을 떠올리려 애썼다. 스칼피우스의 거대한 그림자를 지나 햇빛 속으로 나아가자, 수많은 얼굴들이 그녀 앞에 펼쳐져 있었다. 그들은 희망에 가득 찬 눈으로 그녀를 올려다보았다. 이곳저곳에서 들려오던 웅성거림이 긴장 가득한 속삭임으로 바뀌더니 곧 소름 끼치는 침묵이 찾아왔다. 그녀는 여전히 무슨 말을 해야 할지 몰랐지만, 일단 입을 열었다.

"난 원래……" 목소리가 가늘게 떨리고 있었다. 그녀는 목소리를 가다듬기 위해 기침을 한번 했고, 속에서 올라온 가래를 어깨 너머로 뱉어 냈지만, 곧 그러지 말았어야 했다는 사실을 깨달았다. "난 원래 연설 같은 건 잘 못합니다!" 명백한 사실이었다. "떠드느니 바로 행동하는 게 낫죠. 농장에서 태어나서 그런가 봐요. 우선 나는 오르소를 처리할 겁니다! 그 개자식을 제거하고, 그다음에는…… 음…… 그리고 나면 싸움이 끝나겠죠." 무릎을 꿇고 있는 군중들이 쑥덕거리기 시작했다. 미소를 짓고 있지는 않았지만, 아련한 눈빛으로 먼 산을 보거나 고개를 끄덕이는 사람들이 보였다. 그녀는 가슴속에서 간절함을 느끼고는 자신도 놀랐다. 싸움이 끝나길 바란 적이 없던 그녀였다. 싸움이 없는 삶은 그녀에게 미지의 세계였다.

"평화요." 군중의 간절한 웅성거림이 다시 광장에 울려 퍼졌다. "우리는 하나의 왕을 가지게 될 것입니다. 스티리아 전체가 같은 방향으로 나아갈 테고요. 피의 시대를 끝내겠습니다." 그녀는 밀밭 위에 불던 바람을 떠올렸다. "이 땅에서 뭐든 자라게 해 볼 수 있겠죠. 아마도요. 더 나은 세상이 올 거라고 약속할 수는 없어요. 세상은 원래 이런 거니까." 그녀는 어색하게 발끝을 내려다보며 한 다리에서 다른 다리로 무게중심을 옮겼다. "최선을 다해 보겠다고는 약속할 수 있어요. 얼마나 가치가 있을지는 모르겠지만요. 모두가 풍족하게 먹고살 수 있는 세상을 목표로 삼고, 어떻게 되는지 지켜보죠." 그녀는 모자를 가슴에 댄 채 감정에 북받쳐 눈물을 글썽거리고 있는 노인과 눈을 마주쳤다.

"그게 다예요!" 그녀가 날카롭게 말했다.

이렇게 끈적하고 더운 날씨에 평범한 사람이라면 옷을 가볍게 입었겠지만, 반항심으로 똘똘 뭉친 머카토는 전신 갑옷을 택했다. 그리고 그녀의 갑옷은 우스꽝스러울 정도로 화려했다. 그래서 모비어는 그녀의 얼굴을 겨냥할 수밖에 없었다. 하지만 그처럼 뛰어난 저격 솜씨를 지닌 명사수에게 작은 표적이란 더 큰 성취감을 느낄 수 있는 도전 과제일 뿐이었다. 그는 깊게 숨을 들이마셨다.

안타깝게도, 그녀는 중요한 순간에 몸을 움직이며 고개를 떨궜다. 얼굴을 간신히 빗나간 독침은 그녀 뒤에 서 있는 고대 원로원 건물의 기둥 중 하나를 스치며 튕겨 나갔다.

"젠장!" 그는 취관의 주둥이를 입에 문 상태로 속삭이면서 손으로 주머니를 더듬어 다른 침을 꺼내 껍데기를 제거한 후 부드럽게 취관에 밀어 넣었다.

태어난 이래 그를 쭉 괴롭혀 온 불운 탓이었다. 그가 취관에 입술을 댄 바로 그 순간, 머카토가 성의 없이 "그게 다예요!"라고 말하며 그녀의 연설 같지도 않은 연설을 끝내 버렸다. 군중은 열광적인 박수로 화답했고, 그가 몸을 숨긴 깊은 문간 옆에 서 있던 농부가 열정적으로 박수를 치며 그의 팔꿈치를 쳤다.

죽음의 독침은 목표를 크게 벗어나 연단 옆으로 몰려든 군중 속으로 사라졌다. 쓸데없이 격렬하게 움직이는 바람에 그의 침을 빗나가게 만든 넓고 기름진 얼굴의 남자는 의심스러운 표정으로 주위를 둘러보았다. 육체 노동자인 듯 보였다. 손은 바위처럼 단단했고, 툭 불거진 눈에서는 지성의 불꽃을 거의 찾아볼 수 없었다.

"이봐, 뭐 하는……."

노동자계급 따위 저주나 받으라지. 모비어의 시도는 완전히 실패로 돌아갔다. "대단히 죄송합니다만, 잠시 이것 좀 들어 주실 수 있겠습니까?"

"에?" 그 남자는 자신의 거친 손에 불쑥 쥐어진 취관을 내려다보았다. "아야!" 모비어가 그의 손목에 바늘을 찌르자 그가 외쳤다. "이게 뭐야?"

"정말 무한히 감사드립니다." 모비어는 취관을 다시 그의 손에서 빼앗아 바늘과 함께 숨겨진 주머니들 중 하나에 슬며시 넣었다. 사람들은 보통 진심으로 격분하게 되기까지 상당한 시간이 걸리며, 그 뒤에는 보통 위협, 모욕, 허풍, 밀치기 등 뻔한 의식이 따르기 마련이다. 즉각적으로 행동하는 사람은 많지 않다. 팔꿈치로 모비어를 쳤던 남자도 이제야 비로소 진짜 성이 난 듯 보였다.

"이봐!" 그는 모비어의 옷깃을 낚아챘다. "이봐······." 그의 초점이 흐려지기 시작했다. 이윽고 몸을 휘청거리며 눈을 깜빡였고, 혀를 축 내밀었다. 모비어는 팔 아래를 잡아 그를 땅으로 끌어 내렸다. 그의 무릎이 무너지며 갑작스럽게 전해진 무게에 놀라 숨을 헉 하고 들이쉬었다. 그 과정에서 등에 불쾌한 통증이 느껴졌다.

"그 친구 괜찮은 건가?" 누군가가 퉁명스럽게 물었다. 모비어가 고개를 들어 보니, 쓰러진 남자와 비슷한 외모를 가진 남자 여섯 명이 얼굴을 찡그린 채 자신을 내려다보고 있었다.

"맥주를 너무 많이 마셨나 봅니다!" 모비어는 소음을 뚫고 외치고는 끝에 거짓 웃음을 살짝 덧붙였다. "이 친구가 워낙 애주가인지라."

"애주가 뭐라고?" 한 남자가 말했다.

"취했다는 말입니다!" 모비어는 그에게 가까이 몸을 기울였다. "탈린의 위대한 독사를 우리의 운명을 책임질 여주인으로 모시게 되어 아주, 아주 자랑스러워하더군요! 다들 그렇지 않나요?"

"그렇지." 한 남자가 중얼거리듯 답했다. 여전히 혼란스럽지만 어느 정도 진정이 된 듯했다. "물론이지. 머카토잖나!" 그는 어색하게 말을 마쳤고, 그의 덜떨어진 동료들은 낮은 소리로 그 말에 동의했다.

"우리와 같은 출신이지!" 또 다른 남자가 주먹을 흔들며 외쳤다.

"오, 절대적으로 그렇지요. 머카토! 자유! 희망! 거칠고 우둔한 우리를 해방시켜 줄 구원자! 바로 그녀이지요!" 모비어는 덩치 큰 남자, 이제는 덩치 큰 시체가 된 남자를 문간 안쪽 그림자 속으로 끌어당기며 힘겹게 끙끙거렸다. 그는 욱신거리는 등을 활처럼 구부리며 얼굴을 찡그렸다. 다른 사람들은 더 이상 이쪽에 관심이 없어 보였고, 그는 온몸에 끓어오르는 분노를 느끼며 군중 속으로 슬그머니 모습을 감췄다. 멍청이들이 이토록 열정적으로 그녀를 환호하는 꼴을 눈 뜨고 볼 수가 없었다. 그녀는 그들 사이에서 태어난 것이 아니라, 탈린의 가장자리에 있는 황폐한 땅에서 태어났으며, 그 경계는 주인이 밥 먹듯이 바뀌기로 악명 높은 지역이었다. 무자비하고, 교활하고, 거짓말쟁이인 데다, 그의 제자를 유혹했으며, 대량 학살을 저지르고, 시끄럽게 음란 행위를 일삼는, 양심이라곤 없는 농민 도둑에 불과한 그녀가 갖춘 지도자로서의 자질이라고는 툭툭거리는 태도, 무능한 적을 상대로 거둔 몇 번의 승리, 앞에서도 언급한 섣불리 행동하는 성향, 산에서 떠밀린 사고, 그리고 우연으로 타고난 매우 매력적인 외모뿐이었다.

미모가 뛰어난 이들에게는 한없이 쉬운 인생이 주어진다는 사실을 그는 또 한 번 되새겨야 했다.

허세

 몬자가 마지막으로 남동생과 정답게 폰테자르모에 올라온 이후 많은 것이 변해 있었다. 그날이 겨우 1년 전이라는 사실이 믿기 어려울 정도였다. 그녀의 삶에서는 늘 피비린내가 났지만 그중에서도 가장 어둡고, 광기 어리고, 피로 얼룩진 1년이었다. 그 1년 동안 죽은 사람이었던 그녀는 공비가 되었고, 반대의 일이 벌어질 가능성 또한 충분했다.
 오늘은 새벽녘이 아니라 땅거미 지는 오후에 꼬불꼬불한 길을 오르고 있었고, 해는 서쪽으로 뉘엿뉘엿 저물고 있었다. 길 양쪽에 조금이라도 평평한 땅이 나타나면 천막을 친 남자들이 보였다. 그들은 깜빡이는 모닥불에 둘러앉아, 먹고, 마시고, 군화를 수선하거나 갑옷을 닦으며, 무기력한 얼굴로 그들 앞을 지나는 몬자를 바라보았다.
 1년 전에는 호위병도 없었다. 이제는 로곤트가 선발한 병사 열두 명이 강아지처럼 그녀가 가는 곳마다 졸졸 뒤따라 다녔다. 화장실까지 따라 들어가겠다고 하지 않는 것이 놀라울 지경이었다. 곧 왕이 될 로곤트는 그녀가 산에서 또다시 밀려 떨어지지 않길 바랐다. 적어도 그가 왕위에 오르는 과정에서 그녀의 역할이 끝나기 전까지는 말이다. 12개월 전 그녀는 오르소가 왕이 되도록 돕고 있었고 로곤트는 그녀의 적이었다. 한곳에 머물기를 좋아하는 몬자였지만, 지난 사계절 동안에는 꽤나 먼 걸음을 한 셈이었다.

그때 그녀의 곁에는 베나가 있었다. 이제는 시버스가 있었다. 그래서 웃음은커녕 대화조차 전혀 없이 길을 걷고 있었다. 좀처럼 움직일 생각이 없는 단단하고 어두운 그의 얼굴 윤곽 속에서 쇠구슬 눈알만이 꺼져 가는 마지막 햇살을 받아 반짝일 뿐이었다. 그 눈으로는 아무것도 볼 수 없다는 사실을 알았지만, 그 눈이 항상 자신을 주시하고 있는 것 같다는 생각을 그녀는 떨칠 수 없었다. 그는 거의 말을 하지 않았지만, 계속 이렇게 말하는 것 같았다. 너였어야 했어.

정상에는 불이 타오르고 있었다. 산비탈을 따라 보이는 작은 불빛들은 검은 성벽과 탑들 뒤로 노란 빛을 비추고 짙은 저녁 하늘 위로 연기를 피워 올렸다. 다시 한번 굽은 길은 마침내 수레 세 개를 뒤집어 만든 바리케이드 앞에서 끝이 났다. 빅투스가 야외용 의자에 앉아 모닥불에 손을 쬐고 있었고, 그의 목에 걸린 훔친 목걸이들이 반짝였다. 그녀가 말을 세우자 그는 활짝 웃으며 익살맞게 경례를 했다.

"탈린의 대공비께서 누추한 야영지를 찾아 주셨군요! 전하, 창피하기 그지없습니다! 귀빈을 맞이할 준비를 하게 시간을 주셨더라면, 너저분한 바닥이라도 좀 쓸었을 텐데요." 그는 넓게 팔을 벌려 발자국 가득한 진흙과 지면 위로 드러난 바위, 부서진 상자들과 수레 파편들로 뒤덮인 주변 산비탈을 가리켰다.

"돈에 눈먼 용병의 표본, 빅투스군." 그녀는 고통을 드러내지 않으려 애쓰며 안장에서 내려왔다. "오리처럼 탐욕스럽고, 비둘기처럼 용감하며, 뻐꾸기처럼 충성스러운 자."

"난 그것들보단 고귀한 새들을 본보기로 삼아 왔는데 말이지. 말은 두고 가야 할 거야. 여기서부터는 참호를 통해 이동해야 하거든. 오르소 공작이 어찌나 불친절하게 구는지, 손님들이 모습을 드러내면 투석기로 돌을 던진다네." 그는 벌떡 일어나 자신이 앉아 있던 의자에서 묻은 먼지를 털고는, 반지가 잔뜩 끼워진 손가락으로 참호 쪽을 가리켰다. "병사들 몇 명을 불러 자넬 모시라고 할까?"

"걸어갈게."

그는 비웃으며 말했다. "자네는 지금도 참 멋지네만, 높은 지위에 맞게 비단옷을 입은 모습을 한 번쯤 볼 수 있을 거라 생각했는데."

"옷이 사람을 만들지는 않아, 빅투스." 그녀는 그의 보석들을 비웃듯 말했다. "금을 아무리 많이 붙여도 똥은 여전히 똥이지."

"아, 우리가 자네를 얼마나 그리워했는지 모를 걸세. 머카토, 그럼 따라오게."

"여기서 기다려." 그녀가 로곤트의 경호원들에게 날카롭게 말했다. 그들이 항상 뒤에 따라다니고 있으면 그녀 자신은 더 약해 보일 뿐이었다. 마치 그들에게 의존하는 것처럼 보일 테니까.

경호원 중 우두머리가 얼굴을 찡그리며 말했다. "로곤트 전하께서 매우……"

"그놈의 전하 말은 신경 쓰지 마. 여기서 기다려."

그녀는 낡은 상자로 만든 삐걱거리는 계단을 내려가 언덕으로 들어섰다. 시버스가 그녀의 바로 뒤에서 따라왔다. 참호는 몇 년 전 그들이 뮈리스 성 주변에 팠던 것과 별로 다르지 않았다. 단단히 다져진 흙벽을 나무판자들로 지탱해 놓은 참호에서는 곰팡이, 축축한 흙, 지루함이 섞인 메스꺼운 냄새가 났다. 그들은 거의 6개월 동안 참호 밑에서 하수구 속 쥐처럼 생활했다. 그녀의 발에는 곰팡이가 피기 시작했고, 베나는 설사병에 걸려 체중의 4분의 1이 빠지고, 유머 감각마저 잃어버렸다. 그들이 도랑과 굴, 참호를 지나가며 몇 년 동안 천검단에서 함께 싸워 온 베테랑들의 낯익은 얼굴 몇몇이 보였다. 그녀는 예전처럼 그들에게 고개를 끄덕였고, 그들도 고개를 끄덕여 응답했다.

"오르소가 확실히 안에 있어?" 그녀는 빅투스에게 물었다.

"오, 확실하지. 코스카가 도착하자마자 그를 만났거든."

몬자는 그의 말에도 안심할 수 없었다. 코스카가 적과 대화를 시작하면 보통 주머니를 더 두둑하게 불린 채 적의 편으로 돌아섰기 때문이다. "두 작자가 무슨 대화를 나눴지?"

"코스카에게 물어보게."

"그래야지."

"성 주변을 완전히 포위했으니 걱정 마. 삼면에 참호를 팠다고." 빅투스는 그들 옆의 흙벽을 툭툭 쳤다. "용병에게 믿을 만한 점이 한 가지 있다면, 바로 자기 몸 숨길 구멍 하나는 끝내 주게 판다는 걸세. 절벽 아래 숲속에 보초병들도 배치했다네." 몬자가 쓰레기 더미 속에서 미끄러져 내려와, 거의 죽은 듯이 신음하던 바로 그 숲이었다. "그리고 조금 더 떨어진 곳에는 스티리아 최고의 병사들이 모여 있어. 오스프리아, 시파니, 아포이아에서 온 용병들이 대거 몰려 있지. 모두 우리의 옛 고용주를 죽이려고 단단히 벼르고 있네.

우리 허락 없이는 쥐새끼 한 마리도 빠져나갈 수 없어. 그리고 오르소가 도망을 치고 싶었다면 이미 몇 주 전에 도망갔을 테지. 하지만 그러지 않았네. 자네는 누구보다도 그를 잘 알지 않나? 그가 이제 와서 도망가려고 할 거라 생각하나?"

"아니," 그녀는 인정할 수밖에 없었다. 그러느니 차라리 죽음을 택할 인사였고, 그녀에게는 잘된 일이었다. "들어갈 방법은?"

"그 빌어먹을 궁전을 설계한 놈이 일을 참 제대로 했더군. 내부 성채 주변 지형은 너무 가팔라서 시도할 만한 방법이 없어."

"나도 알고 있어. 외부 성채 북쪽에서부터 공격을 시작해서 내부 성벽 쪽으로 들어가는 게 좋을 거야."

"우리도 그렇게 생각했네만, 막상 뚜껑을 열어 보니 예상과는 많이 다르더군. 특히 성벽이 높을 때는 더 그렇지 않나. 아직은 성공하지 못했어." 빅투스는 상자 위로 올라가며 그녀에게 손짓했다. 버드나무 가림막 사이, 울퉁불퉁한 산비탈을 향해 솟아 있는 뾰족한 말뚝들 너머로 요새와 가장 가까운 모퉁이가 보였다. 탑 하나가 불타고 있었다. 높은 지붕은 불꽃에 휩싸인 벌거벗은 들보만 남긴 채 무너져 있었고 흙벽 틈으로 보이는 빨갛고 노란 화염이 짙푸른 하늘로 검은 연기를 내뿜고 있었다. "우리가 탑을 불태웠다네." 그가 자랑스럽게 손가락으로 가리켰다. "투석기로 말이야."

"아름답네. 다들 곧 집에 갈 수 있겠어."

"대단하지 않나?" 빅투스는 그들을 축축한 공기와 시큼한 땅 냄새가 밴 긴 대피호로 이끌었다. 양쪽으로 야전침대에서 남자들이 코를 골며 잠들어 있었다. "전쟁에서 승리란 위대한 행동 한 번으로 결정되는 것이 아니라." 마치 연기 실력이 형편없는 배우 같은 말투였다. "작은 기회 여러 번이 모여 결정된다고 자네가 늘 말하지 않나? 누구였지? 스탈리쿠스였던가?"

"스톨리쿠스, 바보 같기는."

"오래전에 죽은 어떤 놈이겠지 뭐. 코스카한테 계획이 있어. 하지만 그에게 직접 듣는 게 좋겠어. 그 늙은이가 쇼하는 걸 얼마나 좋아하는지 알잖나." 빅투스는 네 개의 참호가 만나는 지점에 놓인 바위의 움푹 들어간 곳에 멈췄다. 부드럽게 펄럭이는 천 지붕이 덮인 공간 안에는 흔들리는 횃불 하나가 켜져 있었다. "총사령관은 곧 올 걸세. 기다리는 동안 여기 있는 모든 것들을 편하게 누리도록 해." 모든 것이라고 해 봐야 흙바닥뿐이었다. "달리 필요하신 건 없으십니까, 전하?"

"하나가 더 있긴 해." 그녀는 빅투스의 눈에 침을 탁 뱉었고, 그는 놀라며 움찔했다. "이건 베나 몫이야, 이 배신자 자식아."

빅투스는 얼굴을 닦으며, 시선을 시버스에게로 잠시 돌렸다가 다시 그녀를 바라보았다. "나는 자네가 하지 않을 일은 안 했어. 베나가 하지 않았을 만한 일도 물론 한 적이 없고. 자네들 둘이 코스카에게 했던 짓을 그대로 한 것뿐이야. 그리고 내가 자네들한테 진 빚보다 자네들이 코스카 진 빚이 훨씬 클······."

"그 덕분에 얼굴만 닦으면 되잖아. 창자를 붙잡고 있는 게 아니라."

"자네가 이 상황을 자초했다고 생각해 본 적 있나? 야망이 크면 위험도 큰 법이지. 나는 그저 흐름에 따라 흘러간 것뿐······."

시버스가 갑자기 앞으로 한 발짝 나섰다. "그러니까 썩 꺼져, 목이 달아나기 전에." 몬자는 시버스의 커다란 주먹에 처음 만났던 날 자신이 준 칼이 쥐어져 있다는 사실을 깨달았다.

"덩치 큰 친구, 잠깐만." 빅투스는 양 손바닥을 들어 보였고, 손가락에 끼워진 반지들이 반짝거렸다. "지금 가네, 걱정 마." 그러고는 과장된 몸짓으로 돌아서서 어둠 속으로 으스대듯 걸어갔다. "자네들 둘 다 성질을 좀 죽일 필요가 있어." 그가 어깨 너머로 한 손가락을 흔들며 말했다. "사소한 일 하나하나에 흥분할 필요 없잖아. 그러다가는 결국 피를 보게 될 거야, 내 말 믿게!"

몬자는 그 말을 믿는 게 어렵지 않았다. 그녀가 무엇을 하든 모든 일은 피로 끝났다. 문득 자신이 시버스와 단둘이 남겨졌다는 사실을 깨달았다. 지난 몇 주 동안 썩은 시체만큼이나 피하고 싶던 일이었다. 그와의 문제를 해결하려면 무슨 말이라도 해야 했다. 둘 사이에 문제가 있기는 했지만, 적어도 그는 로곤트가 아니라 그녀의 사람이었다. 앞으로 그녀의 목숨을 구해 줄 누군가가 필요할 수도 있었다. 그리고 겉모습이 어떻든 그는 괴물이 아니었다.

"시버스." 그가 그녀를 향해 돌아섰다. 여전히 손에 칼을 꽉 쥐고 있었고, 강철 칼날과 강철 눈알이 횃불 빛을 반사해 불꽃색으로 반짝였다. "할 말이 있는데……"

"아니, 나부터 할게." 그는 이를 드러내며 한 발짝 그녀에게 다가왔다.

"몬자! 드디어 왔군!" 코스카가 참호 중 하나에서 팔을 활짝 벌린 채 나타났다. "내가 가장 좋아하는 북쪽 친구도 함께 왔군!" 그는 칼을 무시하고 시버스의 다른 손을 덥석 잡아 흔든 다음, 몬자의 어깨를 잡고 두 뺨에 입을 맞췄다. "자네 연설을 축하할 새도 없었군. 농가 출신인 걸 강조하다니, 아주 기지가 넘쳤어. 겸손해 보이기도 하고. 그리고 평화를 이야기하다니. 자네 입에서 그런 단어가 나올 줄이야! 농부가 흉년이 왔으면 좋겠다고 이야기하는 거랑 다를 게 없잖나. 이 배배 꼬인 늙은이조차도 감동하지 않을 수 없더군."

"시끄러워. 늙은 양반." 말은 그렇게 했지만 그녀는 억지로 말을 할 필요가 없어지자 내심 기뻤다.

코스카는 눈썹을 치켜올렸다. "좋은 얘길 하는데도……"

"좋은 얘기를 좋아하지 않는 사람도 있지." 시버스는 거칠게 속삭이며 칼을 집어넣었다. "아직도 모르나?"

"살아 있는 모든 날들은 배움의 연속이지. 이쪽일세, 동지들! 공격을 코앞에서 볼 수 있어."

"지금 공격을 하겠다고?"

"낮에도 한 차례 시도했어. 잘 안 됐지." 어둠이 도움이 될 것 같지는 않아 보였다. 다음 참호에는 피로 물든 붕대를 감고 고통스러운 표정으로 신음하는 부상자들이 줄지어 있었다. "나의 고귀한 고용주, 로곤트 공작 전하는 어디 계시나?"

"탈린에." 몬자는 땅에 침을 뱉었다. 침을 뱉을 만한 흙은 사방에 널려 있었다. "대관식을 준비하고 있지."

"벌써? 아직 오르소가 살아 있다는 건 알고 있을 텐데 말이지. 돌아가는 상황을 보아하니 앞으로도 꽤 오래 살아 있을 것 같은데? 사자를 죽이기도 전에 가죽을 먼저 파는 꼴이 아닌가?"

"나도 이미 여러 번 말했어."

"상상이 안 가는군. 탈린의 독사가 꾸물거림의 공작에게 신중하라고 조언하다니. 참 재미있는 모순일세."

"하지만 소용없었지. 도시의 목수, 재단사, 보석상을 원로원 건물에 전부 불러 모아서 바쁘게 의식을 준비시키고 있어."

"그 구닥다리 건물이 무너지지 않겠나?"

"차라리 그랬으면 좋겠군." 시버스가 중얼거렸다.

"시민들에게 스티리아 제국의 자랑스러운 과거를 떠올리게 할 거라더군." 몬자가 말했다.

코스카는 콧방귀를 뀌었다. "그럴 수도 있고, 스티리아를 통일하려는 마지막 시도가 수치스럽게 끝난 걸 떠올릴 수도 있겠지."

"그것도 여러 번 말했지."

"무시당했겠군?"

"이제 무시당하는 데 익숙해지고 있어."

"아, 오만이란! 나도 그 병을 오래 겪은지라 금방 증상을 알아본다네."

"그럼 이 얘긴 좋아하겠네." 몬자는 비웃음을 멈출 수가 없었다. "그가 머나먼 손드에서 노래하는 흰 새 천 마리를 수입해 오고 있어."

"고작 천 마리만 데려온다던가?"

"평화의 상징이라더군. 그가 스티리아의 왕으로서 군중을 만나는 순간 새들을 풀어 줄 거라나. 백작, 공작, 왕자 들과 내가 알기론 거키쉬 신까지, 전 세계에서 그의 찬미자들이 방문할 예정이야. 모두가 그의 거대한 자아에 박수갈채를 보내며, 그의 비위를 맞추기 위해 앞다퉈 달려들겠지."

코스카는 눈썹을 치켜올렸다. "탈린과 오스프리아의 관계가 악화된 것 같군?"

"왕관을 쓰면 사람이 바보가 되는 게 분명해."

"그 얘기도 물론 했겠지?"

"누누이 말했지만, 아주 놀랍게도 듣고 싶어 하지 않더군."

"꽤나 대단한 행사가 될 듯한데, 그걸 못 보다니 아쉽네."

몬자는 미간을 찡그렸다. "당신이 안 온다고?"

"나 말인가? 아니, 아니, 가고 싶지 않다는 게 아니라 몸을 좀 사리려 하네. 비세린 공국에 관해 수상한 거래가 있지 않은지 우려하는 사람들이 있거든. 믿어지나?"

"설마."

"그런 터무니없는 소문이 어디서 시작됐는지 알게 뭔가? 그리고 누군가는 우리 친구 오르소를 상대해야 하기도 하고."

그녀는 씁쓸하게 입안에서 혀를 굴려 다시 침을 뱉었다. "당신들 둘이 이미 얘기가 끝났다고 들었는데."

"가벼운 이야기 정도였지. 날씨, 와인, 여자들, 그리고 그의 곧 다가올 멸망에 대해서 말이네. 그는 날 써먹겠다고 했고, 나는 그의 열정을 충분히 이해한다고 답했지. 꽤 괜찮은 생각 같았거든. 나는 거의 마음을 굳히고 신이 나서 대화를 했네만, 사실 그는 솔직히 말해서 다소 까다롭게 굴더군." 코스카는 긴 손가락을 빙빙 돌렸다. "아마도 포위전 때문에 예민해졌던 것 같아."

"당신이 오르소를 배신한 것에 대해서는 아무 말도 없었고?"

"이야기의 다음 주제가 될 뻔했지만, 대화가 끊겼지. 활이 날아들고 성벽을 막는 데 실패하면서 말이야. 아마 다음에 차를 마시면 얘기가 나오지 않겠나?"

참호는 넓은 대피호로 이어져 있었는데, 널빤지로 덮인 천장이 서 있기 어려울 정도로 낮았다. 오른쪽 벽에 공격에 합류하는 병사들을 위해 사다리들이 기대어져 있었다. 무장하고 갑옷을 입은 용병 약 예순 명이 무릎을 꿇고 공격을 준비하고 있었다. 코스카는 그들 사이로 구부정하게 걸으며 그들의 등을 두드렸다.

"영광을 위해 싸우게, 동지들, 영광을 위해. 그리고 두둑한 주머니를 위해!"

얼굴을 찡그리고 있던 그들은 미소를 짓고 방패나 헬멧, 흉갑에 무기를 두드리며 그의 말에 동조했다.

"장군님!"

"총사령관님!"

"코스카!"

"자, 자, 동지들!" 그는 웃으며 병사들의 팔을 토닥이고 악수를 하고 느긋하게 경례했다. 그의 모든 행동은 그녀의 지휘 방식과는 완전히 달랐다. 그녀는 늘 차갑고, 단단하고, 다가가기 힘든 태도로 병사들을 대했다. 그래야만 존경을 받을 수 있었다. 여자는 남자들과 친하게 지내는 사치를 누릴 수 없으니까. 그래서 그녀는 베나가 자기 대신 사람들과 어울리게 했다. 아마도 오르소가 베나를 죽인 이후로 그녀에게 웃음기가 사라진 것도 그 때문일 것이다.

"여기가 나의 작은 보금자리일세." 코스카는 그들을 사다리 위로 이끌어 튼튼한 통나무로 지어진 오두막 같은 건물로 들어갔다. 오두막에는 깜빡이는 램프 두 개가 밝혀져 있었다. 넓게 뚫린 한쪽 벽을 통해 어두운 서쪽 평야 위로 마지막 빛을 던지고 있는 석양이 보였다. 좁은 창문들은 요새를 향하고 있었다. 한쪽 구석에는 상자 더미가 쌓여 있었고, 다른 쪽에는 총사령관의 의자가 놓여 있었다. 의자 옆 탁자에는 흩어진 카드, 반쯤 먹다 남은 간식, 다양한 색깔과 내용물이 담긴 병들이 어지럽게 놓여 있었다. "전투는 어떻게 되어가고 있나?"

프렌들리는 느슨하게 꼰 다리 사이에 주사위를 놓고 앉아 있었다. "그럭저럭 진행되고 있소."

몬자는 좁은 창문 중 하나로 다가갔다. 거의 밤이 되었고, 이제 공격하는 병사들의 모습도 제대로 보이지 않았다. 어쩌다 성벽의 작은 총안에서 희미한 움직임이 보이거나, 바위 경사면 여기저기에 피워진 모닥불 빛을 반사하는 금속 무기들이 보일 뿐이었다. 하지만 그녀는 들을 수 있었다. 어렴풋한 고함 소리와, 가느다란 비명, 금속끼리 부딪히는 소리들이 바람에 실려 희미하게 들려왔다.

코스카가 낡아 빠진 총사령관 의자에 몸을 미끄러뜨리듯 앉으며 진흙투성이 군화를 탁자에 올리자 병들이 달그락거리는 소리를 냈다. "우리 넷이 다시 모였군! 마치 카도티의 별장에서처럼 말일세! 샐리어의 화랑에서도! 참 즐거운 나날이었지, 그렇지 않나?"

투석기가 삐걱거리며 발사되는 소리가 들렸다. 불타는 대포알이 머리 위로 날아가 요새의 앞쪽에 서 있는 큰 탑에 부딪혀 산산조각이 났다. 탑에서 불기둥이 솟아올랐고, 큰 호를 그리며 날아간 대포알 뒤에는 불티들이 남았다. 흐릿한 불빛이 돌벽에 기대어 놓인 사다리들을 비췄고, 그 위를 기어오르는 작은 병사들의 무기가 잠시 반짝이다가 다시 어둠 속으로 사라졌다.

"농담할 때가 아닌 것 같은데?" 몬자가 중얼거렸다.

"불안한 때일수록 유쾌함이 필요하다네. 대낮에 촛불을 켜지는 않잖나?"

시버스는 얼굴을 찌푸린 채 폰테자르모 쪽 경사면을 바라보고 있었다. "정말로 저 성벽을 점령할 수 있다고 생각하쇼?"

"저 성벽을? 제정신인가? 스티리아에서 가장 강한 성벽 중 하날세."

"그렇다면 왜……."

"밖에 앉아서 아무것도 하지 않는 건 좋은 생각이 아닐세. 그들은 식량과 물, 무기를 충분히 갖추고 있고, 무엇보다 충성심이 충만하다네. 저 안에서 몇 달 동안 버틸 수도 있지. 그러는 동안 오르소의 딸인 연방의 왕비가 망설이고 있는 남편을 설득해 원군을 보내면 어쩔 텐가." 몬자는 자기 아내가 여자를 더 좋아한다는 사실을 왕이 알게 되면 다른 결정을 내릴지 궁금해졌다.

"당신 부하들이 성벽에서 떨어지는 걸 보면 뭐가 도움이 된단 말이오?" 시버스가 물었다.

코스카는 어깨를 으쓱했다. "수비군을 지치게 하고, 쉬지 못하게 하고, 계속 방어에 집중하게 만들어서 우리가 다른 공격 시도를 할 때 주의를 분산시킬 수 있지."

"그저 주의를 분산하자고 저렇게 많은 사람이 죽어야 하다니."

"그들이 없으면 주의가 분산되지 않겠지."

"어떻게 그런 이유만 가지고 병사들이 사다리를 오르게 한단 말입니까?"

"오래전 사자인이 쓰던 방법으로."

"뭐요?"

몬자는 사자인이 새로 들어온 병사들의 눈앞에서 반짝이는 돈 더미를 쌓아 올리던 모습을 떠올렸다. "성벽이 무너지면, 성벽 위에 처음으로 올라간 사람에게 1000냥, 그다음 열 명에게는 각각 100냥씩 주겠다고 했겠지."

"보상을 받을 때까지 살아남는다면 말이지." 코스카가 덧붙였다. "만약 그들이 불가능한 임무에 실패하면 보상을 받을 수 없을 테고, 성공한다 해도 2000냥으로 불가능한 임무를 성공시킨 셈이 되지. 사다리를 타고 올라가는 자원자는 꾸준히 생길 테고, 가장 용감한 병사들을 제거할 수도 있어 좋다네."

시버스는 더욱 혼란스러운 표정을 지었다. "그들을 왜 제거하고 싶어 하지?"

"'용기는 죽은 자의 미덕이다.'" 몬자가 중얼거렸다. "'현명한 지휘관은 용기를 절대 신뢰하지 않는다.'"

"버추리오가 말했다네." 코스카는 한쪽 다리를 탁 치며 말했다. "난 죽음을 우스꽝스럽게 표현할 수 있는 작가를 좋아해! 용감한 남자들이 쓸모가 있을 때도 있지만 그들은 너무 예측하기가 힘들지. 집단에 걱정을 끼치고 주변 사람들을 위험에 처하게 하고."

"게다가 지휘권을 노리는 잠재적인 경쟁자가 될 수도 있고."

"가장 안전한 방법은 그들을 제거하는 걸세." 코스카는 두 손가락으로 가위질하는 모양을 흉내 냈다. "적당히 겁먹은 사람들이 훨씬 더 좋은 군인이 되는 법이지."

시버스는 역겹다는 듯 고개를 저었다. "당신네 사람들은 전쟁을 참 더럽게 치르는군."

"친구여, 전쟁을 아름답게 치르는 방법은 없다네."

"주의를 분산시킨댔지?" 몬자가 끼어들었다.

"그렇다네."

"무엇으로부터?"

갑자기 지지직거리는 소리가 들렸고, 몬자는 곁눈질로 불꽃이 지나가는 모습을 보았다. 잠시 후 그녀의 뺨에 불꽃의 열기가 느껴졌다. 그녀는 칼베즈를 반쯤 뽑은 상태로 몸을 돌렸다. 이쉬리가 그들 뒤 상자 위에 나타나 마치 햇볕을 쬐는 늙은 고양이처럼 고개를 뒤로 젖힌 채 나른하게 누워 있었다. 붕대가 감긴 길고 가느다란 한쪽 다리가 상자 가장자리 밑으로 내려와 흔들리고 있었다.

"정상적으로 인사를 하고 나타날 수는 없어?" 몬자가 날카롭게 물었다.

"그럼 재미가 없잖아?"

"꼭 그렇게 모든 질문에 질문으로 답해야 해?"

이쉬리는 붕대를 감은 가슴팍에 한 손을 얹고, 검은 눈을 크게 뜨며 말했다. "누가? 내가?" 그녀는 긴 손가락과 엄지 사이에 작고 검은 알갱이 같은 물체를 굴리다 손에서 튕겨 시버스 옆의 램프를 정확하게 맞췄다. 램프는 지지직거리는 소리와 함께 번쩍하고 터졌고 유리 덮개가 깨지고 불꽃이 튀었다. 시버스는 비명을 지르며 멀어져서 어깨에 튄 불티를 털어 냈다.

"몇몇 병사들은 이걸 거키쉬 설탕이라고 부르기 시작했네." 코스카가 입맛을 다시며 말했다. "거키쉬 불보다는 더 달콤한 이름이지."

"스물네 통," 이쉬리가 중얼거리듯 말했다. "예언자 칼룰의 호의야."

몬자는 미간을 찌푸렸다. "난 한 번도 만나 본 적 없는 사람인데 우리를 많이 좋아하는 모양이야."

"그보다 더 낫지……" 이쉬리는 뱀처럼 상자 위에서 내려왔다. 어깨부터 엉덩이까지 마치 뼈가 없는 것처럼 물결치듯 움직였고, 늘어진 팔이 맨 나중에 떨어졌다. "그가 당신들의 적을 증오하거든."

"같은 적을 혐오하는 것만큼 동맹을 맺기에 좋은 명분은 없지." 코스카는 이쉬리의 몸짓을 불신과 매혹이 섞인 표정으로 바라보며 말했다. "이제는 새로운 시대야, 친구들. 예전에는 몇 달 동안 땅을 파야 했지. 수백 미터씩 굴을 파고 나무 수백 톤을 써서 벽을 받친 후 굴속에 밀짚과 기름을 채운 다음 불을 붙이고는 꽁지가 빠지게 도망쳐야 했네. 그렇게 해도 성벽이 무너지지 않는 경우가 절반은 됐어. 이제는, 땅굴을 깊숙이 파서 설탕을 채워 넣고, 불꽃을 일으키면……."

"꽝!" 이쉬리가 발끝을 세우고 손끝까지 쭉 펴며 노래하듯 말했다.

"충격요법일세." 코스카가 덧붙였다. "요즘은 다들 이렇게 포위를 한다더군, 내가 그 유행을 무시할 수는 없지 않겠나……" 그는 벨벳 재킷의 먼지를 털어 냈다. "세사리아는 굴을 파는 데 뛰어난 재능이 있어. 간체타에서 종탑을 무너뜨리기도 했다네. 물론 예정보다 약간 이르게 무너뜨리는 바람에 몇몇 병사들이 잔해에 깔리긴 했지만 말이야. 내가 그 얘기를 한 적이……."

"벽을 무너뜨리면?" 몬자가 물었다.

"그렇게 된다면, 우리 병사들이 그 틈으로 쏟아져 들어가서 놀란 수비군을 제압하고 외벽 안쪽 구역을 차지할 수 있겠지. 지형이 평탄하고 공간도 넉넉한 안쪽 정원에서 전투를 준비할 수 있을 걸세. 내부 성벽은 사다리, 피, 그리고 욕망이 얽힌 일상적인 전투로 차지할 수 있을 테지. 그다음엔 궁전을 습격하는 거야. 자네도 아는 전통대로 말일세. 나는 약탈을 하고, 자네는……."

"복수를 하겠지." 몬자는 실눈을 뜨고 요새의 톱니 모양 윤곽을 바라보았다. 저 안 어딘가에 오르소가 있었다. 겨우 몇백 걸음 떨어진 곳에. 밤과 불꽃, 어둠과 위험이 어우러져서인지 예전에 느꼈던 흥분이 밀려왔다. 허물어져 가는 뼈 도둑의 집에서 휘청거리며 빠져나와 빗속으로 들어섰을 때 느꼈던 그 격렬한 분노가 되살아났다. "갱도가 준비되려면 얼마나 걸리지?"

프렌들리가 주사위에서 고개를 들었다. "이 속도대로라면 스물한 날 여섯 시간."

"아쉽군." 이쉬리가 아랫입술을 삐죽 내밀었다. "나도 불꽃놀이를 정말 좋아하는데. 하지만 난 남쪽으로 돌아가야 해."

"우리와 어울리는 데 벌써 질렸나?" 몬자가 물었다.

"내 남동생이 살해당했어." 그녀의 검은 눈 속에서는 아무런 감정도 읽을 수 없었다. "복수심에 불타는 여인에게."

자신이 조롱당하고 있는지 확신할 수 없던 몬자는 미간을 찌푸렸다. "그런 년들은 어떻게든 파괴할 방법을 찾지, 그렇지 않아?"

"하지만 늘 잘못된 사람에게 피해를 주지. 내 남동생은 운이 좋은 편이야, 신과 함께 있으니까. 다들 그렇게 말하더군. 고통은 남은 가족들 몫이야. 이제 우리는 더 열심히 일해야 해." 그녀는 부드럽게 사다리 아래로 몸을 내리며 고개를 기울였다. 그녀의 머리가 보기에도 불편할 정도로, 사다리의 맨 위 칸에 닿을 때까지 기울어졌다. "죽지 말고. 내가 여기서 한 노력이 헛되지 않기를 바라."

"목이 잘리게 되거든 네 노력이 허사로 돌아갔다는 사실을 가장 먼저 떠올려 주지." 아무런 대답이 없었다. 이쉬리는 사라졌다.

"이제 더 이상 용감한 사람은 없는 것 같군." 시버스가 쉰 목소리로 말했다.

코스카는 한숨을 쉬었다. "처음부터 많지도 않았지." 공격 이후 살아남은 병사들이 깜빡이는 불빛 아래 바위산을 허둥지둥 내려오고 있었다. 몬자는 마지막 사다리가 쓰러지는 모습과 사다리에서 떨어지며 허우적거리는 몇몇 그림자를 간신히 알아보았다. "하지만 걱정 말게. 세사리아가 여전히 땅을 파고 있으니까. 스티리아가 통일되는 건 시간문제일 뿐이야." 코스카는 안주머니에서 금속 플라스크를 꺼내 뚜껑을 열었다. "오르소가 상황을 제대로 파악하고 내가 다시 한번 배신할 만큼의 대가를 제시한다면 또 모르지만."

그녀는 웃지 않았다. 웃자고 한 말이 아닌지도 몰랐다. "어디든 한쪽에만 충성해 보는 게 어때?"

"굳이 왜 그래야 하지?" 코스카는 플라스크를 들어 한 모금을 마신 후 만족스러운 듯 입맛을 다셨다. "전쟁이잖나. 옳은 편은 없네."

준비

얼마나 큰 계획이든, 준비를 얼마나 하느냐에 성공이 달렸다. 3주 동안 탈린의 모든 사람들이 로곤트 대공의 대관식을 준비하는 데 동원되었다. 한편, 모비어는 그와 그의 동맹들을 암살할 기회를 엿보고 있었다. 둘 다 공이 많이 드는 계획이었기 때문에 마침내 실행의 날이 왔을 때, 모비어는 한 계획이 성공하면 다른 계획은 수포로 돌아가야만 하는 현실을 거의 안타까워하고 있었다.

솔직히 말해서, 모비어는 여섯 명의 국가 원수와 한 명의 용병단 총사령관을 죽이라는 오르소 공작의 야심 찬 의뢰를 조금도 완수하지 못하고 있었다. 그는 머카토가 개선장군처럼 탈린으로 돌아오던 날 그녀를 암살하려 했지만 결과적으로 일반 시민 한 명 이상을 죽이고 애꿎은 그의 허리만 혹사시켰을 뿐, 계획은 수포로 돌아갔다. 이는 그 뒤를 이은 몇 번의 실패 중 첫 번째에 불과했다.

모비어는 탈린 최고의 의상 제작자 중 한 명의 가게에 침입하기도 했다. 열려 있는 뒤쪽 창문으로 침입해 아포이아의 코타르다 백작 부인을 위해 준비된 에메랄드빛 드레스의 몸통 부분에 치명적인 애머린드 가시를 숨겼다. 그러나 모비어는 의상 제작 과정에 대해 아는 것이 없었다. 만약 데이가 그 자리에 있었다면, 그 옷이 암살 목표의 가냘픈 몸통보다 두 배쯤 크게 만들어졌다는 점을 분명히 지적했을 터였다. 그날 저녁, 백작 부인은 에메랄드빛 드레스를 입고 화려하게 나타났고, 그녀의 드레스는 큰 화제가 되었다. 크게 실망한 모비어는 나중에 몸집이 매우 큰 탈린 거상의 아내가 같은 의상 제작자에게서 녹색 드레스를 주문했고, 알 수 없는 병으로 행사에 참석하지 못했다는 사실을 알게 되었다. 그녀는 급속히 상태가 악화하여 몇 시간 내에 세상을 떠났다고 했다.

닷새 후, 석탄 더미 속에 숨어 관을 통해 숨을 쉬며 불편하게 오후를 보낸 끝에, 그는 리로지오 공작이 먹을 굴에 거미 독을 주입하는 데 성공했다. 데이가 그와 함께 부엌에 있었다면, 더 보편적인 식재료에 독을 넣자고 제안했을지도 모르지만, 모비어는 가장 눈에 띄는 요리를 그냥 지나칠 수 없었다. 유감스럽게도, 점심을 너무 많이 먹어 속이 메스꺼웠던 공작은 저녁에는 약간의 빵만 먹고 식사를 마쳤다. 조개류는 부엌 고양이의 먹이가 되었고, 그 고양이는 세상을 떠났다.

그다음 주, 그는 다시 한번 푸란티의 와인 상인 롯색 리브롬으로 변장하고 시파니의 소토리우스 수상이 무역 세금을 논의하기 위해 주최한 회의에 잠입했다. 식사 중 그는 나이 든 정치가의 보좌관과 포도에 관해 생기 넘치는 대화를 나누면서 잽싸게 소토리우스의 쭈글쭈글한 귀 윗부분에 표범꽃 추출액을 묻히는 데 성공했다. 그는 큰 기대를 품고 나머지 회의를 지켜보았지만, 수상은 기력이 떨어지기는커녕, 오히려 점점 활력이 넘치는 모습이었다. 모비어는 소토리우스가 여러 독소에 대한 면역력을 갖추기 위해 자신과 비슷한 아침 일과를 지키고 있으리라고 추정할 수밖에 없었다.

하지만 실패를 몇 번 했다고 물러설 캐스터 모비어가 아니었다. 그는 인생에서 많은 역경을 겪었고, 단지 어떤 임무가 불가능해 보인다고 해서 이제껏 자랑스럽게 지켜 온 의연함을 버릴 수는 없었다. 대관식이 거의 다가오고 있었고, 그는 주요 목표인 로곤트 대공과 그의 연인, 모비어가 증오하는 그의 전 의뢰인이자 지금은 탈린의 대공비가 된 몬즈카로 머카토에 집중하기로 했다.

스티리아 사람들의 기억에 오래 남을 만한 행사를 만들기 위해 대관식 비용을 아끼지 않았다는 말로도 한참 부족할 정도의 준비가 이뤄지고 있었다. 광장을 둘러싼 건물들은 모두 새로 페인트가 칠해졌다. 머카토가 서툰 연설을 했던 장소이자 로곤트가 스티리아의 왕으로서 백성들의 찬사를 받을 장소로 계획된 석조 연단의 바닥에는 반짝이는 새 대리석이 깔렸고 난간에는 금박이 입혀졌다. 일꾼들은 밧줄과 비계에 매달려 원로원 건물의 거대한 전면을 기어다니며 오래된 돌벽을 갓 따 온 흰 꽃으로 장식해 음울한 건물을 오스프리아 대공의 허영심을 채울 거대한 신전으로 변모시켰다.

우울한 고독 속에서 작업하던 모비어는 도시에 도착해 일거리를 찾던 어느 목수의 옷, 도구 상자, 신분증을 훔쳤다. 그를 그리워할 사람은 아무도 없을 터였다. 그리고 어제, 교묘하게 목수로 변장한 그는 원로원 건물에 침입하는 데 성공해 현장을 정찰하며 계획을 세웠다. 그동안 심심풀이로 어려운 난간 줄눈 작업을 아주 흠잡을 데 없이 마쳤다. 웬만한 목수들보다 재능이 뛰어난 그였지만 그의 본업은 여전히 살인이라는 사실을 잊지는 않았다. 그리고 오늘, 그는 대담한 계획을 실행하기 위해 다시 원로원 건물로 돌아왔다. 그는 로곤트 대공도 머카토와 함께 처리할 생각이었다.

"안녕하시오." 모비어는 점심을 마치고 돌아오는 다른 일꾼들과 함께 거대한 문을 통과하면서 경비병 중 한 명에게 퉁명스럽게 인사했다. 그는 일하러 가는 평범한 일꾼들이 자주 그러는 것처럼 무뚝뚝한 태도로 무심히 사과를 베어 물었다. 조심 또 조심해야 했지만, 누군가를 속이려면 뻔뻔한 태도로 최대한 단순하게 행동하는 게 좋을 것 같았다. 사실 그는 문가나 현관의 저쪽 끝에 서 있는 경비병들의 주의를 전혀 끌지 않았다. 그는 사과를 속까지 발라 먹은 후, 심지 부분을 도구 상자에 던져 넣었다. 그리고 데이가 있었다면 사과를 얼마나 맛있게 먹었을지 생각하며 잠시 슬픈 기분에 잠겼다.

원로원 건물은 오래전에 거대한 돔 천장이 무너져 하늘이 보이는 상태였다. 거대한 원형 공간의 4분의 3은 세계에서 가장 저명한 인사들을 2000명 이상 수용할 수 있는 좌석들이 동심원을 그리며 놓여 있었다. 대리석 계단의 각 층은 뒤에 있는 층보다 낮아서 일종의 원형 극장 같은 모양을 이루고 있었고, 그 앞에는 예전 원로원 의원들이 웅장한 연설을 하던 공간이 있었다. 그곳에는 이제 둥근 연단이 놓여 있었다. 정교하게 새겨져 금칠까지 한 참나무 잎사귀 모양 화환들이 연단을 둘러싸고 있었고 위에는 화려하게 금으로 장식된 의자가 놓여 있었다.

선명한 색깔의 술주크 비단으로 만들어진 거대한 현수막들이 서른 걸음은 족히 넘는 높이의 벽을 완전히 덮고 있었는데, 그 현수막을 제작하는 데 돈이 얼마나 들었을지 모비어는 감히 상상조차 할 수 없었다. 각 현수막은 스티리아의 주요 도시들을 상징했다. 중앙에 놓인 연단 바로 뒤 가장 영광스러운 자리에는 오스프리아를 상징하는 하얀 탑이 그려진 하늘색 천이 걸려 있었다. 탈린의 십자가와 시파니의 조개껍데기가 그려진 현수막은 그 양옆을 차지하고 있었다. 나머지 둘레에는 푸란티의 다리, 아포이아의 붉은 깃발, 비세린의 세 마리의 벌, 니칸테의 여섯 개의 고리가 그려진 현수막들이 일정한 간격을 두고 걸렸고 그 옆으로 뮈리스, 에트리사니, 에트리아, 볼레타, 카프릴의 거대한 깃발들이 배치되었다. 원하든 원하지 않든, 영광스러운 새 시대의 출발점에 누구 하나 빠지지 않고 참석하기로 한 듯했다.

건물은 열심히 일하는 사람들로 붐볐다. 재단사들은 장식용 천과 귀빈들이 편안하게 앉아 있을 수 있도록 제공될 흰 쿠션들을 다듬고 있었다. 목수들은 연단과 계단에서 톱질이나 망치질을 했다. 꽃장수들은 비어 있는 바닥에 흰 꽃잎을 흩뿌려 카펫을 만들었다. 양초상들은 겹겹이 놓인 촛대 수백 개에 초를 끼우느라 사다리 위에 불안정하게 서 있었다. 반짝이는 거울처럼 광을 낸 갑옷을 입고 미늘창을 든 오스프리아 경비대가 모든 작업의 감독을 맡았다.

로곤트가 신제국의 고대 중심지에서 대관식을 치르기로 하다니? 그 오만함은 이루 말할 수 없었다. 모비어가 견딜 수 없는 성격이 하나 있다면 바로 오만함이었다. 겸손하게 행동하는 데 돈이 드는 것도 아니지 않은가. 마음속 깊은 곳에서 치미는 혐오감을 감추며 그는 무심한 척 계단을 내려갔고, 작업에 몰두하며 자신에게 만족하는 평민들의 태도를 흉내 내면서 곡선으로 놓인 좌석 사이에서 바쁘게 움직이고 있는 다른 장인들 사이를 지났다.

거대한 홀의 뒤쪽, 지상에서 약 열 걸음 높이에, 아마도 아래에서 벌어지는 토론을 기록하는 서기관들이 사용했을 작은 발코니가 두 개가 있었다. 이제 발코니에는 로곤트 공작의 거대한 초상화 두 점이 걸려 있었다. 하나는 갑옷을 입고 칼을 찬 채 영웅적인 자세로 서 있는 엄격하고 남성적인 모습의 초상화였고, 다른 하나는 재판관 옷을 입고 책과 나침반을 든 채 사색에 잠긴 모습을 그린 초상화였다. 평화와 전쟁 모두에 통달한 인물의 모습이었다. 모비어는 비웃지 않을 수 없었다. 그 두 발코니 중 하나라면 저 얼간이의 오만함을 꺾고 그의 모든 야망을 물거품으로 만들 치명적인 독침을 쏘기에 적합한 장소가 될 터였다. 한때 기록을 보관하던, 지금은 사용되지 않는 방에서 좁은 계단을 올라가면 발코니에 다다를 수 있었다.

그는 얼굴을 찡그렸다. 비록 열려 있었지만, 정교하게 짜인 두껍고 무거운 참나무 문이 광택이 나는 강철 철창과 함께 전실 입구에 설치되어 있었다. 마지막 순간에 이런 변수가 나타난 것이 전혀 마음에 들지 않았다. 처음에 그는 생각지 못하게 상황이 변했을 때 항상 그래 왔듯 몸을 사리며 계획을 버리려고 했다. 하지만 너무 신중하게만 굴면 역사에 길이 남을 수 없는 법이다. 문 하나가 새로 나타났다고 놓치기에는 너무나 어마어마한 장소와 임무와 보상이었다. 그는 역사적 순간에 서 있는 셈이었고, 오늘 밤만큼은 그를 대담한 독물학자라 불러도 좋을 것이었다.

모비어는 여남은 명의 장식가들이 금색 페인트를 바쁘게 칠하고 있는 연단을 지나 문 쪽으로 걸어갔다. 그리고 마치 경첩이 매끄럽게 열고 닫히는지 점검하듯 입술을 오므리고 문을 이리저리 흔들어 보았다. 그런 다음, 아주 빠르고 눈에 띄지 않게 사람들을 훑어보며 아무도 자신을 보지 않는지 확인하고는 문안으로 슬쩍 들어갔다.

창문도 등불도 없는 아치형 방 안을 비추는 유일한 빛은 문틈과 나선형 계단 두 개 위에서 스며드는 빛뿐이었다. 빈 상자와 통 들이 벽 주변에 어지럽게 쌓여 있었다. 어느 발코니에서 독침을 쏠지 선택하려던 찰나, 문 쪽으로 다가오는 목소리가 들렸다. 그는 재빨리 몸을 돌려 상자 더미 뒤의 좁은 공간으로 미끄러져 들어갔고, 팔꿈치에 가시가 아프게 박혀 나직이 비명을 지르다가 문득 바닥에 놓인 도구 상자를 기억해 내고 얼른 한 발로 끌어당겼다. 잠시 후 문이 끽 소리를 내며 열리더니 무거운 짐을 진 듯한 남자들의 발소리가 방 안으로 이어졌다. 그들은 고통스럽게 신음하고 있었다.

"이런 빌어먹을, 무거워 죽겠네!"

"여기다 놔!" 금속과 돌이 부딪히며 시끄럽게 쾅 하는 소리가 났다. "이 빌어먹을 물건."

"열쇠는 어디 있지?"

"여기."

"자물쇠에 꽂아 놔."

"아니, 왜 열쇠를 자물쇠에 꽂아 놔?"

"방해가 되면 안 되니까, 이 멍청아. 이 빌어먹을 상자를 3000명 앞에 들고 나갔다고 쳐. 전하께서 상자를 열라고 하실 때, 너를 쳐다보며 열쇠가 어디 있는지 물어보긴 싫단 말이지. 그리고 네가 어딘가에 열쇠를 떨어뜨리지 않았다는 걸 눈으로 확인할 수도 있고. 무슨 말인지 알겠어?"

"네 말이 맞아."

"여기가 더 안전할 거야. 경비병 열두 명이 지키고 있는 철문으로 막힌 방에 두는 게 네 허접한 주머니 속에 있는 것보다 낫지."

"알아들었어." 금속이 부드럽게 짤랑거리는 소리가 들렸다. "됐네. 만족해?"

발소리가 멀어져 갔다. 문이 무겁게 닫히는 소리가 들리고 자물쇠가 돌아가는 딸깍거리는 소리가 뒤를 이었다. 철창이 삐걱거리는 소리가 나더니 그 후 정적이 찾아왔다. 모비어는 문밖에서 열두 명의 경비병이 지키고 있는 방에 갇히게 되었다. 하지만 비범할 정도로 의연한 그가 이깟 일에 두려움을 느낄 리가 없었다. 결정적인 순간이 오면 사람들이 로곤트의 극적인 죽음에 정신이 팔려 있는 틈을 타 발코니 중 하나에서 밧줄을 내린 다음 조용히 자리를 뜨면 그만이었다. 그는 더 이상 가시에 찔리지 않기 위해 최대한 조심하며 상자 뒤에서 몸을 비틀어 빠져나왔다.

큰 상자가 바닥 중앙에 놓여 있었다. 상자 자체만으로도 하나의 예술 작품 같았다. 은줄 세공한 띠를 가장자리에 두른 목재 상감 상자가 어둠 속에서 희미하게 빛나고 있었다. 곧 시작될 대관식에서 중요한 역할을 하는 무언가가 담긴 것 같았다. 그리고 우연히 그 열쇠를 손에 넣게 됐으니…….

무릎을 꿇고, 자물쇠에서 열쇠를 부드럽게 돌린 다음 손가락으로 조심스럽게 뚜껑을 밀어 올렸다. 모비어처럼 경험 많은 사람을 감동시키기란 쉬운 일이 아니었건만, 지금 그는 눈이 휘둥그레진 채, 턱을 축 늘어뜨리고 있었다. 두피에는 땀까지 송골송골 맺혔다. 금의 노란 광택 때문에 피부가 따뜻하게 데워지는 느낌이 들었다. 그리고 눈앞에 있는 물건의 아름다움에 감탄하거나, 상징적인 의미를 떠올리거나, 화폐로서의 가치를 계산하는 것을 넘어선 특별한 감정이 차올랐다. 마음속 깊은 곳에서 무언가가 그를 간질이고 있었다…….

영감이 번개처럼 머릿속에 번뜩이자 몸에 있는 모든 털이 갑자기 곤두섰다. 기발하고 재기 넘치는 동시에 단순하기까지 한 아이디어가 떠오르자 거의 두려움을 느낄 정도였다. 그 아이디어의 눈부신 대담함, 놀라운 효율성, 완벽하게 맞아떨어지는 모순까지, 그는 데이가 살아 있어서 그의 천재성에 감탄할 수 있다면 얼마나 좋았을까 하며 아쉬워할 뿐이었다.

모비어는 도구 상자의 숨겨진 잠금장치를 열어 목수가 쓰는 장비를 담은 선반을 떼어 냈다. 그 아래에는 탈출할 때 입으려고 준비해 온 잘 개켜진 비단 셔츠와 자수 재킷이 있었다. 그의 진짜 도구들은 그 밑에 숨겨져 있었다. 그는 신중하게 장갑을 꼈다. 손가락을 섬세하게 움직이는 데 방해가 되지 않도록 최상급 송아지 가죽으로 만든 여성용 장갑이었다. 그는 갈색 유리병을 집어 들었다. 긴장한 그의 손이 약간 떨렸는데, 병에 그가 직접 만든 접촉성 독인 '열두 번째 준비물'이 들어 있었기 때문이었다. 소토리우스 수상의 살해 계획에서 저지른 실수를 반복하지 않으려고 최대한 치명적으로 만드느라 모비어 자신조차 면역을 키우지 못한 독극물이었다. 그는 조심 또 조심하며 신중하게 뚜껑을 열었다. 그리고 화가용 붓을 집어 들어 작업을 시작했다.

전쟁의 규칙

코스카는 땅굴을 따라 살금살금 내려갔다. 무릎과 거의 반으로 접히다시피 한 등이 참을 수 없이 아파 왔다. 그의 헐떡이는 숨소리가 퀴퀴한 공기 속에 메아리쳤다. 지난 몇 주 동안 앉아서 턱만 움직이며 사는 일상에. 너무 익숙해져 버린 탓이었다. 그는 매일 아침 운동을 하겠다고 조용히 맹세하곤 했지만, 당장 내일도 그 맹세를 지키지 못할 게 뻔했다. 그래도 맹세조차 하지 않는 것보다는 맹세를 하고 지키지 않는 편이 낫지 않을까?

그가 한 걸음 한 걸음을 내디딜 때마다 그의 검이 흙벽에서 흙을 긁어냈다. 그 빌어먹을 물건을 두고 왔어야 했다는 생각이 들었다. 그는 반짝이는 검은 가루의 흔적이 그림자 속으로 뻗어 있는 모습을 긴장한 채 내려다보았다. 두꺼운 유리와 튼튼한 주철로 만들어진 램프이기는 했지만 깜박이는 불을 최대한 멀리 들었다. 거키쉬 설탕이 뿌려진 갇힌 공간에 불꽃이 노출됐다가는 불행한 일이 생기고 말 터였다.

앞쪽에서 깜박이는 불빛이 보였고, 누군가의 거친 숨소리가 들렸다. 좁은 통로는 희미한 램프 두 개가 밝혀진 방으로 이어져 있었다. 적당한 크기의 침실만 한, 크지 않은 방이었다. 흠집 난 바위와 단단하게 다져진 흙으로 이루어진 벽과 천장은 나무토막을 엮어 만든 불안정해 보이는 구조물로 지탱되고 있었다. 방, 아니 동굴의 절반 이상은 커다란 통으로 채워져 있었다. 각 통의 측면에는 거키쉬 문자 딱 한 개가 그려져 있었다. 코스카의 캔틱어 실력은 간신히 음료를 주문할 수 있을 정도밖에 되지 않았지만, 그 글자가 '불'을 의미한다는 것쯤은 알 수 있었다. 세사리아의 거대한 형체가 어둠 속에 서서 통들을 뚫어지게 보고 있었다. 길게 늘어진 회색 머리카락이 얼굴 주위를 덮고 있었고, 검은 피부에 맺힌 땀방울이 반짝였다.

"때가 됐군." 코스카가 말했다. 그의 목소리가 깊은 산의 정적 속에서 울림 없이 퍼졌다. 안도감이 밀려오자 그는 몸을 똑바로 세우려다가 머리로 피가 쏠리는 바람에 어지러움을 느끼고 옆으로 비틀거렸다.

"조심하게!" 세사리아가 비명을 질렀다. "램프 조심하라고, 코스카! 엉뚱한 곳에 불꽃이 튀었다간 우리 둘 다 천국으로 날아갈 테니!"

"걱정 말게." 그는 다시 두 발로 섰다. "내가 종교는 믿지 않네만, 우리 둘 중 누구도 천국에 갈 거라고는 생각하지 않아."

"그럼 지옥으로 날아가겠지."

"그럴 가능성이 훨씬 크지."

세사리아는 아주 조심스럽게 마지막 통을 나머지 통들 사이에 밀어 올리며 투덜거렸다. "다른 병사들은 다 나갔나?"

"지금쯤이면 참호로 돌아가 있을 걸세."

세사리아는 더러운 셔츠에 손을 쓱쓱 문질러 닦았다. "준비 다 됐어, 장군."

"훌륭해. 지난 며칠은 정말 시간이 죽어라 느리게 가더군. 우리가 가진 시간이 얼마 없다는 점을 생각하면 지루함을 느끼는 건 사실 범죄나 마찬가지야. 침상에 누워 죽음을 기다릴 때, 살면서 저지른 어떤 끔찍한 실수보다 허송세월로 보낸 몇 주를 더 후회하게 될 걸세."

"별로 급한 일이 없었으면 말을 하지 그랬나. 우리가 땅 파는 거나 도왔으면 됐겠군."

"이 나이에 말인가? 변소를 만들려는 게 아니고서야 땅을 팔 일은 없을 걸세. 그조차도 예전보다 훨씬 더 힘들어졌지. 이제 어떻게 해야 하나?"

"나이 들수록 계속 힘들어진다더군."

"아주 좋군. 난 땅굴에 관해서 물어본 걸세."

세사리아는 램프 불빛에 반짝이는 검은 가루의 흔적을 가리켰다. 흔적은 가장 가까운 통에서 조금 떨어진 곳에서 끊겨 있었다. "땅굴 입구까지 이어져 있네." 그는 허리띠에 찬 가방을 두드렸다. "저걸 통까지 연결하고, 마지막 부분에는 충분하게 뿌려서 확실히 불이 붙도록 해야지. 그리고 땅굴 입구로 가서 한쪽 끝에 불을 붙일 걸세, 그러면……."

"불이 가루를 따라 통까지 쭉 붙어서…… 폭발음은 얼마나 크려나?"

세사리아는 고개를 저었다. "한 번에 화약을 이만큼이나 쓰는 건 본 적이 없어. 게다가 점점 강력해지고 있지. 이 새로운 물질은…… 너무 과할까 봐 걱정이네."

"실망스러운 것보다는 웅장한 게 낫지."

"산 전체가 우리 위로 무너지지만 않는다면 말이지."

"그럴 수도 있나?"

"무슨 일이 일어날지 누가 알겠나."

코스카는 그들의 머리 위에 있는 수천 톤의 바위를 생각하며 내키지 않는 표정을 지었다. "다시 생각하기에는 어차피 좀 늦은 감이 있지. 빅투스가 급습 작전을 위해 뽑은 병사들을 준비시켰네. 로곤트는 오늘 밤 왕이 될 거고, 새벽에 지엄하신 몸을 이끌고 우리와 영광을 나누러 오겠다더군. 요새에서 최종 공격 명령을 내리려는 거지. 내일 아침 그 얼간이가 왕관까지 쓰고 투덜거리는 소리를 듣느니 죽는 게 나을지도 모르겠군."

"그놈이 늘 왕관을 쓰고 있으려나?"

코스카는 생각에 잠겨 목을 긁었다. "글쎄, 잘 모르겠군. 어쨌든 중요한 건 그게 아닐세."

"그렇지." 세사리아는 통들을 바라보며 찡그렸다. "어딘가 못 미더워. 구멍을 파고, 바닥에 불을 붙이고, 도망치면……."

"펑." 코스카가 말했다.

"생각할 것도 없고, 용기도 필요 없고, 전술도 없는 싸움 같군, 내

의견을 묻는다면 말일세."

"좋은 전술이란 적을 죽이고, 자신은 살아남아서 웃을 수 있는 전술뿐이야. 과학으로 그 과정을 단순하게 만들 수 있다면 더할 나위 없이 좋은 거지. 나머지는 다 헛소리야. 시작하자고."

"장군님의 명령을 듣고 따라야지." 세사리아는 허리띠에서 가방을 떼어 내 허리를 숙이고 검은 가루를 통까지 이어지도록 조심스럽게 쏟았다. "하지만 자네가 이런 공격을 당하면 어떨지 생각해 봐야 하지 않겠나?"

"그래야 하나?"

"멀쩡히 할 일을 하고 있다가, 다음 순간 산산조각이 나는 거지. 자길 죽인 살인자의 얼굴도 한번 못 보고 말이야."

"남에게 명령을 내리는 것과 별반 다를 게 없군. 화약으로 사람을 죽이는 게 창으로 찌르라고 명령하는 것보다 더 나쁜가? 마지막으로 사람 얼굴을 제대로 보고 죽인 게 언제였나?" 아피에리에서 그가 기꺼이 코스카를 배신했을 때는 확실히 아니었을 터였다.

세사리아는 한숨을 쉬며 가루를 땅에 뿌렸다. "맞는 말 같군. 하지만 가끔은 옛날이 그리워, 사자인이 책임지고 있을 때 말이네. 그때는 세상이 달랐던 것 같아. 더 정직했지."

코스카는 콧방귀를 뀌었다. "자네도 나만큼 잘 알잖나, 사자인은 이 지옥 같은 세상에 존재하는 모든 더러운 수법을 망설이지 않고 사용했네. 그 짠돌이 노인네는 자기 손에 한 푼이라도 더 떨어질 수 있으면 세상 전체를 폭파하고도 남았을 걸세."

"자네 말이 맞는 것 같아. 그래도 이건 공정하지 않은 것 같네."

"자네가 그렇게 공정함을 따지는 줄은 몰랐는데."

"그렇게까지 중요한 건 아니지만, 공정하지 못하게 이기는 것보다는 공정하게 이기는 게 낫잖나."

그는 가방을 뒤집어 마지막 가루를 쏟아 냈고, 그들과 가장 가까운 통 옆에 반짝이는 가루 더미가 남겨졌다. "규칙을 지키면서 싸우면 뭔가 더 기분이 좋거든."

"흠." 코스카는 램프로 세사리아의 뒤통수를 강타했다. 램프가 불꽃을 튀기며, 세사리아는 앞으로 털썩 쓰러졌다. "이건 전쟁이야. 규칙 따윈 없어." 세사리아는 신음하며 몸을 움직였고, 힘없이 몸을 일으키려 애썼다. 코스카는 몸을 숙여 램프를 높이 든 다음 그의 머리를 다시 한번 세게 내리쳤다. 유리가 깨지는 소리와 함께 그가 바닥에 납작 엎어졌고 불씨가 그의 머리카락에서 지글거렸다. 화약에 너무 가까워진 것 같아 불안했지만, 코스카는 늘 위험을 즐기는 편이었다.

상대를 쓰러뜨린 후 멋진 연설을 하는 것도 즐기는 코스카였지만 지금은 시간이 문제였다. 그는 돌아서서 어두운 통로를 따라 서둘러 내려갔고, 몇 걸음 만에 다시 숨이 가빠졌다. 몇 걸음 더 가자 땅굴 위쪽에서 희미하게 햇빛이 들어오는 것 같았다. 그는 무릎을 꿇고 입술을 깨물었다. 불이 붙으면 가루들이 얼마나 빨리 타들어 갈지 확신할 수 없었다.

"내가 도박을 좋아해서 다행이군……." 그는 조심스럽게 깨진 램프 덮개의 나사를 풀기 시작했다. 나사가 단단히 걸려 있었다.

"젠장." 그는 있는 힘껏 나사를 당겼지만 손가락이 자꾸만 미끄러졌다. 세사리아를 내리칠 때 나사가 구부러진 모양이었다. "빌어먹을 물건!" 램프 손잡이를 고쳐 잡아 온 힘을 다해 비틀며 으르렁거리자, 갑자기 램프 윗부분이 탁 하는 소리와 함께 떨어져 나갔다. 그 바람에 램프를 손에서 놓치고 만 그는 떨어지는 램프를 낚아채 보려고 했지만 허공만 휘젓고 말았다. 램프가 바닥에 떨어져 통통 튕기는 소리가 났고, 빛이 사라진 통로는 칠흑 같은 어둠에 잠겼다.

"빌어먹을…… 젠장!" 이제는 어쩔 수 없이 다시 땅굴 끝으로 돌아가서 새로 램프 하나를 가져올 수밖에 없었다. 그는 한 손을 앞으로 뻗은 채 암흑 속을 더듬으면서 몇 걸음을 걸었다. 그러다 천장 버팀목에 얼굴을 정통으로 부딪쳤고, 고개가 뒤로 홱 젖혀지며 입에서 피 맛이 났다. "아야!"

눈앞에 별이 보이는 기분이었다. 그는 욱신거리는 머리를 흔들며 어둠 속에서 힘겹게 눈을 떴다. 램프 불빛이 보였다. 나무 버팀목의 결과 벽에 박힌 돌, 나무뿌리가 눈에 들어왔다. 구불구불하게 뿌려진 화약 가루가 반짝였다. 그가 방향 감각을 잃은 게 아니라면, 램프 불빛은 세사리아를 두고 나온 방 쪽에서 다가오고 있었다.

갑자기 검을 가져오기로 한 자신이 너무나 기특해졌다. 그는 금속이 부딪치는 안심되는 소리와 함께 검을 칼집에서 부드럽게 뽑았다. 좁은 공간에서 검을 앞으로 뻗기 위해 팔꿈치를 이리저리 움직이다가 실수로 검 끝으로 천장을 찔렀고, 벗어진 그의 머리 위로 흙이 부드럽게 쏟아져 내렸다. 그동안 빛은 점점 더 가까워졌다.

세사리아가 굽은 길을 돌아 나타났다. 커다란 손으로 램프를 들고 있는 그의 이마에는 피가 줄줄 흐르고 있었다. 코스카는 구부정하게 서고, 세사리아는 허리를 굽힌 채 두 사람은 잠시 서로를 마주 보았다.

"왜 그랬나?" 큰 남자가 목소리를 깔며 물었다.

"난 사람이 두 번 배신하게 두지 않아야 한다고 생각하거든."

"난 자네한테 이득 말고 중요한 건 없다고 생각했는데."

"사람은 변한다네."

"안디체도 자네가 죽였군."

"지난 10년 중 가장 통쾌한 순간이었어."

세사리아는 분노와 고통과 혼란이 뒤섞인 표정으로 고개를 저었다. "자네 자리를 빼앗은 건 우리가 아닌 머카토였어!"

"완전히 다른 문젤세. 여자는 날 얼마든지 배신해도 괜찮거든."

"자넨 그 미친년에 관해서는 사리 분별을 못 하더군."

"나는 뼛속까지 낭만주의자니까. 아니면 그냥 자네가 싫었을 수도 있고."

세사리아는 램프를 들지 않은 손으로 무거운 칼을 꺼냈다. "그때 날 찔렀어야 했어."

"안 찔러서 다행이야. 이렇게 또 멋진 대사를 남길 수 있잖나."

"그 장검을 치우고 단도로 싸울 생각은 없겠지?"

코스카는 웃음을 터뜨렸다. "공정한 걸 좋아하는 건 자네잖나. 방금 자네를 뒤에서 때려눕히고 시체마저 산산조각 내려 한 놈이 바로 날세! 자넬 검으로 찌른다고 해서 밤잠을 설칠 것 같진 않군." 그는 앞으로 돌진했다.

이런 좁은 공간에서는 덩치가 크면 불리했다. 세사리아는 거의 좁은 터널을 꽉 채우고 서 있어서 다행히도 놓치려야 놓칠 수가 없었다. 세사리아는 칼로 코스카의 서툰 찌르기를 막아 냈지만, 그래도 어깨에 상처를 입었다. 코스카는 또다시 검을 찌르기 위해 뒤로 물러났다가, 손가락 관절이 흙벽에 걸려 비명을 질렀다. 세사리아가 무거운 램프를 휘둘렀고, 코스카는 옆으로 넘어지며 미끄러져 한쪽 무릎을 꿇고 주저앉았다. 세사리아가 앞으로 잽싸게 다가오며 칼을 들어 올렸다. 하지만 그의 주먹이 천장을 긁으면서 흙이 쏟아졌고, 칼은 천장을 받치는 지지대에 깊이 박히고 말았다. 세사리아는 칼을 빼내려고 애쓰면서 캔틱어로 욕을 퍼부었다. 코스카는 몸을 바로 세우고 또 한 번 서툴게 검을 찔렀다. 검 끝이 셔츠를 뚫고 가슴을 매끄럽게 관통하자 세사리아의 눈이 휘둥그레졌다.

"자!" 코스카가 세사리아의 얼굴에 대고 으르렁댔다. "내 말이…… 이해가 되나?"

피를 흘리며 비틀비틀 앞으로 넘어지는 세사리아의 얼굴은 절망으로 일그러져 있었다. 검날은 자루가 그의 끈적한 셔츠에 닿을 때까지 가슴팍으로 계속 미끄러져 들어갔다. 그가 코스카 위로 넘어지면서 코스카는 등을 대고 눕게 되었고, 검 자루가 코스카의 배를 파고들었다. 코스카는 숨을 쉴 수가 없었다. "어어어억……."

세사리아가 입술을 말아 올리며 피 묻은 이를 드러냈다. "그게…… 자네가 말하던…… 멋진 대사인가?" 세사리아는 코스카의 얼굴 옆에 흩어진 화약 가루 위로 램프를 내리쳤다. 유리가 산산조각 나며 불꽃이 치솟았고, 지지직거리며 화약에 불이 붙는 소리가 들렸다. 가까이에서 타오르는 불꽃의 뜨거운 열기가 코스카의 뺨에 전해졌다. 그는 세사리아의 축 늘어진 거구를 밀어내려고 발버둥 치며 금박이 입혀진 검 자루에서 손가락을 빼내려 애썼다. 거키쉬 설탕을 태우며 터널을 따라 천천히 이동하는 불꽃의 자극적인 냄새가 콧속에 가득 찼다.

코스카는 마침내 세사리아의 밑에서 벗어나 네발로 몸을 일으킨 다음 한 손으로 흙벽을 쓸고 버팀목을 쳐 가며 땅굴 입구를 향해 달렸다. 숨이 가빠지면서 가슴속에서부터 쌕쌕거리는 소리가 났다. 타원형으로 빛나는 입구가 점점 가까워졌다. 휘청거리며 지나치고 있는 바위들이 언제 하늘로 치솟을지 생각하자, 어리석게도 웃음이 터졌다. 그리고 마침내 신선한 공기 속으로 뛰쳐나갔다.

"도망쳐!" 그는 허공에 비명을 지르며 손을 마구 휘저었다. "도망쳐!" 언덕을 뛰어내려 가다 발이 걸려 넘어지는 바람에 데굴데굴 굴러 바위에 부딪혔지만, 얼른 다시 몸을 일으켜 먼지구름 속을 허둥대며 달렸다. 발밑에 굴러다니던 돌들이 덜거덕거리는 소리가 들렸다. 가장 가까운 참호를 표시하기 위해 놓아둔 버드나무 방패들이 점점 가까워졌고, 그는 미친 듯이 소리치며 그쪽으로 돌진했다. 그러고는 흙바닥에 얼굴부터 몸을 던져 미끄러지듯 앞으로 나아가서 가림막 사이를 뚫고 흙먼지를 뒤집어쓴 채 참호로 곤두박질쳤다.

빅투스는 몸을 일으키려 버둥거리는 코스카를 바라보며 말했다. "이게 뭔가……."

"엄폐!" 코스카가 울부짖었다. 주위의 모든 병사들은 세상을 끝낼 수도 있는 폭발을 기다리며 참호 속으로 몸을 웅크리고 방패를 머리 위로 올린 다음, 눈을 꼭 감고 장갑 낀 손으로 귀를 막았다. 코스카는 단단하게 다져진 흙벽에 몸을 밀어 넣고, 이를 악문 채 손으로 머리를 감쌌다.

침묵의 순간이 길게 이어졌다.

코스카는 한쪽 눈을 슬쩍 떴다. 나비 한 마리가 쨍한 파란색 날개를 퍼덕이며 참호 아래로 내려와 웅크리고 있는 용병들 주위를 반시계 방향으로 맴돌다가 창날에 평화롭게 앉았다. 빅투스는 얼굴 위까지 깊숙이 눌러쓰고 있던 투구를 천천히 젖히며 어리둥절한 표정을 지었다.

"무슨 일인가? 도화선에 불이라도 붙은 거야? 세사리아는 어디 있나?"

문득 코스카의 머릿속에 화약 가루를 따라 타오르던 불꽃이 사그라드는 모습이 떠올랐다. 어두운 땅굴로 들어간 빅투스의 병사들이 램프를 들어 겁에 찔린 세사리아의 시신을 비추는 장면이 떠올랐다. 그 시신에 꽂힌 금박 입힌 코스카의 검도. "음······."

코스카의 등에 아주 희미한 진동이 느껴졌다. 잠시 후 머리를 아프게 울릴 정도로 엄청난 폭발음이 들렸다. 세상이 갑자기 완전히 고요해졌고, 희미하고 높은 삐 소리 말고는 아무것도 들리지 않았다. 땅이 흔들렸다. 참호를 따라 휘몰아친 바람이 머리카락을 잡아당겨 그는 거의 바람에 딸려 갈 뻔했다. 공기를 가득 채운 숨 막히는 먼지구름이 폐로 빨려 들어와 기침을 토할 수밖에 없었다. 하늘에서 자갈이 쏟아져 팔과 두피를 아프게 때리는 통에 숨을 제대로 쉴 수 없었다. 그는 허리케인에 휩쓸린 사람처럼 몸을 웅크리고 모든 근육에 바짝 힘을 줬다. 얼마나 오랫동안 그러고 있었는지도 알 수 없었다.

코스카는 눈을 뜨고 욱신거리는 팔다리에서 힘을 푼 다음 비틀비틀 일어섰다. 세상은 고요한 안개로 가득 찬 유령 마을이 되어 있었다. 죽은 자들의 땅이 틀림없었다. 사람도 무기도 안개 속에 가려 희끄무레한 환영처럼 보였다. 안개가 서서히 걷히기 시작했다. 귀를 문질렀지만 높게 울리는 소리가 계속 들렸다. 바닥에서 일어나 주위를 둘러보는 다른 병사들의 얼굴은 모두 회색 먼지로 뒤덮여 있었다. 멀지 않은 참호 바닥 웅덩이에 조용히 누워 있는 사람이 보였다. 그의 투구는 바위에 맞아 찌그러져 있었다. 변덕스러운 운명이 그의 머리 위에 바위를 떨어뜨린 모양이었다. 코스카는 참호 가장자리 너머 먼지가 서서히 가라앉고 있는 산 정상을 향해 시선을 고정한 채 눈을 깜박였다.

"엇." 폰테자르모 성벽은 전혀 타격을 받지 않은 듯 보였다. 창백한 하늘을 배경으로 탑과 흉벽의 윤곽이 뚜렷하게 모습을 드러내고 있었다. 바위에 거대한 골이 파이기는 했지만, 바로 위에 서 있는 거대한 둥근 탑은 바위 가장자리 밖으로 약간 삐져나온 채 여전히 끈질기게 매달려 있었다. 코스카가 이제까지 여러 번 경험했던 실망스러운 반전 중에서도 가장 맥 빠지는 반전의 순간이었다.

곧 꿈같은 고요 속에서 중앙 탑이 아주 느린 속도로 기울어지더니 모양이 일그러지기 시작했다. 스르르 무너져 내린 탑의 잔해가 하품하듯 벌어진 구덩이 속으로 떨어졌다. 탑 양옆의 거대한 성벽 일부도 자기 무게를 이기지 못하고 쓰러져 잔해 더미로 변해 버렸다. 무너진 성벽에서 돌 수백 톤이 산 아래로 쏟아져 내려와 땅에서 통통 튀면서 점점 참호에 가까워지고 있었다.

"아." 코스카가 나직이 탄성을 뱉었다.

병사들은 다시 한번 얼굴을 바닥에 묻고, 머리를 감싸며, 자신들이 믿거나 믿지 않는 다양한 신과 영혼 들에게 살려 달라고 빌었다. 코스카는 자리에 서서, 그를 향해 굴러 내려오는 10톤은 족히 나갈 듯한 거대한 바위를 매혹된 눈빛으로 바라보았다. 바위가 바닥에서 튕기고, 데굴데굴 구르고, 돌 파편을 공중으로 날리며 점점 가까워지고 있었지만 귀에는 자갈 위를 걷는 듯한 바스락거리는 소리만 희미하게 들릴 뿐이었다. 바위는 코스카에게서 열 걸음도 안 되는 거리에서 이리저리 기우뚱거리더니 마침내 가만히 멈춰 섰다.

또 한 번 먼지구름에 싸인 참호가 숨 막히는 어둠 속에 갇혔다. 하지만 먼지구름은 곧 걷혔고 코스카는 폰테자르모 외벽에 뚫린 거대한 틈을 발견했다. 너비가 적어도 이백 걸음은 될 듯한 틈이었고, 그 아래 구덩이는 무너진 성벽 잔해로 가득 차 있었다. 구덩이 가장자리에 서 있는 두 번째 탑은 마치 절벽을 내려다보는 취객처럼 아슬아슬하게 기울어져 있어 언제 무너지더라도 이상하지 않아 보였다.

코스카는 빅투스가 옆에 서서 검을 들어 올린 채 소리치는 모습을 보았다. 그의 고함은 그가 평소 말하는 소리와 다를 게 없이 들렸다.

"돌격."

병사들이 약간 멍한 상태로 참호에서 기어올랐다. 그중 한 명이 비틀거리며 몇 걸음을 걷다가 바닥에 얼굴을 박고 넘어졌다. 다른 병사들은 멍하니 서서 눈을 깜빡였다. 휘청거리며 언덕을 향해 나아가는 병사들도 보였다. 더 많은 이들이 뒤따랐고, 곧 몇백 명의 병사들이 돌 더미를 헤치며 성벽을 향해 돌진하게 되었다. 그들의 무기와 갑옷이 희미한 햇빛 아래 둔한 빛을 반사했다.

코스카는 회색 먼지로 뒤덮인 채 빅투스와 함께 참호에 남겨졌다.

"세사리아는 어디 있나?" 그의 말이 이명을 뚫고 먹먹하게 들려왔다.

코스카 자신의 목소리는 이상하게 윙윙거렸다. "내 뒤에 따라오지 않던가?"

"못 봤네. 무슨 일이 있었던 건가?"

"사고였네. 땅굴에서 나올 때 사고가……" 눈물을 짜내기는 어렵지 않았다. 코스카의 머리부터 발끝까지 긁힌 상처와 멍이 가득했다. "내가 램프를 떨어뜨렸어! 떨어뜨렸다고! 중간쯤 나오는데 화약 가루에 불이 붙어 버렸어!" 그는 빅투스의 구겨진 흉갑을 붙잡았다. "그에게 빨리 달리라고 말했지만, 그는 땅굴에 남았어! 불을 꺼 보겠다고…… 거기 남았네."

"그가 남겠다고 했다고?"

"그러면 우리 둘 다 구할 수 있을 거라 생각한 게지!" 코스카는 한 손으로 얼굴을 감싸며 감정에 북받쳐 목이 멘 목소리로 말했다. "내 잘못이야! 전부 내 잘못일세. 그는 정말 최고의 용병이었는데." 그는 하늘을 향해 울부짖었다. "왜? 왜? 왜 운명은 항상 가장 소중

한 이를 데려가는 건가?"

빅투스가 코스카의 빈 검집을 힐끗 보더니, 다시 언덕에 파여 있는 거대한 구덩이와 그 위에 벌어진 성벽을 올려다보았다. "그가 죽었나?"

"지옥으로 날아갔을 걸세." 코스카가 속삭였다. "거키쉬 설탕을 다루는 건 위험한 일이야." 해가 났다. 언덕 위쪽에서는 구덩이 옆을 기어오른 빅투스의 병사들이 갑옷을 반짝이며 아무 저항 없이 성벽 안으로 들어가고 있었다. 폭발에서 살아남은 수비군이 있다 해도, 싸울 힘이 남아 있지 않을 터였다. 폰테자르모의 외부 구역이 이제 그들의 손아귀에 들어온 듯했다. "승리했군. 적어도 세사리아의 희생은 헛되지 않았어."

"오, 그럼." 빅투스는 눈을 가늘게 뜨고 곁눈질로 코스카를 쳐다보았다. "자랑스러워했을 걸세."

하나의 국가

문 너머에서 군중이 웅성거리는 소리가 점점 크게 들려오자 몬자의 속은 점점 더 뒤틀리고 있었다. 그녀는 잔뜩 힘이 들어간 턱을 문질러 봤지만, 긴장을 풀 수는 없었다.

할 수 있는 일은 기다리는 것뿐이었다. 오늘 밤에 열릴 대대적인 행사에서 그녀는 고매한 귀족처럼 무표정으로 꼿꼿하게 서 있기만 하면 됐다. 탈린에서 가장 솜씨 좋은 재단사들이 그 우스꽝스러운 연극을 그럴듯하게 보이게 하는 어려운 임무를 맡아 결국 완수해 냈다. 그들은 긴 소매로 그녀의 팔 흉터를 가리고 높은 옷깃을 달아 목 흉터도 감췄다. 그리고 망가진 손을 숨길 수 있도록 장갑도 만들어 주었다. 재단사들은 로곤트의 섬세한 손님들을 놀라게 하지 않고도 네크라인을 깊이 팔 수 있어서 다행이라 생각하는 듯했다. 허리에도 구멍을 내어 그녀의 피부 중에서 흉터가 없는 유일한 부분인 엉덩이 골을 드러내려 하지 않는 것이 신기할 정도였다.

로곤트 공작이 역사를 바꾸는 순간을 망칠 만한 방해물은 아무것도 없어 보였다. 물론 검도 들고 있을 수 없었다. 검의 무게가 느껴지지 않으니 마치 사지가 잘린 기분이었다. 마지막으로 손 닿을 거리에 칼을 두르지 않고 외출한 적이 언제인지 떠올렸다. 그녀가 새로운 지위에 오른 다음 날 참석했던 탈린의 의회 회의에서도 그녀는 칼을 차고 있었다.

루빈은 그녀에게 회의실에서는 검을 차고 있을 필요가 없다고 조언했다. 그녀는 지난 20년 동안 매일 검을 차고 다녔다고 답했다. 루빈은 정중하게 남성이기 때문에 무기를 더 잘 다룰 수 있는 자신과 동료들도 무기를 지니고 있지 않다고 지적했다. 그녀는 검을 두고 오면 그를 어떻게 찌르겠냐고 물었다. 사람들은 그 말이 농담인지 아닌지 확신할 수 없었다. 어쨌든 그들은 다시는 그런 요구를 하지 않았다.

"전하." 한 시종이 조용히 다가와 부드러운 몸짓으로 인사했다. "부인."

그리고 다른 시종이 코타르다 백작 부인에게 인사했다. "곧 시작합니다."

"좋아요." 몬자가 딱딱하게 말했다. 그녀는 두짝문 앞에 서서 어깨를 펴고 턱을 들어 올렸다. "이 빌어먹을 연극을 빨리 끝냅시다."

그녀에게는 시간이 없었다. 로곤트가 그녀 머리에 화관을 억지로 씌운 이후 지난 3주 동안 그녀는 거의 잠도 이루지 못하면서 자신이 만든 수렁에 빠져 있는 탈린을 수렁 밖으로 끌어올릴 궁리를 하며 매 순간 고군분투했다.

바이알로벨드는 이런 격언을 남겼다. 성공적인 국가는 강철과 황금으로 만든 기둥으로 지탱된다. 그녀는 옛 군주와 함께 폰테자르모에 포위되지 않은 비굴한 관료들을 모두 찾아냈다. 그들은 탈린 군대에 관해 논의했다. 군대는 없었다. 재정에 관해서도 논의했다. 탈린의 곳간은 텅 비어 있었다. 세금 제도나 공공사업이나 치안을 유지할 기반, 사법제도까지 모두 물에 젖은 케이크처럼 무너져 있었다. 탈린이 무정부 상태가 되지 않도록 막는 유일한 방패는 로곤트 혹은 그의 군대뿐이었다.

그러나 역풍에 쉽게 휩쓸릴 몬자가 아니었다. 그녀에게는 사람의 자질을 판단하고 주어진 일을 맡길 적임자를 찾는 재주가 있었다. 예언자처럼 거만한 루빈을 그녀는 고등판사로 임명했다. 그룰로와 스캐비어는 도시에서 가장 무정한 상인들이었다. 둘 중 누구도 신뢰할 수 없었기 때문에, 두 사람을 공동 재무장관으로 임명하고 새로운 세금을 고안해 서로 경계하고 경쟁하며 징수하도록 했다.

그들은 벌써 불만 가득한 동료 상인들로부터 돈을 쥐어짜고 있었고, 몬자는 그렇게 거둔 세금으로 무기를 사들이기 시작했다.

그녀가 가망 없어 보이는 탈린을 통치하기 시작한 지 3일 만에, 볼피어라는 이름의 늙은 병장이 도시에 도착했다. 그는 터무니없다는 생각이 들 정도로 산전수전을 다 겪은, 그녀만큼이나 흉터가 많은 인물이었다. 그는 항복을 거부하고 오스프리아에서 도망친 후, 자신의 연대에서 살아남은 스물세 명을 이끌고 스티리아를 가로질러 무기와 명예를 지켜 내며 돌아왔다. 그녀는 그런 고집스러운 인물을 늘 반겼고, 도시에 있는 참전용사들을 모으는 일을 그에게 맡겼다. 일자리가 부족했던 터라 그는 금방 두 개의 자원 부대를 꾸릴 수 있었다. 자원 부대는 세금 징수원들을 호위하며 세금이 한 푼도 빠짐없이 징수되도록 돕는 영광스러운 임무를 맡게 되었다.

그녀는 오르소 공작이 남긴 교훈을 잘 새겨 두었다. 황금으로 강철을 사고, 강철로 더 많은 황금을 샀다. 국가를 유지하는 올바른 순환이었다. 사방에서 쏟아지는 반발, 무관심, 경멸은 그녀를 더욱 열심히 뛰어다니도록 만들 뿐이었다. 불가능한 일이라는 생각이 들수록 오히려 역설적인 만족감이 느껴졌다. 고통도 허스크도 한쪽으로 밀려나면서 그녀의 정신은 날카롭게 유지되었다. 그녀는 아주 오랜만에 무언가 의미 있는 일을 하고 있었다.

"아주…… 아름다우시네요."

"뭐라고요?" 코타르다가 소리도 없이 다가와 긴장된 미소를 지으며 그녀에게 말을 걸고 있었다.

"아, 당신도요." 몬자는 그녀를 거의 쳐다보지도 않고 대꾸했다.

"흰색이 참 잘 어울리세요. 흰색을 입기에는 제가 너무 창백하다고 사람들이 그러더군요." 몬자는 얼굴을 찡그렸다. 오늘 밤 제발

견딜 일이 없었으면 좋겠다고 생각했던 쓸데없는 수다였다. "당신처럼 되고 싶어요."

"햇볕 아래서 좀 시간을 보내요."

"아니, 아니. 용감하게요." 코타르다는 창백한 손가락을 내려다보며 이리저리 비틀었다. "용감해지고 싶어요. 사람들은 제가 강하대요. 강하다는 말이 아무것도 두려워할 필요가 없다는 의미로 쓰일 수도 있겠죠. 하지만 저는 항상 두려워요. 특히 이런 행사에서는요." 그녀의 말에 몬자는 점점 더 불편해졌다. "중압감 때문에 움직일 수가 없을 때가 있어요. 두려움 때문에 말이에요. 전 정말 실망스러운 사람인 것 같아요. 어떻게 해야 할까요? 당신이라면 어떻게 하겠어요?"

몬자는 자신의 두려움에 대해 이야기할 생각이 전혀 없었다. 입 밖으로 내면 두려움은 더 커질 뿐이었다. 하지만 코타르다는 계속해서 떠들어 댔다.

"전 아무런 개성도 없어요. 개성은 어디서 얻는 걸까요? 개성은 있거나 없거나 둘 중 하나잖아요. 당신은 있어요. 모두가 당신에게 개성이 있다고 하더군요. 어떻게 개성을 찾았나요? 왜 전 없을까요? 가끔은 제가 사람인 척 연기하는 종이 인형처럼 느껴질 때가 있어요. 사람들은 저더러 완전 겁쟁이래요. 제가 뭘 할 수 있을까요? 완전 겁쟁이인 제가?"

그들은 잠시 동안 서로를 빤히 보았고, 몬자는 마침내 어깨를 으쓱하며 말했다. "겁쟁이가 아닌 척해요."

문이 활짝 열렸다.

어딘가 보이지 않는 곳에서 음악가들이 장중한 선율을 연주하기 시작했고, 그녀와 코타르다는 거대한 원형 회의장으로 걸어 나갔다. 지붕도 없었고, 곧 청남색 하늘에 별들이 떠오를 시간이었는데도 건물 안은 더웠다. 뜨겁고, 무덤처럼 축축한 건물 안을 가득 채우고 있는 꽃향기에 목구멍이 조여 와 몬자는 구역질이 날 것 같았다. 어둠 속에서 타오르는 수천 개의 촛불에 거대한 회의장 내부는 은밀한 그림자로 가득 찼고, 금박 장식들이 반짝이고, 보석도 은은하게 빛나고 있었다. 사방에서 웃고 있는 수백 개의 얼굴들은 비웃는 표정을 한 가면처럼 보였다. 군중과 그들 뒤로 흔들리는 깃발, 그리고 원형 회의장 그 자체까지 모든 것이 거대해 보였고, 마치 어지러운 환상 속 한 장면처럼 과장되어 보였다.

누군가 새 모자를 쓰는 모습을 구경하기 위해 마련된 장소라기에는 엄청난 노력이 들어간 듯했다.

다양한 관중이 모여 있었다. 대부분은 스티리아 사람들로, 부유하고 권력을 가진 이들과 상인들, 그리고 전국에서 몰려온 지방 귀족들이었다. 유명한 예술가, 외교관, 시인, 장인, 군인 들도 드문드문 보였다. 로곤트는 자신에게 조금이라도 영광을 더해 줄 수 있는 사람이라면 누구도 제외되지 않기를 원했다. 해외에서 온 손님들은 대부분 앞쪽의 더 좋은 자리를 차지하고 있었는데, 스티리아의 새로운 왕에게 경의를 표하려는 사람도 있었지만, 그가 왕이 된 이후 작은 콩고물이라도 떨어질까 싶어 얼굴을 비치는 사람도 많았다. 천섬에서 온, 금귀걸이를 한 상선 선장들도 보였다. 수염이 덥수룩한 북부인들, 눈동자 색이 밝은 바울 사람들, 선명한 비단옷을 입은 술주크 원주민들도 있었다. 태양을 숭배하는 손드에서 온 두 명의 여사제는 까슬하게 민 노란 머리칼을 드러내고 있었다. 웨스트포트의 원로 세 명은 불안한 기색을 감추지 못하고 있었다. 연합에서는 당연히 아무도 나타나지 않았지만, 구르컬 대표단은 그들의 자리를 빈틈없이 채우고 있었다. 우스만얼도슈트 황제의 사신 열두 명도 황금 장식을 치렁치렁 두른 채 참석해 있었다. 차분한 흰 옷을 입은 예언자 칼룰의 사제 열두 명도 보였다.

몬자는 그들 모두를 무시하듯 어깨를 펴고, 시선을 정면에 고정한 채 걸어갔다. 입가에는 공포에 질렸을 때면 늘 짓는 차가운 조소가 떠올라 있었다. 반대쪽 통로에서 리로지오와 파틴이 똑같이 거들먹거리며 걸어오고 있었다. 소토리우스는 회의장 한가운데 놓인 황금 의자 옆에서 지팡이에 기대서 있었다. 노쇠한 그는 연단에서 바닥으로 이어지는 경사면을 다 내려오기 전에 지옥에 먼저 도착할 것 같다며 욕을 퍼부었다.

그들은 수천 명의 기대 어린 시선을 받으며 원형 연단에 도착했다. 로곤트에게 왕관을 씌우는 영광을 누릴 스티리아의 위대한 다섯 지도자는 모두 한눈에 알 수 있을 만큼 상징적인 옷을 입고 있었다. 몬자가 입고 있는 진주색 옷의 가슴 부분에는 반짝이는 검정 크리스털 조각으로 탈린을 상징하는 십자가가 수놓여 있었다. 코타르다는 아포이아를 상징하는 붉은색을 입고 있었다. 소토리우스는 가장자리에 황금 조개껍데기를 단 검은 가운을, 리로지오는 푸란티의 다리가 그려진 금색 망토를 입고 있었다. 천문학적인 비용이 들었다는 점만 빼면 삼류 극단의 배우들이 도시들을 대표하는 의상을 입은 것처럼 보였다. 심지어 파틴조차도 가식을 던져 버리고 거친 작업복 대신 녹색 비단과 모피, 반짝이는 보석으로 지은 옷을 입고 있었다. 니칸테의 상징은 반지 여섯 개였지만, 그는 반지를 아홉 개 이상 끼고 있었고, 그중 하나에는 프렌들리의 주사위만 한 에메랄드가 박혀 있었다.

가까이서 보니 그들 중 누구도 자신이 맡은 역할에 만족하는 것 같아 보이지 않았다. 마치 정신없이 술에 취해 아침에 차가운 바다에 뛰어들겠다고 다짐했지만 술이 깨고 난 후 그 결심을 후회하는 사람들처럼 보였다.

"그래요." 음악가들이 연주를 마쳤고, 마지막 음이 허공에 흩어지자 몬자가 투덜거리듯 말했다. "여기까지 왔군요."

"그렇군." 소토리우스는 흐릿한 눈으로 웅성거리는 군중을 훑어보며 말했다. "왕관이 커야 할 텐데. 스티리아에서 가장 머리가 큰 사람이 저기 오는군."

귀청이 터질 듯한 팡파르가 뒤에서 울려 퍼졌다. 코타르다는 움찔하며 비틀거렸고, 몬자가 본능적으로 그녀의 팔꿈치를 잡아 주지 않았다면 분명 넘어졌을 것 같았다. 회의장의 맨 뒤쪽 문이 열렸고, 요란한 나팔 소리가 사라지더니 기이한 이중창이 시작되며 맑고 높은 두 목소리가 관객들 위로 울려 퍼졌다. 로곤트가 미소를 지으며 원로원 회의장으로 들어서자, 귀빈들은 서로 짠 듯 일제히 박수갈채를 보냈다.

오스프리아의 파란색 옷을 입은 왕위 계승자는 놀란 표정으로 주변을 둘러보며 겸손하게 계단을 내려오기 시작했다. '이 모든 것이 나를 위한 것인가? 이럴 필요까지는 없었는데!'라고 말하는 듯했다. 물론 세부적인 사항 하나하나에 그의 손길이 닿아 있었다. 몬자는 잠시 로곤트가 오르소보다 훨씬 더 나쁜 왕이 되지 않을까 생각했고, 그런 생각을 한 것이 이번이 처음은 아니었다. 그는 오르소와 마찬가지로 무자비하고 충성심이 없는 데다 허영심은 훨씬 많고 날이 갈수록 유머 감각마저 줄어드는 것 같았다. 로곤트는 자신이 좋아하는 이들의 손을 맞잡으며 걸어가면서 몇몇 운 좋은 이들의 어깨를 관대한 손길로 어루만졌다. 그가 군중 속을 지나가는 동안 그에게 바치는 신비로운 가창곡이 울려 퍼졌다.

"지금 내가 영혼들의 노래를 듣고 있는 건가?" 파틴이 냉소적으로 중얼거렸다.

"불알 없는 남자들의 노래를 듣고 있지." 리로지오가 대꾸했다.

오스프리아 제복을 입은 네 명의 남자가 연단 뒤의 무거운 문을 열고 안으로 들어갔다가, 얼마 지나지 않아 화려하게 장식된 상자를 힘겹게 들고 나왔다. 로곤트는 앞줄을 빠르게 돌아다니며 몇몇 선택된 사신들의 손을 잡았고, 거키쉬 대표단에 특별히 신경을 쓰며 사람들의 인내심이 다할 때까지 박수를 길게 이어 갔다. 마침내 로곤트는 계단을 올라 연단 위에 섰다. 그는 결정적인 카드놀이에서 승자가 패자를 향해 짓는 미소를 짓고 있었다. 이윽고 다섯 명을 향해 팔을 벌렸다. "동지들, 동지들! 드디어 오늘이 왔군요!"

"그렇군요." 소토리우스가 간단히 말했다.

"기쁜 날입니다!" 리로지오가 노래하듯 말했다.

"오랫동안 기다렸지요!" 파틴이 덧붙였다.

"고생하셨네요." 코타르다가 조심스럽게 말했다.

"모두에게 감사드립니다." 로곤트가 객석을 향해 몸을 돌려, 손을 부드럽게 휘저어서 박수를 멈추게 한 다음 망토를 뒤로 휘날리며 의자에 앉았다. 그리고 몬자를 손짓해 불렀다. "대공비 전하, 내게 전할 축하 인사는 없는 겁니까?"

"축하합니다." 그녀가 낮게 속삭였다.

"여전히 우아하시군요." 그는 몸을 그녀에게 가까이 기울여 낮은 목소리로 중얼거렸다. "어젯밤에는 날 찾지 않았더군요."

"다른 약속이 있어서요."

"그런가요?" 로곤트가 눈썹을 치켜올리며, 그와 잠자리를 하는 것보다 더 중요한 일이 있을 수 있다는 사실에 놀란 듯 말했다. "국가 원수니 신경 쓸 일이 많겠지. 암." 그는 경멸스럽게 손을 흔들며 그녀를 물러나게 했다.

몬자는 이를 갈았다. 그 순간 그에게 오줌을 갈기고 싶은 마음이 굴뚝같았다.

네 명의 짐꾼들이 왕좌 뒤에 상자를 내려놓았고, 그중 한 명이 자물쇠에 꽂힌 열쇠를 돌려 과장된 손놀림으로 뚜껑을 열었다. 군중들 사이에서 탄성이 터져 나왔다. 자주색 벨벳에 왕관이 놓여 있었다. 두꺼운 금색 띠 위에 어둡게 빛나는 사파이어가 한 줄로 박혀 있었고, 금빛 참나무 잎 다섯 장이 사파이어 장식을 따라 뻗어 나와 있었다. 전면에는 그보다 커다란 여섯 번째 잎이 달걀만 한 크기의 번쩍이는 다이아몬드를 휘감고 있었다. 다이아몬드가 너무 말도 안 되게 커서 몬자는 웃음을 터뜨리고 싶은 이상한 욕구가 치밀었다.

 마치 맨손으로 막힌 변소를 뚫으려는 사람 같은 표정으로 리로지오가 상자 안으로 손을 뻗어 금빛 잎사귀 하나를 움켜쥐었다. 파틴도 체념한 듯 어깨를 한번 으쓱하더니 그의 뒤를 따랐다. 그다음은 소토리우스와 코타르다 차례였다. 몬자도 흰 비단 장갑을 낀 오른손으로 마지막 잎사귀를 잡았다. 흰 비단으로 감싸졌다고 해서 새끼손가락이 더 나아 보이지는 않았다. 그녀는 동지라 불리는 이들의 얼굴을 훑어보았다. 억지 미소를 짓는 사람 둘, 은은하게 냉소를 짓는 사람 하나, 그리고 노골적으로 찡그린 사람 하나. 그들 스스로 주인 노릇을 해 오던 자존심 강한 군주들이 이 불편한 상황에 얼마나 빨리 싫증을 낼지 궁금했다.

 상황을 보아하니, 이미 그들은 그들에게 씌워진 굴레를 불편해하기 시작한 것 같았다.

 다섯 명은 함께 왕관을 들어 비틀거리며 몇 걸음 앞으로 나아갔고, 소토리우스는 상자를 피하느라 서툴게 걸음을 옮겼다. 그들은 왕권을 상징하는 값비싼 보물로 서로를 어설프게 끌어당겼다. 마침내 의자에 다다른 그들은 로곤트의 머리 위로 왕관을 높이 들어 올렸다. 그리고 마치 서로 암묵적으로 동의한 것처럼 잠시 그 자리에 멈추었다. 다들 이 상황에서 벗어날 방법이 아직 있는지 궁금해하는 듯했다. 거대한 회의장 전체가 으스스할 정도로 고요해졌다. 모든 사람들이 숨을 죽이고 있었다. 그러다 소토리우스가 체념한 듯 고개를 끄덕였고, 다섯 명은 함께 왕관을 내려 조심스럽게 로곤트의 머리에 얹은 다음 물러섰다.

스티리아는 이제 하나의 국가가 된 듯했다.

왕은 의자에서 천천히 일어나 팔을 벌리고 손바닥을 펼치며, 고대 원로원 회의장의 벽 너머로 찬란한 미래를 보고 있는 듯한 눈빛으로 정면을 응시했다.

"우리 스티리아 시민들이여!" 그가 우렁차게 외치자 그의 목소리가 돌벽에 울려 퍼졌다. "우리의 겸손한 백성들이여! 그리고 해외에서 온 친구들이여, 모두 환영합니다!" 그 친구들 대부분은 구르컬에서 왔지만, 예언자가 그의 왕관을 위해 이렇게 큰 다이아몬드를 제공했으니 당연한 일이기도 했다……. "피의 시대가 끝났군요!" 곧 끝날 것이다. 몬자가 오르소의 피를 보고 나면. "더 이상 우리 자랑스러운 땅의 위대한 도시들은 서로 싸우지 않을 것입니다!" 두고 봐야 할 일이었다. "대신 기꺼이 우정과 문화, 공통의 유산으로 맺어진 형제들로 함께 설 것입니다. 함께 행진합시다!" 아마도 로곤트가 가리키는 방향으로. "마치…… 스티리아가 19년간의 악몽에서 깨어난 것 같군요. 우리 중에는 전쟁이 없던 시절을 거의 기억하지 못하는 사람도 있을 겁이다." 몬자는 그녀의 아버지가 검은 땅을 갈던 모습을 생각하며 얼굴을 찡그렸다.

"하지만 이제…… 전쟁은 끝났습니다! 그리고 우리 모두가 승리했습니다! 우리 모두가." 어떤 사람들은 다른 사람들보다 더 많이 이겼다는 말은 굳이 할 필요가 없겠지. "이제는 평화의 시대입니다! 자유의 시간입니다! 치유의 시간입니다!" 리로지오는 요란하게 목을 가다듬었고, 자수가 놓인 옷깃을 잡아당기며 얼굴을 찡그렸다. "이제는 희망의 시간입니다, 용서의 시간이고, 단결의 시간입니다!" 그리고 물론 절대적인 복종의 시간일 터였다. 코타르다는 자신의 손을 바라보고 있었다. 창백한 손바닥이 거의 그녀의 붉은 드레스와 맞먹을 정도로 짙은 분홍빛으로 물들어 있었다. "이제 우리는 세상의 부러움을 살 위대한 국가를 만들 것입니다! 이제는……" 리로지오가 기침을 하기 시작했고, 붉어진 얼굴에 땀방울이 맺히기 시작했다. 로곤트는 눈살을 찌푸리며 분노에 찬 시선으로 그를 째려보았다. "이제 스티리아는……" 파틴이 앞으로 허리를 숙이며 치아 위로 말린 입술 사이로 고통스러운 신음 소리를 냈다. "하나의 국가로……" 뭔가가 잘못되어 가고 있다는 사실을 모든 사람들이 알아차리기 시작했다. 코타르다가 뒤로 휘청거리며 넘어졌다. 그녀는 금박이 입혀진 난간을 붙잡고 가슴을 들썩이다가 붉은 비단옷을 바스락거리며 바닥에 주저앉았다. 관중들은 깜짝 놀라서 일제히 숨을 들이마셨다.

"하나의 국가로……." 로곤트가 속삭였다. 소토리우스 수상이 무릎을 덜덜 떨며 주저앉더니 분홍빛으로 물든 손으로 비쩍 마른 목을 움켜쥐었다. 파틴은 이제 얼굴이 새빨갛게 달아오른 채 네발로 웅크리고 있었고, 목에서 핏줄이 불거져 나왔다. 리로지오는 몬자에게 등을 돌린 채 옆으로 쓰러져 숨을 헐떡였다. 그는 오른팔을 뒤로 뻗고 있었고, 경련을 일으키는 손을 보니 분홍빛으로 얼룩져 있었다. 코타르다는 힘없이 발버둥을 치다가 곧 움직임을 멈췄다. 그동안 관중들은 침묵을 지켰다. 그들은 넋을 잃고 연단 위를 지켜보았고, 자신들이 보고 있는 광경이 정신 나간 쇼인지, 혹은 끔찍한 농담인지 확신하지 못했다. 파틴은 얼굴을 바닥에 처박으며 엎어졌다. 소토리우스는 뒤로 넘어져 허리가 아치형으로 휘었고, 신발 굽으로 광택이 나는 나무 바닥을 드륵드륵 긁다가 곧 바닥에 축 늘어졌다.

로곤트는 몬자를 바라보았고, 몬자는 베나가 죽어 가는 모습을 지켜볼 때처럼 얼어붙은 상태로 무력하게 그를 바라보았다. 로곤트가 입을 열고 그녀를 향해 한 손을 뻗었지만, 숨이 멎은 듯했다. 모피를 두른 왕관 테두리 아래 그의 이마가 시뻘게져 있었다.

왕관이다. 모두가 그 왕관을 만졌다. 그녀의 시선이 자신의 장갑 낀 오른손으로 내려갔다. 그녀만 제외하고 모두가 왕관을 만졌다.

로곤트의 얼굴이 일그러졌다. 그는 한 걸음을 내디뎠지만, 발목이 꺾이며 얼굴을 바닥에 처박고 엎어졌다. 툭 튀어나온 눈은 멍하니 옆을 응시하고 있었다. 왕관이 머리에서 벗겨져 바닥에 한번 튕긴 뒤, 무늬가 새겨진 연단의 가장자리까지 굴러가서 쨍그랑 소리를 내며 바닥으로 떨어졌다. 관중들 중 누군가가 귀청이 터질 듯한 비명을 질렀다.

균형추가 떨어지는 소리와 나무가 덜컹거리는 소리가 나더니, 방 가장자리에 숨겨져 있던 우리에서 수천 마리의 흰색 새들이 풀려 나와 폭풍 같은 소리로 지저귀며 맑은 밤하늘로 날아올랐다.

로곤트가 계획한 그대로였다.

하지만 스티리아를 통합하고 피의 시대를 끝내기로 약속한 여섯 사람 중 오직 몬자만이 살아남았다.

먼지

시버스는 로곤트 대공이 죽었다는 사실에 상당히 만족하고 있었다. 그를 로곤트 왕이라고 불러야 했을 수도 있었지만 어떻게 부르든 이제는 별로 중요하지 않았고, 그 생각에 시버스의 미소가 조금 더 짙어졌다.

살아 있을 때는 얼마든지 위대한 사람인 척할 수 있다. 하지만 결국 흙으로 돌아가고 나면 사람은 다 똑같아지는 법이다. 죽음은 작은 사건으로 인해 예상치 못한 순간에 찾아오곤 한다. 시버스의 옛 친구는 하이플레이스 전투에서 일주일 내내 싸우면서도 상처 하나 입지 않았다. 그런데 다음 날 아침 계곡을 떠날 때 가시에 긁힌 손이 썩기 시작했고, 며칠 밤 후 헛소리를 하며 죽었다. 아무 의미도, 교훈도 없는 죽음이었다. 가시를 조심해야겠다는 다짐 말고는.

그러나 죽는 순간까지 손에 검을 쥔 채 돌격을 이끌며 스스로 고귀한 죽음을 맞이한 러드 스리트리스의 죽음도 그다지 나을 건 없었다. 아마도 술에 취한 사람들이 들쑥날쑥한 음정으로 그에 대한 노래를 부를 수는 있겠지만, 죽은 자에게 죽음은 그저 죽음일 뿐이다. 모든 사람에게 동일하게 찾아오는 죽음. 북부의 산악 지역에 사는 이들은 죽음을 '공평한 심판자'라 불렀다. 군주와 거지에게 공평하게 주어지는 것.

로곤트의 거대한 야망은 모두 흙이 되었다. 그의 권력도 새벽바람에 물러가는 안개처럼 공중에 흩어졌다. 어제까지만 해도 시버스는 왕위 계승자의 구두를 닦을 자격도 없는 외눈박이 살인자에 불과했지만, 오늘 아침에는 그보다 훨씬 나은 사람이 되었다. 그는 여전히 살아 있었다. 만약 교훈이 있다면, 숨이 붙어 있을 때 가능한 한 많이 누려야 한다는 것이었다. 흙은 어둠 외에는 아무런 보상을 주지 않으니까.

그들은 땅굴을 지나 폰테자르모의 외곽으로 나왔고, 시버스는 부드러운 휘파람을 길게 불었다.

"건축 작업이 있었나 보군."

몬자가 고개를 끄덕였다. "적어도 일부는 무너뜨렸지. 예언자의 선물이 효과가 있었던 것 같아."

거키쉬 설탕은 두려운 무기였다. 왼쪽 성벽 대부분이 사라졌고, 끝부분에 있는 탑은 옆면에 균열이 생긴 채 심하게 기울어져 있어 언제라도 산 아래로 무너질 것처럼 보였다. 성벽이 있던 자리에는 잎이 없는 관목 몇 그루가 울퉁불퉁한 절벽 가장자리에 매달려 허공을 붙잡고 있었다. 아마 정원이 있던 자리인 듯했지만, 지난 몇 주 동안 투석기가 던진 불붙은 바위들 때문에 그 자리에는 불타 버린 가시덤불과 쪼개진 나무 그루터기, 그을린 진흙만 남아 있었다. 그나마도 어젯밤에 내린 비에 모두 뭉개지고 말았고, 땅에는 물웅덩이까지 생겨 있었다.

혼란스러운 옛 정원 한가운데를 가로지르는 돌길은 멈춰 있는 분수대 대여섯 개 사이를 지나 아직 단단히 닫혀 있는 검은 문까지 이어져 있었다. 화살이 꽂힌 채 뒤틀린 시체 몇 구가 성벽 잔해 주변에 널브러져 있었다. 불타 버린 공성전 무기 주변에도 시체들이 보였다. 시버스는 숙련된 눈으로 성벽 위를 살폈고, 창, 활, 반짝이는 갑옷 들을 보았다. 내부 성벽은 여전히 견고하게 방어되고 있는 듯했고 그 뒤에는 오르소 공작이 꽁꽁 숨어 있을 터였다.

그들은 축축한 천으로 덮어 돌로 가장자리를 눌러 놓은 불룩한 더미 옆으로 말을 몰았다. 천의 주름진 부분에 빗물이 고여 있었다. 시버스는 그 옆을 지나가면서 천 한쪽 끝에 튀어나온 군화와 더러운 맨발 들을 보았다. 다들 물에 젖어 물방울이 맺혀 있었다.

볼피어의 부하 중 한 명은 신참이었는지, 죽은 사람들을 보고는 얼굴이 창백해졌다. 그 남자가 별나다고 생각하면서도 그렇게까지 놀라는 모습을 보니 시버스는 자신이 시체들을 보는 데 언제 그렇게 익숙해졌는지 궁금해졌다. 이제 시체들은 그에게 부러진 나무 그루터기와 별다를 게 없는 풍경의 일부였다. 시체 몇 구로는 그날 아침의 좋은 기분을 망칠 수 없었다.

몬자는 고삐를 당겨 말을 멈추고 안장에서 미끄러져 내렸다. "말에서 내리게." 볼피어가 투덜거리듯 말하자 나머지 사람들도 그녀를 따라 내렸다.

"맨발인 사람들은 뭐죠?" 그 소년은 여전히 죽은 자들을 바라보고 있었다.

"좋은 군화를 신었던 사람들." 시버스가 말했다. 소년은 자신의 신발을 내려다보다가 다시 시체의 젖은 맨발을 보고는 한 손으로 입을 가렸다.

볼피어가 소년의 등을 두드리자 소년은 놀라서 움찔했다. 볼피어는 시버스에게 윙크를 보냈다. 신참을 놀려먹는 문화는 세상 어디에나 있는 모양이었다. "군화를 신었든 안 신었든, 죽고 나면 아무 차이 없으니 걱정 마, 곧 익숙해질 거야."

"익숙해지셨나요?"

"운이 좋으면 그렇게 될 만큼 오래 살 수 있을 거다." 시버스가 말했다.

"운이 좋다면 이 일 말고 다른 일을 찾게 되겠지. 여기서 기다려." 몬자가 말했다. 볼피어가 고개를 끄덕였다. "네, 전하." 시버스는 성벽 잔해 더미 옆을 돌아 멀어지는 몬자를 지켜보았다.

"탈린 일은 잘 처리됐소?" 그가 중얼거렸다.

"그러길 바라네," 상처투성이 병장이 투덜거리듯 말했다. "급한 불은 껐지. 구시가지의 범죄자들과 거래를 맺고 그들에게 일주일 동안 상황을 지켜보라고 지시했네. 대신 우리는 한 달 동안 그들을 감시하지 않기로 했지."

"도둑놈들에게 질서를 유지해 달라고 부탁해야 하는 상황이 오다니."

"정말 거꾸로 돌아가는 세상일세." 볼피어가 실눈을 뜨고 내부 성벽을 바라보았다. "저 너머에는 내가 평생 몸 바쳐 온 옛 주인이 있어. 그가 국정을 맡았을 때는 한 번도 폭동이 일어난 적이 없었지."

"그의 편에 서고 싶다는 이야긴가?"

볼피어는 인상을 쓰며 시버스를 곁눈질로 보았다. "오스프리아에서 우리가 이겼더라면 그런 선택을 할 필요가 없었겠지. 하지만 그건 마치 내가 3년 전 연합으로 원정을 떠난 동안 우리 여편네가 제빵사와 바람이 나지 않았더라면 좋았을 텐데 하고 바라는 거나 똑같아. 바람만으로는 아무것도 바꾸지 못하거든.”
 시버스는 웃으며 손톱으로 자신의 금속 눈을 톡톡 두드렸다. “맞는 말이오.”

 코스카는 망가진 정원에서 피해를 덜 입은 부분에 야외용 의자를 놓고 앉아 자신의 염소가 젖은 풀을 뜯어 먹는 모습을 지켜보고 있었다. 염소가 잔디밭을 서서히, 꾸준히 이동하는 모습을 보고 있으면 묘하게 마음이 진정됐다. 염소는 입술을 오물거리며 이빨로 섬세하게 풀을 뜯는 인내심이 필요한 작은 동작들을 반복하여 곧 그루터기만 남을 때까지 남아 있는 잔디를 뜯어 먹을 것이었다. 그는 손가락 끝을 귀에 넣고 빙빙 돌려 아직도 청각 끝자락에 남아 있는 희미한 울림을 없애려고 했다. 그 소리는 아직까지 계속되고 있었다. 그는 한숨을 쉬며 플라스크를 들었다가, 누군가 자갈밭을 걸어오는 소리를 듣고 동작을 멈췄다. 몬자가 그에게 다가오고 있었다. 그녀는 극도로 지친 모습이었다. 어깨는 움츠러들고, 입은 일그러져 있었으며, 퀭한 눈 밑에는 어두운 그림자가 져 있었다.
 “염소는 왜 키우는 거야?”
 코스카는 플라스크에서 천천히 한 모금을 마시고는 얼굴을 찡그리며 또 한 모금을 마셨다. “염소는 고귀한 짐승일세. 자네가 없을 때, 나에게 끈기와 집중력, 성실함을 상기시켜 주거든. 살면서 뭐 하나는 꾸준히 해야 해, 몬즈카로.” 염소가 고개를 들더니 동의하는 듯 매 하고 울었다. “기분 나쁘게 듣지는 말게. 자네 무척 피곤해 보이는군.”

"밤이 길었어." 그녀가 중얼거렸다. 코스카는 어젯밤 일을 엄청나게 과소평가하는 표현이라고 생각했다.

"그럴 것 같았네."

"오스프리아 군대가 탈린에서 철수했어. 폭동이 일어났고, 도시는 공황에 빠졌지."

"물론 그랬겠지."

"누군가 연합 함대가 오고 있다는 소문을 퍼뜨렸어."

"함대보다 더 큰 피해를 입히는 게 소문이지."

"왕관에 독이 묻어 있었어." 그녀가 중얼거렸다.

"스티리아 지도자들의 권력에 대한 욕망이 스스로를 삼켜 버린 셈이군. 뭔가 메시지가 담겼다고 생각하지 않나? 은유가 담긴 살인이란 말일세. 그 시인 독살자는 하룻저녁에 수상, 공작, 백작 부인, 일등 시민, 그리고 왕까지 죽여서 세상 사람들에게 삶에 대한 귀중한 교훈을 가르친 거야. 자네와 내 친구, 모비어인가?"

그녀는 침을 뱉었다. "아마도."

"그 좀생원 같은 놈이 그런 유머 감각을 가지고 있는 줄은 몰랐군."

"내가 웃지 않아도 너무 뭐라 하진 말아 줘."

"놈이 왜 자네는 살려 둔 건가?"

"살려 둔 게 아니야." 몬자는 오른손에 낀 장갑을 들어 보였다. "장갑 덕분에 살아남은 거지."

코스카는 웃음을 참지 못하고 킥킥거렸다. "따지고 보면 자네 오른손을 부순 오르소 공작과 그 친구들이 자네 생명도 구한 셈이군!"

모순에 또 모순이 쌓이고 있네!"

"상황이 지금보다 안정되면 그 모순을 즐겨 볼게."

"오, 나는 지금 즐길 걸세. 상황이 안정되길 기다리느라 몇 년을 낭비했어. 내 경험상 그런 순간은 절대 오지 않네. 주위를 둘러보면 알 수 있지. 아포이아 사람들은 날이 밝기도 전에 전부 떠났어. 시파니 사람들도 이미 여러 파벌로 갈라져 남쪽으로 후퇴하고 있지. 아마 서로 싸우려 할 걸세. 푸란티의 군대는 자기들끼리 이미 내전을 시작해서 참호에서 서로 죽이기까지 했네. 빅투스가 그 싸움을 말려야 했어! 빅투스가 싸움을 멈추다니, 상상이나 할 수 있나? 아직 여기 남아 있는 오스프리아 병사들도 있지만, 아마 달리 방법이 없기 때문일 걸세. 그들 전부 겁에 질린 닭처럼 이리저리 뛰어다니고 있네. 어차피 닭대가리 같은 놈들이기는 했지만 말이야. 자네도 알다시피, 나는 질서가 얼마나 빨리 무너질 수 있는가에 늘 경이로움을 느껴. 스티리아가 아주 찰나의 순간 동안 통일되었다가 이제는 그 어느 때보다 깊은 혼란에 빠졌지. 누가 어디에서 얼마나 많은 권력을 잡을지 알게 뭔가? 피의 시대가 끝났다고 선언했지만……" 코스카는 턱을 내밀고 목을 긁으며 말했다. "좀 섣부른 판단이었던 것 같군."

몬자의 어깨가 조금 더 축 처지는 것 같았다. "용병에게는 이상적인 상황이군, 그렇지 않나?"

"그렇게 생각할 수도 있겠지. 하지만 나 같은 사람이 생각해도 너무 심하게 혼란스러울 때가 있네. 단언컨대, 이곳에 남은 가장 통일되고 질서 있는 부대가 천검단일 걸세. 자네 동맹국들이 얼마나 극심한 무질서에 빠져 있는지 잘 보여 주는 예시지." 그는 다리를 앞으로 뻗으며 한쪽 군화를 다른 쪽 군화 위에 교차시켰다. "나는 우리 용병단을 이끌고 비세린 쪽으로 내려가서 내 권리를 주장해 볼까 생각 중이야. 이제 로곤트는 우리 계약을 지킬 수 없을 테니……."

"여기 있어 줘." 그녀가 그에게 시선을 고정한 채 말했다.

"여기 있으라니?"

"있어 줘."

그들은 한동안 아무 말 없이 서로를 바라보았다. "자네가 내게 그런 부탁을 할 권리가 있던가."

"하지만 부탁하고 있지. 도와줘."

"나더러…… 도와달라고? 내가 누군가의 희망이 되다니, 정말 별일이 다 있군. 충성스럽고 선량한 탈린의 민중들은? 그들한테는 도움을 받을 수 없나?"

"그들은 개선 행렬을 원하는 것만큼 전투를 원하지는 않아. 오르소가 다시 권력을 잡아서 그들 모두를 교수형에 처할까 봐 손가락 하나 까딱하지 않으려고 해."

"권력이 변덕스럽게 움직인다는 사실을 아는 모양이야, 그렇지? 대공비 자리에 있는 동안 군대를 키우지 않았나? 그건 자네답지 않은데."

"키울 수 있는 만큼 키웠지만, 여기서는 믿을 수 없어. 적어도 오르소와 싸우는 데는 말이지. 그들이 어느 쪽으로 돌아설지 알 게 뭐야?"

"아, 분열된 충성심이라. 나도 겪어 본 문제야. 예측이 불가능한 상황이라는 거군." 코스카는 다른 쪽 귓구멍을 손가락으로 막아 봤지만 별 효과가 없었다. "혹시…… 그냥 놔둘 생각은 해 본 적 없나?"

그녀는 마치 외국어를 들은 것처럼 그를 쳐다보았다. "뭐라고?"

"개인적으로 나는 세계 곳곳에서 수천 가지 일을 완수하지 않거나, 시작조차 하지 않거나, 완전히 실패한 채로 남겨 두었다네. 결국에는 어떤 일을 성공했을 때보다 그렇게 남겨 두는 편이 훨씬 신경이 덜 쓰이더군."

"나는 당신과 달라."

"그게 우리가 항상 후회하는 이유일 걸세. 하지만 어쨌거나, 복수를 잊어버릴 수는 있지. 타협할 수도 있고…… 자비를 베풀 수도 있고."

"자비와 비겁함은 같은 거야." 그녀는 낮게 으르렁거리며, 가늘게 뜬 눈으로 황폐해진 정원 저편에 있는 검은 문을 응시했다.

코스카는 슬픈 미소를 지었다. "정말 그런가?"

"양심은 해야 할 일을 하지 않기 위한 핑계일 뿐이야."

"알겠네."

"눈물은 아무짝에도 쓸모가 없어. 세상이 그런 거니까."

"아."

"착하게 살아 봐야 아무것도 더 얻을 수 없어. 착한 사람들도 죽고 나면 우리랑 똑같이 썩어 버리니까. 항상 앞을 봐야 해, 언제나 앞을, 한 번에 한 전투씩 싸워야 해. 망설이면 안 돼, 어떤 대가를 치르든, 어떤……."

"내가 왜 항상 자네를 사랑했는지 아나, 몬자?"

"뭐?" 그녀는 놀라서 그를 바라보았다.

"심지어 자네가 나를 배신했는데도? 아니, 자네가 나를 배신한 후에 더 사랑하게 된 이유를 아나?"

코스카는 천천히 그녀를 향해 몸을 기울였다. "왜냐하면 자네가 그 모든 헛소리를 믿지 않는다는 사실을 알았으니까. 자네는 자네가 저지른 일, 해야 했던 일을 견디기 위해 자신에게 거짓말을 하고 있을 뿐이야."

긴 침묵이 흘렀다. 그리고 그녀는 구토를 쏟아 낼 것처럼 침을 삼켰다. "당신은 늘 내 안에 악마가 산다고 했잖아."

"그랬나? 글쎄, 우리 모두 그렇지." 그는 한 손을 휘저었다. "자네가 성인(聖人)이 아니라는 것은 우리 모두 알고 있어. 피로 얼룩진 시대에 태어난 인간일 뿐이지. 하지만 자네는 자네가 내세우는 것만큼 어둡지 않아."

"그래?"

"나는 병사들을 아끼는 척하지만, 사실 그들이 죽든 말든 신경 쓰지 않아. 자네는 늘 신경을 썼지만, 신경 쓰지 않는 척했지. 나는 한 번도 자네가 병사들의 생명을 낭비하는 걸 본 적이 없네. 그런데도 사람들은 나를 더 좋아하지. 하. 그게 정의란 걸세. 자네는 늘 나에게 올바른 일을 했어, 몬자. 자네가 나를 배신한 것조차도, 내가 받아 마땅한 대접보다는 나은 일이었어. 뮈리스 포위 공격이 끝난 후, 자네가 아이들을 노예 상인에게 넘기지 않으려 애썼던 때를 잊은 적이 없네. 모두가 돈을 원했지. 나도 그랬고, 페이스풀도 마찬가지였고, 베나도. 특히 베나가 가장 원했지. 하지만 자네는 아니었어."

"난 당신에게 상처만 줬어." 그녀가 중얼거렸다.

"겸손해하지 말게, 자넨 날 죽일 수도 있었어. 지금은 자비가 없는 시대고 이런 시대에 자비와 비겁함은 완전히 다른 이야기일세. 우리는 모두 죽으면 똥으로 변하지만, 살아 있는 동안만큼은 모두가 똥은 아니야. 물론 대부분의 사람들은 그렇지만." 그의 눈이 하늘로 향했다. "내가 똥이라는 걸 신은 아시겠지. 하지만 자네는 절대 똥이었던 적이 없네."

그녀는 잠시 그를 바라보았다. "나를 도와줄 거야?"

코스카는 다시 플라스크를 들어 올렸다가 비어 있다는 것을 깨닫고 뚜껑을 닫았다. 빌어먹을 플라스크는 툭하면 비어 있었다. "물론 도와야지. 내 마음은 이미 정해졌어. 사실 이미 공격할 준비를 마쳤네."

"그럼……."

"자네가 부탁을 해 줬으면 했지. 정말 부탁할 줄은 몰랐지만. 스티리아에서 가장 부유한 궁전 중 하나를 포위하는 힘든 일을 마친 마당에, 성을 차지해 전리품을 얻을 날을 코앞에 두고 떠나다니? 정신이 나갔나? 삽으로 밀어내도 이 탐욕스러운 놈들을 떼어 낼 수 없을 걸세. 자네가 있든 없든 우리는 내일 새벽에 공격을 시작할 생각이야, 그리고 성을 싹쓸이해야지. 내 예상으로는 점심때쯤에는 내 부하들이 지붕에서 납을 벗기고 있을 걸세."

"오르소는 어쩔 셈이야?"

"오르소는 과거의 사람이야." 코스카는 몸을 뒤로 기대며 염소의 옆구리를 애정 어린 손길로 쓰다듬었다. "자네 마음대로 하게."

필연

주사위는 둘 그리고 하나였다.

3년 전 오늘, 사잠은 세이프티에 돈을 주고 프렌들리의 자유를 찾아 줬다. 3년 동안 그는 집이 없었다. 그는 두 남자와 한 여자를 따라 스티리아를 횡단하고 돌아왔다. 그 기간 동안 그가 가장 덜 싫어했던 곳은 천검단이었다. 물론, 이름에 숫자가 들어 있어 처음부터 마음에 들기는 했지만, 그 이유 때문만은 아니었다.

천검단에는 어느 정도 질서가 있었다. 병사들은 정해진 시간 안에 끝내야 할 과제를 받았고, 큰 조직 속에서 자신의 위치를 알고 있었다. 전체 조직은 공증인의 장부 세 권에 깔끔하게 정리되어 있었다. 각 대장 아래 병사가 몇 명이고, 그들이 얼마 동안 복무했는지, 급여를 얼마나 받는지, 몇 시간이나 일을 했으며 어떤 장비가 대여되었는지 등을 모두 계산할 수 있었다. 명시적으로든 암묵적으로든 규칙도 있었다. 음주나 도박, 싸움에 관한 규칙. 용병단을 따라다니는 매춘부를 이용하는 방법에 관한 규칙. 누가 어느 자리에 앉을지에 관한 규칙. 누가 언제 어디로 이동할 수 있는지에 관한 규칙. 누가 싸우고 누가 싸우지 않을지에 관한 규칙. 그리고 그중에서도 가장 중요한, 전리품을 규정하고 할당하는 방법에 관한 규칙이 있었고, 이러한 규칙들은 엄격한 규율에 따라 준수되었다.

규칙을 깼을 때는 정해진 처벌을 받았고, 그러한 결과에 모두가 수긍했다. 보통은 채찍질 몇 대였다. 프렌들리는 어제 화장실이 아닌 장소에 소변을 본 남자가 채찍질을 당하는 모습을 보았다. 그리 큰 범죄는 아니었지만, 소변을 아무 데나 보기 시작하면, 그다음엔 아무 데나 대변을 보게 되고, 결국 모두가 전염병으로 죽게 될 거라고 빅투스는 설명했다. 그래서 그는 채찍으로 세 대를 맞았다. 둘 그리고 하나였다.

프렌들리가 가장 좋아하는 장소는 식당이었다. 정해진 식사 시간이 있는 안정적인 일상은 세이프티를 떠올리게 했다. 얼룩진 앞치마를 입은 찡그린 조리사들. 김을 뿜어내는 큰 솥들. 식기가 덜컹거리는 소리. 입술, 이, 혀 들이 쩝쩝대는 소리. 정해진 몫보다 더 많이 받으려고 떼를 쓰지만 가차 없이 거절당하는 줄을 선 남자들까지.

오늘 아침에 적진에 오르기로 되어 있는 병사들은 고기 완자 두 개와 국 한 국자를 더 받았다. 둘 그리고 하나였다. 코스카는 사다리를 오르다 창에 찔려 떨어질 수는 있어도, 배고픔 때문에 떨어져서는 안 된다고 말했다.

"한 시간 내에 공격을 시작할 걸세." 그가 말했다.

프렌들리가 고개를 끄덕였다.

코스카는 숨을 길게 들이쉬었다가 한숨 쉬듯 코로 내뿜으며 찌푸린 얼굴로 주위를 둘러보았다. "병사들 대부분은 사다리를 타고 올라갈 걸세." 프렌들리는 지난 며칠 동안 그 사다리들이 만들어지는 모습을 지켜보았다. 사다리 스물한 개가 준비되었다. 둘 그리고 하나. 사다리에는 각각 서른한 개의 단이 있었는데, 단이 서른두 개인 사다리도 하나 있었다. 하나, 둘 그리고 셋. "몬자가 그들과 함께 갈 걸세. 오르소에게 가장 먼저 도착하고 싶다더군. 아주 결의에 차 있어. 복수에 단단히 마음을 먹은 모양이야."

프렌들리가 어깨를 으쓱했다. 그녀는 늘 그랬다.

"솔직히, 나는 몬자가 걱정되네."

프렌들리가 어깨를 으쓱했다. 그는 별로 신경이 쓰이지 않았다.

"전투는 위험하니까."

프렌들리가 어깨를 으쓱했다. 당연한 소리였다.

"친구여, 전투 중에 그녀 곁에 있어 주게. 그녀가 다치지 않도록 해 줘."

"그럼 당신은?"

"나?" 코스카는 프렌들리의 어깨를 탁 치며 말했다. "나를 칭송하는 사람들만 있다면 다른 방패는 필요하지 않아."

"확실하오?"

"아니, 하지만 나는 늘 그렇듯 내 플라스크와 함께 전장의 뒤편에 물러나 있을 걸세. 나보다는 몬자가 자네를 더 필요로 할 것 같은 예감이 들어. 아직도 저 밖에는 적들이 있으니까. 그리고 프렌들리……"

"예?"

"경계를 늦추지 말고 조심하게. 궁지에 몰린 여우는 무척 위험해지니까. 오르소는 분명 치명적인 계략을 꾸며 놓았을 걸세. 음……" 그는 볼을 부풀리며 말했다. "필연적인 일이랄까. 특히…… 모비어를 조심하고."

"알겠소." 머카토의 곁에 그와 시버스가 있게 되었다. 고바를 죽인 날처럼 셋이 한 팀이 되어 둘이 하나를 지키게 될 것이다. 그는 주사위를 천으로 잘 감싸서 주머니에 넣었다. 그리고 조리병이 음식을 푸는 동안 피어오른 김을 바라보았다. 남자들이 투덜거리는 소리가 들렸다. 그는 몇 사람이나 불평을 하는지 수를 세기 시작했다.

희끄무레한 회색빛 새벽이 황금빛 낮으로 변해 가고 있었다. 그들이 모두 올라야 할 성곽 꼭대기 위로 태양이 서서히 기어오르자, 폐허가 된 정원에 드리워져 있던 톱니처럼 생긴 흉벽 그림자가 천천히 물러가고 있었다.

곧 출발할 시간이었다. 시버스는 눈을 감고 태양을 향해 슬며시 미소 지었다. 그는 고개를 뒤로 젖히고 혀를 빼죽 내밀었다. 한 해가 저물어 가며 날씨가 점점 더 추워지고 있었다. 북쪽의 한여름 아침 같았다. 그가 위대한 전투를 치렀던 아침들, 승리를 거뒀던 아침들과 비열한 짓을 했던 몇 번의 아침들이 떠오르는 날씨였다.

"목숨을 건 싸움을 앞둔 사람치고 꽤 행복해 보이네." 몬자의 목소리였다.

시버스는 눈을 뜨고 그녀를 향해 웃어 보였다. "나 자신과 화해했거든."

"잘됐네. 가장 어려운 전쟁에서 이겼군."

"이겼다고는 안 했어. 그냥 싸움을 멈췄을 뿐이야."

"가치 있는 승리는 그것뿐인지도 모르겠다는 생각이 들어." 그녀는 거의 혼잣말처럼 중얼거렸다.

그들 앞에는 첫 번째 용병 부대가 출발 준비를 하고 있었다. 그들은 한 팔에 큰 방패를 들고, 초조하고 긴장한 모습으로 사다리 곁에 서 있었다. 그럴 만도 했다. 시버스 역시 자신들이 하려는 일이 그다지 내키지 않았다. 그들은 계획을 숨기려는 최소한의 노력조차 하지 않고 있었다. 성벽 양쪽에서 무슨 일이 일어날지 모두가 알고 있었다.

시버스 옆에는 두 번째 용병 부대가 준비를 하고 있었다. 숫돌로 마지막으로 칼날을 갈고, 갑옷 끈을 조이고, 마지막 농담을 나누며 그것이 그들이 나눌 마지막 농담이 아니기를 바라고 있었다. 시버스는 그들을 바라보며 미소 지었다. 이제까지 전장에서 수십 번도 더 본 의례였다. 마치 집에 온 것 같은 기분이었다.

"잘못된 장소에 있다고 느껴 본 적 있어?" 그가 물었다. "다음 언덕을 넘고 다음 강을 건너서 다음 계곡을 내려다보면 그제야 모든 것이 맞아떨어지고, 일이 제대로 될 것 같은 그런 기분 말이야."

몬자는 눈을 가늘게 뜨고 내벽을 응시했다. "평생, 거의 늘 그랬지."

"나는 평생을 다음 일을 준비하는 데 보냈어. 많은 언덕을 오르고 많은 강을 건넜지. 내가 알던 모든 것들을 떠나 바다까지 건너서 스티리아에 왔어. 하지만 배에서 내리자마자 나를 기다리고 있던 건 똑같은 사람들과 똑같은 삶이었어. 다음 계곡은 이 계곡과 다를 게 없는 거였어. 더 나아지지 않는 거였다고. 그래서 내가 배운 건……

그냥 원래 있던 곳에 머물러야 한다는 거야. 자신이 누구인지를 받아들이고 말이지."

"그래서 당신은 누군데?"

그는 무릎 위에 놓인 도끼를 내려다보았다. "아마 살인자겠지."

"그게 다야?"

"솔직하게? 그런 것 같아." 그는 어깨를 으쓱했다. "당신이 날 데리고 다니는 이유가 그거 아니었나?"

그녀는 땅을 보며 인상을 찌푸렸다. "낙천주의자는 어디로 가고?"

"낙천적인 살인자가 될 수는 없는 건가? 한 남자가 그런 말을 한 적 있어. 내 형을 죽인 놈인데, 선과 악은 서 있는 위치에 따라 다른 거라고. 우리 모두 나름의 이유가 있는 법이잖아. 그 이유가 정당한지 아닌지는 누구에게 묻느냐에 달렸고, 안 그래?"

"그런가?"

"당신이라면 그렇다고 할 줄 알았는데. 그 누구보다도."

"한때는 그랬을지도 모르지. 하지만 이제는 잘 모르겠어. 아마도 그런 말은 우리가 저지른 일을 견디기 위해 자신에게 하는 거짓말인지도 몰라."

시버스는 웃음을 참을 수 없었다. 그는 갑자기 웃음을 터뜨렸다.

"뭐가 웃기지?"

"난 변명이 필요 없어, 대장. 내가 말하려는 게 그거야. 반드시 일어나는 일을 어떻게 얘기하더라? 멈출 수 없는 일이 있을 때 쓰는 표현이 있지 않아? 무슨 짓을 해도 피할 수 없는 걸 뭐라고 부르지?"

"필연." 몬자가 말했다.

"맞아. 필연적인 것." 시버스는 마치 맛 좋은 고기를 씹듯 그 말을 행복하게 되뇌었다. "난 과거에 내가 한 일에 만족해. 앞으로 할 일에도."

날카로운 휘파람 소리가 공기를 가르며 울려 퍼졌다. 갑옷이 덜그럭거리는 소리와 함께, 긴 사다리 옆에 열두 명씩 무리를 지어 서 있던 첫 번째 용병 부대가 일제히 무릎을 꿇고 사다리를 들어 올렸다. 그들은 미끄러운 정원 바닥에 발을 헛디뎌 가며 앞으로 뛰기 시작했다. 솔직히 말해 질서는 엉망진창이었다. 다른 병사들도 뒤따랐지만, 그다지 열의는 없어 보였다. 석궁을 든 저격수들도 성벽 위 궁수들의 주의를 분산하기 위해 활을 겨누고 있었다. 몇몇이 끙끙거리는 소리와 함께, "침착하게!"라는 외침도 들렸지만, 전체적으로 그들은 고요하게 돌진하고 있었다. 성벽을 향해 달려가면서 전쟁의 함성을 지르기가 애매한 상황이기는 했다. 성벽에 도착하고 나면 어떻게 할 것인가? 어차피 사다리를 오르는 동안 계속 소리를 칠 수는 없는 노릇이었다.

"저기 가는군." 시버스는 일어나 도끼를 들어 머리 위로 흔들었다. "가라! 가, 이 자식들아!"

그들이 정원을 절반쯤 가로질렀을 때 시버스는 멀리서 "발사!"라고 외치는 소리를 들었다. 잠시 후 성벽에서 딸깍거리는 소리가 들리더니 돌진하는 병사들 사이로 화살이 날아들었다. 비명과 흐느끼는 소리와 함께 소년병 몇몇이 쓰러졌지만, 대부분은 더 빠르게 앞으로 치고 나갔다. 활을 가진 용병들은 무릎을 꿇고 반격의 화살을 쏘아 올렸고, 화살들은 성벽에 부딪히거나 성벽을 넘어 날아갔다.

휘파람 소리가 다시 울렸고, 다음 용병 부대가 앞으로 나아가기 시작했다. 사다리를 타는 신나는 임무를 맡은 이들이었다. 그들은 대부분 가벼운 갑옷을 입고 있어 빠르고 민첩하게 움직일 수 있었다. 첫 번째 부대가 성벽 발치에 도착해 사다리를 올리기 시작했다. 한 명이 목에 화살을 맞고 쓰러졌지만, 나머지는 사다리를 성벽 꼭대기에 기대는 데 성공했다. 시버스는 사다리가 휘청거리며 난간에 부딪히는 모습을 보았다. 다른 사다리들도 성벽을 따라 올려지기 시작했다. 성벽 꼭대기에 있던 병사들은 성벽 밖으로 몸을 내밀고 돌을 던지기 시작했다. 두 번째 부대 사이로 화살들이 떨어졌지만, 병사들 대부분은 이제 성벽에 가까이 다가가 있었고, 성벽 발치에 모인 이들은 사다리를 타고 오르기 시작했다. 사다리 여섯 개가 먼저 성벽에 기대졌고, 그다음에 열 개가 기대졌다. 열일곱 번째 사다리는 성벽에 닿자마자 부서져 버렸고, 사다리를 올린 소년병들은 충격을 받은 표정으로 우수수 떨어지는 사다리 파편을 맞고 있었다. 시버스는 피식 웃음이 났다.

돌들이 계속 떨어졌다. 사다리 중간에서 떨어진 병사가 다리가 바깥으로 꺾인 채 비명을 지르기 시작했다. 이제는 사방에서 고함 소리가 빗발치고 있었다. 탑 지붕에 배치된 병사들은 사다리를 올리려는 병사들의 얼굴 위로 큰 솥에 담긴 끓는 물을 쏟아붓기 시작했다. 병사들은 고래고래 비명을 지르며 미친 사람처럼 머리를 붙잡고 펄쩍펄쩍 뛰어다녔고, 사다리는 넘어졌다.

화살들이 쉭쉭거리며 사방에서 빗발쳤다. 돌들이 굴러떨어지고 바닥에서 튀어 올랐다. 병사들이 성벽에서, 혹은 성벽으로 가는 도중에 쓰러졌다. 그들은 진흙 바닥을 기어 돌아오기 시작했다. 동료의 어깨에 팔을 두른 채 끌려오는 병사들도 있었다. 어깨를 내준 이들은 도망칠 핑계를 찾아 기쁜 눈치였다. 사다리 꼭대기에 오른 병사들은 미친 듯이 난도질을 시작했고, 몇몇은 그들을 기다리고 있던 창병들에게 밀려 곧장 다시 아래로 떨어졌다.

성벽 위 병사들이 사다리를 오르는 이들 위로 냄비에 든 무언가를 쏟고 있었다. 다른 병사들이 횃불을 가져와 불을 붙이자, 사다리 윗부분 전체가 불길에 휩싸였다. 기름이었다. 시버스는 타오르는 사다리와 병사들을 지켜보았다. 잠시 후 그들은 다른 병사까지 끌어 내리며 사다리에서 떨어졌고, 더 많은 비명 소리가 들려왔다. 시버스는 어깨에 달린 고리에 도끼를 걸었다. 사다리를 오를 때 도끼를 두기에 가장 좋은 장소였다. 물론 도끼가 미끄러져 머리가 잘릴 수도 있었지만, 그 모습을 상상하면서도 그는 다시 한번 피식 웃음을 지을 뿐이었다. 시버스가 자꾸 피식거리자 주변 병사들 몇몇이 얼굴을 찌푸렸지만, 그는 전혀 상관하지 않았고 오히려 피가 빠르게 돌기 시작했다. 찌푸린 얼굴들을 보면 웃음만 더 나올 뿐이었다.

성벽의 오른쪽에서 몇몇 용병들이 난간을 넘는 데 성공한 듯했다. 성벽 위에서 번뜩이는 칼들이 보였다. 더 많은 병사들이 뒤따라 성벽 위로 올라갔다. 병사들이 다닥다닥 붙어 있는 사다리 하나가 장대에 밀려 벽에서 떨어졌다. 잠시 동안 사다리는 마치 서커스의 장대타기 묘기처럼 공중에 선 채 휘청거렸다. 꼭대기 근처에 매달린 불쌍한 병사들은 허공에 팔을 허우적거렸고, 사다리는 천천히 넘어지며 그들을 자갈 바닥에 내동댕이쳤다.

용병들은 문루 바로 옆 왼쪽 성벽을 넘는 데도 성공했다. 시버스는 몇몇 남자들이 계단을 올라 지붕으로 향하는 모습을 보았다. 사다리 대여섯 개가 무너지고, 불이 붙은 채 성벽에 붙어 검은 연기를 내뿜는 사다리도 두 개 있었지만, 나머지 사다리에는 꼭대기를 향해 기어오르는 병사들이 다닥다닥 붙어 있었다. 수비 병력이 많지 않았던 듯했고, 병력 차이가 뚜렷하게 나타나기 시작했다.

휘파람 소리가 다시 울렸고, 세 번째 부대가 움직이기 시작했다. 이번에는 중무장한 병사들이 사다리를 타고 올라가 첫 번째 부대를 따라 요새 안으로 진격할 예정이었다.

"가자." 몬자가 말했다.

"예, 대장." 시버스는 숨을 들이쉬고 뛰기 시작했다.

이제 활을 쏘는 소리는 거의 들리지 않았고, 탑의 작은 구멍에서 날아오는 화살도 몇 없었다. 그래서 앞서간 병사들보다 더 안전하게 성벽에 도달할 수 있었다. 그는 마치 아침 산책을 하듯 폭격으로 파괴된 정원에 널브러진 시체들 사이를 지나 중간쯤에 있는 사다리 하나로 다가갔다. 몇몇 병사들과 함께 병장 하나가 사다리 발치에 서 있었다. 병장은 사다리를 꽉 쥐고 첫 번째 단에 발을 올린 채로, 사다리에 오르는 병사들의 등을 두드렸다.

"어서 가게, 친구들, 어서 올라가! 빠르지만 침착하게! 꾸물거리지 말고! 올라가서 놈들을 죽여 버리자고! 자네도, 마찬가지……

오. 죄송합니다, 저…… 전하?"

"사다리나 단단히 잘 잡고 있게." 몬자가 사다리를 오르기 시작했다.

시버스도 거친 사다리 기둥을 짚어 가며 그녀를 따랐다. 군화에 사다리 단이 긁히는 소리가 들렸고, 근육이 뻐근해지는 느낌이 들었다. 미소 띤 입술 사이로 거친 숨이 새어 나왔다. 그는 앞의 성벽에 시선을 고정했다. 다른 곳은 볼 필요가 없었다. 화살이 날아온들 그가 할 수 있는 일은 없었다. 누군가가 돌을 떨어뜨리거나 끓는 물을 부어도 역시 할 수 있는 일이 없을 터였다. 사다리를 밀어 떨어뜨린다면, 그냥 운이 더럽게 나쁘다고 생각하는 수밖에. 하지만 그런 것들을 신경 쓰기 시작하면 속도가 늦어지고 오히려 공격당할 가능성만 더 높아질 뿐이었다. 그래서 그는 이를 악물고 거친 숨을 내쉬며 계속 사다리를 올랐다.

곧 그는 사다리 꼭대기에 도착했고, 성벽 난간을 넘었다. 몬자는 이미 검을 뽑은 채 통로에 서서 성벽 안쪽을 내려다보고 있었다. 싸우는 소리가 들렸지만 가까운 곳에서 일어난 것 같지는 않았다. 통로 양측에는 시체 몇 구가 흩어져 있었다. 돌벽에 팔꿈치 아래쪽이 잘린 용병 하나가 기대어 앉아 있었다. 그는 출혈을 멈추기 위해 어깨에 밧줄을 단단히 감고 신음하며, "팔이 성벽 아래로 떨어졌어, 팔이 성벽 아래로 떨어졌어."라는 말만 반복하고 있었다. 그는 점심때까지 버틸 수 없겠지만, 그 덕에 다른 사람들이 점심을 더 배불리 먹을 수 있으리라고 시버스는 생각했다. 낙관적인 사람이란 이런 게 아닐까?

시버스는 등에 짊어졌던 방패를 내리고 팔을 어깨띠 밖으로 뺀 다음 도끼를 꺼내 손에 쥔 채로 손잡이를 돌려 보았다. 도끼를 돌리는 느낌이 좋았다. 마치 일을 시작하기 위해 망치를 꺼내는 대장장이가 된 기분이었다. 아래에는 산 정상을 깎아 만든 단에 식물들이 심어진 더 큰 정원들이 있었다. 성벽 바깥쪽에 있는 정원과는 전혀 다른 모습이었다. 건물이 삼면을 둘러 정원의 푸르름을 감싸고 있었다. 반짝이는 창문과 화려한 석조물로 장식된 건물의 꼭대기에는 돔과 첨탑 들이 솟아 있었고, 그 지붕은 조각상과 햇빛에 번쩍이는 날카로운 장식 들로 뒤덮여 있었다. 대단한 용병이 아니라도 오르소의 궁전을 알아보기는 어렵지 않았다. 다행이었다. 그가 대단한 용병은 못 된다는 사실은 그 자신도 잘 알고 있었으니까. 그는 그저 무자비한 용병일 뿐이었다.

"가자." 몬자가 말했다.

시버스가 미소 지었다. "바로 뒤따를게, 대장."

먼지로 뒤덮인 산비탈을 가로지르는 참호들은 텅 비어 있었다. 참호를 지키던 병사들은 흩어져 집으로 돌아갔거나, 로곤트 왕과 그의 동맹들이 갑작스럽게 죽음을 맞이하면서 시작된 여러 권력 다툼에서 자신들의 역할을 찾아 떠났다. 하지만 천검단만은 이곳에 남아 시체에 꼬인 벌레들처럼 오르소 공작의 궁전 주위를 탐욕스럽게 배회하고 있었다. 솅크트에게는 낯설지 않은 모습이었다. 충성, 의무, 자부심 같은 것들은 상황이 좋을 때는 사기를 북돋워 주지만 상황이 나빠지면 금방 사라지고 마는, 유효기간이 짧은 동기들일 뿐이었다. 하지만 탐욕은 어떤가? 탐욕은 언제나 믿을 수 있었다.

그는 구불구불한 길을 따라 걸어갔다. 한바탕 전투가 벌어지느라 쑥대밭이 된 땅을 가로질러 다리를 건너자 폰테자르모의 우뚝 솟은 문루가 점점 가까워졌다. 열린 성문 밖에 용병 한 명이 접이식 의자에 몸을 축 늘어뜨린 채 앉아 있었다. 그의 옆 벽에는 창이 기대어져 있었다.

"무슨 일이지?" 용병이 무심하게 물었다.

"오르소 공작이 지금은 탈린의 대공비가 된 몬즈카로 머카토를 죽이라고 내게 의뢰했네."

"재미있군." 용병은 옷깃을 귀까지 올리고 자세를 고쳐 등을 벽에 기댔다.

사람들은 종종 진실을 가장 못 미더워한다. 긴 터널을 지나 요새의 외곽 구역으로 들어가면서 셍크트의 머릿속에 떠오른 생각이었다. 질서 정연한 아름다움을 뽐내던 오르소 공작의 정원은 북쪽 성벽의 절반과 함께 완전히 사라져 있었다. 용병들은 정원을 엉망진창으로 만들어 놓았다. 하지만 그게 전쟁이었다. 이제 정원에는 질서란 존재하지 않았다. 그것 역시 전쟁이었다.

최종 공격이 진행되고 있었다. 사다리들이 내벽에 기대어져 있었고, 벽 아래 파괴된 정원에는 시체들이 흩어져 있었다. 의무병들은 그들 사이를 돌아다니며 물을 건네거나, 부목이나 붕대를 들고 있거나, 들것으로 병사들을 옮기고 있었다. 셍크트는 스스로 기어 갈 수도 없는 자들은 거의 살아남지 못한다는 사실을 알고 있었다.

그럼에도, 실낱같은 희망이라도 간절히 붙잡는 것이 인간이었다. 인간에게 얼마 없는 존경할 만한 특징 중 하나였다.

셍크트는 파괴된 분수대 옆에 조용히 멈춰 서서 필연적인 운명과 싸우는 부상자들을 지켜보았다. 한 남자가 부서진 석조물 뒤에서 갑자기 튀어나와 거의 그와 부딪칠 뻔했다. 낡은 가죽 갑옷을 입은 평범한 대머리 남자였다.

"으악! 진심으로 송구합니다!"

셍크트는 아무 말도 하지 않았다.

"당신은…… 혹시…… 그러니까…… 최종 공격 작전에 참여하러 오셨습니까?"

"굳이 따지자면 그렇소."

"저도 그렇습니다. 저도 따지자면 그렇지요." 싸움을 피해 도망치는 용병이야 늘 있었지만 뭔가 맞지 않는 것 같았다. 남자는 시정잡배처럼 옷을 입고 있었지만 말투는 삼류 작가 같았다. 셍크트 쪽으로 뻗은 손은 그의 주의를 돌리려는 듯 팔랑거리고 있었는데, 반대쪽 손으로 숨겨진 무기를 찾으려는 수작이 틀림없었다. 셍크트는 얼굴을 찌푸렸다. 불필요하게 주의를 끌고 싶지 않았기에, 이제까지 상황이 허락하는 한 늘 그래 왔던 것처럼 남자에게 기회를 주기로 했다.

"우리 둘 다 할 일이 있는 것 같군. 그럼 더 이상 지체 말고 각자 할 일을 합시다."

남자의 얼굴이 환해졌다. "전적으로 동의하는 바입니다. 각자 일을 시작하지요."

모비어는 가식적인 웃음을 짓다가 문득 방금 전 실수로 원래 목소리로 답을 했다는 사실을 깨달았다. "일을 시작하죠." 평민들이 낼 법한 낮은 목소리를 흉내 내며 그가 말했다.

"시작합시다." 남자가 그의 말을 반복했다. 남자의 밝은 눈동자는 한 치의 흔들림도 없었다.

"좋습니다. 그럼." 모비어는 낯선 남자를 피해 옆으로 비켜서며, 찌를 준비가 돼 있던 바늘을 손에서 놓고 자연스럽게 옆으로 내렸다. 분명 그 남자의 태도는 수상쩍었지만, 만약 모비어의 임무가 수상한 사람을 모두 독살하는 것이었다면 그는 그 임무를 절반도 끝내지 못했을 터였다. 다행히 그는 스티리아에서 가장 중요한 인물 중 일곱 명만 독살하면 됐고, 최근 그 일을 매우 성공적으로 해낸 참이었다.

그는 자신이 이룬 엄청난 규모의 업적에, 자신의 대담한 실행력에, 자신의 계획으로 이룬 유례없는 성공에 여전히 얼굴이 상기되어 있었다. 그는 의심할 여지 없이 역사상 최고의 독물학자였으며, 명백히 역사에 길이 남을 위대한 인물이 되었다. 자신의 위대한 업적을 세상에 낱낱이 밝힐 수 없다는 사실, 그의 승리가 마땅히 받아야 할 찬사를 결코 누릴 수 없다는 사실이 그를 얼마나 괴롭혔는지 모른다. 아아, 의심 많던 보육원 원장이 이 기쁜 날까지 살아 있었다면, 캐스터 모비어가 칭송받아야 마땅한 인물이라는 사실을 인정할 수밖에 없었을 텐데! 그의 아내가 그의 업적을 보았다면, 마침내 그를 이해하고 다시는 그의 특이한 습관들에 대해 불평하지 않았을 텐데! 만약 악명 높은 옛 스승 무마인벡이 그 자리에 있었다면, 그는 마침내 자신의 제자가 자신을 능가했음을 인정했을 것이다. 만약 데이가 살아 있었다면, 그녀는 분명 그의 천재성을 인정하며 옥구슬 굴러가는 소리로 까르르 웃고, 순진한 미소를 지으며 그를 부드럽게 만졌을 것이다, 어쩌면 심지어……. 하지만 지금은 그런 공상에 잠길 때가 아니었다. 그 네 사람을 독살할 이유는 충분했으니, 모비어는 자신에게 축하를 보내는 것으로 만족해야 했다.

그가 로곤트와 그의 동맹들을 살해한 덕분에 폰테자르모 공성전에서 규율 같은 것은 존재하지 않는 듯했다. 요새의 바깥은 거의 지키는 사람이 없다고 해도 과언이 아니었다. 그는 니코모 코스카가 거만한 허풍선이, 술에 찌든 중독자, 한심한 무능자라는 사실을 알고 있었지만, 그래도 성을 방어할 병력을 어느 정도는 뒀으리라고 생각했다. 그러나 요새 안으로 들어가는 데는 거의 실망스러울 정도로 아무런 노력이 필요하지 않았다.

성벽 위 전투는 대부분 끝난 것처럼 보였고, 내벽 안쪽으로 가는 문은 이제 용병들의 손에 넘어가 활짝 열려 있었다. 하지만 정원 너머에서는 여전히 싸우는 소리가 어렴풋이 들려오고 있었다. 혐오스러웠지만, 어차피 그 근처에 갈 일은 없다는 사실에 만족했다. 천검단이 요새를 점령했고 오르소 공작은 필연적인 운명을 맞이하게 되었지만 모비어는 특별히 불안하지 않았다. 결국 위대한 별은 뜨고 지는 법이다. 그는 발린트앤드벌크 은행에서 돈을 받기로 했고, 그 약속은 어떤 한 사람이나 한 국가를 넘어서는 차원의, 영원히 변치 않는 약속이었다.

몇몇 부상자들이 말라빠진 잔디밭에 누워 있었고, 그 옆에는 나무 그늘 아래 난데없이 염소 한 마리가 묶여 있었다. 모비어는 피 묻은 붕대와 찢기고 얼룩진 옷, 찢어진 살갗을 향해 얼굴을 찌푸리고 입술을 잔뜩 뒤틀며 까치발로 조심조심 걸어갔다.

"물……." 그중 한 명이 그의 발목을 붙잡으며 속삭였다.

"그놈의 물 타령!" 그는 다리를 빼내며 말했다. "알아서 찾아!" 그러고는 열려 있는 문을 통해 성벽 외곽에서 가장 큰 탑으로 서둘러 들어갔다. 신뢰할 만한 정보에 따르면, 그 탑은 요새의 수비 대장이 쓰던 곳이었으며, 현재는 니코모 코스카가 그 자리를 차지하고 있었다.

모비어는 어둡고 좁은 통로를 미끄러지듯 지나갔다. 통로에 들어오는 빛이라고는 화살 구멍을 통해 새어 들어오는 빛뿐이었다. 거친 돌벽에 등을 대고, 혀로 입천장을 누르며 나선형 계단을 살금살금 올라갔다. 천검단은 그들의 지휘관처럼 부주의하고 쉽게 속아 넘어갔지만, 그는 변덕스러운 운명이 언제든 그의 기쁨을 앗아 갈 수 있다는 사실을 잘 알고 있었다. 언제나 조심 또 조심해야 했다.

첫 번째 층은 창고로 사용되고 있었고, 어둠 속에 상자들이 가득했다. 모비어는 계속해서 살금살금 움직였다. 두 번째 층은 요새의 수비대가 사용했을 빈 침상들로 채워져 있었다. 그는 나선형 계단을 두 번 더 돌아 올라가 조심스럽게 손가락으로 문을 열며 틈새 안을 살폈다.

둥근 방에는 큰 커튼이 달린 침대와 고급스러워 보이는 책들이 가득 꽂혀 있는 선반, 책상, 옷을 담는 궤짝들, 반질반질하게 닦인 갑옷이 걸려 있는 거치대, 여러 자루의 칼이 꽂혀 있는 칼 받침대, 카드 한 벌이 놓인 탁자와 의자 네 개, 그리고 맨 윗줄에 유리잔들이 놓인 커다란 상감 장식 찬장이 있었다. 침대 옆 모자걸이에는 화려한 모자들이 걸려 있었다. 모자에 달린 크리스털 핀과 금띠가 반짝였고, 여러 색깔의 깃털들이 열린 창문에서 불어오는 바람에 팔랑거리고 있었다. 코스카가 사용하는 방이 틀림없었다. 그런 터무니없는 모자를 쓰고 싶어 하는 사람은 코스카 말고는 없었지만, 지금 그 위대한 술꾼은 방에 없는 듯했다. 모비어는 방 안으로 미끄러지듯 들어가서 조심스럽게 문을 닫았다. 그리고 까치발로 살금살금 찬장으로 다가갔다. 찬장 아래에 덮개가 씌워진 우유통이 놓여 있었고, 그는 우유통에 부딪히지 않도록 민첩하게 걸음을 옮겨 부드러운 손길로 찬장 문을 슬며시 열었다.

모비어는 자신에게 약간의 미소를 허락했다. 니코모 코스카는 분명 자신이 야성적이고 낭만적이며, 일상의 속박에 구속되지 않는 자유로운 영혼을 가진 이단자라 생각했을 것이다. 사실 그는 하늘의 별만큼이나 예측 가능하고, 밀물과 썰물처럼 지루할 정도로 규칙적이었다. 대부분의 사람들은 결코 변하지 않으며, 한번 술꾼은 영원히 술꾼일 뿐이다. 그래서 지금 모비어가 마주한 고난은 코스카가 너무 다양한 종류의 술을 가지고 있다는 사실이었다. 그가 다음번에 어떤 술을 마실지는 알 수 없었다. 모비어는 모든 병에 독을 넣을 수밖에 없었다.

그는 장갑을 끼고, 조심스럽게 안주머니에서 그린시드 용액을 꺼냈다. 그린시드 용액은 복용했을 때만 치명적이고 효과가 나타나는 시간도 사람마다 크게 다르지만, 아주 약한 과일 향이 나서 와인이나 증류주와 섞이면 맛을 전혀 느낄 수 없었다. 그는 각 병의 위치와 코르크가 꽂힌 정도를 신중하게 기록한 후, 코르크를 하나씩 비틀어 빼고, 유리관으로 병 입구에 용액을 조심스럽게 한 방울씩 떨어뜨린 뒤, 코르크와 병을 그가 건드리기 이전과 정확히 같은 위치로 되돌려 놓았다. 그는 크기, 모양, 색깔이 다양한 병들에 독을 타면서 미소를 지었다. 왕관에 독을 묻힌 것만큼 창의적이지는 않은 지루한 작업이었지만, 그렇다고 해서 고귀함까지 덜하지는 않았다. 그는 저승사자처럼 소리 없이 방에 침입해 그 역겨운 술꾼에게 어울리는 종말을 안겨 줄 예정이었다. 니코모 코스카가 죽었다는 소문은 한 번 더 퍼질 것이고, 그것이 마지막 소문이 될 것이다. 그가 죽는 것이 도덕적으로 옳으며 공공에게 이익이 된다고 생각하지 않을 사람은 거의 없을 것이다.

그는 자리에 얼어붙었다. 계단에서 발소리가 들려왔다. 재빨리 마지막 병에 코르크를 다시 밀어 넣고, 조심스럽게 제자리에 놓은 뒤 좁은 문을 통해 어둡고 작은 방에 재빨리 몸을 숨겼다. 그리고…….

코를 찌르는 강한 소변 냄새에 그는 오만상을 지었다. 가혹한 운명의 여신은 그를 골려 줄 기회를 결코 놓치는 법이 없었다. 화장실에 몸을 숨길 수도 있다고 예상했어야 했다. 이제 그는 코스카가 용변을 보고 싶은 충동을 느끼지 않기만을 바랄 수밖에 없었다…….

성벽에서의 전투는 큰 어려움 없이 끝난 듯 보였다. 틀림없이 전투는 요새 내부에서 계속되고 있을 터였다. 오르소 공작의 화려한 접견실과 메아리치는 대리석 방들 안에서도 접전이 펼쳐지고 있을 것이다. 하지만 수비 대장의 탑 꼭대기에 있는 코스카의 눈에는 그 광경이 전혀 보이지 않았다. 설령 볼 수 있다 해도, 무슨 차이가 있을까? 요새는 이미 무너진 셈이었다…….

"빅투스, 내 친구!"

"에?" 천검단의 마지막 남은 선임 사령관은 망원경을 내리고 평소처럼 코스카를 의심스럽게 바라보았다.

"오늘은 우리의 날인 것 같군."

"자네 말이 맞는 것 같군."

"우리가 여기서 더 할 수 있는 일은 없는 것 같군. 설령 뭔가를 볼 수 있다 해도 말일세."

"언제나처럼 진실된 말씀." 코스카는 그 말을 농담으로 받아들였다. "이제 모든 것은 필연적인 운명에 따라 마무리될 테지. 전리품 나눌 궁리만 하면 되겠군." 빅투스는 무심코 목에 걸린 여러 개의 목걸이를 만지작거렸다. "어떤 공성전에서든 가장 행복한 부분이지."

"카드놀이나 한 판 할까?"

"거절할 이유가 있나?"

코스카는 망원경을 접고 자신의 방으로 이어지는 구불구불한 계단을 내려갔다. 그는 찬장으로 성큼성큼 걸어가서 상감 장식된 문을 홱 열어젖혔다. 색색의 병들이 마치 오랜 친구처럼 그를 맞이했다. 아, 한 잔, 딱 한 잔, 딱 한 잔만. 그는 유리잔을 내려서 가장 가까운 병의 코르크를 부드럽게 뽑았다.

"한잔할까?" 그는 어깨 너머로 물었다.

"거절할 이유가 있나?"

여전히 싸움이 벌어지고 있었지만, 적군이 방어를 조직적으로 하고 있다고는 볼 수 없었다. 용병들은 성벽을 싹쓸이하고, 방어군을 정원에서 몰아냈으며, 지금 이 순간에도 탑과 건물, 그리고 궁전으로 침입하고 있었다. 약탈을 놓치지 않겠다는 간절한 마음으로 더 많은 용병들이 매 순간 사다리를 타고 올라오고 있었다. 전리품의 냄새를 맡은 천검단보다 더 열심히 싸우거나 더 빠르게 움직이는 자들은 없었다.

"이쪽이야." 몬자는 궁전의 정문을 향해 서둘렀다. 동생이 죽던 날 걸었던 길을 되짚으며, 원형 연못을 지나쳤다. 스칼피우스의 기둥 그림자 속에 시체 두 구가 엎어진 채 물 위에 떠 있었다. 시버스는 흉터 많은 얼굴로 미소를 지으며 그녀를 따랐다. 그의 얼굴에는 하루 종일 미소가 걸려 있었다. 그들은 문 주위에 모여 있는 열성적인 남자들 무리 옆을 지났다. 그들의 눈은 모두 탐욕으로 빛나고 있었고, 몇몇은 자물쇠에 도끼를 휘두르고 있었다. 문은 타격을 받을 때마다 흔들렸다. 마침내 문이 열리자, 그들은 고함을 지르고 소리치며 안으로 들어가려고 서로를 밀쳤다. 그중 두 명은 아직 손에 넣지도 않은 물건들을 두고 서로 격렬하게 싸우며 바닥에 나뒹굴었다.

더 걷다 보니 용병 두 명이 금테가 둘린 재킷을 입은 하인을 분수대 옆에 앉히고 있었다. 충격에 휩싸인 하인의 얼굴은 피로 얼룩져 있었다. 한 명이 그를 때리며 소리쳤다. "돈은 어디 있냐고, 이 개자식아?" 다른 한 명도 똑같이 따라 했다. 하인의 머리가 이리저리 흔들렸다. "빌어먹을 돈은 어디 있냐고, 빌어먹을 돈, 돈은……."

창문 하나가 벌컥 열리며 부서진 창틀과 깨진 유리 조각이 공중에 날렸다. 고풍스러운 장식장이 자갈길로 굴러떨어지며 파편을 흩뿌렸다. 한 용병이 환호성을 지르며 반짝이는 무언가를 양팔 가득 안은 채 그들을 지나쳐 달렸다. 아마도 커튼인 듯했다. 몬자의 귀에 비명 소리가 들렸다. 몸을 홱 돌려 보니 누군가가 위층 창문에서 정원으로 힘없이 머리부터 곤두박질치고 있었다. 어디선가 악을 쓰는 소리가 들려왔다. 여자 목소리 같았지만, 절박한 비명은 성별을 구분하기가 쉽지 않았다. 곳곳에서 고함, 비명, 웃음소리가 들려왔다. 그녀는 역겨움을 삼키며 이 상황을 만든 사람이 자신이라고, 자신의 복수심이 이런 결과를 낳았다고 생각하지 않으려 애썼다. 그녀가 할 수 있는 일이라고는 시선을 앞으로 고정한 채 누구보다 먼저 오르소를 찾기를 바라는 것뿐이었다.

그를 찾아서 대가를 치르게 하리라.

장식된 궁전 문은 여전히 잠겨 있었지만, 용병들은 다른 길을 찾아냈다. 그들은 옆에 있는 큰 아치형 창문 하나를 깨뜨렸다. 빨리 안으로 들어가서 부자가 되고 싶은 마음에 몸을 다친 사람이 있는 모양이었다. 창틀에 피가 묻어 있었다. 몬자는 부서진 유리를 밟으며 신중히 창문을 넘었고, 창문 너머 웅장한 식당으로 내려갔다. 그녀는 그곳에서 식사한 적이 있다는 사실을 깨달았다. 그때는 베나가 그녀 옆에서 웃고 있었고, 페이스풀도 함께였다. 오르소, 아리오, 포스카, 간마크, 그리고 다른 장교들 여럿이 그 자리에 있었다. 그날 밤 식당에 있던 손님들이 거의 다 죽었다는 생각이 그녀의 머릿속에 스쳤다. 그 방도 죽은 거나 다름없었다.

메뚜기 떼가 지나간 들판 같았다. 용병들은 그림의 절반을 가져갔고, 남은 그림들은 단지 재미로 찢어 놓았다. 벽난로 옆에 놓인 큰 화병 두 개는 너무 커서 들고 갈 수 없었기에, 화병을 부숴 금박 손잡이만 챙겨 갔다. 벽에 걸려 있던 장식용 벽걸이들을 찢어 내고, 반짝이는 바닥에 떨어져 산산조각 난 것들을 제외한 모든 접시를 훔쳐 갔다. 사람들이 물건을 훔치는 것만큼이나 부수는 것을 즐긴다는 사실이 참 이상했다. 그들은 여전히 이곳저곳을 뒤적이며, 찬장 서랍을 당겨 열고 벽에 걸린 촛대를 정으로 떼어 내고, 돈이 될 만한 물건들을 찾아내기 위해 궁전을 갈기갈기 찢어발기고 있었다. 바보 같은 용병 하나가 빈 탁자에 의자를 올려놓고 그 위에 올라가 샹들리에를 붙잡으려고 애쓰고 있었다. 또 다른 바보 하나는 칼을 들고 문손잡이에 박힌 크리스털을 떼어 내는 중이었다.

얼굴에 곰보 자국이 가득한 용병이 금박을 입힌 식기를 양손에 가득 쥐고 그녀를 향해 웃고 있었다. "숟가락을 찾았습니다!" 그가 소리쳤다. 하지만 몬자가 길을 내려고 밀치는 바람에, 그는 넘어지며 그 소중한 보물들을 바닥에 흩뿌렸다. 떨어진 빵 부스러기에 달려드는 오리들처럼 다른 용병들이 그 보물을 낚아챘다. 그녀는 열린 문을 밀며 대리석 방으로 나갔다. 시버스는 그녀를 바짝 쫓아갔다. 싸우는 소리가 방 안에 메아리쳤다. 울부짖는 소리와 고함 소리, 금속이 긁히는 소리, 나무 부서지는 소리가 여기저기서 들려왔다. 그녀는 어둠 속에서 방향을 잡으려고 실눈을 뜨고 양옆을 두리번거렸다. 땀이 두피를 간지럽혔다.

"이쪽이야." 그들은 거대한 응접실을 지나갔다. 응접실에서는 병사들이 골동품 의자 덮개를 찢고 있었다. 오르소가 쿠션에 금이라도 숨겨 뒀다고 믿는 듯했다 열성적인 병사들이 다음번 문을 발로 차고 있었다. 마침내 문이 열리기가 무섭게 한 병사의 목에 화살이 꽂혔지만, 다른 이들은 함성을 지르며 그를 지나쳐 들어갔다. 문 반대편에서 무기들이 부딪히는 소리가 들려왔다. 몬자는 오로지 앞만 바라보며, 오르소만 생각했다. 그녀는 이를 악물고 계단을 올랐다. 다리도 거의 아프지 않았다.

어둡고 길쭉한 통로 끝은 높은 아치형 천장이 덮인 방으로 이어져 있었다. 둥근 천장에는 금박을 입힌 잎사귀들이 조각되어 있었고, 방 한쪽 벽은 거대한 오르간으로 채워져 있었다. 조각된 나무 몸통에서 뻗어 나온 윤이 나는 파이프들이 벽에 줄을 지어 서 있었다. 건반 앞에는 연주자용 의자가 놓여 있었고, 그 아래 정교하게 조각된 나무 난간 너머로는 음악실이 보였다. 용병들이 광기에 찬 잡음을 연주하며 악기들을 부수고 악을 쓰듯 웃고 있었다.

"가까이 왔어." 그녀가 어깨 너머로 속삭였다.

"좋아. 이제 이 모든 걸 끝낼 때가 된 것 같군."

그녀도 같은 생각이었다. 그녀는 벽 저편에 난 높은 문으로 다가갔다. "오르소의 방은 이쪽이야."

"아니, 아니." 그녀는 어깨 너머로 얼굴을 찡그렸다. 시버스가 자리에 서서 웃고 있었고, 그의 금속 눈알이 희미한 빛 속에서 반짝였다. "그게 아니지."

그녀의 등골이 서늘해졌다. "그럼 뭔데?"

"당신도 알잖아." 그의 웃음이 더 환해지며 흉터들이 일그러졌다. 그는 목을 이쪽저쪽으로 꺾었다.

그녀는 간신히 몸을 낮춰 싸울 준비를 했다. 그가 으르렁거리며 다가와 도끼를 휘두르자, 그녀는 건반 앞 의자에 부딪혀 의자를 쓰러뜨릴 뻔했다. 그녀는 이 상황이 이해되지 않았다. 그의 도끼가 오르간 파이프에 꽂혀 소름 돋는 굉음을 냈다. 그는 가는 파이프에 큰 흠집을 남기며 도끼를 빼냈다. 그리고 다시 그녀에게 덤벼들었다. 이제 충격은 가시고 차가운 분노가 그 자리를 채웠다.

"빌어먹을 애꾸 새끼!" 어쩌면 하지 말았어야 할 말이었는지도 모르지만, 진심이었다. 그녀가 그에게 달려들었지만 그는 방패로 칼베즈를 막아 낸 다음 도끼를 휘둘렀고, 그녀는 간신히 몸을 피했다. 무거운 도끼날이 오르간 장식에 부딪히며 파편이 튀어 올랐다. 그녀는 거리를 두고 경계하며 물러났다. 그 무거운 강철 날을 막아 내기는 오르간에서 달콤한 음악을 연주하는 것만큼이나 불가능했다.

"왜 이러는 거야?" 그녀는 그를 향해 으르렁거렸다. 칼베즈의 검 끝이 작은 원을 그리며 빙글빙글 돌고 있었다. 사실 이유 따위는 전혀 신경 쓰지 않았다. 단지 시간을 벌고, 틈을 찾으려는 것뿐이었다.

"네 비웃음에 질렸나 보지." 그는 방패로 몸을 가리며 앞으로 조금씩 다가왔고, 그녀는 다시 뒷걸음질 쳤다. "아니면 아이더가 너보다 더 많은 걸 제안했거나."

"아이더?" 그녀는 그의 얼굴에 웃음을 터뜨리며 말했다. "그게 바로 네 문제야! 멍청한 새끼!" 그녀는 마지막 말을 뱉으며 기습적으로 그를 치려 했지만, 그는 속지 않고 차분히 그녀의 공격을 방패로 막아 냈다.

"내가 멍청하다고? 내가 널 몇 번이나 구했는데? 이 눈까지 잃어 가면서! 그런데 네년은 그 빈 깡통 같은 로곤트 놈과 한패가 돼서 나를 비웃더군? 날 완전히 바보 취급 하면서 여전히 내 충성을 기대한 너보다 내가 멍청한가?" 너무나 분명한 사실이어서 반박할 말이 없었다. 로곤트의 말을 듣고 그가 시버스를 없애게 놔두었어야 했다. 하지만 그녀는 죄책감에 발목을 잡혔다. 코스카의 말처럼 자비를 베푸는 데 용기가 필요한지는 모르지만, 자비를 베푸는 게 늘 현명한 결정은 아닌 듯했다. 시버스가 그녀에게 다가오자, 그녀는 다시 물러났다. 더 이상 물러설 곳이 거의 없었다.

"이럴 줄 알았어야지." 그가 속삭였다. 그리고 그녀는 그의 말이 옳다는 생각이 들었다. 이 상황은 오래전부터 예견된 일이었다. 그녀가 로곤트와 잠자리를 가진 이후부터, 시버스를 외면한 이후부터, 그가 샐리어의 궁전 지하 감옥에서 눈을 잃은 이후부터. 어쩌면 처음 만났던 순간부터, 아니, 그 전부터 예견된 일이었는지도 모른다.

어떤 일들은 필연적으로 일어나는 법이니까.

운명의 수레바퀴

시버스의 도끼가 다시 파이프에 부딪혀 요란한 소리를 냈다. 그는 파이프들이 어떻게 쓰이는지는 몰랐지만 시끄러운 소음을 낸다는 사실만큼은 알 수 있었다. 그러나 몬자는 이미 그의 도끼를 피했고, 실눈을 뜨고 그를 빤히 보며 검을 겨누고 있었다. 머리뼈를 뒤에서 내리쳤어야 했다. 하지만 그는 그녀가 누가, 왜 자신을 죽였는지 알기를 원했다. 그녀는 반드시 알아야만 했다.

"이럴 필요 없었잖아." 그녀가 그에게 낮게 속삭였다. "지금이라도 떠날 수 있어."

"용서를 할 수 있는 건 죽은 사람들뿐인 줄 알았는데." 그는 그녀에게 움직일 공간을 주지 않기 위해 빙글빙글 돌며 말했다.

"기회를 주는 거야. 시버스. 북쪽으로 돌아가면 아무도 당신을 쫓지 않을 거야."

"쫓든 말든 사람들 자유지만, 난 좀 더 머무르려고. 살면서 뭐 하나는 꾸준히 해야 하지 않겠어? 아직 나는 자존심이 남아 있거든."

"자존심 같은 소리! 내가 도와주지 않았으면 탈린 골목에서 몸이나 팔고 있었을 거면서!" 맞는 말이었다. "당신은 이게 위험한 일인 걸 알았잖아. 내 돈을 받기로 선택한 것도 당신이야." 역시 맞는 말이었다. "난 당신한테 아무 약속도 안 했고, 어긴 것도 없어!" 그것도 다 맞는 말이었다. "아이더 년은 당신한테 동전 한 푼도 안 줄 거야!"

그녀의 말 대부분에 반박할 말이 없었지만 이제 돌아가기에는 너무 늦었고, 게다가 그녀의 머리에 도끼를 꽂는 순간 어떤 논쟁도 할 필요가 없을 터였다. "두고 보자고." 시버스는 방패를 앞세우며 그녀에게 천천히 다가갔다. "하지만 이건 돈 때문이 아니야. 이

건…… 복수야. 너도 이해할 줄 알았는데."

"복수는 집어치워!" 그녀는 의자를 낚아채서 그에게 내던졌다. 그는 방패를 들어 의자를 막아 냈고, 의자는 발코니 너머로 빙글빙글 날아갔다. 하지만 그녀는 곧바로 검을 한 번 더 찔렀다. 그는 도끼자루로 아슬아슬하게 그녀의 검을 받아 냈고, 나무 자루 위에서 미끄러진 검날은 도끼날 부분에 걸려 간신히 멈췄다. 그녀는 가까이 다가와 거의 그에게 몸을 밀착시킨 채 으르렁거렸고, 검 끝이 그의 멀쩡한 눈 바로 앞에서 흔들리고 있었다.

몬자는 시버스의 얼굴에 침을 뱉고, 그가 움찔하는 동안 팔꿈치로 턱을 가격했다. 그의 고개가 옆으로 홱 꺾였다. 그녀는 검을 뒤로 당기며 찌를 준비를 했지만 그가 먼저 그녀에게 도끼를 내리쳤다. 그녀는 몸을 피했고, 도끼가 난간을 때리자 커다란 나무 파편이 떨어졌다. 그는 그녀의 검이 다가오는 것을 느끼며 몸을 비틀었지만, 강철 날이 셔츠를 뚫고 배를 스쳐 간 자리에 뜨거운 통증이 남았다. 그녀는 균형을 잃고 비틀거리며 그에게 다가왔다. 그는 무게 중심을 이동시켜 온 힘과 분노를 담아 방패를 휘둘렀다. 방패가 그녀의 얼굴을 정통으로 때렸고, 그녀는 고개가 홱 꺾어지며 둔탁한 소리와 함께 파이프 위로 나가떨어졌다. 머리뼈 뒷부분을 세게 박은 그녀는 벽에서 튕겨 나와 나무 바닥에 등을 대고 쓰러졌고, 손에서 쨍그랑거리며 검이 떨어졌다.

그는 잠시 동안 그녀를 바라보았다. 그의 머릿속에서 맥박이 울렸고, 땀방울이 흉 진 얼굴을 간질였다. 그녀의 목 근육이 경련을 일으키고 있었다. 두껍지 않은 목이었다. 통나무를 패듯 쉽게 잘라

낼 수 있을 터였다. 그 생각이 들자 그는 신경질적으로 도끼 손잡이를 쥐었다. 그녀는 피와 함께 신음을 토하며 고개를 저었다. 초점이 흐려진 채 뒤척이다 손과 무릎으로 바닥을 짚고 몸을 일으켰다. 그러고는 비틀거리며 검 손잡이를 향해 손을 뻗었다.

"아니, 아니지." 시버스는 몬자에게 다가서서 검을 한쪽 구석으로 차 버렸다.

그녀는 움찔하며 고개를 돌리고, 검을 향해 느릿느릿 기어가기 시작했다. 거칠게 숨을 쉬고 있었고, 코에서 흘러나온 피가 나무 바닥에 뚝뚝 떨어졌다. 시버스는 그 뒤를 따라가 그녀를 내려다보고 서서 말을 걸었다. 이상한 일이었다. 블러디나인은 그에게 죽이기로 마음먹었으면 떠들지 말고 죽이라고 말했다. 그리고 그는 항상 그 충고를 지키려고 노력해 왔다. 그는 딱정벌레를 으스러뜨리듯 쉽게 그녀를 죽일 수 있음에도 그렇게 하지 않았다. 말을 걸어서 그 순간을 늘리고 싶은 건지, 아니면 미루고 싶은 건지 그 자신도 확신할 수 없었다. 어쨌든 그는 계속해서 말을 하고 있었다.

"피해자인 척하지 마! 네가 원하는 걸 얻자고 스티리아 사람 반을 죽였잖아! 너는 음모를 꾸미고, 거짓말하고, 독살하고, 살인하고, 배신하는, 남동생이랑 붙어먹는 년이야. 내 말이 틀려? 나는 옳은 일을 하고 있어. 결국, 네가 어디에 서 있는지에 따라 옳고 그른 건 달라지는 거지. 나는 괴물이 아니야. 내 명분이 고상하지 않을지는 몰라도 모든 사람은 각자의 명분이 있는 법이지. 너 하나가 없어지면 세상은 훨씬 더 나아질 거야!" 그는 자신이 하는 말이 진실이라 믿었고, 그래서 목소리가 쉬어서 나오지 않길 바랐다. "나는 옳은 일을 하는 거야!" 역시 진실이었고, 그는 그녀가 인정하기를 원했다. 그녀는 그럴 의무가 있었다. "너 하나가 없어지면 세상은 훨씬 더 나아진다고!" 그는 그녀 위로 몸을 숙이고 씩씩거리다가 발소리가 들리자 옆으로 돌아섰다.

프렌들리가 전속력으로 달려와 그를 쓰러뜨렸다. 시버스는 방패를 든 팔로 프렌들리의 등을 감싸 안았지만, 함께 넘어지는 것 말고는 아무것도 할 수 없었다. 그들은 나무가 우지끈 부서지는 소리와 함께 난간을 뚫고 허공으로 떨어졌다.

니코모 코스카가 시야에 들어왔다. 그는 과장된 손놀림으로 모자를 벗어 방 저편으로 던졌다. 아마도 모자걸이에 모자를 걸려다 실패한 듯했다. 모비어는 자신이 몸을 숨기고 있는 화장실 문에서 멀지 않은 곳에 모자가 떨어지는 모습을 지켜보았다. 악취 나는 어둠 속에서 승리감에 취해 입술을 일그러뜨리며 웃고 있었다. 늙은 용병의 손에는 금속 플라스크가 들려 있었다. 모비어 자신이 시파니에서 코스카를 모욕하며 무심코 던진 플라스크였다. 가련한 주정뱅이 늙은이가 몇 방울 남은 술을 핥을 수 있을지 모른다는 희망을 품고 나중에 그 자리로 돌아가서 플라스크를 주워 간 모양이었다. 다시는 술을 마시지 않겠다는 그의 약속은 얼마나 부질없었던가? 인간이 스스로 변화할 수 있는 능력은 거기까지였다. 물론 세상에서 가장 지독한 허풍쟁이에게 큰 기대를 건 적은 없었지만, 코스카가 그렇게 애처로운 수준까지 타락했다니, 모비어조차도 놀랄 수밖에 없었다.

장식장이 열리는 소리가 들렸다. "이것만 마시고 끊어야지." 코스카의 목소리가 들렸지만, 그는 보이지 않았다. 금속이 쨍그랑거리는 소리만 들릴 뿐이었다.

모비어가 있는 자리에서는 족제비 같은 코스카의 동료만 간신히 보였다. "그 오줌 맛 나는 걸 어떻게 마시는 거지?"

"뭔가는 마셔야 하지 않겠나? 옛 친구가 추천해 줬네, 애석하게도 이제는 세상에 없지만."

"죽지 않은 옛 친구는 없나?"

"자네뿐일세, 빅투스. 자네뿐이야."

유리병이 덜컹거리는 소리와 함께 코스카가 거들먹거리며 지나가는 모습이 문틈만큼 좁아진 모비어의 시야에 들어왔다. 그는 한 손에는 플라스크를, 다른 손에는 잔과 병을 들고 있었다. 특이한 보랏빛이 도는 병이었고, 모비어는 방금 전 자신이 그 병에 독을 탔던 것을 분명히 기억하고 있었다. 그가 또 한 번 치명적인 모순을 만들어 낸 것이었다. 코스카는 이제까지 늘 그래 왔듯 이번에도 자기 손으로 삶을 망가뜨릴 것이다. 다만 이번에는 그에게 어울리는 종말이 더해질 예정이었다. 모비어는 카드가 바스락거리며 섞이는 소리를 들었다.

"한 판에 은화 다섯 냥?" 코스카의 목소리가 들렸다. "아니면 명예를 걸 텐가?" 두 남자는 폭소를 터뜨렸다. "열 냥으로 하지."

"열 냥, 그렇게 하세나." 다시 카드를 섞는 소리가 들렸다. "이것 참 교양 있어 보이는군. 다른 이들이 전투를 벌이는 사이에 카드놀이를 하는 것만큼 즐거운 일이 없지. 그렇지 않나, 빅투스? 옛날 생각이 나는데."

"안디체도 없고, 세사리아도 없고, 사자인도 없는걸."

"그렇기는 하지," 코스카가 인정했다. "자, 그러면. 자네가 나눌 텐가, 아니면 내가 할까?"

프렌들리는 난간 파편 더미에서 으르렁거리며 빠져나왔다. 시버스는 몇 걸음 떨어진 곳에 있었다. 부서진 나무토막과 상아 조각, 뒤틀린 금관과 엉킨 철사 더미가 되어 버린 오르소 공작의 하프시코드의 반대편이었다. 시버스는 몸을 굴려 무릎으로 일어섰다. 여전히 그의 팔에 방패가, 다른 손에는 도끼가 단단히 쥐어져 있었다. 반짝이는 금속 눈 바로 위 찢어진 상처에서 스며 나온 피가 얼굴 옆으로 흐르고 있었다.

"멍청한 숫자광 새끼! 너랑 싸울 생각은 전혀 없었는데, 이제는 어쩔 수 없네."

두 사람 모두 서로에게서 눈을 떼지 않은 채 천천히 일어섰다. 프렌들리는 칼집에서 칼을 꺼내고, 재킷에 숨겨 둔 식칼도 꺼냈다. 매끄럽게 닳은 손잡이의 감촉이 익숙했다. 정원에서 벌어지는 혼란스러운 싸움과 궁전에서 자행되는 광기 어린 약탈이 머리에서 지워졌다. 세이프티에서처럼 한 사람과 다른 한 사람이 맞붙는 싸움이었다. 일대일. 그가 바랄 수 있는 가장 단순한 숫자였다.

"좋아." 프렌들리는 한마디를 남기고 미소 지었다.

"좋아, 그럼." 시버스가 이를 악물며 말했다.

방을 부수고 있던 용병 중 한 명이 그들에게 반 걸음 다가왔다.

"대체 무슨……."

시버스는 잔해 더미를 한 번에 뛰어넘으며 도끼를 번쩍 들었다. 프렌들리는 머리카락을 휘날리며 오른쪽으로 몸을 낮춰 피했다. 그의 식칼이 시버스의 방패 끝을 스치며 지나가 어깨에 닿았다. 하지만 깊이 파고들지는 못하고 단순히 베는 정도에 그쳤다. 시버스는 빠르게 몸을 돌리며 도끼를 내리쳤다. 프렌들리는 도끼를 피해 옆으로 움직였고, 그의 옆 잔해에 도끼날이 박히는 소리가 들렸다. 그가 칼을 찔렀지만, 이미 방패를 들고 있던 시버스는 공격을 막고 방패를 비틀었다. 프렌들리의 손을 벗어난 칼이 반짝이는 바닥에 쨍그랑 소리를 내며 떨어졌다. 프렌들리가 재빨리 식칼을 휘둘렀지만, 시버스가 바짝 다가와 그의 팔꿈치를 어깨에 눌러 고정했다. 그 바람에 칼날이 그의 시선이 닿지 않는 귀 아래에서 휘둘리며 얕은 상처를 남겼다.

프렌들리는 반 걸음 뒤로 물러나며 식칼을 옆으로 휘둘러 시버스가 도끼를 휘두를 공간을 빼앗았다. 하지만 시버스는 방패를 앞세워 돌진하며 프렌들리의 식칼을 막은 다음 미친개처럼 으르렁거리며 그를 들어 올렸다. 프렌들리는 주먹으로 시버스의 옆구리를 때리며 커다란 나무 방패를 움켜쥐려고 해 봤지만, 시버스는 그보다 더 무겁고 힘도 셌다. 프렌들리는 문을 지나며 문틀에 어깨를 부딪쳤고, 시버스가 힘을 더할수록 방패는 그의 가슴팍에 더 깊이 박혔다. 바다를 지지대 삼아 버텨 보려 했으나 발아래가 텅 비어 있어 허공으로 추락하고 말았다. 머리 뒤쪽을 단단한 돌에 부딪힌 그는 몸을 움찔하며 튕겨 나가서 데굴데굴 구르기 시작했다. 신음하고 헐떡이는 그를 둘러싸고 빛과 어둠이 회전하는 듯했다. 계단이었다. 그는 계단을 구르고 있었고, 가장 끔찍하게도 계단이 몇 개인지 셀 수조차 없었다.

그는 다시 으르렁거리며 천천히 바닥에서 일어섰다. 긴 주방에 떨어져 있었다. 벽 위쪽에 난 작은 창문들 사이로 빛이 들어와 아치형 지하실을 밝히고 있었다. 왼쪽 다리, 오른쪽 어깨, 뒷머리가 모두 욱신거리고, 뺨에는 피가 흘렀다. 찢어진 한쪽 소매 아래 길게 긁힌 자국이 남아 있었다. 바지 다리통에도 피가 묻어 있었는데, 넘어지면서 자신의 식칼에 베인 것 같았다. 하지만 몸은 여전히 움직일 수 있었다.

시버스는 일곱 곱하기 둘, 열네 계단 위에 서 있었다. 크고 검은 형체의 한쪽 눈에서 빛이 반짝였다. 프렌들리는 시버스에게 손짓했다.

"내려와."

그녀는 계속 기어갔다. 기는 것 말고는 아무것도 할 수 없었다. 두 눈을 구석에 널브러진 칼베즈의 손잡이에 고정한 채 한 번에 한 걸음씩 몸을 끌어당겼다. 엉금엉금 기며 피를 뱉었고, 방이 다시 시끄러워지지 않기를 바랐다. 느리게 움직이는 동안 등이 간지럽고 찌릿했다. 그녀는 시버스의 도끼가 등에 떨어질 순간을 기다리고 있었다. 곧 자신에게 어울리는 추한 죽음의 순간을 맞이하게 될 터였다.

다행히도 그 빌어먹을 애꾸 놈은 더 이상 아무 말을 하지 않았다.

몬자는 손으로 칼자루를 움켜쥐고 으르렁거리며 몸을 돌리고는 어둠 속에 횃불을 휘두르듯 겁쟁이처럼 마구 검을 휘둘렀다. 하지만 그곳에는 아무도 없었다. 통로 가장자리 난간이 너덜너덜하게 부서져 있을 뿐이었다.

그녀는 장갑 낀 손으로 코피를 닦고 천천히 무릎을 꿇었다. 이제 어지러움이 가라앉았고 귀에서 울리던 소음도 일정하게 쿵쿵거리는 소리로 줄어 있었다. 얼굴 전체가 욱신거렸고, 몸의 모든 부위가 두 배로 부풀어 오른 듯한 느낌이었다. 그녀는 부서진 난간 쪽으로 기어가서 아래를 내려다보았다. 방 안을 헤집느라 바빴던 세 명의 용병이 여전히 거기에 있었다. 그들은 통로 아래 부서진 하프시코드를 내려다보고 있었다. 시버스의 흔적은 여전히 보이지 않았고, 무슨 일이 일어났는지도 알 수 없었다. 하지만 몬자의 머릿속은 다른 생각으로 가득했다.

오르소.

그녀는 욱신거리는 턱을 악물고, 방 저편 문으로 걸어가 힘겹게 열었다. 어두운 복도를 걸어갈수록 싸우는 소리가 점점 더 크게 들렸다. 곧 넓은 발코니에 다다랐다. 머리 위 돔 천장에는 태양이 떠오른 하늘 아래 날개를 단 일곱 여인이 칼을 휘두르는 모습이 그려져 있었다. 운명의 여신들이 지상으로 운명을 가져오는 모습을 장대하게 묘사한 아로펠라의 프레스코화였다. 맞은편에는 세 가지 다른 색상의 대리석을 조각해 만든 웅장한 계단 두 개가 위로 뻗어 있었는데, 계단 꼭대기에는 희귀한 목재에 사자의 얼굴을 새긴 쌍여닫이문이 나 있었다. 바로 그 문 앞에서 그녀는 나란히 서 있는 베나에게 마지막으로 사랑한다고 말했다.

그때와는 상황이 많이 변해 있었다.

아래 홀의 둥근 모자이크 바닥과 넓은 대리석 계단, 그리고 위쪽 발코니에서 모두 격렬한 전투가 벌어지는 중이었다. 천검단의 병사들은 거의 예순 명이 넘는 오르소의 경비병들과 목숨을 걸고 싸웠다. 전투가 달아오를 대로 달아올라 여기저기서 피바람이 휘몰아치고 있었다. 방패에 검이 부딪히고, 철퇴는 갑옷을 부수었으며, 도끼가 춤을 추듯 허공을 갈랐고, 창은 가차 없이 휘둘렸다. 남자들은 분노에 찬 함성을 지르고 고통으로 울부짖으며 싸우다 죽어 갔고, 난도질을 당했다. 용병들은 약속된 전리품을 생각하며 미쳐 있었고, 경비병들은 도망칠 곳이 없었다. 양쪽 모두 자비를 베풀 기미는 눈곱만큼도 보이지 않았다. 탈린 군복을 입은 몇몇 남자들이 그녀 근처의 발코니에서 무릎을 꿇고 석궁을 장전하고 있었다. 그중 한 명이 일어나서 활을 쏘려다가 가슴에 화살을 맞고 뒤로 쓰러지고 말았다. 그는 눈을 휘둥그레 뜬 채 기침을 했고, 뒤에 서 있던 멋진 조각상에 핏방울을 튀겼다.

버추리오는 말했다. 대신 싸워 주겠다는 사람이 있거든 절대 직접 전투에 나가지 말라. 몬자는 조심스럽게 그림자 속으로 물러섰다.

코르크가 뽁 하는 소리를 내며 뽑혔다. 코스카가 세상에서 가장 좋아하는 소리였다. 그는 탁자 너머로 몸을 기울여 병을 들고 빅투스의 잔에 끈적한 액체를 부었다.

"어쨌든 고맙군." 빅투스가 투덜거리듯 말했다.

예의를 지켜 말하자면, 거키쉬 포도주가 모두의 입맛에 맞지는 않았다. 코스카는 다고스카를 방어하면서 거키쉬 포도주에 대한 애정까지는 아니어도 참을성은 분명히 기를 수 있었다. 사실 그는 알코올이 들어 있는 어떤 것이든 견딜 수 있는 강한 내성을 기르게 되었다. 그리고 거키쉬 포도주는 가격은 매우 저렴하면서 알코올 도수가 아주 높았다. 태운 토사물 향이 나는 놀랍도록 역겨운 액체를 상상하는 것만으로도 그의 입에는 침이 고였다. 한 잔, 딱 한 잔, 딱 한 잔만.

그는 자신의 플라스크 뚜껑을 열고, 총사령관 의자에 몸을 깊숙이 묻으며 낡은 팔걸이를 애정 어린 손길로 쓰다듬었다. "자, 어떤가?"

빅투스의 갸름한 얼굴에는 의심이 가득했다. 코스카는 자신이 만나 본 사람 중 빅투스보다 더 의심스러운 눈빛을 가진 사람은 없다고 생각했다. 그의 시선이 자신의 카드, 코스카의 카드, 그들 사이에 놓인 돈으로 미끄러지듯 옮겨졌다가 다시 코스카에게로 돌아왔다. "좋네. 더블로 가지." 그는 동전 몇 개를 탁자 중앙에 던졌고, 딱딱한 동전만이 낼 수 있는 경쾌한 짤랑거리는 소리가 났다. "뭘 가지고 있나, 친구?"

"풀하우스일세!" 코스카는 의기양양하게 카드를 펼쳤다.

빅투스는 자신의 패를 내던지며 외쳤다. "풀하우스라니! 자네는 늘 재수가 엄청나게 좋다니까."

"그리고 자넨 엄청난 충성심을 가졌지." 코스카는 동전들을 자기 쪽으로 쓸어 모으며 이를 드러내고 웃었다. "걱정 말게, 우리 병사들이 곧 더 많은 은화를 가져다줄 테니까. 4분의 1 규칙, 알잖나."

"이러다간 병사들이 돌아오기 전에 자네에게 내 몫을 다 털리겠군."

"그러면 나야 좋고." 코스카는 플라스크에서 한 모금을 들이켜고는 얼굴을 찌푸렸다. 어쩐지 오늘은 평소보다 더 시큼한 맛이 났다. 그는 입술을 일그러뜨리며 잇몸을 빨아들인 후, 쓴 액체를 한 모금 더 억지로 삼키고는 병뚜껑을 반쯤 닫았다. "이런! 화장실이 급하네." 그는 한 손으로 탁자를 쾅 내리치며 일어섰다. "내가 없는 동안 카드에 손을 대진 않겠지?"

"내가 말인가?" 빅투스는 억울하다는 듯한 표정을 지어냈다. "나를 못 믿으면 누굴 믿나, 장군."

"물론 자넬 믿지." 코스카는 걸음을 옮기며 어두운 화장실 문틈을 주시했다. 거리를 가늠하며 빅투스가 앉아 있는 위치를 머릿속에 그리자 등골이 서늘해졌다. 그는 손목을 흔들어 소매 안에 들어 있던 던지기용 칼을 떨어뜨려 손에 쥐었다. "아피에리에서 믿었던 것처럼……" 그는 몸을 돌리다 말고 자리에 얼어붙었다. "아."

빅투스는 어디선가 장전된 작은 석궁을 꺼내 놀랍도록 안정적으로 코스카의 심장을 겨누고 있었다. "안디체가 네놈 대신 칼을 맞았다고?" 그가 비웃으며 말했다. "세사리아가 자신을 희생했다고? 내가 그 두 놈을 모를까 봐? 내가 그렇게 멍청해 보이던가?"

솅크트는 부서진 창문으로 뛰어들어 아무 소리 없이 방 안에 착지했다. 한 시간 전만 해도 분명 웅장한 식당이었을 테지만, 푼돈이라도 받을 수 있을 만한 물건들은 이미 천검단에 모두 털린 뒤였다. 방에 남은 것은 유리와 접시 조각, 부서진 액자와 찢어진 캔버스 천, 그리고 옮기기에는 너무 큰 가구들의 잔해뿐이었다. 작은 파리 세 마리가 텅 빈 탁자에서 서로를 쫓고 쫓으며 기하학적인 모양을 그리고 있었다. 탁자 근처에서 두 남자가 말다툼을 하고 있었고, 열네 살쯤 먹은 소년이 긴장한 채 그들을 지켜보고 있었다.

"그 빌어먹을 숟가락들은 내 거라고 했지!" 곰보 얼굴의 남자가 낡은 흉갑을 입은 남자에게 소리쳤다. "하지만 그녀이 날 쓰러뜨리는 바람에 떨어뜨렸잖아! 너는 왜 아무것도 못 챙겼냐고!"

"네가 방을 터는 동안 문을 지키고 있었으니까, 이 멍청한……."

소년이 조용히 손가락을 들어 셍크트를 가리켰다. 다른 두 남자는 말다툼을 멈추고 그를 바라보았다. "당신은 뭐야?" 숟가락 도둑이 물었다.

"숟가락을 떨어뜨리게 만들었다는 여자가 머카토인가?" 셍크트가 물었다.

"네놈이 누구냐고 내가 물었잖아?"

"난 아무도 아닐세. 그냥 지나가는 길이야."

"그래?" 숟가락 도둑은 동료들을 힐끗 보고 웃으며 칼을 뽑았다. "이 방은 우리 거야, 통행료 내."

"통행료를 내야지." 흉갑을 입은 남자가 위협적인 말투를 흉내 내며 으르렁거리듯 말했다.

두 남자는 넓게 거리를 벌리며 섰고, 소년은 마지못해 그들을 따랐다.

"내놓을 게 뭐라도 있어?" 첫 번째 남자가 물었다.

솅크트는 그가 가까이 다가오자 그의 눈을 바라보며 기회를 주었다. "자네가 원하는 건 없을 걸세."

"그건 내가 판단해." 그의 시선이 솅크트의 검지에 끼워진 루비 반지에 멈췄다. "그건 어때?"

"이건 줄 수 없어."

"그럼 뺏으면 되지 뭐." 그들이 가까이 다가왔고, 곰보 얼굴의 남자가 솅크트에게 칼을 들이밀었다. "손은 머리 뒤에 놓고 무릎 꿇어."

솅크트는 얼굴을 찌푸렸다. "나는 무릎을 꿇지 않아."

날아다니던 파리 세 마리가 천천히 움직임을 멈추며 느릿느릿 떠다녔다. 숟가락 도둑의 탐욕스러운 웃음은 천천히 으르렁거리는 표정으로 변하고 있었다. 그의 팔이 천천히 뒤로 젖혀지며 검을 찌를 준비를 했다.

솅크트는 그의 일격을 피하며 한 발 옆으로 비켜선 다음 손날을 도둑의 가슴 깊숙이 찔러 넣었다가 다시 뽑아냈다. 솅크트의 손과 함께 찢겨 나온 커다란 갈비뼈와 흉골 조각이 공중으로 회전하며 날아가 천장 깊숙이 박혔다.

곧이어 그의 칼을 옆으로 밀쳐 내고 두 번째 남자의 흉갑을 잡아 방 건너편으로 남자를 던졌다. 남자의 머리는 벽 저편에 부딪히며 구겨졌고, 엄청난 압력으로 뿜어져 나온 피가 금박 벽지가 발라진 벽을 바닥에서 천장까지 덮으며 사방으로 뻗은 핏자국을 남겼다.

파리들은 셍크트가 움직이며 일으킨 바람에 휩쓸려 미친 소용돌이를 그리면서 공중으로 끌려갔다. 머리뼈가 깨지는 귀청이 터질 듯한 소리와 갈비뼈를 뜯긴 가슴에서 피가 뿜어져 나오는 소리가 한데 뒤엉켰고, 시간이 다시 정상적인 속도로 흐르기 시작하자 눈앞에 펼쳐진 광경에 놀라 입을 벌리고 있던 소년은 온몸에 피를 뒤집어쓰게 되었다.

"네 동료가 숟가락을 떨어뜨리게 만든 여자가 머카토더냐?" 셍크트가 손에 묻은 피 몇 방울을 털어 냈다.

소년은 멍하니 고개를 끄덕였다.

"어느 쪽으로 갔지?"

소년의 커다란 눈이 방 저편 문을 향했다.

"좋아." 셍크트는 소년에게 친절하고 싶었다. 하지만 그렇게 하면 소년이 도망가서 다른 동료들을 불러올 테고, 그러면 일이 복잡해질 수밖에 없었다. 더 많은 생명을 구하기 위해 하나의 생명을 희생해야 할 때가 있는 법이다. 그리고 그런 상황에서 감상은 아무런 도움이 되지 않는다. 셍크트가 결코 잊지 않았던 옛 스승의 가르침 중 하나였다. "미안하게 됐구나."

날카로운 쩍 소리와 함께 소년의 이마에 그의 검지가 깊숙이 박혔다.

그들은 주방을 부수며 서로의 숨통을 끊기 위해 필사적으로 싸웠다. 이런 상황을 계획하지는 않았지만, 지금 시버스의 피는 끓어오르고 있었다. 프렌들리가 앞길을 막고 있으니 그를 제거해야만

했다. 그리고 자존심이 걸린 문제이기도 했다. 시버스는 더 나은 무기를 가지고 있었고, 팔 길이도 길었으며, 방패까지 들고 있었다. 하지만 프렌들리는 미꾸라지처럼 미끄럽고 겨울 날씨처럼 인내심이 많았다. 그는 뒤로 물러서고 피하며, 억지로 무언가를 하려 하지 않는 대신 빈틈도 주지 않았다. 프렌들리는 달랑 식칼 하나를 들고 있었지만, 시버스는 그가 식칼 한 자루만으로 사람을 수없이 죽였다는 사실을 알고 있었고, 자신의 이름을 그가 살해한 사람들의 명단에 추가할 생각은 없었다.

  그들은 다시 맞붙었다. 프렌들리는 몸을 비틀어 도끼를 피하며 가까이 다가가 식칼을 휘둘렀다. 시버스는 방패로 그의 공격을 받아 내며 앞으로 돌진해 그가 휘청거리며 탁자 쪽으로 물러나게 만들었다. 금속이 덜거덕거리는 소리가 났다. 시버스는 웃음을 지었지만, 탁자에 칼들이 가득 놓여 있는 것을 발견하고 얼굴이 굳어졌다. 프렌들리는 재빨리 칼 한 자루를 집어 들어 던지려 팔을 뒤로 젖혔다. 시버스는 방패 뒤로 몸을 숙였고, 칼이 나무에 박히는 둔탁한 소리가 들렸다. 방패 가장자리 너머로 고개를 내밀어 보니, 또 다른 칼이 회전하며 날아오고 있었다. 방패의 금속 테두리에 맞고 튕겨 나온 칼은 시버스의 얼굴을 스쳐 지나가며 뺨에 타는 듯한 상처를 남겼다. 프렌들리는 또 다른 칼을 집어 들었다.

  시버스는 자리에 가만히 웅크리고 앉아 과녁이 되고 싶지는 않았다. 그래서 방패를 앞세워 포효하며 돌진했다. 프렌들리는 뒤구르기로 탁자를 넘어갔고, 시버스의 도끼는 간발의 차로 그를 놓치고 말았다. 그의 공격은 탁자 위에 큰 흠을 남기며 칼들을 공중으로 튀겨 냈다. 프렌들리가 균형을 잃은 틈을 타 바짝 따라붙은 시버스는 방패 모서리로 내리치고 도끼를 마구 휘둘렀다. 피부가 화끈거리고 땀이 흘러내렸다. 시버스는 멀쩡한 쪽 눈이 툭 불거진 채 이를 악물고 으르렁거렸다. 접시가 깨지고, 냄비가 흩어지고, 병이 부서져 파편이 날렸다. 밀가루 항아리가 깨지면서 사방에 날린 가루가 그들의 시야를 가렸다.

시버스는 블러디나인조차도 자랑스러워할 만큼 주방을 난장판으로 만들고 있었다. 하지만 프렌들리는 주방에 있던 칼과 자신이 가지고 다니던 식칼을 들고 춤추듯 움직여 계속 공격을 피하면서, 시버스의 손이 닿지 않도록 거리를 유지하고 있었다. 긴 주방을 따라 이어진 그들의 추한 무도회가 끝났을 때, 시버스의 분노는 자신의 팔에 피가 흐르는 상처를 내고 프렌들리의 얼굴에 방패에 맞은 붉은 자국을 남겼을 뿐이었다.

프렌들리는 나가는 길로 이어지는 계단 몇 칸 위에 서서 싸울 준비를 마치고 기다리고 있었다. 축 늘어진 양손에 칼이 들려 있었고, 평평하고 넓적한 얼굴에는 땀방울이 반짝였다. 베이고 차인 피부에는 작은 상처와 멍이 가득했다 물론 발코니에서 떨어지고 계단에서 구르며 생긴 상처도 있었다. 하지만 시버스는 아직 그에게 결정적인 한 방을 날리지는 못하고 있었다. 그는 전혀 지쳐 보이지도 않았다.

"이리 와, 이 미꾸라지 같은 새끼야!" 시버스가 으르렁거렸다. 도끼를 휘두르느라 어깨부터 손가락까지 안 쑤시는 데가 없었다. "끝장을 보자고."

"네가 와," 프렌들리가 툴툴거리며 대꾸했다. "끝장을 보자고."

시버스는 어깨를 으쓱하며 팔을 흔든 다음 소매로 이마의 피를 닦고 목을 이쪽저쪽으로 꺾었다. "좋다…… 이…… 빌어먹을 놈아!" 그는 다시 앞으로 돌진했다. 똑같은 말을 반복할 필요는 없었다.

코스카는 자신의 칼을 내려다보며 얼굴을 찡그렸다. "내가 이걸로 오렌지를 깎으려고 했다고 말하면, 자네가 믿을까?"

빅투스는 미소를 지었고, 코스카는 지금까지 만난 사람 중에 빅투스보다 더 교활한 미소를 짓는 사람은 없다는 생각을 했다. "네 놈이 하는 말을 다시는 믿을 것 같지 않군. 하지만 걱정 마. 할 수 있는 말도 그리 많지 않을 테니까."

"왜 석궁에 화살을 장전한 사람들은 항상 쓸데없이 으스대는 걸까, 그냥 쏴 버리지 않고?"

"재미있잖아." 빅투스는 코스카에게 시선을 고정하고 뾰족한 화살촉이 조금도 흔들리지 않도록 겨냥한 채 잔을 들어 한 입에 술을 들이켰다. "으윽." 그가 혀를 내밀며 말했다. "젠장, 왜 이렇게 써."

"내 처지보다는 달콤할 테지," 코스카가 중얼거렸다. "이제 총사령관 의자가 자네 차지가 되겠군." 아쉬운 일이었다. 이제 막 그 의자에 다시 익숙해진 참이었다.

빅투스는 코웃음을 쳤다. "내가 그 빌어먹을 자리를 왜 원하겠어? 지금까지 거기 앉았던 사람들에게 좋은 일이 일어난 적이 없잖아? 사자인, 자네, 머카토 남매, 페이스풀 카르피, 그리고 다시 자네까지. 다들 죽거나 거의 죽을 뻔했지. 그동안 난 그들 뒤에 서서 나

같은 못된 놈에게 과분한 부를 쌓았고." 빅투스는 얼굴을 찡그리며 배에 손을 얹었다. "아니, 난 거기에 앉을 새로운 멍청이를 찾아서 더 부자가 될 생각이야." 다시 한번 얼굴을 찡그렸다. "젠장, 이거 뭐야. 아악!" 빅투스는 자리에서 비틀거리며 일어나 탁자 가장자리를 붙잡았다. 이마에 굵은 혈관이 불거져 나왔다. "나한테 무슨 짓을 한 거야, 이 늙은 여우 새끼야?" 빅투스는 눈을 가늘게 떴고, 석궁이 갑자기 흔들리기 시작했다.

코스카는 앞으로 몸을 던졌다. 방아쇠가 딸깍하는 소리와 함께 활시위가 울렸고, 화살은 그의 왼쪽 벽에 덜커덕 소리를 내며 부딪쳤다. 그는 승리의 함성을 지르며 탁자 옆으로 굴러 칼을 들었다. "하 하……" 빅투스가 활로 그의 눈 바로 위를 때렸다. "으억!" 코스카의 시야가 갑자기 빛으로 가득 찼고 무릎이 심하게 흔들렸다. 그는 탁자를 붙잡고, 허공에 칼을 휘둘렀다. "헙." 무거운 반지들이 주렁주렁 끼워진 손가락들이 그의 목을 감쌌다. 분홍빛으로 상기된 빅투스의 얼굴이 코앞까지 다가왔고, 일그러진 입에서 침이 튀었다.

코스카는 군화가 미끄러지는 바람에 벌러덩 뒤집히면서 탁자에 머리를 부딪쳤다. 그리고 모든 것이 어둠에 잠겼다.

돔 천장 아래 전투는 막을 내렸다. 양쪽 군대는 오르소가 아끼던 원형 홀을 완전히 쑥대밭으로 만들어 놓았다. 반짝이는 모자이크 바닥과 그 위로 이어지는 계단에는 시체가 가득했고, 무기들이 여기저기 흩어져 있었으며, 검붉은 피 웅덩이들이 고여 있었다.

용병들이 승리했다. 살아남은 자가 열두 명밖에 안 돼도 승리라고 할 수 있다면 말이다. "도와줘!" 부상자 중 한 명이 비명을 질렀다. "도와줘!" 하지만 그의 동료들은 다른 일로 정신이 팔려 있었다.

"빌어먹을 문 열어!" 지휘를 맡은 이는 그녀가 천검단 진지를 방문했을 때 경비를 서고 있던 세코 하사였다. 그는 탈린 병사들의 시신을 사자 머리 문짝 앞에서 끌어내 계단 아래로 던졌다. "너! 도끼를 찾아와!"

몬자는 얼굴을 찡그렸다. "오르소가 안에 더 많은 병력을 배치했을 거다. 지원을 기다리는 게 좋아."

"기다리라고? 전리품을 나눠 가지란 말이야?" 세코는 그녀에게 경멸적인 비웃음을 보냈다. "꺼져, 머카토. 이제 당신은 우리에게 명령할 권한도 없잖아! 문 열어!" 두 남자가 도끼로 문을 때리기 시작했고, 장식이 떨어져 나오면서 파편이 튀었다. 나머지 생존자들도 탐욕에 취해 가쁜 숨을 몰아쉬며 그들 바로 뒤에 위험할 정도로 가까이 모여들었다. 그 문은 손님들에게 과시하기 위한 용도일 뿐, 군대를 막아 주지는 못하는 듯했다. 문이 마구 흔들리더니 경첩이 느슨해졌다. 몇 번 더 도끼질을 하자 문에 구멍이 뚫리면서 큰 나무 조각이 떨어져 나왔다. 세코는 창을 구멍에 밀어 넣고, 반대쪽의 빗장을 벗겨 내며 승리의 환호성을 질렀다. 그리고 너덜너덜한 가장자리를 더듬어 문을 활짝 열었다.

피와 탐욕에 취한 용병들은 서로 뒤엉킨 채 축제 날 아이들처럼 소리를 지르며 베나가 죽었던 밝은 방 안으로 쏟아져 들어갔다. 몬자는 그들을 따라가지 말아야 한다는 사실을 알고 있었다. 오르소가 그 안에 없을 수도 있었고, 있다 해도 만반의 준비를 마쳤으리라는 사실도 알았다.

하지만 모험을 해야 할 때도 있는 법이다.

그녀는 몸을 낮추고 그들을 따라 문틀 너머로 돌진했다. 그 순간, 석궁의 덜거덕거리는 소리가 들렸다. 앞에 가던 용병이 쓰러졌고, 그녀는 그를 피해 몸을 숙여야 했다. 또 다른 용병이 화살에 맞은 가슴을 움켜쥐며 뒤로 쓰러졌다. 발소리가 쿵쿵 울렸고, 남자들이 고함을 질렀다. 웅장한 방의 큰 창문과 벽에 걸린 역사 속 승자들의 그림들이 그녀가 달리는 동안 흔들렸다. 그녀의 시야에 전신 갑옷을 입은 병사들과 번쩍이는 강철 무기들이 얼핏 들어왔다. 오르소를 가장 가까이에서 지키는 경비병들이었다.

세코가 창으로 한 경비병을 찔렀지만, 무거운 갑옷에 살짝 긁힌 자국만 남긴 채 미끄러지고 말았다. 큰 철퇴로 쿵 소리가 나도록 경비병의 투구를 내리친 용병 하나는 곧바로 양수검에 등을 깊게 찔려 몸통이 거의 반으로 잘린 채 비명을 지르며 쓰러졌다. 피가 튀었다. 또 다른 화살이 돌진하던 남자의 발목에 꽂혔고, 그는 뒤로 쓰러졌다. 몬자는 몸을 낮추고 어깨로 대리석 탁자 가장자리를 힘껏 밀어 넘어뜨렸다. 탁자에 있던 꽃병이 바닥에 떨어져 산산조각 났다. 그녀는 탁자 뒤로 몸을 숨겼고, 화살이 덜그럭 소리를 내며 탁자 가장자리를 스쳐 날아가자 몸을 움찔했다.

"안 돼!" 누군가 외치는 소리가 들렸다. "안 돼!" 한 용병이 그녀 옆을 빠르게 지나쳐 조금 전 자신이 열정적으로 뛰어들었던 문을 향해 달려갔다. 활시위 소리가 들렸고, 그는 등에 화살이 꽂힌 채 비틀거렸다. 휘청거리며 한 발자국을 더 내디딘 그는 결국 얼굴을 바닥에 대고 넘어졌다. 몸을 일으키려 애써 보았지만 피를 토하며 힘없이 축 늘어지고 말았다. 그리고 몬자의 눈을 똑바로 바라보며 죽어 갔다.

이것이 탐욕의 대가였다. 그리고 도와줄 동료도 하나 없이 여기, 탁자 뒤에 숨어 있는 몬자가 아마도 다음 차례일 터였다.

"모험을 하기는, 젠장." 그녀는 스스로를 저주했다.

프렌들리는 마지막 계단 위로 물러섰다. 그의 군화 굽이 바닥에 닿는 소리가 갑자기 울리듯 들렸다. 그의 뒤로 넓은 공간이 펼쳐져 있었다. 날개 달린 여인들이 그려진 돔 천장이 있는 커다랗고 둥근 방이었다. 높은 아치형 통로 일곱 개가 방으로 이어져 있었다. 벽을 둘러싼 채 방 안을 내려다보고 있는 조각상과 부조(浮彫)들의 눈 수백 쌍이 그를 따라 움직였다. 방어군이 여기에서 마지막 전투를 펼쳤던 듯했다. 바닥과 두 군데 곡선 계단에 시체들이 흩어져 있었다. 코스카의 용병들과 오르소의 경비병들이 마구 뒤섞인 채였다. 그들은 이제 모두 같은 편이 되었다. 저 위 어딘가에서 싸움 소리가 들리는 것 같았지만, 이 아래에도 여전히 힘든 싸움이 그를 기다리고 있었다.

시버스가 아치형 문에서 걸어 나왔다. 머리카락 한쪽은 피로 검게 물든 채 머리뼈에 달라붙어 있었고, 흙 진 얼굴에도 붉은 얼룩이 져 있었다. 온몸은 자잘한 상처와 쓸린 자국으로 덮여 있었고, 크게 찢어진 오른쪽 소매 사이로 보이는 팔에는 피가 흘러내리고 있었다. 하지만 프렌들리는 그에게 결정적인 한 방은 먹일 수 없었다. 시버스는 여전히 한 손에 도끼를 쥐고 다른 손에는 깊은 흠집으로 가득한 방패를 든 채 싸울 준비가 되어 있었다. 그는 한쪽 눈으로 천천히 방 안을 둘러보며 고개를 끄덕였다.

"시체가 많군." 그가 속삭였다.

"마흔아홉," 프렌들리가 말했다. "일곱 곱하기 일곱."

"잘됐군. 네가 추가되면 딱 쉰이네."

시버스는 몸을 앞으로 던지며 위쪽을 공격하는 척하면서 도끼를 크게 휘둘러 발목을 노렸다. 프렌들리는 바닥에서 뛰어올라 도끼를 피하며 시버스의 머리 쪽으로 식칼을 내리쳤다. 시버스는 제때 방패를 들어 올렸고, 칼날은 쿵 하는 소리를 내며 흠집이 난 방패의 중앙 돌기에 부딪혔다. 프렌들리의 팔이 어깨까지 저려 왔다. 프렌들리는 시버스의 옆구리를 찌르며 지나쳤고 도낏자루에 팔이 엉키기는 했지만 그래도 갈비뼈에 길게 베인 상처를 남겼다. 뒤이어 몸을 돌리며 식칼을 들어 마지막 일격을 날리려 했지만, 내려치기 전에 시버스의 팔꿈치에 목을 맞았다. 그는 뒤로 비틀거리다가 쓰러진 시체에 거의 걸려 넘어질 뻔했다.

둘은 다시 마주 섰다. 시버스는 상처 입은 옆구리를 누르며 허리를 숙이고, 이를 드러냈다. 프렌들리는 균형을 되찾기 위해 숨을 고르며 기침을 했다.

"한 번 더?" 시버스가 속삭였다.

"한 번 더." 프렌들리가 쉰 목소리로 답했다.

그들은 다시 서로에게 달려들었다. 거친 숨소리와 군화 굽이 끽 끽거리는 소리가, 그르렁거리는 소리가, 금속과 금속이 긁히는 소리가, 금속이 돌에 부딪히는 소리가 대리석과 그림이 그려진 천장에 메아리쳤다. 마치 그들 주위에서 목숨을 건 싸움이 벌어지고 있는 것 같았다. 그들은 서로에게 도끼질하고, 칼을 휘두르고, 찌르고, 침을 튀기고, 발길질하면서 시체를 뛰어넘고, 무기에 걸려 휘청거렸다. 검은 피로 덮인 반들반들한 대리석 바닥에서 군화가 미끄러지며 끽끽거리는 소리를 냈다.

프렌들리는 서툴게 날아오는 도끼날을 피해 몸을 홱 돌렸고, 도끼는 벽에 부딪히며 대리석 파편을 튕겨 냈다. 그는 자신이 계단을 오르고 있다는 사실을 알아차렸다. 이제 두 사람 모두 지쳐 있었고, 움직이는 속도가 느려지고 있었다. 인간이 싸우고, 땀을 흘리고, 피를 흘릴 수 있는 시간은 한정적이다. 시버스는 거칠게 숨을 몰아쉬며 방패를 앞에 들고 그를 뒤쫓았다.

계단을 뒤로 올라가는 것은 시체가 흩어져 있지 않더라도 좋은 생각이 아니었다. 프렌들리는 시버스를 경계하느라 시체의 손에 발을 잘못 디디는 바람에 발목이 꺾이고 말았다. 그 모습을 본 시버스는 도끼를 휘둘렀다. 프렌들리는 제때 다리를 빼내지 못했고 도끼날은 그의 종아리에 깊은 상처를 내며 그를 반쯤 넘어뜨렸다. 시버스는 도끼를 높이 들며 으르렁거렸다. 프렌들리는 앞으로 비틀거리며 나아가 칼로 시버스의 팔뚝을 베어 검붉은 상처를 남겼고, 상처에서 피가 흘러내렸다. 시버스는 신음하며 도끼를 놓쳤고, 무거운 강철 도끼는 덜컹하는 소리를 내며 그들 옆에 떨어졌다. 프렌들리가 식칼로 시버스의 머리를 내려치려 했지만, 시버스는 방패를 들어 올려 그를 막았다. 두 사람의 팔이 뒤엉켜 버렸고, 프렌들리의 칼날은 시버스의 두피를 살짝 긁었다. 베인 상처에서 솟구친 피가 두 사람에게 튀었다. 시버스는 피 묻은 손으로 프렌들리의 어깨를 움켜잡고 가까이 끌어당겼다. 멀쩡한 눈은 광기 어린 분노로 불거져 있었고, 강철 눈은 붉은 피로 뒤덮여 있었다. 시버스는 고개를 젖히며 일그러진 입술 사이로 짐승처럼 으르렁거리는 소리를 뱉었다.

프렌들리는 시버스의 허벅지에 칼을 깊숙이 박았다. 칼날은 손잡이 바로 아래까지 허벅지 속으로 미끄러져 들어갔다. 시버스는 고통과 분노가 뒤섞인 비명을 질렀다. 시버스가 이마로 프렌들리의 입을 들이박자 끔찍한 소리가 났다. 방이 빙글빙글 돌면서 계단이 프렌들리의 등을 때렸고, 대리석에 뒤통수를 정통으로 박았다. 그는 시버스가 자신을 내려다보는 모습이 보이자 식칼을 들어야겠다고 생각했다. 하지만 칼을 들어 올리기도 전에 시버스가 방패를 내려찍었다. 방패의 금속 테두리가 돌바닥에 부딪히며 덜컹하는 소리가 났다. 프렌들리는 자신의 팔뼈가 두 동강 나는 것을 느꼈고, 식칼은 감각을 잃은 손가락에서 떨어져 계단 아래로 굴러갔다.

시버스는 아래로 손을 뻗었다. 신음 섞인 숨을 내뱉을 때마다 악물린 이빨 사이에서 분홍빛 침방울이 튀어나왔다. 시버스가 도낏자루를 꽉 쥐는 모습을 보면서도 프렌들리는 약간의 호기심 말고는 아무런 감정도 느낄 수 없었다. 시야가 눈부시게 번져 모든 것이 흐릿하게 보였다. 시버스의 두꺼운 손목에 남은 숫자 7 모양의 흉터가 보였다. 오늘도, 그들이 처음 만난 날에도, 일곱은 좋은 숫자였다. 늘 그랬다.

"실례합니다." 시버스는 잠시 그 자리에 얼어붙었다가 한쪽 눈을 옆으로 돌렸다. 그리고 비틀거리며 돌아서서 도끼를 휘둘렀다. 뒤에는 밝은색 머리칼을 가진 마른 남자가 서 있었다. 무슨 일이 일어나는지 잘 보이지 않았다. 도끼는 빗나갔고, 시버스의 방패는 공중을 날며 산산이 조각났다. 그의 발이 땅에서 떨어지더니 공중으로 던져져 방을 가로지르며 날아갔다. 방 저편 벽에 쿵 하는 소리와 함께 부딪치며 목에서 꼴깍거리는 소리를 냈고, 반동으로 벽에서 튕겨 나와 천천히 반대쪽 계단으로 굴러 내려갔다. 한 번, 두 번, 세 번 구른 다음 계단 아래에서 멈췄다.

"셋." 프렌들리가 터진 입술 사이로 신음하듯 말했다.

"기다려." 밝은색 머리의 남자가 그를 피해 계단을 올라가며 말했다. 남자의 말을 따르기는 별로 어렵지 않았다. 프렌들리는 다른 계획이 없었다. 마비된 입속에서 이빨 조각을 뱉어 냈고, 그게 다였다. 누운 채로 천천히 눈을 깜빡이며 천장에 그려진 날개 달린 여인들을 바라보았다.

일곱 명, 일곱 개의 검을 든 여인들.

지난 몇 분 동안 모비어의 머릿속에는 여러 가지 다양한 감정이 빠르게 스쳐 지나갔다. 코스카가 아무것도 모른 채 자신의 플라스크에서 술을 들이켜며 스스로 파멸의 길로 들어섰을 때는 승리의 기쁨을 느꼈다. 그 늙은 용병이 화장실에 가야겠다고 선언했을 때는 몸을 숨길 곳을 찾기 위해 허둥거리며 공포를 느꼈다. 그리고 빅투스가 탁자 아래에서 장전된 석궁을 꺼내 용병단 총사령관의 등에 겨눌 때는 호기심이 들었고, 치명적인 독주를 한 입에 털어 넣을 때는 다시 한번 승리감을 느꼈다. 그리고 마지막으로, 독을 마신 코스카가 독이 퍼진 상대에게 서투르게 달려들어 두 남자가 뒤엉켜 바닥에 쓰러지고 마지막 포옹을 하며 가만히 누워 있는 모습을 보면서는 웃음을 참기 위해 한 손으로 입을 틀어막아야 했다.

모순이 겹겹이 쌓였다. 그들은 서로를 죽이고 싶어 안달이 나 있었지만, 모비어가 이미 자신들 대신 조치를 취해 뒀다는 사실은 전혀 알아차리지 못했다.

얼굴에 미소를 띤 채, 모비어는 용병 조끼 안감에 숨겨 둔 바늘을 꺼냈다. 언제나 조심 또 조심해야 했다. 만약 늙고 흉악한 용병 두 명 중 어느 하나라도 살아 있다면, 이 반짝이는 금속 조각에 자신이 만든 '열두 번째 준비물'을 발라 가볍게 찔러 넣어서 영원히 숨통을 끊어 놓을 수 있을 터였다. 모비어는 화장실 문을 조심스럽게 열고, 소리 없이 방으로 나갔다.

탁자가 옆으로 넘어져 있었고, 동전과 카드가 여기저기 흩어져 있었다. 코스카는 탁자 옆에 등을 대고 누워 있었다. 힘없이 늘어진 그의 왼손에서 그리 멀지 않은 곳에 떨어져 있는 플라스크가 보였다. 빅투스는 여전히 한 손에 작은 석궁을 쥔 채 코스카 위에 엎어져 있었는데, 활 한쪽 걸쇠에 붉은 피가 묻어 있었다. 모비어는 시체들 옆에 무릎을 꿇고, 바늘을 들지 않은 쪽 손을 빅투스의 시신 아래에 넣어 힘겹게 그를 옆으로 굴렸다.

코스카의 눈은 감겨 있었고, 입은 벌어져 있었다. 이마의 상처에서 흘러나온 피가 뺨을 타고 흘러내렸다. 밀랍처럼 창백해진 피부에서는 죽음의 광채가 번뜩이고 있었다.

"사람이 변할 수 있다고?" 모비어가 비웃었다. "네놈이 하는 다짐이 그렇지!"

갑자기 코스카의 눈이 갑자기 번쩍 떠졌고, 모비어는 놀라 자빠질 뻔했다.

더 놀랍게도 설명할 수 없을 정도로 끔찍한 통증이 그의 배에 느껴졌다. 그는 떨리는 숨을 크게 들이마시고 소름 끼치는 소리로 울부짖었다. 아래를 내려다보니, 늙은 용병이 그의 사타구니에 칼을 꽂아 넣고 있었다. 모비어는 숨을 다시 크게 들이쉬고는 절망적으로 팔을 들어 올렸다.

코스카가 희미하게 찰싹거리는 소리가 나도록 그의 손목을 붙잡아 날카롭게 비틀자 모비어의 목에 바늘이 박혔다. 긴장감이 감도는 침묵이 이어졌다. 그들은 조각상처럼 얼어붙어 있었다. 모비어의 사타구니에는 여전히 칼이 꽂혀 있었고, 목에는 바늘이 박혀 있었다. 모비어의 손은 바늘을, 코스카의 손은 모비어의 손목을 쥐고 있었다. 코스카는 눈살을 찌푸리며 위를 올려다보았고, 모비어는 눈이 휘둥그레진 채 아래를 내려다보았다. 그의 몸이 떨렸다. 그는 아무 말도 하지 않았다. 무슨 말을 할 수 있을까? 결과는 너무도 명백했다. 그가 알고 있는 가장 강력한 독은 이미 목에서 뇌로 빠르게 퍼져 나가 말초신경을 마비시키고 있었다.

"포도주에 독을 탔군, 그렇지?" 코스카가 낮게 속삭였다.

"헙……." 이제 말을 할 수 없게 된 모비어는 꼴깍거리는 소리를 냈다.

"내가 다시는 술을 마시지 않겠다고 약속한 걸 잊었나?" 늙은 용병은 칼을 놓고, 피 묻은 손으로 바닥을 기어 플라스크를 집어 들었다. 그런 다음 능숙하게 뚜껑을 돌려 열고 기울였다. 흰 액체가 바닥에 쏟아졌다. "염소젖이야. 소화에 좋다더군. 시파니를 떠난 이후 내가 마신 가장 진한 액체지만, 모두에게 알릴 수는 없잖아. 여기서는 나도 지켜야 할 체면이 있으니까. 이 병들도 그래서 가져다 둔 거고."

코스카는 모비어를 밀쳐 넘어뜨렸다. 그의 사지에서 힘이 빠르게 새어 나가고 있었고, 더 이상 저항할 수 없었다. 그는 힘없이 빅투스의 시신 위로 쓰러졌다. 목에는 거의 아무 감각도 느껴지지 않았고, 사타구니의 고통도 둔한 욱신거림으로 변했다. 코스카는 그를 내려다보았다.

"내가 술을 끊겠다고 약속하지 않았나? 내가 나와 한 약속을 어길 것 같아 보이던가?"

모비어의 숨은 꺼져 가고 있었고, 비명을 지르기는커녕 말조차도 할 수 없었다. 어쨌든 통증은 점점 사라지고 있었다. 그는 종종 그랬던 것처럼, 어머니에게 독을 먹여 보육원에서의 삶을 자초하지 않았더라면 그의 인생이 어떻게 달라졌을지 생각했다. 시야가 흐려지고, 점점 어두워졌다.

"고마워해야겠군. 모비어. 이제 알았겠지만, 사람은 적절한 격려를 받으면 변할 수 있어. 그리고 네놈의 경멸이 바로 내가 필요로 했던 자극이었지."

 자신이 다루던 물질에 의해 죽게 되다니. 그와 같은 직업을 가졌던 많은 위대한 인물들이 그렇게 생을 마감했고, 보통 그런 사고는 은퇴를 앞둔 시점에 발생했다. 그 안에 분명 어떤 모순이 있을 터였다…….

 "가장 행복한 게 뭔지 아나?" 코스카의 목소리가 그의 귀에 울려 퍼졌고, 그를 내려다보고 있는 코스카의 웃는 얼굴이 보였다. "이제 다시 술을 마실 수 있게 됐다는 걸세."

 용병 하나가 목숨을 구걸하며 흐느꼈다. 몬자는 그의 목소리를 들으며 차가운 대리석 탁자에 몸을 기댄 채 거친 숨을 몰아쉬고 땀을 흘리며 칼베즈의 무게를 느끼고 있었다. 한꺼번에 오르소의 경비병 여러 명과 맞설 힘이 남아 있다고 해도, 그들의 갑옷이 워낙 두꺼워서 칼베즈의 검은 거의 쓸모가 없었다. 그러다 날카로운 칼날이 살을 파고드는 '푹, 쩍' 하는 소리와 함께 애원하는 목소리가 끊기고 비명이 길게 이어지더니 짧은 꼴깍 소리가 들렸다.

 결코 용기가 생길 만한 소리는 아니었다.

 그녀는 탁자 가장자리 너머로 고개를 내밀고 아직 살아 있는 경비병 일곱 명을 세었다. 한 명은 죽은 용병의 가슴에서 창을 뽑아내고 있었고, 두 명은 그녀를 향해 돌아서며, 무거운 검을 휘두를 준비를 하고 있었다. 한 명은 세코의 쪼개진 머리뼈에서 도끼를 빼내는 중이었다. 세 명은 무릎을 꿇고 석궁을 장전하고 있었다. 그들 뒤에는 스티리아 지도가 펼쳐진 커다란 원탁이 놓여 있었고, 지도 위에는 보석으로 장식된 참나무 잎이 달린 금관이 반짝이고 있었다. 로곤트를 죽이고 스티리아 통합의 꿈을 물거품으로 만든 금관과 똑같은 것이었다. 금관 옆에는 검은 옷을 입은 오르소 대공이 서 있었다. 그의 희끗희끗한 검은 머리와 수염은 언제나처럼 깔끔하게 손질되어 있었다.

그가 그녀를 보았고, 그녀도 그를 보았다. 분노가 뜨겁게 치밀어 올랐다. 그러자 오히려 마음이 편안해졌다. 경비병 중 한 명이 석궁에 화살을 끼워 그녀에게 겨눴다. 그녀가 대리석 상판 뒤로 몸을 숨기려는 찰나, 오르소가 한 팔을 내밀며 말했다.

"기다려! 멈추게." 여덟 해 동안 그녀가 한 번도 거역하지 않았던 바로 그 목소리였다. "자넨가, 몬즈카로?"

"그래, 나야!" 그녀가 으르렁거리며 소리쳤다. "이제 죽을 준비나 해!" 물론 그녀가 먼저 죽을 것 같아 보이기는 했지만.

"난 이미 오래전부터 준비되어 있었지." 그가 부드럽게 외쳤다. "자네 덕분에 내 모든 희망이 무너졌어! 축하하네."

"고맙다는 인사는 안 해도 돼!" 그녀가 외쳤다. "베나를 위해 한 일이니까!"

"아리오도 죽었지."

"하!" 그녀가 크게 소리쳤다. "목을 찌르고 창문 밖으로 던지니까 그렇게 되더라고!" 오르소의 뺨에 경련이 일었다. "왜 아리오만 이야기하지? 고바도 죽었고, 모티스, 간마크, 페이스풀도 죽었는데. 다들 나에게 도륙을 당했지! 네놈이 베나를 죽였을 때 이 방에 있던 모든 사람을!"

"포스카도 죽였나? 오스프리아에서 패배한 이후로 소식이 없 더군."

"이제 찾을 필요 없어!" 그녀의 마음속에 거의 느껴 보지 못한 기쁨이 차올랐다. "시골집 바닥에 처박혀 머리뼈가 산산조각이 났으니까!"

분노가 사라진 오르소의 얼굴은 절망적으로 축 늘어졌다. "행복하겠군."

"확실한 건, 슬프지는 않아."

"탈린의 대공비 몬즈카로." 오르소는 두 손가락을 천천히 다른 쪽 손바닥에 두드렸고, 날카로운 목소리가 높은 천장에서 메아리쳤다. "늦었지만 승리를 축하하네. 결국 원하는 것을 얻었군!"

"내가 원했다고?" 잠시 동안 그녀는 자신이 들은 말을 믿을 수가 없었다. "내가 이 모든 걸 원했다고 생각해? 내가 네놈을 위해 그렇게 싸웠는데? 그렇게 많은 승리를 거뒀는데?" 분노에 찬 그녀는 거의 비명을 지르고 있었다. 그녀는 이를 악물고 장갑을 벗어 그의 눈앞에 만신창이가 된 손을 흔들었다. "내가 이걸 원했을 것 같아? 네놈이 우리를 배신할 명분이 뭐가 있었지? 우리는 너에게 충성했어! 항상!"

"충성했다고?" 오르소는 믿기지 않는다는 듯 숨을 헐떡였다. "차라리 승리를 자랑하려면 하게. 하지만 자네가 죄가 없다고 주장하지는 마! 우리 둘 다 잘 알잖나!"

이제 세 개의 석궁이 모두 장전된 채 그녀를 겨누고 있었다. "우리는 충성했어!" 그녀는 다시 한번 비명을 질렀고, 목소리가 갈라졌다.

"그럼 부정할 수 있나? 베나가 내게 불만을 가진 자들, 혁명가들, 반역자들을 만났다는 사실을? 그가 그들에게 무기를 약속했다는 사실은? 자네가 그들을 이끌어 영광을 차지할 것이라고 약속했다는 사실은? 내 자리를 차지하려고! 왕위를 찬탈하려고! 내가 그 사실을 몰랐을 거라 생각했나? 내가 가만히 지켜보기만 할 줄 알았어?"

"그게 무슨…… 이 빌어먹을 거짓말쟁이!"

"아직도 부정하는 건가? 그 이야기를 처음 들었을 땐 나도 믿을 수 없었지! 나의 몬자가? 자식들보다 더 가까이 지냈던 나의 몬자가? 나를 배신했다고? 난 내 눈으로 직접 그 광경을 봤네! 내 눈으로!" 그의 메아리가 서서히 사라지자 홀은 거의 고요해졌고, 네 명의 갑옷을 입은 남자들이 느릿느릿 그녀에게 다가오며 내는 나직하게 철컹거리는 소리만 들렸다. 그녀는 그저 바라볼 수밖에 없었다. 그리고 서서히 모든 퍼즐이 맞춰지기 시작했다.

우리는 우리만의 도시를 가질 수 있어. 베나가 말했다. 누나도 고귀한 탈린의 몬즈카로 공작이 될 수 있어. 베나의 계획이 바로 이것이었다. 우리는 기억될 자격이 있어. 동생은 혼자서 모든 것을 계획했고, 누나에게는 선택의 여지를 주지 않았다. 코스카를 배신했을 때처럼. 이게 더 나은 방법이야. 허먼의 금을 가로챘을 때처럼. 이게 우리 거라고.

동생은 늘 거창한 계획을 세우곤 했다.

"베나," 그녀는 입만 벙긋거리고 있었다. "바보 같은 자식."

"몰랐군." 오르소가 조용히 말했다. "몰랐다 해도 우리는 이렇게 되었어. 자네 남동생은 그 자신을, 우리 둘을, 그리고 스티리아 절반의 운명을 바꾼 셈이지. 그에게서 슬픈 웃음이 터져 나왔다. "세상을 다 알았다고 생각할 때마다 삶은 늘 나를 놀라게 한다네. 셴크트 좀 늦었군." 그의 시선이 옆으로 움직였다. "죽이게."

몬자는 자신에게 그림자가 드리워지는 것을 느끼고 몸을 비틀며 돌아섰다. 그들이 이야기하는 동안 한 남자가 몰래 다가와 있었다. 그의 부드러운 작업용 부츠는 전혀 소리가 나지 않았다. 이제 그는 그녀 바로 앞에 서 있었다. 손 뻗으면 닿을 거리였다. 손바닥에는 반지가 올려져 있었다. 베나의 반지였다.

"당신 물건인 것 같군." 남자가 말했다.

창백하고 마른 얼굴이었다. 나이는 많지 않은 듯했지만, 주름이 깊게 팬 얼굴에 광대뼈가 날카롭게 튀어나와 있었으며, 멍든 눈구멍 속에는 굶주린 눈이 빛나고 있었다. 몬자의 눈이 휘둥그레졌다. 남자를 알아본 몬자는 얼음물을 맞은 듯 서늘한 충격에 온몸이 얼어붙었다.

"그녀를 죽여라!" 오르소가 외쳤다.

새로 모습을 드러낸 남자는 웃었다. 눈에는 웃음기가 전혀 없는 해골 같은 웃음이었다. "죽여? 내가 이 여자를 살리려고 얼마나 노력했는데?"

그녀의 얼굴에서 핏기가 사라졌다. 그가 폰테자르모 산비탈의 쓰레기 더미에서 온몸이 으스러져 있던 그녀를 처음 발견했을 때처럼 창백해 보였다. 실밥을 뽑은 후 처음 깨어나 자신의 흉 진 몸을 내려다보며 공포에 질렸을 때 같기도 했다.

"죽이라고?" 그가 다시 물었다. "이 여자를 산에서 데리고 내려온 사람이 바로 나인데? 이 여자 뼈를 맞추고 살을 꿰맨 사람도 나고, 푸란티에서 당신이 보낸 암살자들로부터 이 여자를 지켜 준 사람도 난데?"

솅크트는 손을 뒤집어 반지를 떨어뜨렸고, 반지는 한번 바닥에 튕긴 후 그녀의 비틀린 오른손 옆 바닥에서 빙글빙글 돌며 떨어졌다. 그녀는 그에게 감사하지 않았지만 그는 감사를 기대하지 않았다. 감사를 받자고 그녀를 살린 게 아니었다.

"둘 다 죽여라!" 오르소가 비명을 질렀다.

솅크트는 사소한 일에도 배신을 밥 먹듯 하는 사람들이 목숨이 위태로워지면 충성을 다한다는 사실에 항상 놀랐다. 오르소의 마지막 경비병들 역시 그의 시대가 명백하게 끝나 가고 있었음에도 오르소를 위해 목숨을 걸고 싸웠다. 아마도 그들은 탈린의 대공같이 위대한 인물도 다른 사람들처럼 죽을 수 있다는 사실을, 그리고 그의 막강한 권력이 그토록 쉽게 먼지로 변할 수 있다는 사실을 이해할 수 없을 것이다. 어쩌면 의심을 품을 수 없을 정도로 복종이 몸에 배어 버렸는지도 모른다. 아니면 주인에 복종하는 인물로 자신을 정의하게 되었고, 무의미한 삶을 질질 끄는 대신 위대한 무언가의 일원으로서 짧고 굵게 사는 쪽을 선택했을 것이다.

만약 그렇다면, 솅크트는 그들을 막지 않기로 했다. 그는 천천히, 천천히, 숨을 들이쉬었다.

팽팽하게 당겨진 석궁 시위가 손을 떠나는 소리가 그의 귀 깊숙이 울렸다. 그는 첫 번째 화살의 궤적에서 벗어나며 팔을 들어 화살을 피했다. 다음 화살은 정확히 머카토의 목을 향해 조준되어 있었다. 그는 화살을 검지와 엄지 사이로 잡아챈 다음 방을 가로질러 가서 반짝이는 탁자에 조심스럽게 내려놓았다. 뒤이어 탁자 옆에서 오르소의 조상 중 한 명을 이상화해 조각한 흉상을 집어 들었다. 아마도 한때 용병이었다던 오르소의 증조부인 듯했다. 그는 가장 가까운 곳에서 어리둥절한 표정으로 활을 내리고 있던 궁수에게 흉상을 던졌다. 흉상은 배에 박혀 갑옷 깊숙이 파고들었다. 궁수의 허리가 반으로 접히며 돌 파편이 산산이 튀어 올랐다. 궁수가 공중에 붕 떠서 팔다리를 앞으로 뻗은 채 저편 벽 쪽으로 날아가는 사이, 활은 높이 날아올라 빙글빙글 돌았다.

셍크트는 가장 가까운 남자의 투구를 쳐서 머리통을 어깨 깊숙이 박아 넣었고, 구겨진 투구에서 피가 뿜어져 나왔다. 남자의 손에서 도끼가 느릿느릿 떨어졌다. 다음 사람은 앞이 트인 투구를 쓰고 있었다. 셍크트의 주먹이 흉갑을 깊이 파고들자 그의 얼굴에 놀란 표정이 떠올랐다. 주먹은 금속이 비틀리는 소리와 함께 등갑까지 구부러뜨렸다. 셍크트는 탁자 위로 뛰어올랐고, 다시 반대편으로 내려왔을 때는 부츠 굽에 밟힌 대리석 바닥이 쩍 하고 갈라졌다. 남은 두 궁수 중 가까이에 있던 궁수가 석궁을 천천히 들어 올렸다. 석궁을 방패처럼 쓰려는 듯했다. 셍크트의 손은 그 활을 반으로 쪼갰고, 활시위가 팅기면서 투구를 벗겨 내 천장으로 날려 보냈다. 궁수의 몸은 피를 뿜으며 옆으로 휘청거리다가 벽에 부딪혀 구겨졌고, 떨어져 나온 석고 파편이 공중에 흩날렸다. 솅크트는 다른 궁수를 붙잡아 높은 창문에 던졌다. 창문에서 떨어져 나온 반짝이는 유리 조각들이 공중에서 튀고, 회전하고, 산산이 부서졌고, 유리가 깨지는 묵직한 굉음이 공기를 울렸다.

마지막으로 남은 두 경비병 중 한 명이 검을 들며 전투의 함성을 질렀다. 그의 일그러진 입술에서 침방울이 튀어나오고 있었다. 솅크트가 그의 손목을 붙잡아 거꾸로 던지자, 방을 가로지르며 날아간 그는 마지막 남은 동료를 들이받았다. 두 사람은 찌그러진 갑옷에 뒤엉켜 함께 선반에 처박혔다. 금박을 입힌 책들이 펼쳐지고 종잇장들이 공중으로 흩어져 부드럽게 내려앉았다. 솅크트는 숨을 내쉬며 다시 시간을 원래 속도로 흐르게 했다.

회전하며 떨어진 석궁이 바닥에서 튀어 오른 후 덜커덕거리는 소리를 내며 구석으로 굴러갔다. 오르소 대공은 여전히 스티리아의 지도가 펼쳐진 둥근 탁자 옆에 서 있었다. 그 중앙에는 반짝이는 왕관이 놓여 있었다. 그의 입이 떡 벌어졌다.

"나는 일을 늘 제대로 끝내거든." 솅크트가 말했다. "그런데 당신을 위해 일할 생각은 없어."

몬자는 몸을 일으켜 방 저편에 뒤엉키고 흩어진 뒤틀린 시체들을 바라보았다. 피로 물든 갑옷 더미 주변에 부서져 있는 책장에서 떨어진 종이들이 가을 잎처럼 팔랑거리고 있었고, 대리석 벽 전체에는 금이 가 있었다.

그녀는 뒤집힌 탁자를 돌아 걸음을 옮겼다. 용병들과 경비병들의 시체를 지나, 세코의 시체를 넘었다. 높은 창문을 통해 들어오는 긴 햇살 줄기 아래 그의 으깨진 뇌 조각들이 은은하게 빛나고 있었다.

오르소는 그녀가 다가오는 모습을 조용히 지켜보았다. 에트리아 전투에서 자랑스럽게 승리를 선포하는 그의 모습을 담은 거대한 초상화가 어깨 너머 열 걸음 높이 위에서 그를 내려다보고 있었다. 실제 인물의 작은 체구에 비해 과장된 신화였다.

뼈 도둑은 한 걸음 물러나 그들을 지켜보았다. 그의 팔꿈치까지 피가 마구 튀어 있었다. 그녀는 솅크트가 무엇을, 어떻게, 왜 했는지 알지 못했다. 어쨌든 중요하지 않았다.

그녀의 군화 굽이 부서진 유리 조각과 산산조각 난 나무, 찢어진 종이, 깨진 도자기 위를 지나며 바스락거리는 소리를 냈다. 곳곳에 검은 핏자국이 흩어져 있었고, 피를 머금은 그녀의 군화 밑창은 그녀의 걸음 뒤에 피 묻은 발자국을 남겼다. 온 스티리아 땅에 피의 흔적을 남기며 남동생이 살해된 바로 그 자리까지 온 것처럼.

그녀는 검 하나 길이만큼 거리를 두고 오르소의 앞에 멈춰 섰다. 마치 무언가를 기다리는 듯했다. 하지만 그것이 무엇인지는 그녀 자신도 알지 못했다. 이제 그 순간이 다가왔다. 이 순간을 위해 그녀는 온몸의 근육을 단련하고, 수많은 고통을 견디고, 많은 돈을 쓰고, 많은 생명을 희생시켜 왔다. 하지만 그녀는 움직일 수가 없었다. 이제 무슨 일이 생길까?

오르소는 눈썹을 치켜올렸다. 그는 마치 갓 태어난 아기를 안는 어머니처럼 매우 신중하게 탁자에서 왕관을 집어 들었다. "이건 내 것이었어. 내 것이 될 뻔했지. 자네가 그 오랜 세월 동안 싸운 것이 바로 이걸세. 그리고 결국 내게서 빼앗은 것도 이것이지." 그는 보석이 반짝이는 왕관을 손에서 천천히 돌렸다. "단 한 가지 목표를 위해 살고, 단 한 사람만을 사랑하고, 단 한 가지 꿈만 꾸면 모든 것을 한순간에 잃을 위험을 감수하게 된다네. 자네는 자네 동생만을 위해 살았지. 나는 이 왕관을 위해 살았고." 그는 깊은 한숨을 내쉬고 입술을 오므린 뒤 금관을 툭 던져 그것이 스티리아 지도 위에서 달그락거리며 뱅글뱅글 도는 모습을 지켜보았다. "지금 우리를 보게. 자네나 나나 똑같이 비참해졌군."

"똑같지 않아." 그녀는 흠집이 나고 무뎌진 칼베즈의 검을 들어 올렸다. 베나를 위해 만든 검이었다. "아직 네놈을 죽일 수 있으니까."

"나를 죽인 후에는 무엇을 위해 살 건가?" 그의 시선이 검날에서 그녀의 눈으로 이동했다. "몬자, 몬자…… 나 없이 자네가 어떻게 살려나?"

"그건 생각해 봐야지."

검 끝이 작게 푹 소리를 내며 그의 재킷을 가볍게 뚫고 들어갔고, 가슴을 가로질러 등까지 아주 쉽게 관통했다. 나직이 신음을 뱉는 그의 눈이 붉거졌고, 그녀는 검을 빼냈다. 둘은 잠시 동안 서로 마주 보고 서 있었다.

"오." 그는 한 손가락으로 검은 재킷을 만지더니 붉게 물든 손가락을 바라보았다. "이게 다인가?" 그는 어리둥절한 표정으로 그녀를 올려다보았다. "더 아플 줄 알았는데……." 그러고는 한순간에 무너져 내리며 반들거리는 바닥에 무릎을 꿇었고, 앞으로 고꾸라지며 퍽 하는 소리와 함께 그녀의 군화 옆 대리석 바닥에 옆얼굴을 처박았다. 그녀가 볼 수 있는 쪽 눈동자가 천천히 그녀를 향해 움직이더니 그의 입가에 미소가 번졌다. 그리고 그는 더 이상 움직이지 않았다.

일곱 명 중 일곱. 모든 것이 끝났다.

씨앗

차갑고 맑은 겨울 아침이었다. 몬자의 입김이 허공에 흩어졌다. 그녀는 베나가 살해된 방 밖에 서 있었다. 자신이 산 아래로 던져졌던 테라스였다. 그들이 그녀를 굴러떨어뜨렸던 난간에 손을 얹었다. 발아래 자신이 산산조각 났던 산비탈이 펼쳐져 있었다. 여전히 다리뼈 전체와 장갑 낀 손등, 머리뼈 옆면을 타고 익숙한 통증이 느껴졌다. 허스크 파이프 한 모금이 간절했다. 그 욕구는 죽을 때까지 사라지지 않을 터였다. 테라스 아래 깎아지르는 듯한 절벽에는 추락할 때 자신을 휘감던 작은 나무들이 여전히 자라고 있었다. 절벽 아래를 내려다보고 있으면 마음이 편안하지 않았다. 그 불편함 때문에 매일 아침 이곳을 찾았다.

좋은 지도자는 절대 편안해지면 안 된다. 스톨리쿠스는 말했다.

해가 떠오르자 밝아진 세상은 색으로 가득 찼다. 핏빛이 빠지고 생생한 파란색이 드러난 하늘에는 하얀 구름이 높이 떠다녔다. 동쪽의 숲은 색이 점점 옅어지며 가지각색의 밭들로 이어졌다. 초록빛 휴경지와 비옥한 검은색 흙, 황갈색 그루터기가 모자이크 같은 풍경을 만들어 내고 있었다. 그녀의 밭들이었다. 더 멀리에서는 강이 삼각형으로 넓게 퍼져 흐르며 회색 바다와 만나고 있었고, 그 사이사이에 섬들이 떠 있었다. 몬자는 희미하게 보이는 작은 탑과 건물, 다리, 성벽 들을 겨우 알아볼 수 있었다. 위대한 도시 탈린이 그녀의 엄지손톱보다도 작아 보였다. 그녀의 도시였다.

그리고 그 생각은 여전히 미치광이의 헛소리같이 느껴졌다.

"전하." 몬자의 시종이 높은 문 뒤에 숨어 기다리고 있었다. 그는 거의 바닥에 혀가 닿을 정도로 깊게 허리를 숙이고 있었다. 오르소를 15년 동안 섬기고도 용케 폰테자르모를 약탈하는 용병들로부터 살아남은 그는 감탄이 나올 만큼 매끄럽게 한 주인에서 다른 주인으로 자신이 섬기는 대상을 바꿨다. 몬자는 오르소의 도시와 그의 궁전, 심지어 그의 옷 몇 벌까지도 몇 가지 조정을 거쳐 자신의 것으로 만들었다. 그의 하인들을 자신의 것으로 만들지 않을 이유가 없었다. 자신의 일을 가장 잘 아는 이들이 아니던가?

"무슨 일이지?"

"장관들께서 오셨습니다. 루빈 경, 국무장관 그룰로와 스캐비어, 볼피어 대령, 그리고…… 비타리 여사도요." 그는 목을 가다듬으며 다소 고통스러운 듯한 표정을 지었다. "비타리 여사님께 다른 직함을 붙여야 하는지 여쭙고 싶습니다만."

"그녀는 직함이 있는 사람들이 할 수 없는 일을 처리하네."

"물론이지요, 전하."

"들라 하게."

무거운 문이 열렸다. 두드린 구리에 구불구불한 뱀 문양을 새겨 마감한 문이었다. 사자 얼굴 모양이 새겨져 있던 오르소의 문만큼 예술적이지는 않을지 몰라도, 훨씬 더 튼튼했다. 몬자는 그것만큼은 확실히 해 뒀다. 다섯 명의 방문객이 거만하게 걸어 들어왔다. 그들의 발소리가 오르소 개인 접견실의 차가운 대리석 위에서 메아리쳤다. 두 달이 지났지만 그녀는 여전히 그 방이 자신의 것 같은 느낌이 들지 않았다.

가장 먼저 들어온 사람은 비타리였다. 시파니에서 그녀를 처음 만났을 때와 거의 똑같이 어두운색 옷을 입고 능글맞은 미소를 띠고 있었다. 그녀 뒤로 앞섶에 꼬임 장식이 달린 군복을 입은 볼피어가 뻣뻣하게 걸어 들어왔다. 스캐비어와 그룰로는 그의 뒤에서 서로 경쟁하듯 걷고 있었다. 루빈 경은 고등판사라는 직무의 무게에 눌려 등이 굽은 채 일행의 맨 뒤에서 천천히 들어왔다. 자신이 원하는 곳에 도달하기까지 서두르지 않는 그다웠다.

"저걸 아직도 그냥 두고 있군요." 비타리가 저쪽 벽에서 그들을 내려다보고 있는 오르소의 거대한 초상화를 향해 인상을 썼다.

"굳이 왜 없애겠어? 저 초상화는 나의 승리와 패배를 곱씹게 해. 내가 어떻게 이 자리에 오게 됐는지 마음에 새기게 하고. 절대 그 상황을 되돌리지 않겠다는 다짐을 하게 하지."

"그림 자체가 아주 멋지기도 하지요." 루빈이 슬프게 주변을 둘러보며 말했다. "좋은 작품은 얼마 안 남았군요."

"천검단은 철저하기로 유명하지." 이 방은 붙박이거나 산비탈에 새겨진 물건들을 제외한 거의 모든 것을 잃었다. 오르소의 거대한 책상이 방 끝에 여전히 우울하게 자리 잡고 있었는데, 누군가 숨겨진 수납공간을 찾아 도끼질을 한 흔적이 남아 있었다. 유벤스와 카네디아스를 묘사한 괴물 같은 대리석 조각이 받치고 있는 거대한 벽난로는 떼어 낼 방법이 없었는지 여전히 방에 남아 있었다. 벽난로에 장작 몇 개가 타고 있었지만, 거대한 방을 따뜻하게 덥히지는 못했다. 둥근 탁자도 여전히 제자리에 있었고, 그 위에는 같은 지도가 펼쳐져 있었다. 베나가 살아 있던 마지막 날과 같은 지도였지만 지금은 한쪽 구석에 오르소의 핏방울 얼룩이 져 있었다.

몬자는 한쪽 고관절이 욱신거려 인상을 쓰면서 탁자로 걸어갔다. 오르소의 장관들이 그랬듯, 그녀의 장관들도 탁자 주변에 원을 그리며 모였다. 역사는 원을 그리며 움직인다고 하던가. "새로운 소식은?"

"좋아요." 비타리가 말했다. "나쁜 소식도 괜찮다면요. 1만 병력의 바올군이 강을 건너 오스프리아 영토를 침공했다고 들었어요. 뮈리스가 독립을 선언하고 다시 시파니와 전쟁을 시작했고, 소토리우스의 아들들은 도시의 거리 한복판에서 서로 싸우고 있다더군요." 그녀의 손가락이 지도 위를 휘저으며 대륙 곳곳에 혼란을 퍼뜨렸다. "비세린은 여전히 지도자가 없는 채로 옛 영광의 그림자만 남아 약탈을 당하는 도시가 되었고, 아포이아에는 역병이 돈다는 소문이 있고, 니칸테에는 대화재가 발생했다고 합니다. 푸란티는 소요 상태가 발생했고, 뮈셀리아는 혼돈의 도가니고요."

루빈은 뭔가 마음에 안 드는 듯 수염을 잡아당겼다. "스티리아는 비통에 빠졌습니다! 로곤트가 맞았다고들 합니다. 피의 시대는 끝났습니다. 이제 불의 해가 막 시작되어요. 웨스트포트의 성자들은 세상에 종말이 왔다고 한다더군요."

몬자는 코웃음을 쳤다. "그놈들은 새가 똥을 싸도 세상의 종말이 왔다고 떠들 인간들이지. 재앙이 발생하지 않은 곳은 없나?"

"탈린이요." 비타리가 방 안을 둘러보며 말했다. "폰테자르모의 궁전이 최근 약탈을 좀 당했기는 했다지만요. 그리고 볼레타도 있어요."

"볼레타?" 불과 1년 전, 바로 이 방에서 그녀는 오르소에게 볼레타를 철저히 약탈했고, 도시 성문 위에 그 수장의 머리를 매달아 두었다고 보고했다.

"캔틴 공작의 젊은 조카가 그녀를 폐위하기 위해 도시의 귀족들이 꾸민 음모를 막아 냈다네요. 그녀의 연설이 그렇게 훌륭했다더군요. 귀족들이 모두 그 자리에서 검을 버린 채 무릎을 꿇고 그녀에게 영원히 충성을 바치겠다는 맹세를 했답니다. 어쨌든 그들이 전하는 이야기지만요."

"무장한 사람들을 무릎 꿇게 만들다니 뭘 어떻게 했든 대단하군." 몬자는 로곤트가 그의 위대한 승리를 어떻게 얻어 냈는지 떠올렸다. 칼은 사람을 죽일 수 있지만, 사람을 움직이는 것은 오직 말뿐이며, 좋은 이웃은 폭풍 속에서 가장 확실한 피난처." "우리도 다른 나라에 파견할 사신 같은 게 있나요?"

루빈은 탁자 주위를 둘러보며 말했다. "만들 수 있을 것 같습니다."

"만들어서 볼레타로 보내세요. 달변가인 공작 부인에게 적절한 선물을 전하고 자매 동맹을 제안할 겁니다."

"자매…… 동맹요?" 비타리는 마치 자신의 침대에서 똥을 발견한 것 같은 표정을 지었다. "당신 방식은 아닌 줄 알았는데."

"뭐든 효과가 있으면 내 방식이지. 좋은 이웃이 폭풍 속에서 가장 확실한 피난처라더군."

"그리고 좋은 검들도요."

"좋은 검은 말할 필요도 없고."

루빈은 매우 미안한 표정을 지었다. "전하, 전하의 평판이…… 그리 좋지는 않습니다."

"그거야 늘 그랬는데요."

"하지만 전하께서는 로곤트 왕, 소토리우스 수상 그리고 아홉 기사단 동맹 동료들의 죽음에 책임이 있다며 크게 비난을 받고 있습니다. 전하께서 유일하게 살아남으셨으니……."

비타리가 그녀를 비웃으며 말했다. "지독히도 의심스러워 보였죠."

"물론, 그 덕분에 탈린에서 더 사랑을 받게 되었죠. 하지만 다른 곳에서는…… 스티리아가 이렇게까지 깊이 분열되어 있지 않았다면 당연히 전하에 대항하기 위해 단합했을 겁니다."

그룰로가 스캐비어를 향해 인상을 찌푸렸다. "비난할 대상이 필요하겠군."

"이번 한 번만이라도 마땅히 비난받아야 할 사람을 비난합시다. 캐스터 모비어가 오르소의 지시로 왕관에 독을 묻혔어요. 알려야지요. 가능한 한 널리." 몬자가 말했다.

"하지만, 전하……" 유감스러워하던 루빈은 이제 절망하는 듯했다. "그 이름은 아무도 모릅니다. 중대한 범죄일수록 유명한 인물을 탓하게 해야 하는 법이지요."

몬자는 눈을 굴렸다. 참여한 적도 없는 전쟁을 그린 그림 속에서 오르소 공작이 그녀를 향해 의기양양한 표정으로 이죽거리고 있었다. 그녀는 자신도 모르게 그를 향해 이죽거렸다. 지루한 진실보다 멋진 거짓말이 언제나 승리한다고 그가 말했던가.

"그렇다면 그의 업적을 부풀리죠. 캐스터 모비어, 얼굴 없는 사신(死神), 가장 악명 높은 독물학의 대가, 역사상 가장 위대하고 교묘한 살인자, 시인 독살가라고 하세요. 스티리아에서 가장 경계가 삼엄한 건물에 침입해 스티리아의 군주와 가장 위대한 네 명의 지도자를 살해하고 밤바람처럼 눈에 띄지 않게 사라질 수 있는 인물. 독물의 왕으로부터 누가 안전할 수 있는가? 아아, 그 속에서 살아남다니 얼마나 대단한 행운인가."

"당신은 참 순수하네요." 비타리가 천천히 고개를 저으며 말했다. "그런 인간쓰레기의 명예를 높여 줘야 하다니 영 별로예요."

"그것보다 더 끔찍한 일들도 견뎠잖아."

"어쨌든 죽은 사람을 희생양으로 삼기는 어렵죠."

"이런, 이런. 그에게 다시 생명을 불어넣으면 되지. 그자가 그 끔찍한 죄를 저질렀다고 공표하는 벽보를 골목마다 붙이고, 그의 목에 10만 냥을 걸면 돼."

볼피어는 점점 더 걱정스러운 표정을 지었다. "하지만…… 그가 이미 죽기는 한 겁니까?"

"참호를 메울 때 나머지 사람들과 함께 묻었어요. 우리가 10만 냥을 지불할 일은 없다는 소리지. 그냥 200만 냥으로 하죠. 그렇게 하면 우리의 자금력이 좋아 보일 테니까."

"부자처럼 보이는 건 실제로 부자인 것만큼이나 유용하지요." 스캐비어가 그룰로를 향해 얼굴을 찡그리며 말했다.

"당신이 퍼뜨릴 이야기에 따르면 우리가 죽고 오랜 시간이 흐른 뒤에도 사람들은 두려움과 경외심을 느끼며 모비어의 이름을 이야기할 테죠." 비타리가 미소 지으며 말했다. "엄마들은 그 이름으로 아이들을 겁줄 테고요."

"그가 무덤 속에서 웃고 있겠군." 몬자가 말했다. "그나저나, 작은 반란을 진압했다고 들었는데."

"그런 아마추어들을 가리켜 반란이라 부르는 것 자체가 모욕일 정도요. 그 바보들은 자신들이 집결하겠다는 벽보까지 붙였소! 우리는 이미 그 전부터 알고 있었지만, 벽보라니? 모두가 훤히 볼 수 있는 곳에? 그렇게 어리석은 것들은 어리석은 죄를 물어 사형에 처해야 하는데."

"아니면 추방하거나." 루빈이 제안했다. "자비를 약간 베풀면 정의롭고 덕망 높으며 강력하게 보일 수 있지."

"그리고 나는 그 세 가지가 모두 필요하고요, 그렇죠?" 몬자가 잠시 생각에 잠겼다. "그들에게 무거운 벌금을 매기고, 이름을 공개하고, 발가벗겨 원로원 건물 앞을 돌게 한 다음…… 풀어 줍시다."

"풀어 준다고요?" 루빈이 두꺼운 하얀 눈썹을 들어 올렸다.

"풀어 줘요?" 비타리가 가는 주황색 눈썹을 들어 올렸다.

"그렇게 하면 내가 얼마나 정의롭고, 덕망 높고, 강력해 보이겠어요? 그들을 엄하게 처벌하면, 그들의 동지들에게 복수할 거리를 제공하는 겁니다. 하지만 그들을 용서하면, 저항이 얼마나 우스꽝스러운지 보여 줄 수 있죠. 지켜보세요. 좀 전에 놈들이 어리석다고 했으니 만약 그들이 반역을 또 계획한다 해도 우리는 어차피 알게 될 겁니다. 그때 그들의 목을 매달아도 늦지 않아요."

루빈이 목을 가다듬었다. "전하의 명령대로 하겠습니다. 그리고 전하께서 이들에게 베푼 자비를 상세히 설명하는 벽보를 인쇄하지요. '탈린의 뱀이 자신의 독니를 거두다.'"

"일단은 그렇게 하시죠. 시장은 어떤가요?"

스캐비어의 부드러운 얼굴에 굳은 미소가 스쳤다. "밤낮으로 바쁘고, 또 바쁘지요. 시파니, 오스프리아, 아포이아에서 혼란을 피해 도망친 상인들이 탈린으로 유입됐습니다. 그들의 짐을 문제없이 들여올 수만 있다면 기꺼이 관세를 납부하려고 할 겁니다."

"곡물 창고는요?"

"수확이 좋아 겨울을 폭동 없이 보낼 수 있을 것 같습니다." 그룰로가 혀를 차며 말했다. "하지만 뮈셀리아 쪽에는 여전히 놀고 있는 땅이 많습니다. 로곤트의 정복군이 지나가며 약탈을 저지르는 바람에 농민들은 모두 도망쳤어요. 그리고 천검단이 에트리스 강둑까지 이어지는 거의 모든 땅을 황폐화시켰고요. 어려운 시기에 가장 먼저 고통을 받는 건 늘 농민들이지요."

굳이 그가 알려 주지 않아도 몬자가 너무도 잘 아는 교훈이었다. "도시가 거지들로 가득하겠군요?"

"거지와 난민으로 가득하지요." 루빈이 다시 수염을 잡아당겼다. 안 좋은 소식을 더 많이 들려 주면 수염을 몽땅 뽑아 버릴 것 같았다. "힘든 시기가 오고 있다는 징조……."

"그렇다면 농사를 지을 수 있는 이들에게 땅을 나눠 주세요, 그리고 세금을 내게 하세요. 농부 없는 농지는 그저 진흙탕에 불과합니다."

그룰로가 고개를 끄덕였다. "그렇게 하겠습니다."

"볼피어 대령, 말이 없으시군요." 노련한 베테랑은 자리에 서서, 지도를 응시하며 이를 갈고 있었다.

"빌어먹을 에트리사니!" 그가 큰 주먹으로 검 자루를 내리치며 외쳤다. "제 말은, 죄송합니다, 전하께 송구합니다만…… 저놈들이 글쎄!"

몬자가 웃으며 말했다. "국경에서 또 문제가 있었나요?"

"농가 세 곳이 불타 버렸어요." 그녀의 미소가 사라졌다. "농부들은 실종되었습니다. 범인들을 찾으러 간 순찰대는 숲에서 화살을 맞아 한 명이 죽고 두 명이 다쳤고요. 나머지 인원들이 그들을 추격했지만, 전하의 명령에 따라 국경에서 멈췄습니다."

"당신을 시험하고 있군요." 비타리가 말했다. "오르소의 초기 동맹이었던 이들이라 성이 난 거예요."

그룰로가 고개를 끄덕였다. "그들은 오르소의 대의를 위해 모든 것을 양보했지요. 그가 왕이 되었을 때 황금 같은 수확을 기대하면서 말입니다."

볼피어가 탁자 가장자리를 격하게 치며 말했다. "놈들은 우리가 놈들을 막을 힘이 없다고 생각하는 겁니다!"

"정말로 그런가요?" 몬자가 물었다.

"우리 군은 보병 3000명과 기병 1000명으로 이루어져 있습니다. 모두 무기를 가지고 있고 훈련도 받았으며, 실전 경험을 갖췄지요."

"전투 준비가 돼 있나요?"

"명령만 내리시면 능력을 증명해 보일 겁니다!"

"에트리사니 사람들은 어떻지?"

"모두 허세죠," 비타리가 비웃었다. "가장 전성기 때도 아류 국가에 불과했고, 그들의 전성기는 이미 오래전에 지났어요."

"우리 병력이 숫자도 많고 능력도 뛰어납니다." 볼피어가 으르렁거렸다.

"게다가 누구도 부인할 수 없는 정당한 이유가 있지요," 루빈이 말했다. "국경을 잠깐 넘어 신속하게 교훈을 좀 주면……."

"더 큰 작전을 펼칠 자금도 충분합니다." 스캐비어가 말했다. "에트리사니를 상대로 재정적인 이익을 얻을 방안을 몇 가지 생각해 두었어요. 탈린을 상당히 부유하게 만들 수 있을 겁니다……."

"탈린의 시민들은 전하를 지지할 테고요," 그룰로가 끼어들었다. "그리고 배상금으로 비용을 충분히 충당할 수 있습니다!"

몬자는 인상을 쓴 채 지도를 보며 특히 모서리의 핏자국에 눈살을 찌푸렸다. 베나라면 신중하라고 조언했을 터였다. 아마 계획을 세울 시간이 필요하다고 했을 것이다……. 하지만 베나는 오래전에 죽었고, 몬자의 방식대로 하려면 빠르게 움직여 강하게 공격한 다음 계획은 나중에 걱정해야 했다. "볼피어 대령, 군대를 출동시킬 준비를 하세요. 에트리사니를 포위할 겁니다."

"포위요?" 루빈이 중얼거렸다.

비타리가 옆을 보며 씩 웃었다. "도시를 둘러싸서 항복을 받아 내겠다고요."

"무슨 말인지는 압니다!" 루빈이 화를 내며 말했다. "하지만 신중해야 합니다, 전하. 탈린은 고통스러운 혼란에서 이제 막 빠져나왔습니다……."

몬자가 말했다. "루빈 경, 법률에 관해서는 그대의 의견을 전적으로 존중합니다만, 전쟁은 제 영역입니다. 믿어 주시죠. 전쟁에서 반쪽짜리 공격보다 더 나쁜 것은 없답니다."

"하지만 동맹을 맺으려면……."

"자기 자신조차 보호할 수 없는 동맹은 아무도 원하지 않죠. 우리의 결의를 보여 줘야 합니다, 그러지 않으면 다른 늑대들이 우리가 잡아 둔 먹잇감 주위를 맴돌 겁니다. 에트리사니의 개들을 굴복시켜야겠어요."

"그들에게 값을 치르게 하십시다." 스캐비어가 목소리를 깔며 말했다.

"그들을 짓밟아야지요." 그룰로가 으르렁거렸다.

볼피어는 환하게 웃으며 경례를 했다. "일주일 내로 병사들을 소집해 준비시키겠습니다."

"저도 갑옷을 닦아 두지요." 그녀가 말했지만, 그녀의 갑옷은 언제나 광이 났다. "다른 건요?" 다섯 명 모두 침묵했다. "그럼 다들

고맙습니다."

"예, 전하." 그들은 각자의 방식으로 고개를 숙였다. 루빈은 의심 가득한 얼굴로 얼굴을 찌푸렸고, 비타리는 가장 옅고 은은한 미소를 짓고 있었다.

몬자는 그들이 나가는 모습을 지켜보았다. 그녀는 지금쯤 검을 거두고 땅을 일궜어도 좋았으리라 생각했다. 아버지가 돌아가신 후, 피의 시대가 시작되기 전 그녀가 원했던 대로. 그러나 그녀는 경험을 통해 전투는 절대 끝나지 않는다는 사실을 알았다. 사람들이 무엇을 믿고 싶어 하든 그 사실은 변하지 않았다. 삶은 계속되니까. 모든 전쟁은 다음 전쟁의 씨앗을 품고 있고, 그녀는 수확을 위해 충분히 준비할 계획이었다.

쟁기를 꺼내라. 하지만 만약을 대비해 단검도 준비하라. 파란스는 말했다.

그녀는 지도를 보며 얼굴을 찌푸렸다. 왼손은 배 위에 올려져 있었다. 배가 부풀기 시작하고 있었다. 마지막 생리를 한 지 세 달이 되었다. 로곤트의 아이일 것이다. 시버스의 아이일 수도 있었다. 죽은 남자의 아이거나, 살인자의 아이거나, 왕의 아이거나, 거지의 아이거나. 하지만 중요한 것은 뱃속의 아이가 그녀의 아이라는 것뿐이었다.

그녀는 천천히 책상으로 걸어가 의자에 앉았다. 셔츠 안에서 목걸이를 꺼내 목걸이에 달린 열쇠로 자물쇠를 열었다. 그녀는 오르소의 왕관을 꺼내 두 손바닥 사이에 느껴지는 왕관의 무게에 안도감을 느꼈다. 오른손에 느껴지는 통증에 현실감각이 돌아오자 그녀는 왕관을 들어 보풀이 생긴 가죽 덮개 위에 흩어져 있는 서류들 가운데 조심스럽게 올려놓았다. 금관은 겨울 햇살을 받아 반짝였다. 왕관에 붙어 있던 보석들은 팔아서 무기를 사는 데 썼다. 금에서 강철로, 다시 금으로 바꾸라는 오르소가 늘 말했던 교훈을 실천한 셈이었다. 그러나 왕관 자체를 버릴 수는 없었다.

로곤트는 미혼인 상태로 후계자도 없이 죽었다. 그의 아이라면 심지어 서자일지라도 그의 칭호를 물려받을 권리를 정당하게 주장할 수 있을 터였다. 로곤트는 오스프리아의 대공, 심지어 스티리아의 왕이었다. 비록 독이 발라진 왕관이었고, 허영심 가득한 찰나의 순간이었을 뿐이지만, 로곤트는 어쨌든 죽기 전에 왕관을 썼다. 그녀는 입가에 살짝 미소를 지었다. 모든 것을 잃고 나면 사람들은 복수를 꿈꾼다. 하지만 복수에 성공하고 나면, 그다음은? 오르소의 말은 진실이었다. 삶은 계속된다. 새로운 꿈을 찾아야 했다.

그녀는 생각을 떨치며 왕관을 낚아채 다시 책상 안에 밀어 넣었다. 왕관을 바라보면 허스크 파이프를 바라보며 불을 붙일지 말지 고민할 때와 비슷한 기분이 들었다. 몬자가 자물쇠에 열쇠를 넣어 돌리고 있을 때 문이 열리더니 시종이 들어와 얼굴이 바닥에 닿을 정도로 깊이 허리를 숙였다.

"이번엔 누구지?"

"발린트앤드벌크 은행의 대리인이 왔습니다, 전하."

몬자는 은행에서 사람을 보내리라는 사실은 알고 있었지만, 그렇다고 해서 그들이 반갑지는 않았다. "들라 하게."

나라 하나를 통째로 사고팔 수 있는 기관에서 온 사람치고는 별로 대단해 보이지 않았다. 그녀가 예상했던 것보다 더 젊은 곱슬머리의 남자가 유쾌한 태도로 사람 좋은 미소를 짓고 있었다. 그녀는 더욱 불안해졌다.

가장 쓴 적은 가장 달콤한 미소를 띠며 다가온다. 버추리오다운 명언이었다.

"전하." 그는 그녀의 시종만큼이나 깊이 고개를 숙였다. 결코 쉬운 일은 아닐 터였다.

"그대 이름이……."

"설퍼입니다. 요루 설퍼, 전하의 조력자입니다." 그가 책상 쪽으로 다가오자 그녀는 그의 양쪽 눈 색이 다르다는 것을 알아차렸다. 한쪽은 파란색, 한쪽은 초록색이었다.

"발린트앤드벌크 은행에서 오셨군요."

"그 자랑스러운 기관을 대표하게 되어 영광입니다."

"좋으시겠어요." 그녀는 큰 방을 둘러보았다. "공격을 당해 큰 피해를 입었지요. 오르소 공작의 시절보다…… 실용적으로 변했답니다."

그의 미소가 더욱 환해졌다. "들어오는 길에 보니 벽이 약간 상했더군요. 하지만 저는 실용적인 곳이 좋습니다, 전하. 오늘은 사업에 관해 논의하고자 왔습니다. 사실, 제 고용주께서 전하를 전폭적으로 지원하겠다 제안하셨습니다."

"그대가 제 전임자였던 오르소 대공에게도 자주 찾아와 전폭적인 지원을 약속했다고 들었습니다."

"그랬지요."

"그리고 이제 내가 그를 죽이고 그의 자리를 차지하자 나에게 왔군요."

설퍼는 눈 하나 깜빡이지 않았다. "그렇습니다."

"그대들은 새로운 상황에 쉽게 적응하는군요."

"저희는 은행입니다. 모든 변화는 기회이지요."

"그래서 무엇을 제안하실 건가요?"

"돈입니다." 그가 밝게 말했다. "군대를 지원할 돈. 공공사업을 실행할 돈. 탈린과 스티리아에 영광을 되찾는 데 필요한 돈. 어쩌면 전하의 궁전을 덜…… 실용적으로 만드는 데 필요한 돈이 될 수도 있겠군요."

몬자는 자신이 태어난 농장 근처에 금을 묻어 두었다. 그녀는 거기에 묻힌 금을 그대로 둘 생각이었다. 만약을 위해서. "내가 간소한 걸 좋아한다면?"

"정치적 지원도 제공할 수 있습니다. 좋은 이웃은 폭풍 속에서 가장 확실한 피난처니까요." 방금 자신이 사용한 표현을 그가 그대로 되풀이하자 그녀는 기분이 영 떨떠름했다. 하지만 그는 매끄럽게 말을 이어 갔다. "발린트앤드벌크는 연방에 뿌리를 두고 있습니다. 그 뿌리가 아주 깊지요. 전하와 연방의 왕이 동맹을 맺도록 도울 수도 있을 겁니다."

"동맹이라?" 그녀는 자신이 카도티 별장의 화려한 귀빈실에서 연방의 왕과 거의 동맹을 맺을 뻔했다는 말을 꺼내지는 않았다. "그가 오르소의 딸과 혼인한 상태인데도 말입니까? 그의 아들들이 내 공국에 대해 자신들의 권리를 주장할 수 있는데도요? 그들이 나보다 더 정당한 권리를 가졌다고 생각하는 사람도 많을 텐데요."

"저희는 변화를 추구하기 전에, 주어진 상황에 최선을 다하려 합니다. 적절한 지도자와 적절한 지원이 있다면, 스티리아를 손에 넣을 수 있습니다. 발린트앤드벌크는 승자와 함께하고자 합니다."

"내가 웨스트포트에 있는 당신들의 사무실에 침입해 당신들의 사람인 모티스를 죽였는데도요?"

"그 임무를 성공시킴으로써 전하의 뛰어난 지략을 보이셨지요." 설퍼는 어깨를 으쓱했다. "사람은 쉽게 대체할 수 있습니다. 세상에는 사람이 넘쳐나니까요."

그녀는 생각에 잠겨 책상 위를 두드렸다. "이런 제안을 하러 오다니, 이상하군요."

"왜 그렇게 생각하십니까?"

"바로 어제 구르컬 예언자의 대리인이 와서 아주 비슷한 제안을 했거든요. 탈린을…… 지원하겠다고 말이죠."

그 말에 설퍼는 잠시 멈칫했다. "누구를 보냈던가요?"

"이쉬리라는 여자가 왔지요."

설퍼의 눈이 아주 약간 좁아졌다. "그녀는 믿을 수 없는 인물입니다."

"그리고 아주 달콤하게 미소를 짓는 당신은 믿을 수 있고요? 내 동생도 그렇게 웃었지만, 내게 숨 쉬듯 거짓말을 했더군요."

설퍼의 미소는 더 환해질 뿐이었다. "그렇다면 진실을 말해 드리겠습니다. 아마도 전하께서는 예언자와 저희 고용주가 큰 갈등을 겪고 있다는 사실을 아실 테지요."

"그렇다는 이야기는 들었습니다."

"전하께서는 지는 편에 서고 싶지 않으실 테지요."

"나는 어느 쪽에도 속하고 싶지 않은데요." 그녀는 자신이 도둑질한 책상에 앉은 사기꾼처럼 느껴졌지만 애써 편안한 척하며 천천히 의자에 몸을 기댔다. "하지만 걱정 마세요. 이쉬리에게는 그녀의 제안을 받아들이는 대가가 너무 크다고 말했습니다. 말해 보세요, 설퍼 경. 발린트앤드벌크는 어떤 대가를 원하나요?"

"그저 공정한 수준입니다. 우선 대출에 대한 이자를 매기지요. 그리고 파트너 및 연관된 사람들과의 사업 거래에서 발린트앤트벌크가 우선권을 갖습니다. 따라서 저희의 지원을 받는 이상 구르컬과 그들의 동맹국들과의 거래는 거부해야 합니다. 저희 고용주가 요청할 때 연방 군대와 협력해야 하며……"

"당신들의 고용주가 요청할 때마다요?"

"전하께서 살아 계시는 동안 한두 번 정도일 겁니다."

"아니면 상황에 따라 더 많이 요구할 수도 있겠죠. 그대는 내가 탈린을 당신에게 팔아넘기고, 그 특권에 감사하기를 바라는군요. 내가 금고 문 앞에서 무릎을 꿇고 호의를 베풀어 달라고 애원하길 원해요."

"과장된 말씀……"

"나는 무릎을 꿇지 않아요, 설퍼 경."

이제는 그가 그녀의 말에 멈칫할 차례였다. 그러나 그의 침묵은 오래가지 않았다. "솔직히 말씀드려도 되겠습니까, 전하?"

"한번 해 보시죠."

"전하께서는 권력을 쥐는 방법에 익숙하지 않으십니다. 모든 사람은 누군가에게 무릎을 꿇어야 합니다. 전하께서 저희가 내민 우정의 손길을 거부하신다면, 다른 누군가가 그 손을 잡을 겁니다."

몬자는 코웃음을 쳤지만 그 경멸하는 표정 뒤에서 그녀의 심장은 두근거렸다. "그들에게, 그리고 그대에게 행운을 빕니다. 그대들의 우정의 손길을 받아들인 이들이 오르소가 맞은 결말보다 행복한 결말을 맞길 바라요. 이쉬리는 푸란티에서 친구를 찾기 시작할 거라고 했던 것 같군요. 오스프리아나 시파니, 아포이아에 먼저 가 보는 게 좋겠어요. 스티리아에서 그대들의 돈을 받을 사람을 분명히 찾을 수 있을 겁니다. 몸을 함부로 굴리는 이들은 스티리아에 넘쳐나니까요."

설퍼의 미소가 꿈틀거리며 더욱 환해졌다. "탈린은 우리 고용주에게 큰 빚을 지고 있습니다."

"오르소가 큰 빚을 졌지요. 그에게 가서 돈을 돌려받으세요. 주방 쓰레기와 함께 버려졌다고 들었는데, 절벽 아래를 파 보면 그를 찾을 수 있을 겁니다. 그렇게 하시겠다면 내가 기꺼이 작은 삽도 빌려드리죠."

그는 여전히 미소를 짓고 있었지만 위협을 그만둘 생각은 없었다. "아버지의 죽음에 분노한 테레즈 여왕 폐하의 명을 저희가 거역할 수 없게 된다면, 그래서 복수할 방법을 찾는다면 참 안타까운 일이 벌어질 텐데요."

"아, 복수, 그놈의 복수." 몬자도 그에게 미소를 지어 보였다. "나는 그림자에 놀라지 않아요, 설퍼 경. 테레즈는 분명 큰 전쟁을 벌이고 싶어 할 테지만, 연방은 이미 힘이 너무 분산되어 있어요. 그들은 북쪽과 남쪽, 그리고 내부에도 적이 있지요. 고귀하신 연방 왕의 부인께서 내 미천한 자리를 차지하고 싶거든 직접 와서 저와 싸우라고 하세요. 하지만 이미 우리 폐하께서는 다른 걱정거리들이 많으실 줄로 압니다."

"전하께서는 세상의 어둠 속에 도사리고 있는 위험을 깨닫지 못하는 것 같군요." 이제 셍퍼의 환한 미소는 전혀 유쾌하게 느껴지지 않았다. "저와 만나는 동안 여기 이렇게…… 혼자 앉아 계시니까요." 그의 미소는 이제 굶주린 듯한, 날카로운 하얀 이빨을 드러내는 이죽거림으로 변했다. "아주, 아주 연약한 모습으로."

그녀는 당황한 듯 눈을 깜빡였다. "혼자라고요?"

"착각이 심하군." 셍크트가 아무런 소리도 없이 다가와 셍퍼의 어깨 바로 옆, 그의 그림자만큼 가까운 곳에 서 있었다. 발린트앤드벌크의 대리인은 화들짝 놀라며 한 걸음 뒤로 물러서더니, 그의 귀에 대고 숨을 쉬는 죽은 사람을 본 것처럼 얼어붙은 채 서 있었다.

"당신은……." 그가 속삭였다.

"그렇소."

"난 당신이……."

"아니요."

"이게…… 당신 계획이었소?"

"힘을 좀 보태긴 했지." 셍크트가 어깨를 으쓱했다. "하지만 혼돈은 자연스러운 상태지. 사람들은 늘 각자 다른 방향으로 끌어당기니까. 세상을 한 방향으로 움직이게 하려는 자들이야말로 도전 과제를 안고 사는 거요."

 다른 색의 눈동자가 몬자를 향했다가 다시 돌아왔다. "우리의 주인님께서는……."

 "당신의 주인님이지." 솅크트가 말했다. "나는 더 이상 주인이 없소. 잘 알 텐데? 나는 우리의 관계가 끝났다고 경고했소. 나는 할 수 있으면 늘 경고하거든. 그리고 이제 당신에게 경고해야겠군. 당장 꺼져. 한 번만 더 내 눈에 띄면, 그땐 경고 같은 건 없을 거요. 돌아가서 당신이 섬기는 분께 전해. 나는 더 이상 그를 섬기지 않는다고. 탈린은 무릎 꿇지 않는다고."

 설퍼는 천천히 고개를 끄덕였고, 들어올 때와 같은 비웃음이 그의 입가에 살짝 스쳤다. "그러면 서서 죽을밖에." 그는 몬자를 향해 돌아서서 다시 한번 우아하게 인사했다. "저희 소식을 듣게 되실 겁니다." 그는 방을 당당하게 걸어 나갔다.

 설퍼가 시야에서 사라지자 솅크트는 눈썹을 치켜올렸다. "잘 받아들이는군."

 그녀는 웃고 싶은 기분이 아니었다. "내게 말하지 않은 것이 많군요."

 "그렇소."

 "당신의 진짜 정체는 뭐죠?"

 "나는 여러 가지 일을 해 왔소. 견습생, 사신, 고질적인 문제를 해결하는 사람이었을 때도 있고 문제를 만들 때도 있었소. 오늘은 남의 원한을 대신 갚는 사람이 된 것 같군."

 "수수께끼 같은 말이군요. 수수께끼 같은 답을 원했다면 점쟁이를 찾아갔을 텐데."

"당신은 대공비요. 아마 점쟁이를 여기로 부를 수도 있을 텐데." 그녀는 문 쪽을 향해 고갯짓을 했다. "그를 알고 있었군요."

"그렇소."

"같은 주인을 모셨나요?"

"한때. 오래전에."

"은행에서 일했나요?"

그는 텅 빈 미소를 지었다. "어떤 의미에서는 그렇소. 그들은 단순히 동전을 세는 것 이상의 일을 하니까."

"이제야 이해가 되는군요. 그럼 지금은?"

"지금 나는 무릎을 꿇지 않소."

"나를 도운 이유가 뭐죠?"

"그들이 오르소를 만들었기 때문이오, 그리고 나는 그들이 만든 것을 부수고 싶었고."

"복수군." 그녀는 중얼거렸다.

"가장 좋은 동기는 아니지만, 때로는 악한 동기가 좋은 결과를 낳을 수도 있소."

"반대의 경우가 생길 수도 있고요."

"물론이지. 당신은 탈린의 공작에게 셀 수 없이 승리를 안겨 주었소. 그래서 나는 당신을 지켜보고 있었지. 당신을 죽여 그의 힘을 빼앗을 생각이었소. 그런데 오르소가 내 일을 대신해 줬더군. 그래서 당신을 고쳐 준 다음, 오르소를 죽이고 그의 자리를 차지하라고 설득하려고 했소. 하지만 나는 당신의 결단력을 과소평가

했고, 당신은 그 틈을 타 빠져나갔지. 그리고 오르소를 죽이려 하더군……."

그녀는 자신의 전 고용주가 앉았던 의자에서 다소 불편하게 자세를 고쳐 앉았다. "그리고 그의 자리를 차지했죠."

"이미 당신 쪽으로 흐르는 강을 굳이 왜 막겠소? 서로 도왔다고 생각합시다." 그리고 그는 해골 같은 미소를 다시 한번 지었다. "사람들은 각자 풀어야 할 원한이 있는 법이니까."

"당신의 원한을 풀어 주느라 내게 강력한 적들이 많이 생겼네요."

"당신 자신의 원한을 푸는 동안 당신은 스티리아를 혼란에 빠뜨렸소."

맞는 말이었다. "내가 의도한 건 아니었는데."

"일단 판도라의 상자를 열기로 했으면, 의도가 어땠는지는 아무 의미가 없소. 그리고 그 상자는 지금 무덤처럼 크게 열려 있고. 그 상자에서 무엇이 쏟아질지 궁금하군. 혼돈 속에서 정의로운 지도자들이 일어나 밝고 공정한 스티리아로 가는 길을 이끌어 줄까? 아니면 무자비했던 폭군들의 그늘 아래 그들의 피투성이 발자국을 따라 뱅뱅 돌게 될까?" 솅크트의 빛나는 눈동자는 여전히 그녀에게 머물러 있었다. "당신은 어느 쪽이 될 것 같소?"

"글쎄요, 두고 봐야겠죠."

"그렇지." 그는 돌아서서 발소리 하나 없이 걸음을 옮겼고, 조용히 문을 닫았다. 그녀는 방에 홀로 남았다.

변화

"알다시피, 이럴 필요까진 없네."

"나도 알고 있소." 그러나 프렌들리는 그렇게 하고 싶었다.

좌절한 코스카는 안장에 앉은 채로 몸을 뒤척였다. "이 세상이 얼마나 무한한 가능성으로 가득 차 있는지…… 자네에게 보여 줄 수 있다면 얼마나 좋을까!" 그는 천검단이 주둔했던 불운한 마을에서부터 이곳까지 오는 내내 프렌들리를 설득하려고 애썼다. 프렌들리가 이미 그 고통스러운 사실을 완벽하게, 고통스러울 정도로 똑똑히 이해하고 있다는 것을 코스카는 깨닫지 못했다. 그리고 프렌들리는 그런 세상이 싫었다. 그에게는 가능성이 적을수록 더 나았다. 가능성이 너무 많으면 편안해지기가 너무 힘들었다.

"이 세상은 변하고, 개조되고, 새롭게 태어나며 매일 다른 얼굴을 보여 준단 말일세! 매 순간 어떤 일이 생길지 전혀 알 수 없지!"

프렌들리는 변화가 싫었다. 그리고 매 순간 무슨 일이 일어날지 알지 못한다니, 변화보다 더 끔찍했다.

"온갖 종류의 즐거움을 만끽할 수도 있다네."

사람마다 즐거움을 느끼는 대상은 다르다.

"진정한 삶을 살기를 거부하는 사람은…… 패배를 인정하는 거야!"

프렌들리는 어깨를 으쓱했다. 그는 패배가 두려웠던 적이 없었다. 자존심도 없었다.

"나는 자네가 필요해. 절실하게. 좋은 부사관 하나가 장군 세 명의 몫을 할 수 있다고."

긴 침묵이 흘렀고, 그동안 귓가에는 마른 길을 밟는 말발굽 소리만 울려 퍼졌다.

"젠장!" 코스카는 플라스크에서 한 모금을 들이켰다. "나는 자네에게 최선을 다했어."

"고맙소."

"이미 결심한 건가?"

"그렇소."

프렌들리는 그들이 그를 다시 받아 주지 않을까 봐, 그게 가장 두려웠다. 그런데 머카토가 뮈셀리아시(市)의 관계자 앞으로 보내는 거대한 인장이 찍힌 문서를 그에게 주었다. 그 문서에는 그가 고바, 모티스, 아리오 왕자, 간마크 장군, 페이스풀 카르피, 포스카 왕자, 그리고 탈린의 대공 오르소를 살해하는 데 가담했으며, 유죄 판결을 받아 죽을 때까지, 혹은 그가 석방을 원할 때까지 구금되어야 한다는 내용이 적혀 있었다. 프렌들리는 그런 날은 절대 오지 않으리라고 확신했다. 그가 그녀에게 요구한 유일한 보상이자 그가 받은 최고의 선물인 그 문서는 지금 깔끔하게 접힌 채 주머니 안쪽에 주사위와 함께 고이 들어 있었다.

"그리울 거야, 친구. 자네가 그리울 걸세."

"나도 그럴 거요."

"하지만 내 곁에 남아 있으라고 설득할 수 있을 만큼은 아니겠지?"

"그렇소."

프렌들리가 오랫동안 원했던 귀향이었다. 그는 문까지 이어지는 길에 나무가 몇 그루 있는지 알고 있었고, 나무들을 하나하나 세며 가슴속에 차오르는 따뜻함을 느꼈다. 그는 안장에서 간절하게 몸을 일으켰고 문루와 초록빛 들판에 세워진 어두운색 벽돌 건물의 모퉁이가 보이자 전율을 느꼈다. 대부분의 죄수들에게는 전혀 기쁨을 줄 수 없는 건물이었지만, 프렌들리는 건물이 눈에 들어오자마자 마음이 설렜다. 그는 아치형 입구가 벽돌 몇 개로 이뤄져 있는지 알고 있었고, 그 입구를 다시 지나갈 날을 오랫동안 기다리고, 갈망하고, 꿈꾸어 왔다. 큰 문에 철못 몇 개가 박혀 있는지 알고 있었고, 또……

프렌들리는 문으로 이어진 구부러진 길에 들어서자 얼굴을 찡그렸다. 문이 열려 있었다. 끔찍하고 불길한 예감이 그의 기쁨을 밀어냈다. 감옥 잠금장치가 풀려 문이 열려 있는 것보다 더 잘못된 일이 있을까? 감옥의 즐거운 일상에는 포함되지 않는 광경이었다.

그는 말에서 내리며 오른팔에 통증이 느껴지자 얼굴을 찌푸렸다. 부목은 풀었지만 여전히 뻣뻣하게 굳은 느낌이었다. 그는 천천히 문으로 걸어갔다. 안을 들여다보기가 두려웠다. 경비원들이 지키고 있어야 할 입구 계단에 매우 피곤해 보이는 남자 하나가 홀로 앉아 있었다.

"난 아무 짓도 안 했어!" 그 남자는 두 손을 들며 말했다. "맹세해!"

"나는 탈린의 대공비의 서명이 있는 문서를 가지고 왔소." 프렌들리는 소중한 문서를 펼쳐 보이며 여전히 희망을 품고 있었다.

"나는 즉시 구금되어야 해."

그 남자는 잠시 그를 빤히 보았다. "나는 경비원이 아닐세, 친구. 그냥 지붕 밑에서 잠을 자고 있었을 뿐이야."

"경비원들은 어디 있지?"

"가 버렸어."

"가 버렸다고?"

"뮈셀리아에서 폭동이 일어나는 바람에 경비원들이 급여를 못 받았나 보더군. 그래서…… 떠났다네."

프렌들리의 등줄기가 서늘해졌다. "죄수들은?"

"탈출했지. 대부분은 바로 도망쳤고. 기다린 사람도 있었어. 밤에 스스로 감방에 들어가서 문을 잠그면서. 상상이 가나?"

"그렇네." 프렌들리 역시 간절히 그렇게 하고 싶었다.

"어디로 도망쳐야 할지 몰랐던 것 같아. 하지만 결국 배가 고파졌지. 이제 그들도 다 떠났어. 여기엔 아무도 없네."

"아무도?"

"나 말고는."

프렌들리는 바위 언덕에 뚫린 아치형 입구로 향하는 좁은 길을 올려다보았다. 길은 텅 비어 있었다. 복도는 고요했다. 둥근 하늘은 여전히 오래된 채석장을 내려다보고 있었지만, 매일 밤 죄수들이 안전하게 가둬질 때 들리던 쇠창살이 덜거덕거리는 소리는 나지 않았다. 어머니가 아이를 안듯 죄수들의 삶을 단단히 받쳐 주던 안락한 일상도 더는 없었다. 매일, 매달, 매년이 작은 조각들로 깔끔하게 나누어져 있지도 않았다. 거대한 시계는 멈춰 버렸다.

"다 변해 버렸군." 프렌들리가 속삭였다.

그는 어깨에 닿는 코스카의 손을 느꼈다. "세상은 모두 변한다네, 친구. 우리 모두 과거로 돌아가고 싶어 하지만, 과거는 끝났어. 우리는 앞으로 나아가야 하지. 고통스럽더라도 우리 자신을 변화시켜야 하네, 아니면 뒤처지게 될 테니."

그런 것 같았다. 프렌들리는 세이프티를 뒤로한 채 아무 말 없이 말에 올라탔다. "앞으로 나아갈 길을 보게." 하지만 그 길에 무엇이 있다는 말인가? 무한한 가능성? 공포가 그를 엄습했다. "자네가 어느 방향으로 가느냐에 따라 앞에 뭐가 놓여 있는지는 달라지겠지. 이제 어느 쪽을 향하고 싶나?"

코스카가 자신의 말을 돌리며 미소 지었다. "그 선택을 하는 것이 바로 삶이지. 하지만 내가 제안을 하나 해도 될까?"

"그래 주면 고맙겠소."

"나는 천검단을 이끌고, 아니, 폰테자르모에서 약탈한 물건들을 가지고 은퇴하지 않았거나, 몬즈카로 대공비 밑에서 일자리를 찾지 못한 자들을 데리고 비세린 쪽으로 내려갈 생각이야. 샐리어의 옛 공국에 대한 내 권리를 주장해 보려 하네." 그는 플라스크의 뚜껑을 열었다. "정당하기 그지없는 주장이지." 그는 한 모금을 마시고 트림을 뱉어 프렌들리에게 강한 술 냄새를 뿜어냈다. "결국 스티리아의 왕이 내게 약속한 권리가 아닌가. 도시는 혼란에 빠져 있고, 그놈들에게 길을 제시할 누군가가 필요하지."

"당신이?"

"그리고 자네도, 친구여, 자네도 말이네! 큰 도시의 통치자에게 정직한 회계사보다 더 쓸모 있는 인재가 어디 있겠나."

프렌들리는 미련이 가득 담긴 눈으로 마지막으로 한 번 더 뒤를 돌아보았다. 문루는 이미 나무들 사이로 사라지고 있었다. "언젠가 세이프티가 되살아날지도 모르지."

"아마도 그럴 걸세. 하지만 그동안 나는 비세린에서 자네의 고귀한 재능을 십분 사용할 생각이야. 나의 주장은 완전히 정당하거든. 내가 그 도시에서 태어났지 않나. 비세린에 할 일이 있을 걸세. 아주…… 많을 테지."

프렌들리는 옆을 보며 눈살을 찌푸렸다. "취했소?"

"터무니없을 정도로, 친구여, 정말 터무니없을 정도로 취했네. 이건 좋은 술이야. 오래된 포도주일세." 코스카는 다시 한 모금을 마시고 입맛을 다시며 말했다. "변화 말일세, 프렌들리…… 변화란 참 이상한 것이지. 사람들은 변화를 겪으며 더 나아지기도 하지만 더 나빠지기도 한다네. 그리고 종종, 아니 꽤 자주, 시간과 기회가 주어지면……" 그는 잠시 플라스크를 흔들다가 어깨를 으쓱했다. "다시 원래대로 돌아가지."

해피엔딩

그를 가둔 지 며칠 지나지 않아, 그들은 야외에 교수대를 세웠다. 침상을 딛고 서서 얼굴을 철창에 밀착시키면 작은 창문으로 교수대를 볼 수 있었다. 왜 그렇게까지 자신을 괴롭히려고 안달인지 의

아할 수도 있겠지만, 그는 그럴 수밖에 없었다. 아마 그러라고 교수대를 만들었는지도 모를 일이었다. 교수대는 십자형 버팀목에 단정하게 묶은 올가미 네 개가 매달려 있는 넓은 목재 단상이었다. 바닥에는 작은 문이 나 있었고, 손잡이를 발로 차면 나뭇가지를 부러뜨리듯 한 번에 네 사람의 목을 부러뜨릴 수 있게 되어 있었다. 대단한 발명품이었다. 스티리아에는 작물을 심는 기계나, 종이를 인쇄하는 기계, 사람을 죽이는 기계도 있었다. 어쩌면 몇 달 전 모비어가 떠들어 대던 과학이라는 것이 이런 물건들을 의미했는지도 몰랐다.

요새가 함락된 직후, 그들은 몇몇 사람들을 교수형에 처했다. 오르소를 위해 일했던 몇몇 사람들과 누군가에게 원한을 사서 복수가 필요한 사람들이었다. 천검단 중에서도 교수형에 처해진 이들이 있었다. 어길 수 있는 규칙 자체가 많지 않은 약탈 시기에 잡혀 들어온 것을 보면 모르긴 몰라도 꽤 심각한 잘못을 저지른 듯했다. 하지만 그 후 오랫동안 아무도 교수형에 처해지지 않았다. 7주, 어쩌면 8주쯤 된 듯했다. 날짜를 헤아렸어야 했는지도 모르지만, 며칠이 지났는지 센다고 뭐가 달라지겠는가? 분명한 것은 그날이 다가오고 있다는 사실이었다.

매일 아침, 첫 빛이 감방에 스며들고 잠에서 깨어날 때면, 시버스는 그날이 교수형을 당하는 날이 될지 궁금했다.

때때로 그는 몬자에게 등을 돌리지 않았더라면 좋았겠다는 생각을 하곤 했다. 하지만 그저 일이 이렇게 끝났기 때문일 뿐, 자신이 저지른 일을 후회하지는 않았다. 아마 아버지가 살아 있다면 그를 비난했을 것이다. 형은 그를 비웃으며 그만하길 다행이라고 말했을 것이다. 러드 스리트리스라면 고개를 저으며 정의를 찾게 될 것이라고 말했겠지. 하지만 스리트리스는 죽었고, 정의도 스리트리스와 함께 사라졌다. 시버스의 형은 영웅의 가면을 쓴 개자식이었고, 형의 비웃음은 이제 그에게 아무런 의미도 없었다. 아버지는 그가 자신의 방식대로 일을 해결하도록 남겨 둔 채 진흙으로 돌아갔다. 좋은 사람들도, 옳은 일도 모두 꿈처럼 느껴졌다.

때때로 그는 자신이 몬자를 죽이는 데 실패해 곤경에 빠졌을 칼롯 댄 아이더가 위험에서 벗어났는지, 아니면 크리플에게 잡혔는지 궁금했다. 몬자가 오르소를 죽였는지, 그렇다면 그녀가 바라던 대로 일이 흘러가고 있는지 궁금했다. 어디선가 홀연히 나타나 그를 방 저편으로 날려 버린 그 자식이 누구였는지도 궁금했다. 이제 와서 그 답을 알게 될 것 같지는 않았다. 하지만 인생이란 그런 것이다. 항상 모든 답을 얻을 수는 없다.

창가에 서 있던 그는 복도에서 열쇠가 덜거덕거리는 소리를 들었고, 드디어 시간이 되었다는 생각에 안도하며 미소 비슷한 표정을 지었다. 그는 침상에서 내려와 프렌들리에게 칼을 맞아 여전히 욱신거리는 오른쪽 다리를 땅에 디디며 허리를 곧게 펴고 서서 철문을 마주했다.

그녀가 직접 오리라고는 생각지 못했지만, 와 줘서 기뻤다. 교도관들과 반쯤 무장한 경비원들이 동행하기는 했지만 그녀를 한 번 더 볼 수 있게 되었다. 그녀는 예전처럼 수척하지도 않고, 냉혹해 보이지도 않았다. 깨끗하고, 부드럽고, 세련되고, 부유해 보였다.

마치 귀족 같았다. 그녀가 자신과 알던 사이라는 사실조차 믿기지 않을 정도였다.

"이게 누구신가." 그가 말했다. "몬즈카로 대공비. 그 난장판 속에서 어떻게 그렇게 멀쩡하게 살아남았지?"

"운이 좋았어."

"그래, 나는 운이 별로 없었지." 교도관이 문을 열쇠로 풀고 삐걱거리며 밀어 열었다. 두 명의 경비원이 들어와 시버스의 손목에 수갑을 채웠다. 그는 저항할 생각이 없었다. 그래 봐야 모두가 난처해질 뿐이었다. 그들은 그를 복도로 끌고 나가 그녀의 앞에 데려다 놓았다.

"참으로 험난한 여정이었어, 몬자, 당신과 나 말이야."

"참으로 험난한 여정이었지." 그녀가 말했다. "당신은 예전 같지 않군."

"아니, 나는 드디어 나 자신을 찾았어. 이제 내 목이 매달릴 차례인가?" 그는 그 생각에 크게 기쁘지도, 슬프지도 않았다. 작은 감방에서 썩어 가는 것보다는 나으리라는 생각뿐이었다.

그녀는 오랫동안 그를 바라보았다. 차가운 파란 눈으로, 처음 만났을 때처럼 그를 바라보았다. 그가 무슨 짓을 해도 그녀를 놀라게 할 수 없다는 듯이. "아니."

"뭐?" 그가 예상하지 못한 대답이었다. 거의 실망할 뻔했다. "그럼 뭐지?"

"이제 가도 돼."

그는 눈을 깜빡거렸다. "뭘 하라고?"

"가라고. 석방이야."

"당신이 아직도 나를 신경 쓰는 줄은 몰랐네."

"누가 신경 쓴대? 이건 당신을 위해서가 아니라 날 위해서야. 복수는 이제 할 만큼 했어."

시버스는 코웃음을 쳤다. "이런, 누가 상상이나 했겠어? 카프릴의 도살자, 탈린의 독사가 결국은 좋은 사람이었다니. 당신은 옳은 일을 별로 중요하게 생각하지 않는 줄 알았는데. 자비와 비겁함은 같은 말이라며."

"그럼 나를 겁쟁이라고 생각해. 그것까진 참아 볼게. 다만 다시는 여기로 돌아오지 마. 비겁해지는 데도 한계가 있으니까." 그녀는 손가락에서 커다란 핏빛 루비가 박힌 반지를 비틀어 빼더니, 그의 발치에 깔린 더러운 짚 더미에 던졌다. "가져가."

"좋지." 그는 몸을 굽혀 더러운 짚 속에서 반지를 찾아내어 셔츠에 문질러 닦았다. "나에게 자존심 같은 건 없거든." 몬자는 돌아서서 등불 빛이 흘러나오는 계단을 향해 걸어갔다. "그래서 이게 끝인가?" 그가 그녀에게 소리쳤다. "이제 끝난 거냐고?"

"당신이 더 나은 결말을 맞을 자격이 있다고 생각해?" 그녀는 그렇게 말하고는 사라졌다.

그는 반지를 새끼손가락에 끼우고 반지가 반짝이는 모습을 지켜보았다. "더 나쁜 결말을 맞아야 마땅하지."

"움직이지 않고 뭐 해?" 경비원 중 한 명이 검을 휘두르며 으르렁댔다.

시버스는 그에게 웃으며 말했다. "오, 갈 거야. 그건 걱정 마. 스티리아는 이제 지긋지긋하니까."

그는 미소를 지으며 어두운 터널에서 나와 폰테자르모 밖으로 이어지는 다리로 향했다. 간지러운 얼굴을 긁으며 차가운 자유의 공기를 깊이 들이마셨다. 돌이켜 보면 운이 따라 주지 않은 것치고 꽤 괜찮은 여정이었다. 여기 스티리아에서 눈 하나를 잃었고, 배에서 막 내렸을 때보다 더 부유해지지는 않았지만, 그는 확실히 더 나은 사람이 되어 있었다. 더 현명한 사람이 되어 있었다. 한때 그의 가장 큰 적은 그 자신이었다. 이제 그는 다른 모든 사람들의 적이 되었다.

그는 북쪽으로 돌아가 자신에게 맞는 일을 찾을 생각에 설렜다. 아마 어프리스에 들러 옛 친구 보술라를 잠시 방문할 수도 있을 터였다. 그는 요새를 떠나 산을 내려가기 시작했다. 그의 군화가 잿빛 땅에서 바스락거리는 소리를 냈다.

그의 뒤로, 태양이 떠오르며 하늘을 핏빛으로 물들이고 있었다.

〈끝〉

감사의 말

항상 그렇듯, 네 사람이 없었더라면 이 작품은 존재하지 않았을 것입니다.

이 책을 읽느라 눈알이 빠질 뻔했다는 브렌 애버크롬비, 이 책에 관한 이야기를 듣느라 귀에서 피가 날 뻔했다는 닉 애버크롬비, 이 책의 페이지를 넘기느라 지문이 닳아 없어질 뻔했다는 로브 애버크롬비, 이 책의 저자인 나를 떠받치느라 팔이 떨어질 뻔했다는 루 애버크롬비.

그리고 다음 사람들에게 진심으로 감사의 말씀을 전합니다.

영국의 출판사 골란츠와 그의 모회사 오리온의 사랑스럽고 재능 있는 모든 분들, 특히 사이먼 스팬턴, 조 플레처, 존 위어, 마크 스테이, 존 우드에게 감사드립니다. 그리고 물론, 전 세계 어디에서나 이 책을 제작, 출판, 홍보, 번역, 무엇보다 판매하는 데 도움을 주신 모든 분에게 감사드립니다.

이 책을 멋지게 만들어 주신 예술가분들, 디디에 그라페, 데이브 시니어, 로라 브렛에게 감사드립니다.

바다 건너편의 편집자분들, 데비 필라이와 루 앤더스에게 감사드립니다.

다양한 분야에서 신비로운 도움을 제공해 주신 전문직 종사자분들, 로버트 커비, 대런 터핀, 매튜 에이머스, 라이어널 볼턴에게 감사드립니다.

저와 온라인상에서 만나거나 실제로 마주 앉아 제게 도움과 웃음, 그리고 훌륭한 아이디어 들을 제공해 주신 모든 작가분들, 제임스 바클리, 알렉스 벨, 데이비드 데버루, 로저 레비, 톰 로이드, 조 말로지, 존 미니, 리처드 모건, 애덤 로버츠, 팻 로스퍼스, 마커스 세이키, 윔 스토크, 크리스 우딩, 그리고 그 밖에 많은 분들께 감사드립니다.

그리고 마지막으로, 가장 중요한 인물이 남았군요.

지원과 조언을 아끼지 않으며 먹을 것과 마실 것을 제공해 주고 무엇보다 직업적 사명감 이상의 애정을 가지고 내 원고를 다듬어 주는 편집자 질리언 레드펀에게, 앞으로도 계속 나와 함께해 달라는 부탁의 말씀을 전합니다. 솔직히, 이렇게 긴 글을 혼자 쓸 수는 없거든요…….

옮긴이 | 배지혜

뉴욕 시립대 버룩칼리지 경제학과를 졸업했다. 유학 시절 재미있게 읽던 작품을 한국어로 옮기고 싶다는 욕심이 생겼고, 현재 글밥아카데미를 수료한 뒤 바른번역 소속으로 활동중이다. 역서로는 『시체와 폐허의 땅』, 『구원의 날』, 『1984』, 『그녀가 테이블 너머로 건너갈 때』, 『미키 7』 등이 있다.

복수의 칼날은 차갑게 2

1판 1쇄 찍음 2025년 11월 20일
1판 1쇄 펴냄 2025년 11월 27일

지은이 | 조 애버크롬비
옮긴이 | 배지혜
발행인 | 박근섭
편집인 | 김준혁
펴낸곳 | 황금가지

출판등록 | 2009. 10. 8 (제2009-000273호)
주소 | 06027 서울 강남구 도산대로 1길 62 강남출판문화센터 5층
전화 | 영업부 515-2000 **편집부** 3446-8774 **팩시밀리** 515-2007
홈페이지 | www.goldenbough.co.kr

도서 파본 등의 이유로 반송이 필요할 경우에는 구매처에서 교환하시고
출판사 교환이 필요할 경우에는 아래 주소로 반송 사유를 적어 도서와 함께 보내주세요.
06027 서울 강남구 도산대로 1길 62 강남출판문화센터 6층 민음인 마케팅부

한국어판 ⓒ ㈜민음인, 2025. Printed in Seoul, Korea
ISBN 979-11-7052-675-9 04840 (2권)
ISBN 979-11-7052-676-6 04840 (세트)

㈜민음인은 민음사 출판 그룹의 자회사입니다.
황금가지는 ㈜민음인의 픽션 전문 출간 브랜드입니다.